ANNA COWAN
Das Geheimnis des Duke of Darlington

Über dieses Buch:
Mit ihrer unverblümten und eigensinnigen Art stößt Katherine Sutherland in der feinen Londoner Gesellschaft auf wenig Wohlwollen. Nur der Wunsch, die Ehe ihrer kleinen Schwester zu retten, hält sie noch in der Stadt. Diese hat sich auf eine Affäre mit dem schillernden Duke of Darlington eingelassen, und Kit ist bereit, jeden Preis zu zahlen, damit die skandalöse Liebschaft ein Ende nimmt. Sie lässt sich auf einen Handel ein: Der gefährlich faszinierende Duke verspricht, sich von ihrer verheirateten Schwester fernzuhalten, im Gegenzug bietet Kit ihm die ersehnte Auszeit von der Londoner Gesellschaft. Damit Kits Ruf nicht ruiniert wird, kann der Duke auf ihrem Familienanwesen jedoch nur verkleidet auftreten – als Lady Rose! Zähneknirschend sieht Kit mit an, wie Jude als entzückende Lady allen den Kopf verdreht, und als er sich unter einem Vorwand auch noch in ihr Bett stiehlt, ist Kit mit ihrer Geduld am Ende. Doch je mehr Nächte sie neben Jude verbringt, desto schwerer fällt es Kit, ihm die kalte Schulter zu zeigen. Bald muss sie erkennen, dass Jude auf der Flucht vor seiner albtraumhaften Vergangenheit ist – und Kit die einzige, die ihn vor sich selbst retten kann. Es gelingt ihr, Jude so nahe zu kommen, dass sie nicht mehr weiß, wo seine gequälte Seele aufhört und ihre eigene beginnt. Es dauert nicht lange, bis Kit alles auf eine Karte setzen muss, wenn sie die Liebe des Dukes mit einem letzten Schachzug für sich gewinnen will.

Über die Autorin:
Ihren ersten Roman schrieb Anna Cowan mit acht Jahren. Damals dachte ihre Protagonistin noch, dass der wahrscheinlichste Ort, an dem man ein Pferd kaufen könnte, die Tierhandlung sei. Vor sechs Jahren bekannte sich Anna zu ihrer Leidenschaft für Liebesromane, und seitdem lassen sie sie nicht mehr los.

ANNA COWAN

Das Geheimnis des Duke of Darlington

Roman

Ins Deutsche übertragen von
Ursula Prawitz

LYX
EGMONT

Die Originalausgabe erschien 2013 unter dem Titel *Untamed*
bei Penguin Group Australia.

Deutschsprachige Erstausgabe März 2016 bei LYX
verlegt durch EGMONT Verlagsgesellschaften mbH,
Gertrudenstraße 30–36, 50667 Köln

1. Auflage
Redaktion: Catherine Beck
Umschlaggestaltung: © Guter Punkt, München | www.guter-punkt.de
Umschlagmotiv: © Guter Punkt unter Verwendung von
Motiven von thinkstock
Satz: Greiner & Reichel, Köln
Printed in Germany (670421)
ISBN 978-3-8025-9991-0

www.egmont-lyx.de

MIX
Papier
FSC FSC® C083411

Dieses Buch ist für Ken und für Cat.
Ohne euch würde es nicht existieren.

1

Der Duke of Darlington saß am Erkerfenster in Whites, als der Earl of BenRuin eintrat. Der Mann war riesig – und dadurch schon fast unansehnlich.

»Wir werden nach der letzten Nacht noch eine Kanne Kaffee brauchen«, sagte Darlington zu Jewellyn, die neben ihm saß und drei seidene Taschentücher begutachtete.

»Mutter sagt, dass mich das Narzissengelb schwindsüchtig aussehen lässt, aber das blasse ist so freudlos.«

»Deine Mutter weiß es am besten, Darling.« Er nahm einen weiteren Schluck Kaffee und drehte sich nicht um, aber er spürte BenRuins Augen auf sich ruhen. Und er hörte, wie verstummende Gespräche dem Earl durch den Raum folgten.

»Darlington.« BenRuin zischte seinen Namen mit einem rollenden schottischen R.

Er blickte auf und lächelte heiter. »Wie geht es Ihnen, alter Junge?«

BenRuin sah aus, als wollte er am liebsten Darlingtons Hals umklammern, um ihn für immer zum Schweigen zu bringen. Irgendetwas brachte Darlington zum Schaudern und Zittern, und er verzagte, denn es war keine Furcht.

Er wischte einen Fussel von seiner Manschette. »Kaffee?«

BenRuin starrte ihn an. »Ich werde Sie umbringen«, sagte er langsam und betonte jedes Wort. Männer blickten von ihren Zeitungen auf und runzelten die Stirn.

BenRuin umfasste die Lehne eines leeren Stuhls, seine Hand ein mächtiges, ungehobeltes Instrument.

Darlington setzte seine Tasse ab und wunderte sich, dass seine Hände überhaupt nicht zitterten. Auf diesen Moment hatte er schon so lange gewartet. Vor einem Monat hatte man ihm einen alten eisernen Schlüssel überreicht, mit dem er Zugang zu den privaten Dokumenten seines Vaters erhielt. Der Schlüssel konnte genauso gut dieses elende, ungebundene Entzücken in ihm freigesetzt haben. Es hatte ihn bis zu diesem Moment gebracht.

Er hob eine Braue und wandte sich Crispin zu, der zu seinen Füßen auf einer Ottomane saß. »War es denn vorgesehen, dass ich diesen Herrn heute zu einem Duell treffe?«

Der Junge schaute Darlington mit reinem Vertrauen an, ungeschmälert durch die leichte Verwirrung in seinem Gesicht. »Ich denke nicht. Zumindest ist niemand an mich herangetreten, um mich zu bitten, dein Sekundant zu sein. Es sei denn –« Crispin errötete und wandte sich Hopwell auf der anderen Tischseite zu. »Hopwell, Sie Schuft, man ist doch nicht etwa auf Sie zugekommen?«

Hopwell streckte seine Wirbelsäule. »Und wenn es so wäre? Sind Sie denn der Einzige, der ihn vertreten könnte?«

»Aber Sie wissen, dass ich –«

BenRuins Gesicht gab seine Frustration preis – er konnte nicht glauben, dass diese Jungen, diese kleinen Flattermänner, ihn derart ignorierten. Das brachte das Fass zum Überlaufen. Seine riesige Gestalt beugte sich vor und warf den Stuhl derart hart gegen die Wand, dass er zerbrach. Die gedämpften Unterhaltungen brachen ab, und die beinahe geschluchzten Entschuldigungen eines Dieners hingen allein in der Luft. Männer standen von ihren Plätzen auf, hielten aber gebührenden Abstand zu BenRuin. Darlington konnte sich nicht von den blassen Augen abwenden.

Er lächelte, als würde sich seine Geduld langsam dem Ende

zuneigen. »Warum glauben Sie, mich umbringen zu wollen, alter Junge?«

»Sie.« BenRuin atmete ein paar Mal hörbar durch die Nase ein. »Und meine Frau.«

»Ah.« Darlington gab mit seiner Stimmlage vor, dass er zu verstehen begann, und streckte die manikürten Hände vor sich aus. Endlich. Endlich kamen sie zum Punkt. Jetzt konnte er mit aller Grausamkeit zurückschlagen. »Sehen Sie, sie sagte mir, es sei eine dieser Ehen, Sie wissen schon. Dass Sie beide Ihr Vergnügen suchen, wenn immer sich die Gelegenheit bietet.«

Einen Moment lang verschlug es BenRuin die Sprache, als hätte ihm Darlington die Zunge herausgeschnitten. Dann sagte er: »Halten Sie den Mund.«

»Aber ich bin sicher, sie ... Aber warten Sie, dann sind Sie also zurück von Ihrer Reise nach Südamerika? Haben Sie ein paar interessante neue Exemplare gesammelt?«

»Halten Sie den Mund«, wiederholte BenRuin. »Sofort.«

Crispin sprang auf, und die Erleichterung spiegelte sich in seinem Lächeln und seiner Stimme wider. »Sie meinen Lady Drysdale, Euer Gnaden!«

»Selbstverständlich!« Darlington legte einen schlanken Finger an seine Braue und warf BenRuin einen entschuldigenden Blick zu. Endlich. »Alles ein Missverständnis, alter Junge!«

»Wenn Sie mich noch einmal als alter Junge bezeichnen, werden Sie keine Gelegenheit mehr bekommen, Ihre Erklärung vorzubringen«, sagte BenRuin, wobei man ihn wegen seines Akzents kaum verstehen konnte.

»Eine Erklärung?« Er hatte vor Aufregung zu zittern begonnen. »Lady Drysdale und ich waren uns einig, und ich kann nicht erkennen, wieso das für Sie von Belang sein sollte!«

»Und Ihre Kutsche – in meiner Auffahrt?«

Er hatte einen stolzen Mann gezwungen, das vor anderen

Männern kundzutun. Es war verachtenswert. Er würde es, ohne zu überlegen, wieder tun, um zu bekommen, was er wollte – was er brauchte.

»Welche Auffahrt wäre denn das, alter – äh …« Darlington beugte sich zu Crispin hinab. »Wissen Sie, wer das ist? Ich bin nicht sicher, mit welchem Namen ich ihn ansprechen soll.«

Und dann war es so weit. Mit seinem ganzen Körper spürte er, dass er noch nicht bereit war. Dass er einen Moment brauchte, um *nachzudenken*.

BenRuin kam auf ihn zu, ein Muskelberg mit mörderischer Absicht, die Augen auf Darlingtons Gesicht fixiert.

Und Darlington war begierig, sein ganzer Körper schrie praktisch danach. Alles, was er normalerweise versteckte, erwachte in ihm.

BenRuin sah es. Er strauchelte.

Die Männer, die aufgesprungen waren, hielten ihre Arme um BenRuin geschlungen und versuchten ihn festzuhalten, wo auch immer sie ihn zu fassen bekamen, und so gelangte BenRuins Messer nicht einmal annähernd in die Nähe von Darlingtons Hals.

Darlington fühlte sich so beraubt, dass er einen Moment lang nicht atmen konnte. Ein Mann eilte durch den Raum. Vielleicht hatte jemand einen Jungen nach ihm geschickt, denn er flüsterte BenRuin etwas ins Ohr, und dieser lauschte. Die Anspannung löste sich aus BenRuins riesigem Körper, und er begann zu zittern wie ein Pferd nach einem kräftezehrenden Rennen.

Er deutete mit dem Finger auf Darlington. »Ich werde nicht dafür hängen, Ihr hübsches Blut vergossen zu haben«, grunzte er. »Zumindest dieses Mal nicht. Das nächste Mal aber, wenn Sie mir in den Weg kommen, kennen Sie meine Absichten.«

BenRuin ging, und Darlington ließ die Hände über seinen

Hals gleiten – er war ein wenig aufgebracht und gestattete es Crispin, ihn mit entsprechender Aufmerksamkeit zu umsorgen.

»Ich wünschte wirklich, du würdest die Bediensteten in Ruhe lassen«, sagte Lydia, die Comtesse von BenRuin, gnädig und ließ sich vom Diener eine weitere Tasse Tee reichen. Sie und Kit saßen oben im Salon, wo ein Viereck Sonnenlicht dicht und warm auf den Teppich fiel. »Sie fühlen sich so unwohl dabei.«

Und dein Haus und deine Freunde und dieses feine Kleid sorgen dafür, dass ich mich unwohl fühle. »Ja, Mylady.«

Lydia, mit dem weißblonden Haar und der perfekten Figur, blickte Kit an, als wäre sie eine Ratte, die sich zum Tee hereingeschlichen hatte. Dabei hatte Lydia keine Angst vor Ratten, sie verachtete sie nur. »So musst du mich nur in der Öffentlichkeit nennen«, sagte sie. »Wenn wir unter uns sind, reicht Lydia. Warum muss ich dir das immer wieder sagen?«

»Natürlich, Lydia.«

»Ich schätze, ›Schwester‹ wäre wohl zu viel verlangt.«

Kit widerstand dem Drang, die Hände über dem Kopf zusammenzuschlagen – eine entsetzliche, niederträchtige Geste. »Wir hatten in den letzten dreizehn Jahren keinen Grund, uns Schwester zu nennen, aber wenn du es wünschst, können wir das gern in Zukunft so handhaben.«

Irgendetwas sorgte dafür, dass Lydias glatter Gesichtsausdruck von einem kurzen Schatten überzogen wurde, aber es verflog wieder. »Nur eine Laune, die vorübergeht«, sagte sie und reihte ihre Vokale hintereinander wie runde Murmeln. Gelangweilte Murmeln. »Ist der Tee nicht nach deinem Geschmack? Holen Sie eine neue Kanne«, sagte sie zum Diener. »Und sorgen Sie dafür, dass er auch heiß ist, wenn Sie ihn servieren.«

Wenn man ihnen so zuhörte, hätte man nicht vermutet, dass sie selbst sieben Jahre älter war als Lydia, dachte Kit. Wenn man sie aber ansah, konnte man sich gleich sicher sein. Die frische, blasshäutige Comtesse und ihre dunkle Koboldschwester. Auch wenn sie wohl zu groß und stark war, um als Kobold durchzugehen. Vielleicht als Kind von einem Kobold und einem Baum.

»Was dachtest du gestern Abend über Mr Wetherby?«

»Ein netter Mann«, erwiderte Kit vorsichtig.

»Er sagte mir, er würde dich zum Tanz auffordern, aber dann wich er von deiner Seite und sah ein wenig … peinlich berührt aus.«

Verflixt gedemütigt würde es wohl besser treffen. Oh, wie sehr Lydia das liebte – all die Männer der feinen Gesellschaft in ihren scharlachroten Anzügen zu ihrer unkultivierten Schwester zu schicken und dann jedes Detail von Kits Demütigung durchzugehen, wie Finger, die einen Korb nach Überbleibseln eines bestimmten Bandes durchsuchten.

Kit hatte sich nicht gewünscht, eine Saison in London zu verbringen, denn sie dachte sich schon, dass sie sich nur schlecht in die Gesellschaft einfügen würde. Dass sie es wahrscheinlich nie schaffen würde.

»Ich habe ihm nur gesagt, dass ich nicht tanzen kann«, erklärte sie.

Lydia rückte ihre Tasse zurecht. »Du solltest deinen Nachteil ausnutzen«, sagte sie. »Andeutungen darüber machen, dass du noch nicht das Glück hattest, von einem wahrhaft geschickten Gentleman über den Tanzboden geführt zu werden. Ihn sich vorstellen lassen, wie er seine Arme um dich legt. In ihm den Gedanken wecken, dass er es sein könnte, der dir das Tanzen beibringt, er vor allen anderen Männern. Du musst nicht mit ihm auf der Bühne stehen, um mit ihm ein Tänzchen zu wagen.«

Lydia drehte leicht den Kopf, als ob sie sehen wollte, ob ihre Worte bei ihrer Schwester angekommen waren. Nach einem langen Moment des Schweigens, in dem Kit dem Blick nicht standhalten konnte, lehnte sie sich zurück. »Wen sonst hast du –«

»Ich habe gehört, dass unser Onkel Lord Barton etwas kundtat. Ich habe versucht, ihn zu Gesicht zu bekommen, war aber zu weit von der Tür entfernt. Wurdet ihr einander vorgestellt?« Lydia ließ einen Finger über den Rand ihrer Teetasse gleiten, wobei ihre Lippen Widerwillen ausdrückten. »Wir sind uns gelegentlich begegnet. Er erkennt mich nicht an. Ich ziehe es vor, überhaupt nicht über diese verhasste Familie nachzudenken.«

»Aber wenn sie uns anerkennen würden, könnte Ma –«

»Kit, sie haben Mutter nicht einmal geschrieben, als wir geboren wurden! Hast du niemals daran gedacht, was unser Onkel hätte verhindern können, hätte er sich eingeschaltet? Er ist ein Graf. Unser Vater war ein Niemand.«

Kit *hatte* daran gedacht und versuchte, es wieder zu vergessen, denn es hatte keinen Sinn, sich die Vergangenheit anders zu wünschen. Das war vorbei und vorüber.

Lydia schniefte. »Und wir haben jetzt andere, bessere Verbindungen.«

»Weib!«

Das Wort schoss hart wie eine Kugel durch das Haus, und Kit hasste sich dafür, wie sie in sich zusammenschrumpfte. Dann gab sie die Schuld dorthin weiter, wo sie wirklich zu suchen war, und hasste ihren Vater noch ein bisschen mehr. Es war ein Trick, den sie erst vor Kurzem gelernt hatte, etwa zwölf Monate nach seinem Tod, aber sie wurde jeden Tag besser darin.

Lord BenRuin erschien im Türrahmen, wobei seine massiven Schultern den Weg zur Halle blockierten. Sein kurz geschnittenes Haar unterstrich seine Wut.

Er trat heran und thronte über seiner Gattin. »Steh auf«, sagte er.

Lydia zeigte keine Anzeichen von der Furcht, die Kit in den Knochen steckte. Gelassen blickte sie zu ihrem Ehegatten auf und nahm noch einen Schluck Tee. »Weshalb?«

Kit wartete darauf, dass der Graf Hand an Lydia legte, um sie hochzuzerren. Es würde ihm keine Schwierigkeiten bereiten.

»Weil ich nicht will, dass du wie ein Schulmädchen in Schwierigkeiten gerätst«, sagte er. »Also steh auf.«

Lydia nahm noch einen Schluck Tee. »Nein«, erwiderte sie.

Das eisige Schweigen kroch Kit bis unter ihre Haut. Nur eine hauchdünne Schicht trennte BenRuin noch von einem Untier, und seine Wut suchte verzweifelt nach einem Ventil. Sie krallte sich im Raum fest, heulte nach Blut. Lydia war weiß wie eine Wand.

Und sie fragte sich, weshalb Kit Zuflucht in der Küche suchte, wo aufrechte Arbeit getan wurde und die schlimmsten Dramen des Tages aus solch belanglosen Dingen bestanden wie etwa, was der zweite Diener gegenüber dem ersten erreicht hatte. Sie war ihr Leben lang dem Zorn ausgesetzt gewesen und konnte es nicht ertragen, dass sich ihre kleine Schwester erneut für den Zorn entschieden hatte.

Sie hatte Zeit gehabt herauszufinden, wie sich Lord BenRuin von ihrem Vater unterschied, während sie zusammengekauert nachts wach lag, um ihren explosiven Auseinandersetzungen zu lauschen. Sie hatte auf den Klang einer Faust oder eines Schlages gewartet, der bedeutete, dass sie Lydia für immer fortholen würde. Aber er kam nie. Und ganz gleich, wie zornig BenRuin sein mochte – und Gott wusste, dass einen Lydia in den Wahnsinn treiben konnte –, er hatte sie nie beschimpft. Er nannte sie nie dumm, ignorant oder eine Hure. Seine Wut war die eines

Löwen, der versuchte, etwas Verworrenes mit seinen großen, klobigen Pfoten zu entwirren, und dabei scheiterte.

Ihr Kopf hatte den Unterschied erfasst – ihr Körper nicht. Sie würden den Mann, der so heftig in den Raum atmete und dessen Gattin zerbrechliches Porzellan mit den Fingerspitzen hielt, nicht ansehen. Das Schweigen nahm ihr die Luft.

Der Graf fiel vor ihrer Schwester auf die Knie, und auch wenn er stehend groß war, zu groß für Kit, war es schrecklich, ihn so erniedrigt zu sehen.

»Ich habe heute beinahe einen Mann umgebracht«, sagte er, wobei sich seine Hände Lydia entgegenstreckten und nach einem Ort suchten, der sie willkommen hieß. »Ich schwöre dir, ich hätte ihm die Kehle durchgeschnitten. Treibe mich nicht noch weiter.«

Kit blickte auf ihre rauen Hände. Das war der Teil, der nicht so leicht war. Sie hatte alles gegeben, damit sich Lydia gut verheiraten konnte.

Lord BenRuin stand auf, als könne er die Nähe zu seiner Gattin nicht länger ertragen. »Hör auf, ihn zu treffen«, sagte er. »Ich bitte dich, hör auf, ihn zu sehen.«

Kit würde in Kürze ihre Nägel schneiden müssen – das Weiße lugte bereits über ihre Fingerspitzen, kleine Monde gingen auf.

»Du kannst wieder aufblicken«, sagte Lydia. »Er ist weg.«

Kit schaute ihre Schwester an und hatte fast das Gefühl, das kleine Kind vor sich zu sehen, das früher in den seltenen – kostbaren – Momenten der Stille immer auf ihren Schoß geklettert kam. Aber sie erblickte eine Gräfin, sauber und gepflegt und mit Diamanten an den Ohrläppchen. Sie waren nicht mehr klein.

Sie wollte nicht fragen, was gefragt werden musste. Aber sie würde auch nicht einfach hinnehmen, dass die Aristokratie ins

Schwimmen geriet und ihre Schwester in diesem See ertrank. Sie hatte schon schlimmeres Durcheinander als dieses wieder in Ordnung gebracht.

»Hat Lord BenRuin etwa den Duke of Darlington gemeint, der angeblich dein Liebhaber sein soll?«

Lydias Blick verschärfte sich, aber ihre Stimme klang so teilnahmslos wie immer. »Meine liebe Kit, du wirst doch nicht sagen, dass du in Bezug auf das Geschwätz in der Stadt auf dem Laufenden bist.«

Das ist Geschwätz, wollte sie sagen, *bei dem es unmöglich wäre, nichts davon mitzubekommen.* Sie hielt Lydias Blick stand.

»Du wirst bemerkt haben, dass er den Namen des armen Mannes, dessen Leben er bedroht hatte, überhaupt nicht erwähnt hat, aber man darf wohl vermuten, dass es sich um den Herzog handelt, ja.«

»Und wirst du ihn auch aufgeben?«

Lydia seufzte tief und ließ sich in ihren Sitz sinken. »Es ist sehr geschmacklos zu glauben, die Gerüchte seien wahr, meine Liebe.«

Sie bemerkte, wie Lydias Augen auf der Tür ruhten, durch die ihr Mann hinausgegangen war. Ihre Hand war weiß, wo sie den Sitz umklammert hielt.

»Willst du BenRuin verlassen?« Sie zwang sich zu der Frage, obschon sie sie auch etwas weniger direkt und schamlos hätte stellen können.

Lydias Gesicht drückte nichts aus außer Langeweile, aber ihre Hand auf dem Sessel wurde unfreiwillig noch weißer. »Wenn wir hier schon über Ehemänner reden, sollte es deiner sein. Ich habe dich nicht nach London eingeladen, um dich mit meinen Bediensteten anzufreunden. Wo waren wir stehen geblieben – Wetherby, nicht wahr?«

Es gab nur wenige Themen, die sie noch weniger diskutieren wollte, aber sie ließ die Konversation in eine andere Richtung gehen, und Lydias Griff am Sessel lockerte sich.

2

Kit lehnte an der Wand von Lady Marmottes großem Ballsaal und fragte sich, ob Tom den Metzger gerufen hatte, als die kleinen Ferkel geboren worden waren. Ihr Fleisch brachte mehr Geld ein, wenn sie noch gesäugt wurden, aber sie wusste auch, wie weichherzig ihr Bruder sein konnte. Sie hatte ihm in die Augen geblickt und es ihn versprechen lassen, aber sie war sich nicht sicher, ob er sein Versprechen auch hielt.

Sie nahm einen großen Schluck Fruchtpunsch und nickte über ihren Glasrand hinweg einer großen Blondine namens Sylvie zu, die sie schon ein paarmal getroffen hatte. Irgendwie landeten sie beide immer auf der gleichen Seite eines Ballsaals, irgendwo in der kleinen, verzweifelten Gruppe von Frauen, mit denen niemand tanzen wollte.

Sylvie schob sich an einer Gruppe plaudernder Damen vorbei und zog ein anderes Mädchen hinter sich her, bis sie vor Kit zum Stehen kam.

»Das ist sie – die Schwester der Comtesse von BenRuin.« Sylvie sah sie ganz genau an. »Wie viel älter als Ihre Schwester sind Sie eigentlich genau?«

»Ich wette, Sie essen nie etwas zum Frühstück«, sagte das kleinere dunkelhaarige Mädchen und blickte Kit direkt ins Gesicht.

»Ich hatte bislang keine Probleme mit dem Essen –«

»Wenn ich ihm gegenübersitzen müsste, schwöre ich, dass ich nichts hinunterbekommen würde.«

Das Musikstück, das gerade gespielt wurde, näherte sich seinem Ende, und Tanzpaare verließen lachend und plaudernd das Parkett. Kit fragte sich, ob sie das Mädchen bei all dem Lärm vielleicht missverstanden hatte.

»Wenn Sie wem gegenübersäßen …?«

Sylvie und ihre Freundin starrten Kit an, als sei sie nicht ganz bei Trost. »Lord BenRuin natürlich«, erwiderte das Mädchen und schlang sich die Arme um den Leib. »Er ist so groß und brutal. Letzte Woche ist er auf der Straße an mir vorbeigelaufen, und ich schwöre, dass meine Haut noch immer kribbelt.«

»Ihre Schwester ist natürlich sehr schön«, sagte Sylvie, der ihr eigener, geringschätziger Ton sehr zu gefallen schien. »Aber sie ist noch keine der großen Gastgeberinnen. Nicht wie Lady Jersey oder Lady Marmotte. Mama erzählte mir, dass Lady Marmotte vor drei Monaten mit der Planung dieses Fests begann und dass sie einhundertzwanzig zusätzliche Bedienstete angeheuert hat, um das Gelingen zu gewährleisten.«

Die Mädchen sahen sich im Ballsaal um, als wären sie im Himmel angekommen. Kit, der alle Ballsäle ähnlich groß und glitzernd erschienen, beobachtete, wie ein Mann mit schütterem Haar und in seine weiße Weste gepresst einen Drink über sich kippte und sich dann verstohlen umsah, ob es jemand bemerkt hatte. Menschen waren Menschen, ganz gleich wo.

Sylvie sah sich in der Menge um; Kit hatte sich wohl als Enttäuschung erwiesen.

»Glaubst du, der Herzog wird kommen?«, flüsterte das dunkelhaarige Mädchen Sylvie sehnsüchtig zu. »Lord BenRuin könnte um einen Kuss bitten, und ich würde es nicht einmal bemerken, wenn der Herzog anwesend wäre.«

Kits Aufmerksamkeit wurde gewaltsam wieder auf die Konversation gelenkt. »Welcher Herzog?«

Die Mädchen warfen ihr identische Blicke zu. Perplex. Mitleidig. »Es gibt nur *einen* Herzog«, erklärte Sylvie mit rigoroser

Überzeugung. »Wen kümmert es schon, was der alte Herzog Soundso auf seinem moderigen Anwesen mit seinem Rheuma und seinen Hunden tut? Es gibt nur einen Herzog. Der Duke of Darlington ist … er ist … er ist so …«

Sie und ihre Freundin warfen sich bezeichnende Blicke zu, als hätten sie gerade eine vollständige Arbeit über alle Qualitäten des Herzogs abgeliefert.

»Wird er denn heute Abend erwartet?«, fragte Kit. *Ich habe heute beinahe einen Mann umgebracht.*

»Ich weiß nicht«, sagte Sylvie, wobei die Frustration klar in ihrem Gesicht zu erkennen war. Sie schaute Kit von der Seite an. »Wir könnten ja Ihre Schwester fragen.«

Das dunkelhaarige Mädchen lief tiefrot an und stupste Sylvie in die Rippen.

Sylvie drehte sich mit angespanntem Gesicht zu ihr um. »Jeder weiß, dass es stimmt. Sogar Mama spricht darüber, und sie verabscheut Geschwätz. Mrs Armitage hatte Lady BenRuin und den Herzog aus Spaß bei ihrem Weihnachtsdinner nebeneinander gesetzt, und Mama sagte –«

Das andere Mädchen zog nachdrücklich an Sylvies Arm.

»Lou, was zum Teufel meinst du mit –« Sylvie schaute in die Richtung, in die ihre Freundin deutete, und erstarrte.

Lydia kam auf sie zu, mit einem Mann an ihrer Seite. Ihre Augen ruhten kurz, aber gleichgültig auf Sylvie und Lou, weil sie ihnen im Weg waren. Sie knicksten schweigend und machten sich rar. Eine Comtesse konnte man offensichtlich nicht so einfach fortschicken, wenn sie direkt vor einem stand.

Kit lächelte nicht. Auch wenn diese Mädchen das Gefühl hatten, dass sie so locker über Lydia reden konnten, war Lydias Welt viel vergänglicher, als sie begriffen hatte.

»Sir William«, sagte Lydia zu dem Mann an ihrer Seite, »darf ich Ihnen meine Schwester vorstellen, Miss Sutherland?«

Der Mann trug Schwarz und Weiß, das Haar war hübsch frisiert, sein Lächeln einwandfrei. »Welch ein Vergnügen, die Schwester Darlingtons Darling kennenzulernen«, sagte er.

»Das Vergnügen ist ganz meinerseits«, sagte Kit. »Ich meine, nicht, mich kennenzulernen, sondern Sie, William.«

Er stotterte etwas über ihrer Hand, und sie wünschte sich, er würde jetzt einfach aufgeben. *Keiner von uns beiden wird viel Freude daran haben.*

»Meine Schwester ist erst seit dem letzten Monat in der Stadt«, sagte Lydia und lehnte sich verschwörerisch zu ihm hinüber. Kit beobachtete, wie seine Augen Lydia verschlangen – ihre glatte, güldene Schönheit –, und wünschte sich plötzlich, sie wäre die Wilde, für die sie alle hielten, sodass sie ihn bespucken und kratzen könnte.

»Katherine, meine Liebe, du solltest ihn nicht so formlos anreden, bevor du nicht besser mit ihm bekannt bist. Oh, dort sehe ich Lady Sybilla. Bitte, entschuldigen Sie mich.«

Kit sah zu, wie ihre Schwester wegging. *Wusste* Lydia, ob der Herzog heute Abend kam? Wartete sie etwa auf ihn?

»Wie gefällt Ihnen London bislang, Miss Sutherland?«, fragte William auf eine selbstgefällige Weise, die eigentlich besagen sollte: *Hat London Sie schon gelehrt, Ihr provinzielles Zuhause zu verschmähen?*

Sie wandte sich ihm zu. »Sie müssen über Geld verfügen, sonst würde Sie mir meine Schwester nicht auf den Hals hetzen. Je reicher der Mann und je schlechter ich abschneide, desto besser der Witz. Sie mag mich nicht sonderlich, müssen Sie wissen.«

»Ich, äh, haha, ja, sehr originell. Sehr originell.«

Kit wurde oft als originell bezeichnet.

»Würden Sie mir die Ehre erweisen und mit mir tanzen, Miss Sutherland?«

Sie dachte daran, was Lydia ihr gesagt hatte, bevor BenRuin ihre kleine Teerunde unterbrach. *Nutze deinen Nachteil. Ihn sich vorstellen lassen, wie er seine Arme um dich legt.* Aber Sir Williams makelloses Lächeln fiel ihm jetzt schwer, seine Handschuhe wickelte er um seine Finger. Das war nicht der Mann, für den es sich lohnte, charmant zu sein.

»Ich kann nicht tanzen«, erklärte sie deshalb. »Sie wissen, dass, ganz gleich, wie viel Aufmerksamkeit Sie mir zollen, Sie niemals Hand an meine Schwester legen werden. Das ist ein Traum – einer, den Sie schnell vergessen sollten.«

Er zuckte zusammen, als hätte sie geradewegs in seine Hose gelangt. »Wie bitte? Ich hege keine solchen Absichten –«

»Oh doch, das tun Sie, Sir. Sie träumen davon, ihre Schönheit in irgendeiner dunklen Ecke allein genießen zu können.«

William errötete und wandte sich ab. »Wären Sie nicht die Schwester von Lady BenRuin, würde man dazu neigen, Sie für nicht gesellschaftstauglich zu halten.«

Meine Güte. »Sollte das ein Hieb sein? Zumindest haben Sie sich daran erinnert, wessen Gattin sie ist. Der einzige Mann, der sie letztendlich berühren darf, ist ihr Ehemann. Ist es nicht so?«

»Hören Sie auf, von Berührungen zu reden! Solch eine Taktlosigkeit ist mir in meinem ganzen Leben noch nicht untergekommen!«

»Natürlich ist es das. Sie haben die Gerüchte über meine Schwester und den Herzog gehört, und da haben Sie an nichts anderes gedacht, als es selbst zu versuchen. Schließlich wird sie Freiwild für die Sirs dieser Welt sein, wenn ein Herzog erst einmal mit ihr fertig ist, nicht wahr?«

Er wandte sich ihr zu, und jetzt war nichts Attraktives mehr an ihm. »Mein Vater pflegte mit dem Ihren Karten zu spielen. Es ist mehr, als sie verdient, dass sich eine alte Blutlinie wie ich für sie interessiert, und ich werde sie *berühren,* wenn ich es will.«

»Und da wären wir«, erwiderte sie und wischte sich mit dem Handrücken seine Spucke von der Wange. »Das ist es, was Sie in Wirklichkeit vom Darling Darlingtons halten, so nah unter der Oberfläche.«

»Das tue ich nicht und habe es nicht.« Plötzlich wirkte er unsicher im Hinblick auf das, was sie in ihm aufgedeckt hatte.

Wahrscheinlich hatte er das nicht verdient. Wahrscheinlich träumte er von ihrer Schwester, wäre aber niemals unverblümt genug, ihr den Hof zu machen.

»Wenn es ein kleiner Trost für Sie ist«, sagte sie, »der Herzog wird sie auch nicht mehr anfassen.«

William wich einen Schritt vor ihr zurück; seine Augen würden den ihren nie begegnen.

»So nett, Ihre Bekanntschaft zu machen«, sagte sie, als er sich zurückzog.

Manchmal, in den ganz frühen Morgenstunden, bevor sie sich dazu zwang, die Bettdecke zurückzuwerfen und den Tag zu begrüßen, bemerkte sie eine kalte Furcht, die in ihrer Brust eingesperrt war. Sie war achtundzwanzig Jahre alt. In solchen Momenten fragte sie sich, ob es die Sache wert sei, die Hand irgendeines Mannes zu akzeptieren, der davon überzeugt werden konnte, ihr ein Angebot zu machen.

Aber kein Mann wie Sir William.

Sylvie winkte ihr durch das Gedränge zu, als hätte sie nur darauf gewartet, dass William ging, und begann sich mit Lou im Schlepptau einen Weg in ihre Richtung zu bahnen. Kit fragte sich, ob sie sich wohl hinter dem Rücken ihrer Anstandsdamen den einen oder anderen Drink genehmigt hatten.

Die schwere Luft umfing sie wieder, das Gedränge schwitzender Körper, der dichte Atem, das Plaudern aus zu vielen

Mündern, das Schlucken und Verschütten von Drinks. Sie wusste aus Erfahrung, dass Lydia sie nicht vor drei Uhr früh gehen lassen würde. Stunden um Stunden, die sie noch durchhalten musste.

»Wir haben Neuigkeiten wegen des Herzogs«, sagte Sylvie, die viel näher bei ihr stand als nötig, denn in dieser Ecke des Ballsaals ging es weniger dicht gedrängt zu. Lou schloss auf und Kit damit ein.

»Lady Marmotte hat es bekannt gegeben –«

» – in der ganzen Stadt –«

» – dass sie geplant hat, den Herzog zu *haben*. Lord Marmotte ist darüber äußerst wütend und hat die Diener bestochen, jede Bewegung des Herzogs im Auge zu behalten, sollte er –«

» – sollte er es *wagen*, heute Abend hier aufzutauchen.«

Ihre Gesichter waren triumphierend gerötet. Sie hielten das für eine wundervolle Nachricht. Kit, die bereits den Wutausbruch eines Ehegatten erlebt hatte, eher nicht. *Der Teufel hole London und all die Menschen, die darin leben.*

»Und«, sagte Lou, indem sie sich schuldbewusst umsah, »erst letzte Woche –«

Der Steward kündigte den Duke of Darlington an.

Kits Herz schlug schwer, und sie kämpfte gegen den Drang, sich auf die Zehenspitzen zu stellen, um besser sehen zu können. Zuvor hatte sie stets nur flüchtige Blicke auf ihn werfen können, denn er war immerzu umzingelt: ein Mann von der affektierten, parfümierten Sorte. Die Menge teilte sich um die Treppe und die Mitte des Ballsaals.

Sylvie, die durch die Bewegung gegen Kit gedrückt wurde, fragte: »Glauben Sie, Gott könnte seine Hand ins Spiel und ihn dazu bringen, mit mir zu tanzen? Lou, ich kann nicht atmen. Wir müssen näher heran.« Sie zog Lou weg, und Kit war sich sicher, dass sie vollkommen vergessen hatten, dass sie überhaupt existierte.

Die Neugier überwog, also stellte sich Kit wahrhaftig auf die Zehenspitzen. Sie konnte nur seinen Kopf sehen, wie er sich durch die Mitte des Raums bewegte, wobei seine unverwechselbare dunkle Mähne einen Großteil seiner Gesichtszüge überschattete. Er trug Manschetten, die so lang und pointiert waren, dass sie schneiden könnten, und seine Jackettknöpfe waren hell genug, dass man sie am anderen Ende des Raums noch sehen konnte.

Sie landete wieder auf ihren Fersen.

»Enttäuscht?«

Sie stutzte und wandte sich dem Mann zu, der neben ihr stand. »Sie sind –«

Du meine Güte, er war wunderschön. Ein blasses Gesicht wie gemeißelt. Augen im tiefen, vielschichtigen Blau eines Abendhimmels. Dichtes, schwarzes Haar, das nach hinten geglättet war. Er lehnte an der Wand neben ihr, trug ein schwarzes Jackett und Hosen, eine einfache schwarze Krawatte und kleine Manschetten. Er war ebenso groß wie sie und hatte einen schlanken, geschmeidigen Körper. Sie hatte schon Stallburschen auf diese Weise an einer Stallwand lehnen sehen, aber noch nie einen Mann mit einer solchen Grazie. Er neigte den Kopf, und sein Blick fing ihren ein. Sie sahen einander an, ohne ein Wort zu sagen, dann zuckte sein Mundwinkel. »Ich bin was?«

Ihr Herz hämmerte gegen ihren Brustkorb. Sie wollte nicht sprechen. Sie würde wie immer schlecht dabei abschneiden; man würde sofort merken, dass sie nicht dazugehörte.

Er machte keine Anstalten, die Stille zwischen ihnen zu lindern. Eine Violine übertönte mit einem Ton die Gespräche im Raum, und die Musik setzte wieder ein.

»Ich tanze nicht«, sagte sie schließlich.

»Nein, ich habe schon gehört, wie Sie das William verdeutlichten.«

»Sie haben zugehört?«

»Ja, und ich war hingerissen. Sie haben einen einzigartigen Stil, Miss Sutherland. Ich habe versucht, ihn zu enträtseln, um ihn besser zu verstehen.«

»Was meinen Sie mit Stil?«

»In einen Mann einzudringen. Soweit ich es sagen kann, waren Sie ehrlich zu ihm, bis er eingelenkt hat. Kein Stil, den ich sofort nachahmen könnte. Warum tanzen Sie nicht?«

»Ich kann es nicht.«

»Und warum können Sie nicht tanzen?«

Wie sollte man diesem eleganten, eloquenten Mann eine Antwort geben, der es ohnehin nicht verstehen würde, nicht einmal dann, wenn sie es buchstabierte. »Mutter wollte, dass ich es lerne, aber ich musste mich immer zuerst um andere Dinge kümmern.«

»Die da wären?«

»Schweine füttern«, sagte sie etwas unwirsch, weil er sie verunsicherte.

Er löste sich aufrecht von der Wand, und zum ersten Mal war seine gewaltige Selbstbeherrschung beeinträchtigt. »Sie sind die Schwester von Lady BenRuin. Warum müssen Sie Schweine füttern?«

Sie verkniff sich ein *Weil sie Hunger haben*. »Ich habe Interesse an unserer eigenen Zucht. Daran ist nichts wirklich Ungewöhnliches.«

»Nein«, sagte er nach einem Moment und lehnte sich wieder gegen die Wand. »Ich schätze nicht. Kann denn Ihre Mutter tanzen?«

»Das sollten Sie mich nicht fragen.«

»Warum nicht?«

»Weil es nicht –«

»Höflich ist?« Er lachte, und sie wollte dieses Lachen in der blauen Kanne verschließen, die auf ihrer Kommode zu Hause stand, und es für immer bewahren.

»Ich mache mir nichts aus Höflichkeiten. Aber meine Mutter geht Sie nichts an.«

»Warum haben Sie sie dann erwähnt?«

»Sie … haben mich belauscht. Das hat mich durcheinandergebracht.«

»Hatte noch nie jemand zuvor den Schneid, Ihre Unhöflichkeiten zu erwidern?«, fragte er. »Ah, nun kommen Sie schon, lächeln Sie doch. Ihre Stimme verheißt nämlich Sonnenschein, müssen Sie wissen. Ich dachte zunächst, ich hätte es falsch gedeutet, aber ich habe das eigentümliche Gefühl, dass Ihr Lächeln einer Art Sonnenaufgang gleichkommt.«

Er sagte es locker und zuversichtlich, aber die kleine Schieflage seiner Lippen verriet ihr, dass er sich seiner eigenen Extravaganz bewusst war. Seine Augen verrieten nichts. Unbeirrt ruhte sein Blick auf ihrem Gesicht. Sie bedeckte ihre krumme Nase und erkannte zu spät, dass sie in der Eile ihre freie linke Hand benutzt hatte.

Er packte ihre Hand und hielt sie fest. Durch ihren und seinen Handschuh hindurch erforschte er die gekrümmten Gelenke ihrer beiden kleinsten Finger. Sie atmete nicht.

»Was ist mit Ihren Fingern passiert?«, murmelte er. »War es die gleiche Faust, die Ihre Nase gebrochen hat?«

»Entschuldigen Sie mich.«

»Nein, bleiben Sie«, sagte er. »Bleiben Sie.«

Sie zögerte.

»Bitte«, sagte er und stolperte förmlich über das Wort. Es war, als würde man einem preisgekrönten Vollblut dabei zusehen, wie es über einen Ast stolperte.

»Fragen Sie nicht nach meiner Hand«, sagte sie. »Fragen Sie nicht nach meiner Nase. Und fragen Sie nicht nach meiner Mutter oder meinen verdammten Schweinen.« Na also. Sie war barsch und knapp, wie die Landschaft, in der sie sich ein Zuhause geschaffen hatte.

Er zögerte – sie fürchtete, er würde sie nicht loslassen –, dann zuckte er mit den Schultern. Es war also nur nutzlose Neugier gewesen.

»Und so bleiben uns nur zwei Konversationsthemen übrig«, sagte er. »Das Kleid Ihrer Schwester und wie verzweifelt wir uns nach der Liebe des Herzogs von Darlington sehnen.«

Der Duke of Darlington. Den hatte sie ganz vergessen. Sie strengte sich an, um ihn durch die Menge hindurch auszumachen, und sah, dass er noch immer bei dem riesigen Spiegel stand, bei dem er zuvor stehen geblieben war.

»Ein frisch gebackener Herzog ist ein echtes Spektakel, nicht wahr?«, fragte der Mann neben ihr. »Eigentlich ist es recht traurig, wie er versucht, in die Fußstapfen seines verstorbenen Vaters zu treten. Er ist viel zu schwach und dumm – ein wimmernder Kümmerling von einem Mann. Sogar die einfache Aufgabe, seinen Titel angemessen zu erwerben, scheint ihm fremd.«

»Aber … sein Vater ist vor etwa einem Monat gestorben. Ich bin am Tag seiner Beerdigung an St. George's vorbeigelaufen.« Der Bürgersteig war in Schwarz getaucht, die Elite Darlingtons kam zusammen, um das Ableben eines der ihren zu betrauern.

»Sogar der Sohn eines Herzogs muss seinen Titel beanspruchen, und der Anspruch dieses Mannes ist an das *Committee for Privileges* gegangen. Vielleicht sehen sie ihn so klar wie ich und zögern, ihm solche Macht zu übertragen, auch wenn sie ihm rechtlich gesehen zusteht.«

Die Männer und Frauen von London waren sich also nicht einig, was den Duke of Darlington anbelangte. Kit sah sich da eher auf der Seite der Männer. Wenn sie es tatsächlich mit einem Herzog aufnehmen musste, dann sollte es lieber ein schwacher und dummer Herzog sein.

»Sie dürfen sich gern auf mich stützen, wenn Sie einen weiteren Blick auf ihren Zehenspitzen wagen wollen. Sind das *Ihre* Schweine, Miss Sutherland?«

Sie hätte es ihm beinahe erzählt, weil sie vermutete, es würde ihm gefallen. Aber er würde den extremen Stolz nicht verstehen, den man in Bezug auf ein paar Schweine empfinden konnte, die einem selbst gehörten. »Wie heißen Sie?«, fragte sie.

Er neigte den Kopf und beobachtete sie. Dabei hatte sie das Gefühl, er würde sich ihr irgendwie nähern, obwohl er sich gar nicht bewegte. Sie errötete und wandte sich ab.

Er sagte: »Sie werden auch den Herzog nicht verschonen, wenn Sie ihm sagen, er solle sich von Ihrer Schwester fernhalten, nicht wahr? Da wäre ich zu gern dabei.«

»Für gewöhnlich bewundert man ihn – Sie aber nicht?«

Sein Mund öffnete sich wieder an der Seite. »Meine Liebe«, sagte er, »niemand verabscheut ihn so wie ich.« Er blinzelte, und sie sah etwas in seinem Blick, von dem sie wusste, sie hätte es besser nicht sehen sollen.

Bis zu diesem Moment hatte sie gedacht, sie hätte seine vollkommene Aufmerksamkeit – hatte sich sogar ein wenig wie auf einem Seziertisch gefühlt. Er schaute zu den Tanzenden, und sie spürte, dass nur ein winziger Teil von ihm überhaupt hier anwesend war. Der Rest war irgendwo anders, und sie wollte ihm nur zu gern folgen und herausfinden, wo. Ihn in den Mittelpunkt rücken und verstehen, was in ihm vorging.

Die Tänzer schienen weit weg zu sein, die Musik verschwommen, die Stimmen um sie herum ein andauerndes Summen, aus dem sich gelegentlich ein Lachen oder ein Ausruf an die Oberfläche bahnte. Es war schon lange her, dass sie sich auf andere Dinge außer ihre Familie konzentriert hatte. Ein zaghaftes Gefühl begleitete sie auf diesem ersten Schritt in die Neugier. Sie, deren Körper so ziemlich alles ertragen konnte.

»Was hat er denn getan, dass Sie ihn derart verabscheuen?«, fragte sie.

Er drehte sich mit den Schultern zur Wand und lehnte den Kopf zurück. »Ihn und mich verbindet eine lange Geschichte. Sie ist recht grauenhaft. Sind Sie sicher, dass Sie diese traurige Geschichte hören wollen?«

Ihre Haut zitterte wie das Fell eines nervösen Pferds. »Ich kann es kaum erwarten zu hören, wie der Herzog verleumdet wird.«

»Ich bin auf dem Northumberland-Anwesen aufgewachsen, wo die Familie ihre Sommer verbringt.«

»Sie beide waren also bereits in Ihrer Kindheit befreundet?«

»Ach ja. Manchmal denke ich, das Schlimmste, was es gibt, außer unterbrochen zu werden, ist, wenn jemand in deine Geschichte hereinplatzt, um zu raten, was als Nächstes passiert. Man fühlt sich dadurch so vorhersehbar. Darf ich fortfahren, oder haben Sie die ganze Geschichte bereits vorausgeahnt?«

Sie gebot ihm mit einer gnädigen Geste weiterzureden und versuchte, nicht zu lächeln, denn ihr Lächeln kam bestimmt einer Art Sonnenaufgang gleich.

»Der Herzog – er hatte damals den Ehrentitel des Viscount d'Auton – war immer ein wenig wild, aber ich war schlimmer. Wir waren einander … sehr verbunden. Wir hatten eine großartige Zeit, haben verheerendes Chaos angerichtet, bis er erkannte, dass er immer nur in Schwierigkeiten geriet, wenn ich in der Nähe war. *Andere* Leute mochten mich nicht besonders, müssen Sie wissen.«

Skeptisch betrachtete sie diesen erstaunlichen Mann, dessen Stimme so schön war wie der Rest von ihm. Dann dachte sie über diese beunruhigende Sache nach, die sie in seinen Augen gesehen hatte.

»Ich kann mir nur schwer vorstellen, wie Sie so durchs Land toben.«

»Dann haben Sie keine Vorstellungskraft, Miss Sutherland.« Seine Stimme klang nicht abwertend – sie brachte ihr nur in Erinnerung, dass sie ihn überhaupt nicht kannte.

»Was hat er getan?«

»In dem Sommer, als wir neun waren, begrüßte er mich mit so viel Zuneigung wie stets. Er schlug vor, Verstecken zu spielen. Ich habe mich in der alten Spülküche versteckt, ein ausgezeichneter Platz, und er hat mich eingesperrt. Drei Tage lang hat er mich nicht mehr herausgelassen.«

»Du meine Güte.«

»Es entwickelte sich zu seinem Lieblingsspiel, bis ich mich weigerte, weiterhin zu dem großen Haus zu kommen und mit ihm zu spielen. Darauf hat er seinem Vater erzählt, mein Vater habe gewildert. Mein Vater war ein guter, loyaler Bediensteter. Nichts konnte ihm nachgewiesen werden, und anstatt überführt zu werden, wurden wir einfach gezwungen umzuziehen, unser Name mit einem schwarzen Makel befleckt. Mein Name. Mein ganzes Leben lang bin ich ihn nicht losgeworden. Manchmal habe ich den Eindruck, ich sei noch immer in diesem Raum eingesperrt.«

Er sagte all das locker dahin, aber Kit hörte immer aufmerksamer zu. Er wusste sich gewählt auszudrücken – ein Diener hätte sich eine solche Ausbildung für seinen Sohn nicht leisten können. Und er hatte bereits zugegeben, dass er einige Schwierigkeiten mit der Wahrheit hatte. Also lauschte sie stattdessen auf das, was er nicht sagte.

»Sie sind ein Mann, der das Gefühl hat, sich nicht bewegen zu können«, sagte sie und behielt sein Gesicht fest im Blick. Es gab nichts preis. »Und Sie haben dieses Gefühl, weil Sie den Herzog für einen mächtigen Mann halten.« Es war spannend, wenn man berücksichtigte, dass er den Mann als schwach und dumm bezeichnet hatte.

Er wandte ihr den Blick zu, Schultern und Kopf gegen die Wand gelehnt, und kam ihr nah, wie sie bemerkte, viel näher, als er sein sollte. »Das stimmt«, sagte er.

»Dann sind Sie ein verdammter Narr.«

Er verfiel in vollkommene Stille, um eine Sekunde später zu erzittern. Sie konnte nicht sagen, was sich verändert hatte, aber sie war sicher, er würde sie mit den nächsten Worten, die seinen Mund verließen, zerquetschen.

Er öffnete die Lippen. Schloss sie wieder. Setzte ein kleines, umwerfendes Lächeln auf. Seine Augen waren verschlossen, wie sie bemerkte, denn über ihnen lag eine Traurigkeit, dick wie der Ruß auf den Buntglasfenstern von St. Paul's.

»Was wollen Sie damit sagen?«, fragte er nur.

»Herzog zu sein macht ihn noch nicht mächtig«, sagte sie mit fester Stimme. Sie ließ sich nicht anmerken, dass ihre Finger am liebsten seine blassen, perfekten Wangen berührt hätten, um ihn zu trösten. Ihn ihr näher zu bringen. Ihre Stirn an seine zu legen – und damit besser, als Worte es konnten, zu sagen: *Pass auf.*

»In diesem großen britischen Imperium steht nur noch die Königsfamilie über ihm, und da sagen Sie, er sei nicht mächtig?«

»Er nimmt seinen Sitz im Parlament nicht in Anspruch«, sagte sie. »Er riskiert keine Meinung vor anderen Männern. Was hat er denn aufgebaut? Wofür setzt er sich ein?« Sie deutete in Richtung des viel gefeierten Herzogs. »Was ist er schon, eine

Frisur, ein paar große Manschetten und eine Krawatte, um die ihn andere Männer beneiden?«

Sie drehte sich wieder zu ihm und fühlte sich plötzlich lächerlich – am liebsten hätte sie alles zurückgenommen.

Irgendein Gefühl hatte seine Schönheit zerpflückt und seine Züge offengelegt, unsicher. Er blinzelte und zuckte zurück, dann lächelte er ein perfektes Lächeln, und würde sie es nicht besser wissen, hätte sie niemals bemerkt, dass ihn etwas umtrieb.

»Entschuldigen Sie mich, Miss Sutherland«, sagte er mit einer Verbeugung. »Ich habe noch andere Verpflichtungen.«

Darlington drehte sich von Miss Sutherland weg und fing Crispins Blick auf, bevor er den Raum verließ.

Der Junge stand in der herzoglichen Pracht bei einem der fünf enormen Spiegel, die Lady Marmotte für den Ball bestellt hatte, umgeben von Bewunderern. Er lächelte Darlington überschwänglich zu und wandte sich dann wieder seiner Konversation mit Hopwell zu.

Es funktionierte.

Niemand hatte bislang bemerkt, dass der Mann, den sie für den Duke of Darlington hielten, eigentlich Crispin Scott war, der verkleidete Sohn des Kanzlers.

Darlington verließ den Raum und erlaubte sich selbst den kleinen Luxus, auf den dunklen Korridor hinauszutreten, um sich gegen die Wand zu lehnen. Er versuchte, zu Atem zu kommen.

Narr. Schlimmer als ein Narr.

Er wollte nicht mit ihr reden – hatte nicht gewusst, dass er Lydias Schwester in der gleichen anonymen Ecke des Ballsaals vorfinden würde, die er für sich selbst ausgesucht hatte. Er hatte sich gesagt, er würde nur einen Blick auf sie werfen, auf diese Schwester, von der Lydia niemals sprach.

Er hatte für seine Neugier bezahlt.

Sie fütterte Schweine, liebte ihre Mutter, und ihre Nase war so krumm wie die eines Schlägers aus den Elendsvierteln. Sie hatte die Augen einer wilden Kreatur, golden und argwöhnisch, und gehörte nicht hierher, nach London. Sie hatte ihn mit ihrem Blick gefangen und fixiert und das, was sich tief in seiner Seele versteckte, ans Tageslicht gezerrt.

Er warf den Kopf gegen die Wand und versuchte, seinen Atem zu beruhigen.

Seine Nacht hatte noch nicht einmal begonnen. Er hatte noch eine Rolle zu spielen. Dort oben wartete eine Frau auf ihn.

Er zwang sich, von der Wand wegzutreten. Schließlich war er kein Junge mehr.

Er war der Duke of Darlington, wie schon sein Vater vor ihm.

3

Kit schob sich durch die Menge, die den Duke of Darlington begaffte, und ignorierte die leichte Errötung ihrer Wangen. Das war ihre gewählte Vorgehensweise, eine Privataudienz würde sie nicht bekommen.

Sie hatte kürzlich etwas über seine Begegnung mit BenRuin gelesen. BenRuin war ihn in einem Herrenclub vor zahllosen Zeugen angegangen. Er hatte schon fast sein Messer an den Hals des Herzogs gesetzt, wenn man den Gerüchten glauben konnte.

Unabhängig von dem törichten Verhalten, ohne Ankündigung an einen Herzog heranzutreten, wäre ihm ihre Verbindung zu BenRuin wahrscheinlich zuwider. Aber da gab es nun einmal ihre Verbindung zu BenRuins Gattin.

Aus der Nähe betrachtet, war er recht hübsch.

»Euer Gnaden«, sagte sie und sank in ihrer Höflichkeit so tief in die Knie, dass sie wackelten.

Er hielt ihr seine Hand entgegen. Ein freundliches Gesicht, eine freundliche Geste. Nicht der Mann, den sie sich angesichts des Zorns ihres Schwagers vorgestellt hatte. Es überzeugte sie davon, dass Lydias Affäre nichts mit diesem Mann zu tun hatte, sondern ausschließlich mit ihrem Gatten.

»Sie kennen meine Schwester, Lady BenRuin.« Sie sprach mit leiser Stimme, und der Herzog nahm sie zur Seite.

»Sie müssen Miss Sutherland sein. Es ist mir ein Vergnügen, Sie endlich kennenzulernen.«

»Hier geht es aber nicht um Vergnügen, Euer Gnaden.

Ich …« Wie genau wies man einen Herzog zurecht, jetzt, da man vor ihm stand, und ganz gleich, wie sanftmütig er erschien? »Ich will, dass Sie aufhören, meine Schwester zu treffen.«

»Ein lobenswerter Wunsch«, sagte er, ohne zu blinzeln. »Sie werden sich freuen zu hören, dass sie und ich bereits getrennte Wege gehen.«

Sie versuchte, etwas außer einer Art besorgten Wohlwollens in seinem Gesicht zu lesen, konnte aber keine Spuren der Unaufrichtigkeit entdecken. Wie sehr er sich doch von dem Mann in Schwarz unterschied.

Sie nickte, und er wurde von den jungen Männern, die ihn umlagerten, von ihr fortgezerrt, noch bevor sie einen Abschiedsgruß wechseln konnten. Sollte Lord Marmotte sich um seine eigene Gattin kümmern – Kits Aufgabe war erfüllt. Sollte der Klatsch verbreiten, was er wollte. Sollten sie denken, dass sich die schamlose Miss Sutherland auf ein Spiel mit einem Herzog einließ. Sie verließ den Raum und ging durch die Halle, wo sie ein vorbeiflanierendes Paar merkwürdig ansah.

Richtig. Sie machte wieder große Schritte. Lydia hatte diesbezüglich mit ihr gesprochen. Ausgiebig.

Sie schaute in ein Zimmer, in dem etwa zehn Tische für Kartenspiele aufgestellt waren. Ein paar junge Männer trugen diese dekorierten Hüte, über die sie gelesen, die sie aber noch nie gesehen hatte, und ihre Handgelenke waren mit Leder umwickelt. Zumindest hatte sich ihr Vater nie dazu herabgelassen, Blumen an seinen Hut zu stecken, dachte sie.

Es war kein großer Trost.

»Spielen Sie?«, fragte ein Mann hinter ihr und berührte ihren Ellbogen.

Sie ging schnell zur Seite. »Weshalb spielen sie nur Pikett? Ich dachte, Baccara und Pharao seien in London ebenfalls beliebt.«

»Meine Güte, Sie sind neu, nicht wahr?«, fragte er lachend und zog eine Schnupftabakdose aus der Tasche. Er war ein gutes Stück älter als sie – eher fünfzig als vierzig und alt genug, dass sich die Zeichen der Zeit auf seinem Gesicht zeigen konnten. Er lehnte im Türrahmen und schniefte das Pulver von seinen Fingerritzen, bevor er die Dose wieder schloss und zurück in seine Tasche steckte.

»Lady Marmottes Kartenpartie im Juni würde das Ereignis der Saison sein – ist es seit Jahren auch gewesen. Sie ist die gerissenste Spielerin, die wir seit Langem gesehen haben, aber sie spielt nur Pikett, und sie lädt nur ein, wen sie will, um den Rest schert sie sich einen Teufel. Die jungen Leute dort«, nickte er, »hoffen sie zu beeindrucken und eine Einladung zu bekommen. Ich bezweifle, dass sie heute Abend überhaupt vorbeischauen wird. Spielen Sie?«

Der Junge am Tisch gleich neben der Tür, der ihr den Rücken zukehrte, hatte eine kleinere Quart – sechs, sieben, acht und neun Karo – und legte seine fünfte Karte nicht auf den Stapel ab. *Welch ein Narr.*

»Nein, ich spiele nicht«, sagte sie.

Als ihr Gegenüber die Augenbrauen hob, merkte sie, dass sie ein wenig rabiat reagiert hatte. »Es tut mir leid«, sagte sie. »Bitte entschuldigen Sie mich.«

Sie schlenderte durch das Haus und hatte Vergnügen daran, so zu gehen, als hätte man ihr Beruhigungsmittel verabreicht. Ihr Vater hätte es vor Erstaunen die Sprache verschlagen, hätte er sie so sehen können. Obwohl es ihn nicht überraschen sollte, denn schließlich war er es gewesen, der ihr beigebracht hatte, die Welt zu verlachen.

Sie bekam den Mann in Schwarz nicht mehr zu sehen.

Sie spähte durch die Ballsaaltür und sah Paare, die über den Boden wirbelten. Dann erblickte sie Lydia in den Armen eines Soldaten – nur ein kurzer Blick auf einen Schnurrbart und Zähne, die in einem Lachen freigelegt wurden, bevor sie sich wieder von ihr wegdrehten. Kit dachte nicht, dass Lydia an diesem Abend mit dem Herzog getanzt hatte, und sie war froh darüber. Vielleicht war die Affäre doch nur Gerücht und Übertreibung.

Sie fand sich selbst in einer Porträtgalerie wieder und begann, in Gedanken einen Brief an ihren Bruder zu verfassen, denn der plötzliche Wunsch, er möge bei ihr sein, schmerzte in ihrer Brust. *Lieber Tom*, würde sie schreiben, (nicht ›mein Liebling‹ oder ›mein Liebster‹, obwohl er ihr genau das bedeutete), *du wirst mir nicht glauben, wenn ich dir dieses Porträt beschreibe. Irgendein Vorfahr von Lord Marmotte hatte es für eine gute Idee gehalten, rittlings auf einem Schaukelpferd zu posieren – zweifelsohne ein Relikt aus seiner Jugend –, während er eine dieser großen Erobererposen einnahm. Wenn ich einst in ferner Zukunft mein eigenes Porträt anfertigen lasse, werde ich genau diese Pose einnehmen.*

Ah, er würde mit ihr lachen, dort, wo man den Ball nur noch wie ein entferntes Meeresrauschen wahrnahm. *Ich wünschte, ich könnte dich mit mir nach London zerren*, würde sie sagen, *mein geliebter Bruder. Es würde dir dann leidtun, dass du es mir aufgedrängt hast. Es ist der absurdeste Ort auf Erden, wenn man einen Ehemann finden möchte. Diese Männer und ich stammen aus unterschiedlichen Welten. Manchmal wünschte ich, sie würden mir nur Tand anbieten, wie sie es mit den Eingeborenen in Amerika machen, und wären dann damit zufrieden. Ich werde als überzeugte alte Jungfer nach Hause zurückkehren und wie Rumpelstilzchen vor Freude hüpfen.*

Außer dass das nicht mehr gänzlich wahr war, oder? Wie würde sie Tom den Mann in Schwarz beschreiben? Würde sie es wagen, ihm zu erzählen, dass etwas in ihr berührt worden war? Sie ging zum nächsten Raum, aus dem sie eine schwache Kaskade von Noten vernahm. Die Musik war so anders als alles, was sie jemals gehört hatte, dass sie eine Weile brauchte, um es zu erkennen.

Sie lächelte und folgte dem Klang.

Es war ein Klavierspiel, wie sie es noch nie zuvor gehört hatte – gedämpfte Leidenschaft, die, da war sie sich ziemlich sicher, in der Öffentlichkeit nicht erlaubt sein würde. Eine leichte Melodie ging der anderen voraus. *Folge mir*. Die zweite war langsam; sie würde die erste nie einholen, sondern lief unter ihr, tief wie ein Ozean.

Noch nie hatte sie etwas so Schönes gehört.

Sie bog in einen neuen Flur ein, als sich die Klänge verlangsamten, beinahe schwanden, sich gegenseitig auflösten, zu etwas Neuem und Hellen und Betörendem wurden. Während sie ging, strengte sie ihre Ohren an, um eine Note zu hören, und dann eine weitere, die ihr verriet, dass die Strömung des Ozeans noch nicht versiegt war. Sie war immer noch voller Verlangen. Vor einer offenen Tür blieb sie stehen.

Da war er, der Mann in Schwarz. Sein Profil war ihr zugewandt, seine Finger spielten so geschickt mit den Tasten wie seine Zunge mit Worten. Aber weniger … zurückhaltend. Seine Musik war mitreißend.

Sie stand ganz still da und beobachtete ihn, sagte sich, alles würde gut werden. Sie hatte Schlimmeres überlebt. Plötzlich blickte er auf, und die Musik brach ab. Sie dachte zuerst, er hätte sie bemerkt, und war fast sicher, sie würde hineingehen.

Da trat eine Frau in Kits Sichtfeld. Ein rundes Hinterteil, verpackt in Seide, ein exponierter Nacken, Straußenfedern, die sich auf und nieder bewegten und ihre Gesichter verdeckten. Es war, als würde sie ihn an einem windigen Tag durch ein Blätterdach beobachten.

Er begann, die Schulter der Frau zu küssen, und Kits Mund klappte auf. Seine Finger breiteten sich über dem Arm der Frau aus, glitten ihren Rücken hinab. Sie öffneten ihre Schnürung mit einer ganz eigenen Grazie.

Kit konnte sich nicht rühren. Sie konnte sich nicht von dem abwenden, was sie verletzte. Er hatte sie so viel tiefer verletzt, als sie es sich je hätte vorstellen können, und sie konnte es nicht mit einem Achselzucken abtun – in Wahrheit hatte ein Teil von ihr nach ihm gegriffen, und jetzt vergeudete er sich an diese Frau.

Inzwischen hatte er die Schnürung des Korsetts gelöst und drehte sie um, setzte sie auf das Klavier, wobei eine Reihe schräger Töne erklang.

Ein weiterer Schreck durchfuhr Kit. Es war Lady Marmotte, ihre Gastgeberin.

Lady Marmotte kicherte und schnappte nach Luft. Der Mann in Schwarz hatte ihr Korsett heruntergezogen und presste sie gegen das Instrument, das sich bestimmt in ihren Rücken bohrte. Es schien ihr nichts auszumachen. Ihre großen Brüste lagen offen vor ihm, und das Schlimmste daran war, dass Kit sein Gesicht sehen konnte.

Sie konnte sehen, dass er überhaupt nicht bei der Sache war. Er empfand keine Leidenschaft. Sein Ausdruck war berechnend. Sein Lächeln, seine Stimme, alles war einstudiert. Er benutzte seinen Körper mit so viel leidenschaftsloser Fertigkeit wie der Zimmermann in Millcross seine Drehbank. Er schob sie noch weiter zurück und beugte sich dann nach vorn, um ihre Brüste zu lecken, erst die eine, dann die andere. Methodisch, zurückhaltend.

Bevor sie den Gedanken ersticken konnte, fragte sich Kit, wie es wohl wäre, wenn er sich entfesselte.

Lady Marmotte warf den Kopf zurück und wühlte ihre Hände gierig in sein Haar, was Kit äußerst albern erschien, wo sie doch sehen konnte, wie er zurückwich. Der Mann in Schwarz stand auf und umfasste die Handgelenke der Frau so hart, dass sie erneut nach Luft schnappte. Er verankerte ihre Hände auf dem Klavier. Lady Marmotte keuchte vor Vergnügen und schien weder zu bemerken, dass sie ihn nicht mehr berühren konnte, noch schien es sie zu kümmern.

Alles in Kit fühlte sich kalt an. Das da war eine Frau aus Fleisch und Blut in seinen Armen, die Angst vor dem Alter hatte, Tee über ihre Briefe schüttete, wenn sie sie am Frühstückstisch las, und für Momente wie diesen lebte.

Zuzusehen, wie er sie auseinanderpflückte, erweckte in Kit eher das Bedürfnis, einen Leichnam umarmen zu wollen.

Sie drehte sich um und ging mit großen Schritten den Flur entlang. Kit würde nicht rennen, aber auch nicht mehr ruhig schlendern. Sie fand Lydia und zog sie mitten aus einem Tanz, womit sie erneut bewies, wie äußerst unzivilisiert Lady BenRuins Schwägerin war.

»Wir müssen gehen«, sagte sie. »Wir müssen gehen.«

Lydia schaute sie merkwürdig an, dann nickte sie und nahm ihren Arm. Kits kaltes Fleisch wärmte sich an Lydias Hitze. Sie ließ sich von ihrer Schwester durch die Menge bugsieren.

»Was ist passiert?«, fragte Lydia leise. *Was hast du jetzt wieder angestellt?*, fragte sie sich selbst.

»Lady BenRuin«, sagte ein Mann mit sanfter Stimme, als er sich ihnen in den Weg stellte, »Sie werden uns doch nicht schon verlassen? Sie haben mir die Quadrille versprochen, und ich fürchte, mein Leben wird nicht mehr in einen solchen Genuss kommen, wenn –«

»Gehen Sie mir aus dem Weg, Richard«, sagte Lydia und schob sich an ihm vorbei.

Dann saß sie mit Kit im Wagen, und sie waren allein. »Na,

na«, sagte sie mit ihrer Londoner Stimme, die vor Langeweile nur so tropfte. »Na, na.« Sie tätschelte ungeschickt Kits Schulter und sagte weiter nichts während des gesamten Heimwegs.

Als Darlington zu Hause ankam, war es draußen noch dunkel, auch wenn er nicht sicher war, wie das sein konnte. Vielleicht hatte man die Sonne ausgelöscht. Vielleicht würde sie nie wieder aufgehen.

»Champagner«, sagte er und grinste Crispin an, der ihm gegenübersaß. »Wir brauchen Champagner.«

Die vier anderen Jungs, die ihm überallhin folgten – und die darauf bestanden hatten, sich seit dem Tod seines Vaters selbst als die Dandys des Herzogs zu bezeichnen –, drapierten sich auf Sofalehnen und auf dem Boden.

»Champagner«, sagte Babylon mit vom Alkohol barscher Stimme.

»Welch hervorragende Idee. Ich war in meinem Leben noch nie so nervös. Diese Diener schienen es wirklich ernst damit zu meinen, den Herzog stets im Blick zu behalten.«

Hopwell streckte einen Fuß faul nach vorn und trat nach dem Teil von Babylon, der am leichtesten zu erreichen schien. »Ich schwöre, ich habe jedem gesagt, der es hören wollte: *Das ist er, wissen Sie das nicht, der Duke of Darlington. Sie müssen ihn mit Euer Gnaden anreden, wissen Sie.*« Die Imitation war zwar gemein, aber exakt.

Crispin hatte den Blick nicht von Darlington gelöst. Seine Augenbrauen zogen sich zusammen, er lachte. »Wie war ich? Gebe ich nicht einen allerfeinsten Herzog ab?«

Darlington torkelte vor und nahm Crispins Gesicht fest in seine Hände. Der Junge sah ihm so ähnlich, und doch war er so jung und unberührt, dass es ihm an manchen Tagen das Herz brach. »Du warst glänzend«, sagte er.

Crispin errötete, und seine Augen wurden noch heller. »Ich habe dir gesagt, ich würde dich nicht hängen lassen.«

Natürlich würdest du das nicht, dachte Darlington. *Denn all die Liebe und Loyalität, die du für mich zu empfinden glaubst, habe ich in deine Brust gepflanzt, damit ich ein solches Denken von dir verlangen kann und du mich nicht hängen lässt.*

Er lächelte noch breiter. Eine Art vernichtendes Lächeln. »Eine Dame hat mir heute Nacht erzählt, dass der Duke of Darlington aus nichts mehr bestünde als einer Frisur, riesigen Manschetten und einer Krawatte, um die ihn die anderen Männer beneideten. Ich fürchte, wir müssen ihr wohl recht geben, jetzt, da du so einfach vorgeben konntest, ich zu sein.«

Wie lange schien es her, dass diese Worte gesprochen worden waren, und doch saßen sie wie ein Stachel im Fleisch.

Crispin lachte. »Wie clever sind wir doch.«

Er küsste Crispin flüchtig und ließ ihn los. »Ich werde aus ihren Worten ein Pamphlet machen für die missmutige Bourgeoisie. Damit sie etwas Unterhaltsames lesen können, während sie ihren Kuchen essen. Kann die Bourgeoisie überhaupt lesen? Auch egal. Man bringe mir bitte Papier und Bleistift!«

Er begann, einen beleidigenden und prägnanten Bericht über den Duke of Darlington zu verfassen, und die Dandys warfen ihre eigenen Vorschläge ein. Es war sehr wichtig, dass er prägnant war. Nachdem er diesen Punkt zum dritten Mal betont hatte, fragte er sich, wie betrunken er tatsächlich war. Die Worte, die mit Bleistift auf die Rückseite einer alten Konzertkarte gekritzelt waren, schienen merkwürdig abgesondert, als ob seine Hand einer einfachen, glücklichen Richtung folgte, die er nicht beeinflussen konnte.

Sein Butler trat ein, um über die Diener zu wachen, die Champagner eingossen. Er trug einen Brief auf einem Tablett, der die Handschrift des Premierministers trug. Ein genussvoller Schluck Champagner schien Darlington durchzuspülen, und er musste sich daran erinnern, nicht das ganze Glas hinunterzukippen. Er öffnete den Brief und lächelte.

Der höchst ehrenwerte Duke of Darlington; Gerüchte sind zu mir vorgedrungen, dass Sie bei dem Marmotte-Ball eine großartige Zeit hatten und sich perfekt verhalten haben. Andererseits habe ich den Entwurf für Lord Marmottes Scheidung von seiner Gattin aufgesetzt und brauche lediglich sein Gesuch, um damit fortzufahren. Ausruhen. Essen. Bitte, versuchen Sie zumindest zu vermeiden, etwas Dummes zu tun. Er war nur mit *Liverpool* unterzeichnet, worunter gekritzelt stand: *Kaffee zählt nicht als Essen.*

Er schaute hoch zu den Dandys, die in den Ereignissen der Nacht schwelgten und bereits Anekdoten ersannen, die sie später erzählen wollten. Er hatte sie sorgfältig ausgewählt. Es waren Jungs, die niemand weiter beachtete – Jungs, die man manchmal für Schwachköpfe halten mochte.

Wenn sie so sprachen, am Ende einer langen Nacht, durchforstete Darlington ihre Konversation nach den beängstigend akuraten Dingen, die sie an Menschen beobachtet hatten, die sie nicht ernst nahmen. Und manchmal nach den Wahrheiten, die sie über ihre eigenen Familien verrieten.

Er hatte über die vergangenen zwei Jahre einen nach dem anderen mit seiner Aufmerksamkeit verführt, und jetzt war er sich nicht gänzlich sicher, ob er in der Lage wäre, sie ohne größeren Schaden auch wieder loszuwerden.

»Mein lieber Herzog«, sagte Crispin in den Tumult hinein, dabei lag etwas Misstrauisches und Beunruhigendes in seinen Augen. »Ich will ja nicht töricht sein, aber ich konnte nicht aufhören, daran zu denken.«

»Champagner macht aus uns allen Narren, mein Lieber. Sprich.«

»Die Auseinandersetzung im White's vor drei Tagen, mit dem Earl of BenRuin. Kam das für dich überraschend?«

Crispin sollte an so etwas gar nicht denken, und schon gar nicht im Überschwang des Triumphs der heutigen Nacht.

»Es wäre wohl schwerlich vornehm gewesen, meinen Kaffee auszuspucken, als er ankam«, sagte Darlington.

»Ich meine nur … es ist schrecklich unverfroren von mir, das zu denken, aber ich fragte mich einfach … War das ein Spiel? Wolltest du, dass das passiert? Denn ich habe mir den Kopf zerbrochen, und ich kann mir einfach nicht vorstellen, was du damit erreichen wolltest, wenn es so wäre.«

Er hatte nicht gedacht, dass Crispin ihn derart aufmerksam beobachten würde, und auch nicht, dass er so eingehend über das Gesehene nachdenken würde. Schon bald würde er vielleicht sogar ohne diesen kleinen Genuss seiner Gesellschaft auskommen müssen.

Diesem einen Moment zwischen ihm und BenRuin, als sein Leben kurz davor gestanden hatte, ausgelöscht zu werden, waren sechs Monate Planungsarbeit vorausgegangen. Akteure für und wider angeklagt. Es hatte ihm gefallen, den Mechanismus zu haben wie ein glänzendes Lieblingsspielzeug, aber er war nahezu überzeugt, dass er es niemals benutzen würde.

Dann war sein Vater gestorben, und er hatte diesen eisernen Schlüssel erhalten, und alles, woran er denken konnte, war, BenRuins Zorn zu begegnen. Obwohl es ihm nichts eingebracht hatte.

»Du überschätzt mich«, sagte er, »wenn du annimmst, ich könnte vorausahnen, was dieser Trottel von einem Moment zum nächsten vorhat! Ich werde froh sein, ihn niemals mehr sehen zu müssen. Aber wir haben die Tiefen meines Charakters noch nicht ausgelotet. Ich habe das Gefühl, wir können noch viel gehaltvoller werden. Viel, viel gehaltvoller.«

Kurz darauf geleitete er sie mit einer taktlosen, abrupten Verabschiedung hinaus. Er winkte Crispin mit der Konzertrechnung zu und sagte: »Mach dich auf zu einer Druckerei!«

Darlington saß auf seiner Bettkante und zitterte. Sein Herz klopfte grundlos, und er versuchte es durch seine Atmung zu beruhigen, aber er konnte nicht atmen und seine Herzfrequenz nicht senken. Feucht glitten seine Finger über den hellen Stoff seiner Tagesdecke.

Ihr Körper in der Dunkelheit. Die geräuschvolle Lust in ihrer Stimme. Die dunkle, saugende Art, wie er sich in ihr, auf ihr vergeudet hatte.

Was er heute Nacht Lady Marmotte angetan hatte, ging ihm tief unter die Haut. Als hätte sie ihn vergiftet, und er hatte sich gezwungen, es brav hinunterzuschlucken.

Er versuchte, sein Jackett aufzuknöpfen, um es sich von der Haut zu ziehen, schaffte es aber selbst nicht, und Grey rufen konnte er auch nicht. Jedermann glaubte, der Duke of Darlington sei ein Dandy von mittelmäßiger Intelligenz und überdurchschnittlichem Charme. Er konnte es nicht ertragen, dass ihn sein Diener in diesem Zustand sah, durchnässt vom eigenen Schweiß, mit seinem Jackett ringend, als trüge er den Teufel auf dem Rücken, und bereit, sich zu schneiden, wenn er sich dadurch nur befreien konnte.

Ihm fiel kein einziger Mensch ein, den er zu sich rufen konnte. Keiner, den er nicht belog oder benutzte oder irreführte. Kein einziger Mensch, der ihn ansehen und ihn wirklich sehen würde.

Er hielt sich eine zitternde Hand an die Brust, wo sein Herz wie wild schlug.

Bevor er gelernt hatte, selbst die kleinsten Teile von sich zu verstecken, hatte er regelmäßig die Menschen um sich herum verängstigt. Er hatte sich noch nie selbst verängstigt, bis zu dem Tag, an dem er in St. George's eineinhalb Meter vom toten Körper seines Vaters entfernt gesessen hatte.

Jetzt verfolgte ihn die Angst auf all seinen Wegen.

Sie hatte ihn bis ins Bett mit Lady Marmotte verfolgt.

Es klopfte nachdrücklich an der Tür, und Grey trat ein.

»Hier ist eine Dame, die Sie sehen will, Euer Gnaden. Wünschen Sie sich umzuziehen, bevor Sie sie empfangen?«

Er versuchte sich zu konzentrieren. Eine Dame.

Er rief sich in Erinnerung, dass Grey keine groteske, schwitzende Bestie vor sich sah, sondern einen Mann. Einen Herzog. »Ich brauche das blaue Jackett, das Sie letzte Woche bestellt haben, und die goldene Seidenweste.«

»Ich bedaure, Euer Gnaden. Aber Jones sagt, er wird das Jackett nicht liefern, bis Sie Ihr Konto beglichen haben. Ich habe ihm gesagt –«

Darlington winkte ab. »Mein Schlafrock wird es auch tun. Der rote Brokatstoff.«

»Sehr wohl, Euer Gnaden.«

Er zwang sich, stillzuhalten und sich von Grey aus dem Jackett helfen zu lassen, statt der Ekstase nachzugeben, die sein Körper wollte. Der Mann stand zu nah, das Jackett war zu eng, aber er zwang sich, stillzuhalten.

»Meine kleine Hummel«, murmelte er, als Lydia im Türrahmen erschien. »Du erhellst die Nacht.«

»Ich höre da furchtbare Gerüchte, Liebling«, sagte sie und ließ ihren Umhang über einen Stuhl fallen. »Du und ich, wir sind kein Liebespaar mehr. Ich hasse es, wenn diese Klatschtanten früher Bescheid wissen als ich.«

Er ging zu ihr hinüber, hob ihre Finger an und küsste sie. Er hatte ihr diese Haltung gegeben, die nicht nachgab. Er ließ ihre

Hand sinken und seine Finger leicht über ihren Arm wandern, den Kopf zur Seite geneigt, sie beobachtend. Wenn sie sich in den Armen lagen, trug das für beide zu einer Art Vergessenheit bei. Sogar jetzt spürte er die Anziehungskraft zwischen ihnen. Er konnte sie an sich pressen, bis sie sich ineinander auflösten und verschwanden. Kalt, distanziert, nach seinem eigenen Bild geschaffen – vielleicht war Lydia die eine Person, die ihn so kannte, wie er war. Irgendetwas tief in seinem Magen reagierte, krank und unerwartet wie die letzten Muskelzuckungen eines Fischleibs.

Er ließ sie los und setzte sich in seinen Sessel.

»Du verlässt mich also wirklich?«, fragte sie, und er fand, dass die Haltung, die er ihr beigebracht hatte, letztendlich nicht perfekt war. Als er nichts sagte, ging sie zum Fenster. Sie schob ein Stück Porzellan in die Ecke des Fenstersimses und wieder zurück, dann drehte sie sich langsam zu ihm um. Er fragte sich, welches andere Gefühl ihr Lächeln verschleierte.

»Was wirst du tun?«

»Ich hatte in Erwägung gezogen, eine Weile ins Ausland zu reisen«, sagte er. Er konnte nicht in London bleiben, das begriff er allmählich. London brachte ihn um. »Gib deinem Ehemann Zeit, sich zu beruhigen, bevor wir uns wieder in der Öffentlichkeit sehen.«

»Oh nein, wir können nicht zulassen, dass du mit diesem Gesicht für Aufruhr auf dem Kontinent sorgst.«

Sie sagte es locker, aber Darlington unterdrückte eine plötzliche Zärtlichkeit. Er wünschte, er würde sie lieben. Er würde sie mit auf den Kontinent nehmen und sie verwöhnen, bis die Prinzessin von Wales im Vergleich dazu wie eine Almosenempfängerin aussah. Er wünschte, er könnte ihr Gesicht berühren, sodass sie nur einen Moment lang alle Zurückhaltung fallen ließ.

Aber das würde sie nicht tun, selbst wenn er ihr Gesicht berührte. Es gab nichts auf der Welt, das er ihr sagen konnte, denn er war nicht der Mann, den sie wollte. Nicht für sie und ohnehin für niemanden.

»Du bist so ziemlich die schönste Frau, die ich kenne«, sagte er. »Aber wir sind so weit zusammen gegangen, wie wir konnten, meine Liebe.«

»Du wirst meine Schwester sehr glücklich machen«, sagte sie. Ihre Schwester.

Auf unerklärliche Weise versetzte ihm die bloße Erwähnung ihrer Schwester einen Stich.

»Du erstaunst mich«, sagte er. »Hast du die Absicht, mich ihr zu übergeben?«

Lydia tat das, was er am wenigsten von ihr erwartet hätte.

Sie lachte ein lautes, unfreiwilliges Lachen, und ihr Gesicht erhellte sich einen Moment lang unverhohlen vergnügt. Das verwandelte sie auf eine Weise, die er nicht annähernd sezieren konnte, und er dachte: *Na also. Diese Frau wäre es wert, einer ganzen Gruppe verärgerter schottischer Grafen gegenüberzutreten.* Sie fand schnell ihre Kontrolle wieder, obgleich sich an ihrem Hals eine Rötung zeigte. Es passte so gar nicht zu ihrer kühlen Haltung, dieses fleckige Rot. Darlington fragte sich, ob ihr Gatte von diesen kleinen, intimen Widersprüchen wusste.

»Vergib mir«, sagte sie, und ihre Lippen teilten sich vorsichtig zu einem weiteren Lächeln. »Daran hatte ich am wenigsten gedacht. Ich meinte nur, dass die Sehnsucht meiner Schwester, unsere Trennung zu bewirken, zu der deinen passt. Wenn du mich verlässt, wird sie das glücklich machen.«

»Missbilligt sie mich?« Er wusste von ihrer Missbilligung, konnte sie noch immer fühlen. Die Wahrheit war eine hässliche Sache.

Das Licht hatte begonnen, feine Linien um die Vorhänge des Wohnzimmers zu zeichnen. Eine weitere Nacht ging zu Ende, und doch war ein Teil der Nacht noch nicht abgefallen, würde nicht abfallen: Miss Sutherland, die ihn anblickte und ihn klar sah.

Etwas Scharfes und Fremdes machte sich in seiner Brust breit.

»Ich glaube, meine Schwester hat überhaupt nicht an dich gedacht«, sagte Lydia, »außer dass sie nicht will, dass du meine Ehe zerstörst. Für sie ist sie heiliger als für mich. Sie versteht nichts.«

»In der Tat. Ihr Mangel an Verständnis ist schon beinahe legendär. Eine Schande, dass ich noch nicht das Vergnügen hatte, sie kennenzulernen.«

Lydia schaute auf ihn herab, und ihr Blick schien zu sagen: *Du magst ein Herzog sein, aber du könntest dich glücklich schätzen, wie ein Hund zu meinen Füßen liegen zu dürfen.* »Und dieses Vergnügen wird dir verwehrt bleiben«, sagte sie. »Für immer.«

Alles in ihm griff das auf – diesen Zorn, diese Furcht, die nicht die seine war. Sein Geist arbeitete plötzlich schnell wie der Wind, wälzte die vielen Möglichkeiten hin und her, wie er ihren Groll beeinflussen konnte, um ihre Qualen noch zu verschlimmern. »Niemals?«, murmelte er.

Er konnte sehen, dass sie antworten wollte. Der Teufel in ihm drängte sie zu sprechen. Aber sie waren zu lange befreundet. Sie biss sich auf die Zunge, setzte sich stattdessen auf seinen Schoß und streichelte sein Gesicht. Er hielt sich sehr still und stieß sie nicht weg. Es war nicht leicht für ihn, berührt zu werden, und er vermutete, dass es für Lydia ebenso war. Zwei Narren, die sich einander aufzwangen. Er nahm ihre Hand und küsste ihre Handfläche. Wieder rang er um Kontrolle.

Wie überdrüssig er dieser Schlacht geworden war, die niemals abebbte. Er verschlang den Anblick von Miss Sutherland und erkannte plötzlich, welches Gefühl dadurch in ihm wach wurde.

Hoffnung. Tief in seinem dumpfen Schreck empfand er Hoffnung.

»Aber müssen wir uns denn wirklich trennen?«, fragte Lydia.

»Das müssen wir, Liebling.«

Ihre Finger nestelten am Stoff seines Ärmels herum, und sie erwiderte seinen neugierigen Blick nicht. »Wir könnten … könnten wir aber nicht … noch Freunde sein?«

»Ah, gutes Mädchen.« Er konnte das Mitleid in seiner Stimme nicht verbergen, und sie verspannte sich auf seinem Schoß. »Wir beide haben nicht die Art von Freunden, die uns das vergeben würden.«

Sie atmete tief ein, und die Tatsache, dass sie es nochmals versuchte, obwohl er ihr einen Korb gegeben hatte, verletzte ihn tief. »Wirst du mich denn in der Öffentlichkeit kennen, Herzog? Du wirst mich doch nicht dem Klatsch überlassen?«

Schließlich verstand er, und es verkomplizierte alles. Das war ein *Bedürfnis*, das sie zu verstecken suchte. Lydia hatte ihrem Ehemann den Krieg erklärt, indem sie hierhergekommen war, und Darlington war die einzige Person, die sie noch auf der Welt hatte.

Gott stehe ihr bei.

4

Am nächsten Morgen sprach ganz London darüber. Wie der Duke of Darlington Lady Marmotte unter der Nase ihres Ehegatten verführt hatte, indem er einen seiner Gefolgsmänner – keinen Geringeren als den Sohn des Kanzlers – als sich selbst ausgegeben hatte. Es war der *coup de grâce* der Gesellschaftssaison oder der Ruin eines Parlamentärs, je nachdem, welche Zeitung man las. Jeder wusste offensichtlich, dass Lady Marmotte das Geld und Gehirn hinter den politischen Kampagnen ihres Ehemanns war.

In einer Zeitung wimmelte es von Behauptungen von Partygästen, dass sie keinen Moment getäuscht worden seien, natürlich nicht, sie hatten nur mitgespielt. Andere wiederum erhoben ihre Stimme gegen die Verhöhnung des Adelsstands. Ein Künstler wurde angerufen, die Ähnlichkeit in Erscheinung und Körperbau zwischen dem Herzog und dem Sohn des Kanzlers, Crispin Scott, zu diskutieren.

In einem Punkt waren sich alle Zeitungen einig: Der Herzog war von einem schlaueren Kopf herausgefordert worden, als er es war. Jeder wusste, dass er eine einfache Seele war.

Kit legte die Zeitung auf den Tisch und konnte sich gerade noch davon abhalten, ihren Kopf dagegen zu schlagen. Mehrmals.

Eine einfache Seele.

Sie achtete darauf, nichts durch den Raum zu werfen, und sie schrie auch nicht. Zu denken, dass sie letzte Nacht seine Verführung von Lady Marmotte als eine Art Verrat gesehen hatte. Gott, welch einfältiger Schwachkopf sie doch war. Dieser Mann – dieser glorreiche, schreckliche Mann – war der Liebhaber ihrer Schwester.

»Lord Marmotte wird heute Morgen vor dem Parlament einen Antrag auf Scheidung vortragen«, sagte sie zu Lydia und goss sich eine weitere Tasse Kaffee ein – zu mehr war sie in diesem Moment nicht fähig. Sie würde sich bald erholen.

»Eine Ehe wurde ruiniert, was nicht mehr zu richten ist.«

»Ihre Ehe bestand nur auf dem Papier, das weiß jeder«, erwiderte Lydia und knabberte lustvoll an ihrem Toast, wobei sie ein Modemagazin durchblätterte. Kit hatte es sich erst vor Kurzem angewöhnt, ihre Schwester genau zu beobachten, und sie konnte nicht sagen, ob ihre Sorglosigkeit gespielt oder echt war. Von einer Affäre mit *diesem* Mann Notiz zu nehmen, wäre für BenRuin keine einfache Sache gewesen.

Die Zusicherung, die sie vom Herzog erhalten hatte, dass die Affäre vorüber sei, war nutzlos. Sie war ihr von irgendeinem Jungen gegeben worden.

»Du musst das beenden«, erklärte sie. Normalerweise sagte sie Lydia nicht, was sie tun sollte, aber sie war verzweifelt. Sie würde alles tun, um ihre Schwester von dem Einfluss des Herzogs fernzuhalten.

»Ich weiß nicht, was du meinst.« Lydia blätterte um. »Oh, wie hübsch. Ich werde dir eines von Candace in Gelb machen lassen. Das passt gut zu deinen Augen.«

»Der Herzog, Lydia. Er ist kein Mann, mit dem man spielt. Er ist nicht der Mann, mit dem du deinen Ehegatten eifersüchtig machen solltest.«

Lydia schaute sie noch immer nicht an, aber ihr Lächeln war nicht sehr nett. »Er ist genau der richtige Mann«, sagte sie.

»Aber Eifersucht kann deine Ehe nicht retten. Ist Lord BenRuin gestern Nacht überhaupt nach Hause gekommen?«

Lydia hörte plötzlich auf, die Seiten umzublättern, und blickte direkt zu Kit auf. »Du denkst, ich kenne den Herzog überhaupt nicht, oder? Du bist so lächerlich naiv. Die letzte Nacht hat ihm nichts bedeutet. Wir reden hier von einem Mann, der einst von Sir Henry Wittwer im Schlafzimmer seiner Gattin entdeckt wurde und es geschafft hat, den Baronet davon zu überzeugen, er sei eine Frau, verkleidet als Mann, die bei seiner Gattin Schutz vor einem verärgerten Liebhaber suchte.«

»Du willst einfach nicht sehen, dass er dir das Gleiche antun wird … und Schlimmeres.«

Lydia stand auf, und Kit erkannte den Blick, den sie ihr zuwarf, denn sie hatte ihn von ihrem Vater geerbt. Sie bekam Magenschmerzen. »Ich werde wieder einen Rat von dir annehmen, wenn du im Rang über mir stehst«, sagte Lydia, verließ den Raum und ließ den angebissenen Toast auf ihrem Teller zurück.

Kit schmierte Butter auf einen Scone und gab einen Kleks Konfitüre darauf, bevor sie davon abbiss. Ihre Finger streckten sich über den feinen Zeitungsdruck, und sie konzentrierte sich, bis das Schwirren in ihrem Kopf etwas nachließ und die Worte wieder Sinn ergaben.

Es war maßlos und albern von ihr zu wünschen, ihre Schwester würde zurückkommen. Zwischen ihnen hatte es seit mehr als einem Jahrzehnt keine Zuneigung gegeben, sodass es zu einem Bruch gekommen wäre oder Dinge richtiggestellt würden.

Kit zwang ihre Augen zu der nächsten Geschichte und setzte sich in ihrem Stuhl auf. Es gab das Gerücht, dass heute Morgen ein zweiter Anspruch auf den Darlington-Titel eingereicht werden würde, neben der Scheidung von Lord Marmotte. Er hatte ihr selbst gesagt, dass dieser Anspruch an das *Committee for Privileges* gerichtet worden war – und jetzt würde ein zweiter Anspruch von einem Mann namens Albert Shrove folgen. Kit war auf bösartige Weise froh.

Oh. Sie sank zurück in ihren Stuhl. Albert Shrove war ein Buchhalter aus Leeds. Kit könnte in die Zeitung verkünden, dass sie beabsichtigte, noch vor Ablauf des Jahres eine Baronesse zu sein, und es wäre weniger absurd gewesen.

Sie las die Zeitung bis zum Ende, aber ihre Schwester kam nicht zurück.

Lydia lehnte sich über die Seite des Wagens, um mit einer Bekannten – Lady Isley – zu plaudern, und Kit saß neben ihr und starrte auf das Pamphlet, das sie in ihren behandschuhten Händen hielt. Sie hatte sich danach gesehnt, nach draußen zu gehen, und es war ein selten sonniger Tag, wenn auch ein wenig windig und kalt. Sie bemerkte es kaum.

Welche Art von Mann würde solche Worte über sich selbst veröffentlichen? Es brachte sie aus der Fassung, weil sie es nicht verstand.

»Darlington«, schnurrte Lydia.

Kits Kopf schnellte hoch, und da war er – er kam mit vier anderen Reitern auf sie zu.

Sollte noch irgendetwas in ihr gedacht haben, es gäbe etwas Gutes in ihm, starb es in diesem Moment. Wie konnte es jemandem derart an moralischem Gefühl mangeln – an Beschämung?

Ihre Augen verweilten gerade lange genug auf seinem Gesicht, um sicherzugehen, dass es dieses Mal wirklich er war. Er war es. Der Duke sah teuer gekleidet aus und dumm, und sie wünschte, sie hätte ihm nicht in die Augen gesehen, denn sie waren heute noch trauriger als gestern.

Darlington hielt bei Lady Isley und schwenkte seinen Hut zum Gruß.

Lydia sagte: »Sie waren höchst ungezogen. Hätte ich nicht

selbst einen so schlimmen Ruf, würde ich es nicht wagen, mich mit Ihnen sehen zu lassen.«

»Ich hingegen würde alles wagen, um mich mit Ihnen sehen zu lassen, Mylady, also fürchte ich, dass sie noch ein wenig länger unter Ihrem Ruf leiden müssen.«

Lady Isley kicherte und versuchte, Einzelheiten über den Skandal der letzten Nacht abzufischen, die der Herzog aber vermied. Er und seine Freunde sprachen zwar viel Unsinn, der äußerst ungehörig klang, aber nichts zu bedeuten hatte, wenn man es näher betrachtete. Hätte sich Lady Isley dazu herabgelassen, mit Lady BenRuins unmodischer Schwester zu reden, hätte sie mehr Einzelheiten erfahren können, als höflich gewesen wäre.

Kit wartete darauf, dass sie ihm vorgestellt wurde, obwohl sie ihn streng genommen wohl bereits kennengelernt hatte. Zwei Mal.

Lydia schien sie vergessen zu haben – sie war sogar so weit gegangen, dass sie ihren Rücken zwischen Kit und das Abbild des Herzogs schob. Lady Isley ging, um eine andere Bekanntschaft zu begrüßen, die ihr von einer Kalesche weiter vorn zuwinkte. Sobald sie außer Hörweite war, begannen Lydia und Darlingtons Freunde, den Klatsch mit hellen, ernsthaften Stimmen auszutauschen.

Darlington ließ dabei den Blick über den Park schweifen und sagte nichts. Er schien leer zu sein – nur ein Körper, der einen Raum belebte. Es kümmerte Kit mehr, als es ihr gefiel. Sie lehnte sich um Lydia herum nach vorn und sagte zu ihm: »Ich bin Miss Sutherland. Wie reizend, endlich Ihre Bekanntschaft zu machen.«

Das brachte ihn zum Lächeln – ein Lächeln, als ob er wieder zum Leben kommen würde. Er sollte sie nicht auf diese Weise anlächeln. Sie hätte nicht versuchen sollen, ihn zu unterhalten, aber es war ebenso instinktiv gewesen wie der Wunsch, einen

Finger durch den Schmutz auf einem Fenster gleiten zu lassen, um etwas Licht hindurchzulassen. Er lenkte sein Pferd auf ihre Seite des Wagens und machte Anstalten, nach ihrer Hand zu greifen.

»Lassen wir das doch«, sagte sie leise. Seine plötzliche Nähe war ernüchternd. »Ich weiß, was Sie sind.«

»Haben Sie die Zeitung gelesen, Miss Sutherland?«

Jetzt wollte sie ihn von seinem Pferd zerren und in Grund und Boden prügeln. Zusätzlich würde sie auf ihn spucken, weil er ihr letzte Nacht nahegekommen war, als er wusste, wer sie war und was sie von ihm wollte.

Sie würde schon bald zu Hause sein, erinnerte sie sich. All das wäre schon bald vorüber.

Der Wagen machte einen kurzen Satz nach vorn, und aus dem Augenwinkel sah sie, wie er mit seinen Knien das Pferd dazu brachte, Schritt zu halten. Das Tier war blass und groß – beinahe zu groß für den Mann, der es ritt. Er hatte es perfekt unter Kontrolle, aber es zeigte sein Verlangen, zügellos zu sein, deutlicher als sein Herr.

»Erweisen Sie mir nur die Liebenswürdigkeit«, sagte sie, »mir zuzuhören, was ich zu sagen habe.«

Er nickte. »Würden Sie ein Stück mit mir gehen?«

»Kit.« Lydia wandte sich von ihrer lebhaften Konversation ab. »Du kannst mich nicht allein in diesem Wagen lassen, das geht einfach nicht.«

Kit konnte nicht wissen, ob das stimmte oder nicht.

Der Herzog lachte. Anders als das einfache, kostbare Lachen, das Kit hatte bewahren wollen, bevor sie wusste, um welche Art Mann es sich bei ihm handelte. »Meine liebe Comtesse, Sie sind eine verheiratete Frau. Auch wenn ich Ihnen vergeben muss, dass Sie das vergessen haben, vergesse ich es doch selbst so oft.«

Es waren achtlose Worte. Kit schaute ihre Schwester an, die verheiratete Frau, die für sich selbst sorgen konnte. Hinter dem sündhaft teuren Stoff, den sie trug, hinter ihrer eisigen Haltung und ihrem spöttischen Lächeln, hinter ihren wissenden Augen lugte das winzige Mädchen mit der Haarwolle hervor, die einst das Wertvollste in ihrer und in Toms Welt gewesen war.

»Es wird nicht lange dauern«, sagte sie und berührte Lydias Hand.

Lydia zuckte zurück. »Dann geh, geh schon.«

Der Herzog stieg ab und übergab die Zügel an einen seiner Begleiter. Kit blickte nicht in seine traurigen Augen, die zweifelsohne nichts versäumt hatten, und verweigerte ihm die Hand, als sie aus dem Wagen stieg. Sie ging vor ihm her. Er holte auf und bot ihr seinen Arm. Kit nahm ihn nicht an.

»Sie wollen etwas von mir«, sagte er, »aber bislang haben Sie Ihrerseits nichts anzubieten. Ihre Verhandlung lässt etwas zu wünschen übrig, Mistress Schweinehirtin.«

Kit beobachtete eine Gruppe von Mädchen, die unten am Wasser spazieren gingen, ihre Sonnenschirme tänzelten weiß und träge in der Brise. Als sie und der Herzog sich weit genug vom Wagen entfernt hatten, sagte sie: »Ich will, dass Sie meine Schwester in Ruhe lassen.«

»Weshalb?«

Kit strauchelte. Wie konnte er so etwas fragen? Sie suchte sein Gesicht nach Anteilnahme ab, auch wenn sie es besser wusste. »Lydia ist verheiratet. Sie ist jung und leicht zu beeindrucken. Wenn Sie sie durchgekaut und nach zwei oder sechs oder sogar zehn Monaten wieder ausgespuckt haben, werden Sie noch immer ein Herzog sein, meine Schwester jedoch Freiwild für jeden Mann, der sie haben will.«

Seine Augen tasteten sie ab, nachdenklich, überlegend. Kit sah nicht gern die Geschwindigkeit, mit der sein Geist arbeitete; sie vermutete, dass er nichts dem Zufall überließ, und er wollte, dass sie das erkannte. Darlington ging weiter.

»Eine junge, leicht zu beeindruckende Frau kommt vom Land in die Stadt«, sagte er. »Sie heiratet, um ihre Familie zufriedenzustellen, aber der Mann, den sie heiratet, ist insgesamt gesehen zu viel für sie, also ist jeder Tag ein Kampf, ihn sich vom Leib zu halten. Sie versteht die Regeln dieser Welt nicht, in der sie gelandet ist, und schon gar nicht die Menschen darin, die von ihren Schlossmauern auf sie herabblicken. Sie ist allein und ertrinkt.«

Ertrinkt.

»Dann hat ein Mann Mitleid mit ihr und fertigt ihr eine Rüstung. Er lehrt sie, die Schlossmauern mit einem einzigen Wort einzureißen. Mit seiner Hilfe lernt sie, die Welt um sich herum dazu zu bringen, andächtig auf die Knie zu fallen. Sie ist eine Königin. Aber ihre Familie, die sie als eine junge, leicht zu beeindruckende Frau vom Land geschickt hat, verlangt von ihr, dass sie diesen Mann, diesen einzigen Verbündeten, aufgibt.«

Kit zählte sechzig ganze Sekunden des Schweigens. Ihr Vater hatte schon die Realität mit Worten neu gestaltet, und sie hatte entdeckt, dass sie, wenn sie eine Zeit lang abwartete, anfangen konnte, in seinen Fantasien nach den Wahrheiten zu suchen.

Oh Gott, war Lydia tatsächlich so allein gewesen?

»Sie muss nicht verehrt werden. Sie muss geschätzt und gemocht und respektiert werden.«

Der Duke verbeugte sich grazil und ging dann weiter. »Und all das empfinde ich für Ihre Schwester.«

»Sie braucht diese Dinge von ihrem Ehegatten und ihren Gleichgestellten, nicht von einem Liebhaber.«

»Und von ihrer Familie? Was verdient sie von ihr?«

Der Pfeil saß tief. Kit hielt einen Moment inne, um den sonderbaren Schmerz zuzulassen, und blickte dann zu ihm auf. »Ich möchte, dass Sie sich fernhalten.«

Sein Blick traf ihren, und es überkam sie mit Wucht, dass er recht hatte – im Austausch für ihre Bitte hatte sie ihm nichts anzubieten.

Während all der Jahre, in denen sie Lydia zu der Art Frau machen wollte, die gut über ihrem Stand heiraten konnte, hatte sie sich selbst in eine engstirnige Frau ohne Macht verwandelt. Nicht von der Art, wie sie sie jetzt dringend brauchte – das wurde ihr schmerzlich klar. Warum hatte sie nicht versucht, sich ihren Onkel zum Verbündeten zu machen, nachdem ihr Vater gestorben war, ganz gleich, wie hoffnungslos es auch schien? Eine Beziehung wie Lord Barton hätte den Herzog vielleicht zumindest dazu gebracht, zu pausieren.

Er beobachtete sie fest und wartete, denn sie beide wussten, dass er von ihr verlangen konnte, was er wollte.

»Wenn es etwas gibt, das ich Ihnen im Gegenzug anbieten kann, dann sagen Sie es«, erklärte sie, und jedes Wort kam qualvoll über ihre Lippen, wie Pfeile, die an den straffen Riemen eines Bogens pochten.

Er ließ den Blick über den Park schweifen. »Ich will aus London fortgehen«, sagte er.

Sie konnte es nicht glauben. Mehr wollte sie nicht. Sie würde sich fügen, ohne zu zögern.

»Und ich will mit Ihnen kommen.«

Darlington schaute, konnte aber keine spezielle Veränderung bei ihr erkennen. Sie war vielleicht ein wenig blasser, aber das war unter der Haube und mit den gesprenkelten Schatten der Blätter auf ihrem Gesicht schwer zu sagen.

Er fühlte sich nicht so gefasst wie sie. Welches Schicksal hatte sie so gänzlich seiner Macht ausgeliefert, als er es so sehr brauchte?

»Das geht nicht«, sagte sie. Der Sonnenschein in ihrer Stimme überraschte ihn, wie jedes Mal, wenn sie den Mund öffnete. An ihr war noch immer nichts Sonniges zu finden. »Sie können nicht mit mir kommen.«

»Haben Sie zu Hause keine angemessene Anstandsdame? Das wird kein Problem sein.«

»Ich habe kein angemessenes Zuhause für einen Herzog.«

Sie standen nicht zu weit von Lydias Wagen entfernt. Er war sich bewusst, dass Lydia und die Dandys sie beobachteten, ebenso wie der Rest des Gefolges. Der niederträchtige Duke of Darlington, nicht damit zufrieden, es bei den Anstrengungen der letzten Nacht zu belassen, verführte er doch bereits eine Unschuldige.

Es war schwer zu sagen, ob sie unschuldig war oder nicht.

Er winkte Lydia zu, ein graziler Schwung seiner Hand durch die Luft, und wusste bereits, dass er sie verlassen würde. Er würde seine Bedürfnisse über die ihren stellen.

»Ich brauche kein angemessenes Zuhause, Miss Sutherland. Ich werde Sie nicht mit meinem Gefolge belasten. Mein Diener wird sich in den Schlaf weinen, der arme Mann, aber nicht mal er wird mich begleiten.«

»Sie verstehen nicht, Euer Gnaden. Ich will nicht – kann nicht von einem Herzog verlangen, dort zu wohnen, wo ich lebe.«

»Da können Sie beruhigt sein. Ich werde nicht als der Duke of Darlington reisen – selbst er darf nicht mitkommen.«

Sie atmete tief ein und sah ihn so direkt an, wie nur sie es tat. »Das ist es, was Sie wollen?« Ihre Worte kamen langsam, betont.

»Ja.«

»Müssen Sie denn nicht in der Stadt bleiben, jetzt, da es einen zweiten Anspruch auf Ihren Titel gibt?«

Einen Moment lang war er verwirrt, bevor er erkannte, wovon sie sprach. »Dieser Junge, der Buchhalter aus Leeds? Ich bin der anerkannte Sohn meines Vaters. Er hat keinen Anspruch.«

Sie ließ die Hände sinken, und sie hingen still an ihrer Seite herab. An ihnen war etwas Unnatürliches und Unheimliches, das ihn an tote Dinge denken ließ.

»In welche Rolle werden Sie dieses Mal schlüpfen«, fragte sie, »wenn Sie mich nicht als Herzog begleiten?«

Er sagte nichts; er war neugierig, was sie preisgeben würde, um das Schweigen zu brechen.

»Bringen Sie nicht den Mann in Schwarz«, sagte sie. »Nicht ihn.« Und bevor er antworten konnte, fragte sie: »Werden wir Ihren Wagen nehmen, Euer Gnaden? Ich habe keinen.«

Er verbeugte sich flüchtig. »Ich verstehe. Selbstverständlich.«

»Sie werden verstehen«, murmelte sie. »Mehr, als Sie sollten.«

Er trat einen Schritt hinter sie und beobachtete, wie der Staub in einer feinen Wolke rund um ihren Saum und ihre Schuhe aufgewirbelt wurde. Jewellyn hatte Schwierigkeiten, Darlingtons Pferd still zu halten, und als sich Miss Sutherland näherte, stieß das Tier seinen großen Kopf gegen ihre ausgestreckte Hand. Die Qualität ihrer Bewegung veränderte sich auf eine Weise, die Darlington nicht definieren konnte, während sie die Pferdenase streichelte. Nur zehn Minuten in ihrer Gesellschaft hatten ihn gestärkt. Bereits jetzt gewann die Welt wieder an Bedeutung.

»Guter Junge«, murmelte sie seinem Pferd zu.

Lauf, sagte ihm sein Instinkt. *Lauf, bis deine Stiefel durchgelaufen sind. Und bleib auch dann nicht stehen.*

»Mögen Sie ihn?«, fragte er und zwang sich, einen Schritt

näher zu treten. »Ich habe ihn letzte Woche von Mr Ballantine bei einem Kartenspiel gewonnen. Ich habe ihn BenRuin genannt, nach einem anderen großen Tier, das wir beide kennen.«

Kit drehte sich weg, um ihr überraschtes Lachen zu verbergen, und streichelte den muskulösen Hals des Pferds unter dessen Mähne, wo sie das heiße Blut pochen spürte.

Sie zog sich selbst in den Wagen empor, bevor der Diener überhaupt bei ihr war. Sie war wie eine lästige Falte im feinen Stoff der Gesellschaft, diese Miss Sutherland, die so groß war wie er und für die aktuelle Mode keinen Sinn hatte. Sie hatte recht, wenn auch aus den falschen Gründen: Er konnte jetzt schlecht aus London verschwinden, jetzt, da diese Marmotte-Sache anstand. Aber er hatte das Gefühl, dass er nicht mehr viele Chancen hatte.

Kit hielt den Brief in der Hand, der sie eine halbe Stunde nachdem sie aus dem Park zurückgekommen waren, erreicht hatte, und klopfte an die Tür zu BenRuins Arbeitszimmer.

»Herein.«

Sie hielt inne, als sie seine tiefe Stimme hörte, und dachte an den Mann, dem sie gleich gegenüberstehen würde. BenRuin war größer und einschüchternder als der Duke of Darlington. Aber irgendwie einfach im Vergleich, jetzt, da sie den Herzog kennengelernt hatte.

Kit hätte nicht gedacht, dass er ein langes Gesicht machen würde, als er sah, dass es nur sie war. Er hätte wissen sollen, dass Lydia nie angeklopft hätte.

BenRuin war so unglaublich anders als der Herzog. Er hatte nichts, um sich zu verstecken. Sein goldenes Haar war streng nach hinten gekämmt und gab ein starkes Gesicht preis. Seine Nase war gebogen, wie ihre, Hals und Schultern verrieten viel Kraft. Was hatte der Herzog gleich noch gesagt? Dass Lydia einen Mann geheiratet hatte, der zu viel für sie war, und dass sie ihre Tage damit verbrachte, ihn auf Abstand zu halten.

»Ich habe einen Brief von Ma bekommen«, sagte sie. »Ihr Asthma ist schlimmer geworden – sie fragt nach mir.« Der Brief war vom Herzog, eine Liste mit Einzelheiten.

»Sie wollen zurück aufs Landgut gehen?«

»Das will ich«, sagte sie. »Äh, Mylord.«

BenRuin ging zu seinem Schreibtisch, und sie musste einfach daran denken, wie treffend der Herzog seinen neuen Zuchthengst genannt hatte. Er berührte mit einem seiner großen, narbigen Finger einen Stapel Papier und sah sie dann direkt an. »Haben Sie es bereits der Comtesse gesagt?«

»Noch nicht.«

»Sie wird nicht froh sein, Sie gehen zu sehen.«

Sie wird nicht sehr froh sein, ihr Spielzeug zu verlieren, dachte Kit. »Sie wird nächste Woche der königlichen Hochzeit beiwohnen, und sie werden alle ihr Kleid bewundern, das wird sie wieder glücklich machen.«

BenRuin war wie ein offenes Buch; er hatte Mitleid mit ihr. »Es wird ihr nicht gefallen«, war alles, was er sagte.

Kit beugte das Haupt. »Aber habe ich Ihre Erlaubnis?«

»Wenn Ihre Mutter Sie braucht, müssen Sie gehen. Ich gebe Ihnen meinen Wagen.«

»Das ist nicht nötig. Ich habe Ihre Freundlichkeit vorausgesehen und einen Platz für die Strecke in fünf Tagen ab heute gebucht.« Sie hatte keine Ahnung, wozu der Herzog fünf Tage benötigte – sie würde am liebsten noch heute Nacht aus London abfahren.

BenRuin nickte und knetete seine großen Hände.

Bevor sie ging, hatte sie das Gefühl, sein Gemüt beruhigen zu müssen. »Der Duke of Darlington wird meine Schwester nicht länger belästigen. Ich dachte, das sollten Sie wissen.«

BenRuin stand vor ihr, seine Hände packten ihre Schultern, bevor sie noch klar denken konnte. »Was hat er Ihnen angetan? Dieser Bastard, Sohn des Teufels, was hat er zu tun gewagt?«

»N-nichts.« Ihr Herz schlug so laut, dass sie eine Weile brauchte, um zu bemerken, dass die Hand, die ihre Schulter umfasste, ganz sanft war.

»Wenn er Ihnen etwas versprochen oder, einen Handel mit Ihnen geschlossen hat, Ihnen auf irgendeine Weise nahegekommen ist, dann müssen Sie es mir sagen.«

Kit sammelte ihre Kräfte. Sie würde entscheiden, wann Lord BenRuin irgendetwas wissen musste; das Letzte, was sie brauchte, war, dass er einen Mord beging. »Ich habe gestern Abend mit ihm gesprochen. Zwar nur kurz, aber ausreichend, um mich davon zu überzeugen, dass er Lady BenRuin in Ruhe lassen wird.«

Die Hand des Grafen hatte begonnen zu zittern. »Sollte er Ihnen auch nur einmal zu nahe kommen«, sagte er, »sehe ich das als persönlichen Angriff. Er weiß, was das bedeutet.«

Das ist es also, dachte Kit mit sinkendem Herzen. *Er ist mit BenRuin noch nicht fertig.*

An diesem Nachmittag rief Darlington nach Mme Soulier. Sie hatte sich vor Kurzem zur Ruhe gesetzt, lebte aber in opulenter Infamie in Soho, nachdem sie all die großen Damen ihrer Zeit eingekleidet hatte.

Mme Soulier hatte ihn in ihrem zweitbesten Zeichenraum empfangen, »denn Sie und ich sind alte Freunde, Darling«, sagte sie, wobei ihre Finger graziös ihre Teetasse hielten und ihre Augen wachsam auf seinem Gesicht ruhten. Der einzige Grund, weshalb sie sich in den Ruhestand zurückgezogen hatte, war vermutlich, dass ihre Kunden ihr langsam wegstarben, und sie hielt nichts von den einfachen französischen Kleidern, die derzeit in Mode waren. Sie machten auf verabscheuungswürdige Weise Abstriche beim Material und kamen ohne große Geste aus.

Genau der Grund, weshalb er sich für sie entschieden hatte. Wenn es um große, strenge Meisterwerke an Kleidern ging, führte kein Weg an Mme Soulier vorbei. Sie hatte auch seine Mutter eingekleidet. Darlington hatte als Junge nie gelernt, so still und ruhig zu sitzen, wie es seine Mutter gern gehabt hätte. Mme Soulier hatte ihn wie nur wenige Erwachsene verhätschelt, sie hatte ihn mit Worten dirigiert, die angesichts seiner eigensinnigen Natur wie Nadeln in einem Stück Stoff saßen.

»Ich glaube, Ihnen ist langweilig, meine gut betuchte Madame«, sagte Darlington auf Französisch. Er trank einen weiteren Schluck Tee und zuckte mit den Schultern. »Ich möchte, dass Sie mir ein Kleid machen.«

»Meine Finger sind nicht mehr die besten. Bah! Lassen Sie eine alte Frau in Frieden.« Mme Souliers Fingerspitzen strichen über die zarte Spitze an ihrer noch immer ansehnlichen Brust.

»Sie haben die Finger einer Künstlerin. Sie werden niemals alt.« Er lehnte sich vor und nahm ihre Hand sanft in seine, dabei berührte er die Schwellung ihrer Brüste mit seinen Knöcheln. Der Herzog blickte unter seinen Wimpern zu ihr auf – ein düsterer, heißer Blick – und streichelte ihre schwieligen Finger.

»Nicht einmal der Tod könnte diese Finger aufhalten, schätze ich. Ihre Hände wird man eines Tages vom restlichen Körper abschneiden müssen, wenn Ihre Zeit gekommen ist, damit sie weiter in einem gespenstischen gotischen Arbeitszimmer weiterarbeiten und die übrigen Schneider auf Ewigkeit beschämen können.«

»Sie haben zu viel Fantasie, mein Junge«, erwiderte sie lächelnd. Es war unmöglich, unter ihrer dicken weißen Gesichtsschminke festzustellen, ob sie errötete, aber ihr unruhiger Atem und die geteilten Lippen ließen es vermuten.

Doch hier ging es einzig ums Geschäft. Als er begann, seine Bedürfnisse darzulegen, veränderte sich das Interesse in Mme Souliers Augen. Das hatte er vorausgesehen. Darlington war nicht der Einzige, für den dies eine Herausforderung darstellte, die, sollte sie erfüllt werden, einen einzigartigen Triumph versprach. Sie nannte ihn einen ungezogenen und arroganten Jungen, aber als sie ihre zweite Kanne Tee getrunken hatten, hatte sie eine Rechnung aufgemacht, die vollkommen außerhalb seiner monetären Möglichkeiten lag.

5

Sie waren um sechs Uhr an diesem Morgen losgefahren, von London aus in Richtung Südwesten. Obwohl die nicht markierte Kutsche des Herzogs gut auf den trockenen Straßen fuhr und Kit sich ein Nest aus Decken und Kissen gebaut hatte, war sie erschöpft, als sie am späten Nachmittag in Totton halt machten. Sie hatten bereits zwei Mal die Pferde gewechselt, aber dennoch während des ganzen Tages in der Kutsche gegessen. Jedes Kutscherhaus, an dem sie gehalten hatten, war zu voll gewesen, um ihnen auch nur eine Tasse Tee zu servieren; das halbe Land war wegen der Hochzeit auf dem Weg in die Stadt.

Sie setzten sich in die Ecke eines prall gefüllten öffentlichen Warteraums, an ein Fenster, durch das sie die anderen Reisenden draußen auf dem Hof beobachten konnten. Kit sah nicht aus dem Fenster. Sie beobachtete ihre Begleitung. Selbst nach neun Stunden konnte sie nicht aufhören zu starren.

Auf der anderen Seite des Tischs saß die prunkvollste Frau, die Kit jemals gesehen hatte, und trank Tee. Sie trug ein steifes Kleid der vorherigen Generation, aber anstatt altmodisch auszusehen, brachte sie einen dazu, sich nach den hinreißenden, zügellosen Farben eines anderen Zeitalters zu sehnen. Gelbe Mohnblumen rankten sich auf der weinroten Seide, die ihre Brust und die Schultern umfasste. Sie verliefen sich in den Röcken, die sich wie Wasserfälle unter ihrem bescheidenen Tisch ergossen. Die Frau war eng geschnürt, und ihre schnittige Figur wurde durch kleine Reifen unter ihren Röcken akzentuiert. Sie blickte aus dem Fenster und zeigte Kit damit ihr Profil –

die feine, geradlinige Nase, die lächelnden, ausdrucksstarken Lippen und die schwermütigen Augen. Sie trug eine schwarze Perücke, wobei ein dicker Zopf über ihre Schulter und auf das weiße Leinen fiel, das um ihren Hals gesteckt war.

Die Frau drehte sich vom Fenster weg, und die schweren, blauen Augen des Herzogs lachten sie aus ihrem Gesicht an. Er nahm einen Schluck Tee. »Sind Sie nicht hungrig, Miss Sutherland?«

»Euer Gnaden – « Seine Augenbraue hob sich, und Kit blickte finster drein. »Ich fühle mich wie eine echte Närrin, wenn ich Sie Lady Rose nenne. Ich schwöre, ich kann das nicht.«

»Dann muss ich nach London zurückkehren«, murmelte der Herzog mit angsteinflößender, fesselnder Stimme. Er klang nicht wie ein Mann, aber auch nicht wie eine Frau, wie sie Kit jemals getroffen hatte. »Ich schätze, Ihre Schwester wird sich über meine Rückkehr freuen.«

Kit sah aus dem Fenster auf die Kutsche, die den ganzen Tag hinter ihnen gefahren war, voll bepackt mit Koffern. »Ich denke, mein Haus wird noch weniger für Sie angemessen sein, als es für den Herzog gewesen wäre, *Mylady*.«

Der Herzog zuckte elegant mit den Schultern und schlug seinen Fächer auf. Eine Wasserszene war mit großer Sorgfalt auf die Fächerelemente gemalt, und die träge Bewegung seines Handgelenks schien sie zum Leben zu erwecken. Kit hatte gesehen, wie ihr Bruder Tom Theaterrollen in lokalen Amateuraufführungen übernommen hatte – sie hatte sogar mehr als einmal gesehen, wie er eine Frau spielte, wenn es die Rollen erforderten. Aber er blieb immer Tom, der eben schauspielerte. Die Transformation des Herzogs hingegen war vollkommen bis in seine Knochen hinein. An ihm war kein noch so winziger Hinweis auf irgendwelche Befangenheit. Seine Haltung, sein Mund, das träge Wiegen seiner Hand, alles gehörte zu Lady

Rose. Die Leichtigkeit, mit der er seine Haut veränderte, war furchterregend.

Wie konnte sie jemals hoffen, sein wahres Gesicht zu sehen? Kit wusste aus erster Hand, dass er sie in diesem Glauben wiegen würde, wenn es zweckdienlich war.

Ihr Geist wand sich wieder, wie schon den ganzen Tag, und stellte sich die Frage nach seinem Zweck. Sie vermutete noch immer, dass seine Aktionen nicht ihr galten, sondern auf Ben-Ruin ausgerichtet waren, obwohl sie keine Antwort darauf hatte, was er sich von seinem Gang ins Exil versprach.

Und was sollte diese Verkleidung, sodass er mit dem Duke of Darlington gar nichts mehr gemein hatte?

»Meine liebe Miss Sutherland«, murmelte er und betrachtete sie über den Rand seines Fächers hinweg. »Denken Sie nicht darüber nach. Ich werde bald fort und vergessen sein.«

Sie fragte sich, ob es jemals jemand geschafft hatte, ihn zu vergessen.

Es war dunkel, und sie waren jetzt nahezu drei Stunden lang ununterbrochen durch die Landschaft gefahren, wie Darlington schätzte.

»Wir sind fast da«, erklärte Miss Sutherland. Sie klang erschöpft. Er führte ein kurzes Selbstgespräch über die Anstrengungen des Reisens in einem Korsett und wie er herausgefunden hatte, dass man sich besonders auf seine weiblichen Kräfte verlassen musste, um längere Reisen zu überstehen.

Er hatte sie unterhalten und ablenken wollen, hatte jetzt aber den Eindruck, dass er sie nur noch mehr erschöpft hatte.

Kit klopfte ans Dach und signalisierte dem Fahrer, er solle in die nächste Auffahrt auf der rechten Seite einbiegen. Die Kutsche bog ab, und sogleich verschlechterte sich der Zustand der Straße.

Als sie hielten, war es noch immer dunkel, und Darlington vermutete, dass sie darauf warteten, dass die Tore des Anwesens geöffnet wurden, bis Miss Sutherland ihre Tür öffnete und ohne die Hilfe seines Dieners ausstieg. Was für einen Streich wollte sie ihm jetzt spielen? Er legte eine behandschuhte Hand in die des Dieners, der seine Tür öffnete, und akzeptierte seine Hilfe beim Aussteigen aus der Kutsche.

Sie hatten vor der unbeleuchteten Manier eines Hauses gehalten. Einst mochte es herrschaftlich gewesen sein, wenn auch klein. Gewiss kleiner als sein Jagdhaus in Surrey.

»Wir werden das Gepäck nach hinten tragen müssen«, sagte Miss Sutherland und sah ihn dabei nicht an. »Die vordere Halle ist blockiert, und ich will es jetzt lieber nicht riskieren, dort hineinzugehen. Ich werde Tom holen, damit er uns hilft.«

»Könnten wir nicht um das Haus herumfahren?«

»Es ist dunkel, *Mylady*, man wird im Garten nichts sehen können. Nein, wir können nicht nach hinten fahren.«

Dann verschwand sie in der Dunkelheit, ein Tier, das in die Wildnis zurückkehrte.

Er hatte sich selbst letzte Nacht im Spiegel betrachtet, eingeschnürt in eines von Mme Souliers Meisterstücken, sein Gesicht doppelt rasiert und geschminkt von Grey, um seine Wangenknochen zu enthärten und seine Augen und Lippen zu akzentuieren. Ihm wurde schwindelig vor Verzückung. Er hatte die Dandys zu sich bestellt, um ihm den ganzen Abend Gesellschaft zu leisten, und er schmollte und flirtete, wenn sie ihm besonders gefällig waren.

Vor diesem abgewirtschafteten Haus stehend, musste er sich in Erinnerung rufen, dass er auf der ganzen Welt und mit all den ihm verfügbaren Ressourcen nichts Besseres gefunden hatte als die scharfe Zunge dieser Frau.

Ein knackender Ast unterbrach die Stille der Nacht, und er

zuckte zusammen. Miss Sutherland tauchte sicheren Fußes wieder aus dem Dunkel auf, und eine andere Person folgte ihr. Tom – es musste der Bruder sein, Mr Thomas Sutherland – war größer als Miss Sutherland, aber seine Schritte waren vorsichtiger. Er schaute Darlington nicht direkt ins Gesicht, und es war schwer, ihn im Dunkeln richtig zu erkennen.

»Lady Rose, mein Bruder Tom. Tom, Lady Rose.«

Darlingtons Lachen klang unruhig in der ländlichen Nacht und wurde von stillem Gebüsch und Gestrüpp aufgefangen. »Soll ich Ihren Bruder beim Vornamen nennen? Das ist zwar recht kess, aber es entspricht wohl meinem Naturell.«

»Dann eben Mr Sutherland. Tom, kannst du mit dem Abladen des Gepäcks unseres Gasts beginnen? John, würden Sie uns dabei helfen?«

John?, dachte Darlington, der in das Dunkel neben dem Haus starrte. *Wer ist John?*

»Selbstverständlich, Miss«, sagte Darlingtons Diener.

Ah. John.

Darlington stand in eindrucksvoller Pose an einer Seite der Kutsche, während sie Stück für Stück sein Gepäck wegtrugen. Sein Diener – John – war zu gut ausgebildet, um zu fluchen, wenn er stolperte oder ihm ein Ast ins Gesicht schlug, aber Darlington konnte sein Vorankommen durch die überwucherte Dunkelheit hören, durch die sich Miss Sutherland nahezu still ihren Weg bahnte.

Er wurde sich bewusst, dass er sich … töricht fühlte. Eine neue und unbehagliche Erfahrung. Sie hätte ihm natürlich zuerst das Haus zeigen sollen, statt ihn warten zu lassen. Er hätte gedacht, dass sie es absichtlich getan hätte, wäre sie nicht offenbar gänzlich desinteressiert an ihm.

Eine weitere neue Erfahrung.

Es hatte schon vorher Menschen gegeben, die nicht gern in

seiner Gesellschaft waren. Sein Vater beispielsweise. Aber sie hatten es immer mit Leidenschaft gewollt. Dabei waren immer Abneigung, Furcht oder Herzschmerz im Spiel gewesen, die sie von seiner Seite rissen, aber nie dieses *Dulden* seiner Gesellschaft.

Kit kam nur mit John in Begleitung zurück. Sie besprach sich kurz mit seinen Kutschern, die gemeinsam rauchten. Die Männer löschten ihre Pfeifen und verstauten sie unter ihren Kapuzenmänteln, dann zogen sie sich selbst wieder hoch auf ihre Sitze. Sie nickten respektvoll in seine Richtung und fuhren fort, wobei sie das Laternenlicht mit sich nahmen.

»Jetzt Sie, Mylady«, sagte sie und kam auf ihn zu.

»Werden Sie mich ebenfalls über Ihre Schulter hieven?« Er fragte sich, ob sie sich ebenso plötzlich wie er bewusst war, dass sie allein zusammen in der Dunkelheit standen. Ausgesetzt auf dieser verlassenen Insel.

»Sie sollten Ihre Röcke raffen«, sagte sie nur, bevor sie sich umdrehte, in der Annahme, dass er ihr folgen würde. Der Herzog beobachtete, wie sie in der Dunkelheit verschwand.

Darlington folgte ihr.

Kit ging langsam und hielt die Äste für ihn zurück, wenn er daran vorbeikam. Die Stille drang ihm entgegen, und er konnte sie nur noch schemenhaft wahrnehmen. Bis sie durch das Tor, das sie für ihn offen hielt, in den Küchengarten kamen, war seine Haut feucht, und das Atmen fiel ihm schwer.

Darlington hatte schon angefangen zu denken, das Haus sei verlassen und verwildert, aber aus zwei makellosen Bleiglasfenstern fiel Licht in den Garten.

Miss Sutherland öffnete die schwere Küchentür mit einem geübten Schubs der Schulter. Er bemerkte ihr Kopfschütteln, als er an ihr vorbeischwebte. Nicht ein Wort zu ihm. Keine einfache körperliche Ablehnung, dass dies auf keinen Fall eine gute Idee sei. Sie hatte nicht übertrieben, als sie ihm erzählte, ihr Haus sei nicht für einen Herzog geeignet.

Die Küche war so sauber wie die Fenster, obgleich die meisten Oberflächen abgenutzt waren und es nur wenige Anhaltspunkte für das Vorhandensein von Geschirr und Töpfen gab.

»Das ist Liza«, sagte Miss Sutherland und deutete auf eine rotgesichtige Frau, deren Hände fest ihre Schürze umklammerte, während sie knickste. Miss Sutherland legte eine Hand auf die Schultern der Zofe, eine sanfte Berührung, wie Darlington verwirrt dachte. »Liza ist ein rechter Engel, sie ist gekommen, um meine armen Hände davor zu bewahren, mehr als nötig zu zerbrechen.«

Die Zofe schlug Miss Sutherlands Hand von sich, knickste nochmals höflich in Darlingtons Richtung und wandte sich wieder dem Kneten des Teigs auf dem großen Holztisch zu, der den halben Raum einnahm. Miss Sutherland wies nickend in Richtung Tür auf der anderen Seite der Küche und wollte hindurchgehen.

»Hier muss ich aber protestieren«, sagte er. »Ich weiß, wir haben London weit hinter uns gelassen, aber muss ich Ihren Gesten wirklich folgen wie ein trainierter Hund?«

Sie wurde unnatürlich steif.

»Bitte vergeben Sie mir, Mylady. Würde Eure Ladyschaft vorziehen, dass ich mich verbeuge und scharre und um die Erlaubnis von Eurer Ladyschaft in meinem eigenen Zuhause bitte, weil Eure Ladyschaft mich mit ihrer Anwesenheit beehrt?«

Ich würde es vorziehen, wenn Sie nett wären, dachte er, kam aber peinlich berührt wieder von diesem Gedanken ab.

»Die üblichen Höflichkeiten sollten genügen«, lächelte er affektiert.

Er bedeutete ihr, ihn weiter zu führen, und versuchte dabei so herablassend wie nur irgend möglich zu sein.

Ihre goldenen Augen verengten sich, aber sie wippte mit dem Kopf. »Wenn Sie mir folgen wollen, Mylady.« Die Tür führte in eine Halle, und er dachte, er höre am anderen Ende, wie jemand flüsternd fluchte.

»Bitte warten Sie hier, Euer Gnaden«, sagte sie. »Ich werde Sie ankündigen.«

»Sie müssen nicht –«

»Nein, bitte, lassen Sie mich Sie ankündigen.«

»Miss Sutherland, ich wollte nicht, dass Sie –«

»Ich möchte meine Mutter begrüßen, ohne dass Sie mir dabei zusehen! Ich habe sie sieben Wochen lang nicht gesehen.«

Er sank in einen tiefen, gnädigen Knicks. »Natürlich.«

Sie öffnete die nächste Tür am Ende der Halle und trat ein. Er folgte ihr ruhig und presste sein Ohr an die Tür, nachdem sie sie geschlossen hatte.

»Ma«, sagte sie ruhig, und dann erneut, ein wenig lauter. Sie lachte, wobei er eine Wärme in ihrer Stimme ausmachte, die er bislang noch nicht hatte erleben dürfen.

»… schlaf, du törichte alte Frau.«

»Katherine Grace.« Die Stimme war sanfter, unklar. »… nie geschafft … Manieren … Frau. Lass dich ansehen. Oh … anmutig, sehr …«

»Mach nicht so viel Aufhebens um mich, Ma, es ist nur Lydia, die mit mir Verkleiden spielt und versucht, mir ein so unbehagliches Gefühl wie möglich zu geben.«

»Dieses Mädchen«, – dieses Mal lauter –«sie ist des Teufels eigenes Kind … hat dich aussehen lassen … erinnert mich an …«

»Das ist jetzt gleich, ich werde sie ohnehin an Miss Faith verkaufen.«

»Du musst nicht –«

»Ich habe keine Verwendung für diese feinen Stoffe, ich kann das Geld besser gebrauchen. Aber Ma, erinnerst du dich, dass ich dir geschrieben habe, ich würde einen Gast mitbringen?

»… alles sehr mysteriös.«

»Sie ist die Cousine eines Herzogs.«

Darlingtons Mund verzog sich zu einem Lächeln, als er das verzweifelte Luftschnappen vernahm, das diese Neuigkeit auslöste.

»Oh Kit, wie konntest du – wie können wir – oje, oje.«

Man hörte einiges Rumoren, und Miss Sutherland lachte erneut.

»Mach dich so ansehnlich wie möglich. Ich bringe sie jetzt herein, um sie vorzustellen.« Ein paar Schritte in Richtung Tür. Pause. »Sie ist sehr vornehm. Aber mach dir nichts aus dem, was sie sagt. Sie redet viel Unsinn, diese Lady Rose. Man sollte darin nicht nach einem Sinn suchen.«

Er bemühte sich nicht, weit zurückzutreten; sie zog die Tür auf und zuckte zusammen, als sie ihn erblickte. Ihr Gesicht errötete, und ihr Rücken war gerade wie ein Ausrufezeichen, während sie sich umdrehte und ihn in das Zimmer führte.

»Eure Ladyschaft, darf ich Ihnen meine Mutter vorstellen, Mrs Sutherland? Ma, dies ist Lady Rose Everdale, Cousine seiner Gnaden, des Herzogs von Darlington.«

Miss Sutherlands Mutter war noch kleiner als sie und irgendwie verblasst. Vielleicht war es aber auch das Zimmer, das mit lauter alten Möbeln vollgestellt war. Die Frau machte einen sehr lobenswerten Knicks, und in dem sanften Lampenlicht konnte Darlington keine ihrer Töchter in ihren aquarellartigen Gesichtszügen entdecken.

Er knickste als Erwiderung. »Ich kann Ihnen nicht genug danken, dass Sie einer armen, ruinierten Frau Unterschlupf gewähren. Oh, bitte, fühlen Sie sich nicht unbehaglich, wir beide wissen, dass die Gesellschaft ein launischer Liebhaber ist, der mich im nächsten oder übernächsten Monat wieder aufnimmt. Sie sind die Tochter eines Grafen, nicht wahr? Darf ich Sie Sophie nennen?«

Er schaute Miss Sutherland nicht an, fühlte aber, wie sie äußerst still wurde. Hatte sie gedacht, dass er nicht versuchen würde, so viel wie möglich über ihre Familie herauszufinden?

»Selbstverständlich, Eure Ladyschaft«, sagte Mrs Sutherland in einem Anflug erfreuter Verwirrung. »Bitte, nehmen Sie doch Platz. Kit wird uns etwas Tee bringen.« Dem folgte ein bedeutsamer Blick von Mutter zu Tochter. »Und such nach deinem Bruder. Seine Bücher sind schlechte Gesellschaft, wenn wir die Cousine eines Herzogs zu Gast haben, und das kannst du ihm auch so sagen.«

Er fing Miss Sutherlands Blick auf, und seine Lippen kräuselten sich beinahe unmerklich. Es lag Bestürzung in ihrem dunklen Gesicht, aber sie tat, wie ihr ihre Mutter geheißen hatte.

»Tom!«, rief sie im Hausflur. »Ma sagt, du sollst herunterkommen!«

Mrs Sutherland erstarrte, und ihre Augen huschten zu Darlington. »Ich habe versucht, ihr Manieren beizubringen, Eure Ladyschaft. Ich bin, wie Sie schon sagten, die Tochter eines Grafen. Sie ist aber ein wildes Mädchen. Sehr energisch.« Ihre Finger zupften nervös an einer Näharbeit. »Nicht so wie ihre Schwester, die jetzt eine Gräfin ist. Haben Sie denn Lady Ben-Ruin kennengelernt?«

Er plauderte so dahin und beobachtete sie. Er konnte an der Frau nichts finden, das die Liebe, die Miss Sutherland empfand – für das wilde, tierische Mädchen –, gerechtfertigt hätte. Sie war wie ein altes, ausgewaschenes Hemd, das von der Leine geweht wurde, wenn man es nicht sorgfältig genug feststeckte.

Tom kam ins Zimmer und verbeugte sich vor Darlington. »Eure Ladyschaft«, sagte er mit ruhiger Stimme.

»Da bist du ja, mein Liebling«, murmelte Mrs Sutherland. Als er ihre Hand nehmen wollte, scheuchte sie ihn zu dem Sessel, der gegenüber von Darlington stand.

In dem sanften Licht konnte er Miss Sutherlands Bruder etwas deutlicher sehen. Er war seiner Schwester sehr ähnlich – dunkles Haar, goldene Augen, ein eindrucksvolles Gesicht –, aber seine Nase war nicht gebrochen, und er löste in Darlington nicht dieses beunruhigende Gefühl aus, er könnte direkt in ihn hineinblicken. Er erwiderte Darlingtons Blick nicht, sondern sah auf seine Hände, die weich und still in seinem Schoß lagen, als ob er aus den Tintenflecken irgendetwas herauslesen könnte.

Darlington und Mrs Sutherland führten eine sachte Konversation fort, in deren Verlauf sie sich gegenseitig schmeichelten. Er hatte Zeit, sich gründlicher umzuschauen, und eine Art stummer Schreck arbeitete sich wie ein Insekt an seinem Hals empor.

Die Anzeichen, dass hier täglich jemand wohnte, waren unverkennbar: Miniaturen hingen in einer Gruppe an der Wand, braune Blätter rankten sich um eine Vase, Bücher lagen offen auf dem kleinen Schreibtisch, und ein verblasster Fleck wies darauf hin, dass hier etwas früher am Tag eine Teetasse gestanden haben musste.

Dies war kein kleiner Abendsalon und auch nicht der private Salon der Herrin des Hauses. Dies war ihr ganzer Lebensbereich, neben der Küche, im hinteren Teil eines toten Hauses.

Er schaute Mrs Sutherland an, die noch immer mit ihrer Näharbeit beschäftigt war, und Tom, der jedoch nicht zurückblickte. Dies war ihre private Welt, und sie würden für mindestens eine Woche seine einzige Gesellschaft sein. Miss Sutherland kam mit dem Rücken zuerst in den Raum, in den Händen ein Tablett mit Tee.

Und Katherine. Sie war auch noch da.

Er machte aus ihrem Heim eine Farce, indem er hier saß, prächtig wie eine Kaiserin auf ihrem ärmlichen Sofa, das dort einsank, wo schon zu viele Hinterteile vor ihm Platz genommen hatten. Sie servierte ihm und dann Ma und Tom Tee und setzte sich anschließend auf die Lehne des Sessels, in dem Ma ihrer Näharbeit nachging. Der Herzog fragte Tom, ob er bereits etwas von dem jungen Poeten Keats gelesen habe, worauf eine leidenschaftliche Diskussion folgte. Kit blinzelte, unterdrückte ein Lachen und beugte den Kopf, um dem gleichmäßigen Sticken ihrer Mutter zuzusehen.

»Ich schätze, du hoffst, sie davon zu überzeugen, dass du eine respektable Witwe bist«, murmelte sie und beugte sich vor, um ihr Kinn auf der Schulter ihrer Mutter abzulegen. »Auch wenn du überhaupt nichts für feine Näharbeiten übrig hast.«

»Ich bin eine respektable Witwe. Und soweit es unser Gast je erfahren wird, nähe ich ganz wunderbar.« Sie hielt den geringelten Stoff hoch, und Kit versteckte ihr Lächeln in den Falten des Halstuchs ihrer Mutter. Der Flicken war eins von Miss Faiths gestickten Meisterwerken. Ma fügte lediglich ein paar hässliche grüne Formen am Rand hinzu.

»Sollen das Eidechsen sein?«

»Das sind Blätter, das ist doch offensichtlich.«

Kit fing Toms Blick auf, und es lag ein Ausdruck darin, den sie lesen konnte, als hätte sie ihn selbst aufgesetzt. Er war nervös, versteckte es aber hinter der Unterhaltung, denn er kam auf eine Frage zurück, die ihm der Herzog mit Lady Roses beunruhigender Stimme gestellt hatte. Er brachte Tom dazu, sich unbehaglich zu fühlen, und Kit war diejenige, die ihn hierhergebracht hatte.

Wenn es seine Absicht war, ihre Familie in eine Waffe gegen BenRuin zu verwandeln, musste er jetzt erkannt haben, welch armselige Munition er zur Verfügung hätte. Sie legte ihren Kopf zurück auf die Schulter der Mutter. Heute war ein langer Tag gewesen. Sie würde morgen darüber nachdenken, was sie mit der Giftschlange anfangen sollte.

»Ich stelle fest, dass ich nach dieser Tagesreise müde bin«, sagte der Herzog und stellte seine Untertasse grazil auf den kleinen Tisch. »Darf ich fragen, welche Schlafarrangements für mich getroffen wurden?«

»Sie werden in dem Raum gegenüber schlafen«, sagte Kit. »Das Bett ist gemacht, und Ihre Habseligkeiten wurden bereits so gut es ging verstaut.«

Besser gesagt, in einem bedrohlichen Stapel in einer Ecke des Zimmers aufgebahrt, denn Mas Garderobe war schnell voll gewesen, nachdem die erste Kiste offen war. »Ich zeige Ihnen den Weg.« Sie wollte ihn endlich los sein, damit sie ihre Familie für sich haben konnte – ihren Bruder und ihre liebe Mutter.

Der Herzog stand auf und machte einen dieser unbekümmerten Knickse, die Frauen ihr ganzes Leben lang einstudierten. »Ihre Gastfreundschaft überwältigt mich«, sagte er. »Aber ich fürchte, ich muss weitergehen. Es ist schwer für mich zuzugeben …« Er unterbrach sich, um die Neugier ihrer Mutter zu erregen, und wartete einen Moment des angespannten, erwartungsvollen Schweigens ab. Dann, als würde es ihm schwerfallen, sagte er: »Ich fürchte mich im Dunkeln.« Sein Gesicht war errötet, aber seine Augen flackerten, und inmitten dieser betroffenen Betretenheit las sie Triumph, wie edelsteinbesetzten Saft in der Rinde. »Es ist eine Schande – eine erwachsene Frau, und doch brauche ich Gesellschaft, um schlafen zu können. Ich dachte, vielleicht könnte eine Zofe … Aber Sie haben nur die eine, und ich würde sie nur ungern für mich allein in Anspruch nehmen wollen.«

»Wir hatten daran gedacht, Ihnen mein Zimmer zu geben«, begann ihre Mutter etwas unbestimmt, »und dass ich bei Kit schlafe.«

Und Kit verstand allmählich, als nähere sich ein Gedanke aus weiter Ferne.

Ihre Mutter sagte: »Ich schätze, Sie könnten sich ebenso ein Zimmer mit ihr teilen, obwohl ich nicht sicher bin, ob es für die Cousine eines Herzogs angemessen ist – das heißt, Kits Schlafzimmer ist nicht wirklich –« Sie brach beschämt ab.

»Das ist keine schlechte Idee«, sagte Tom und blickte zu Kit auf. »Ich mochte den Gedanken ohnehin nicht, dass Mutter die ganzen Treppen steigen sollte; ihr Atem ist noch schwerer geworden, seit die Blumen blühen.«

So also wollte er gegen BenRuin vorgehen.

»Dann bestehe ich sogar darauf«, sagte der Herzog, der irgendwie in Besitz der Hand ihrer Mutter gekommen war und diese hingebungsvoll küsste. »Ich werde für die Dauer meines Aufenthalts mit Miss Sutherland ein Bett teilen.«

Er wusste es. Gott, sie konnte in seinem Gesicht erkennen, dass er wusste, wie die Worte ihr Inneres auseinanderrissen, während sie gleichzeitig nach außen drängten. Abzulehnen, dass ein Mann, ein Herzog, ihr Bett teilte. Und noch dazu dieser Mann.

Er hatte vor, sie zu verführen.

»Liza könnte …« Sie hielt inne. Liza konnte nicht.

Er öffnete die Augen, blickte sie unschuldig an und sagte: »Ich bin sicher, dass wir uns diesbezüglich zumindest einig sind, Miss Sutherland. Ihre Mutter muss jede Bequemlichkeit haben, die wir ihr ermöglichen können. Und jetzt seien

Sie schon ein braves Mädchen und sagen Sie, dass ich mit Ihnen Ihr Bett teilen darf. Sie würden sonst meine Gefühle verletzen.«

Er war wie ein Uhrmacher, und er hatte ihren gesamten inneren Mechanismus freigelegt. *Ich würde lieber draußen bei den Schweinen schlafen*, hätte sie beinahe gesagt, aber Tom sah sie an; er wusste, dass etwas nicht stimmte. Sie hatte gedacht, sie könnte den Preis des Herzogs bezahlen, als sie der Sache im Hyde Park zugestimmt hatte. Jetzt, da ihr das gesamte Ausmaß seiner Bitte bewusst wurde, konnte sie sich nicht einmal vorstellen, wie sie sich selbst aus der Sache herausretten sollte. Wenn sie ihn heute abwies, würde er morgen wieder in Lydias Bett liegen. Und in seiner Freizeit konnte er ganz London erzählen, wo er gewesen war.

Die Sutherlands aus Millcross wären somit mehr als ruiniert. Alle Ambitionen und harte Arbeit, die Tom investiert hatte, wären zunichte gemacht. Die letzten Bemerkungen über den guten Namen ihrer Mutter. Ihr Ruf der Ehrlichkeit, auf den sie sich verlassen musste, wenn sie Kredit brauchte.

Ein armseliges Jahr lang hatte sie ihr eigenes Bett gehabt. Sie hatte sich angewöhnt, sich darauf auszubreiten wie ein gigantischer Seestern, einfach nur deswegen, weil sie es konnte. Nie hatte sie gedacht, dass es zu einem Schlachtfeld werden könnte.

»Sie *dürfen* es mit mir teilen«, erklärte Kit, und ihre Glieder, die immer wieder gezwungen wurden, nachzugeben, je nachdem, wie es die Umstände verlangten, formten irgendetwas, das einem Knicks ähnelte. »Ich werde Sie hochführen.«

Sobald sie auf dem Flur standen, drehte sie sich um und erhob ihre Hand gegen ihn. Beide sahen sie an, und sie ließ sie verwirrt wieder sinken.

»Haben Sie etwas zu sagen, Miss Sutherland?«

»Das sind Menschen dort drin.«

»Habe ich sie etwa für Elefanten gehalten?«

»Ich habe gesehen, was Sie tun, wenn Sie vergessen, dass Menschen …« Sie unterbrach sich und konnte sich wieder an den Schmerz erinnern, den sie empfunden hatte, als sie ihn dabei beobachtet hatte, wie er Lady Marmotte verführte. Wenn er versuchte, sie auf diese Weise zu berühren, würde sie ihm ein Messer in den Leib rammen. Und doch … sie konnte es sich nicht leisten, ihn fortzuschicken.

In jener Nacht war er ihr so klar erschienen – nicht einfach, aber bestimmt, in seinem schwarzen Anzug und mit seinem zurückgekämmten Haar.

Jetzt stand er da in ihrem Haus, die Seide seiner Röcke streifte über die Wände, seine Reisekoffer ergossen sich bis auf den Korridor. Jeder Teil an ihm kunstvoll, bis zu seinem wunderbar grüblerischem Blick. Jedes Detail seines Kostüms, jedes Wort, das er sprach, war irreführend. Sie hatte nicht die leiseste Ahnung, musste sie sich eingestehen, und die Erkenntnis, wozu er fähig war, jagte ihr einen kalten Schauer über den Rücken.

6

Er sagte nichts, während er ihr die Treppe hinauf folgte, und Kits Meinung nach war das eine recht gute Leistung für ihn. Sie hätte ihn eher die Stufen hinuntergestoßen, bevor sie ihre Konversation wieder aufleben ließ. Es war die Hintertreppe, die einst von Bediensteten benutzt worden war, als das Anwesen noch solche Dinge wie Glocken und Bedienstete und obere Zimmer besessen hatte. Das Holz war in der Mitte einer jeden Stufe blank gerieben. Es war praktischer, diese Treppe zu nutzen und nicht die große Marmortreppe in der Vorderhalle – und weit weniger einsam. Die Kerze, die sie trug, warf ein wiegendes, warmes Licht in den engen Raum.

Oben folgte ein Korridor, der zu den einstigen Dienstmädchenzimmern führte. Die erste dieser Türen ging in Kits Zimmer – winzig, unordentlich, *ihr Reich*. Mehr als einmal hatte sie sich an diesem langen Tag daran erinnert, dass sie sich am Ende in ihre kleine, begrenzte Domäne zurückziehen und ihre Tür vor dem Rest der Welt verschließen konnte.

Sie öffnete die Tür und ging hindurch, und ihr Zimmer war bereits geschrumpft – reduziert auf ein Regal mit Büchern, ihre alte Ankleidekommode und die schlecht gehäkelte Decke auf ihrem Bett. Sie drehte sich um, um ihn zu bitten, nicht das Schloss zu betätigen, aber er war viel dichter hinter ihr, als sie gedacht hatte, und so fand sie sich von Angesicht zu Angesicht mit ihm wieder.

»Entschuldigen Sie«, sagte er mit dieser schrecklichen Stimme.

Sie trat schnell beiseite. Wahrscheinlich war es unhöflich, aber notwendig. Ihre Kniekehlen stießen an ihr Bett.

Wie einfach hatte er sie in diese Lage gebracht. Er hatte bereits jedes Hindernis beseitigt, bevor sie London überhaupt verlassen hatte.

»Sie brauchen nicht zu denken, dass Sie mir irgendwie nahekommen könnten«, sagte sie.

»Das war nicht Teil unserer Abmachung.«

Er kam nicht näher, lächelte aber. Es begann ganz klein. Es brachte sie dazu, darüber nachzudenken, was so eng in dieses Korsett geschnürt war … was unter diesen schweren, teuren Röcken versteckt lag.

»Ich hatte den Eindruck, Sie mochten mich ganz gern, als wir uns das erste Mal getroffen haben«, sagte er.

Ihr Verstand riet ihr, nichts zu sagen. »Sie sollten es jemandem zubilligen, einen falschen ersten Eindruck zu korrigieren«, sagte sie, »was Sie betrifft. Meine Familie dort unten hält sich für verzaubert, wie ich es einst tat. Warum sind Sie hier?«

»Oh, verzeihen Sie, ich dachte, das sei offensichtlich. Ihretwegen, Miss Sutherland.«

Er beobachtete die Wirkung seiner Worte genau; er konnte sich auch nirgendwohin zurückziehen.

»Weshalb?«, entfuhr es ihr. »Welchen Grund könnten Sie dafür haben?«

Seine Augenbraue hob sich grazil verwirrt. »Hat Ihr Schwager Sie nicht vor genau der Art Mann gewarnt, die ich bin?«

»Sie haben die Frage nicht beantwortet.«

»Nein«, sagte er. »Ich schätze, das habe ich wohl nicht.«

Sie wartete und erkannte, dass sie nie die Geduld haben würde, länger zu warten als er. »Was ich gewillt bin, zum Wohle meiner Schwester zu ertragen, hat Grenzen. Sie werden mich nicht anfassen.«

»Still. Ich habe Sie in dem Moment ruiniert, als Sie mich durch Ihre Schlafzimmertür ließen. Es gibt für mich keinen Grund, Sie zu verführen. Sie sind … sicher.« Sein Lächeln bestätigte, dass ›sicher‹ ein unangemessenes Wort für den Zustand war, in dem sich Kit in der Anwesenheit des Herzogs von Darlington in ihrem Schlafzimmer befand.

Wenn er die Wahrheit sagte – falls er ihren Namen ruinieren musste, damit es seinem Zweck diente –, dann hatte sich ihr dröhnendes furchtsames Herz von Anfang an getäuscht.

Sie hatte seine ungute Beziehung zur Wahrheit nicht vergessen.

Er drehte sich von ihr weg, wobei seine Röcke träge hinter ihm herschleiften, und sie stellte die Kerze auf den kleinen Tisch neben der Tür. Er hob die Arme und begann, Haarnadeln aus seiner Perücke zu ziehen, während er sich vorbeugte, um die Bücher und Magazine zu mustern, die sich an der Wand stapelten.

»Sie haben einfach zu viel Gepäck«, sagte sie. »Wir werden zusehen müssen, ob wir ein weiteres Zimmer für Ihre Kleider räumen können.« Woher sie allerdings einen entsprechenden Schrank zaubern sollten, war ihr schleierhaft. Sie hatten die letzten übrigen Möbel vor zwei Wintern als Holzfeuer verwenden müssen, als es ihnen so schlecht ging.

Er machte nicht den Anschein, als hätte er ihr zugehört. Eine weitere Haarnadel löste sich, dann noch eine, und ihr Zimmer wurde ihr immer fremder. Sie konnte den Blick nicht von seinen blassen, arbeitsamen Fingern lösen. Eine weitere Haarnadel verlor sich. Sie wusste, dass das schwarze Haar zum Vorschein kam, wenn er die Perücke abnahm. Sie vermutete, es würde durcheinander sein – in Büscheln an seinen Schädel gepresst.

Sie floh, indem sie blind über die Treppe und in die Dunkelheit rannte, wobei sie sich nur von Erinnerungen und Berührungen leiten ließ. Ihre Mutter rief nach ihr, als sie an ihrem Schlafzimmer vorbeikam, aber Kit überging sie. Sie sprach kurz mit Liza, lief dann über den Küchengarten hinaus in das dichte, nasse Unterholz des Waldwegs. Der Himmel erschien ihr endlos, und dann fing der Wald sie ein, durchnässte ihre Stiefel und den Saum ihres Kleids und schloss sie vom Rest der Welt ab. Die Bäume waren vor nicht einmal vier Monaten noch kahl und nackt gewesen. Sie waren stark genug, um einen Winter zu überstehen.

Sie löste ihr Haar aus dem flüchtigen Knoten und öffnete den Halsabschluss ihres Gewands, um die kalte Luft an sich heranzulassen.

Darlington nahm die Kerze – eine Stumpenkerze! – und stellte sie auf Miss Sutherlands antike Ankleidekommode. Er setzte sich davor, und seine Finger ballten sich ziellos zu Fäusten, ohne dass sein Gehirn es wollte.

Durchatmen.

Er lenkte sich ab, indem er Miss Sutherlands Sachen durchsuchte. Die Marmoroberfläche stand nicht voll mit Schminke und Schmuck, wie es üblicherweise bei solchen Kommoden der Fall war. Er öffnete eine Holzschachtel und erwartete, den üblichen Kram zu finden.

»Hm.« Seine Hand verhielt. Die Schachtel war voll mit Dingen, die aussahen wie kleine Maschinenteile. In einer anderen lagen verschiedene Papiere – alte Einkaufsrechnungen und Kleidermuster. In wieder einer anderen fand sich eine Knopfsammlung, ein Stück getrocknete Bienenwabe und ein bisschen weiße Seide. In der Mitte der Kommode, vor dem Spiegel, saß die perfekte Hülle eines Käfers, metallblau und nicht größer als ein Knopf. Und in diesem blauen Glasgefäß –

Die Zofe kam mit einem peinlich berührten ›Mylady‹ ins

Zimmer. Hätte sie nicht noch zehn Sekunden länger warten können? Er zwang seine Finger von dem ungeöffneten Gefäß weg.

Die Zofe stellte eine Schüssel heißes Wasser vor ihm auf die Kommode und legte ein Nachtgewand – aus seinem eigenen Gepäck, so vermutete er – auf das Bett. Sie brauchte Ewigkeiten, um seine Schnürungen zu lösen, der reife Duft und die Wärme ihres Körpers ein unerträglicher Übergriff. Als alle Bänder gelöst waren, entließ er sie.

Er nahm sich die Zeit, das Make-up aus seinem Gesicht zu waschen – die Bewegung, die das Tuch über sein Gesicht ausführte, erinnerten ihn an seine Kindheit, als er sich selbst gewaschen hatte.

Er kämpfte sich aus seinem Kleid, warf es über einen vollgestopften Sessel im hinteren Teil des Zimmers und zog das Nachtgewand über den Kopf. Es war aus dem feinsten Batist geschneidert, und eine Unmenge Spitze fiel ihm über die Brust – ob dies Mme Soulier amüsiert hatte oder ob es als weitere Verkleidung dienen sollte, vermochte er nicht zu sagen.

Er hatte noch nie gern nackt geschlafen, und das Gewand war etwas Sauberes und Feines, in das er sich an diesem fremden Ort einhüllen konnte.

Er ging zu dem schäbigen Bett, zog vorsichtig drei oder vier Lagen zurück und schlüpfte zwischen die Laken. Sie rochen schwach nach Laugenseife. Die Matratze war keine Daune, aber auch kein Stroh. *Wolle,* dachte er, während er langsam darin versank. In der Tat … er bewegte sich ein wenig hin und her, bis er den perfekten Platz zwischen Decken und Matratze gefunden hatte, das Gesicht in die Kissen vergraben. Eigentlich war es Glück. Er fühlte sich wie in eine dichte englische Wolke eingehüllt. Sein Herz wurde ruhig. Er war so unglaublich müde. Er seufzte und atmete tief ein.

Und ein Duft, nach Kit, so schwach, dass er kaum existierte, umfing ihn. Seine Augen öffneten sich erneut. Er rollte sich auf den Rücken und starrte an die Decke. Er hatte die Kerze ausgelöscht – mit feuchten Fingern, denn ein Löschhütchen hatte er nirgends entdecken können. Sein Wunsch, sie brennen zu lassen, kam ihm kindisch vor.

Er konnte jetzt nichts weiter tun, als nach Miss Sutherlands Schritten auf der Treppe zu horchen.

Das Erste, was sie sah, als sie Stunden später den Raum betrat, war der Herzog, der gegen die Wand unter dem Fenster gerutscht war. Im Kerzenlicht sah er klein aus, sein Schatten zeichnete sich ab. Die Vorhänge standen offen.

Er schaute zu ihr hoch – nein, nicht zu ihr, zu der Kerze. Rasch löste sie den Blick von ihm, fühlte sich unsicher.

»Es ist sehr nett von Ihnen, dass Sie mir das Bett überlassen«, sagte sie und stellte die Kerze auf ihre Kommode neben den anderen kalten Stumpen. Sie runzelte die Stirn. Nicht, dass irgendetwas nicht an seinem Platz gewesen wäre, aber sie wusste einfach, dass er ihre Sachen durchsucht hatte. »Haben Sie –«

Er schob sich an der Wand hoch, und diese Bewegung ließ sie zusammenzucken. Er zitterte so sehr, dass sich die vielen Schichten Spitze auf seiner Brust kräuselten wie Wasser über Felsen.

»Sie sind hier«, sagte er.

Sie drehte sich wieder zur Kommode und versuchte ein Achselzucken, aber ihre Muskeln waren schwer und langsam. Es war schlimm genug zurückzukommen und ihn wach vorzufinden, auch ohne dies. Er war so schrecklich aufgelöst, obwohl sie den Grund dafür nicht verstand, auch nicht, wie tief sein Zittern ging. Sie nahm sich Zeit zum Flechten ihrer Haare, und als sie sich wieder umdrehte, war er gefasster. Was die Ungeheuerlichkeit von ihm in ihrem Zimmer nicht weniger erdrückend machte.

»Kommen Sie zu Bett?«, fragte er und glitt unter die Decken.

Ihre Finger umfassten die Kante der Kommode. Sie versuchte, nicht zu sehr daran zu denken, wie sie neben ihn ins Bett steigen würde, in dem Wissen, dass sie die ganze Nacht lang in seiner Reichweite war. Sie konnte ihn hinter sich hören ... wie er sich bewegte. Es sich bequem machte. Sein durchwühltes schwarzes Haar auf ihrem Kissen.

»Ich werde ein Buch über schlechte Ideen schreiben«, sagte sie und zog heftig an den Knöpfen ihres Ärmels, »und das letzte Kapitel wird dieser epischen, aller Schwerkraft entbehrenden Dummheit gewidmet sein. Und in ein paar hundert Jahren wird ein berühmter englischer Dichter darüber stolpern und einen poetischen Tribut an eine sehr schlechte Idee schreiben, die dem Gehirn eines verrückten Herzogs entsprungen ist. Seine Arbeit wird in elf Bänden erscheinen, bevor sein Vokabular überhaupt der Schlechtigkeit dieser Idee entspricht.«

Sie konnte hören, wie er im Dunkeln lächelte, und wusste, dass sie sich aufspielte. Nur ein bisschen. Narr.

Sie beugte sich vor, um die Kerze auszupusten, bevor sie ihre Kleider auszog; sie würde in Unterkleid und Strümpfen schlafen müssen.

»Tun Sie das nicht«, sagte er. »Pusten Sie sie nicht aus.«

»Ich werde sie nicht anlassen, damit Sie mich angaffen können.«

»Aber ich bin so schrecklich neugierig, Miss Sutherland.« Seine Augen ruhten auf der Kerze, nicht auf ihr.

»Oh mein Gott«, sagte sie, »Sie haben wirklich Angst vor der Dunkelheit.«

Er schwieg, und sie trat einen Schritt näher. »Der Duke of Darlington. Zittert wie ein kleiner Junge. Nun gut. An jedem Horizont findet sich doch ein Silberstreif.« Sie saß auf der Bettkante und spöttelte wie eine beunruhigte Tante. »Du kannst Kit alles erzählen, mein Schatz. Lass es einfach heraus.«

Wäre ihr Bett ein Schlachtfeld, wäre dies ihr erster Ausbruch. Sollte er doch versuchen, sie in demselben Bett zu verführen, in dem sie ihn bemitleidet und verurteilt hatte.

»Erzählen Sie es mir«, sagte sie. »Ich selbst habe gar kein besonderes Interesse daran, aber ich bin sicher, es gibt da ein paar Londoner Zeitungsleute, für die es ein gefundenes Fressen wäre. Es wäre eine hübsche Versicherung, sollten Sie irgendetwas gegen mich und die meinen im Schilde führen. Hat der kleine Herzog am Ende sogar ins Bett gemacht?«

»Aufhören«, verlangte er ruhig. »Sie sind nicht annähernd gemein genug, um das durchhalten zu können. Sie stellen sich vor, sie würden meine Demütigung genießen. Aber so wird es nicht sein.«

»Haben Sie eine Ahnung, was es gekostet hat, dieses Haus zu halten? Können Sie auch nur eine Sekunde annehmen, ich hätte das geschafft, weil ich nett bin?«

Er schwieg.

»Reden Sie schon, Sie überheblicher Schnösel.«

Dann schwiegen sie eine lange Zeit, aber sie schaute nicht weg. Sein Hals war steif, und er bewegte sich nicht unter der Decke. Die Kerze flackerte; seine Augen huschten unfreiwillig in diese Richtung.

Sie lachte, ein fieses Lachen, und drehte sich von ihm weg. »Vergessen Sie es.«

»Sie haben es vielleicht noch nicht bemerkt«, sagte er, »aber ich bin nicht die wirklich männliche Sorte Mann. Mein Vater hatte das genau beobachtet, und seine Reaktion darauf war, mich in ein bestimmtes Zimmer unter dem Haus ohne Fenster einzuschließen. *Wäre das jetzt das Grosvenor Square Haus?*, werden Sie mich jetzt vielleicht fragen, *oder das Hartsfield-Anwesen*? Um Ihnen die mühsame Aufzählung aller einundzwanzig meiner Häuser zu ersparen, kann ich Ihnen sagen, Miss Sutherland, dass mein Vater einen Raum wie diesen in jedes hatte einbauen lassen. Und ich muss nicht betonen, dass sie mir alle mehr oder weniger gleich erschienen, wenn man berücksichtigt, dass ich überhaupt nicht erkennen konnte, wie diese Räume überhaupt aussahen. Was? Keine geistreichen Erwiderungen? Ich hätte zumindest ein schadenfrohes Kichern für angemessen gehalten.«

»Ich nicht.«

Er wartete geduldig, aber als nichts weiter aus ihrem Mund kam, sagte er: »Tss, Miss Sutherland, so leicht lasse ich Sie nicht aufgeben. Was ich Ihnen erzählt habe, ist nutzloser Tratsch, der nicht mal genug Gesprächsstoff für eine Tasse Tee liefert. Was Sie verfolgen, ist etwas wahrlich Schreckliches. Etwas, das die Zeitungsleute bis vor Ihre Tür bringen würde.«

»Ich will nichts mehr hören.«

»Sind Sie sicher? Denn es gibt schlimmere Dinge, die man einem Jungen entziehen kann, als Licht. Ich hielt meinen Vater immer für einen liebevollen Mann, wenn er seine Gefühle derart greifbar machte.«

»Sie hatten recht«, sagte sie, »ich bin nicht gemein genug, um das zu genießen.« Sie konzentrierte sich auf das dumpfe Geräusch ihrer Schuhe, als sie sie in die Ecke kickte. Dies war ein Mann, der eine Frau unter dem Dach ihres Ehegatten verführt hatte und dennoch so unberührt blieb wie der Tod. Sie konnte nicht mit ihm mithalten. Bei dem Gedanken, was nötig wäre, um ihn zu schlagen, wurde ihr kalt.

Und jetzt war der Moment, zu ihm in ihr Bett zu steigen. Sie wickelte sich in ihren Umhang und hüpfte ganz außen an die Kante des Betts, oben auf die Decke.

Er seufzte. »Ich sagte Ihnen bereits, dass Sie nichts vor mir zu fürchten haben. Sie müssen sich nicht quälen.«

»Ich schlafe auf dem Boden, wenn Sie nicht den Mund halten.«

Sie lag, in Seide und Wolle gehüllt, auf der Seite, als ob es beim Einschlafen helfen würde, ihm den Rücken zuzukehren.

»Gute Nacht«, sagte er.

Sie knirschte mit den Zähnen und antwortete nicht.

Darlington hatte die Augen so knapp geschlossen, dass das graue Glas des Fensters zwischen seinen Lidern zitterte und tänzelte. Sie hatte das Bett etwa zehn Minuten zuvor verlassen, hatte niemals richtig darin gelegen. Er war erleichtert gewesen, dass sie Abstand hielt, und musste nicht riskieren, dass sich ihre Zehen in der Nacht verhakt hätten. Es war schlimmer ohne sie hier.

Seine Hand lag noch immer auf dem leeren Fleck, wohin er sie beim Aufwachen ausgestreckt hatte.

Die Tür öffnete sich.

»Stehen Sie auf«, sagte sie und stellte eine Schüssel Wasser auf die Kommode. Sie nahm einen Rasierer aus der Tasche ihres Kittels und zog ihn an ihrer Hüfte ab. Einen irrationalen Moment lang dachte er, sie würde ihn umbringen.

»Sie sehen heute Morgen nicht mehr sehr weiblich aus«, sagte sie, ohne ihn weiter anzuschauen, und er fragte sich, ob sie sich hergerichtet hatte, als er noch unruhig seinen Träumen nachgehangen hatte.

»Ich habe meinen Vater immer rasiert – Sie müssen sich keine Gedanken machen, dass ich Sie schneiden könnte. Aber es ist jetzt nötig. Hier, setzen Sie sich auf den Hocker und legen

Sie diese Serviette unter Ihr Kinn. Ich bin schon spät dran, Liza beim Frühstück zu helfen, und sie verwendet zu viel Holz, wenn ich beim Anzünden nicht dabei bin.«

Sie nahm ein zweites Tuch von ihrer Schulter und machte es in der Schüssel nass. Seine Füße zuckten von dem kalten Boden zurück, aber sie zeigte keine Anzeichen von Schmerz, als sich ihre Finger in dem siedend heißen Wasser bewegten. Es war das erste Mal, dass er ihre bloßen Hände bei Tageslicht sah. Selbst er, der sie in ihrem schlecht sitzenden Kleid in Marsah. Selbst er, der sie in ihrem schlecht sitzenden Kleid in Marsahs Ballsaal gesehen hatte, hätte nicht diese unedlen Hände erwartet. Und er hatte sich vollständig in sie hineinbegeben, auch wenn sie sich noch weigerte, es zu verstehen.

Ihre Ärmel waren hochgeschoben, und er konnte sehen, wie die Muskeln unter ihrer Haut arbeiteten, während sie den Lappen auswrang.

Sie schlang ihn um sein Gesicht.

»Ich werde Ihnen schon nicht die Kehle durchschneiden«, sagte sie, und die Berührung des Tuchs war kurz und unpersönlich. »Sie können ruhig wieder atmen, Euer Gnaden.«

»Ihr Akzent kommt hier mehr zur Geltung«, sagte er und zwang sich aufzublicken. Nicht in ihr Gesicht, sondern auf die verblüffend braune Haut, die sich über ihrem Schlüsselbein bewegte – eines sichtbarer als das andere, da der Ansatz ihres Hemds zur Seite rutschte.

Sie knurrte als Antwort, was mehr bot, als seine Albernheit wert war. Sie sah auch anders aus. Das Hemd, das sie unter ihrem Kleid trug, war zwei Nummern zu groß und hatte eine Farbe, die einst vielleicht Weiß gewesen war. Das Kleid selbst war abgetragen und verblasst, und sie trug einen einfachen Kittel darüber. Hätte er sie so kennengelernt, hätte er sie für eine Zofe gehalten. Allerdings knickste sie mit mangelhafter Grazie.

»Nicht reden«, murmelte sie und setzte die Klinge an seine Wange.

Er hatte vorgehabt zu lächeln und nicht zu reden, aber er konnte das nicht sagen, weil sie sich noch enger an ihn drückte, während sie das Schaben der Klinge im Auge behielt. Wie die Zofe schob sie gedankenlos ihren ganzen Körper in seinen Bereich.

Sie hatte weniger Finesse als Grey, aber sie konnte mit dem Rasierer umgehen und drückte ihm die Rückseite gegen den Kiefer, um seinen Kopf in die gewünschte Richtung zu bewegen, dann die andere. Ohne zu zögern, rasierte sie mit kurzen, ruckartigen Bewegungen rund um sein Nasenloch herum.

Das Metall kam jetzt den Rändern seiner Lippen bedrohlich nahe, und er schloss die Augen.

»Dehnen Sie Ihre Unterlippe«, sagte sie mit sanfter, konzentrierter Stimme.

Er tat es und umfasste den Sitz des Hockers. *Atmen*. Sie nahm das Haar unter seinem Mund mit einem scharfen Kratzen ab.

»Hoch«, befahl sie.

Er hörte, wie sie die Klinge an einem Tuch abwischte, dann hielt sie sie an seinen Hals und führte sie in langen, zügigen Strichen bis unter sein Kinn.

»Sie haben keine Brusthaare«, sagte sie, »sonst müssten wir diese auch entfernen, schätze ich.«

»Ich denke, wir haben bereits festgestellt«, – er fühlte, wie sich der sensible, knorpelige Teil seines Halses an der Klinge bewegte –, »dass ich nicht der männlichste aller Männer bin.«

Wieder ein Knurren als Antwort. Ein weiterer Schwung der Klinge an seinem Hals und …

… ein Zögern. Das gespenstische Streichen eines rauen Fingers gegen seine geschorene Haut.

»Danke, Miss Sutherland«, sagte er und stand sorglos vom Hocker auf. Sie hob die Klinge von ihm weg, zuckte mit den Achseln, säuberte sie und legte sie weg.

»Warten Sie«, sagte er. »Wie spät ist es?«

»Sechs Uhr, Euer Gnaden.«

»Und was … was haben Sie heute vor?« Wie um Himmels willen füllte man die Kluft zwischen sechs Uhr und Tagesanbruch?

Sie drehte sich um und schaute ihn an. »Ich werde arbeiten. Wie ich schon sagte, ich bin bereits spät dran für das Frühstück. Ah, Sie verabscheuen es, dass ich ein durchschnittliches Leben führe und dass ich *arbeite*.«

In der Tat. Ein wenig.

»Sie sollten Ihre Pläne für den Tag reichlich einfach gestalten können. Alles, was Sie tun müssen, ist, mir aus dem Weg zu gehen. Guten Tag, Euer Gnaden.« Sie packte die Schüssel mit Wasser und ging.

Er beschäftigte sich ein paar Stunden damit, Miss Sutherlands vielschichtige Sammlung von Büchern, Magazinen, Pamphleten durchzugehen … Es schien so, als würde sie alles faszinieren, was jemals geschrieben worden war. Es gab eine Erstausgabe der Gebrüder Grimm neben einem Pamphlet zur Reifezeit von Kaulquappen, veröffentlicht von der Royal Society im letzten September. Jemand hatte mit Bleistift Notizen an den Rand geschrieben und ganze Abschnitte von Hartmans Erkenntnissen durchgestrichen. Ihre Notizen – er vermutete, dass es sich um ihre handelte, denn sie passten zu ihrem schlechten Betragen – waren auf den Punkt gebracht. *Blödsinn* stand neben einem Absatz, *H muss sein eigenes Gehirn untersuchen* neben einem anderen.

Er zog eine Sammlung der kompletten Werke von Shakespeare hervor und löste dadurch eine Lawine aus. Die Seiten waren so dünn und abgenutzt, dass die Schrift an einigen Stellen nicht mehr lesbar war. Er wollte es schon zurückstellen, als ein Bündel Papier herausfiel. Das Papier war gelb, die Tinte braun geworden, und die Ecken hatten sich dunkel verfärbt, wo sie ungleichmäßig aus dem Buch herausgeragt hatten.

Es war eine Kinderschrift, aber hübsch. *All die Lords und Ladys: Ein Schauspiel*, konnte er entziffern, *von Tom S.*

Darsteller: Sir Horace Hislop, Ritter der Unehre, gespielt von – hier war ein Name mit hastiger, unschöner Handschrift durch *Katherine S.* Mab ersetzt worden, und in hübscher Handschrift Königin der Feen, gespielt von Lydia S.

Lady Larissa Norrisham, hübsch und verwunschen, gespielt von – hier stand nichts, aber Darlington meinte, die kleinen Sutherlands zu hören: Katherine, die sich weigerte, die »hübsche Larissa« zu spielen, und Lydia, die sich anbot, Larissa und Mab zu spielen, da sie von beiden das meiste schauspielerischse Talent hatte. Und Tom verzweifelt, weil er dachte, sein Stück würde nie aufgeführt werden.

Sir Horace Hislop war ein abstoßender, seltsam mitfühlender Charakter, wenn auch ein wenig zu stark zum Monolog neigend. Das Schauspiel an sich war idealistisch, jugendlich und tragisch, hinterließ bei Darlington aber dennoch ein Lächeln. Seine Augen wanderten immer wieder zur Rolle der Mab, die mit L. S. markiert war – Nachweis in jahrzehntealter Tinte, dass Lydia sich ihren Geschwistern nicht immer so überlegen gefühlt hatte.

Er behielt die Seiten und ersetzte den Shakespeare.

Er fand jeden von Beaumaris Romanen in Miss Sutherlands Sammlung – sogar *The Atavist*, der zwar begierig in der Stadt erwartet wurde, aber nicht vor nächster Woche in den Geschäften zu kaufen sein würde. Sie konnte ihn nur von jemandem bekommen haben, der Zugriff auf vorzeitige Ausgaben des Herausgebers hatte. Er dachte an das, was er über Mr Thomas Sutherland herausgefunden hatte, bevor er hergekommen war: Der Junge unterhielt regelmäßige Korrespondenz mit einem Anwaltsbüro in London. Die Pakete, die er schickte, waren oft dick – zweihundert Seiten oder mehr. Er dachte an die tintenbefleckten Finger des Jungen und … welch ein köstlicher Gedanke.

Er zog den Titel heraus. Der grüne Ledereinband hatte noch immer den beißenden Geruch von Farbe an sich, und die Oberfläche war nicht geprägt. Aber jede Seite sah aus, als sei sie schon eingehend gelesen worden, und das Buch klappte an gewissen Seiten leichter auf als an anderen. Er las die Inschrift: *Für Katherine Sutherland, 1. April 16, von ihrem lieben Freund.*

Darlingtons Fingerspitzen erbebten bei diesen Worten. Unbehaglich – fesselnd – die Vorstellung, der beste Freund dieser Frau zu sein.

Er zog die gehäkelte Decke vom Bett und breitete sie auf dem Boden aus, dann türmte er die Tagesdecke auf dem Fenstersitz auf und versuchte, in *The Atavist* einzutauchen. Er hatte es noch nicht gelesen. In letzter Zeit hatte er nicht die Ruhe gefunden, die es brauchte, um lesen zu können.

Nach zwanzig Minuten warf er das Buch hin. Es war sinnlos. Stille war nicht das, was er brauchte.

Aber natürlich, er könnte sich selbst in seine neue Garderobe schnüren. Er kramte in den Koffern, die auf dem Gang vor Miss Sutherlands Zimmer gestapelt waren, und versuchte, nicht an der Materialmenge zu ersticken, um niemals das zu finden, wonach er suchte.

Aber er fand es. Und dann machte er sich auf die Suche nach Katherine Sutherland.

7

Kit zog ein weiteres Bündel Karotten aus der dunklen, kräftigen Erde und warf sie in den Korb. Sie verlagerte das Gewicht und blickte hoch in den Himmel. Jeden Moment würde es zu regnen anfangen, und sie hatte noch keinen Kohl geerntet und auch noch nicht das ungewalkte Tuch um das Salatbeet befestigt. Die verdammten Schnecken fraßen sich durch ihren Garten. Liza hatte während Kits Aufenthalt in London keine freie Sekunde gefunden, und weder Tom noch Ma hatten dem Gemüse auch nur einen Gedanken gewidmet.

Manchmal war ihr Gemüse alles, woran Kit denken konnte.

Das war etwas an London gewesen, das ihr gefallen hatte. Die Art, wie das Gemüse auf dem Tisch auftauchte, als wäre Magie im Spiel. Sie grub weiter im Boden, als ihr die ersten dicken Tropfen ins nackte Genick fielen. Sie hielt nur kurz inne, um sich ihren Umhang über ihren Hut zu ziehen, und arbeitete dann weiter bis zum Ende der Reihe.

Karottensuppe zum Abendessen. Schon wieder.

Die Desserts – also die Skulpturen aus Obst, das, in Gelee gepackt, auf einem äußerst mürben Kuchen prangte – gehörten auch zu den Dingen, die sie an London vermissen würde.

Sie schüttelte den Schmutz vom letzten Bündel Karotten, warf sie in den Korb und stand gerade wieder auf ihren Füßen, als sich die Himmelstore öffneten. Sie rannte in die Küche und jauchzte wie ein Kind, als sie die Tür mit ihrer Schulter aufstieß und den Korb auf den Tisch knallte.

»Ich werde nochmals raus müssen«, rief sie Liza zu, während

sie ihren Umhang ausschüttelte und ihn zum Trocknen vor den Kamin hängte. »Diese Schnecken werden sich in der Sekunde über meinen Salat hermachen, in der der Regen – «

Der Herzog stand in der Türschwelle, und Liza war nirgends zu sehen.

»Lassen Sie sich durch mich nicht aufhalten«, sagte er. »Ich würde sogar mit Ihnen kommen, wenn Sie mir Ihre Schweine vorstellen.« Er machte ein summendes Geräusch und trat näher. »*Ihr* Salat, *Ihre* Schweine … Sie sind sehr eigen in Bezug auf Ihre Dinge, nicht wahr, Miss Sutherland?«

Er war in einen gefütterten Morgenrock mit hohem Pelzkragen gewickelt und umklammerte einen Berg pfauenblauer Seide an seiner Brust. Immerhin trug er eine Perücke, auch wenn sie weiß war. Die dunklen Striche seiner Augenbrauen waren etwas lebhafter – seine Augen, die normalerweise dunkel, beinahe schwarz waren, sahen hellblau aus.

»Sie werden mir jedoch zuerst hier hineinhelfen müssen«, sagte er und hielt ihr die Seide entgegen.

»Das können Sie doch in dem Regen nicht tragen.«

»Sagt wer?«

»Eine süße Dame namens gesunder Menschenverstand«, erwiderte sie und schaffte es schließlich, sich umzudrehen und Schere und Zwirn zu finden. »Es überrascht mich nicht, dass Sie beide sich noch nicht begegnet sind.« Die kleine Axt würde sie auch brauchen.

»Dann geben Sie mir eine von Toms Jacken, damit werde ich meine Kleidung schützen.«

»Sie können doch keine Männerjacke tragen«, raunte sie ihm zu.

»Meine Güte, manchmal denke ich, Ihr Intellekt ist unmenschlich, und manchmal wiederum – «

»Kit, weißt du noch, welche – « Tom trat aus dem Flur ein

und sah von seinem Buch auf, das er in den Händen hielt. »Oh!« Er lief weinrot an, und das Buch fiel zu Boden. »Bitte entschuldigen Sie«, sagte er und bückte sich danach.

»Aber bitte, Mr Sutherland«, sagte der Herzog mit kräftiger und überzeugender Stimme, »ich will Sie doch nicht aus Ihrer eigenen Küche vertreiben. Ich bin gänzlich bedeckt.« Er warf das pfauenblaue Kleid auf Kits Küchentisch – *eine weitere Sache, die mir gehört*, dachte sie – und zog sich einen Stuhl heran. Er schlug ein Bein über das andere, träge und grazil, und klopfte auf den Sitz neben sich. »Setzen Sie sich doch zu mir, Mr Sutherland. Ihre Schwester will wieder in den Regen hinaus, und ich darf sie nicht begleiten. Und wie ich sehe, lesen Sie Fielding, der mir wie ein alter Freund ist. Wir könnten ihn als eine gemeinsame Bekanntschaft sehen: *Eben das Tier, dem die Ehre widerfährt, dass ein Teil seines Fleischs an der Tafel eines Fürsten verzehrt wird …‹*

Er zitierte aus Fieldings *Tom Jones*: Die Geschichte eines Findlings mit einer gehörigen Portion Humor – er machte sich selbst über sich lustig, nicht über Tom –, aber sie konnte es nicht ertragen. Auch nicht das wachsende Interesse im Gesicht ihres Bruders.

»Bitte, kommen Sie in den Salon«, sagte sie, spülte ihre Hände im Kübel neben der Tür ab und trocknete sie an ihrem Kittel. »Ich helfe Ihnen in Ihr Kleid, und Sie können mit mir nach draußen kommen.«

Tom hatte sein Buch wieder sicher in seiner Hand und war unbewusst näher zum Tisch gekommen. Es war nicht sein Fehler. Der Herzog zog alles um ihn herum in eine gemächliche Umlaufbahn.

»Kit, bist du sicher, dass Lady Rose bei diesem Wetter raus sollte?«

»Sie ist ja nicht aus Zucker«, sagte sie und öffnete die Tür zum Korridor. Sie hielt sie dem Herzog auf, wobei sie ihn ununterbrochen süß anlächelte.

Er erwiderte das Lächeln – eine kleine, schnelle Bewegung der Lippen –, packte sein Kleid und folgte ihr. »Bitte entschuldigen Sie mich, Mr Sutherland«, sagte er.

Kit vermied Toms Blick, als sie die Tür hinter ihnen schloss.

»Warum wollen Sie eigentlich nicht, dass ich mit Ihrem Bruder spreche?«

»Ich würde meinen, das war offensichtlich. Legen Sie das Kleid dorthin. Ich werde nach oben gehen und nachsehen, ob ich ein paar zweckdienliche Schuhe finden kann. Sie können in der Zwischenzeit ja zumindest schon einmal selbst Ihre Unterwäsche anziehen.«

»Sie vermuten, dass ich ihm schade«, sagte er und bewegte sich nicht von der Stelle. »Halten Sie es nicht für möglich, dass ich ihm eine Konversation bieten könnte, die ihn interessiert – dass ihm die Gesellschaft eines anderen belesenen Geistes ganz recht ist?«

»Mein Bruder hat mich!«, versetzte sie, aber das war kindisch und nicht ganz das, was sie eigentlich sagen wollte. Und sie fürchtete, er würde den Eindruck bekommen, ihr Bruder wäre auch nur eines von diesen Dingen, die sie für ihr Eigentum hielt. »Ich meine, nur weil ich dreckige Hände habe, bedeutet das nicht, dass ich nicht lese.«

»Und was lesen Sie so?«, fragte er.

»Sie glauben mir nicht?«

Er machte ein kleines, ungeduldiges Geräusch. »Ihre Schlafzimmerwand ist mit Büchern gepflastert. Natürlich lesen Sie. Ich hatte gehofft, Sie würden mir erzählen, was Sie lesen, und wenn ich es auch gelesen habe, könnten wir einen kleinen Dialog darüber führen. Sie wären vielleicht mit mir nicht einer Meinung, und dann hätte ich eine Chance, Ihre Meinung zu untersuchen und meine eigene zu überdenken, und vielleicht würden wir voneinander lernen.«

Sie betrachtete ihn – er schien seltsam verletzlich, wenn er unbekleidet war, seine Verkleidung an den Brustkorb gepresst. Einen Moment lang war es schwierig, ihn in die Rolle des Verführers, des Schurken, des Erpressers zu stecken. »Sie sind niemand, der neue Dinge lernt oder seine Sichtweise ändert.«

»Und Sie sind keine Frau, die ihre Meinung ändert, sobald sie gefunden wurde. Ich verstehe. Wir hätten schreckliche Auseinandersetzungen, wir beide, und würden sie nie überwinden.« Er ging zum Sofa und drapierte sein Kleid darüber. Sein Rücken war ihr zugewandt, als er den Morgenrock über seine Schultern gleiten ließ.

»Entschuldigen Sie mich.« Sie verließ den Raum und eilte, immer zwei Stufen auf einmal nehmend, die Treppe hoch.

Tom rief vom Absatz vor seinem Zimmer nach ihr, und sie kam zurück nach unten zu seiner Tür.

»London hat dich weich gemacht«, sagte er und lächelte sein stilles Lächeln, einen Finger auf seiner Seite liegend. »Normalerweise bringt dich eine Treppe nicht so außer Atem.«

»Nein. Wolltest du mich vorher etwas fragen?«

»Ich hab's gefunden.« Er hielt das Buch hoch.

Er schaute sie an, und sie wünschte sich, er möge sie nicht so gut kennen. »Was ist los? Irgendetwas stimmt nicht mit unserem Gast, nicht wahr?«

»Wie kommst du darauf?« Meine Güte, wie sollte sie es nur erklären? Diese extravagante Frau dort draußen ist in Wirklichkeit ein Herzog und wird uns alle ruinieren, wenn wir uns nicht mit ihm arrangieren? Und übrigens, es ist möglich, dass er vorhat, mich direkt unter deiner Nase zu verführen?

»Sie … scheint sehr angetan von dir zu sein.«

»Oh Tom«, sagte sie und lachte. Was auch immer der Herzog plante, Zuneigung für sie hatte damit nichts zu tun. »Ganz bestimmt nicht, nein.«

Tom lächelte peinlich berührt, aber seine Augen waren noch immer besorgt. »Sie beobachtet dich – die ganze Zeit. Ich habe das Gefühl, sie weiß immer, wo du in einem Raum bist, und wenn du nicht da bist, behält sie die Tür im Auge und ist ungeduldig.«

»Ich werde zugeben, dass sie ungeduldig ist, aber der Rest ist Unfug.« Sie schüttelte den Kopf und drehte sich zum Gehen.

Und wieder zurück. »Tom.«

»Hmm?« Er war schon wieder in sein Buch vertieft.

»Du … Du bist doch nicht … Du bist doch nicht einsam, oder? Hier draußen nur mit mir und Ma als Gesellschaft, meine ich?«

Er schaute plötzlich so unbehaglich drein, wie sie sich fühlte. In der Familie Sutherland redete man nicht über solche Dinge. Man machte einfach weiter.

Er zuckte mit den Schultern – eine Kombination aus Mund und Schulter, womit er unglücklich etwas auszudrücken versuchte. »Wir können froh sein, dass wir hier sind. Zusammen. Um … das zu haben, was wir haben.« Er nickte mit merkwürdig verzogenen Lippen und schloss seine Tür.

Sie lief in etwas gemäßigterem Tempo weiter nach oben. Es ging ihnen gut, sie lebten zusammen auf dem alten Landgut, bis einer von ihnen versuchte, an der Oberfläche zu kratzen. Dann mussten sie vorgeben, nichts gesehen zu haben, damit sich die Oberfläche wieder glätten konnte. Und schon ging es allen wieder gut.

Sie öffnete ihre Schlafzimmertür, dachte einen Moment nicht daran und stolperte über ihre Häkeldecke. »Gottverdammt!« Sie hob sie auf, das Material fühlte sich vertraut an.

Sie und ihre Mutter hatten Stunden vor dem Feuer damit verbracht, hatten über dieses und jenes geplaudert, während sie die Quadrate häkelten. Das war kurz nach dem Tod von Abe Sutherland gewesen, und als sie die Decke begannen, war ihr Lächeln zaghaft und selten gewesen. Als sie damit fertig wurden, war es für sie beide eine Art Triumph.

Sie legte sie erneut auf das Bett – sah das Durcheinander in ihren Büchern, ihr Shakespeare keilte die letzte *Edinburgh Review* ein, die sie sich hatte leisten können, und machte Falten in das Deckblatt.

Am Montag, wenn sie Angus wegen des Fleischs treffen würde, würde sie ihn nach dem dreckigsten Wort fragen, das er kannte. Und dann hätte sie einen passenden Namen für den Herzog.

Kit hämmerte mit dem Rücken der Axt den letzten Pfahl in den schlammigen Boden, blickt dann durch den Regen auf und nickte dem Herzog zu. Er hob das nächste Stück Stoff auf und warf es ihr zu. Mit einem nassen Klatschen landete es knapp außer ihrer Reichweite. Einen Moment lang schloss sie die Augen und ließ den Regen alles ausblenden. Dann öffnete sie sie wieder und sank mit einem satten Platsch wieder auf ihre Knie, sodass sie nach dem Stoff greifen konnte. Sie ignorierte die Kälte in ihren Fingern und nähte das schwere Material schnell mit Zwirn und Wollnadel fest. Schließlich stand sie auf und bedeutete ihm, ihr zu folgen.

»Warten Sie!«

Es war düster geworden, obwohl es gerade mal kurz vor Mittag war. Durch den Regen klang seine Stimme – und das nasse, blaue Etwas an ihm – verschwommen.

»Gehen wir denn noch nicht rein?«

»Treten Sie dorthin, wo auch ich hintrete«, sagte sie nur.

Wenn ein Herzog keine Ordnung in einem Stapel Bücher erkennen konnte, erkannte er gewiss erst recht keine in einem Gemüsegarten. Sie stapfte zu dem alten Schuppen und hängte ihren Umhang und Hut an den Haken neben der Tür.

Heiliger Jesus, es tat gut, endlich aus dem Regen heraus zu sein. Der Schuppen war nur klein, und es waren drei Schweine darin untergebracht; ihr grunzender Atem und der süßliche Fäulnisgeruch ihres Futters erfüllten die Luft.

Der Herzog kam nach ihr herein und schleppte seine aufgeweichten Röcke. Er sah so erbärmlich aus, wie er unter der alten Decke aus dem Salon steckte, dass sie weich wurde und einen Schritt vortrat, um sie ihm von den Schultern zu heben. Seine Augen folgten ihren Bewegungen, und sie war nah genug, um zu sehen, wie seine langen schwarzen Wimpern zu Bündeln verklebt waren. Seine Haut war weiß, die Flecken von einem starken Blutrot.

Sie fragte sich, wie es wäre, sich hinzugeben und ihn zu küssen. Sie schätzte, das war es auch, was sie wollte.

Er würde kalt sein, sagte ihr der Instinkt. *Er würde vor dir zurückzucken.* Sie hängte die Decke neben ihren Hut. »Meine Schweine, wie Sie es wünschten.«

»H-haben Sie ihnen N-Namen gegeben?«

Sie drehte sich um und packte die Mistgabel. Sie musste noch das Feuerholz hineinbringen, damit es bis zum Abend trocknen konnte – und sie sollte bereits in der Küche stehen und Liza beim Abendessen helfen. Aber sie musste noch die Schweine füttern, da Angus am Montag kommen würde, und jetzt –

»Ist Ihnen kühl, Euer Gnaden? Es gefällt mir nicht, dass Sie hier sind, und ich denke, ich muss meine Gefühle nicht verbergen, aber ich kann nicht zulassen, dass Sie krank werden. Dafür könnte man mich hängen.«

»Absurdes M-Mädchen. Niemand wird Sie hängen. Mir geht

es g-gut. Ich muss nur raus aus dem Regen. Regnet es im-mer auf dem Land?«

In dem dämmrigen Licht betrachtete sie ihn, und sein Zittern schien abzuklingen. »Sie sollten zurück ins Haus gehen.«

»Alles, was es für mich im Haus zu tun gibt, ist, Ihr Katalogisierungssystem falsch zu verstehen. Lassen Sie mich b-bleiben. Sagen Sie mir die Namen Ihrer Schweine.«

»Sie haben keine Namen«, erwiderte sie und steckte die Spitzen der Gabel direkt unter das Stroh und das verrottende Fressen, das ihr am nächsten lag. Sie wendete es und machte weiter mit dem nächsten Teil, wobei sie flink arbeitete. Morgen würde sie es in ihrem Rücken und in den Armen spüren. Tom hatte recht, sie war in London weich geworden.

»Warum nicht?«

Die größte Sau stupste mit ihrer plumpen Schnauze an Kits Beine. »Schluss damit«, sagte sie und scheuchte sie mit der flachen Seite der Gabel fort. »Es sind keine Haustiere, Euer Gnaden. Dieses da«, sie deutete auf einen jungen Eber, »wird am Montag geschlachtet.«

»Guter Gott, warum?«

»Er ist knapp zwei Monate alt, und wir haben keinen Platz, ihn im Winter anderweitig unterzubringen, und auch nicht die Zeit, ihn darauf vorzubereiten, die Säue zu bedienen, wenn er geil wird.«

Ein ersticktes Geräusch erklang, das den Lärm des Regens und die Bewegung ihrer Schweine übertönte.

»Es tut mir leid, Euer Gnaden, die Londoner Gewohnheiten habe ich hier abgelegt. Aber Sie wollten es ja wissen.«

»Ihre Sprache macht mir nichts aus. Ich dachte nur gerade, dass einige junge Männer, die ich kenne, etwas Nachhilfe darin gebrauchen könnten, wie man eine Frau ordentlich bedient.«

Sie ließ die Mistgabel fallen.

»Wir können darüber reden, wie sich Schweine einander bedienen, aber nicht Menschen?«

»Nein!«

»Warum nicht?«

Sie sah in sein lachendes Gesicht und hätte es beinahe gesagt: *Weil Sie und ich Menschen sind und etwas Kompliziertes zwischen uns steht.* »Ich muss mehr Kompost von draußen hereinbringen«, sagte sie stattdessen und stiefelte ins Freie, wobei sie vergaß, ihren Hut aufzusetzen und ihren Umhang wieder umzulegen.

Darlington und die Schweine betrachteten einander. Die Sau, die Miss Sutherland mit ihrer Schnauze bedrängt hatte, machte es sich jetzt in der Ecke an einem ächzenden Stapel Holz bequem. Sie war enorm, ein Ungetüm. Ihre Haut sah aus wie etwas, an dem man einen Stiefel abstreifte, und ihre Zitzen hingen unförmig in den frisch gewendeten Mist. Kaum zu glauben, aber mit seinen einunddreißig Jahren hatte er noch nie ein solches Schwein gesehen. Ein echtes. Er hatte vage Erinnerungen daran, wie er als Kind eine hübsche kleine pinkfarbene Kreatur mit einem Spitzenkragen gestreichelt hatte – ein herausgeputztes Etwas, das zur Unterhaltung des kleinen Viscount d'Auton gedacht war.

Der Kopf dieser Sau aber hatte beinahe die Größe seines Rumpfs, und ihre … Schweinchenaugen beobachteten ihn, wobei ihre Ohren wie Segel im Wind hingen. Hatte er nicht einmal gehört, Schweine würden Menschenfleisch fressen?

Er hatte vollkommen das andere große Schwein vergessen, das plötzlich auftauchte und an seinen Röcken schnüffelte. Das Geräusch, das er machte, als er zur Seite sprang, rief die Sau auf den Plan, und ihre dicken Schinkenschenkel kickten ihre Masse gegen die Wände, als sie sich hochkämpfte.

Die Wand brach mit einem Geräusch, das den Regen übertönte. Darlington hatte schon mal gehört, wie man Frauen mit verwahrlosten Kätzchen verglich, wenn sie von einem Regenguss überrascht wurden. Miss Sutherland sah aber überhaupt nicht wie ein Kätzchen aus, als sie in den Schuppen trat, einen Karren mit sich zersetzenden Essensresten vor sich herschiebend, das Haar lang an ihrem Kopf klebend. Auch ihr Kleid und ihr Kittel hafteten an ihr. Sie war reduziert – alles, was an ihr hätte Seide oder Zucker sein können, war weggeschmolzen und hatte nur den harten, kompromisslosen Kern zurückgelassen. Nur ihre Wimpern bekamen etwas Poetisches, wenn sie nass wurden, und knüpften eine Art Beziehung zu den Sternen.

»Was zum Teufel ist denn hier los?« Sie ließ den Karren mit ihrer burschikosen, drahtigen Stärke fallen. Der Kragen ihrer Jacke und ihres Hemds standen offen, sodass man sehen konnte, wie das Wasser in breiten Rinnen an ihrer Haut hinablief.

»Sie brauchen einen besseren Schuppen«, sagte er und deutete auf die klaffende Ecke, wo das Wasser bereits durchdrang.

Sie starrte auf das Loch, als wäre sie selbst getroffen.

»Es ist bedauerlich, aber das kann wohl jemand reparieren.«

»Und wer?«, fragte sie. »Die Schweine? Oder Sie?« Sie schloss die Augen, und er hörte, wie sie nachdrücklich ein- und ausatmete. Ihre Schultern richteten sich auf, ihr Gesicht erhellte sich. Es war eine Art erschöpfte Stärke. Er fragte sich, ob sie eines Tages danach greifen würde und dann gänzlich verschwunden wäre. »Gehen Sie wieder rein. Gehen Sie mir einfach aus dem Weg.« Sie sah ihn nicht einmal an, sondern presste ihre bereits schlammbedeckten Knie auf den dreckigen Schweinestallboden und inspizierte das Loch.

»Verdammt«, sagte sie, und er fühlte es vom Scheitel bis zur

Sohle. Er war nicht prüde, hatte aber noch nie gehört, wie eine Frau das sagte.

Er würde nicht von ihr fortgeschickt werden.

Sie scheuchte die neugierigen Schweine aus dem Weg und nahm dann die kleine Axt dort vom Boden auf, wo sie sie zuvor abgelegt hatte. Bevor sie gehen konnte, packte er ihr Handgelenk.

Sie fuhr ihn an, und da war nichts mehr von dem Unausgesprochenen zu spüren, das normalerweise zwischen ihnen stand, auch wenn sie kurz angebunden war. Da waren nur Ungeduld und ein Geist, der sich mit einer Sache beschäftigte, an der er keinen Anteil hatte.

»Sagen Sie mir, was ich tun soll«, forderte er und ließ sie los. »Ich kann gewiss helfen.«

Sie zögerte. »Bringen Sie mir fünf Balken von dem Stapel an der Rückseite des Hauses. Meinen Sie, das schaffen Sie?«

Für mehr als ein Nicken war keine Zeit. Keine Zeit für etwas Geistreiches, Ironisches, Selbstironisches.

»Gut. Und werfen Sie sich die Decke über. Ich habe keine Zeit, auch noch Krankenschwester zu spielen.«

Er wickelte sich in die noch immer durchnässte Decke und arbeitete sich durch den Garten. Wege durch den Schlamm waren schwer zu finden, und er konnte durch den Regen fast nichts sehen. Als das Küchenfenster in der Düsternis erschien, wünschte er sich, Feigling, der er war, er wäre dort drin, warm und trocken. Miss Sutherland musste nicht gut von ihm denken, er brauchte sie einfach nur.

»Mistkerl«, sagte er und lehnte die Stirn gegen die Küchentür. Er fand den Holzstapel unter seinem durchhängenden Strohdach. Aus heiterem Himmel musste er an BenRuin denken. An seiner Stelle hätte der schottische Graf ein paar Bäume mit seinen bloßen Händen zerteilt und ein stabiles Konstrukt mit nichts außer ein paar Stück Eisen und seinem dicken Schädel zusammengenagelt. Er würde es wahrscheinlich auch noch mit nacktem Oberkörper tun, zwischendurch immer wieder auf seinen Brustkorb trommeln und in den Himmel schreien, dem Wetter zum Trotz.

Darlington kicherte schadenfroh, was aber in dem regendurchweichten Garten vollkommen unterging. Indem er die Decke um seine Hände wickelte, wählte er vorsichtig fünf gute Hölzer aus, stapelte sie auf seine Arme und machte sich auf den Weg zurück zum Schweinestall.

Miss Sutherland hatte einen temporären Pferch abgesteckt, um die Schweine in einer Ecke des ohnehin beengten Schuppens zusammenzuhalten. »Schnell«, sagte sie.

Er warf ihr die Hölzer vor die Füße und bekam dafür weder Lob noch Dank. Wo er Form und Symmetrie erkannte, sah sie offensichtlich nur ein Holzstück.

Sie stellte sich mit dem Fuß auf das Ende des ersten Holzstücks und teilte es mit der Axt in der Mitte. In ihr verbarg sich eine Angst einflößende Stärke, und die war ihr nicht angeboren. Plötzlich wurde ihm bewusst, dass andere Männer an seiner Stelle wohl anbieten würden, das Holz für sie zu spalten. Vielleicht wäre das auch angebracht.

Er zog die Decke noch fester um sich. Andere Männer waren aber auch nicht der Duke of Darlington.

Sie lehnte jede Holzhälfte gegen die kaputte Wand und nagelte zunächst die Oberseite an einem Holzbalken fest, dann die Unterseite. Die Nägel waren lang, es waren äußerst gemein aussehende Dinger, und jeder fand seinen Weg durch ein oder zwei geübte Schläge mit der Rückseite der Axt. Nur einmal verfehlte sie einen Nagel, und er sah, dass es die krummen Finger ihrer linken Hand waren, die für diese Unbeholfenheit sorgten. Sie waren steif und rot vor Kälte.

Er öffnete den Mund ein halbes Dutzend Mal, schloss ihn aber jedes Mal wieder. Dies war keine Aufgabe, die man durch Worte leichter machen konnte. Sie musste einfach nur erledigt werden.

»So, das wird fürs Erste reichen müssen«, sagte sie und zog die Pflöcke aus dem temporären Pferch. »Ich werde den Kompost ausbreiten, und Sie können trockenes Heu darüber verteilen.« Sie zeigte mit der Klinge eines Messers, das sie aus ihrem Kittel gezogen hatte, in seine Richtung. »Schneiden Sie die Garben nach Bedarf auseinander. Brechen Sie es mit Ihren Händen und verstreuen Sie es dort, wo ich vorgearbeitet habe.«

Sie stellte die Schubkarre auf und begann das dunkle, stinkende Zeug zu verteilen.

»Genau«, murmelte Darlington vor sich hin und näherte sich dem Stapel. »Heu.«

»Sie werden Ihre Finger hineinstecken müssen.«

Das Stroh fühlte sich rau an. Als er eine Garbe abschnitt und sie aufbrach, war er überrascht von der Wärme, die darin gespeichert war.

Während er unter ihrem wachsamen Blick über den weichen, unebenen Grund ging, hatte er das Gefühl, dass er niemals seinen Weg zurück nach London finden würde. Es war sogar, als hätten die hellen Räume voller lachender, hämischer Gesellschaft aufgehört zu existieren.

Als der Boden vollständig bedeckt war, nickte sie ihm zu. »Wir sind fertig«, sagte sie. »Jetzt können wir zurück ins Haus gehen.«

Aber nachdem sie eine Tasse heißen Tee am Küchentisch getrunken hatten, wobei Liza einen Riesenwirbel um sie machte, zog sich Miss Sutherland erneut ihre Haube und den Umhang über und ging wieder hinaus in den Regen.

Sie forderte ihn nicht auf, mit ihr zu kommen, und er sah sich nicht imstande, es ihr anzubieten.

Darlington saß auf dem Fenstersims, eingewickelt in seinen Morgenrock und die Bettdecke. Liza hatte ihm geholfen, sein nasses Kleid aufzuschnüren, das jetzt in der Ecke des Zimmers lag. Er hatte gefragt, ob es möglich sei, ein Bad zu nehmen, und Liza hatte ihm erzählt, dass sie das Wasser eimerweise von der hinteren Koppel holen müsste. Er hatte sie beinahe darum gebeten, es zu tun, ganz gleich, ob sie dadurch vollkommen durchnässt worden wäre. Aber dann stellte er sich Miss Sutherlands Gesicht vor, wenn sie entdeckte, warum sie erst um zehn Uhr zu Abend essen würden.

Über Miss Sutherland war in London in Bezug auf ihren Mangel an Manieren und Schliff geredet worden, aber Darlington hielt es inzwischen für wirklich erstaunlich, wie sie überhaupt jemals als vornehme Dame hatte durchgehen können. Als sie ihm sagte, ihr Haus sei nicht für einen Herzog geeignet, hatte er gedacht, sie meine die Größe der Räume und dass Zofen anstelle von Dienern das Essen servierten. Nicht einen Moment lang hätte er es für möglich gehalten, dass jemand so leben konnte.

Es klopfte an der Tür – ein paar sanfte Schläge, die immer zaghafter wurden. Ein Zögern. Zwei weitere Schläge.

»Treten Sie doch ein, Mr Sutherland«, sagte er. Er hatte sein Make-up noch nicht erneuert, aber der Großteil seines Gesichts war in den Decken versteckt. Und Tom neigte ohnehin nicht dazu, ihn direkt anzusehen.

Toms dunkler Schopf erschien in der Tür, und er trat in den Raum. »Ich möchte Sie nicht stören, aber für Sie ist Korrespondenz aus London eingetroffen.« Er hob das Paket hoch und wollte es auf den kleinen Tisch neben der Tür legen.

»Wenn Sie so freundlich wären, sie mir zu bringen, Mr Sutherland. Ich fürchte, dass ich mich nie mehr von dieser Stelle wegbewegen kann.«

Mr Sutherland lächelte ein wenig und entspannte sich etwas. Er kam näher und legte das Paket neben Darlington ab, dann zog er sich zurück – ein Mann, der Fleisch für ein hungriges Tier zurückließ. Darlington beobachtete ihn offen.

Mr Sutherland sagte nichts, machte aber auch keine Anstalten zu gehen.

»Es tut mir leid, dass ich heute Morgen so plötzlich gegangen bin, nachdem ich Sie um Ihre Gesellschaft gebeten hatte«, sagte Darlington.

»Das ist schon in Ordnung«, erklärte Mr Sutherland und ging hinüber, um den staksigen Bücherstapel durchzusehen. Er zupfte mit seinen tintenbefleckten Fingern an einigen Titeln, zog aber keinen heraus. »Sie dürfen es meiner Schwester nicht übel nehmen«, sagte er unbehaglich. »Sie hat seit langer Zeit die ganze Last unserer Lebensgrundlage auf ihre Schultern geladen. Sie sehen, was sie ist – wie stark sie ist, wo sie doch einen Bruder hat, der eigentlich für sie stark sein sollte. Ich hätte es dermaßen vermasselt …« Er drehte sich um und hatte Darlingtons volle Aufmerksamkeit. Seine Augen flackerten. »Oh«, sagte er und lief hellrot an. »Sie lesen *The Atavist*. Ich … guten Tag.« Er verbeugte sich und ging.

Darlington blickte eine Zeit lang auf die geschlossene Tür. »Nun gut«, murmelte er und nahm sein Briefpaket in die Hände. Da gab es einen fünfseitigen Brief von Crispin, den er mit Muße lesen würde. Es war ein wertvoller Teil seiner Welt – der Welt, die er verstand, in der er die Ereignisse und Spieler nach seinem Wunsch arrangierte. Eine Welt, in der er nie das Gefühl haben würde, überfordert zu sein, weil er keine Ahnung hatte, wie man sich *nützlich* machte.

Aber erst galt es, sich einem Paket zu widmen, das in Liverpools kraftvoller Handschrift adressiert war. Im Innern befand sich eine geplättete Ausgabe der *Times* von jenem Tag.

Lord Marmotte hatte Villers' Gesuch zur Reformierung der Korngesetze unterstützt.

8

Kit saß auf dem Schemel und trocknete mit zur Seite geneigtem Kopf ihr Haar vor dem Salonfeuer. Die Flammen betonten brandyfarbene Reflexe in den Strähnen, die in losen Wellen trockneten. Sie hatte jetzt Zeit für einen Moment der Eitelkeit, dachte sie lächelnd.

»Bitte sehr«, sagte Ma und reichte Kit ihre besondere Handcreme. Kit nahm sie mit gebührender Hochachtung entgegen, obwohl sie eigentlich nichts als eine ölige Schicht auf ihren Händen zurückließ. Ihre Mutter kaufte jedes Jahr eine Dose von der Denniston Apotheke; das und Myrrhe gegen ihr Asthma waren das Einzige, was sie sich noch leisten konnte. Krank zu sein war in der Tat ein Privileg der reichen Frauen.

»Vielen Dank, Ma«, murmelte sie und küsste die Hand ihrer Mutter, bevor sie ihr sanft entzogen wurde. »Du weißt, wie gut diese Creme nach einem Tag harter Arbeit tut.«

»Sorge dafür, dass du dein Haar ordentlich trocknest«, sagte ihre Mutter und setzte sich zurück auf das Sofa. »Und lass dir von Liza etwas Myrrhe und Honig in heißem Wasser geben. Wir dürfen keine Brustfellinfektion riskieren.«

»Ja, Ma.« Liza war bereits auf ihrer Pritsche in der Vorratskammer eingeschlafen. Es war ein langer Tag gewesen. »Deine Nörgeleien haben mir gefehlt.«

»Du bist eine größere Versuchung, als ihr eine Mutter widerstehen kann«, sagte ihre Mutter mit einem kleinen Lächeln. »Hast du dem Squire bereits einen Besuch abgestattet? Er hat während deiner Abwesenheit oft nach dir gefragt.«

Kit schritt ein, bevor ihre Mutter eine Eheschließung erwähnen konnte – eine qualvolle Illusion, die sie über das Interesse des Squires an ihrer ältesten Tochter hegte –, und erzählte ihr eine glatte Lüge. »Ich werde ihn so bald wie möglich aufsuchen. Würdest du mir jetzt etwas vorlesen?«

»Lass mich euch beiden vorlesen«, sagte Tom. Er stand neben Kit auf der anderen Seite des Feuers. »Wir haben die heutige Zeitung aus London, was einfach himmlisch ist.«

Kit lächelte hinter dem Vorhang ihrer Haare. Sie liebte es, wenn ihr ruhiger Bruder sich seiner melodramatischen Seele hingab. Dann seufzte sie.

»Wie in aller Welt kommen wir zur heutigen Zeitung?«

»Mein Cousin hat sie mir geschickt«, sagte der Herzog.

Natürlich. »Gerade als ich so weit war zu vergessen, dass Sie auch noch da sind.«

»Katherine Grace!«, zischte ihre Mutter.

Er hatte sich in ihren ältesten Sessel gekuschelt, wobei die helle Seide das abgewetzte Polster unter sich begrub. Er lächelte, und bei einem anderen Mann wäre es vielleicht auch ein nahezu süßes Lächeln gewesen. »Ich wollte Sie nicht stören. Sie drei stellen ein Familienidyll dar, das mir vollkommen neu ist. Ich habe es ganz still genossen.«

Sie nahm ihn in Augenschein. Wie er das so sagte, traute sie ihm noch weniger, wenn er einmal *nicht* sprach.

»Mein lieber Tom«, erklärte er noch immer sanft, »wissen Sie eigentlich, dass Ihre Schwester beabsichtigt, Ihr Ferkel am Montag schlachten zu lassen?«

»Porkie?«, fragte Tom unwillkürlich.

Kit schloss die Augen.

»Porkie?«, wiederholte der Herzog, und etwas lag in seiner Stimme – etwas Überraschtes oder Entzücktes –, das sie dazu brachte, die Augen schnell wieder zu öffnen.

»Bevor ich die köstliche Naivität aufgreife, ein Schwein Porkie zu nennen, darf ich darauf hinweisen, dass Sie, Miss Sutherland, mir erzählten, dieses kleine Schweinewesen habe keinen Namen?«

»Du wirst Porkie schlachten lassen?«, fragte Tom.

»Bevor ich nach London ging, habe ich dir gesagt, du sollst ihnen keine Namen geben.«

»An dem Morgen, nachdem sie geboren waren, bin ich rausgegangen«, sagte Tom, »und drei der Ferkel lagen in der hintersten Ecke des Pferchs. Ich habe es vom ersten Moment an gewusst, denn ihre Mutter hat sie nicht einmal angesehen. Kalte kleine Fleischstücke mit fest geschlossenen Augen.«

Sie wagte einen Blick auf den Herzog, und sein Gesicht machte ihr Angst. Er war auf ihren Bruder konzentriert, strahlend und neugierig. Irgendwie schien er zu wissen, dass er durch eine Bruchstelle in einen Menschen hineinblickte; es hatte beinahe etwas Magisches.

»Ich habe jene Nacht mit ihnen im Pferch verbracht«, sagte Tom, von der Aufmerksamkeit des Herzogs unbeirrt. »Die drei, die überlebten, schliefen zwischen ihrer Mutter und mir. Am Morgen waren zwei weitere tot, und sie hatte das Interesse an dem einen kleinen Schweinchen verloren, das noch immer rosa war und atmete. Sie war dabei, es erfrieren zu lassen. Also habe ich es mit nach drinnen gebracht und es vor dem Feuer gewärmt, und es hat Brei von meinen Fingern gefressen.«

»Oh, Tom.«

»Seine kleinen Augen haben sich in dieser Küche geöffnet.« Sein Finger zitterte ein wenig, während er ihn ausstreckte. »Und ich war das Erste, was er erblickte.«

»Du bist ein Narr, Bruder.« Sie versuchte es sanft zu sagen, aber seine Augen zuckten, und seine Finger spielten unruhig mit einem verdorrten Blütenblatt auf dem Kaminsims. »Du hättest ihn von Angus schlachten lassen sollen, sobald die Sau das Interesse an ihm verloren hatte. Du hättest drei Mal so viel von dem bekommen, was ich am Montag für ihn bekommen werde.«

Seine Finger hielten inne. Er schaute sie nicht an, aber nach einem langen, endlos scheinenden Moment nickte er und setzte sich mit der Zeitung nieder.

»Ihr wisst, wie sehr ich solche Reden in meinem Zeichenzimmer verabscheue«, sagte Mom mit diesem bestimmten Ton, hinter dem sie üblicherweise Kummer verbarg.

»Es tut mir leid, Ma. Tom, warum liest du uns jetzt nicht aus der Zeitung vor?«

Es folgte ein Moment eisiger Stille. Kit versuchte, ihrem sensiblen Bruder nicht böse zu sein. Er war nur ein Jahr jünger als sie, aber an manchen Tagen schienen es Jahrzehnte zu sein.

»Bitte gestatten Sie mir«, begann der Herzog. »Die *Times* zu lesen, ist wie eine Konversation mit einer alten, leicht senilen Bekanntschaft. Anfänglich bin ich immer entzückt, wobei dieses bewundernswerte Gefühl von dem starken Wunsch abgelöst wird, die Konversation zu beschleunigen, und bis sie zu Ende ist, merke ich, dass ich gegen die Verlockung ankämpfe, etwas Verrücktes und Boshaftes zu tun.«

Er erhob sich mit einem Rascheln und beugte sich grazil über Toms Schulter. »Ich verliere immer«, sagte er leise und voller Lachen in der Stimme. »Ich lege Wert darauf.«

Kit beobachtete den Mund ihres Bruders – ein Spiegelbild ihres eigenen –, wie er sich unvermeidlich zu einem Lächeln verzog. Der Herzog zog ihm die Zeitung aus den Händen und segelte zurück zu dem alten Sessel.

»Wie aufregend«, sagte er und schob die Füße unter seinen Körper, »Zwangsvollstreckungen von Eigentum. Die liebe ich. Es hat den Anschein, dass Haverstock sein zweites Stadthaus und das Haus seiner Mätresse in Brighton aufgeben musste – oh, still, Sophie, du hättest es wohl gern, dass ich den ganzen Tag über Männer und ihre Mätressen plaudere, ich kenne dich doch. Er hat es jedoch geschafft, seine Schulden loszuwerden, der gerissene alte Hund. Ah.« Er blickte zu Kit auf, nur einen flüchtigen Moment lang. »Lady Marmotte hat sie offensichtlich von ihm gekauft, so scheint es. Du meine Güte, und ich hatte sie für eine scharfsinnige Geschäftsfrau gehalten.«

Sie konnte es sich nicht verkneifen. »Ich schätze, der Duke of Darlington wird versuchen, seine abänderlichen Liegenschaften abzustoßen, sollte dieser Junge aus Leeds erfolgreich sein.«

»Das wird er nicht«, erklärte der Herzog, ohne sie ein weiteres Mal anzusehen.

»Oh, schauen Sie, eine Anzeige von einem reifen Herrn, der die Bekanntschaft einer hübschen Dame mit guten Referenzen zu machen wünscht. Was sagen Sie dazu, meine gute Sophie?«

»Sie sind böse auf mich«, behauptete er, während er die Nadeln aus seiner Perücke zog.

Er saß mit mühelos geradem Rücken vor Kits Kommode. Dieser Mann war wie ein preisgekröntes Tier großgezogen worden. Die flinken weißen Finger zogen immer weiter die Nadeln aus seinem Haar. »Ich bin nicht hierhergekommen, um Sie zu verärgern.«

»Aber Sie können einfach nicht anders.«

Er zögerte, dann zog er sich die Perücke vom Kopf. »Nein, ich schätze, das kann ich nicht.«

Sie fand sich dicht hinter ihm stehend, eine Hand ausgestreckt. Ihre Finger stellten sich bereits vor, wie sie sich tief in die seidige Fülle gruben, die Kontur seines Schädels erforschten.

»Miss Sutherland, ich habe das Gefühl, ich habe keine andere Wahl, als offen mit Ihnen zu sein – was machen Sie da?«

Er stand auf und schaute auf die Hand, die sie nicht rechtzeitig gesenkt hatte. Auf die verbogenen roten Finger, die sie gerade noch an die Haarpracht eines Herzogs hatte legen wollen. »Mich gerade noch beherrschen, Sie nicht zu erwürgen. Es war nicht nötig, meinen Bruder zum Schmollen zu bringen.«

»Ich hatte nicht den Eindruck, dass er schmollte.«

»Ich denke, ich kenne meinen Bruder besser als Sie. Setzen Sie sich. Ich werde Sie aufschnüren.«

»Solange Sie mir versprechen, mich anschließend nicht mit den Schnüren zu erwürgen.« Er setzte sich, und ihre Finger bewegten sich mit schnellen, geübten Griffen; sie betrachtete nicht die Haut unterhalb seines Haars – sein nacktes, gebeugtes Genick.

»Ich glaube«, sagte er rau, während sie ihn weiter aufschnürte, »Ihr Bruder konnte nicht sprechen, weil er sich schämte. Er war bewegt, Miss Sutherland, und das über die Fähigkeit hinaus, wie ein Mann zu sprechen.«

»Tom weiß, dass ich mich einen Dreck um Männlichkeit schere.«

»Oder Weiblichkeit, so hofft man doch. So«, sagte er und drehte sich auf dem Hocker, wobei seine scharfen blauen Augen auf ihr ruhten, »Sie ermorden also kleine Tiere.«

Es sollte ihr egal sein, was er dachte, aber sie spürte doch den Stich. Er verwendete Sprache nicht wie andere Leute.

Sie drehte sich zum Bett, löste ihr Haar und flocht es mit harschen, effizienten Bewegungen. »Der Metzger, Angus – würden Sie ihn für herzlos halten, weil er ein Schwein tötet?«, fragte sie.

»Ich beneide ihn nicht um seine Arbeit, aber ich schätze, der Mann tut es für seinen Lebensunterhalt, und dafür kann man ihn nicht herzlos nennen. Ich sollte Sie warnen, dass ich mich jetzt gleich auskleiden werde. Sie dürfen gern dabei zusehen, aber Sie haben eine gewisse … Abneigung geäußert, was meine Person betrifft.«

Sie drehte sich schnell wieder weg. »Dann sind Sie intelligent genug zu erkennen, dass auch ich mich nur um unseren Lebensunterhalt kümmere.«

Ihr Körper summte regelrecht, versuchte mit jedem ihrer Sinne außer dem Augenlicht die Hautfläche hinter ihr zu erfassen, und seine Gestalt, wenn er sich seiner Schichten und seiner Verkleidung entledigt hatte.

Und selbst dann konnte man ihn nicht erfassen. Da gab es noch seine Augen, die zu viel sahen, und seinen heimtückischen Geist, und dieses gefährliche Etwas, das sie nur einmal erblickt hatte und das so stark in ihm verankert war.

Ihre Finger hantierten ungeschickt mit den Knöpfen ihres Spenzers.

»Auch wenn es um den Lebensunterhalt geht«, sagte er mit dumpfer Stimme, »verstehe ich nicht, wie Sie das Schwein töten können, das Ihr Bruder aufgepäppelt hat. Das«, und jetzt war seine Stimme ganz klar, »ist kalt.«

»Und eine verheiratete Frau zu verführen, auch wenn Sie es gar nicht ertragen können, dass Sie von ihr berührt werden, wenn in Ihrem Herzen nichts als Berechnung vorherrscht – das ist dann wohl heiße Milch mit Honig vor dem Kamin an einem Winterabend, schätze ich?«

Jede Linie seines Gesichts war gefasst – aber seine Hände waren an der Bettdecke, die halb angehoben war, festgefroren. Letzte Nacht hatte sie gesehen, wie er die Beherrschung verlor, und sie hatte dafür bezahlt. Er hatte ihr seine erbärmliche Kindheit vorgesetzt, obwohl ihn das sicher noch mehr geschmerzt hatte. Sie zwang sich, ruhig weiterzuatmen, und lächelte ihn höflich an, als ob nichts wäre. Er bewegte sich wieder.

Sie konnte sich nicht überwinden, zu ihm unter die Decke zu steigen, also faltete sie ihren Spenzer und legte ihn in die Schublade, ließ ihre Pantoffeln unter das Bett fallen und war nicht bereit, noch ein weiteres Stück Kleidung abzulegen.

Sie legte sich oben auf die Decke, und ihr Herz schlug unbehaglich.

»Haben Sie mich gesehen?«, fragte er nach einer schier endlos erscheinenden Stille – als sie schon gehofft hatte, er würde schlafen. »Waren Sie deswegen so böse auf mich an diesem Tag im Park?«

Sie antwortete nicht. Sie konnte nicht.

Sie ließ die Kerze brennen, auch wenn die restlichen Kerzen ihnen so bis Ende der Woche ausgehen würden.

Darlington verbrachte zwei Tage in Katherines Zimmer eingesperrt. Es war seine dritte Nacht auf dem Land, und er hatte noch immer nicht geschlafen. Er warf einen Blick auf die Taschenuhr, die er in den Fingern hielt. Fünfundzwanzig Minuten nach drei. Gut eine Stunde, bevor Katherine aufstehen würde.

Er hätte gelacht, wenn er gekonnt hätte. Da *war* etwas, auf das er sich freuen konnte! Diese lange Zeit, in der er im Beinahedunkel allein war; ihre Rückkehr und die Qual, sie so nah zu spüren, wenn sie ihn rasierte.

Drei Nächte lang hatte er ohne Ablenkung wach gelegen und versucht, sich peinlich genau auf Katherine zu konzentrieren und die andere Person zu ignorieren, die dort wach lag und nach Aufmerksamkeit verlangte.

Fünf Jahre alt und die Bettdecke über die kleinen Gliedmaßen gedrückt, sich mit aller Macht seines bedürftigen Herzens danach sehnend, es möge sich um eine lebende Person handeln, die seinen Körper an ihren drückte. Jeder hätte das getan.

Fünfzehn und durch das ausgediente Studierzimmer in Brookfeld Park laufend, das Herz befeuert mit hoffnungsvoller Vorfreude, die Lektion gelehrt zu bekommen, die einen Mann ausmachte.

Einunddreißig und allein auf der vordersten Kirchenbank in St. George's sitzend, während ein Bischof, den er nicht kannte, Lobreden auf den Vater anstimmte, den er nicht kannte, mit einem eisernen Schlüssel, der in seiner Handfläche brannte.

Es machte ihm Angst, nachts ganz allein wach zu sein, ohne Gesellschaft.

Als sein Vater krank wurde – so dünn und leicht auf der Matratze, dass es schwer war, seinen Körper unter den Laken überhaupt auszumachen –, war Darlington auf Versöhnung aus gewesen. Es war in ihm erwacht wie eine Krankheit, das Bedürfnis, die Lebensgeschichte seines Vaters mit Liebe zu beenden. Es war eine Art Wahnsinn, und er hatte es selbst dann gewusst, als er darin gefangen gewesen war. Sein Vater liebte ihn nicht, und er würde ihn nie dazu bringen, ihn zu lieben. Nicht jetzt, da sein Körper von solchem Schmerz heimgesucht wurde und er nur noch an Schmerz denken konnte.

Er hatte am Tag vor seinem Tod seinen Sohn von seiner Seite geschickt. Er hatte damit gedroht, ihn zu verleugnen. Darlington, der für seinen Vater zeit seines Lebens eine solch schlimme Enttäuschung gewesen war, hatte diesem letzten Wunsch Folge geleistet.

Die letzten Worte, die er von dem Mann gehört hatte, waren *Raus mit dir* gewesen, und daran konnte er jetzt nie mehr etwas ändern.

Er schaute erneut auf die Uhr. Seit dem letzten Mal waren gerade einmal zwei Minuten vergangen. Am Morgen würde es ihm gut gehen. Sobald es hell wurde, würde die Zeit weiterlaufen, sich selbst vorwärtstreiben.

Der Schmerz begann.

Er dachte an die Wellen, die er als Junge in Stonehaven beobachtet hatte. Die Steine hatten sich unter seinen Füßen am Strand gescheuert und verschoben, eine seltsame Reflexion des Himmels. Er erinnerte sich an die See, riesig und stählern, wie sie sich gegen die Schwerkraft emporstemmte; den Schaum, der sich dann an der Oberfläche bildete, wenn sich die Welle brach. Die Herzogin hatte einen blassrosa Mantel und eine Haube über einem dunkelrosa Kleid mit kleinen Reifen getragen. Er erinnerte sich, wie ihr rundes, sanftes Gesicht verkniffen war, ihre Lippen unsicher, während sie der Nanny Anweisungen gab, ihn nicht so nah ans Wasser zu lassen.

Er sah, wie sich seine Hand zu Katherine ausstreckte. Er sah, wie seine Finger das Ende einer ihrer Haarlocken zwirbelten. Seine ganze Welt beschränkte sich auf die grob-wilde Textur ihres Haars. Er rollte die Strähne sanft zwischen Finger und Daumen, bis seine Finger wieder Teil seiner Hand wurden und sein Herz sich verlangsamte und die Qual wich. Seine Lungen entspannten sich, und er zog lange, gleichmäßige Atemzüge in seinen Körper hinein.

Als er schließlich nach der Zeit schaute, war es vier Uhr. Er zwang sich, ihr Haar loszulassen, und stand vom Bett auf. Er hatte gehofft, dass die einfache Nähe zu Katherine ausreichen würde, um ihn von seinem Leiden zu erlösen. Aber so war es nicht.

Er würde handeln müssen.

Sie erwachte, als sie das Streicheln von Haut an ihren Lippen spürte. Warm und nah, Atemstöße an ihrem Hals, sanftes Haar, das sie küsste, das über ihr Genick fiel.

»Guten Morgen«, murmelte er, und seine Stimme war der

Tagesbeginn. »Öffnen Sie Ihre Augen«, sagte er, als sie es nicht tat.

Sie öffnete sie.

Das feuchte, lang bewimperte Auge des Schweinchens blickte sie an. Sie stemmte sich schnell auf einen Ellbogen, und das Schwein wich mit einem rauen Grunzen zurück. Seine kurzen Beinchen verfingen sich in der Decke, und es fiel auf die Seite.

Der Herzog lachte. Es war der erste echte Ausdruck von ihm, den Kit gesehen hatte, und er ruinierte die Perfektion seines Gesichts. Seine genügsame Nase rümpfte sich, seine Wangen zogen sich arglos zurück, während die Öffnung und Kurve der Lippen seine Schneidezähne freigab.

Die Wirkung war niederschmetternd.

Es war noch zu früh am Tag, als dass er so lachen konnte. Sie war noch nicht einmal richtig wach. Er kraulte das Schweinchen mit seinen langen, feinen Fingern, und sie konnte es dem kleinen Tier nicht verdenken, dass es ihn ebenfalls angrinste, denn sie war sicher, dass er bei ihr nahezu alles erreichen würde, wenn er sie so anlächelte.

Er lag in seinem Nachtgewand und mit gekreuzten Fesseln auf den Decken. Sie hatte nie wirklich verstanden, was Männer so Besonderes an weiblichen Fesseln fanden. Es gab wohl kaum einen weniger hübschen, funktionelleren Teil des menschlichen Körpers.

Und doch … war er von einem Meister gemacht worden. Einem Michelangelo, der an Gottes Seite stand.

Sie bedeckte die Augen mit der Beuge ihres Ellenbogens und grunzte. Konnte es noch schlimmer kommen?

»Was macht dieses Schwein in meinem Bett?«

»Dieses kleine Schwein und ich sind uns ähnlicher, als Sie vielleicht denken. Ich konnte ihn nicht dem Metzger überlassen. Ich habe ihn Tom für zehn Guineen abgekauft.«

»Zehn Guin … Zehn …«

»Was mir wohl auch Ihrer Meinung nach das Recht gibt, ihn in mein Bett zu holen. Nicht wahr, Porkie?«

Das Schweinchen schnüffelte vor Freude.

Kit sank wieder zurück. Grunzte erneut. Bedeckte wieder ihre Augen. Es versprach, ein weiterer langer Tag zu werden.

Kit wartete vor dem Frühstück draußen am Gartentor auf Angus. Er würde von den Feldern aus Millcross vorbeikommen. Sie zog das Messer aus ihrem Kittel und begann, den Himbeerbusch zurückzuschneiden, der sich am Zaun hochrankte.

Sie musste ihn loswerden. Irgendwie.

Jetzt, da sie auf ihrem eigenen nassen Gras unter einem vertrauten Himmel stand, war die Dringlichkeit, die sie dazu gebracht hatte, London mit ihm zu verlassen, kaum mehr vorstellbar. Es war ihr so lebenswichtig vorgekommen. Dafür zu sorgen, dass er Lydia in Ruhe ließ – Lydia und ihrem Ehegatten zumindest eine Chance zu geben, einander klarer zu sehen.

Jetzt empfand sie es wie immer: dass man Lydia besser auf Distanz hielt.

Und bereits jetzt – nach gerade einmal drei Tagen – konnte sie praktisch hören, wie ihre kleine Familie zerbrach, während sie sich verbog und veränderte, um Raum für ihn zu schaffen. Wenn sie ihn bleiben ließ, würde er nur Trümmer zurücklassen, wenn er wieder ging.

Und dann war da diese Sache mit der Hitze.

Sie schaute über das Feld und sah Angus in der Ferne, wie er über ein Drehkreuz kletterte. Sie hob eine Hand und ließ sie einen Moment später wieder sinken. Es gab keinen Zweifel, wer da hinter ihm ging.

Der Squire. Es war albern gewesen zu glauben, sie könnte ihn noch länger hinhalten.

Als der Metzger einen Gruß ausgerufen hatte, musste sie sogleich mit ihren Neuigkeiten herausplatzen. »Die Preise sind gestiegen, Angus. Du wirst niemals erraten, was ich heute Morgen für ein kleines Schwein bekommen habe.«

Er stellte sich breitbeinig hin und stemmte die Hände in die Hüften. »Es war Rogers, nicht wahr?«, fragte er. »Hat dir eine halbe Guinee gegeben, verdammter Narr. Du weißt, er kann keine Pfote von einem Ohr unterscheiden.«

»Nicht eine halbe Guinee«, sagte sie. Da der Squire dastand und zusah, war ihre Freude verfänglich und drohte ihr zu entgleiten, aber sie konnte es einfach nicht für sich behalten.

Angus zog den Filzhut vom Kopf und klopfte damit seine Lederhose ab. »Mehr als eine halbe Guinee?«

»Zehn Guineen, Angus. Zehn ganze Guineen für ein Ferkel. Und auch noch ein Eber, und schon längst nicht mehr säugend.«

»Aber das ist nicht … Ich meine, nur ein Verrückter würde … Zehn Guineen!«

Kit zuckte die Achseln, als ob sie sagen wollte: *Oh, was sind schon zehn Guineen?* Als ob sie nicht noch vor einer Stunde genau wie Angus geklungen hatte. Zehn ganze Guineen. Sie umfasste ihre Ellbogen, um dieses Gefühl noch eine Weile festzuhalten. Als ob sich ein von der Erde gehaltener Muskel gelockert hätte.

»Zehn ganze Guineen, Miss Sutherland?«, fragte der Squire, und sie musste ihm wenigstens mit einem Knicks bestätigen. »Vielleicht war mein Besuch hier heute schließlich doch nicht nötig.«

Er stach mit seinem Gehstock in einen Grasbüschel, und die Erde blieb wieder daran hängen. Er war nicht die Sorte Mann, die eine schlafende Bestie in Ruhe lassen konnte, nicht eine Sekunde lang.

»Sie werden Ihren Anteil schon bekommen, keine Angst«, sagte Kit. Obwohl sie schon seit Langem geplant hatte, wie sie ihn zurückbezahlen wollte, und genau wusste, wie viele Jahre es dauern würde, war ihre Familie schon so lange von ihm abhängig, dass sie manchmal dachte, sie würden sich nie von ihm freimachen können.

Sie stellte sich vor, wie sie ihn an seinem dicken, weißen Schnauzbart auf dem Boden festhielt und Angus ihn von der Brust bis zur Leiste spaltete.

»Angus, es tut mir leid, dass du umsonst gekommen bist. Ich hatte Tom angewiesen, dich zu holen, als die Sau ihre Ferkel ablehnte. Der Eber war der Einzige aus dem Wurf, der überlebt hat. Und er hat ihm einen Namen gegeben, der alberne Kerl.«

»Es ist eine echte Schande, Kit, aber mach dir keine Sorgen. Äh, und welcher Irre hat ihn dann gekauft?«

Sie zögerte einen Moment lang. Der Squire begehrte für gewöhnlich immer das, was ihr gehörte. Und mit einer jungen Tochter, die schon in Bälde in der Stadt eingeführt werden sollte, würde er nicht ruhen, bis er »Lady Rose« fest in seinen Klauen hatte.

Dann dachte sie an die trügerischen blauen Augen des Herzogs und zuckte mit den Schultern. Der Squire konnte seine Fühler nach »Lady Rose« ausstrecken, wie er wollte, am Ende wäre es wie bei einer Spinne, die versuchte, einen Drachen in ihrem Netz zu fangen.

»Kennen Sie den Duke of Darlington, Angus – ich meine den neuen?«

»Der Kerl, der zum politischen Dinner seines Vaters mit Fanny Grenville an seinem Arm aufgetaucht ist? Jeder kennt diesen dummen Bastard. Es hat sich herausgestellt, dass sie die Mätresse des Ministers war, den sein Vater zu umwerben versuchte, aber der idiotische Kerl dachte, sein Vater gäbe eine Theatervorstellung.«

Erst letzte Woche hätte Kit ihn wahrscheinlich selbst noch für einen idiotischen Kerl gehalten. Jetzt fragte sie sich, welche politische Agenda er untergraben hatte, indem er mit genau der falschen Person im genau falschen Moment aufgetaucht war. Sie war felsenfest davon überzeugt, dass nichts davon zufällig passiert war.

Die Hand des Squires umklammerte den goldenen Hirschen auf seinem Gehstock. Er musste sich verdammt unbequem anfühlen, aber der Squire würde sich auch einen Nagel ins Auge stechen, wenn er sich einbildete, er würde dadurch distinguiert aussehen. »Halten Sie den Mund. Sie reden hier von einem Mann, der eine Stufe unter unserem König steht. Sie dürfen gehen.«

Angus' Ausdruck änderte sich kein bisschen, und er sah Kit an.

Wenn sie mit dem Squire allein war, hatte sie manchmal das Gefühl, Abe Sutherland wäre noch am Leben. Aber sie war nicht mehr Kind genug, um den Metzger zum Bleiben zu überreden, damit er sie beschützte. Also zuckte er mit den Schultern, setzte seinen Hut auf und ging über die Koppel zurück.

»Der Duke of Darlington kann doch nichts mit Ihrem Schwein zu tun haben«, sagte der Squire. »Warum haben Sie ihn erwähnt? Hat das etwas mit Ihrer Schwester zu tun?« Sie biss sich auf die Zunge, auch wenn sie ihm am liebsten sagen wollte, er solle seine fette, madige Zunge von ihrer Schwester fernhalten.

»Ihr Vater, Gott sei seiner Seele gnädig, bat mich, nach seinem Tod als Lydias Beschützer zu agieren. Er fürchtete, dieser schottische Wilde würde sie missbrauchen, und da mir der Kontakt zu ihr verwehrt wurde, fürchte ich, er hatte Grund zur

Sorge. Ich habe daraufhin versucht, im Lesen von Unsinn Zuflucht zu suchen, um meine Pflicht zu erfüllen. Ich habe … Dinge gehört, die ihren Namen mit dem des Herzogs in Verbindung bringen.«

Zunächst, wollte Kit sagen, und sie biss sich dabei fast ins Zahnfleisch, *würde Gott die Seele meines Vaters nicht einmal mit einem glühend heißen Schürhaken anfassen. Zweitens werde ich BenRuin das nächste Mal, wenn ich ihn sehe, dafür küssen, dass er Sie ferngehalten hat.*

»Ich habe mich darum gekümmert«, zwang sie sich zu sagen, wobei sie sich bei jedem Wort mehr als Verräterin fühlte. »Die Cousine des Herzogs ist hier und wohnt eine Zeit lang bei uns. Es war der Gefallen, um den er als Gegenleistung für seinen Verzicht auf Lydia gebeten hatte. Es war Lady Rose, die das Schwein gekauft hat.«

Der Squire kam näher, und Kit zog sich wie üblich weiter zurück. Er packte sie nicht – er nahm nur den Kragen ihres Spenzers zwischen zwei fleischige, wählerische Finger und kam noch näher, bis sie seinen Bart riechen konnte und das Gefühl hatte, sich übergeben zu müssen. »Ich bin nicht amüsiert über Ihren vulgären Versuch, geistreich zu sein, mein Mädchen. Ein Monat in London löscht kein Jahrzehnt Dienstbarkeit aus. Und jetzt sagen Sie mir die Wahrheit.«

Wenn sie noch mehr Worte hinunterschlucken musste, würde sie daran ersticken. Irgendwie schaffte sie es, den Mund zu halten, und entzog sich vorsichtig seinem Griff. Als sie wusste, dass sie reden konnte, ohne zu schreien, sagte sie: »Lady Rose Everdale. Suchen Sie sie doch auf, wenn Sie es wünschen. Ihr Vater hat einen diplomatischen Posten in Moskau – er ist der Onkel des Herzogs mütterlicherseits. Ich habe es Ihnen gesagt, ich habe diese Angelegenheit für Lydia geregelt, und das war es, was er als Gegenleistung verlangte.«

Der Squire fing an, ihr zu glauben. Sie konnte vor der Kulisse des dunklen, englischen Himmels sehen, dass er in eine Zukunft voller neuer Möglichkeiten blickte.

Sein gesamtes Verhalten änderte sich. »Violet hat sich fortwährend nach Ihnen erkundigt, seit Sie aus London zurück sind. Sie brennt förmlich auf Einzelheiten. Kommen Sie doch um elf Uhr zum Tee. Vielleicht nimmt Sie sie auch auf einen Ausritt mit.«

Er lächelte, und sie sah, was sie gleich von Anfang an hätte sehen sollen. Sie hielt einen Trumpf in der Hand – eine Cousine des Herzogs –, und der würde ihr unermessliche Zugeständnisse des Squires erkaufen, wenn sie nur den Schneid hatte, ihn auszuspielen.

»Vielen Dank«, sagte Kit. »Ein Ausritt wäre hinreißend.«

Kit ließ das Pony sein Tempo bestimmen, als sie und Violet über die Auffahrt zum Herrenhaus kamen. Violet war unbarmherzig gewesen, seit sie Millcross verlassen hatten, indem sie jedes Kleid in Miss Faiths Laden beschrieben hatte, Band für Band, obwohl sie kaum eine halbe Stunde zuvor dort gewesen waren.

Kit hatte schon vor einer geraumen Weile aufgehört zuzuhören.

Die Glimmerquarzfassade ihres Hauses kam hinter den Bäumen am Weg zum Vorschein, und sie fühlte, wie die gewohnte Wärme dieses Orts von dem Mann gestört wurde, der jetzt darin untergebracht war. Während sie sich durch die wuchernden Pflanzen schoben, hörte Violet auf, über das Thema Kleider zu referieren, und wurde still.

»Warten Sie hier.« Kit stieg am Gartentor ab und übergab dem anderen Mädchen die Zügel. »Ich werde Tom bitten, die Pferde zu halten, dann können wir beide hineingehen und Lady Rose suchen.«

Im düsteren Flur rief sie nach ihrem Bruder.

»Katherine Grace«, murmelte ihre Mutter von ihrem Platz vor dem Salonfeuer her, »muss ich dir immer wieder sagen, dass du nicht wie eine Wilde brüllen sollst?«

»Entschuldigung, Ma.« Kit ging hinein. »Hast du Tom gesehen?«

Ihre Mutter legte ihren Roman mit den geöffneten Seiten zuunterst auf ihren Schoß. Es machte Tom verrückt, aber sie konnte ihre alten Gewohnheiten ebenso wenig ablegen wir Kit ihre schlechten Manieren.

»Oh, du liest nochmals Beaumaris?« Kit machte es sich an der Seite ihrer Mutter bequem und verschwendete keine Gedanken daran, ob sie Violet noch ein paar Momente länger ihrem Traum von ihrer eigenen Schönheit überließ.

»Das habe ich einfach am liebsten. Ferdinand ist so unglaublich grauenhaft darin.«

»Man hat den Eindruck, Beaumaris versuchte, ihn ein wenig später zu moralisieren, da stimme ich zu. Ist Tom da?«

»Er ist gegangen, um über die Philosophie der Maschinen oder irgendetwas ähnlich Unverständliches mit dem Vikar zu diskutieren.«

»Möchtest du, dass ich Violet hereinbitte, um dich zu sehen?«

»Gott, nein. Dieses Mädchen redet so unglaublich viel.«

Kit lächelte, aber ihre Mutter widmete sich bereits wieder ihrem Buch und sah es nicht. Sie überließ sie ihrem alleinigen Vergnügen und rief Violet von der Küchentür aus zu: »Tom ist nicht da. Ich werde sehen, ob unser Gast oben ist, und sie herunterbringen.«

Sie schloss die Tür entgegen Violets Protest, dass sie doch die Cousine eines Herzogs nicht auf dem Rücken eines Pferds kennenlernen konnte.

»Achte auf deine Sprache, Kit«, sagte ihre Mutter, als Kit die Treppe hoch an ihr vorbeieilte.

Als sie oben ankam, wurde sie langsamer. Bevor sie die Tür öffnete, stellte sie sich vor, dass er nichts als ein schlimmer Traum gewesen war und sie in dem Zimmer kein Anzeichen mehr von ihm vorfinden würde. Heute war es ihre Aufgabe, ihm etwas Gutes abzuringen. Heute war sie froh über seinen scharfen Geist und sein blankes, überwältigendes Vertrauen.

Er war verrückt. Er würde tun, worum sie ihn bat, und ein Spiel daraus machen.

Als sie die Tür öffnete, wurde ihr Blick direkt zum Fenster gezogen. Dort saß er, mit hochgezogenen Knien, weinrote Seide um sich drapiert. So, wie das Licht auf die Seide fiel und Schatten gegen die raue Wand warf, sah er aus wie aus einem Gemälde von Vermeer.

Bis Kit die wahre Eigenschaft seiner Pose verstand.

Seine Arme hatte er wie riesige Nähte um sich gewickelt, die seinen Brustkorb verschlossen. Er war blass. Er schaute aus dem Fenster, aber Kit wusste, dass er nicht den Pfefferkornbaum und die Ecke des Gartens sah, wo der Komposthaufen schief über dem Zaun hing. Er betrachtete eine Art innere Landschaft. Sein Mund erinnerte sie an Cuviers gigantischen Fisch, der sich blind durch den Schlick am Grund des Flusses tastete.

Seine Lippen öffneten sich zum Atmen, aber es schien keine Luft zu passieren. Er versuchte es erneut, mit dem gleichen armseligen Ergebnis.

Kit wurde kalt. Sie wollte das nicht sehen.

Sie drehte sich um und hatte vor, ein zweites Mal mit etwas mehr Lärm einzutreten.

»Gehen Sie nicht«, sagte er.

Sie drehte sich um, aber er sah sie nicht an; stattdessen sagte er ein paar lange Minuten gar nichts. Und unten wartete Violet, begierig, ihn endlich kennenzulernen. Kit musste noch die Konten durchgehen, um zu sehen, wie viel von den zehn Guineen sie vor den Fängen des Squires retten konnte. Sie musste einen Weg finden, Tom das Geld wegzunehmen. Heute hätte sie eigentlich Eingemachtes mit Liza herstellen sollen, was bereits auf morgen verschoben werden musste. Der Küchenherd musste ausgefegt werden, die Böden mussten gewischt, die Fenster geputzt werden. Aber sie schätzte, man konnte sich selbst nicht zum Reden bringen, wenn man nicht atmen konnte.

»Oh, um Himmels willen«, sagte sie und schnappte sich den Wasserkrug vom Becken. Sie ging hinüber zu ihm und verschloss sich vor diesem menschlichen Wrack. *Jeanne d'Arc*, sagte sie sich, *hatte jeden Tag mit Männern zu tun, die Brustwunden hatten, und sie war nicht davor zurückgeschreckt.* Natürlich waren diese Wunden blutig und sichtbar gewesen.

»Trinken Sie«, sagte sie. Und dann: »Bringen Sie mich nicht dazu, Sie zu schlagen. Ich habe Ihnen bereits gesagt, dass ich nicht ins Gefängnis will.«

Ein Lächeln huschte über seine Lippen, seine Augen aber blieben davon unberührt. Sie wusste nicht, ob es eine Macht auf Erden gab, die ihren Weg durch diese Augen fand. Er nahm den Krug und trank, dann stellte er ihn ruhelos zur Seite. »Deswegen bin ich hergekommen«, sagte er.

Das traf sie unerwartet. Es war so weit von dem entfernt, was sie sich vorgestellt hatte, in London und seitdem.

»Katherine«, sagte er ruhig, und es war das erste Mal, dass er ihren Namen nannte.

»Reißen Sie sich zusammen«, sagte sie und drehte sich weg. »Die Tochter des Squires ist hier, um Sie zu treffen. Wir haben sie schon lange genug warten lassen.«

»Was bedeutet mir schon die Tochter eines Squire? Ich muss mit Ihnen reden. Ich brauche … Sie müssen etwas für mich tun.«

»Zunächst einmal«, sagte sie, »habe ich heute Morgen bereits mindestens zehn Dinge für Sie getan, Sie sind nur viel zu privilegiert, um das zu erkennen. Zweitens können Sie mit Ihrer Zeit anfangen, was Sie wollen, aber Sie haben darauf bestanden, in mein Haus zu kommen, also werden Sie sich nach dem richten, was ich sage, und herunterkommen, um meine Nachbarin kennenzulernen. Sie werden eindrucksvoll sein und großartig und herablassend und ihr flatterhaftes kleines Herz zum Singen bringen wie ein kleines Vögelchen. Und drittens«, sagte sie, bevor sein Geist aufholen konnte und er einen neuen und interessanten Weg fand, ihre Worte unliebsam zu machen, »verwenden Sie nicht meinen Namen.«

»Katherine«, sagte er, »das hier ist wirklich schwierig für mich. Bitte machen Sie es nicht noch schlimmer.«

»Warum nicht?«

Sein Kopf zuckte weg, und er machte ein Geräusch, das beinahe wie ein Lachen klang. Beinahe.

»Die Tochter eines Squires mag Ihnen vielleicht nichts bedeuten«, sagte sie mit gemäßigter Stimme, »aber wir sind abhängig vom guten Willen des Squires. In unserer kleinen Welt bedeutet es alles.«

Er schloss die Augen und lehnte den Kopf gegen das Glas. Sie atmete ein und fasste sich in Geduld. »Wenn Sie runterkommen, werde ich –« ein weiterer tiefer Atemzug »– in Erwägung ziehen, Ihnen zu helfen.«

Die Augen schnappten auf. »Hören Sie auf, mir zu erzählen, Sie würden darüber nachdenken«, sagte er. »Sie müssen mir etwas Definitives bieten.«

Er wollte etwas von ihr – hatte deswegen den ganzen Weg

aufs Land auf sich genommen. Es war nicht Sex. Dessen war sie sich inzwischen ziemlich sicher. Die starre Form am Fenster schien nicht auf Berührung aus zu sein. Sie wünschte, er wollte sie nur verführen, denn dann konnte sie anfangen sich vorzustellen, was jemand wie er vielleicht fordern könnte. Sie konnte sich nicht mit dem einverstanden erklären, was er wollte, ohne genau zu wissen, worauf sie sich einließ. Aber sie musste ihn dazu bringen, nach unten zu kommen, sonst würde der Squire immer weiter nur nehmen und nehmen.

»Dieses Zimmer«, sagte sie und trat zwei Schritte zurück, sodass ihr Rücken an die Tür gedrückt wurde, »ist vier Schritte breit von dort, wo Sie sitzen, bis zum Kopfende des Betts. Von dort, wo ich stehe, bis zum Kopfende des Betts sind es drei Schritte. Gemäß Pythagoras beträgt die Distanz zwischen Ihnen und mir genau fünf Schritte.«

Als Tom ein Junge gewesen war, hatte er einen Satz Dominosteine aus Elfenbein besessen. Im Kinderzimmer oben regierten heute die Spinnweben, und der Schimmel breitete sich aus, aber früher hatte Tom Stunden dort oben verbracht, saß in dem Quadrat auf dem Boden, das die Nachmittagssonne dorthin warf, und baute akribisch Reihen aus Dominosteinen auf. Kit hatte nie die Geduld gehabt, sie aufzustellen, aber Tom ließ sie für gewöhnlich den ersten Stein umkippen. Und als sie so in die Augen dieses Mannes blickte, der genau fünf Schritte von ihr entfernt stand, stürzte etwas in ihrer Brust um wie diese Dominosteine – schneller, als sie es aufhalten konnte. Und sie wollte nur für einen Moment zu ihm gehen, wie ein Entdecker, der sich in einen schwarzen Abgrund begibt, der genauso gut endlos sein konnte, und unglaublich dunkel dazu.

»Etwas Definitives«, sagte er schließlich und sah weg. Er schien zu lächeln, obwohl sich sein Mund kaum bewegte. Dann stand er auf.

»Herablassend und distinguiert, sagen Sie?«

»Bitte. Sie wird so ungezwungen sein, dass es Sie langweilen wird, aber … bitte.«

Er machte einen dieser Knickse, die eine Kaiserin zum Weinen bringen würde, und setzte sich an die Kommode, um sein Make-up aufzutragen. »Aber wir beide werden reden«, sagte er, und sie wusste, dass es das war, weshalb er gekommen war, und dass er es nicht vergessen würde.

9

Kits Mutter saß vor ihr im Sessel neben dem Küchenfeuer, und Kit bürstete ihr langes, graues Haar. Sie behielt dabei den Herzog und ihren Bruder im Auge, die an einer Ecke des großen Holztischs Karten spielten.

Die Röcke des Herzogs waren heute violett, eingefasst mit kleinen Vögelchen in aufwendigen Käfigen aus hellgelber Stickerei, passend zu den Unterröcken. Das Kleid war größer als der Stuhl, aber Kits Blick blieb immer wieder an der blassgelben Perücke hängen. Inzwischen las sie seine Kopfbewegungen wie ein neues Alphabet: das träge Schütteln, wenn er schüchtern war, das leichte Neigen, wenn er ihren Bruder eingehender betrachtete, als er vorgab, und die Neigung, wenn er sein Gesicht zu einem Lachen anhob.

Das schnelle, nahezu gehemmte Nicken, wenn er eine ungewohnte Emotion hinunterschluckte.

Allmählich wurde er vertrauter Alltag. Als sie am Vormittag aus dem Garten hereinkam und ihre Hände schrubbte, pochte ihr Blut ein wenig heftiger, weil sie ihn im Anschluss ankleiden gehen würde.

Eine qualvolle halbe Stunde, in der sie auf intime Weise mit seiner Gestalt bekannt wurde. Ein Durcheinander von Stoffen an ihren schwieligen Fingerspitzen: schwere Seide, das Reiben von Spitze, und etwas, das so fein war, dass sie kaum sagen mochte, was es sein konnte.

Toms Interaktionen mit dem Herzog waren weniger raffiniert, seine Gefühle hingegen umso schmerzlicher offensichtlich. Sein Mund ließ auf ein Lächeln schließen, als er den Herzog ansah – er war weniger verschlossen, als er es üblicherweise bei Fremden war. Sie spielten das Kinderspiel Schnappen, wobei sie auf den Tisch klopften und wie kleine Jungs lachten. Nun, in diesem Fall wie ein Mann und eine … Frau, sozusagen.

Kit hatte den Squire mit dem Versprechen fernhalten können, sie würden am Sonntag nach der Kirche zum Essen kommen.

Irgendetwas stieß gegen Kits Bein, und sie blickte hinab. »Geh zurück zu deiner Herrin, du Schwein«, sagte sie. Die Augen waren wirklich irrwitzig – viel zu groß und gefühlvoll für den faltigen kleinen Kopf. Es schnüffelte an ihrem Stiefel, und sie stupste ihn zurück in Richtung Tisch.

»Ihr wisst schon, dass Ihr niemals wieder werdet Speck essen können«, sagte sie. »Ihr beide nicht.«

»Porkie ist mehr als ein gewöhnliches Schwein«, erklärte der Herzog und winkte ab. »Ich esse nur gewöhnlichen –«

»Schnapp!«

»Halt, ich war abgelenkt –«

»Ich wünschte, du hättest Tom nicht erlaubt, ihr das Schwein zu verkaufen«, sagte ihre Mutter und lehnte sich so nah zu Kit, dass nur sie es hören konnte. »Es ist kein sehr würdevolles Haustier für eine Dame.«

»Oder für unsere Küche«, sagte Kit und zog sanft an den Haaren ihrer Mutter. Sie hatte warten wollen, bis sie das Geld von Tom hatte, bevor sie es ihr sagte. »Ma, Lady Rose hat uns zehn Guineen für das kleine Untier bezahlt. Zehn ganze Guineen.«

Ihre Mutter legte die Arbeit nieder, an der sie seit der letzten Woche zu sticken vorgab. Sie blickte kurz zu Tom und Lady Rose hinüber und zog dann Kit vor sich auf die Knie. »Was meinst du, wie viel mehr können wir aus ihr noch herausholen?«

»Ich habe gerechnet …« Kit zögerte, weil es mehr Geld war, als sie überhaupt denken durfte, und sie wollte nicht, dass ihre Mutter von Dingen träumte, die sie vielleicht kaufen könnten. Sie hatte gesehen, wie ihre Familie ruiniert wurde, als Abe Sutherland von Geld geträumt hatte, das ihm noch nicht gehörte. Sie sah hinüber zum Herzog – ein Herzog, der hier in ihrer Küche saß und ein schmutziges Schwein auf seinem Schoß hielt –, und ihr Herz fühlte sich an wie ein Tennisball, der ihr mit Wucht gegen den Brustkorb geknallt wurde. »Zweihundert Guineen«, sagte sie und blickte in das geliebte Gesicht ihrer Mutter. »Ich denke, wir können zweihundert Guineen bekommen, wenn wir es klug anstellen.«

»Lieber Gott im Himmel«, sagte Ma und ließ die Stickerei von ihrem Schoß fallen.

Kit hob sie schnell wieder auf und wischte sie ab. Sie gab vor, sie zu bewundern. »Mir gefällt besonders, wie du diesen Lavendelfaden und dieses bräunliche Grün miteinander gemischt hast«, sagte sie und beugte ihren Kopf nah zu ihrer Mutter. »Es ist quasi ansteckend.«

»Ich habe dir gesagt, dass es Blätter sind.«

»Und ich denke, wir sollten es über den Esstisch hängen. Es würde uns den Appetit verderben, und wir könnten allein am Käse zwei Pence pro Woche sparen.«

»Wir müssen nicht jeden Penny umdrehen, wenn wir zweihundert bekommen. Zweihundert, Kit, bist du sicher?«

»Ich bin mir erst sicher, wenn ich es in den Händen halte. Und es gibt da noch ein paar Einzelheiten, derer ich mich noch vergewissern muss, bevor ich fortfahre.«

Sie hatte dem Burschen des Herzogs gestern zwei Briefe nach London mitgegeben: einen an Lydias Butler Soames und den anderen an ihren Onkel Lord Barton. Der erste war schnell geschrieben gewesen, aber für den zweiten hatte sie knapp eine Stunde gebraucht. Schließlich hatte sie ihn einfach gehalten, hatte erwähnt, dass ihre Mutter seit dem Tod ihres Gatten oft von ihren Geschwistern sprach und dass es ihr leidtat, ihn nicht besucht zu haben, während sie in London war. Es war die Art Brief, die der Herzog zweifelsohne im Schlaf hätte schreiben können – höfliche Floskeln, hinter denen sich eine zaghafte Forderung nach Versöhnung verbarg. Für sie, die sie quasi eine soziale Analphabetin war, war das eine qualvolle, erniedrigende Übung gewesen.

»Direkt aus London, sagen Sie?« Der Squire nahm Darlingtons manikürte Hand und legte sie in seine Armbeuge, um ihn zum Dinner zu führen. »Ich hoffe, das Landleben hat sie nicht zu sehr enttäuscht.«

Er sah, wie der Squire Katherine anblickte, während er das sagte, seine Augen ernst unter den buschigen, weißen Brauen. Der fleischige Körper des Squires hing in einem aufrechten Rahmen, Kriegsmedaillen zierten seine Brust wie Weihnachtsschmuck. Er lehnte sich näher heran, als es unbedingt nötig war, bis sein riesiger weißer Schnauzbart beinahe an Darlingtons Ohr kitzelte. »Es ist kriminell«, sagte er mit leiser Stimme, »einfach kriminell, eine Dame Ihres Formats in dem unterzubringen, was von den Sutherlands übrig ist. Es bricht mir das Herz zu sehen, wie Abes Familie immer weiter unter ihren Stand fällt, aber ich glaube, sie haben sich inzwischen an dieses Leben gewöhnt. Werden wohl nie wieder emporsteigen. Aber Sie, meine Liebe … Es ist, als würde man einen *Troides prattorum* in die gleiche Schachtel pinnen wie einen *Polyommatus icarus*.«

Darlington schob sich sogar noch näher an ihn heran und blickte durch die Wimpern zu dem Squire auf. »Sie sind Schmetterlingsliebhaber, Sir?«

»Na ja, ich versuche mich darin«, antwortete der Squire und errötete leicht.

»Wenn man bedenkt, dass der arme Icarus nur gestorben ist, um seinen Namen mit einer der gewöhnlichsten Kreaturen auf Erden in Verbindung zu bringen. Ich strebe es an, mit ebensolchem irrsinnigen Ruhm eines Tages in den Tod zu gehen, aber ich werde sichergehen, in meinem Testament zu vermerken, dass kein Schmetterling nach mir zu benennen ist, wenn ich von dieser Welt gegangen bin.«

»Oh, haha, sehr geistreich, da bin ich sicher. Bitte, Madam, setzen Sie sich doch zu meiner rechten Seite.«

»Sie erweisen mir zu viel Ehre, Sir.«

Darlington nahm mit einem eleganten Schwung seiner Röcke Platz. Miss Feldon folgte und setzte sich ihm gegenüber, sich ihrer Begleiterin, Mrs Parsons, gar nicht mehr bewusst, die hinter ihr stand und taktvoll hüstelte.

»Meine Liebe«, versetzte Mrs Parsons schließlich, als sie weiterhin ignoriert wurde, »es erfreut mein Herz, dass Sie Ihren Platz an der Kopfseite des Tisches einnehmen, neben Ihrem lieben Papa. Sie werden sich dann natürlich um die Gänge kümmern müssen … und die Diener anweisen … und Sie wissen, dass es ein paar Dinge gibt, die Ihr lieber Papa nicht essen darf, und dann muss seine Suppe so vorbereitet werden …«

Miss Feldon schnaubte und rollte mit den Augen. »Sie sind eine solche Langweilerin, Parsons. Ich würde sowieso viel lieber neben Lady Rose sitzen.«

»Wenn Sie sicher sind, meine Liebe«, sagte Mrs Parsons noch, als sie saß.

»Ich kümmere mich nur um diese Pflichten, um Ihnen zu helfen, wissen Sie. Sobald Sie volljährig sind, werden Sie mich nicht mehr länger brauchen, und ich werde mich an der See zur Ruhe setzen. Ich habe ein sehr bescheidenes Leben geführt, und wenn ich in den Ruhestand gehe, sollte es mir an Behaglichkeit nicht fehlen, solange ich nicht zu viele Kerzen abbrenne. Ein schwerer Umhang wird für mich im Winter ausreichen, Sir Winston, habe ich das nicht schon immer gesagt?«

Katherine setzte sich selbst auf die andere Seite von Mrs Parsons. Darlington wandte sich ihr zu und wollte seine Ausgelassenheit mit jemandem teilen, der diese Leute ebenso klar sehen musste, wie er es tat.

Sie schaute aus dem Fenster, wie meilenweit entfernt, und drehte sich immer von ihm weg. Er würde sie abermals unverblümt ansprechen müssen – ein unerträglicher Gedanke.

»Erzählen Sie mir von London«, sagte Miss Feldon, wobei sich ihr Körper ihm entgegenstreckte. »Ich bin sicher, Sie haben außerordentlich viel Spaß und Tausende von Freunden und Zimmer voll mit wunderschönen Kleidern. Parsons, vermerken Sie, dass ich Miss Faith aufsuchen möchte, um mir ein paar Kleider genau wie die von Lady Rose machen zu lassen.«

»Bitte, vergeben Sie den Eifer meines jungen Schützlings«, sagte Mrs Parsons und tupfte sich den Mund mit einer Serviette ab. »Es ist recht überwältigend für ein Mädchen ihres Alters, mit der Cousine eines Herzogs dinieren zu dürfen.«

»Halten Sie den Mund, Parsons, Sie stellen mich ja als einen vollkommenen Trottel dar.«

»Du entschuldigst dich sofort, Violet!«

»Ja, ja, ist schon gut, Entschuldigung und so weiter. Ich schätze, das Londoner Leben kann nach einer Weile recht öde werden, oder? Warum wären Sie wohl sonst hier auf dem Land?«

»Oh, ja.« Darlington atmete ein und schenkte Miss Feldon sein ganzes Lächeln. »Alles zu haben ist so entsetzlich ermüdend. Nun, erst letzte Woche badete ich noch in Champagner und verspeiste eine kleine Auswahl von Kuchen, die Francois

Delacourt selbst gebacken und überzogen hatte, als ich so bei mir dachte: Oh, wie trostlos und öde das Leben doch geworden ist.«

Das verhaltene Lachen kam von Katherine, da war er sich sicher.

Der zweite Gang des Abends wurde hereingebracht – irgendetwas Klebriges, in dem sich offensichtlich ein Fasan versteckte, Orangenkuchen und eine Sauce, die abstoßend grün war. Darlington sehnte sich beinahe nach Miss Sutherlands Kochkünsten. Er versuchte, ihren Blick wieder aufzufangen, aber sie schaute nur auf ihren Teller und seufzte ab und zu. Keine Melancholie, eher damenhafte Seufzer. Die Art von Seufzer, die er aus seinen Tagen in Eton kannte, von aktiven, schmutzigen Jungs, die dem Mathematikunterricht entrinnen wollten.

»Es ist eine große Ehre, Miss Sutherland«, sagte der Squire, »Lady Rose als unseren Gast zu haben.«

Darlington legte erwartungsvoll seinen Löffel nieder. Sie konnte es nicht erwarten zu hören, welch rüde Dinge sie über seine Anwesenheit in ihrem Haus sagen würde.

»Es ist eine Ehre«, erklärte sie. »Wir sind höchst dankbar.«

Was?

»Ich hoffe, Sie erweisen ihr jede Höflichkeit, die Ihre Situation erlaubt. Bitte, kommen Sie zu mir, wenn ich auf irgendeine Weise dabei helfen kann, dass sich Ihr Gast noch wohler fühlt.«

»Ich wäre sehr dankbar, Sir, für jede Hilfe, die Sie bereit sind anzubieten. Unser Gast verdient jede Bequemlichkeit, die wir gewähren können.«

Und Darlington dachte noch nachdrücklicher: Was?

»Vielleicht könnte Lady Rose ein paar Tage bei uns verbringen. Falls ihr das Landgut doch ein bisschen zu wenig zu bieten hat.«

Darlington stellte sich lange Tage in der Gesellschaft dieser Leute vor. Er spürte, wie irrwitzig das in seinem selbstgewählten Exil wäre. Die Welt um ihn herum schnürte sich immer weiter zu, und ohne auf seine Würde Rücksicht zu nehmen, schickte er eine stumme Bitte in Richtung Katherine.

»Wir fühlen uns in ihrer Gesellschaft einfach zu wohl, um sie jetzt schon abgeben zu können«, sagte sie, und Darlington erkannte zum ersten Mal, wie gut sie lügen konnte.

Kit marschierte schweigend hinter dem Herzog über den Pfad von der Abbey zum Landgut und beobachtete ihn dabei ganz offen. Seine Röcke streiften durch den Matsch, aber sein graziler, schwungvoller Schritt wankte nicht einen Moment, obwohl sie die einzige Person dort draußen war, die ihn beobachten konnte. Sie fragte sich, ob er sich überhaupt noch bewusst war, dass er eine Rolle spielte. Der Schirm, der über seiner Schulter lag, drehte sich in scharfen, heftigen Bewegungen.

Abrupt blieb er stehen, und Kit stieß beinahe mit ihm zusammen.

»Es ist so verdammt still hier!« Er blickte auf die Rosenbüsche, die den Weg säumten, dann hinauf in den stahlgrauen Himmel und wieder zurück auf den durchweichten, unregelmäßigen Weg. »Ich bekomme langsam Kopfschmerzen davon.«

Als er keine Anstalten machte, weiterzugehen oder zu reden, sagte Kit ungeduldig: »Aber Sie müssen doch schon einmal auf dem Land gewesen sein.«

»Natürlich war ich das. Aber so habe ich es nicht erlebt. Wenn man aufs Land fährt, dann mit einer Gruppe lärmender Menschen, mit Hunden und Pferden und Bediensteten. Wenn man auf dem Land spazieren geht, fahren Kutschen hinter einem her, falls die Damen müde werden, und die Diener tragen Picknickkörbe, und es gibt weniger von dieser bedrückenden Stille. Ich bin beinahe überzeugt, dass ich hören kann, wie sich alles um mich herum durch den Boden *hochschiebt*.«

Er sah mit rechtem Widerwillen zu ihr hinüber. »Es ist unter Ihrer Würde, unter dem Daumen eines nichtssagenden Schufts wie dem Squire zu stehen.«

»So kann nur jemand reden, der Geld hat.«

Sie könnte ihm erklären, dass beim Squire zu Kreuze zu kriechen das Einzige war, was ihren Kopf über Wasser hielt – ganz gleich, wie sehr der Stolz in ihrem Innern darunter litt. Aber selbst dann würde er es nicht wirklich verstehen, denn eine Person wie der Squire hätte in seiner Welt niemals eine solche Bedeutung.

Seine Hände lagen ungeduldig auf dem Schirm, und er sah, bereits gelangweilt, weg. »Kein Aufschub mehr, Miss Sutherland«, sagte er. »Wir werden heute Nacht reden.«

Sie betrachtete seine kunstvolle Figur, während er vor ihr herging. Sie würde sich an seine plötzlich auftretende Zuwendung nie gewöhnen. Wenn sie ihn morgens rasierte, folgte sein beunruhigender Blick jeder ihrer Bewegungen. Dann wieder kam es vor, dass er sie einfach so stehen ließ wie gerade eben.

Er war sich nicht einmal bewusst, wie er sie dazu brachte, ihr Leben als mickrig und schäbig zu betrachten, oder wie er es schaffte, das, was sie für ein hart erarbeitetes Stückchen Frieden erachtete, in einen Überlebenskampf zu verwandeln, an dem sie eigensinnig festhielt.

Sie fragte sich, ob ihr ein netter Mann die Wahrheit erspart hätte.

Keine von beiden hatte sich ausgezogen. Sie saßen jeder auf jeweils einer Seite des Betts, halb voneinander weggedreht.

»Nun?«, fragte Kit.

Er stand auf und ging zum Fenster. »Würde es so etwas wie einen Mond geben, wäre dieses Fenster viel nützlicher für mich.«

»Und mir würden die Kerzen nicht ausgehen.«

Er drehte sich plötzlich um. »Waren Sie jemals –«, begann er. »Nein, natürlich nicht. Venedig. Die Winde dort fühlen sich so vertraut an, und sie kühlen mein Blut, bis es zur Ruhe kommt.«

Ihr entwischte ein kleines, hilfloses Lachen. »Sie wollten doch nicht mit mir allein sein, um für mich Lord Byrons Poesie zu zitieren.«

»Nein«, sagte er und kam zurück zum Bett, »sicher nicht.«

Er setzte sich und zupfte die gehäkelte Decke zwischen seinen Fingern, dann zog er den Umhang fester um sich. Sie glaubte nicht, dass er sich bewusst war, wie sehr er die Pose nachahmte, in der sie ihn letzte Woche vorgefunden hatte. Sie fragte sich, ob sein Körper das automatisch tat, wenn niemand zusah.

Schließlich sagte er: »Ich habe Byron niemals als ruhig betrachtet, und sogar dieser Irre fand einen Platz, an dem er seine Ruhe gefunden hat.«

»Ich … verstehe.«

»Tun Sie das?«

Sie dachte es. Mit verblüffender, herzzerreißender Klarheit. Er trauerte, und doch würde er nicht still sein und sich der Trauer überlassen. Sie wusste, wie unmöglich es sein konnte, sich mit dem Tod des eigenen Vaters abzufinden.

»Ich glaube, ich fange an zu verstehen. Ich bin nur nicht –« Sie zögerte und war sich bewusst, dass der Drang ihres Körpers nach Nähe und der Wunsch ihres Geistes nach noch mehr Nähe es erschwerten, diesen Moment zu beurteilen. Seine Anwesenheit hier und ihre Beziehung zu ihm waren so unbedeutend – und doch hing so viel davon ab. »Ich bin nicht sicher, was ich tun kann.«

»Was Sie zu mir sagten«, begann er, »damals bei Lady Marmottes Ball. Wie Sie mich – beschrieben haben. Ich habe noch nie zuvor etwas Vergleichbares gefühlt.«

»Oh.« Es war, als würde jemand heftig auf ihr Brustbein drücken. Nie wäre ihr in den Sinn gekommen, dass er das überhaupt beachtet hatte. Der Mann hatte daraus ein verfluchtes Pamphlet gemacht, um Gottes willen. Sie streckte eine Hand aus, um ihn zu berühren – seine Schulter, eingewickelt in Seide und Wolle, anregend und verschleiert –, und hielt dann inne.

»Darf ich Sie anfassen?«

Er stand auf, kam langsam um das Bett herum und blickte auf sie herab, seine ganze Aufmerksamkeit war auf sie gerichtet. »Sehen Sie? Deswegen müssen Sie es sein.«

»Weil ich unpassende Bemerkungen mache?«

»Weil ich«, sagte der Herzog, »einunddreißig Jahre alt bin und es mir noch nie in den Sinn gekommen ist, dass meine Erlaubnis eine Rolle spielt – dass ich jemandem die Erlaubnis verweigern kann, mich zu berühren.«

Kit rieb sich mit einer Hand über Stirn und Wange. Sie konnte deutlich sehen, welches Ende diese Konversation nehmen mochte. Und weil sie entschlossen war, es nicht geschehen zu lassen, wusste sie, dass er recht gehabt hatte, sie zu wählen. Was jedoch überhaupt kein Trost war.

»Setzen Sie sich«, sagte sie.

Er setzte sich – dieses Mal auf die gleiche Bettseite.

»Da gibt es einiges, was Sie wissen sollten, bevor wir diese Unterhaltung fortführen«, sagte sie. »Ich habe gesehen, wie Sie Lady Marmotte verführten.« Sie blickte nicht auf, weil sie gar nicht wissen wollte, wie er darauf reagierte. Sie wollte seine Gleichgültigkeit nicht, und auch nicht sein Schamgefühl.

»Fragen Sie mich nicht, welche boshafte Fee mich zu diesem Musikzimmer führte, aber ich habe – Sie gesehen. Während ich also Mitgefühl für Sie empfinde, kann ich Ihnen dennoch keine Absolution erteilen, falls es das ist, was Sie wollen. Sie wollen, dass ich einem Jungen Trost spende, aber Sie sind ein Mann.«

»Der einmal ein Junge war.«

»Und der jetzt erwachsen ist. Sie verschmähen es, berührt zu werden, haben sie aber berührt. Das war keine Liebe und auch keine Lust. Ich weiß nicht, was es war, aber es widerte mich an.«

Er saß unberührt da.

»Das wollen Sie nicht hören.«

»Nein.«

Sie wusste nicht, ob sie weitermachen sollte. Es wäre möglich, ihn zu unterhalten, bis er wieder bereit war, nach London zurückzukehren. Vielleicht. Sie blickte auf seine zusammengekauerte, schlecht vernähte Gestalt. »Wenn ich Ihnen etwas sage, was Sie nicht hören wollen, bestrafen Sie mich dann dafür?«

»Lydia ist sicher.«

»Und mein Ruf? Meine Familie?«, drängte sie weiter.

»Auch sicher. Haben Sie überhaupt einen Ruf? Ich glaube, die Menschen – solche, auf die es ankommt – müssen erst einmal wissen, wer Sie überhaupt sind.«

Sie schob ihre Hände an den Seiten ins Bett und ließ den Kopf hängen. Dann lachte sie. »Ich frage mich, was genau Sie meinen, dass ich tun kann.«

»Sie werden mir also helfen?«

»Wahrscheinlich«, sagte sie. »Aber wenn wir reden, dann gleichgestellt. Wie heißen Sie eigentlich?«

Sein Vorname war für jeden zu erfahren, der es wollte – man

müsste gar nicht viel recherchieren. Aber niemand *nannte* ihn wirklich bei seinem Vornamen, und er wusste, dass sie es tun würde. Es war der einzige Grund, weshalb sie fragte.

Und er könnte es nicht ertragen.

»Benutzen Sie einen der Namen, die Sie bereits für mich haben. Lady Rose, wenn es Ihnen gefällt.«

»Die Frau, die vom Duke of Darlington verschlissen wird, der wiederum von … Ihnen verschlissen wird?«

Er schaute zu ihr hinüber – dem spröden Mädchen mit den Wolfsaugen. Ihr langer, grober Pferdeschwanz war ihr über die Schulter gefallen, die ihm am nächsten war. Wahrscheinlich merkte sie gar nicht, wie sie sich zu ihm neigte.

»Euer Gnaden wird ausreichen, sollten Sie mit Lady Rose Probleme haben«, sagte er.

Ihr klarer Blick ließ die Frage nach seinem Namen einfach erscheinen, so, als ob es ihn nicht krank machte und eine unmögliche Bitte war, seine Schichten abzulegen. Sogar das fleischige Pumpen seines Herzens war bereits zu viel. Er war schon halb aufgestanden, bevor sein Geist seinen Körper zwang, sich wieder zu setzen. Wenn er jetzt rennen würde, würde er hinaus ins Dunkel laufen und sich dort verirren.

Er lachte, und selbst für ihn klang es ungesund.

»Ich scheine entschlossen zu sein, mein Leben zu beenden«, sagte er. »Ich kann einfach nicht aufhören.«

»Aufhören«, sagte sie, und er wusste nicht, ob sie ihm nur nachsprach oder einen Befehl erteilte. Ihre Hände verwandelten sich in ihrem Schoß zu Fäusten – nicht um damit zu kämpfen, dachte er, sondern um Halt zu finden. Ein anderer Mann hätte dann vielleicht innegehalten, aber er konnte es nicht. Sie würde stark genug sein müssen, sich alles anzuhören. Sie blickte auf. Ihre Stimme war schwächer, aber sie war noch immer bei ihm. »Also sind Sie aus London weggegangen, weil –«

»London hat mich umgebracht.«

»Und sind die Stille und die Dunkelheit denn besser?«

Sie beobachtete ihn ohne Befangenheit und lehnte sich noch stärker zu ihm, wobei sie die Zähne in das rissige Fleisch ihrer Lippe presste.

»Sie sind doch der Mann«, sagte sie, und ihre Stimme war dabei auf komplexe Art eindringlich, sodass er es sogar in seiner Wirbelsäule und in seinem Hals spürte, »der stets fünf Schritte voraus ist. Wie sieht Ihr Plan also aus? Was wird Ihrer Vorstellung nach passieren?«

Sein Herz – dieser verfluchte Muskel – würde ihm noch den Brustkorb zersprengen, wenn es noch schneller schlug.

»Wollen Sie BenRuin herlocken?«

»BenRuin«, sagte er. »Was hat denn BenRuin mit alldem zu tun?«

»Aber was ist dann Ihr Plan?«

»Sie«, sagte er mit ungewohnter Stimme. »Sie sind mein Plan.«

»Wie heißen Sie?«, fragte sie.

»Nein, das ist –« Er stand auf. »Ich weiß, ich bin wie zerbrochen – ich fühle es überall in mir –, aber da ist dieses … Ding in mir. Wenn ich es herauslasse, wird es –« Er fühlte sich dem Ende so nah, so kurz davor, etwas Waghalsiges oder Grausames zu tun. Er konnte sie nicht ansehen. »Sie müssen ihn für … mich … herausholen.«

»Ist das Ihr Plan? Den Mann im Innern töten?«

Ja. Das töten, was krank und gefährlich war. Nach außen der Mann sein, der Menschen keine Angst machte. Nur dieser Mann sein.

»Und jetzt wissen wir, warum Sie anscheinend diesen Todeswunsch haben.« Etwas anderes kam ihr noch in den Sinn – sie zog sich zurück und hob ihr Bein aufs Bett. Er beobachtete ihr aufgewühltes Gesicht und zerknitterte die Seide zwischen den Fingern, um sie nicht zu unterbrechen. Dies war der lebensnotwendige Ausgleich. Sie würde ihm die Antwort geben, die er brauchte.

»Euer Gnaden«, sagte sie und blickte mit Augen zu ihm auf, die im Kerzenlicht golden glänzten. »Nehmen wir an, in Ihnen wohnen zwei Männer. Einer ist charmant und mittelmäßig gewitzt, und er will den anderen töten, der ihm Angst macht. Welcher dieser Männer hat Sie also Ihrer Meinung nach den ganzen Weg in diesen hintersten Winkel des Landes getrieben, in seinem Bestreben zu überleben?«

Sie musste aufhören zu reden. Sie hatte ihn erspäht – diesen Teil von ihm, der ihn erschreckte –, und das Letzte, was sie jetzt tun sollte, war, ihn zu ermutigen, ihn freizulassen. Wie viele Leute hatten jedoch so klar gesehen, was er fühlte, weil er sie nicht ausschließen konnte oder wollte? Wie vielen Leuten hatte er bislang sein Innerstes offenbart?

Er war eine Verführung, wie sie sie noch nie zuvor empfunden hatte, und sie machte sich nicht vor, sie könnte der Chance widerstehen, noch tiefer zu gehen, noch näher. Worum er gebeten hatte, war so viel intimer als die Verführung, an die sie gedacht hatte.

Als es ihm klar wurde, begann er zu zittern.

Sie sprach so sanft sie konnte. »Sie denken, Sie wollen diesen Teil von sich loswerden – aber genau der kämpft ums Überleben. Das hat sie hierhergebracht, zu mir. Sie können ihn nicht töten und weiterleben.«

Er zitterte noch immer und hatte den Kopf hochgeworfen – damit er atmen konnte, dachte sie, auch wenn bereits sein ganzer Brustkorb unter seinem Atem bebte.

»Wie heißen Sie?«

Er drehte sich zu ihr um, und das war die einzige Warnung.

»Ich bin krank und gebrochen, und dennoch wollen Sie mich. Was ist denn Perverses passiert, das Sie derart verdreht hat?«

Sie konnte dummerweise nur denken, dass sie wie Liebende vereint und seine Worte ein kleines Messer waren, das er gegen ihren Bauch hielt. Sie stand auf.

»Liegen Sie nachts wach und beobachten mich? Denken Sie, ich sehe nicht, wie Ihr Blick mich verschlingt und wie Sie nach mir langen?«

»Nicht«, sagte sie. »Sie müssen nicht– «

»Die hübsche Schwester hatte ich bereits. Warum habe ich Ihrer Meinung nach an diesem Abend beim Ball mit Ihnen gesprochen? Sie waren derart fehl am Platz, dass ich Ihnen einfach nicht widerstehen konnte. Was zieht Sie zu mir, wenn ich so falsch liege? Keine Frau konnte dieses Ding in mir sehen und mich noch immer wollen – was für ein grausames, verkrüppeltes Leben haben Sie geführt?«

»Tun Sie das nicht.«

»Bin ich nicht der, den Sie wollten?«, fragte er mit bösartigem und kaltem Gesicht. »Der Mann im Inneren – derjenige, der leben will?«

Sie zwang sich, aufrecht zu stehen und ihm in die Augen zu blicken. Der Tag, an dem sie keine Kraft mehr hatte, aufrecht zu stehen, gleich unter welchen Umständen, würde der Tag sein, an dem sie starb. »Deswegen«, sagte sie, »kann weder ich noch sonst ein Mensch Ihnen helfen.«

Sie konnte nicht hier bei ihm bleiben. Sollte er doch mit der Dunkelheit zurechtkommen.

Er holte sie auf der Treppe ein. »Jude«, sagte er. »Ich heiße Jude.«

10

Er hatte die Kerze nicht dabei. Das einzige Fenster im Treppenhaus befand sich im ersten Stock und schenkte beinahe kein Licht. Kit konnte nur ihre Tritte hören, während sie weiter hinunterlief, und hinter ihr seinen stotternden Atem.

»Sie müssen … müssen … stehen bleiben«, sagte er mit kehliger Stimme. Er lief ihr nach, seine Hände landeten unbeholfen und nass auf ihrem Genick, seine Finger verfingen sich in ihren Haaren. Er zog, versuchte sich zu befreien, und sein Atem wurde schlimmer.

Er war Angst einflößend. Das war mehr als alles, was er gesagt oder getan hatte. Er war bei ihr, in der Dunkelheit, verlor die Kontrolle.

»Jude«, sagte sie sehr ruhig und drehte sich um. »Sie müssen sich beruhigen.« Sie hielt an ihrer Berührung fest und entwirrte seine Hände unpersönlich aus ihrem Haar. Seine Haut war schweißgebadet, und sie konnte hören, wie das Walknochenkorsett knarrte, während sein Körper versuchte, immer mehr Luft einzusaugen.

»Hier, legen Sie Ihre Hand an die Wand«, sagte sie und legte seine Hand flach dagegen.

»Gehen Sie nicht. Bitte, gehen Sie nicht. Verlassen Sie mich nicht.«

Sie konnte ihn kaum verstehen, die Worte pressten sich selbst aus einem Ort aus ihm heraus, der lange nicht geöffnet worden war. Sie wusste, wie es war, wenn einen der Vater unsanft behandelte – und sie würde ihr Leben darauf verwetten, dass sich Darlington als Kind beigebracht hatte, nicht aufzuheulen oder zu betteln, wenn er im Dunkeln eingeschlossen wurde.

Die Tatsache, dass er jetzt bettelte, obwohl ihm das Leben beigebracht hatte, es nicht zu tun, ließ ihr die Haare zu Berge stehen.

»Seien Sie still«, sagte sie. »Gehen Sie wieder die Treppe hoch – ich bin hier, direkt hinter Ihnen.«

Sie hielt ihre Hand fest auf seinem schmalen Rücken, während sie hochgingen. Ihre Augen hatten sich an das Licht angepasst, und sie konnte seinen Umriss vor sich sowie die Wände auf beiden Seiten sehen. Er schlurfte und stolperte, als sei er blind, und sein Atem ging so schwer, dass er kaum aufrecht stehen konnte.

Bei dem Geräusch knirschte sie mit den Zähnen und wusste, dass es das war, weshalb er gekommen war. Dass er in einem anonymen Teil der Welt, den er niemals mehr aufsuchen musste, in seine Einzelteile zerfallen konnte.

Er hatte die Flurtür und ihre Schlafzimmertür offen gelassen, und sie drängte ihn hinein und setzte ihn vor die Kommode. Er ließ sein Gewicht gegen sie fallen, um sich aufrecht zu halten.

»Still jetzt«, sagte sie, genauso, wie sie es früher immer zu Lydia gesagt hatte, wenn sie nachts nicht zu reden aufhören wollte. »Ich werde Ihnen jetzt das Mieder ausziehen, dann werden Sie sich besser fühlen.« Sie langte über seine Schultern und knöpfte die Jacke auf. Sein Körper wich hilflos zurück, als sie ihm die Jacke über die Arme zog. Sie löste die Bänder seiner Unterröcke und Reifen, jede Schleife wie ein Knoten für ihre Finger.

Sie warf einen Blick auf die dicke Kerze neben dem Bett und schätzte, dass sie noch etwa vierzig Minuten Licht übrig hatten.

Es gab nur zwei weitere Kerzen in der Küche, beide teilweise benutzt. Sie würde hinuntergehen müssen, um sie zu holen, sobald er sich beruhigt hatte.

»Fertig«, sagte sie, zog schnell die Nadeln aus seiner Perücke und hob sie von seinem Kopf. Sie nahm einen alten Umhang aus der obersten Schublade und rubbelte sein Haar damit ab, um einen Teil des Schweißes abzuwischen. »Still jetzt.«

»Nehmen … Sie es … ab«, sagte er mit dieser schamlosen Stimme und zerrte an der Vorderseite des Mieders.

Sie war roher, als ihr lieb gewesen wäre, aber sie hielt es für wichtiger, die Schnüre aufzuknoten, als vorsichtig zu sein. Sie zog die Seiten des Mieders auseinander, und seine Wirbelsäule rollte sich zusammen, sein Rücken hob und senkte sich wie bei einem Neugeborenen.

»Setzen Sie sich auf«, sagte sie und half ihm mit einem Arm über seiner Brust auf. Sie zog ihm das Mieder aus. »Sie werden jetzt aufstehen müssen, Jude.«

Seine Beine gaben unter ihm nach, und er stützte sich schwer auf sie. Er brauchte drei Anläufe, um aus Rock und Reifen zu steigen, und die Kurven seiner Rippen, Achseln und Brust drückten sich feucht gegen sie.

Wenn sie ihn jetzt wieder hinsetzte, würde er nicht mehr aufstehen.

Sie schälte das durchweichte Hemd von seiner Haut, brachte ihn dazu, die Arme zu heben, während sie ihn mit ihrem eigenen Körper aufrecht hielt. Sein Rücken fühlte sich schwer an ihrem an, während sie seine Unterhose aufknöpfte und auszog.

Sie ließ ihn aufs Bett fallen und zerrte die Decken unter ihm hervor, dann verwendete sie den Umhang, um ihn abzutrocknen – seine Stirn, seinen Hals, das Schlüsselbein und die Brust, Handgelenke, zwischen seinen Fingern, Hüften, Oberschenkel, Kniekehlen, seine Füße. Sie hatte ihn nackt sehen wollen – damit hatte er natürlich recht gehabt. Sie hatte davon geträumt, wie er nackt vor ihr stand, bis sie vor Hitze nicht mehr atmen konnte.

Es war ihr nicht der Gedanke gekommen, dass, wenn dieser Mann die Kontrolle über sich verlor, er spektakulär in Stücke brechen würde.

Als sie fertig war, versuchte sie von seiner Seite zu weichen, doch er packte sie. Sie rieb das Tuch langsam über seine Brust und die Arme und betete, seine vollkommen blauen Augen würden sich schließen. Sie waren brennend auf ihr Gesicht fixiert.

Ihr fiel auf, dass sie immer wieder seinen Namen nannte.

»Ich muss nach unten gehen, um noch eine Kerze zu holen«, sagte sie. »Sie müssen mich jetzt loslassen.«

»Nein.«

Beim Klang seiner Stimme zuckte sie zusammen. Unverhohlen. Zum ersten Mal erschien er ihr wie ein echter Mensch, hier in ihrem Zimmer. Es war so beunruhigend wie ein Geist nun mal beunruhigend sein konnte, weil sie so ganz von ihm getrennt war – und es machte ihm etwas aus.

»Ich verspreche, ich komme zurück«, sagte sie. »Ich will nicht, dass Sie im Dunkeln sein müssen.«

Er ließ ihre Hand nicht los, und ohne nachzudenken, neigte sie den Kopf und küsste sein Handgelenk, warm und fest. Seine andere Hand griff nach ihrem Genick und vergrub sich in ihrem Haar. Sein Griff schmerzte, aber sie hielt ihre Lippen an seine feuchte Haut, bis sie sich selbst davon überzeugt hatte, dass sein Puls kräftig war und nicht schwanken würde, solange sie weg war.

»Lassen Sie jetzt los«, sagte sie, und er ließ sie los.

Als sie erwachte, öffnete sie nicht die Augen. Sie ertrank in Hitze. Sie hielt ihn von hinten, einen Arm um ihn gewickelt, den anderen unter seinen Kopf gesteckt, ihre Finger mit seinen verschlungen. Weil sie so eng an ihm lag, konnte sie fühlen, wie sein ganzer Körper vor Anspannung vibrierte, weil er versuchte, sich ihrer Berührung hinzugeben. Sie wünschte sich eine böse Fee mit einer Spindel herbei, sodass sie für immer so liegen konnten, während Dornenbüsche um sie herum wuchsen.

Sie wusste nicht, wodurch er merkte, dass sie wach war, aber er schlüpfte aus ihrem Griff wie Wild, das man aus dem Unterholz aufscheuchte, noch bevor sie einen weiteren Atemzug von ihm nehmen konnte.

Es war ein Schock, wie schnell er fort war.

»Guten Morgen«, sagte sie und öffnete noch immer nicht die Augen.

»Guten Morgen«, antwortete er.

Sie hielt die Augen noch immer geschlossen, um den Moment einzufangen, denn es könnte der letzte verletzliche Teil von ihm sein, den sie jemals hatte.

Als sie die Augen öffnete, war das Erste, was sie sah, die abgebrannten Stumpen der letzten Kerzen des Haushalts. Sie landete wieder hart auf der Erde.

Er hatte seinen Morgenmantel übergezogen – jeder Teil von ihm war bedeckt – und saß auf dem Fenstersitz, ohne sie anzuschauen. Er würde den Morgen hier sitzend vorbeiziehen lassen, und sie, die sie in der abklingenden Hitze ihres Schlafs lag, musste sich selbst zum Aufstehen zwingen. Und dann würde sie arbeiten müssen, bis es wieder dunkel wurde.

Er sagte nichts, als sie aufstand, sich streckte, ihre gesprungenen Stiefel anzog und ihr Haar so fest zurückband, dass ihr die Tränen in die Augen schossen. »Ich werde in einer Stunde zurück sein, um Sie zu rasieren«, sagte sie und ging.

Das erste Knacken von gespaltenem Holz ließ ihn aufspringen, und seine ausgemergelten Muskeln begannen wieder, leise zu zittern. Nach dem zweiten Knacken stemmte er das Fenster auf und sah zu, wie Katherine Holzklotz um Holzklotz spaltete. Er konnte den Blick nicht von ihr wenden. Ihre Bewegungen waren heroisch und genau. Sie war so – so stark.

Sie positionierte die Axt mit dem Kopf nach unten auf dem Boden, beugte sich hinab und hob den nächsten Holzklotz mit einer bloßen Hand auf. Sie legte ihn auf den Stumpf, drehte ihn ein wenig gegen den Uhrzeigersinn. Ihr Körper führte einen kräftigen Bogen aus, und das Holzstück sprang entzwei.

Diese Frau, dieser Körper hatte ihn die ganze Nacht gehalten. Er war in ihren Armen zerbrochen, und sie war unverletzt. Er bewunderte sie. Er wurde von ihr abgewiesen. Der Gedanke daran, dass sie die Treppe zurück nach oben kommen würde, ihm nahe sein würde, ihn rasierte, verursachte ihm Schweißausbrüche.

Jetzt, da sie gesehen hatte, was er nicht töten konnte.

Er sah ihr zu, bis alle Holzklötze gespalten waren. Er sah ihr zu, wie sie sie stapelte – systematisch und schnell – und dann einen Arm voll ins Haus trug. Er dachte, sie sei weg, und es durchzuckte ihn, als sie wieder auftauchte. Sie trug eine zweite Ladung Holz hinein, und obwohl er noch zehn weitere Minuten wartete, kam sie nicht mehr zurück.

Er erinnerte sich daran, wie ihre Finger die seinen in der Nacht gehalten hatten, und er stellte sich die Kraft vor, die sie ihm geben würde, wenn er sie nah heranließ – die Stärke ihrer Finger, tief in sein Haar vergraben, ihre muskulösen Beine um ihn geschlungen, und ihr Haar, das offen auf ihn fiel.

Funken liefen ihm die Wirbelsäule hinab. Er dachte an ihre verbogenen Finger, ihre rauen Handflächen. Die Art, wie sie im Schweinestall *Scheiße* gesagt hatte.

Er wandte sich ab und schloss das Fenster. Er war erschöpft, konnte sich aber nicht dazu durchringen, wieder unter diese Decken zu kriechen, die vielleicht noch ein Überbleibsel ihres Körpers in sich bargen. Seine Augen fielen auf das Paket, das gestern für ihn angekommen war und das er noch nicht geöffnet hatte. Nachlässig. Darin waren die *Times* vom Vortag und sechs der wöchentlichen Zeitungen, inklusive der *Cumberpot's*, in die sich die besseren Fischhändler weigerten, ihre Ware einzuwickeln.

Sie musste schlimm sein.

Tinte hatte auf seine Finger abgefärbt, und er schaute wieder aus dem Fenster. Vielleicht würde sie zurückkommen – vielleicht würde sie etwas aus dem Garten brauchen –, und er könnte sie aus sicherer Entfernung beobachten.

Kit klopfte, bevor sie eintrat – an ihre eigene Schlafzimmertür.

»Herein«, sagte er. Es war die Stimme eines Herzogs, perfekt und gefasst.

Sie drückte die Tür mit dem Fuß auf und fand ihn genau dort sitzend vor, wo sie ihn zurückgelassen hatte, mit einem Stapel Zeitungen zu seinen Füßen. Er folgte ihr zur Kommode, setzte sich auf den Hocker, wo seine Knie beinahe ihre Röcke berührten. Er sah sie nicht an.

Sie goss Wasser ins Becken, wrang das Tuch aus und … zögerte. Dann umfasste sie sein Gesicht durch ein heißes, nasses Tuch. Er sah sie noch immer nicht an. Seine Haut wurde rot, ausgehend von der Stelle, wo ihre Handflächen seine Wangen, seinen Kiefer hielten. Er zuckte zurück, sodass ihre Hände einen Moment lang nutzlos und merkwürdig zwischen ihnen hingen.

Sie lachte kurz. »Na, wenn das nicht sticht.«

»Nehmen Sie es nicht übel«, sagte er, faltete und entfaltete seine feinen weißen Finger immer wieder in seinem Schoß. Er sah zu ihr hoch. »Letzte Nacht.«

»Eine Nacht ändert noch keinen Mann«, sagte sie, während sie den Rasierer abzog.

»Ich weiß.«

Besser als sonst wer wusste sie das. Und doch. Sie fühlte sich verändert. Fundamental und unwiderruflich verändert. Sie hatte nur das getan, was sie für richtig hielt. Aber sie hatte gegen diesen Mann gepresst geschlafen, hatte ihn über Stunden eingeatmet, und ihre Finger hatten seine eingehüllt, und die sanften Teile ihres Gesichts waren wild geworden und hatten instinktiv nach Teilen seines Körpers gesucht.

»Kopf hoch«, sagte sie und legte für einen Sekundenbruchteil ihre Finger unter sein Kinn. Seine Augen flackerten und fixierten sie. Schauten weg.

Sie zog die scharfe Kante über seine Wange und wusch die dunklen Haare von der Klinge. »Umdrehen.«

Er versuchte zu sprechen, aber sie war mit der Klinge sehr bestimmend. Wenn sie ihn in diese Position brachte, konnte sie sich beinahe vorstellen, mit ihm mithalten zu können. Wenn sie ihn nur daran hindern könnte, seinen Mund zu öffnen.

»Kinn«, sagte sie, und er packte ihr Handgelenk.

»Katherine«, sagte er und war ganz ruhig, seine unendlich traurigen Augen auf ihr ruhend. »Warum sind Sie so böse auf mich?«

Sie machte ein frustriertes, ungläubiges Geräusch, das man bei einem anderen Mädchen als Lachen hätte interpretieren können. »Ich hege Gefühle für Sie«, zwang sie sich zu sagen – sie würde mit diesem Mann, der nichts als Spiele kannte, nicht spielen – »aber ein Anfall von Verzweiflung wischt nicht die grausamen Dinge beiseite, die Sie letzte Nacht gesagt haben …

oder weshalb Sie sie sagten. Wir haben keine Kerzen mehr übrig, und das Paraffin ist auch fast aufgebraucht. Ich muss die Wand reparieren, die Sie kaputt gemacht haben, und mein Bruder sitzt unten und kuschelt mit einem Schwein, das schon längst Schinken sein sollte. Das sind Dinge, die nicht einfach so verschwinden und die wegen einer Nacht des Verstehens auch nicht ungeschehen werden.« Sie sah ihn lange und eindringlich an.

Er löste vorsichtig den Griff um ihr Handgelenk, einen Finger nach dem anderen, wie ein Mann, der gerade den Abzug eines Gewehrs betätigt hat. »Katherine«, sagte er, und sie wünschte wirklich, er würde aufhören, ihren Namen zu sagen. »Letzte Nacht.« Seine Hände hatte er zwischen die Knie geklemmt, aber wenn er damit bezwecken wollte, sie am Zittern zu hindern, scheiterte er kläglich. Er schaute zu ihr auf, jetzt gefasster.

»Vielen Dank«, sagte er in perfektem, schneidigem Englisch.

»Gern geschehen.«

»Aber es ändert nicht, was ich gesagt oder getan habe«, fügte er hinzu und beobachtete sie aufmerksam. Und dann lächelte er. Es war zaghaft, und es war klein, und in ihr steckte ein Tier, das derart verzweifelt nach ihm greifen wollte, dass sich ihr Mund öffnete.

»Was Sie vermutlich bereits von mir wissen«, sagte er, »und was uns letzte Nacht gezeigt hat, ist, dass ich ein gefährlicher Bastard bin.« Er schien kaum darüber nachzudenken, wie er sich selbst nannte, und sie dachte, es könnte eines der Gesichter sein, die er aufsetzte, wenn es ihm passte. Aber als er wieder zu sprechen begann, konnte sie unter dem kühlen, aristokratischen Ton sein Innerstes hören, das noch immer unbehaglich mit sich rang.

»Wenn ich auf Intimität aus bin«, sagte er, wobei er das Wort ironisch verzerrte, »gehen Qual und Erniedrigung Hand in Hand. Ich bin … Ich werde nicht … Es tut mir l-leid.«

Sie hatte es schon ein paar Mal erlebt, wie er zu stottern begann, wenn die Sprache nur die oberste Schicht eines tiefen, schweren Gefühls war. Ihr Herz zitterte dabei.

»Ich nehme Ihre Entschuldigung an«, sagte sie ein wenig selbstherrlich. »Lippe.«

Er packte den Stuhl mit beiden Händen und zog seine Oberlippe in die Länge.

»Wissen Sie«, murmelte sie, eng an ihn gelehnt, während sie die Partie um seine zarten Nasenlöcher, seine wunderschöne Lippe rasierte. »Als Kind war ich ein kleiner Wildfang.«

Er lehnte sich zurück.

»Sie müssen nicht gleich zeigen, wie schockiert Sie sind«, sagte sie und wurde mit einem kurzen Lächeln belohnt. »Ich bin mit Ihrer Lippe noch nicht fertig. Wann immer ich besonders wütend war und wusste, dass ich gegen irgendjemanden oder irgendetwas handgreiflich werden würde, löste ich komplizierte Rechenaufgaben, bis ich mich beruhigt hatte.«

»Sie wollen, dass ich Rechenaufgaben löse, statt gehässig zu sein?«, fragte er, als sie die Klinge abwusch.

»Falls das Rechnen nichts hilft, dann finden Sie einfach etwas anderes, um Ihre Zunge im Zaum zu halten. Sie können das nicht nochmals machen.« Sie sagte es einfach und mit absoluter Überzeugung.

Er drehte sich so abrupt um, dass sie ihn an der Unterlippe schnitt. Sie sog den Atem ein und hielt das noch feuchte Tuch an seinen Mund. Ihre andere Hand umfasste seinen Schädel. Nach gerade einmal einer Nacht war die Textur seines Haars ihr derart vertraut, dass sie den Schreck bis in ihre Zehen spürte. Die raue Fläche ihres Daumens streichelte sein weiches Ohrläppchen, weil sie nicht anders konnte. Sie wollte ihn so sehr, dass sie sich den ganzen Morgen über kaum konzentrieren konnte, und ihre Finger waren deswegen schon ganz zerschnitten und verbrannt.

Er atmete tief durch die Nase ein und schloss die Augen.

Sie trat hastig zurück und wäre beinahe über die Decke gestolpert, die er auf den Boden geworfen hatte. Schon wieder. »Es tut mir leid«, sagte sie und versteckte ihren verräterischen Daumen in einer festen Faust. »Ich hätte das nicht tun sollen. Es tut mir leid.«

»Bitte vergessen Sie es. Im Übrigen kann ich nicht halb rasiert nach unten gehen. Was würden da die Sutherlands von Millcross von mir denken?«

Er lächelte sie an, und etwas zwischen ihnen entspannte sich.

»Das wird jetzt wehtun«, sagte sie, als sie den Rest um seine Lippe weiterrasieren wollte. »Es tut mir leid, dass ich Sie geschnitten habe. Ich würde – « Aus heiterem Himmel musste sie an ihren Vater denken. »Ich würde Sie nicht mit Absicht verletzen. Niemals. Unterlippe.«

Er schob seine Lippe vor und konnte so nicht sprechen, aber seine Augen verfolgten jede ihrer Bewegungen. Sie sah, wie er nach Worten rang, und es war ihr schmerzlich bewusst, wie weit sie bereits gekommen waren. Sie und dieser Mann, dem sonst nie die Worte fehlten. Als sie fertig war, sagte sie: »Sie verstehen jetzt, weshalb ich hierher kam, nicht wahr, Katherine? Sie dürfen nicht … mehr erwarten.«

Sie spülte den Rasierer ein letztes Mal aus und wischte ihn mit einer Ecke des blutigen Handtuchs sauber. Dann steckte sie Rasierer und Abzieher in ihre Schürzentasche.

»Katherine?«

Sie schaute ihn an und konnte nicht anders, als etwas angespannt zu reagieren. »Jude.«

Eine Mahnung. Er hatte gestern Nacht etwas weggegeben und konnte es jetzt nicht einfach wieder zurücknehmen. »Die Schufterei in meinem Leben hat jeden Teil meines Ichs geprägt. Selbst wenn heute ein Prinz auftauchen würde, um mir einen Schuh nachzutragen und mich mit fortzunehmen, würde das nichts mehr daran ändern. Ich halte das Leben nicht für ein Märchen. Ich glaube nicht, dass ein Herzog – gleich wie verwirrt oder versehrt er auch sein mag – in mir eine Braut sehen könnte.«

Muss ich Sie ständig daran erinnern, dass ich nicht dumm bin?

Sie hob die Decke vom Boden auf und faltete sie am Fußende des Betts zusammen. Es warteten noch mehr als genug Aufgaben auf sie, und nichts, was sie zu ihm sagen konnte, würde etwas an dem ändern, was zwischen ihnen war.

Als er am Nachmittag in die Küche hinunterkam, war er in seinen pelzumrandeten Morgenrock gewickelt, mit einer festgesteckten Perücke auf dem Kopf, die für Kit aussah, als sei sie in echtes Gold getaucht worden. Er kuschelte Porkie an seine Brust.

Sogar halb angezogen war er so wunderschön, dass sie am liebsten etwas zerschlagen wollte.

Er saß ihr gegenüber und beugte den Kopf nach unten, um das Schnüffeln des Schweins zu erwidern, wodurch sie seinen entblößten Nacken zu sehen bekam.

Sie hatte es vergessen. Es war schon so lange her, dass sie vergessen hatte, wie sie früher Lydias Löwenzahnhaare getätschelt hatte, wenn sie am Tisch saß und brav und ruhig war, und wie Tom in ihr Bett geklettert kam und sie immer seine kalten Füße wegschob, dabei aber mit ihrem Daumen kreisend seine Handfläche streichelte. Einst war sie eine warmherzige Kreatur gewesen. Jemand, der jemand anderem durch eine Berührung mitteilte: Du bist hier, und es mag nicht immer leicht sein, aber du bist nicht allein.

»Wir werden uns betrinken«, sagte der Herzog und schaute plötzlich zu ihr auf. »Ich will mich bis zehn Uhr nicht mehr an meinen Namen erinnern können. Das heißt, es bleibt uns nicht viel Zeit.«

Lydia ging mit ihrer Haushälterin den Essensplan für die Woche durch, als sich die Türen zu ihrem Wohnzimmer öffneten.

»Ich bitte um Vergebung, Mylady«, sagte Soames. »Da ist ein junger Mann, der Sie dringend zu sehen wünscht.«

»Wer ist es?« Ihre Stimme war ruhig, versuchte die plötzlich aufkeimende Hoffnung zu verbergen, er sei zurückgekommen. Dass er sie als Folge der Marmotte-Scheidung nicht ganz allein gelassen hatte, wenn sich das öffentliche Auge auf sie richtete, die auch seine Liebhaberin gewesen war. Dass er hereinschweifen und sie sein Hummelchen nennen würde, und dass sie zusammen über die Welt lachen würden, weil sie es derart leid war, verschämt vorzugeben, sie wüsste, wohin ihr früherer Liebhaber gegangen war.

Wenn diese Frauen der Gesellschaft auch nur den Hauch einer Ahnung davon hatten, wie verletzlich sie war, würden sie sie verschlingen. Lady Marmotte – die ihren Titel jetzt, da sie geschieden war, behalten dürfte, wo immer sie hinging, aber mit ihrem Taufnamen zuerst angekündigt werden würde –, Lady Marmotte also würde Lydias Herz mit bloßen Händen herausreißen, wenn sie wüsste, dass Lydia nicht mehr unter Darlingtons Schutz stand.

»Mr Crispin Scott, Mylady«, sagte Soames.

Bastard. Er war nicht zurückgekommen. Nun, Crispin wusste vermutlich zumindest, wo er war.

»Danke, Marguerite«, sagte sie zu ihrer Haushälterin und entließ sie mit einer Handbewegung. »Wir werden heute Nachmittag fortfahren. Soames, bitten Sie Mr Scott herein.«

Er verbeugte sich und drehte sich um, zögerte dann allerdings. »Mylady«, sagte er, »ich bin sicher, es ist nichts, aber … ich habe einen Brief von Ihrer Schwester erhalten.«

Ein kleiner Schock durchlief sie. Kit hatte ihr noch nie, nicht einmal, geschrieben.

»Wie nett, dass sie Sie nicht vergessen hat«, sagte Lydia, wobei ihre Hände eisig in ihrem Schoß ruhten.

»Sie fragte mich über den Duke of Darlington aus. Wollte Informationen zur öffentlichen Meinung über ihn haben … ob sie sich gegen ihn wendet. Wie viel Schaden es ihm zufügen würde, wenn man ihn in, äh, ungeregelten Verhältnissen vorfände.«

»Danke, Soames«, sagte sie, unsicher, was sie mit dieser Information anfangen sollte. Kit und der Herzog hatten dieses eine Mal im Park miteinander gesprochen, und soweit sie wusste, war es das einzige Mal gewesen, dass sie sich getroffen hatten.

Und dann war er verschwunden. Und Kit hatte London verlassen.

Ihre Atmung beschleunigte sich, Lydia stand auf und klingelte nach dem Diener. »Holen Sie die ungeöffneten Briefe aus meinem Büro«, sagte sie. »Und zwar alle.«

»Mylady?«, fragte Crispin von der Tür her, und ihr Herz ballte sich bei seinem Anblick, der unvollkommenen Kopie ihres besten Freundes, zusammen. Er trug das Haar auf die gleiche unordentliche Art, trug die gleiche theatralische Kleidung, aber sein Gesicht war jung und rein. Sie hoffte, dass er niemals die Art von Erfahrung machen würde, die in dem älteren, hübscheren Gesicht des Herzogs offensichtlich war.

»Ich dachte, Ihr Herr und Meister hatte angeordnet, mich fallen zu lassen«, erklärte sie schwach und deutete auf den Sitz ihr gegenüber.

»Er könnte in Schwierigkeiten sein.« Crispin setzte sich, stand aber einen Moment später wieder auf, wobei seine Finger seine Hutkrempe bearbeiteten. »Ich könnte es nicht ertragen, wenn ihm etwas zustoßen sollte. Er kann so dumm sein, wenn er denkt, die Welt tanzt nach seiner Pfeife. Vergisst manchmal sogar zu essen. Denkt, Kaffee reicht zum Leben.«

»Wissen Sie, wo er ist?«

Er schüttelte den Kopf. »Es ist Lady Marmotte. Sie sagt solche Sachen zu mir. Kleine, beunruhigende Dinge. Und dieser Kerl aus Leeds, bei Gott, kann kaum einen vollständigen Satz sprechen, und wenn er errötet, ist das bei diesen Sommersprossen eine Katastrophe, aber er gewinnt an Zuversicht. Wie es nur ein Junge könnte, der Darlington nie begegnet ist.«

Lydias Reaktion wurde durch die Stimme ihres Ehegatten abgeschnitten, die durch das Haus tönte. »Diese verfluchte Marmotte. Will mir einfach nichts Definitives sagen. Ließ nur durchblicken, ich solle mich um meine eigenen Angelegenheiten kümmern.«

Sie und Crispin wechselten einen besorgten Blick. Sie wollten beide dringend Neuigkeiten über den Aufenthaltsort des Herzogs erfahren, aber sie würde es vorziehen, dass er für immer verloren war, als dass er von ihrem Ehegatten gefunden wurde. Und sie mochte es nicht, wie diese verflixte Lady Marmotte ihren Ehegatten als Jagdhund missbrauchte.

»Wir müssen ihn finden«, sagte sie.

Der Diener kam mit einem Stapel Briefe zurück, und Lydia öffnete sie in zufälliger Reihenfolge. Ihre Schwester mochte ihr vielleicht nie schreiben, aber seit Lydia eine Comtesse geworden war, schrieb ihr Violet Feldon regelmäßig jede Woche.

11

»Ich werde nicht betrunken«, sagte Katherine, wobei sie ununterbrochen ihre Handgelenke drehte, knetete, drehte, knetete.

»Ich wette, ich kann Sie betrunken machen«, sagte er.

»Ich spiele nicht.«

Er streichelte gemächlich das Schwein und tat so, als würde ihm dabei das Herz schmelzen. Normalerweise kam ihm etwas derart Warmes und Lebendiges nicht so nah, ohne etwas von ihm zu wollen. Das Schwein schien nichts zu wollen, außer hinter seinen lustigen Ohren gekrault zu werden. Er sagte zu Katherine: »Tun Sie auch noch etwas anderes außer arbeiten und schlafen, arbeiten und schlafen, arbeiten und –«

Weil Jude darauf achtete, sah er, dass sie eine Teigdrehung ausließ und ihre Hände schwerfällig wurden. Sie pressten den Teig und formten ihn zu einem Ball, dann begann der Vorgang von Neuem, zwei alte Frauen, die nach einer unbehaglichen Pause den Gesprächsfaden wieder aufnahmen. »Gehen Sie und ruinieren Sie jemand anderem den Abend«, sagte sie. »Ich bin beschäftigt.«

»Sie erinnern mich an eine Biene, die jeden Tag ihres kurzen Lebens Honig macht, weil das ihr Daseinszweck ist.«

»Wie viel ist vier mal vier?«, fragte sie. »Wenn es Sie nicht zu sehr strapaziert, werden wir Ihnen ein wenig kompliziertere Rechenaufgaben geben.«

Er hatte letzte Nacht um sich geschlagen, und an diesem Morgen hatte sie gesagt: *Das können Sie nicht wieder tun*. Er dachte, er würde sein ganzes Leben lang nicht mehr vergessen, wie sie es gesagt hatte. Aber sein Herz war wie ein tollwütiger Hund in seiner Brust, und ihre Stärke war das Einzige auf der Welt, worauf er zählen konnte.

»Denken Sie, Gott selbst hat Sie gemacht?«, fragte er. »Oder hat er einem Untergebenen vertraut, Ihnen all die Qualitäten mitzugeben, die Sie … dafür brauchen?«

Ihre Hände hielten inne. »Was genau wollen Sie damit sagen?«

Er schüttelte den Kopf. »Zu einfach, Katherine. Das war viel zu leicht. Sie haben sonst noch nie bei mir angebissen.«

»Gehen Sie und lesen Sie ein Buch, wenn Ihnen langweilig ist. Ich bin nicht dazu da, auf Kommando mit Ihnen zu streiten.« Die Hände starteten, stoppten. Versuchten es erneut.

»Mir ist nicht langweilig«, widersprach Jude und nahm seine Finger von dem Schwein, um ihm nicht aus Versehen wehzutun. »Ich bin ein Sterblicher, der versucht, den Vesuv davon abzuhalten, das Ende der Welt einzuläuten. Ich bitte Sie, brennende Asche in Ihrer blanken Hand zu halten.«

»Sie sind anstrengend«, sagte sie. »Menschen sollten nicht so sein wie Sie.«

»Menschen sollten nicht so sein wie ich«, sagte er.

Sie sah direkt in seine Augen, und er dachte, er würde die Welt in Schutt und Asche legen, um sie zu bekommen.

»Liza«, rief sie, ohne den Blick abzuwenden. Keiner von ihnen sprach, bis die Zofe aus dem Garten hereingekommen war. »Würden Sie bitte diesen Teig fertig bearbeiten?«

Sie löste ihre Schürze und hing sie ordentlich an den Haken und ging davon aus, dass er ihr folgen würde. Er beobachtete ihren geraden Rücken, die unbefangene Linie ihrer Schultern, und der plötzliche Instinkt, sie zu zerstören, war derart gewaltig, dass er strauchelte.

»Tom!«, rief sie die Treppe hoch. »Lady Rose und ich gehen in den Gasthof – willst du mit uns kommen?«

Tom kam nach unten und stand zaghaft am Fuß der Treppe. Seine Finger waren mit Tinte befleckt, seine Augen müde. »Wovon redest du?«

»Wir gehen ins Gasthaus. Rose droht damit, das Land zu zerstören, wenn sie nicht das bekommt, was sie will, und jetzt will sie sich betrinken. Kommst du mit?«

Er schüttelte den Kopf. »Ich weiß, ich kann dir nichts verbieten, aber geh bitte nicht dorthin, Kit. Bitte, geh nicht.«

»Was ist denn Schreckliches in dem Gasthaus vorgefallen, Tom?«, fragte Jude beiläufig. »Welcher Albtraum hat Sie dagegen eingenommen?«

Katherine fuhr ihn an. »Denken Sie nicht einmal daran«, zischte sie.

Und er dachte: *Oh, das hätten Sie nicht sagen sollen.*

»Das dralle Frauenzimmer von einem Barmädchen hat Ihnen das Herz gebrochen«, sagte er und beobachtete Tom aufmerksam. »Sie haben jeden Penny, den Sie nicht haben, beim Kartenspielen verloren. Sie haben einen grausigen Mord beobachtet.« Und da war die Reaktion, auf die er gewartet hatte. Jeder Sinn war geschärft – dieses menschliche Elend, dieses Leuchtfeuer von Gefühlen. »Jemand, der Ihnen nahe stand«, sagte er. »Jemand, der nicht hätte sterben müssen.«

Katherine versuchte, ihn aus der Küche zu ziehen, und er verwies sie mit einem aristokratischen Blick an ihre Stelle. Sie war … nicht wie andere Menschen. Aber sie stand noch immer unter ihm.

»Ihr Vater wurde in einem Inn erschossen, nicht wahr?«, fragte er müßig.

Katherine trat direkt vor ihn und schubste ihn heftig gegen die Brust. »Hören Sie auf«, sagte sie.

»Oder was?«

Sie sah ihn vorsichtig an, wählte ihre Worte mit Bedacht. »Oder ich werde Sie hinauswerfen.«.

Der Boden unter ihm verschwand, und sein Blut wurde zu Eis. Sie hätte damit drohen können, ihn zum Krüppel zu machen, ihn umzubringen, ihn direkt in die Hölle zu schicken, und er hätte sie nur ausgelacht. Aber: *Ich werde Sie hinauswerfen.* Er hatte nicht gewusst, dass es auf dieser Erde noch eine Drohung gab, die die Macht besaß, ihn am Handeln zu hindern.

Und sie hatte es gewusst.

Sie hielt seinem Blick noch einen Moment stand, dann drehte sie sich zu Tom, nahm seine Hand und küsste sie. »Ich werde dafür sorgen, dass sie zu betrunken ist, um ihren Mund eine Woche lang wieder zu öffnen, und wenn es die ganze Nacht dauert.«

Tom nickte. Er sah den Herzog nicht an, als er aus dem Raum ging. Katherine wandte sich Jude zu, und er wusste, dass er jedes fragile Teil, das die Nacht zuvor geformt hatte, rückgängig gemacht hatte. Eine gefährliche Sekunde lang übermannte die Angst seinen Atem; nicht einmal er wusste, welche Hölle er hier öffnen würde, jetzt, da ihn nichts mehr zurückhielt.

Dann schloss Katherine ihre Hand um seinen Arm, und sogar ihre erbärmlichen, verbogenen Finger waren stark. »Lassen Sie uns mit eins plus eins anfangen«, sagte sie, »von dort arbeiten wir uns dann weiter vor.«

Kitt zitterte noch immer, als sie ihre Kommode durchwühlte und ihm ihren alten grünen Spenzer zuwarf. »Ziehen Sie das über ihrem Nachtgewand an«, sagte sie.

Es herrschte eine angespannte Stille, in der sie immer wieder seine Stimme hörte: *Jemand, der nicht hätte sterben müssen.*

»Es tut mir … leid«, sagte er. »Das war unverzeihlich.«

Sie drehte sich zu ihm und wollte ihn anschreien, es sollte ihn nicht kümmern. Er war kein Mann, der sich normalerweise entschuldigte, aber er hatte sich entschuldigt. Sie konnte jedoch nicht freundlich sein, also nickte sie ihm nur zu.

Zufrieden schaute er zum ersten Mal auf den alten, abgetragenen Spenzer in seinen Fingern. Er stieß einen leisen Schrei aus und ließ ihn zu Boden fallen, dann versuchte er, auf den Bettpfosten zu klettern. »Ich weiß, dass ich schlimm war«, sagte er, »aber dieses Gewand ist … Ich habe mir sagen lassen, gestreckt und gevierteilt zu werden soll gar nicht so schrecklich sein.«

Sie wollte ihn schlagen.

Er schrie wieder und sprang aufs Bett. »Es hat sich bewegt. Katherine, es hat sich bewegt!«

Und sie wollte verflucht noch mal lachen.

»Sie wissen schon«, sagte sie, »dass es zahllose grausame Dinge gibt, die ich jetzt zu Ihnen sagen könnte? Beispielsweise, dass ich mir gar nicht vorstellen kann, wie Ihr Vater auf die Idee kam, Sie seien weniger männlich, als ihm lieb gewesen wäre. Aber ich besitze so etwas wie Selbstkontrolle, und noch eine Eigenschaft, die man Rücksicht nennt. Sie sollten es auch einmal damit versuchen.«

»Was für ein Glück habe ich doch, dass Sie nichts Grausames sagen werden«, murmelte er und kletterte vom Bett, den Blick die ganze Zeit auf den Spenzer geheftet.

»Sie werden ihn anziehen müssen«, sagte sie. »Sie können auf keinen Fall in das Gasthaus gehen und wie eine Herzogin aussehen.«

»Ich sehe aber gern wie eine Herzogin aus.«

»Natürlich tun Sie das. Und in der Sekunde, in der Sie eintreten, werden sich die Neuigkeiten über Lady Rose und ihre fiesen Eigenarten wie ein Lauffeuer verbreiten – schneller als die Post, wenn Sie so wollen.« Sie wünschte, die Post würde sich etwas beeilen. Bis sie eine Antwort von Soames hatte, wäre sogar ein solcher Kontakt eine gefährliche Sache. »Ungeachtet dessen, dass Sie die Ortsansässigen erschrecken würden. Ich möchte nicht unter den Augen von Zuschauern trinken.«

»Ich dachte, Sie trinken nicht?«

»Ich habe gesagt, ich werde nicht betrunken«, sagte sie und hätte das wetteifernde Aufblitzen in seinen Augen nicht so sehr genießen sollen.

»Aber muss ich das Teil denn über meinem Nachtgewand tragen?«

»Selbst Ihr Nachtgewand ist feiner als alles, was ich besitze, Sie Schwachkopf.« Ihre Haut prickelte ein wenig, weil sie einen Herzog gerade einen Schwachkopf genannt hatte.

»Ich könnte als Mann gekleidet gehen«, sagte er ruhig und schaute sie unter seinen Wimpern hervor an.

Ihr ganzer Körper fing Feuer. »Sie kennen mich zu gut«, sagte sie. »Ich kann nicht einfach in Begleitung eines namenlosen Mannes auftauchen. Sie sind zu … hübsch, als dass man Sie übersehen könnte.«

Er legte den Kopf leicht zur Seite, als würde er einen Schlüssel umdrehen. Aber alles, was er sagte, war: »Sollte mich dieses Gewand beißen, schnappe ich mir Porkie und laufe auf und davon nach London.«

»Ich bin Daisy«, sagte er, »das neue Zimmermädchen des Squires. Ich reinige Kerzenhalter mit einem Tuch und backe Brot mit meinen Händen. Ich denke, ich bin sein Liebling. Er ließ mich sogar seine Medaillen mit Politur, äh, polieren. Ich schätze, es wird nicht lange dauern, bis ich seine Haushälterin werde, und dann werde ich Kassenbücher führen und beschäftigt und sehr wichtig sein und viele Schlüssel bei mir tragen.«

Kit vergrub das Gesicht in den Händen und versuchte, nicht laut loszulachen. Er war so sehr Aristokrat, dass er praktisch hirngeschädigt war.

Als sie hochblickte, sah sie, wie er John ein Lächeln schenkte und das Herz dieses armen Kerls auf Lebenszeit für sich einfing. Sie hätte wissen sollen, dass diese schäbige Verkleidung kein bisschen änderte. Seine Schönheit hatte nichts mit feinen Kleidern zu tun.

»Mark und Simon warten auf ihr Bier, John«, sagte sie. »Aber denken Sie über das nach, was ich gesagt habe, ja?«

John nickte, ohne sie anzusehen.

»Husch«, sagte sie, da kein Maß an Scharfsinnigkeit den berauschten Nebel durchdringen würde.

John errötete ein wenig. »Aye, ich werde darüber nachdenken, Kit«, sagte er mit Sympathie in der Stimme, die bedeuten sollte: *Wir beide wissen, wie nutzlos es ist zu fragen*, und schlenderte mit einem breiten Grinsen im Gesicht hinüber zu seinen Brüdern.

Darlington war in den Spenzer gewickelt, darüber hatte er einen alten Mantel von Kit geknöpft. Ein uralter wollener Hut wurde ihm tief ins Gesicht gezogen, wobei seine Locken darunter hervorspitzten. Es war mehr Aufwand gewesen, als die Sache wert war, aber jetzt schien er sich in seiner Verkleidung äußerst wohl zu fühlen. Jetzt, da er nicht vollständig angekleidet war, sah er weniger wie eine Frau aus, aber man würde ihn dennoch nicht für einen Mann halten, es sei denn, man hätte irgendeinen Grund dazu.

Sein Gesicht war vom Alkohol leicht gerötet, und er nippte grazil an dem derben Glas, das vor ihm stand. Er sah sich mit einem gewissen Wohlwollen im Raum um, und man hatte den Eindruck, er glaubte tatsächlich, er würde sich hier einfügen. Sie hatte von ihm erwartet, dass er gefasst war – dass er trank, ohne jemals seine in sich geschlossene Aura zu verlieren. Sie hatte nicht diese … sanfte, würdelose Fröhlichkeit erwartet.

Er trank sein Bier aus und schaute missbilligend auf den leeren Boden des Glases. »Katherine«, begann er. »Bitte erklären Sie mir nochmals diese Münzen. Wie heißt die kleinste?«

»Sie sollten einen Reiseführer schreiben, wenn Sie zurück in London sind«, sagte sie und nahm die korrekte Anzahl Münzen aus seiner Hand.

»Welch entzückende Idee! Ich werde alles über Viertelpennys und Pence erklären können … Was ist das für eine?«

»Das ist ein Knopf.«

Einen Moment lang sah er ganz leer aus. »Von einem solchen Knopf habe ich noch nie gehört«, erklärte er entsetzt. »Ist das eine Währung, die die armen Leute für sich selbst behalten? Wie viel ist ein Knopf denn wert?«

»Kno-hopf«, sagte sie. »Sie wissen schon – dieses kleine nervige Ding, mit dem Sie mindestens zwei Mal am Tag zu tun haben …« Sie verstummte, weil sie erkannte, dass er natürlich nichts mit Knöpfen am Hut hatte. Solche Aufgaben übernahm schließlich sein Diener für ihn. Einen Moment lang Finger an der Haut des Herzogs, jeden Morgen und jeden Abend.

»Äh«, sagte sie also, »vergessen Sie es.«

»Sie sind hier bekannt.« Er ließ die restlichen Münzen aus seiner Handfläche auf den Tisch fallen.

Kit begann, sie in ordentliche Stapel zu sortieren. »Alles andere würde mich überraschen. Ich komme schon hierher, seit ich sprechen kann.«

»Ist das so … eine Sache, die man auf dem Land macht?«

Sie grinste ihn an. »Sie meinen, ob wir unsere Kinder mit Bier und eingetunkten Brotstücken großziehen? Nein. Mein Vater hat mich immer mitgenommen, wenn er hier Karten spielen war. Er fand es nützlich, dass ich auch zählen konnte.«

Dabei war es mehr als das gewesen. Sie war sein kleiner Wachhund gewesen, sein Champion, sein Erbe, Mädchen hin oder her. Es hatte sie immer furchtbar stolz gemacht, wenn er sie hierhin mitnahm, wo andere Männer saßen, und sie auf seine Schultern gesetzt hatte und ihr beibrachte, die Welt zu verlachen.

Er war ihr Held gewesen.

Sie hatte alles getan, was sie konnte, um ihm dabei zu helfen, genug Geld zu verdienen, um den Titel kaufen zu können, den er so krampfhaft an Tom hatte weitergeben wollen. Sie hatte ihre Mutter gescholten, wenn Sie etwas Falsches zu Abe sagte – wusste sie etwa nicht, dass ihn das verärgerte? Sie hatte ihre Mutter albern und schwach genannt.

Dann wurde Lydia geboren.

»Sie sprechen nie über Ihren Vater.«

»Und Sie nie über den Ihren.«

Darlington sammelte die Münzen ein, die sie für ihn herausgesucht hatte, und nickte John, Mark und Simon zu. »Wenn Sie nicht über Ihren Vater reden wollen, dann sagen Sie mir, weshalb sie nicht Ihr Land bestellen wollen.«

Sie verfluchte sich selbst dafür, angenommen zu haben, dass sein Verstand von irgendetwas anderem als einem Schlag auf den Kopf getrübt werden könnte.

»Sie bieten Ihnen viel bessere Sätze als der Squire.«

»Bessere Sätze, aber keine Hilfe, wenn sie sie brauchen, keine Kapazitäten für neue landwirtschaftliche Techniken, keine Versicherung gegen schlechte Ernten. Der Squire weiß, dass ich sie will, und behandelt sie deswegen besser.«

»Mit Ihnen könnten sie aber etwas aufbauen«, sagte er beinahe mürrisch. »Das sollten sie wissen. Sie sollten wissen, dass Sie die kompetenteste Person in ganz England sind.«

Das Kompliment kam unerwartet, und ihre Haut prickelte,

als wäre sie geschlagen worden. »Ich kann mich nicht angemessen um sie kümmern, bis ich mehr Kapital habe, und ich habe kein Kapital, bevor ich Pächter habe. Lassen Sie uns über etwas anderes reden.«

»Nein«, sagte er, »Sie haben recht. Es ist viel zu deprimierend und pöbelhaft. Und außerdem scheinen Sie noch nicht betrunken zu sein.«

Sie hatte genauso viel getrunken wie er.

»Whisky?«, fragte er.

»Es muss ein Spiel sein, sonst macht es keinen Spaß.«

Kit verdrehte die Augen, was bewies, dass sie vielleicht ein klein wenig betrunken war, und sagte: »Natürlich würden Sie das denken.«

»Sie haben mehr über meine verkorkste Kindheit erfahren, als es sich geziemt. Im Gegenzug möchte ich auch ein paar beklagenswerte Geschichten hören.«

Sie verzog das Gesicht. »Und wo ist dabei der Spaß, und was hat das mit einem Spiel zu tun?«

»Wenn Ihre Geschichte reichlich mit Leid gespickt ist – wenn sie mich dazu bringen, die Qualen zu spüren –, dann muss ich trinken. Wenn nicht, trinken Sie.«

»Unfair! Sie würden nicht einmal Qualen erleiden, wenn Sie auf die Brille Ihrer Großmutter getreten wären und sie eine Woche lang nichts sehen könnte.«

»Nun, offensichtlich nicht. Ich wäre viel zu sehr mit Lachen beschäftigt.«

»Sie erbärmlicher Kerl. Ich traue Ihnen überhaupt nicht.«

Er blinzelte sie unschuldig an. »Es tut mir leid«, sagte er. »Sie scheinen verwirrt zu sein. Ich bin eine Frau.«

Sie schwankte einen Moment lang zwischen dem Wunsch, ihn zu schlagen und vor Lachen vornüber zu fallen. Er nutzte ihr Schweigen aus und goss beiden ein Glas Whiskey aus der

Flasche ein, die er herübergebracht hatte. Sie wollte gar nicht wissen, wie viel er gekostet hatte. Er roch teuer.

»Das Spiel funktioniert nur, wenn wir ehrlich sind«, sagte er, »also werde ich nicht schummeln.« Und dann, bevor sie eine skeptische Bemerkung machen konnte: »Schummeln macht nur Spaß, wenn man dadurch gewinnt.« Er hob sein Glas. »Bringen Sie mein Herz zum Bluten, Katherine.«

Sie war sich ihrer verbogenen Finger bewusst, die sich um ihr Glas schlossen, aber sie würde eher durch das Trinken das Bewusstsein verlieren, bevor sie ihm zu seiner Unterhaltung oder Ablenkung oder was auch immer von ihren persönlichen Qualen erzählte.

»In einem Sommer waren wir im See schwimmen, und ich wollte einfach nicht zu dem Zeitpunkt nach Hause kommen, den Nanny mir genannt hatte. Also rannte ich den ganzen Weg nach Millcross und schrie, als wäre die Armee des Teufels hinter mir her.«

Er sah sie mit einem verzogenen Lächeln an, als hätte sie ihn ein wenig zerstreut. »Nicht gerade etwas, das einem Albträume bereitet.«

»Ich war nackt«, sagte sie.

Es herrschte eine Sekunde lang Pause, und dann brach er vollkommen unfreiwillig in Lachen aus. Wieder eine Pause, dann warf er den Kopf zurück, legte seinen Hals frei und lachte, bis er beinahe vom Stuhl fiel.

Alle starrten sie an, aber das kümmerte sie nicht. Eher würde sie das Risiko eingehen, dass jeder hier entdeckte, dass er ein Mann war, als ihn dazu zu bringen aufzuhören.

Er lehnte sich schwach auf seine Unterarme, wobei sich sein Körper vor Lachen schüttelte. »Austrinken«, sagte er und ließ die Zähne aufblitzen.

Sie schnitt eine Grimasse, denn es würde keinen Spaß machen, wenn er wüsste, wie erfreut sie war, und kippte einen Mundvoll Whisky hinunter. »Das ist verdammt gutes Zeug«, sagte sie und lehnte sich auf ihrem Stuhl zurück.

»Ich denke manchmal, Sie sind männlicher als ich.«

»Jude«, sagte sie, »sogar Porkie ist männlicher als Sie.«

Er lächelte sie erneut an – wärmer als zuvor, ein Lächeln, das er sicher noch in keinem Spiegel gesehen hatte – und füllte ihr Glas wieder auf. »Versuchen Sie es noch mal.«

»Als ich vierzehn wurde, wurde ich die Zofe meiner Schwester, da alle unsere Bediensteten das sinkende Schiff verlassen hatten.«

Etwas huschte über sein Gesicht, das ihrer Meinung nach weniger Schmerz als vielmehr Überraschung war. »Wie alt war Lydia?«, fragte er, und die vertraute, unbefangene Weise, wie er den Namen ihrer Schwester aussprach, saugte die warme Energie aus ihren Venen.

»Sieben.«

»Warum sagen Sie Zofe? Warum sagen Sie nicht einfach, dass Sie sich um sie kümmerten, weil niemand sonst es konnte?«

»Weil –« Weil sie nie daran gedacht hatte. Weil Abe Sutherland ihr gesagt hatte: *Sie ist die Einzige, die nach mir gekommen ist. Ich werde sie nicht von deinem Unsinn und deinen gewöhnlichen Manieren infizieren lassen.*

»So war es nicht«, sagte sie. »Vater sagte, ihr Anblick sei mehr wert als das Vermögen des Squires, und er hatte recht. Er sagte, sie würde anstelle von mir debütieren, denn sie würde eine großartige Partie abgeben. Und er hatte recht.«

»Und Sie haben noch immer Ihr Familienheim, weil Sie diese Erwartungen erfüllt haben«, sagte er. »Habe ich recht?«

»Ja. Nein!« Sie nahm einen nervösen Schluck vom Whisky. Er verletzte sie auf eigenartige Weise, dass er Lydias Partei ergriff. Das Landgut hatten sie noch immer, weil Kit niemals vor dem zurückschreckte, was getan werden musste. »Ich war vierzehn Jahre alt, und es machte mir nicht so viel aus, dass wir alles verloren hatten. Ich war so … so sicher, dass Vater alles zurückgewinnen würde. Es bedeutete lange Tage im Freien, nur ich, Tom und Lydia. Wir verwilderten beinahe, und es war mir gleich. Und dann fand Tom eines Tages eine Höhle, und wir wollten ein Fort bauen, aber ich sagte ihm, er solle auf Lydia warten, und ging, um sie zu suchen. Und dort saß sie im Salon und weinte, aber das Einzige, was ich sehen konnte, war das weiße Kleid. Es hatte ein dickes, glänzendes Band um die Mitte, blau wie Rotkehlcheneier, und diese Spitzenrüschen rund um die Ärmel, wodurch Lydias Arme aussahen wie die einer Puppe. Ich hatte einmal eine Puppe mit genau solchen Armen. Lydia konnte sich kaum an eine Zeit erinnern, als wir solche Dinge besaßen, aber ich tat es, und ich konnte es nicht ertragen, sie in dem Kleid zu sehen.«

Lydia kreischte Abe oft an wie ein kleines Fischweib. Kit konnte es nicht verstehen. Sie war zwischen den beiden hin und her gerissen. Alles in ihr war zum Zerreißen angespannt, zerrieben zwischen zwei Lieben: die zu ihrer winzigen, kränklichen Schwester und zu ihrem Helden.

Dann wurde Lydia sieben, und Abe erkannte, dass aus ihr eine Schönheit werden würde. Es war der entsetzlichste Tag in Kits Leben.

Sie schloss fest die Augen, weil sie jahrelang nicht daran gedacht hatte – die Art, wie Lydia auf sie zugelaufen war, mit ihrem Kleid, das eine zarte, weiße Wolke war. Der harte Schlag von Abes Hand über Lydias kleinen Kopf.

»Ihr habt euch wegen eines Kleids entzweit?«, fragte der Herzog sehr ruhig. »Nun, darauf trinke ich einen.«

»Ich war vierzehn Jahre alt.«

Er blickte auf, denn er war intelligent genug zu wissen, dass sie eigentlich etwas anderes sagen wollte. Abe hatte sie nach seinem Bild geformt und zu spät bemerkt, dass er aus ihr etwas gemacht hatte, das er nicht wollte. Er hatte in Lydia seine zweite Chance gesehen – sein goldenes Ticket. An jenem Tag, als Kit Lydia in dem Kleid sah, hatte sie das Gefühl, ihre Welt geriete aus den Fugen. Sie hatte *gewollt*, dass Abe Lydia schlug.

Und am nächsten Tag, als es zu spät war, tat es ihr so leid. Sie hatte den ganzen Morgen im Minzebeet nach einem perfekten toten Käfer gesucht. Lydia liebte das metallene Blau ihrer Panzer, sie hielt sie gegen das Sonnenlicht und betrachtete das grüne Kräuseln auf der Oberfläche.

Lydia hatte Kit gesagt, sie solle ihr totes Insekt zurück in den Garten bringen, wohin es gehörte, und Abe…

Kits Finger und die Knochen in ihrer Nase schmerzten bei der Erinnerung daran. Sie konnte Jude nicht davon erzählen, und auch nicht von den nachfolgenden Tagen, als ihr keine Zeit gelassen wurde, alles hinreichend verheilen zu lassen.

»Sind Sie schon betrunken?«, fragte er plötzlich.

»Nicht einmal annähernd.«

»Lassen Sie uns Karten spielen.«

»Ich habe Ihnen schon gesagt, dass ich nicht spiele. Wir sollten –«

»Sagen Sie es nicht«, sagte er, und sie schaute überrascht auf seine Hand, die er um ihre gelegt hatte. »Nicht bewegen. Nicht denken. Versprochen?«

Seine Finger umfassten die ihren etwas fester, und sie nickte. Dann verließ er den Tisch – seine Finger waren weg. Himmel, sie hatte ein Problem.

Er kam zurück und warf einen Stapel Karten vor ihr auf den Tisch. »Ohne Geld«, sagte er. »Es ist also kein echtes Glücksspiel.«

»Und worum geht es dann?«

Beinahe schon verwegen antwortete er: »Reicht es denn manchmal nicht aus, einfach nur zu gewinnen?«

Sie würdigte das nicht mit einer Antwort. Er begann, mit seinen langen und geübten Fingern die Karten zu verteilen. Sie hatte zuvor nur einen anderen Mann gesehen, der derart mit Karten umgehen konnte.

»Der Apfel, der Isaac Newton aufs Haupt fiel.«

Sie nahm einen weiteren Schluck vom Whisky. Ihr war entfernt bewusst, dass sie die halbe Flasche geleert hatten, und alles war einfach, golden und hinreißend. »Ich entgegne mit dem Apfel, den Eva Adam gab.«

Er warf ihr einen Blick zu. »Die noble Frucht, die uns die Schwerkraft geschenkt hat, was uns wiederum erlaubt, unsere Welt zu verstehen gegen eine eheliche Streitigkeit, bei der eine Schlange eine Rolle spielte.« Sie kicherte darüber, wie schmutzig er das Wort aussprach. »Ich denke nicht.«

»Ohne den Fall hätten wir kein Bedürfnis, unsere Welt zu verstehen.«

»Ohne Newton würden wir das Fallen nicht verstehen. Ist es das, was Sie wirklich denken?«

Ihr Glas war leer. Wie war das geschehen?

»Katherine. Ist es das, was Sie denken? Dass uns der Fall eine Welt gegeben hat?«

»Nun, natürlich hat er das.«

»Aber die vorherige Welt war besser. Der Himmel. Das Paradies.«

Sie zuckte mit den Achseln und sagte: »Mir gefällt es, die Schwerkraft zu verstehen.«

Er spielte die erste Karte und rief dreiundneunzig Punkte aus. Sie gewann den Stich und rief zweiundneunzig. Er gewann fünf Stiche, sie sechs; sie lag nur einen Punkt zurück, aber er war bei neunundneunzig. Wenn er den letzten Stich gewann, hatte er das Spiel gewonnen.

Sein Gesicht leuchtete unheilvoll. »Jetzt habe ich Sie, Sutherland.«

»Wetten Sie, falls Sie es wagen«, entgegnete sie. »Verwetten Sie Ihre Seele, wenn Sie es wagen.«

Eine Seele, da waren sie sich einig, war das Kostbarste, was man auf den Tisch legen konnte. Das gab ihm zu denken und er überlegte eine Minute.

John unterbrach sie auf seinem Weg aus dem Gasthaus. Kit blinzelte etwas verwirrt. Sie hatte vergessen, dass es außerhalb des kleinen Kreises, den sie und Jude mit ihrem köstlichen Whisky und ihrem benebelten Geist bildeten, noch eine andere Welt gab.

Er war wieder weg.

»Jeder Buchstabe R, den Shakespeare je geschrieben hat«, sagte Jude und beäugte sie vorsichtig.

»Ah, Omeo«, murmelte sie, »Ihr seid geschrumpft.«

Jude begann, auf seinem Stuhl zu gackern, was sie für sehr würdelos, aber schrecklich schmeichelhaft hielt. Sie runzelte die Stirn. Oder doch nicht so schmeichelhaft. Hielt er sie noch immer für dumm?

Er hatte seine Karte noch nicht gespielt. Es bestand die Chance, dass es die Pik-Königin war, was sie nicht schlagen konnte. Ihr Herz schlug heftiger. Die Möglichkeit, dass sie verlieren könnte, war, als würde sie mit verbundenen Augen auf eine geschäftige Straße treten.

»Meine Seele«, sagte sie, und er spielte seine Karte.

Als sie die Flasche größtenteils geleert hatten – oder hatten sie sie bereits geleert? Kit konnte sich nicht erinnern – spielten sie ein kindisches Abklatschspiel. Sie starrten einander in die Augen, wetteifernd, versessen, ihre Hände waren rot und brannten.

Seine waren schlimmer.

Sie stolperten im Dunkeln nach Hause, und Jude bestand darauf, sie über den schlammigen Teil des Pfads zu tragen. Kit war ausreichend bei Verstand, um zu ahnen, dass die Wahrscheinlichkeit, dass sie beide im Schlamm landen würden, verhältnismäßig größer war als alles andere. Aber noch bevor sie irgendetwas sagen konnte, hatte er bereits seine Arme um sie geschlungen, und die Welt schwankte, und sie wurde eng und warm an seinen Brustkorb gedrückt. Ihr Kopf kam an seinem Schlüsselbein zur Ruhe, und seine Finger lagen fest auf ihrer Hüfte. Es war verwirrend, die Haut zu fühlen, das raue Gleiten von Samt gegen Wolle, seinen Atem über ihr und hinter seinen Rippen, mit jedem Schritt dumpf aufschlagend. Sie schloss die Augen und stellte sich vor, sie wäre auf einem Schiff, das einen Ozean überquerte, so tief, dass ganze Bergketten darin verschwunden waren.

Er setzte sie wieder ab, und sie redeten nicht mehr. Sie konnte fühlen, wie sie beide angezogen wurden. Von dem Raum, auf den sie sich zubewegten, und dem Moment, in dem sie zusammen ins Bett steigen würden.

Zu viel war geschehen. Es würde anders sein. Sie wusste nicht, ob sie sich auch dieses Mal weigern konnte, unter die Decken zu schlüpfen.

Am aufgetürmten Küchenfeuer zündete sie die billigen Kerzen an, die sie aus dem Gasthof hatte mitgehen lassen. Sie gingen die Treppe hoch, und sie sagte: »Es geht uns gut, Tom, schlaf weiter«, als sie an seiner offenen Tür vorbeikamen.

Da gab es einen verzwickten Moment, als sich Jude all seiner Schichten bis auf sein Nachtgewand entledigt hatte und bestürzt auf den Schlamm hinabblickte, der seinen Saum zierte. Kit warf ihm ein altes Flanellhemd zu und zwang sich, sich umzudrehen. Diese Nacktheit war nicht wie letzte Nacht. Dies war etwas, das nach Erlaubnis verlangte.

Sie drehte sich um, als sie hörte, wie er sich unter die Decken kuschelte, und jetzt gab es keine Rüschen im Übermaß, um seine nicht vorhandenen Brüste zu verdecken – da lag nur die harte Oberfläche seines Körpers unter dem Flanell und sein Haar auf dem Kissen, und seine Augen, die sie betrachteten.

Mit zitternden Fingern zog sie ihr Oberkleid aus. Sie fühlte sich seltsam und irgendwie krank, aber sie wollte nicht, dass er wegsah. Sie kam in Strümpfen und Hemdkleid zur Bettkante, hob die Decke und legte sich ganz gerade und still auf den Rücken, genau auf die Kante der Matratze.

Jude rollte sich ihr zugewandt zusammen und seufzte vor Zufriedenheit.

Seine Augen waren geschlossen, und sie dachte nach ein paar Minuten, er sei eingeschlafen, aber dann begann er leise zu reden, ohne die Augen zu öffnen.

»Als ich noch ein Junge war – vielleicht fünf Jahre alt –, nahm uns mein Onkel mit nach Vauxhall Gardens. Wir schauten uns ein Puppentheater an. Schon merkwürdig, dass er uns zu einem Puppentheater mitnahm. Der Bösewicht war ein Waldkobold, gekleidet in eine harte Hülle aus Samen und Zweigen.« Sein Gesicht verzog sich, und er kuschelte sich noch tiefer in die Decken. »Ich glaube, da gab es eine Art Fanfare – Licht und Pfeifen und solche Dinge –, als der Kobold erschien, denn wenn ich versuche, mich daran zu erinnern, fühle ich es noch heute«, ein schläfriges Rollen seiner Schulter, »Ehrfurcht. Furcht. Rose und Evie packten einander, aber ich konnte nicht, denn ich würde ja eines Tages ein Herzog sein.«

Kit rührte sich nicht, weil sie fürchtete, er würde dann aufhören.

»Dann …«, sagte er und hielt inne. Ein Ausdruck erleuchtete sein Gesicht, der wie Verletzung aussah, aber gut auf eine Art, die sie nicht artikulieren konnte. »Der Kobold brach auf – wie es Samen tun, aber wir hatten vergessen, dass das Samen taten oder waren einfach zu jung, um es zu wissen – und enthüllte sein verletzbares, zartes Inneres: ein breiter Streifen roter Seide, der im Vergleich zu seinem verkrusteten Äußeren so zerbrechlich wirkte, so hell, so wunderschön, dass ich wusste, dass es nichts gab, was das zerstören könnte.«

Seine Augen öffneten sich, sie waren nicht schläfrig, und sie hatte keine Zeit, sich gegen das zu schützen, was als Nächstes kam.

»Die letzte Nacht verdunkelte dieses Kindheitswunder. Sie sind wild und hart und unmöglich zu brechen – und ich habe nur einen Hauch von Wärme in Ihnen gespürt.«

Er bewegte sich kein Stück auf sie zu, aber sie atmete, als würde sie brennen, als würde sie ertrinken, und ihr Herzschlag rauschte über ihre Ohren hinaus wie tausend Nadeln, die man auf Marmor fallen ließ.

»Ich möchte Sie aufbrechen«, sagte er.

12

Er war außer Kontrolle. Und das schon seit einiger Zeit. Er sollte sich nicht in ihre Nähe lassen, wenn er so war – wenn sich sein Bedürfnis nach Nähe nicht mehr von Gewalt unterscheiden ließ.

»Berühren Sie mich«, sagte er, und die Worte waren wie purer Sex.

Ihre Atemzüge waren kurz und heftig. »Eins plus eins«, sagte sie.

»Zwei.«

»Drei plus fünf.«

»Acht.«

»Einundzwanzig mal sechsundneunzig.«

»Zweitausendsechzehn. Keine Rechenaufgabe der Welt könnte schwer genug sein, um mich abzulenken. Ich möchte, dass Sie mich berühren.«

Sie schüttelte den Kopf, was seine Aufmerksamkeit auf ihr Haar lenkte. Ihre schlanken Wangen, ihre Schlägernase.

»Sie haben mich letzte Nacht berührt.«

»Das war etwas anderes«, sagte sie und drehte sich zu ihm. »Ich kann mir das nicht leisten.« Sie klang beinahe empört. Beleidigt. Als ob ihr Ende der Unterhaltung eine erhitzte Auseinandersetzung wäre.

»Katherine«, sagte er, obwohl er eigentlich sagte: *Komm. Hierher.*

»Wissen Sie, warum alle Bediensteten gegangen sind?«, fragte sie in die von Kerzenschein erleuchtete Nacht hinein.

»Ich vermute, Ihr Vater hatte alles verspielt.«

»Ich – « Ihre Augen weiteten sich vor Entsetzen. »Sie bemerken viel zu viel.«

»Da ist eine lange Narbe an der Innenseite Ihres linken Daumens«, sagte er. »Sie bürsten sich nicht gern Ihr Haar. Sie hätten mühelos schlafen können in dem Wissen, dass Porkie getötet würde, aber wenn Sie eine Spinne im Zimmer finden, passen Sie auf, dass sie sie nicht zerdrücken, wenn Sie sie nach draußen setzen. Wenn Sie so sind, könnte ich ein Herbstblatt zwischen Ihre Hände legen, und es würde heil bleiben.«

Ich könnte ein menschliches Herz zwischen Ihre Hände legen, wenn Sie so sind.

Sie schloss die Augen und atmete lange und tief ein und aus. »Mein Vater riskierte alles. Und er verlor. Und mein ganzes Leben änderte sich. Ich änderte mich. Ich werde nicht alles verspielen, was wir haben.« Sie öffnete die Augen, golden und wild. »Nicht einmal für Sie.«

Jude konnte Menschen dazu bringen zu tun, was er wollte, und die Versuchung saß in seiner Haut wie winzige Haken. Er beobachtete sie, und sie schaute zurück, und er wusste, dass es nicht gut war. Er wollte das, was im Inneren war, und sie würde niemals zu ihm kommen, wenn sie es nicht wollte. Und bei dem, was er war, hatte er einen Moment lang Zweifel.

»In Ordnung«, sagte er vorsichtig und sah zu, wie sie Luft ausstieß, die sie eine Weile angehalten hatte. »Aber wir kennen uns jetzt besser, Katherine. Sie müssen im Bett keine Waffen tragen. Ich habe doch gesagt, Sie sind sicher.«

Er ließ seine Hand über die Laken gleiten, die kühle Baumwolle fühlte sich rau an seiner Handfläche an. Seine Fingerspitzen fanden die Knöchel ihrer Hände, und er bemerkte, dass sie so fest zusammengepresst waren, dass sie zitterten. Er ließ seine Finger weiterwandern.

Sie holte Atem. Er verfolgte die Topografie ihrer Knöchel hinab über den oberen Teil ihres Oberschenkels. Er betrachtete die gespannte Kontrolle ihrer Nasenlöcher und Lippen, als sie ihren Atem zwang, gleichmäßig zu bleiben, und ihr Unterkleid in seiner Handfläche aufwickelte.

Er konnte sie darunter nicht berühren, noch nicht. Die Qual der Erregung war vertraut; die andere Sache, ehrfürchtig und frei, war es nicht.

»Jude«, sagte sie, und er war sich bewusst, dass nur diese Frau ihn so nannte.

Es griff nach ihrem Knie, die Kniescheibe passte genau in seine Handfläche, und sein Daumen folgte einer Linie auf ihren Oberschenkel. Ihre pralle Dehnbarkeit wurde alles, wonach seine Hand verlangte; er fand die Oberkante ihres Strumpfs. Und dann berührte er ihre Haut, die vor seinen Fingerkuppen zurückscheute und zitterte.

Das Gold ihrer Iris verdunkelte sich.

Der Gedanke daran, dass seine Finger rote Spuren auf ihr hinterlassen würden, war unerträglich. Es war, als ob einer dieser heißen Steine, die die Skandinavier benutzten, um Wasser zu erhitzen, auf seiner Zunge läge.

Die Decken verschoben sich über ihnen und vertauschten Kälte und Wärme. Sie musste ihr Bein nur anheben – nur einen Bruchteil –, damit er den Strumpf über ihr Knie streifen konnte. Es war ein winziges, erotisches Zugeständnis. Er zog den Strumpf über ihren Fuß und stellte sich die Erlaubnis vor, die Katherine ihm gewähren würde, wenn sie ihre Beine ganz für ihn öffnete.

Hunger machte sich in ihm breit – und er erkannte es. Er hatte sich selbst beinahe umgebracht, um es zu vermeiden. Er schob ihr Bein von sich. »Den anderen können Sie behalten«, sagte er ungehobelt, demütigend. »Gute Nacht.«

Sie öffnete den Mund; er drehte ihr den Rücken zu.

Hinter ihm war zögerliche Stille, dann bewegte sie sich, und kalte Luft fand ihren Weg unter die Decke. Sie hatte sich auf ihren Ellbogen gestützt, dachte er, und beobachtete ihn. Er war sich ihrer schmerzlich bewusst, bereit für alles. Als sie sich schließlich wieder zurücklegte, imitierte sie seine Position – nah genug, um ihre Hitze zu fühlen, ohne sie jedoch zu berühren. Nah genug, dass er die Wellen fühlen konnte, die sie durchliefen, wie die Nachwirkung eines Schocks.

Sie erwachte aus einem Traum, in dem sie erstickte, um ihren Kopf eingekeilt unter seiner Schulter zu finden. Sie hatte sich unter ihm vergraben, während sie schlief. Jetzt stahl sie sich langsam davon, ohne dass er erwachte.

Sein Haar lag unordentlich auf ihrem Kissen ausgebreitet, und er vertraute ihr genug, um sie ihn so sehen zu lassen. Zerwühlt. Warm. Sie war nah genug, um seine Adern unter der zarten Haut seiner Augenlider verfolgen zu können. Eine Hand war neben sein Ohr geklemmt, der Ellbogen lag auf dem Kissen. Sie hatte ihn noch nie so fest schlafend gesehen.

Nur noch eine Minute, versprach sie sich und zählte die Sekunden rückwärts.

Sie ging nach unten ins … Chaos. Schon auf halbem Weg zählte sie vier livrierte Männer und eine Zofe. Zwei der Männer trugen eine Kiste zwischen sich, ein anderer hatte ein Bündel Papiere gegen seine Brust gedrückt, der vierte duckte sich in den Salon und rief: »Fionn, das Klavier passt nicht durch das Fenster, und die Jungs haben den –« Und die Zofe trug gefaltetes Leinen.

Sie würde in einem Moment unten sein. Sie würde ihnen zurufen, sobald ihr Atem nicht mehr beim Ausatmen in ihrem

Hals kratzte. Einen Moment. Sie musste ja auch wieder einatmen. Das war wichtig.

»Kit?« Hinter ihr stand Tom. Sie schloss die Augen. Oh Gott.

»Kit, geht es dir gut?«

Sie bemerkte, dass sie sich gesetzt hatte, und versuchte wieder aufzustehen und ihn anzusehen. Er saß neben ihr, bevor sie es schaffte, und sie nahm seine Hand, um ihm zu zeigen, dass alles gut werden würde. Alles würde gut werden. Sie würde dafür sorgen.

»Es ist wieder passiert, Tom«, sagte sie. »Genau wie das letzte Mal.«

Sie dachte, sie hätte ausgeglichen gesprochen, aber Toms Ausdruck verriet ihr, dass dem nicht so war.

Es war nur – sie erinnerte sich daran. Plötzlich, lebhaft. Der elende Tritt in ihren Magen, das mulmige Gefühl, dass etwas nicht stimmte, als die Männer und Zofen gekommen waren und alles wegnahmen. Sie hatte damals auch auf einer Stufe gesessen – auf der großen Treppe, draußen in der Eingangshalle – und hatte auf den Rücken ihres Vaters geblickt, weil die Leute ihrem Vater immer zuhörten. Er würde alles wiedergutmachen.

Sein Hals war rot, und er stritt mit einem Mann in einem billigen Mantel. Sie beobachtete, wie sein Hals so rot wurde, dass er wund aussah, was sie an den Mann in der Zeitung erinnerte, der gehenkt wurde, aber nicht sofort gestorben war.

Abe Sutherlands Kragen lockerte sich, krümmte sich, und seine Hand lief über sein Genick, unter sein Hemd. Dann erschien Mutter, und Kit war froh, denn eine Zofe ging über den Marmorboden mit Mutters lila Satin über ihre Arme gelegt, und jetzt würde sie den Fehler wiedergutmachen. Aber ruhige Worte oder ein Lächeln blieben aus. Ihre Mutter lief auf Abe zu und schrie: *Die Ming-Vase meiner Mutter. Du Bastard. Sie starb ohne – und diese schmutzigen Frauen. Du brichst mir das Herz!*

Kit würde es nie vergessen. Wie hässlich ihre Mutter war, wenn ihre Ruhe erschüttert wurde. Ihre Stimme durchdrang den immer leerer werdenden Raum. *Du brichst mir das Herz.* Irgendwie schlimmer als das Winken des Arms ihrer Lieblingspuppe, der über der Kiste herausragte, die gerade ein Mann hinaustrug.

»Es passiert wieder«, flüsterte Kit, und sobald ihr Gehirn wieder aufgetaut war, würde sie herausfinden, weshalb. Was hatte sie falsch gemacht? Sie war doch so vorsichtig gewesen, und doch war es nicht genug.

»Liebling«, sagte Tom und küsste ihre angespannten Knöchel. Es lag etwas Befremdliches in seiner Stimme. »Diese Leute wurden von Lady Rose geschickt. Sie nehmen nichts weg.«

Lachen. Das war es, was nicht stimmte. Er klang wie ein vergnügter Junge. Nicht wie das weiße, verkniffene Etwas, das sich auf sie verlassen hatte, darauf, dass sie alles richtete.

»Tun sie nicht?«, fragte sie benebelt und stumpfsinnig vor Erleichterung.

»Sie *bringen* Sachen«, sagte er. »Essen und Möbel und ein Klavier und Gemälde und Teppiche und einhundert Schachteln reine Wachskerzen – frag mich nicht, warum. Ich habe keine Ahnung, wie wir die alle aufbrauchen sollten.«

Jude kam kurz vor elf herunter und lief, als hätte man ihn auseinandergenommen und nicht ganz korrekt wieder zusammengesetzt. Er hatte eine blassblaue Perücke mit teuflischer Präzision auf den Kopf gesteckt, und anstatt noch verhärmter auszusehen, was nur gerecht gewesen wäre, sah er dadurch eher zerbrechlich aus. Sensibel.

Ha.

Sie war extra nicht nach oben gegangen, um ihn zu rasieren – sie hatte ihn dort oben hängen lassen, bis sie das Gefühl hatte, sie könnte auf adäquate Weise mit ihm umgehen. Sie musste sich den ganzen Morgen um eine Armee von Bediensteten kümmern und hatte nicht das Gefühl gehabt, sie bräuchte auch noch einen verrückten Herzog dazu.

Seine Arme waren vor der Brust verschränkt, den Morgenrock hatte er eng um sich gewickelt und einen üppigen Seidenumhang sorglos über die Schultern geworfen.

Er war rasiert und geschminkt, und sie wusste nicht, ob er es selbst geschafft hatte oder ob seine Bediensteten mit ihm im Bunde waren. Seine Ankunft im Erdgeschoss hatte kein ersticktes Lächeln verursacht, die Zofen knicksten nur routiniert vor ihm. Kit konnte nicht entscheiden, ob es schlimmer wäre, dass die Bediensteten wussten, was ihre eigene Familie nicht wusste … oder dass sie es nicht wussten, was sie und Jude in diesem Täuschungsmanöver noch fester aneinanderbinden würde.

Jude betrachtete die Männer, die Möbel und Waren trugen und Maß nahmen und Notizen machten, als hätte er nicht das Mindeste hiermit zu tun – als wären sie direkt aus der Hölle geschickt worden, nur um ihn zu quälen.

Er schien sie nicht mal zu sehen, als er an ihr vorbei in die Küche ging.

»Rose«, sagte sie und nahm seinen Arm. »Wir müssen reden –«

»Kaffee«, erwiderte er mit rauer und kratziger Stimme. »Ich flehe Sie an, geben Sie mir Kaffee, bevor Sie weiterreden.«

»Wir haben keinen –«

»Sie da.« Er umkreiste einen der Diener, der mit einer Liste in der Hand aus einer Tür trat. Kit hatte offensichtlich in dem

Moment aufgehört zu existieren, als sie ihm den Kaffee verweigert hatte. »Bringen Sie mir eine Tasse Kaffee. Und dafür gebe ich Ihnen höchstens zehn Minuten.«

Alles an ihm – Stimme, Haltung, Ausdruck, die vollkommen unbewusste Tatsache seines Anrechts – zeugte von Jahrhunderten mit der Tradition von Herr und Diener.

»Ja, Mylady«, sagte der Diener und rannte praktisch raus in den Korridor – er *rannte*.

Kit starrte ihm hinterher.

»Na, wollen Sie mich nicht mit etwas plagen?«, fragte Jude aus der Küche, wo er den Kopf in seinen Armen auf dem Tisch vergraben hatte. »Oh Gott, Katherine, lassen Sie mich nie mehr trinken. Niemals wieder.«

Sie trat neben ihn und wollte die Angelegenheit mit dem Aufruhr ansprechen, den er verursacht hatte – und Jude lehnte den Kopf gegen ihre Hüfte.

»Sie sind eine teuflische Frau«, sagte er wehleidig. »Haben Sie eine Ahnung, wie schwer es ist, sich vor einem Spiegel zu rasieren? Jedes Mal, wenn sich meine Hand nach links bewegen sollte, wählte sie die andere Richtung. Die Hälfte der Zeit habe ich mir wie ein Irrer ins Auge gebohrt.«

Ohne nachzudenken, wollte sie ihn streicheln, um ihn zu trösten. Dann dachte sie nach und tat es trotzdem. Ihre Finger fuhren hinten an seinem Kragen hinab, Pelz streifte sanft ihre Hand. Ihr Griff blieb fest, sie rieb ihm langsam den Nacken.

Jeder Teil in ihm gefror. Aber er zog sich nicht zurück. Nach einer scheinbar unendlichen Zeitspanne seufzte er, und seine Schultern entspannten sich ein wenig.

»Wo ist Miss Sutherland?«

Die Stimme dröhnte im Gang, und Kit und Jude sprangen auseinander. Sie verfluchte den Squire innerlich.

»Ah, Miss Sutherland«, sagte er von der Küchentür her, und sie wünschte, er würde nicht so laut schreien.

»Sir Winston.« *Es ist unter Ihrer Würde, unter dem Daumen eines Komparsen und Schufts wie dem Squire zu stehen.* »Wie immer ein Vergnügen, Sie zu sehen. Ich bringe Ihnen Tee in den Salon.«

»Oh nein«, sagte er mit hungrigen Augen auf Lady Rose, »ich halte es für eine charmante Abwechslung, in der Küche zusammenzusitzen.«

Kit drängte sich ein Gedanke auf: Wenn Sir Winston von Millcross es für eine Neuheit hielt, war es für den Duke of Darlington mehr als absurd, sich an ihrem abgenutzten Holztisch wohlzufühlen. Sie schaute auf seinen blauen Kopf. Nicht gerade behaglich, eher wie entsetzlich verkatert. Aber die Küche schien ihm nichts mehr auszumachen, vielleicht bemerkte er nicht einmal, wo er war.

»Ich hörte heute Morgen Gerüchte«, rief der Squire heiter in den Raum und trat ein paar Schritte auf den Tisch zu. »Offensichtlich habe ich eine neue Zofe namens Daisy angestellt – und die halbe Grafschaft hat sich in sie verliebt. Die Beschreibung ähnelt verdächtig Ihrer Lady Rose.«

Sein Lachen durchdrang Kits Innerstes wie Öl – umso schlimmer, da er offensichtlich dachte, sie und Lady Rose hätten sich einen Scherz erlaubt. Die fragliche Lady ließ sich nicht anmerken, ob sie ihm zuhörte.

»Was sagen Sie dazu, äh, Lady Rose?« Der Squire kam noch näher.

Jude blickte zum Squire hoch, und Kit hielt den Atem an. »Es tut mir leid«, sagte er. »Haben Sie etwas gesagt?«

Und sie dachte, sie hätte ihn zuvor bereits herzoglich erlebt. Er hatte ihr schon mehr als einmal einen eisigen Blick zugeworfen – sie mühelos in ihre Schranken verwiesen. Das aber, so bemerkte sie, war nur das Spiegelbild eines Traums von dem gewesen, was er sein konnte. Obgleich zerwühlt, obgleich sitzend, obgleich nicht angezogen, blickte er über seine Nase auf den Squire hinab.

Seine Augen wurden nicht eisig, sie wurden zu blauem Feuer. Seine Empörung – die Ungläubigkeit, dass dieser rundliche Mann vom Land es wagen konnte, mit ihm zu *reden* – musste er nicht aussprechen. Der Squire trat einen energischen Schritt zurück, was noch immer nicht weit genug war.

Also noch einen.

»Hören Sie auf, mich zu belästigen, kleiner Mann«, sagte Jude mit heiserer und süßer Stimme.

Der Squire öffnete den Mund, konnte aber nicht reden. Er verbeugte sich kurz, und seine Augen entdeckten Kit, als er sich zum Gehen wandte.

»Sir Winston, warten sie!« Sie zwang sich selbst dazu, das zu sagen, auch wenn Jude deswegen weniger von ihr halten mochte. »Ich bringe Ihnen Tee in den Salon. Bitte gehen Sie nicht.«

»Ich möchte wirklich nicht stören«, versetzte er. »Aber Sie sollten morgen zu mir kommen. Zum Tee.«

Er würde das Darlehen vor Lady Rose nicht erwähnen, aber Kit wusste, dass sie morgen über Zinsen reden würden. Er würde sie erhöhen. Schon wieder. Die zehn Guineen würden bei Weitem nicht ausreichen.

Der Squire nickte und ging, wobei er beinahe mit einem toten Kalb zusammenstieß.

»Guten Morgen, Sir«, sagte Angus mit rotem Gesicht über das Gerippe hinweg.

Kit konnte sich nicht überwinden, Jude anzusehen, denn sie war gerade erst gewaltsam daran erinnert worden, dass er ein Herzog *war*. Und eben jetzt war er ein Herzog, der ihr Haus mit Waren im Wert von Hunderten Guineen füllte.

Ihre Dankbarkeit kam dem Gefühl der Vergebung so nahe, dass es keinen Unterschied machte.

Zwei von Darlingtons hübschen Dienern trugen ein spätes Frühstück in den Salon. Kit fühlte sich etwas komisch, wie sie dasaß und in ihrem eigenen Zuhause bewirtet wurde. Und sie wollte sich in dem neuen Sofa zurücklehnen, dessen Polster so fest waren wie ein Schweinerücken, und den ganzen Nachmittag darin lümmeln und lächeln und Anweisungen erteilen.

»Danke, Joshua. Ronald.«

»Kit«, sagte ihre Mutter, nachdem die Diener mit einem leisen »Madam« gegangen waren, »wenn wir schon Angestellte haben, dann freunde dich bitte nicht mit ihnen an.«

Am liebsten hätte Kit etwas erwidert, um irgendwie diese plötzliche Furcht auszudrücken. Wenn sie weitere finanzielle Annehmlichkeiten genossen, würde ihre Mutter vielleicht immer weniger zu der Frau werden, die sie liebte – aber Ma hielt die feine Porzellantasse so vorsichtig in ihrer Hand wie ein neugeborenes Küken.

»Natürlich, Ma.«

»Kit«, sagte Tom, der abwesend an einem Toast kaute und die Stirn über die Londoner Zeitung runzelte, die er las. »Sagtest du nicht, du hättest den Duke of Darlington getroffen, als du in London warst?«

Der Herzog, der sich in den alten Sessel gekauert hatte und seine dritte Tasse Kaffee an diesem Morgen trank, hatte sanft gestöhnt, seit das Essen hereingebracht worden war. Sein Stöhnen verstummte.

»Du– « Ihre Mutter saß aufrecht auf ihrem Stuhl und schickte ein kurzes Gebet um Stärke in den Himmel. »Du hast einen *Herzog* kennengelernt und hast es mir nicht gesagt? Oh, meine Liebe, ich hoffe, du hast ihn nicht beleidigt?«

»Und warum ist das das Erste, woran du denkst wenn du erfährst, dass ich einen Herzog getroffen habe?« Kit war genervt und sich bewusst, dass sie sich ein klein wenig schuldig fühlte. Sie hatte ihn nicht beleidigt. Sie hatte ihn als eine inkonsequente Staubflocke bezeichnet.

Sie wagte einen kurzen Blick auf ihn und sah etwas, das sie wahrscheinlich nicht hätte sehen sollen. Er errötete, als er ihren Blick sah, und lächelte unbehaglich.

Bevor sie etwas sagen konnte – oder bevor *er* etwas sagen konnte, Gott sei Dank –, lachte Tom. »Die Zeitungen lieben ihn«, sagte er.

»Den Herzog, meine ich. Er hat einem gewissen Lord Hörner aufgesetzt, einem Lord M–«

»Marmotte«, murmelten Kit und Jude gleichzeitig.

»Tom«, schalt Ma zur gleichen Zeit und ertränkte das Wort in einem Schluck Tee. Sie musste ihn schelten, denn jemandem die Hörner aufzusetzen, war ein abscheuliches Thema am Frühstückstisch, aber Kit kannte sie: Sie verlangte heißhungrig nach Klatsch.

»Es scheint, dass Lady M–«

»Marmotte.«

»– ihr ganzes Geld in Geschäften und Abkommen stecken hatte, sodass Lord M – nun gut, Lord *Marmotte* – nicht in der Lage war, auch nur einen Penny in die Hände zu bekommen. Er muss einen wirklich triftigen Grund gehabt haben, sie loszuwerden. Scheint, als hätte er sich in die Politik gestürzt. Oh, Kit, er ist dafür, die Korngesetze zu reformieren.«

Tom sagte das ohne besonderes Interesse und ging gleich weiter zum nächsten deftigen Leckerbissen, aber er wusste, dass Kit es würde hören wollen. Die Korngesetze hatten Einfluss darauf, was sie sich Woche für Woche leisten konnte.

Das meiste von dem, was Tom erzählte, hatte sie bereits gewusst. Sie hatte ohne Rücksicht auf sich selbst jedes grässliche Detail der Marmotte-Scheidung verfolgt. Spürte jeden Schnipsel über diese Frau auf, deren Brüste sie besser kannte als ihr Gesicht. Lady Marmotte, alles andere als eingeschüchtert, hatte auch Sir Roskills Schulden gekauft und Harringtons jüngeren Bruder in seinem Kapitänsamt gefördert. Lady Marmotte, beinahe geschieden, zeigte sich bei den beliebtesten gesellschaftlichen Veranstaltungen.

Sie hatte nicht gewusst, dass Lord Marmotte schließlich die Reform unterstützen würde.

»Das ist eine … merkwürdige Reaktion auf Herzeleid«, sagte sie.

Jude machte ein spöttisches Geräusch.

»Halten Sie das nicht für merkwürdig?«, fragte sie und riskierte es, in seine Richtung zu schauen.

»Ich halte es nicht für Herzeleid.«

Sie hielten dem Blick des jeweils anderen stand, erröteten dann und schauten weg. Zwischen ihnen stand das Musikzimmer, in dem Jude Lady Marmotte gegen das Klavier gepresst hatte – und seine Finger auf Kits Haut letzte Nacht. Sie setzte ihre Tasse fest auf den Tisch, um sich nicht zu verraten. Die Haut oben an der Innenseite ihres Oberschenkels durfte nicht von ihm berührt werden.

Es war, wie ein Puzzle zu lösen. Wenn sie es nur durchdenken konnte, darüber nachdenken konnte, was es bedeutete und was sie gefühlt hatte. Immer wieder dachte er darüber nach, wie sein Körper mit ihrem kollidierte, und es ergab nicht mehr Sinn als letzte Nacht, aber es hörte nicht auf.

»Oh«, sagte Tom etwas peinlich berührt und hüstelte, weil er vergaß, seinen Toast zu kauen. »Äh, diese Zeitung ist nicht so nett zu Ihrem Cousin, Rose.«

»Ich hatte auch nie das Bedürfnis, ihm gegenüber besonders nett zu sein. Was schreiben sie denn? Ich wette, ich kann es besser.«

»Sie sagen, äh, er bestünde aus nichts als einer Frisur, hohen Kragen und einer Krawatte, um die ihn andere Männer beneiden.«

»Nun«, sagte der Herzog und ließ sich wieder in den Sessel fallen. Sein Kopf sank zurück, und er lachte ein wenig hilflos. »Ein besonders scharfer Geist dachte sich das einst aus. Ich finde, ich könnte es nicht besser ausdrücken.«

»Und ein besonders alberner Geist hatte es auch noch in ganz London verbreitet.«

Tom sah Kit fragend an und trank seinen Tee zu schnell.

»Da gab es ein Pamphlet«, sagte sie unbehaglich. Aber als Jude wieder lachte, war sie überrascht, dass sie ebenfalls das dringende Bedürfnis hatte zu lachen. Er war eine unmögliche, irrwitzige Kreatur. »Ich habe den Herzog in Verdacht, es selbst veröffentlicht zu haben. Genau so etwas würde er tun.«

»Es klingt, als hättet ihr euch gut bekannt gemacht«, sagte Tom und legte die Zeitung beiseite. »Wie ist er denn so?«

Kit öffnete den Mund und konnte sich nicht entscheiden, welches der unzähligen Worte, die ihr in den Sinn kamen, sie zuerst sagen sollte. *Arrogant, wunderschön, boshaft, Angst einflößend, intelligent, verstört, lustig.*

»Er ist etwas einfach, eine arme Seele«, sagte Jude und machte es sich wieder mit seinem Kaffee gemütlich. »Wenn auch charmant. Jeder ist der Meinung, dass er sehr charmant ist.« Er blickte unschuldig zu Kit hoch. »Hielten Sie ihn für charmant?«

Er nahm einen Schluck Kaffee, während er auf ihre Antwort wartete, und ihr wurde erspart, etwas Höfliches und gänzlich Unwahres zu sagen, weil sein Kaffee inzwischen kalt geworden war. Sie wusste das, weil er es ihnen auf äußerst erfinderische

Weise gesagt hatte, bevor er vier Diener hereinrief, damit er seine Wut an ihnen auslassen konnte. Und es war ein wahrhaft spektakulärer Wutausbruch.

Kit war damit beschäftigt, ihn anzugrinsen, sodass sie eine Weile brauchte, um zu begreifen, dass Tom sich fest in seinen Sessel geklemmt und die Kanten der Zeitung kaputt gemacht hatte, die er dahinter zu verstecken suchte. Ihre Mutter sah derart entrückt und abwesend aus dem Fenster, dass Kit gegen den Drang ankämpfte, sie zu kneifen.

Diese Haltung in ihrer Familie war ihr nur allzu vertraut. Sie hatte sie jedoch jetzt monatelang nicht gesehen. Sie fühlte die Wirkung auf ihr Fleisch – die Anerkennung von jemandem, den man liebt und den man überrascht ist zu sehen, bevor ihn das Gehirn überhaupt einordnen kann.

Sie hatte diese ängstlichen Menschen nie mehr wiedersehen wollen. Einen Moment lang wogen sie wie Wasser in ihren Lungen. Jude regte sich noch immer auf, und sie wusste, weshalb Tom und Ma sich, so gut sie konnten, ausgeklinkt hatten. Sie erinnerte sich an ihre Furcht, als BenRuin die Beherrschung verlor, die ihr bis in die Knochen ging.

Aber das hier war Jude.

Sie fürchtete ihn nur, wenn er sie direkt ansah, und sie konnte in seinen Augen sehen, dass er kurz davor war, etwas Schreckliches zu sagen. Wenn er einen verletzte, dann *absichtlich*.

Der Mann in der blauen Perücke, der den Dienern hübsche, schmollende Blicke zuwarf, war keine Gefahr. Er war … es war absurd, aber sie wurde den Gedanken nicht los, dass er nur *spielte*. Dann dachte sie an einen kleinen, sensiblen Jungen, der in großen Häusern aufwuchs und nur Diener als Gesellschaft hatte.

Ein Blick auf die Gesichter der Diener bestätigte das.

Judes Augen wurden zu Schlitzen. »*Grinsen* Sie etwa über mich, Diener Nummer drei? Denn ich erlaube es nicht, dass man sich über Kaffee lustig macht. Genau in dieser Sache verlange ich gebührende Ernsthaftigkeit. Ein akademisches Maß an Ernsthaftigkeit. Eine Ernsthaftigkeit, wie sie in den stillen Hallen von Oxford vorherrscht.«

Sie bemerkte, dass sie erneut grinste, aber Tom und ihre Mutter konnten oder wollten nicht erkennen, dass sie nicht in Gefahr waren. Dass ihnen auf die eigene, verdrehte Weise des Herzogs ein unterhaltsames Schauspiel geboten wurde.

Wahrscheinlich dachte er, dass Zuneigung so aussah.

»Meine Liebe«, sagte Kit, schaltete sich direkt in diesen Wutausbruch ein und legte eine Hand auf seine Wange, »du darfst die Bediensteten nicht zum Weinen bringen. Das ist nicht nett.«

»Ich bin nicht sehr nett«, flüsterte er. Seine traurigen, verworrenen Augen waren nah, beobachteten sie. Sie hatte sie beide, ohne nachzudenken, eingeschlossen. Das Verlangen entfachte sich, und es gab keinen Weg, es zu stoppen – unmöglich, schnell genug beiseitezublicken, um sich vor ihm zu verstecken.

Er trat einen Schritt zurück. Einer der Diener hüstelte diskret.

»Soll ich Ihnen jetzt mehr Kaffee bringen, Mylady?«

Jude ließ sich theatralisch in den alten Sessel zurückfallen. »Warum quälen Sie mich so? Können Sie nicht sehen, dass ich jetzt viel zu deprimiert bin, um Kaffee zu trinken?«

»Wie Sie wünschen«, sagte der Diener, und die ganze Reihe verbeugte sich und ging.

»Sind Sie auch zu deprimiert, um zu lesen?«, fragte Kit neugierig und ging auf die Rückseite seines Sessels.

»Oh ja. Viel zu deprimiert zum Lesen.

»Sogar Beaumaris?« Es war ein billiger Versuch, aber sie

wurde langsam ärgerlich auf ihren Bruder, weil er vor Jude Angst hatte. Sie schaute Tom nicht an und auch Jude nicht, als er die Zeitung beinahe in zwei Teile riss. Wenn Tom Lady Rose nur halb so gut hätte kennenlernen können wie Kit den Herzog, würde er wissen, dass man sein Geheimnis nicht geheim halten konnte.

»Sogar Beaumaris«, sagte Jude mit einem herzerweichenden Seufzer. »Oh, Katherine, Katherine, alles ist so klar. Wenn Hamlet jetzt käme und vor mir Selbstgespräche führte, bin ich sicher, ich sollte ihm sagen: ›Letzteres, ganz sicher Letzteres.‹«

Sie verschränkte ihre Arme über der Lehne des Sessels und lehnte sich darauf. »Besteht die Chance«, fragte sie süß, »dass Sie zu deprimiert sind, um weiterzusprechen?«

Er dachte kurz darüber nach und schüttelte dann mit großer Melancholie den Kopf. »Ich denke, selbst wenn ich tief im Boden liege, werde ich nicht tot genug sein, um das Reden einzustellen.«

Er sagte es beinahe entschuldigend, und obwohl sie spielten, war etwas Geistreiches in seiner Stimme, das sie rührte.

»Armer Liebling«, murmelte sie und griff hinab, um ihn zwischen Ohr und Kragen zu streicheln. Es war wirklich alarmierend, wie sehr diese Berührungen offenbar zu einer Notwendigkeit geworden waren.

»Würde Ihr Haustier Ihnen helfen, sich besser zu fühlen?« Mit einem entlegenen Teil ihres Gehirns erkannte sie, dass ihre Stimme weich geworden war – das war nicht länger eine Show für ihre Familie. Das war nur für ihn.

»Porkie?«, fragte er, und seine Augen glänzten vor Entzücken. »Wo ist das kleine Schwein? Ich vermisse es so.«

Am Nachmittag kamen Geschäftsleute aus Millcross, um die Klingel zu reparieren, aber jetzt musste Kit erst einmal auf den

Flur treten und um Hilfe rufen. Anscheinend wusste niemand so genau, wo Porkie sich aufhielt, was etwas beunruhigend war. Sie trat in die Küche, verärgert darüber, wie sie dazu gebracht wurde, sich deplatziert zu fühlen. Es war, als wäre sie wieder in der Küche in BenRuins Haus.

Nun, Soames missbilligende Blicke hatten sie auch nicht davon abgehalten, immer wieder zurückzugehen. Und dies war *ihre* Küche. Wenn auch ein wenig schwer wiederzuerkennen, so voller Lärm und Menschen und Gerüche, die ihren Bauch vor Erwartung zum Knurren brachten.

Liza beäugte Oliver, den jungen Mann, der die weiße Soße rührte, ganz genau und etwas eifersüchtig. Kit ging langsam durch die Küche, um ihre Position klarzumachen. Dann ging sie hinaus in den Garten.

Und erstarrte.

Heilige … heilige Mutter aller pinken Dinge.

Jude hatte ihr im Vorbeigehen gesagt, dass er die Planung ihres neuen Schweinestalls persönlich überwachen würde. Er hatte nur überhaupt nicht erwähnt, dass ihr neuer Schweinestall ein Miniaturschloss sein würde, mit Türmchen und Schießscharten.

Und dass es in einem hellen, muschelfarbenen Pink sein würde.

Sie fühlte sich ein wenig schwach und fragte sich, ob es irgendjemandem etwas ausmachen würde, wenn sie sich einen Moment lang in den Dreck setzen würde.

13

»Ist es nicht großartig?«, fragte er und machte keine Anstalten, sich aus dem Sessel zu schälen.

Kit neigte dazu, ihn wieder einen Narren zu nennen, und entschied, dass dies nicht annähernd heftig genug war. Sie fragte sich, ob Angus mit seinem schmutzigen Vokabular das Landgut bereits verlassen hatte. »Es ist …«, begann sie und konnte den Satz nicht beenden. »Es ist …«

»… ein Wunderland der Fantasie«, sagte er. »Geben Sie mir Porkie.«

Jemand hatte den kleinen Eber in ihre Arme gelegt, als sie zurück ins Haus kam. Er trug eine elegante Jacke aus einem Material, das wie Reste von einem der skandalösen Kleider von Jude aussah. Die ruckartige, muskulöse Bewegung seiner Beine war ihr so vertraut, weil das Vieh manchmal bewegt und geschlachtet werden musste.

»Es ist ein Schweinestall«, sagte sie und versuchte, die Welt wieder geradezurücken.

»Dies ist ein … Grundgütiger, dies ist ein Bauernhof! Und Sie … Sie wissen nicht, was das bedeutet.«

»Geben Sie mir das Schwein«, sagte er und schmollte.

»Was hat Rose getan?«, fragte Tom und sah Kit merkwürdig an.

»Sie werden es lieben, Thomas«, schnurrte Jude und rollte einen vergnügten Porkie auf seinem Schoß hin und her. »Sie haben, anders als Ihre Schwester, eine romantische Seele.«

Er weigerte sich, sie zu verstehen, und ihre Frustration verwandelte sich in etwas wie Furcht. Zwischen ihnen lag ein unüberwindlicher Graben. Sie würde es nicht schaffen, ihn so weit zu bringen, dass er es verstand.

Tom rannte quasi aus dem Zimmer und hatte bereits ein vages Lächeln auf den Lippen. Er versuchte gleichgültig auszusehen, versagte aber und murmelte eine Entschuldigung, er müsse sein Arbeitszimmer überwachen, das gerade für einen Umzug abgebaut wurde.

»Wo ist Ma?«, fragte Kit.

»Sie gab vor, ihre Näherei holen zu wollen, aber ich glaube, sie wollte nur den Bediensteten Anweisungen erteilen. Die arme Frau war mehr als ein Jahrzehnt dieser besonderen Freude beraubt worden. Ich weiß gar nicht, wie sie das überlebt hat.«

Er schüttelte sich grazil, und Kit dachte an die gefühllosen Abende, wenn sie in der kalten, dunklen Küche saß, zu erschöpft, die Treppe hochzugehen, zu krank, um noch etwas zu denken. Mit jeder neuen Aufgabe, die sie gelernt hatte, hatten ihre Muskeln geschmerzt, und manchmal konnte sie dieses Winseln im Dunkeln hören und dachte abgeklärt, dass eine Kreatur, die solche Geräusche von sich gab, notgeschlachtet werden sollte – ganz gleich, was sie war.

Als es an der Tür klopfte, drehte sie sich dankbar um.

»Ein Brief für Sie, Madam«, sagte Ronald und verbeugte sich, als er ihr das Serviertablett reichte.

Soames. Soames hatte endlich geschrieben.

Schuldbewusst schaute sie auf die neuen Möbel und hoffte, der Brief war nicht zu spät angekommen.

Als sie Soames Brief gelesen hatte, öffnete sie die Zeitung, die Tom neben seinem inzwischen kalt gewordenen Tee hatte liegen lassen. Weil sie wusste, wonach sie suchen musste, war es offensichtlich. Es stand alles da.

Eine neue Theaterproduktion mit dem Titel *The Misadventures and Misplaced Grace of a Simple Man* – mit Dank an die Schirmherrschaft von Vivienne, Lady Marmotte. Ein Pamphlet, das den lasterhaften sexuellen Appetit einer Gesellschaft denunzierte, in der eine Frau nicht einmal unter dem Dach ihres Ehegatten sicher war – in Umlauf gebracht von Vivienne, Lady Marmotte. Eine Untersuchung in heruntergekommenen Vierteln auf dem Land des Duke of Darlington – mit eidlichen Aussagen zusammengetragen von Vivienne, Lady Marmotte.

Sie wagte es, ihn anzusehen. Sein Kopf war gegen den Sessel gelehnt, die Augen geschlossen. Aber seine Finger kreisten noch immer kraftlos hinter Porkies Ohren, und auf seinem Gesicht lag ein kleines Lächeln.

»Warum haben Sie sie verführt?«

Er öffnete nicht einmal die Augen, und seine cleveren Finger streichelten weiterhin das Schwein. »Weil es mich nach ihr gelüstete«, sagte er.

»Schwachsinn. Warum haben Sie sie verführt?«

»Weil sie reicher ist als der Regent, und ich dachte, sie würde mir vielleicht eine hübsche Diamantkette kaufen.«

»Hören Sie auf«, sagte sie aufgebracht. »Sie wissen, dass Sie ein riesiges pinkfarbenes Schild aufgebaut haben, das besagt, hier bin ich, komm und finde mich, und die reichste Frau Englands will Sie offensichtlich gelyncht sehen. Warum wollen Sie ihren Zorn auf sich ziehen?«

Er zuckte mit den Achseln. »Sie wissen ja gar nicht, wie langweilig das Leben ist, wenn man alles hat. Ich muss etwas zu meinem Zeitvertreib tun.«

Er bestätigte ihre schlimmsten Befürchtungen – und er wusste es. Und auch wenn sie es ganz klar sehen konnte, war sie drauf und dran, vor Wut über ihn zu platzen. Ihn zu schlagen. Auf ihn zu spucken. Es sei denn …

»Ist es, weil Sie sterben wollen?«, fragte sie und fand sich kniend vor dem Sessel wieder. »Sie wissen, das werde ich nicht zulassen. Ganz gleich, was Sie zu wollen meinen.«

»Woher haben Sie diesen Kampfgeist?«, fragte er und schaute sie an. »Ich glaube Ihnen beinahe.«

»Sagen Sie es mir einfach. Warum haben Sie sie verführt?«

Sein Gesicht wurde kalt, und sie wusste, er würde sie entlassen. Wer war sie, dass sie die Angelegenheiten eines Herzogs anzweifeln durfte? Und dann, mit einem Versuch, den sie in seinen Zügen nachvollziehen konnte, und durch seine angespannten Finger, die sich öffneten und schlossen, änderte er seine Meinung. »Erzählen Sie mir, was Sie über die Korngesetze wissen«, sagte er.

Es war das Letzte, was sie erwartet hatte. Und dann begann alles einen Sinn zu ergeben, wenn sie es zuließ, in einem viel, viel größeren Umfang zu denken, als sie es bislang getan hatte.

»Korn darf nicht importiert werden, es sei denn, der lokale Preis hat 0 Schilling pro Quarter erreicht. Die meisten Aufstände im letzten Jahr sind auf diese Gesetze zurückzuführen. Aber mehr als das weiß ich, dass sie es für mich einst monatelang unmöglich machten, Mehl zu kaufen, und dass ich den Pächtern die Saatkosten nicht bezahlen kann.«

Er sagte: »Da gibt es ein paar Männer – einflussreiche Männer –, die wie ich glauben, dass die Gesetze überarbeitet werden müssen. Aber wir erholen uns gerade von einem Krieg, und das macht die Ohren der Menschen für die Idee einer Veränderung taub. Insbesondere, wenn diese Veränderung aus ihren eigenen Taschen finanziert wird, und das alles für ein abstraktes Konzept. Die Bedürfnisse von vielen. Gesichter, die sie nicht einmal sehen, wenn sie aus den Fenstern ihrer Kutschen schauen. Hände, die arbeiten, bis sie nicht mehr können, und wo schon Hunderte weitere darauf warten, ihren Platz einzunehmen.«

Sie hatte so viele seiner Gesichter gesehen. Dieses jedoch noch nie. Seine Worte waren platt und gleichgültig. Aber da war etwas Stilles in ihm – eine Leidenschaft, die schon so lange gebrannt hatte, dass sie stetig wurde, heiß, in der Lage, eine Regierung aufzulösen und neu aufzubauen.

»Liverpool horchte Marmotte aus – wusste, dass er mit unserer Sache sympathisierte. Er ist hoch angesehen. Man hört ihm zu. Aber Lady Marmotte ist die bessere Politikerin. Sie war dabei behilflich, letztes Jahr die Gesetze durch das Parlament zu bekommen. Wir mussten ihn von ihrem Geld und Einfluss wegbringen. Wir mussten ihn ausreichend verärgern, damit er einen unbeliebten Gesetzesentwurf stützte.«

»Sie sind solch ein Idiot«, sagte sie zu ihm, und sein Kopf schnellte herum, als hätte sie ihn geohrfeigt. »Es ist Ihnen wohl nie in den Sinn gekommen, dass Sie ihren Sitz in Anspruch nehmen und den Gesetzesentwurf selbst hätten unterstützen können. Meine Güte, Sie könnten einen Araber dazu überreden, Sand zu kaufen. Sie wären zehn Mal so viel wert wie Lord Marmotte.«

»Ich fühle mich geschmeichelt. Denke ich.«

»Warum stattdessen kaltblütig eine Frau verführen? Warum boshaft sein und eine Ehe zerstören? Genießen Sie es so sehr, der Märtyrer zu sein, dass Sie es zuließen, dass dieses Miststück Sie berührte?«

Sein Blick auf sie war blau und unergründlich, und sie erwiderte ihn. Oh Gott, was hatte sie jetzt wieder offenbart? Er steckte seine Finger in ihr Haar, kraulte ihren Kopf leicht hinter ihrem Ohr, und sie dachte, sie würde vor Vergnügen ohnmächtig werden. Kein Wunder, dass dieses Schwein komatös aussah.

»Ich werde es nicht wieder tun. Ich … verspreche es.« Das letzte Wort klang, als hätte er es nie zuvor benutzt, aber es beruhigte sie dennoch.

»Warum es überhaupt tun? Idiot.«

»Bis mein Anspruch anerkannt ist, darf ich meinen Sitz nicht einnehmen. Aber …« Er seufzte und nahm seine Finger von ihrem Kopf; sie griff in den Teppich, um ihn nicht ebenfalls anzufassen. »Wenn Sie das nächste Mal in London sind, nehme ich Sie mit ins Oberhaus. Man kann nur mitreden, wenn man das gesamte Drama einmal erlebt hat. Sie lassen sich zujubeln, wenn sie reden. Sie verfolgen den Punkt der Auseinandersetzung wie ein kurzsichtiger Großonkel, der hinter einem Schimmer Sonnenlicht auf einem Regentropfen her ist, weil er denkt, es sei Cognac. Diese Männer werden mit einer Meinung geboren, und sie geben sie an ihre Söhne weiter. Gletscher bewegen sich schneller als Meinungen. Und sie schreien auch viel.«

»Sie würden es schaffen, ihre Meinung zu ändern«, sagte sie stur.

»Wohl wahr.« Er zuckte mit den Schultern. »Ich bringe die Gletscher unter ihnen zum Schmelzen, und dann lernen sie schwimmen, oder sie gehen unter. Und Dinge ändern sich.«

»Und in der Zwischenzeit hassen Sie sich selbst derart, dass es Sie hierher verschlagen hat.«

Das kleine Schwein machte Schweinegeräusche, und der Lärm von zwanzig Bediensteten in ihrem Haus war noch immer etwas Neues, das sie nicht ganz ausblenden konnte. Aber zwischen ihnen bestand eine Ruhe, in der man hätte ertrinken können.

Sie war zu weit gegangen. Sie wusste es.

»Was Sie jetzt tun – Sie verhalten sich nicht wie ein Politiker und auch nicht wie ein verfluchter Herzog. Sie verhalten sich wie Gott, und dazu haben Sie kein Recht. Diese Menschen dort draußen – Menschen wie Angus, John und seine Brüder, verflucht, sogar ich –, wir verdienen es zu wissen, dass wir eine Rolle spielen. Dass sich jemand für unsere Sache einsetzt.«

»Und dieses behagliche Wissen leistet Ihnen Gesellschaft, wenn Sie sich nichts zu essen leisten können, schätze ich?«

»Es ist wichtig«, sagte sie.

Als er sich wieder in seinen Sessel sinken ließ, bemerkte sie, dass sie sich während ihrer Auseinandersetzung immer näher gekommen waren.

»Sie sind eine interessante Frau, Katherine Sutherland.«

Sie wollte sagen: *Wenn Sie endlich damit aufhören würden, meine Intelligenz zu unterschätzen, müssten Sie nicht ganz so überrascht klingen*. Aber sie traute sich nicht. Er würde aus ihrer Stimme hören, was es ihr bedeutete, dass er es gesagt hatte.

Sie hörte ihn lächeln und blickte auf. Erkannte, dass sie zur Ablenkung mit Porkies Schwänzchen gespielt hatte – sie hatte es straff gezogen und zurückschnalzen lassen. Bevor sie ihn finster anschauen oder ihre Hand wegziehen konnte, hatte er schon ihre Fingerspitzen gepackt und ließ seine Handfläche langsam über ihre gleiten.

Oh. Gott.

Sie konnte nicht wegsehen. Das Lächeln war aus seinem Gesicht gewichen, während sich seine Augen verdunkelten. Er streichelte ihr Handgelenk mit seinen unerträglich sanften, schwielenfreien Fingerspitzen.

Sie stand abrupt auf. Strich ihr Kleid und ihren Kittel glatt. »Es ist zu gefährlich, diese Aufmerksamkeit so auf sich zu ziehen«, sagte sie. »Wozu dann das Kleid – dass ich Sie rasiere und schnüre –, wenn Sie nicht einmal versuchen, verdeckt zu bleiben?«

Er sah überrascht aus und ganz und gar nicht so, als hätten sie einander gerade verbrannt. »Das Kleid dient nicht dazu, mich zu verstecken. Nur so konnte ich Ihnen näherkommen. Denn ich musste einfach in Ihrer Nähe sein.«

Sie spürte, wie sie errötete, und schüttelte langsam den

Kopf. »Die Diener, die Zofen – sie müssen alle gehen. Der Schweinestall wird definitiv verschwinden müssen.«

»Zu stolz, meine Wohltätigkeit anzunehmen?«, fragte er.

»Ich sagte, die Bediensteten und der Schweinestall müssen gehen. Den Rest könnten sie mir nicht aus meinen kalten, toten Fingern ziehen. Das gehört jetzt mir, und Sie können es nicht zurücknehmen.«

Sie hielt den Kopf aufrecht, während sie das sagte, und war sich natürlich bewusst, dass er alles zurückholen konnte. Ihr wurde nur schwach bei dem Gedanken, dass sie das alles wieder loslassen sollte – die Teppiche in der Halle, das Zimmer, das ausgeräumt und gereinigt wurde und in dem jetzt ein Klavier stand und Vorhänge an den Fenstern hingen. Toms neues Arbeitszimmer mit Bücherregalen von der Wand bis zur Decke. Sie war darauf nicht vorbereitet gewesen, und an diesem Morgen hatte sie sich selbst in der alten Wäscherei eingesperrt und qualvoll geschluchzt, während sich das Steinbecken in ihre rauen Hände gebohrt hatte.

»Machen Sie sich um mich Sorgen?«, fragte er beinahe zögerlich, als erwartete er, ausgelacht zu werden.

Sie kämpfte gegen den Drang, die Zartheit irgendwie abzuschneiden, und zwang sich stattdessen zu einem Nicken. »Ich … danke Ihnen«, sagte sie, was eine merkwürdige Antwort war. »Trauen Sie mir?«

»Für keinen Heller.«

»Vertrauen Sie darauf, dass ich intelligent genug bin zu wissen, was ich tue?«

Eine schwierigere Frage. »Ginge es hier um Politik, würde ich Ja sagen. Ginge es um irgendetwas außer Sie selbst, würde ich Ja sagen.« Er streichelte Porkie.

»Und wenn es um Sie geht?« Hilflos betrachtete sie seinen gebeugten Kopf.

»Ich weiß, was ich tue«, sagte er ruhig. »Lassen Sie die Bediensteten bleiben. Gönnen Sie sich selbst etwas *Ruhe*, Katherine. Überlassen Sie mir die frühere Lady Marmotte.«

Sie fühlte sich dadurch unbehaglich – durch diesen ersten Übergriff der Welt von draußen in die ihre. Aber er war ein erwachsener Mann – ein Herzog –, und sie wusste, dass er mehr Spiele in Gang hielt, als sie überhaupt annehmen konnte. Es lag an ihr, auch noch seine Last aufzunehmen.

»Nun gut«, sagte sie und wandte sich zum Gehen. »Sie können bleiben.«

Sie war schon beinahe zur Tür hinaus, als sie zurückkam. »Und es ist keine Wohltätigkeit. Ich verdiene ein verdammtes Königreich dafür, dass ich mich mit Ihnen eingelassen habe.«

Sie konnte sein Lachen noch immer hören, als sie schon zur Hälfte die Treppe hinauf war.

Jude lag oben auf dem Felsvorsprung und betrachtete Katherine, die einen Mann dabei beobachtete, wie er einen schmutzigen Pfad weit unter ihnen entlangging. Das Nachmittagslicht steckte ihr brandyfarbenes Haar und ihre gelben Augen in Brand; sie sah wild aus, frei, nicht von dieser Welt. Er fragte sich, ob sie sich überhaupt noch daran erinnerte, dass er dort neben ihr war.

Ihr Haar hatte sich gelöst, während sie aufgebracht den Hügel hochgestürmt war, und sie hatte jetzt auch den Kragen ihres Kleids geöffnet, sodass er ihren Herzschlag sehen konnte, der im Fleisch zwischen ihren Schlüsselbeinen eingebettet war.

Hier draußen war er vollkommen fremd. Und weil er das wusste, versuchte er nicht, sie anzusprechen. Ihr flackender Blick glitt über ihn und sie lächelte schüchtern, während sie eine Haarsträhne hinter ihr Ohr steckte. Er hatte seit ihrer ersten Unterhaltung gewusst, dass sie nicht zu haben war – und das stimmte noch immer, auch wenn er in ihre Welt schlüpfen wollte, in einen Fuchspelz, sodass sie in der Dunkelheit zusammen durchs Dickicht laufen konnten und nie mehr gesehen würden.

Aber sein Vater war am zehnten April nur im Beisein eines Arztes gestorben, und jetzt war Jude der Duke of Darlington. Sogar jetzt, da er auf der Kante eines Felsens saß. »Es war nicht leicht, mich hierzuhaben«, sagte er schließlich.

»Nein.«

Sie sagten nichts weiter, während der Nachmittag dahinschwand. Irgendwann legte sich Katherine auf den Rücken und betrachtete den Himmel, und Jude legte sich neben sie. Er schloss die Augen, fühlte, wie die Feuchtigkeit des Grases seine Seidenstoffe durchdrang, fühlte die feste Erde unter sich und stellte sich die Entfernung zwischen ihm und der anderen Seite der Welt vor.

Seine Finger lagen nur wenige Zentimeter von ihren entfernt, und die Sonne schien ihm warm auf die geschlossenen Lider.

Tom Sutherland vermisste seine Schwester. Es irritierte ihn. Er hatte das Gefühl, als wäre er aufgeschlitzt worden, nur dass er es vergessen hatte und dann mindestens zehn Mal am Tag daran dachte.

Er hatte sie schrecklich vermisst, als sie in London war. Er verstand Mutter nicht, wie sie es tat – konnte sie nicht dazu anstacheln, mit ihren Geschichten über ihre Debütantentage zu prahlen, hatte nicht die Fertigkeit, über sie zu lachen und sie zu tätscheln und alles zum Laufen zu bringen. Die Abende waren so lang und ruhig gewesen, wobei Tom an seinem Schreibtisch gelesen und Mutter stundenlang vor dem Feuer gesessen und hineingestarrt hatte.

Sie brauchten Kit. Tom fühlte sich nie so allein, wie dann, wenn sie weg war. Dann hatte sie geschrieben, dass sie frühzeitig nach Hause kommen würde. Und er hatte gewollt, dass sie sich in London amüsierte. Er hatte sich für sie Erfolg gewünscht, hatte sich sogar gewünscht, dass sie hofiert wurde, um eine Chance im Leben zu bekommen. Theoretisch hatte er sich all das gewünscht. Aber als er ihren Brief erhalten hatte, war er erleichtert gewesen, hätte Purzelbäume schlagen können vor Glück. Seine andere Hälfte kam nach Hause.

Er blickte von seinem Buch auf und lehnte sich gegen den alten Sessel, den Rose den Dienern nicht erlaubt hatte wegzuwerfen. Sie lächelte über etwas, das Rose sagte, aber zu leise, als dass Tom es hören konnte, dann neigte sie den Kopf zur Antwort. Rose streckte träge ihre Hand aus und streichelte Kits Haar, während sie zuhörte. Kit nahm wieder ihr Buch zur Hand, und Rose schloss die Augen, wobei ihre Finger müßig mit einer von Kits Haarsträhnen spielten, die sich gelockert hatte.

Selbst nach zwei Wochen in ihrer Gesellschaft war Tom noch nicht an Lady Rose gewöhnt. Das Licht von ihrem kleinen Salonfeuer verstärkte sich in der blassen mintfarbenen Seide ihres Kleids zu einem satten Farbton. Ihr Gesicht war so markant, so vielschichtig. Sie wechselte oft so schnell von einer Sache zur nächsten, dass es ihm manchmal den Atem nahm. Er verstand, wieso es Kit schwerfiel, wegzusehen.

Rose brachte Kit zum Lachen, und Kit schlug mit dem Buch auf ihr Bein. Tom fragte sich, ob sie sich der Wirkung bewusst waren, die sie hatten. Er fragte sich, ob Rose verstand, wie unvertraut Kit ihrem Bruder war, wenn sie vor Zufriedenheit gelöst war. Er fragte sich, ob sie erkannten, wie vollständig sie die Welt ausschlossen, wenn sie sich so verhielten.

Und so waren sie schon seit Tagen.

Jude lag im Bett und wartete auf sie. Fünf Kerzen brannten hell im Zimmer. Weder er noch Katherine hatten ein Wort über die Tatsache verloren, dass er sich selbst ein neues Zimmer ebenso stark erhellt, hätte einrichten können, es aber nicht tat.

Er dachte, er müsste vor Ungeduld platzen. Was machte sie nur, das so lange dauerte? Er hatte vorgegeben, ins Bett zu gehen – küsste Toms untätige Handfläche, murmelte Mrs Sutherland Schmeicheleien zu und sagte Kit kurz und indifferent gute Nacht. Genauso gut hätte er schreien können: *Sie müssen so schnell wie möglich zu mir kommen, ich kann nicht ohne Sie sein.*

Er beobachtete die Schatten, wie sie über die Decke flackerten. Irgendetwas in seiner Brust rührte sich als Antwort – dieses wechselnde, unbehagliche Licht.

Er hatte an diesem Morgen einen Brief von Lady Marmotte erhalten. Es war keine Überraschung – auf dem Papier teilte sie ihm unverblümt mit, was sie vorhatte, wen sie kaufen würde. Aber es hatte doch ein so ungutes Gefühl in ihm hervorgerufen, dass er den Brief verbrannt hatte.

Er atmete tief ein. Katherine würde bald hier sein. Sie würde kommen.

Sie schlief weiterhin unter den Decken mit ihm und trug weiterhin mehrere Schichten Kleidung, wenn sie ins Bett ging. Keiner von ihnen hatte seit diesem einen Mal mehr nach dem anderen gefasst. Er war wie ein betrunkener Narr gewesen, der sich sicher war, er könnte einen Tiger beim Schwanz packen.

Als er die Augen wieder öffnete, lag sie auf dem Kissen neben ihm, betrachtete ihn, die Hand als Faust in den Mund gesteckt. An ihr war etwas Sorgloses, das sich vorübergehend verschloss, als sie sah, dass er wach war.

»Da sind Sie ja«, sagte er und bedeckte ihre Hand mit der

Handfläche. Das Gefühl berührte ihn – wie seine Hand die ihre wie ein Liebhaber von hinten nahm. Er schob seine Finger zwischen ihre, und so lagen sie ein paar Minuten lang da, ohne ein Wort zu sagen.

Dann sagte er: »Ich habe mich auf vielerlei Weise verkalkuliert, als ich bat, mit Ihnen aufs Land kommen zu dürfen. Ich hatte keine Ahnung, wie dunkel es sein würde, oder wie still. Aber der schlimmste meiner Fehler war, dass ich diese Hände nicht zuließ.« Seine Hand schloss sich um ihre, die einzige Bewegung im Raum. »Ich wusste nicht, dass man auf dem Land keine Handschuhe trägt. Und Sie haben keine einfachen Hände, Katherine. Zuerst haben sie mich abgestoßen.« Er war bereit und ließ nicht zu, dass sie sich zurückzog. »Als Sie mir diesen ersten Teller Essen reichten und ich wusste, dass diese Hände es zubereitet hatten, konnte ich es kaum schlucken. Aber je mehr ich Sie beobachtete, desto bewusster wurde mir, dass Ihre Hände untrennbar mit Ihrer Person verbunden sind. Die Dinge der Welt, die Sie faszinieren, gehen zuerst durch Ihre Hände. Zunächst hielt ich es für kindlich, aber dann kam mir in den Sinn, dass hier Weisheit im Spiel war. Dann dachte ich über Berührungen nach. Und dann konnte ich mir nur noch vorstellen, wie Ihre Hände auf meiner Haut rieben – diese rauen, ehrlichen Hände, die mich rubbelten, bis ich mich unbehaglich dabei fühlte. Die mich prüften und probierten, um mich zu verstehen. Ich habe angefangen, mich danach zu sehnen, dass Sie mich verstehen.«

Es folgte ein langer Moment der Stille, sie atmete heftig und sagte schließlich: »So sollten Sie nicht mit Menschen reden.«

»Warum nicht?«

»Es ist zu viel, Jude.«

»Aber Sie«, sagte er und ließ ihre Hand los, sodass er mit seiner ihre Wange einfangen konnte, »sind so stark.«

Sein Körper kam näher, sehnte sich verzweifelt nach Kontakt. »Berühren Sie mich.«

»Oh Gott«, sagte sie, »oh, tun Sie das nicht.«

Er konnte nicht sprechen.

Sie machte ein hilfloses Geräusch und packte sein Handgelenk. Drehte seine Hand und drückte sie an ihren Mund. Biss in den fleischigen Teil seines Daumens, bis sich seine Lippen vor Qual öffneten.

»Warten Sie«, sagte er atemlos.

Sie schob ihn weg, hart. »Wenn wir das tun, werden Sie mich nicht kontrollieren«, erklärte sie, wobei ihre Lungen ächzten wie am Nachmittag oben auf der Klippe. »Warum gehe ich nicht aufs Land?«, fragte sie. »Dieser Bauerntölpel mit dem vorlauten Mundwerk kann mich wieder geradebiegen, und alles wird nett und sauber sein. Warum sie also nicht verführen? Sie wird mich berühren, und alles wird nett und sauber sein, und ich muss nicht das Mindeste dabei fühlen!«

»Das ist es nicht, was ich –«

»Sie würden es doch gar nicht verkraften Jude, so sehr müssten sie bei mir außer Kontrolle geraten. Also fragen Sie mich nicht noch mal.« Sie warf die Decke zurück, und als sie die Tür erreichte, sah sie, dass sie keine Strümpfe trug.

»Wohin gehen Sie?«, hörte er sich selbst wie ein Idiot, wie ein Narr fragen.

»Ich werde in Mas altem Zimmer schlafen«, sagte sie und zog seinen gesteppten Morgenrock über.

Er schaute auf den zornigen Abdruck ihrer Zähne auf seiner Hand und rief sie nicht zurück.

Kit köpfte einen weiteren Fingerhut mit einem präzisen Ruck ihres Handgelenks. Eine Hälfte des Himmels sah nach Sturm aus, die andere Hälfte war blau. Der Felsen, der riesig hinter dem Landgut aufstieg, war goldgrün beleuchtet und sah vor dem dunklen Himmel unwirklich aus.

Sie köpfte eine weitere Blume und wünschte sich mit heftiger Grausamkeit, dass sie Sir Winstons schnurrbärtigen Kopf abtrennen könnte. Sie zwang sich, seinen Tee zu trinken, den Mrs Parsons immer zu schwarz und stark machte. Sie war aufgebracht. Verunsichert. Sie hatte nicht so genau, wie es nötig gewesen wäre, den Zahlen gelauscht.

Er hatte ihre veränderten Umstände im Landgut gesehen. Er wollte mehr, als sie momentan geben konnte, so viel war klar. Sie würde das Sofa mit den winzigen Blumen verkaufen müssen, und auch das neue Porzellan. Das Klavier und die Teppiche aus dem Flur. Sie würde darüber nachdenken, ob sie ihr gehörten, sodass sie sie später verkaufen konnte, wenn der Squire ihr nicht mehr in ihrem Genick hing.

An diesem Morgen hatte sie eine Antwort von ihrem Onkel erhalten. Drei kurze Zeilen in der hübschen Handschrift eines Sekretärs, darunter seine gekrakelte Unterschrift. Kein Anzeichen, dass ihr Wunsch auf Schlichtung erwidert wurde.

Sie dachte über Jude nach, der ein so großes Spiel spielte, dass seine Auswirkungen im gesamten Land zu spüren waren. Sie dachte an Lady Marmotte, die es wagte, sich ihren Weg durch die Welt der Männer zu erzwingen und sie auf Teufel komm raus zu dominieren.

Sie sah so deutlich, dass sie wie ein Lasttier war, mit einem Joch auf den Schultern. Diese dummen Schulden beim Squire, aus denen sie sich nicht befreien konnte. Die Bedürfnisse ihrer Familie, ihres Vaters Erbe, ihre Jahre der Knechtschaft, die sie formten, während sie zu beschäftigt gewesen war, um es zu bemerken. Ihr Leben war eine kleine, fiese Kreatur, und hier auf dieser vertrauten, schlammigen Straße begriff sie, dass es nicht mehr zu ihr passte.

Sie könnte einfach vom Pfad abweichen, in das nasse Gras treten und gehen. Sie musste nicht zum Landgut zurück – das lief heutzutage auch ohne sie ganz gut.

Außer dass all diese Bediensteten im Dienste des Herzogs standen und mit ihm gehen würden, wenn er ging.

Sie fror, und das Land versank in der Dunkelheit. Es begann zu regnen. Er hatte ihre Gedanken schon den ganzen Morgen beschäftigt, und sie hatte vergessen, dass er weggehen würde. Nicht heute. Nicht morgen. Aber bald. Eines Tages würde er bereit sein, in sein Leben zurückzukehren und das Kaff hinter sich lassen, in dem er sich gelöst hatte.

Er würde sie hassen, das wusste sie – sobald er nur ausreichend Distanz zwischen sie beide gebracht hatte, würde er sie hassen.

Und sie und Tom und Ma würden weitermachen, aber es würde so viel schwerer sein als vorher, und sie hatte es zugelassen. Plötzlich verspürte sie den Drang, bevor er ging, noch mehr Geld aus ihm herauszuholen. Einen Betrag, der ihm nichts bedeuten würde, ihrer Familie aber ein Fortbestehen über die nächsten paar Jahre sichern würde, wenn sie Glück hatten.

Sie ignorierte den Teil in ihr, der sich davor scheute, hier draußen in der erstickenden, ermüdenden Anonymität auch nur ein Jahr weiterzuleben.

Als sie schließlich zum Landgut zurückkehrte, stand eine große, teure Kutsche in ihrer Auffahrt, und sie dachte wie betäubt: *Heute. Er geht heute.*

Natürlich ging er. Sie hatte ihn gebissen, ihn beschimpft. Das war nicht das, was er wollte, als er hierherkam, um sich instandsetzen zu lassen.

Er ging.

Sie zwang sich, die letzten paar Stufen zu gehen. Sie konnte alles überleben, das hatte sie schon immer gewusst.

»Kit? Bist du das?«, fragte Tom, trat aus dem Schutz des Dachs hervor und ging ihr ein paar Stufen entgegen. »Es ist Lydia«, sagte er mit einem breiten Grinsen. »Lydia ist nach Hause gekommen.«

14

»– dachte, ich sollte sterben«, sagte Jude mit Roses rauchiger Stimme, »aber Ihre Tochter bestand darauf, dass ich ein weiteres Set tanze, weil der Marquis de Pontoit mich mit einer Tulpe verglichen hatte. Wir waren überrascht von seiner Originalität. Alle anderen Männer vergleichen mich mit meiner Namensschwester, und ich bin sicher, dass ich mit dieser Blume nur die Dornen gemein habe.«

Ma lachte vor Vergnügen. Tom ging so dicht hinter Kit her, dass er tatsächlich auf sie auflief, als sie kurz im Türrahmen stehen blieb. Voll Angst begriff sie, dass sie sich daran gewöhnt hatte, dass Jude sie ansah, wenn sie einen Raum betrat.

Jetzt sah er nicht zu ihr.

Ein junger Mann kniete zu seinen Füßen, wo Kit für gewöhnlich saß, und himmelte ihn an.

»Ah. Kit«, sagte Lydia und stellte ihre Teetasse geräuschvoll zurück auf die Untertasse. Einen Moment lang herrschte nüchterne Stille, und Kit erfasste die gesamte Szenerie: ihre Schwester, exquisit in einem blassrosa Reisekleid, auf einem ihrer neuen Stühle sitzend. Ihre Mutter auf dem Sofa, nervös, aber errötet, lächelnd, glücklich. Jude in seinem Sessel zusammengerollt, Porkie auf seinem Schoß. Er trug heute Morgen die weiße Perücke, diejenige, die seine Augen so hervorstechen ließen. Er musste einen Bediensteten nach seinem Morgenmantel geschickt haben. Der Pelz umrahmte sein Gesicht, und er war wie gewöhnlich in einen hellen, schweren Umhang gehüllt.

Er hatte sie noch immer nicht angesehen.

Tom drückte sich an ihr vorbei in den Raum. »Kit, das ist Mr Crispin Scott«, sagte er, und der junge Mann stand sofort auf und kam, um sich zu verbeugen.

Er hatte ein freundliches, offenes Gesicht, und noch bevor sie denken konnte, sagte Kit: »Wir haben uns bereits einmal gesehen, bei –« Bei Lady Marmottes Ball, als er sich selbst als Herzog ausgegeben hatte.

Er lief rot an und biss sich auf die Lippe. Lächelte verschämt in Richtung seiner Füße. Sie gab es auf. Es war unmöglich, ihn zu missachten.

»Ein Mister zu sein, passt besser zu Ihnen«, sagte sie ruhig und bot ihre Hand an.

»Wo hast du denn Mr Scott kennengelernt, Katherine?«, fragte ihre Mutter. Dies war ihre liebste Art der Unterhaltung – laut, enthusiastisch, voll von schmutzigem Klatsch und unanständigen Details.

»Er ist einer der Kumpane meines Cousins«, sagte Jude und lächelte das kleine Schwein auf seinem Schoß an, bevor Kit antworten konnte. »Sie traf ihn an dem Abend, an dem sie den Herzog kennenlernte.«

Kit entging Lydias Reaktion nicht. Sie würde jeden anderen Mann als dumm bezeichnet haben, dem dieses Detail entgangen wäre. Weil es Jude war, nahm sie an, dass er einen Punkt gegen ihre Schwester erzielte, der auf einer Strichliste landete, die nur die beiden sehen konnten.

Mr Scott zwinkerte Kit zu und setzte sich wieder zu Judes Füßen. Sie konnte praktisch das Band sehen, das ihn an Jude knüpfte – die Ungeduld, wenn er weiter als ein paar Fuß von ihm entfernt war.

»Komm, setz dich zu mir, Kit«, sagte ihre Mutter und klopfte aufs Sofa. Ihre gute Laune hatte sie großmütig gemacht. »Lady

Rose und Lydia erzählten mir gerade von dem Weihnachtsfest des Prinzen im vorletzten Jahr.«

Kit wusste genau, dass die beiden sich Weihnachten vorletztes Jahr noch gar nicht gekannt hatten.

»Ich erinnere mich, dass du darauf bestanden hast, als Cleopatra verkleidet zu gehen«, sagte Lydia zu Jude und nahm ihre Teetasse wieder auf. »Dir wurden am nächsten Tag so viele Blumensträuße geschickt, dass wir darüber nachdachten, einen kleinen Blumenladen zu eröffnen. Weißt du noch?«

»Ah, meine Liebe, niemand könnte solche Kopfschmerzen vergessen.«

»Sie haben mich zur Apotheke geschickt«, sagte Mr Scott lachend. »Meine Güte, wie Sie geschrien haben, als ich die Vorhänge Ihres Wohnzimmers öffnete. Sie sagten mir, sie würden sterben.«

»Ich bin sicher, ich bin gestorben«, sagte Jude schmollend. »Undankbarer Schlingel.« Die drei waren ein so eingespieltes Team. So geübt darin, in die Lügengeschichten der anderen einzusteigen.

»Bäh«, sagte Jude und hielt seinen Kaffee, so weit er konnte, von sich weg. »Dieser Kaffee ist kalt. Crispin, hol mir doch schnell eine neue Tasse.«

Jude hatte Mr Scott nicht ein einziges nettes Wort oder einen Blick geschenkt, soweit Kit sehen konnte, aber das Gesicht des Jungen leuchtete auf, als wäre die Sonne aufgegangen. In dem Moment begriff sie, warum ihr seine Verehrung ein unbehagliches Gefühl machte.

Sie sah Jude auf die gleiche Weise an. Sie saß zu seinen Füßen und lauschte seinem Unsinn und lächelte, wenn er selbstherrlich und grob war, weil sie sich einbildete, dass sie ihn auf eine Weise kannte wie niemand sonst. Als sie Mr Scotts Gesicht ansah – wie eifrig er aufsprang, um der Bitte des Herzogs nachzukommen –, wurde ihr ihr Fehler bewusst. Sie würde wetten, dass sie nicht die Erste war, die dachte, sie würde bei ihm einen besonderen Platz einnehmen. Sie zweifelte, ob sie überhaupt unter den ersten einhundert zu finden war.

Sie blickte auf und merkte, dass Lydia sie beobachtete. In ihren grauen Augen lag etwas Unergründliches. Sie sah schnell beiseite.

»Wir sollten auf den Kontinent fahren, Rose«, sagte Lydia. »Sie und ich. Können Sie sich vorstellen, wie viel Unheil wir anrichten könnten? Nicht zu vergessen die Unmengen von Wein und Käse, die wir vertilgen würden.«

»Der Kontinent langweilt mich«, sagte Jude schniefend.

»Kommen Sie, meine Liebe, Sie können hier schwerlich verkümmern, nachdem ich Sie gefunden habe.«

Kits Schultern verspannten sich, und sie sah, dass es Mr Scott ebenso ging. Ihre Mutter und Tom ignorierten ahnungslos die gefährlichen Unterströmungen.

»Ich habe mich entschieden, für immer hierzubleiben«, erklärte Jude strahlend und hob das Schweinchen an sein Gesicht, Nase an Nase. »Porkie würde mich so sehr vermissen, dass er vergessen würde zu fressen, und das würde das Herz Ihres Bruders brechen. Nein, ich fürchte, ich kann hier einfach nicht weg.«

Und der schlimmste Teil dieses verflixten Morgens war die Art, wie Kits Herz in ihrer Brust dröhnte, und wie sie dachte: *Er wird für immer bleiben*, auch wenn sie wusste, welch ein Lügner er war.

Ma lenkte die Konversation wieder in Richtung Klatsch, und Lydia lächelte ihr poliertes Gesellschaftslächeln und hielt sie nicht auf. Kit ließ es über sich ergehen – die hundert Geistlosigkeiten, die glänzende Darbietung von Jude, Lydia und Mr Scott. Sie waren unglaublich, geistreich, ausgefeilt, sarkastisch. Der Herzog war eigenmächtig und verwöhnt, und das sorgte nur dafür, dass sich die anderen noch mehr für ihn engagierten. Als Tom versuchte, etwas zu der Konversation beizutragen, lächelte ihn der Herzog an, als wäre Tom die einzige Person auf der Welt, und Kit sah, wie ihr Bruder ob der Aufmerksamkeit errötete und im Laufe der Konversation immer selbstsicherer wurde.

Jude hatte etwas Magisches an sich, wie er die Leute aus sich herauslockte und ihnen das Gefühl gab, *gebraucht* zu werden. Er saß da, in einem verschlissenen alten Sessel, halb angekleidet, mit einem Schwein auf seinem Schoß, und Kit hatte noch nie so deutlich gefühlt, wie mächtig er war.

Sie hatte eine plötzliche Erinnerung, eher zellulär als bewusst, an die verletzliche Kurve seiner Wirbelsäule, wenn sie das Mieder von ihm wegzog. Der Mann, der in ihrem Salon saß und über das altmodische Französisch ihrer Mutter lachte, war klug und vollendet. Er würde niemals in seine Einzelteile zerfallen.

Er war nicht ganz real, dachte sie.

Und dann dachte sie: Er ist zu *mir* gekommen.

Lydia sagte: »Sie sehen beinahe heidnisch aus, Darling. Wir müssen Sie so bald wie nur irgend möglich zurück in die Zivilisation bringen.«

»Oh, ich ziehe mich nie vor zwei an, wenn es geht«, sagte Jude und sah Kit zum ersten Mal direkt an. Seine Hand hielt auf Porkies Bauch inne. »Katherine schnürt mich für gewöhnlich, und heute Morgen konnte ich sie nirgendwo finden.«

»Natürlich«, sagte ihre Schwester. »Sie konnte schon viel Erfahrung als Zofe sammeln.«

»Darling«, sagte Jude und langte träge nach Lydias Hand, »es ist viel zu früh am Morgen für Gehässigkeiten.«

Kit erwartete eine scharfe, sarkastische Reaktion von ihrer

Schwester und war überhaupt nicht vorbereitet auf das kindliche Gesicht, das Lydia gegenüber Jude aufsetzte, oder auf das kleine Lächeln zwischen ihnen. Sie waren Liebende gewesen, dachte Kit benommen. Und vielleicht würden sie es wieder sein, jetzt, da sie versagt hatte, die beiden getrennt zu halten.

»Ich würde für ein paar Sandwiches töten«, sagte Lydia zu Kit. »Würdest du mit mir in die Küche kommen? Ich würde mich nie allein zurechtfinden.«

»Klingele doch nach einem Diener«, sagte Jude, noch bevor Kit antworten konnte. »Sie werden so verzweifelt, wenn man sie nicht herumkommandiert. Hier, Katherine, setzen Sie sich doch neben mich an Ihren gewöhnlichen Platz. Crispin, mein Lieber, Sie werden rutschen müssen.«

»Mir geht es hier bei Ma ganz gut«, sagte Kit.

»Thomas«, sagte Jude mit leichter, skrupelloser Stimme, durch die Kit zu spät erkannte, dass sie sich verkalkuliert hatte. »Verliehen wir nicht alle unserem Wunsch Ausdruck, Ihrer Mutter nicht zur Last zu fallen, als Katherine und ich uns einverstanden erklärten, ein Bett zu teilen?«

Tom grinste. »Ich bin sicher, dass Kit gern bei Ihnen sitzen wird, Rose, wenn Sie sie erneut fragen. Sie wissen ja, dass Sie immer bekommen, was Sie wollen.«

Schließlich sprach Lydia und klang erschöpft. »Sie und Kit teilen was?«

»Ein Bett«, sagte Jude und sah sie besorgt an. »Geht es Ihnen gut, meine kleine Hummel?«

»Bastard.«

»Lydia Jane!«, sagte ihre Mutter. »Du entschuldigst dich sofort!«

»Das werde ich nicht.« Lydia hatte tiefrote Flecken im Gesicht. »Es ist letztendlich recht präzise«, fuhr sie fort und lächelte Jude schrecklich an. »Wenn man den Gerüchten glaubt.«

Er lächelte auf die gleiche Weise zurück, und Kit dachte: *Das Lächeln hat Lydia von ihm gelernt.*

»Ah, diese alten, beharrlichen Gerüchte«, sagte er. »Sie machten meinen Vater so zornig, weil sie nicht abebben wollten.«

Sie fragte sich, wie Lydia ihn so gut kennen und doch nicht verstehen konnte, dass man ihn auf diese Weise nicht verletzte. Alles, was man ihm entgegenhalten konnte, hatte er sich schon selbst Hunderte Male gesagt, und noch schlimmer.

»Nun, mein Zuckerbrot«, sagte er, »ich glaube dir und habe jetzt lange genug den Unterhalter gespielt und sollte lieber aufhören zu reden. Für gewöhnlich liest uns Thomas aus der Zeitung vor, und wir alle täuschen Interesse am neuesten politischen Unsinn vor. Nach zwanzig Minuten oder so, wenn wir unsere Würde nachgewiesen haben, lese ich laut die Klatschseiten vor, und Sophie und Thomas tun so, als würden sie es missbilligen. Katherine demonstriert ihre unerträgliche Überlegenheit, indem sie überhaupt nicht auf uns achtet und etwas Langweiliges und Wissenschaftliches liest.«

»Rose liest den Klatsch, als wäre es ein Theaterstück«, sagte Tom, wobei seine Augen scheu und begeistert am Gesicht seiner Schwester hingen. Es dämmerte Kit erst jetzt, dass Tom Lydia seit ihrem Weggang nach London vor mehr als zwei Jahren nicht mehr gesehen hatte.

»Außer gestern, als ich versuchte, den Part meines Cousins, des Herzogs, vorzuführen und Ihre Mutter mir sagte, ich würde klingen, als hätte ich eine Kartoffel im Mund. Ich vermute, sie meinte eigentlich eine andere Öffnung, war aber zu höflich, um das zu sagen.«

Ihre Mutter kicherte und winkte kokett in Judes Richtung. »Ach, hören Sie schon auf, Sie kleine Schelmin. So etwas würde ich doch nie denken.«

»Ich schon. Und zwar jedes Mal, wenn ich *das* sehe.« Er setzte einen Ausdruck auf, der viel zu … akkurat war, um behaglich zu sein. Tom und Mr Scott wechselten Blicke, was sie beide zum Kichern zu bringen schien. Ma lachte hinter vorgehaltener Hand, und zu jeder anderen Zeit hätte Kit Gott für den Mann gedankt, der ihrer Mutter das Gefühl gab, wieder ein Mädchen zu sein – wenn auch nur für kurze Zeit.

Aber sie hatte Lydias Gesicht gesehen, und ihre Schwester war derart blass geworden, dass Kit einen Moment lang dachte, sie sei krank.

Kit hatte vergessen, dass er so sein konnte. Sie beobachtete ihn, und seine Augen glitzerten, während er seine Audienz über einen Peer des Königreichs zum Lachen brachte. Lydia hatte ihn herausgefordert und dafür einen warnenden Hieb erhalten, was ebenso instinktiv erfolgt war, wie wenn man einen übermäßig lebhaften Welpen zur Ordnung rief. *Ich gehöre hierher, zu deiner Familie*, sagte er zu ihr. *Und du nicht.*

»Ma«, sagte Kit, »sagtest du mir nicht heute Morgen, dass du mit Rose deine Menüs durchgehen wolltest, du aber nicht sicher warst, ob du fragen solltest?«

»Unsinn, Sophie«, sagte Jude, unfähig, der Verlockung zu widerstehen. »Sie wissen, dass ich auf Lebenszeit Ihre Sklavin bin. Ich habe einen ebenso außergewöhnlichen Gaumen wie einen äußerst anspruchsvollen Geschmack. Nichts würde ich lieber tun, als Ihre Auswahl mit Ihnen durchzusprechen, auch wenn ich dazu neige, sehr scharfe und kernige Kritik zu üben. Ich hoffe, Sie sind dafür bereit.«

Kit tätschelte die Schulter ihrer Mutter und stand auf. Sie holte die Menüentwürfe aus dem Büro und legte sie in Judes Hände. »Tom wird Ihnen dabei helfen, ihre Handschrift zu entziffern«, sagte sie. »Ma hat eine schreckliche Handschrift.«

Sie drehte ihrer Familie den Rücken zu, behaglich Jude zugewandt, beugte sich zu Lydia und legte ihr warm die Hand auf die Schulter. »Lass uns nach diesen Sandwiches sehen.«

Lydia nickte und stand auf, ihr kalter Ausdruck weniger perfekt als gewöhnlich, aber zumindest wieder vorhanden.

Jude fing Kits Blick auf, als sie durch den Raum ging. Er öffnete den Mund, schloss ihn aber wieder. Etwas wie Angst flog über sein Gesicht, flüchtig und scharf. Dann beugte er den Kopf über die Menüs und wandte sich ihrer Mutter mit einem hellen Lächeln zu, als ob er ganz bei der Sache wäre.

»Eier – zum – Abendessen«, hörte Kit ihn schnauben, als sie den Raum verließ.

»Bringt mir schnell eine Wachskerze. Wir müssen dieses Dokument verbrennen, bevor es mich zu Tode beleidigt!«

»Du hättest das nicht tun müssen«, herrschte Lydia sie an, als sie das Klavierzimmer betraten. Ihre Stimme hallte ein wenig; das einzige weitere Möbelstück im Raum war ein uriger Divan.

Kit setzte sich auf den Klavierhocker – erinnerte sich an seine Zunge auf Lady Marmottes großer, blasser Brust, und stand wieder auf. »Er hat sich wie ein Arschloch verhalten«, sagte sie.

Lydia sah sie schockiert an und setzte sich abrupt auf den Divan. Sie lachte – ein ungeübtes, unfreiwilliges Geräusch. »Meine Güte, kein Wunder, dass er dich liebt.«

Die Hitze entfachte sich oben auf Kits Schädel und bahnte sich ihren Weg langsam jeden Zentimeter ihrer Haut entlang. Sie fühlte ganz deutlich, wie sich der Muskel in ihrem Herzen ausdehnte und dann wieder schmerzhaft zusammenzog. Einen Moment lang dachte sie, sie würde ohnmächtig werden.

»Kit«, sagte Lydia deutlich »Du erkennst, dass es das ist, was er tut – er verändert die Welt so, dass sie ihm passt. Er hat das hier eingefädelt. Er hat dich glauben lassen, dass du alles nur für ihn tust, weil er von den Menschen alles verlangt. Du hast in London klar gesehen, wer und was er ist. Frage dich selbst, ob sich das verändert hat. Frage dich selbst, ob das nicht genau das ist, was er wollte.«

Kit ging verzweifelt alles durch, was sie über Lydia, sich selbst und über ihn wusste.

»Was auch immer er getan hat«, sagte Lydia, »was auch immer er gefunden hat, um dich dazu zu bringen, ihm zu vertrauen – die Sache, die auf der ganzen Welt nur für dich bestimmt ist –, tat er für einen Preis.«

Kit erinnerte sich an die Textur seiner Haut, wenn sie mit Schweiß bedeckt war, dachte an die Stimme, die er nicht kontrollieren konnte, wie die Erschöpfung ihn geschmeidig gemacht hatte. Nicht einmal er würde sich selbst zerschmettern, um das, was er von ihr wollte, zu bekommen.

Oder doch?

Lydia stand fahrig auf. »Du hast ihn jetzt gesehen. Ich kenne ihn besser als du, also hat er Angst davor, wenn wir reden. Er kann es sich nicht leisten, dass du zu Verstand kommst. Er hat dich unter seinem Einfluss, und alles, was er sagt, wird genau das Richtige sein, um dein Vertrauen zurückzugewinnen. Er weiß, dass du das Schlimmste von mir denken wirst, wenn er ein wenig nachhilft.«

Kit öffnete den Mund, hielt dann aber inne und dachte nach. Er hatte Lydia verletzt, indem er ihr zeigte, wie viel vertrauter er mit ihrer Familie war als sie. Und er hatte treffsicher das gefunden, was sie am meisten verletzte.

»Ist dein Gehirn krank?«, platzte Lydia heraus und klang viel mehr wie sie selbst. »Ich habe dir, soweit ich es konnte, jeden geeigneten Mann vorgestellt, und er war der eine Mann – der einzige in ganz England –, den du nicht hättest treffen sollen. Hier gibt es nur ein Ende – es sei denn, du bist stark genug, es zuerst zu beenden.«

»Oh Himmel«, sagte Kit schwach. »Diese ganze Zeit in London – all die Bälle und Vorstellungen von geeigneten Männern. Und du dachtest, du würdest mir helfen.«

»Hast du nie daran gedacht, wie London ohne meine kleinen albernen Bemühungen für dich gewesen wäre?«

»Hast du überhaupt eine Ahnung, wie sehr ich es hasse, zu Partys der Gesellschaft zu gehen?«

Lydia grinste einfältig. »Ich habe dir gegenüber richtig gehandelt. Das bedeutete aber nicht, dass ich auch nett sein würde.«

Kit lächelte beinahe zurück und dachte, dass Lydia es wusste, denn Lydia fügte hinzu: »Nicht zu dir, Katherine. Von all den Menschen würde ich zu dir nicht nett sein.«

Lydia hatte sich nichts aus dem weißen Kleid gemacht. Sie hatte dagestanden, ihr Gesicht von Tränen und Rotz glänzend, und ihren Vater angeschrien. Sie hatte gesagt: *Kit wird es nicht zulassen, dass du mich nimmst*. Sie war so sicher gewesen, hatte solch unerschütterlichen Glauben in ihre große Schwester gehabt.

Und Kit hatte es zugelassen, dass Abe sie schlug und wegbrachte. Das war der Moment, der für immer zwischen ihnen stehen würde.

Und doch stand Lydia hier und versuchte, Kit vor dem Herzog zu warnen. Und das nicht, weil es Anzeichen dafür gab, dass sie ihn für sich wollte, sondern weil sie fürchtete, er könnte gefährlich sein.

»Nun, dann … danke ich dir«, sagte sie und fühlte sich auf absurde Weise bewegt.

Lydia trat einen Schritt näher zu ihr. »Es ist klar, dass wir uns beide zu ihm hingezogen fühlen.«

»Du warnst mich vor ihm«, sagte Kit und wollte dem vorgreifen, was ihrer Meinung nach jetzt kommen musste, »und doch kann ich sehen, dass du ihn magst. Ihr beide habt eine Geschichte, Zuneigung – «

»Manchmal ist er so sehr wie Vater«, erklärte Lydia und streckte Kit eine zitternde Hand entgegen.

»Wenn du mich mit dem Mann vergleichst, der Katherines Finger und Nase brach«, hörte man eine träge Stimme von der Tür, »dann werde ich dir Gewalt antun müssen, Lydia.«

»Und meine Finger und Nase brechen?«, fragte Lydia und trat von Kit weg. Sie war wieder weiß geworden, aber sie sah trotzig aus.

Jude schwankte, kam in den Raum und schloss die Tür hinter sich.

»Lydia, meine Süße, melodramatisch zu sein hat noch nie zu dir gepasst. Natürlich würde ich dich nicht verletzen. Es war nur so ein Ausdruck.«

»Manchmal können Fäuste und Füße mehr ausdrücken als Worte. Und manchmal tun sie sogar weniger weh.« Lydia zuckte die Schultern und zog Kits Blick auf die dünne, scharfkantige Linie ihres Schlüsselbeins.

»Du verstehst nicht alles, was hier passiert«, sagte er. »Du und ich, wir waren sehr gute Freunde, aber da gibt es ein paar Dinge, die du nicht von mir weißt.«

»Und meine Schwester – die sich unter dem Schutz meines Gatten befindet, meines sehr großen, sehr wütenden Ehegatten – schien die perfekte Person zu sein, um sich ihr anzuvertrauen?«

Er runzelte die Stirn – ein echter Ausdruck. »Du wendest dich so schnell gegen mich.«

»Ich habe dir gesagt, du sollst dich von ihr fernhalten. Verflucht seist du, du nutzloser, verdammter Ignorant. Ich dachte, wir beide könnten zumindest Freunde sein, als ich mich nicht mehr länger zu deinem Penis hingezogen fühlte.«

Kits Gesicht erhitzte sich und kribbelte bis zum Haaransatz. Sie wünschte sich irgendwo anders hin, hatte kein Interesse an einem Streit unter Schwestern, bei dem es um einen Liebhaber ging … und Jude.

Er schaute Kit mit einer Spur Furcht in den Augen an. Seine Lippen waren bereit, das wusste sie, die Obszönitäten lagen ihm nur so auf der Zunge, aber er sagte nur: »Ich war so unglücklich, dass ich nicht atmen konnte. Äh, ich konnte es wirklich nicht. Atmen, meine ich. Deine Schwester weiß mit Worten umzugehen, und sie kann den Dingen direkt auf den Grund blicken. Und sie versteht es auf charmante Art, mich zurechtzuweisen. Ich habe selbstsüchtigerweise das Bedürfnis, in ihrer Nähe zu sein.«

»Oh Gott, du …« Lydia fand keine passenden Worte und schubste ihn.

»Nur bis ich wieder atmen kann«, sagte er, und Kit dachte töricht: *Aber du sagtest, du würdest für immer bleiben.*

Er nahm Lydias Hand in seine und berührte mit seiner anderen Hand ihre Wange. Lydia senkte den Blick.

»Welch ein Glück haben wir doch, dass ich eine solch nützliche Person bin«, hörte Kit sich sagen. Sie klang wie Lydia und hasste sich dafür. »Und worum soll ich mich wohl als Nächstes kümmern?«

»Katherine, du weißt, das ist nicht –«, wollte er erwidern, aber sie schnitt ihm das Wort ab.

»Doch. Das ist es. Und da du der komplizierteste verfluchte Kerl im ganzen Universum bist, schließt die Tatsache, dass du mich benutzt, nicht aus, dass andere Dinge ebenfalls stimmen.« Sie konnte jetzt nicht zweifeln, dass sie ihm etwas bedeutete.

Lydia zog ihre Hand zurück und sagte: »Wo werden wir heute Nacht alle schlafen? Die Freigebigkeit des Herzogs erstreckte sich nicht auf zusätzliche Betten, musste ich feststellen.«

Sie sahen sie an – zwei der am meisten gesuchten Persönlichkeiten der *beau monde* –, als ob die Zukunft der Menschheit von den nächsten Worten aus ihrem Mund abhängen würde.

Es gab keine richtige Antwort.

»Mr Scott wird sich ein Zimmer mit Tom teilen müssen«, sagte sie schließlich. »In Mas altem Zimmer gibt es ein freies Bett. Ihr werdet dort schlafen, Euer Gnaden, und Lydia bei mir.«

Sie wusste dabei nicht ganz, ob sie damit versuchte, Lydia aus seinem Bett fernzuhalten oder ihn aus ihrem. Aber sie wusste, dass sie noch nicht so weit war, diese Entscheidung zu treffen.

Lydia versuchte, einen selbstgefälligen Blick aufzusetzen – aber ihre nervöse Bestürzung war so offensichtlich, dass sie erfolgreicher Pferdeäpfel unter einem Sahnehäubchen hätte verstecken können.

»Diese Sandwiches werden wohl nie fertig«, sagte sie und fegte aus dem Raum.

Weder Kit noch Jude sprachen, und sie bewegten sich auch nicht.

»Werden Sie Ihre Affäre wieder aufnehmen?«, fragte sie, nicht in der Lage, die Worte zurückzuhalten.

Er stand vor ihr, seine Hände fest um ihren Kopf gelegt, während er die Stirn gegen ihre presste. »Ich habe es Ihnen versprochen«, sagte er. »Dachten Sie, ich hätte es nicht ernst gemeint?«

Sie zwang sich, ganz stillzustehen, und versuchte zu ignorieren, wie sich ihre Lungen mit seinem warmen, nahen Duft füllten und seine Finger sich beinahe schmerzhaft um ihren Knochen legten. Und das äußerst schwache Beben, das ihn durchlief.

Er ließ sie los.

»Sie haben sie mir vorgezogen.«

»Sie gehört zu meiner Familie.«

»Und ich –« Er schloss den Mund zu einem dünnen Strich und schaute weg. Nickte. »Ich gehöre nicht zur Familie.«

Sie grinste, und er starrte auf ihren Mund.

»Nun?«, fragte er vorsichtig.

»Es ist nicht einfach, wenn Sie etwas wirklich wollen, oder?«

Ihr Lächeln wankte ein wenig unter seinem intensiven, forschenden Blick und dem Angst einflößenden Ausdruck in seinem Gesicht. »Ich frage mich, ob Sie fühlen, was ich fühle«, sagte er. »Dieses schleichende Verlangen zu küssen, zu kopulieren.«

Er presste seinen Daumen fest gegen ihre Unterlippe, sodass sich ihre Zähne in das weiche Fleisch ihres Mundes gruben.

Von der Tür war ein höfliches Hüsteln zu hören, aber er hatte nicht den Anstand, sie loszulassen.

»Die Erfrischungen werden im Salon serviert«, sagte der Diener. Kit entzog sich seinem Griff und ging aus dem Zimmer. Sie wollte Leinen waschen, bis ihre Finger wund und blutig waren und sie nicht mehr an ihn denken musste.

Sie wusste, dass die Frau, die Jude heiratete, sich niemals so etwas wünschen würde. Es war der Wunsch eines Dienstmädchens.

15

Kit war sich sicher, dass das Abendessen für jeden, der außerhalb ihres kleinen Dramas stand, wahnsinnig komisch gewesen wäre – vielleicht jemand wie ein Dramatiker oder ein besonders boshafter Geist … oder eben einfach nur jemand, der nicht selbst darunter leiden musste.

Der Austausch im Salon an diesem Morgen war dagegen wohlwollend gewesen. Weil Kit sich für sie entschieden hatte, war Lydia unerträglich blasiert und behandelte Jude bei jeder Gelegenheit, die sich ihr bot, von oben herab. Nicht, dass sie zu Kit irgendwie netter gewesen wäre. In der Tat, als es später wurde und sich die Zeit näherte, zu der Kit und Lydia zum ersten Mal, seit sie Kinder waren, ein Bett teilen würden, begann sich der höhnische, stechende Kommentar Lydias zu drehen, sodass er Schrammen in Kits Innerem hinterließ.

Jude war seltsam sittsam – sogar höflich –, als das Abendessen begann, und er schaute in Kits Richtung, wenn er angesprochen wurde und bevor er sprach, so als würde er bei einem verschlungenen Rätsel nach der Lösung suchen. Anfangs war es noch erträglich, aber als er sie zum vierten Mal fragte, ob ihr das Essen schmeckte – und das in einer Sprache, die so umständlich war, dass man währenddessen Straßen hätte bauen können –, dachte sie, sie müsste schreien.

Glücklicherweise ertrug er die Strapaze nicht besser als sie, und als Lydia eine herablassende Bemerkung über die Art machte, wie er seine grünen Bohnen aß, zersprang er. Er wandte sich ihrer Mutter zu und fing an, sie an seinen Erinnerungen teilhaben zu lassen. Es schien, als habe ihn seine Mutter sogar schon zu Partys mitgenommen, als er noch ein kleines Kind gewesen war, und er konnte sich an alle Einzelheiten und den Klatsch von längst verstorbenen Leuten erinnern, die während Mas Kindheit Gottheiten gewesen waren.

Dann band er Lydia in die Konversation mit ein und nutzte jede Gelegenheit, ihre Unfähigkeit, sich mit ihrer eigenen Familie zu unterhalten, zu demonstrieren. Jeder ungeschickt formulierte Satz wurde zu einer Beleidigung. Jede verteidigende, gestelzte Bemerkung wurde als Angriff gewertet.

Und dennoch bevorzugte ihn Kit so. Sie steckte so tief in Problemen, dass sie nicht einmal beginnen konnte, sie zu erfassen. Tom, der immer noch in dem Traum über seine kleine Schwester gefangen war, hatte angefangen, Lady Rose stirnrunzelnd zu betrachten. Kit dachte nicht, dass er die Stimmung am Tisch gänzlich verstand, aber er war sensibel und wusste genug, um die Uneinigkeit auf Lady Rose als Quelle zurückzuführen.

Mr Scott, der nichts über die Geschichte in diesem Haus wusste – das heißt über den weiteren, schwierigen Kontext –, hatte begonnen, Lydia gegenüber die Stirn zu runzeln. Sie war offensichtlich einer seiner Lieblinge, aber man musste nicht näher hinsehen, um zu erkennen, dass er für Jude sterben würde, falls es jemals erforderlich wurde.

Kit hatte ihn mit Tom beobachtet – bevor das Abendessen gereicht wurde. Sie hatten bei den Bücherregalen gestanden. Mr Scott hatte schnell gesprochen, sein Gesicht und seine Hände kommunizierten heftig, und er glättete Toms Revers, ohne nachzudenken. Kit hatte Toms Gesicht gesehen, als er auf die Hand hinabblickte, die flach auf seinem Jackett an seiner Brust ruhte. Er war erschrocken gewesen, schüchtern. Einen Moment lang nicht zu durchschauen.

Jetzt herrschte kalte Stille zwischen ihrem Bruder und Mr Scott, obwohl beide nebeneinander am Tisch saßen. Sie waren die Champions auf unterschiedlichen Seiten der Schlacht. Kit spie beinahe ihre Vanillesauce aus, als sie erkannte, dass sie die Ausbeute dieses besonderen Kriegs war, und ließ das Bildnis fallen, als ob es brennen würde.

Sie war fast erleichtert gewesen, als das Abendessen vorbei war, aber was dann kam, war noch viel schwieriger.

Tom hatte allen gute Nacht gesagt und hielt Mr Scott eher steif seine Hand entgegen, um ihm zu bedeuten, ihm nach oben zu folgen. Ma hatte zu viel Wein getrunken und war glücklich in ihrem Sessel eingedöst. Jude beeilte sich, Kit aufzuhelfen und in ihr Schlafzimmer zu führen. Er machte viel Aufhebens um sie, während Kit ihre Slipper auszog und ihre Spitzenhaube löste und Lydia sie von der Tür aus beobachtete.

Dann standen die drei auf dem Gang außerhalb des Salons, und Lydia weigerte sich zu gehen, ließ die beiden nichts reden, was sie nicht auch hören konnte.

Kit hatte sich dafür entschieden.

Sie hatte es gestern Nacht nicht genossen, allein zu schlafen – trotz der vielen Jahre, in denen sie sich nach einem eigenen Bett gesehnt hatte. Sie hatte Raum zwischen sich und Jude bringen müssen, nachdem er sie berührt hatte, und sie dachte, sie würde sterben, wenn sie ihn nicht für sich beanspruchte. Und als sie in dem kalten, dunklen Schlafzimmer angekommen war, war sie erst so unendlich dankbar gewesen für die Stille, und dass sie in der Stille allein sein konnte. Aber dann war sie nachts aufgewacht, und es hatte *wehgetan*, dass er nicht da war. Es hatte sie wach gehalten, sie hatte sich wie ein Kind im Fieber in den Laken hin und her gewunden.

Als sie an dem Morgen über die Felder zur Abbey gelaufen war, hatte sie den ganzen Tag daran gedacht, dass er heute Nacht bei ihr sein würde. Wie sie alles zurücknehmen würde, wenn er sie darum bat. Alles, um ihm nahe zu sein, solange das noch möglich war.

»Also dann, gute Nacht«, sagte sie und sah ihm in die Augen. Wie durch ein Teleskop in den endlosen Raum. Außer dass der unendliche Raum nicht in seinen Augen zu sehen war.

»Katherine«, sagte er und dann nichts mehr.

Sie nickte und ließ sie von Lydia in Bewegung ziehen, die Treppe nach oben. Sie versuchte zurückzuschauen, um sicherzugehen, dass er wieder atmete, aber sie sah nur, wie sich die Tür zum alten Schlafzimmer ihrer Mutter leise hinter ihm schloss.

Sie hatte damit gedroht, ihn hinauszuwerfen, und auch wenn er immer wieder Zeuge der Demonstration ihrer Stärke gewesen war, hatte er nicht geglaubt, dass sie es tatsächlich tun würde. Oh verflixt. Oh Himmel, das war übel.

Er ging zum Fenster und versuchte, es hochzuschieben. Einen schrecklichen Moment lang hatte er das Gefühl, eingesperrt zu sein und schon alle Luft in diesem Raum geatmet zu haben. Ein kleiner, müder Teil seines Gehirns sagte: *Öffne den Riegel, du Idiot*. Er fummelte daran, bis er aufging, schob das Fenster mit der Schulter hoch und sog trockene, schwere Atemzüge in sich hinein.

»Scheiße, ist das kalt«, murmelte er und schloss das Fenster gleich wieder ganz.

Erst jetzt erkannte er, dass der Raum beleuchtet war. Zehn Kerzen – er zählte sie – standen auf den jetzt blanken Oberflächen. Er setzte sich aufs Bett und zog die Arme eng um sich. Hätte sie ihn gänzlich hinausgeworfen, hätte sie wohl kein Licht für ihn gemacht, oder?

Er war noch hier, noch auf dem Landgut. Sie hatte ihn von ihrer Seite verdrängt, aber nicht aus ihrem Haus. Noch nicht. Er fragte sich, was Lydia jetzt wohl zu ihr sagte.

Eine lange Zeit der Stille verging.

Er klingelte nach einer Zofe und entließ sie wieder, als sie die schwierigeren Teile seiner Kleider gelöst hatte. Dies war nicht sein gewöhnliches Personal. Da er nicht den nötigen Kredit hatte, um Katherines Haus neu auszustatten, hatte er einfach das Redbrook-Anwesen um Möbel und Bedienstete geplündert. Wahrscheinlich nicht gerade das, was verantwortungsbewusste Landeigner taten. Aber vielleicht war es gar nicht mehr lange sein Land, und er musste Katherine *irgendetwas* geben. Er war seit seinem neunten Lebensjahr nicht mehr auf dem Redbrook-Anwesen gewesen, wo er einmal eine Woche lang Gastgeber eines wüsten Gelages gewesen war, an das er gar nicht mehr denken wollte.

Es macht ihm nicht viel aus, ob sie eine Lösung finden würden oder nicht. Hier ging es nie ums Verstecken. Auf so vielerlei Weise ging es um genau das Gegenteil.

Er kauerte sich auf seine Bettseite zwischen die kalten Laken. Schon in der Nacht zuvor hatte er kaum geschlafen und konnte jetzt spüren, wie schwer und erschöpft sein Körper war. Streng redete er sich ein, dass er schließlich ein erwachsener Mann war und eine weitere Nacht allein durchaus überleben konnte. Mit fest geschlossenen Augen versuchte er, sich nicht zu wundern, weshalb jede Nacht seines Lebens bislang so trostlos gewesen war – er hatte einfach nichts Angemessenes, womit er es vergleichen konnte.

Lydia saß dort, wo Jude für gewöhnlich saß, vor dem Spiegel auf der Kommode. Sie war offensichtlich ebenso eitel wie er.

»Auch wenn du ihn kennst«, sagte sie, »kann ich gar nicht

glauben, dass du die ganze Zeit mit ihm in einem Bett geschlafen hast.«

Sie zögerte, und Kit zuckte innerlich vor dem zurück, was kommen musste.

»Haben wir nicht«, sagte sie, um ihr zuvorzukommen. »Wir haben uns nie geküsst oder – oder berührt«, *Lügnerin*, »oder sonst etwas getan, das du vielleicht denkst. Mein Ruf ist intakt.«

»Bis er sich entscheidet, eure kleine Intimität jemandem zu erzählen. Ich kann nicht glauben, dass du ihm erlaubt hast – «

»Hör auf«, sagte Kit und zog sich ihr Nachtgewand über. »Lass uns nicht über ihn reden. Wir werden diesbezüglich wohl nie einer Meinung sein.«

Lydia drehte sich darauf heftig um. »Aber ich dachte – «

»Du siehst nur, was du sehen willst. Ich will nicht darüber reden.«

»Aber– «

»Lydia!«

Es war so anders, hier mit ihrer Schwester in ihrem Zimmer zu sein – in dem Zimmer, das sie sich geteilt hatten, als sie noch so viel kleiner gewesen waren und so anders als heute. Hier war sie nicht das raue Mädchen vom Land in Lydias noblem Haus, den Launen ihrer Schwester ausgesetzt.

»Hör auf zu reden und komm ins Bett.«

Auch das war ein Stück ihrer Vergangenheit, das sich wie ein Geist in das Zimmer eingeschlichen hatte, um seinen kalten und Furcht einflößenden Atem über sie zu schicken.

Sie konnte sehen, wie nervös Lydia war – auch wenn ihr Haar glänzend über ihren Rücken fiel und ihr Nachtgewand ein Vermögen gekostet haben musste, war ihr Gesicht das einer Frau. Kit hielt ihren eigenen Gesichtsausdruck vorsichtshalber pragmatisch und steckte die Hände zwischen ihre Knie, ein bisschen in der Kälte zitternd.

Lydia stand auf, ging einen Schritt aufs Bett zu und drehte sich dann zur Tür um.

»Komm schon«, sagte Kit; sie würde dieses schüchterne Klopfen überall erkennen.

Toms Kopf lugte um die Ecke und blickte erst Kit um Erlaubnis bittend an. Als er in seinem langen Nachtgewand ins Zimmer trat, konnte er sich ein breites Grinsen nicht verkneifen, und Kit dachte: *Wenn ich dich nicht beschütze, wird dich die Welt im Ganzen verschlingen.*

Sie hatte das dringende Bedürfnis zu beschützen. Es hatte etwas so Instabiles, Gefährliches, wie sie drei zum ersten Mal seit über zehn Jahren allein in einem Zimmer standen.

Tom hüpfte von einem Fuß auf den anderen. Kit verdrehte die Augen und sagte: »Du darfst am Fußende unter die Decke schlüpfen, aber wenn du deine Füße auch nur in die Nähe meiner Beine steckst, wird es dir leidtun.«

Lydia kam näher, und Kit unterdrückte den plötzlichen Drang zu lachen. Nicht einmal Jude hatte derart schnöde ausgesehen. Lydia glitt behutsam unter die Decken und schrie auf.

»Entschuldigung«, sagte Tom.

»Du hast den Blutkreislauf einer Eidechse. Ich habe keine Ahnung, wie es sein kann, dass wir aus der gleichen Gebärmutter gekrochen sind.«

»Pfui Kit, musst du hier von Gebärmutter und so sprechen?«

»Das ist doch etwas vollkommen Normales, Schwester.«

»Ich ziehe den Gedanken vor, vollkommen ausgeformt aus einem Ei geschlüpft zu sein. Ein hübsch bemaltes Ei mit goldenen Verzierungen.«

»Ich glaube, du hast dein Erinnerungsvermögen verloren«, sagte Kit. »Wenn du tatsächlich vollständig geformt aus irgendetwas gekommen bist, dann aus einem Löwenzahnsamen. Ich habe an unseren Onkel geschrieben.«

»Kit«, sagte Tom erstaunt, aber Lydia ließ sich nur in die Kissen fallen und sagte: »Ich schätze, die Tinte hättest du dir sparen können.«

»Ich erhielt heute Morgen eine Antwort. Ich glaube nicht, dass er sie selbst verfasst hat. Es ist alles so lange her, ich verstehe nicht, wieso er nicht das geringste Interesse an unserem Wohlbefinden zeigen konnte.«

Lydia stützte sich auf einen Ellbogen. »Was denkst du, was Lord Bartons Mutter ihm erzählte, als er nach seiner Lieblingsschwester fragte und sie nicht sehen durfte? Er war noch ein Junge, als sie Vater heiratete.«

»Ich schätze, sie sagten ihm, sie sei so gut wie tot«, sagte Tom.

»Guter Gott, natürlich taten sie das nicht! Sie erzählten ihm, ein schlimmer Mann habe sie mitgenommen. Dass sie jetzt eine nicht standesgemäße Sutherland war und dass die nicht standesgemäßen Sutherlands jede Verbindung nutzen würden, um aus dem Barton-Titel Kapital zu schlagen.«

Kits Herz sank. »Als er also einen Brief von mir erhielt«, sagte sie ruhig, »dachte er: *Hier ist also eine nicht standesgemäße Sutherland, die mein Geld und meine Verbindungen ausnutzen will.* Und ich schätze, er hatte gar nicht so unrecht. Verdammt.«

Ein paar Sekunden lang sprach niemand, dann sagte Lydia sanft: »Ha. Dieser Fleck an der Decke sieht noch immer wie ein alter Mann aus.« Und Kit biss sich auf die Lippen und schloss ihre Augen, um dem plötzlichen Drang nach Tränenvergießen zu widerstehen. Oder vielleicht musste sie krank werden. Es war schwierig zu sagen.

Tom sagte: »Erinnerst du dich noch an den Sommer, in dem ich vom Reverend zurückkam und ihr beide der Kutsche auflauertet, mit Federn bedeckt, und Vater –«

»Du solltest es ihm wirklich sagen«, warf Lydia ein.

Kits Augen flogen auf. Lydias Stimme hatte wie eine Klinge durch die Erinnerung geschnitten, und jetzt würde er sich auflösen – dieser instabile, einzigartige Moment zwischen den drei Geschwistern.

»Mir was erzählen?«, fragte Tom.

»Ist es so unmöglich, einfach nur hier bei uns zu sein?«, sagte Kit zu Lydia, ohne sie anzusehen.

Sie setzte sich wieder am Kopfende auf und sah Tom stattdessen an, den Jungen, der ihr wie aus dem Gesicht geschnitten war, den Jungen, den sie gehalten hatte und der sie gehalten hatte, und das ab dem Tag, an dem er geboren wurde und die Nanny ihn neben sie in die Wiege gelegt hatte. Er blickte mit vollkommenem Vertrauen zurück, denn sie hatte ihm noch nie einen Grund geliefert, an ihr zu zweifeln. »Ich muss dir etwas über Lady Rose sagen.«

In der ersten Nacht, als sie den Herzog hierhergebracht hatte, hätte sie zu Tom sagen können: *Unser Gast ist eigentlich ein Mann, ein Herzog, in Verkleidung*; jetzt hatte sie keine Ahnung, wo sie anfangen sollte. Sie hatte Tom knapp drei Wochen mit ihm leben lassen, ohne etwas zu sagen. Hatte gesehen, wie Tom unbedacht wurde und öfter lächelte und die Konversationen mit dem Herzog regelrecht aufsaugte. Und wenn sie es ihm jetzt erzählen würde, würde sie damit auch sagen: *Bruder, ich habe dich zum Narren gehalten*.

»Gott verfluche dich, Lydia«, sagte sie leise und vehement.

»Wie bitte?« Lydia setzte sich ebenfalls auf. »Ich bin nicht diejenige, die meine Mutter und meinen Bruder hintergeht und sie zwingt, mit einem Menschen zusammenzuwohnen, der einer Kiste Sprengstoff gleichkommt!« Leicht erstaunt hielt sie inne. »Ha«, sagte sie. »Kein Wunder, dass du die moralische Überlegenheit derart genießt. Sie ist recht erquickend.«

»Sprengstoff«, sagte Tom und blickte Kit noch immer mit festem Glauben an. Gleich, wie sehr er sich freute, Lydia zu sehen, er würde von ihr das Schlimmste annehmen und sich ohne nachzudenken auf Kits Seite stellen.

»Ich klinge vielleicht durchgeknallt, wenn ich –«, sagte Kit. »Ich weiß nicht mal, wo ich – als ich in London war, lernte ich den Duke of Darlington kennen, wie du weißt.«

Tom nickte aufmunternd und sagte mit einem leisen Lächeln: »Ich hatte angenommen, dass du und er eine Vereinbarung über Rose getroffen habt – ich bin kein kompletter Schwachkopf.«

Kit schloss die Augen. Sie würde dafür sorgen, dass er sich noch schlimmer fühlte als ein Schwachkopf. »Vielleicht solltest du mich einfach reden lassen.«

Dann folgte Stille, und Lydia sagte: »Er nickt. Tom, sie hat doch ihre Augen geschlossen.«

Kit öffnete sie. »Ich hatte Bedenken, weil es in Bezug auf den Herzog so viel Gerede gab und –« Sie brach ab. Wie leicht wäre es, es Lydia heimzuzahlen. Toms Ansicht über sie zu erschüttern. »Ich traf auf den Herzog und beleidigte ihn. Ins Gesicht. Nur wusste ich dabei nicht, dass er es war, weil sich Mr Scott als Herzog verkleidet hatte und der Herzog in einem einfachen schwarzen Anzug vor mir stand. Also wusste ich nicht, wer er war. Aber ich sagte ihm, was ich von … vom Herzog … ah, ich weiß nicht, wie ich es erzählen soll. Es ist absurd, dieser furchtbare Mann!«

Und Lydia fing auch noch an zu kichern. »Es lässt sich einfach nicht erzählen.«

»Hm«, sagte Tom, »ich verstehe jetzt überhaupt nichts mehr.«

Lydia seufzte. »Ich hatte eine Affäre mit ihm. Deshalb wollte Kit mit ihm reden, und deswegen schloss sie einen Handel mit ihm. Ich schätze, es war etwas derart Unangenehmes und Altruistisches?«

Jetzt erst zog Kit in Betracht, dass Lydia einfach … wollte, dass Tom es wusste, weil es nur fair war.

Ein unbehaglicher Gedanke.

Sie fuhr fort: »Der Herzog wollte aufs Land kommen, um etwas aus London herauszukommen, aus seiner Rolle als Duke of Darlington zu schlüpfen.«

»Er scheint ohnehin viel Zeit damit zu verbringen, nicht der Duke of Darlington zu sein«, sagte Tom mit einem leichten Zittern in der Stimme. Er war schließlich nicht dumm, und ein Teil seines Verstandes hatte die Situation bereits erfasst und begann zu verstehen.

»Er war einverstanden, von Lydia abzulassen, wenn ich ihn mit mir aufs Land nahm. Und er …« Oh Gott, sie konnte es nicht sagen.

Lydias harter Ellbogen bohrte sich in ihre Rippen, und sie platzte heraus: »Er tauchte als Frau verkleidet auf. Ich dachte, es wäre eine Verkleidung, aber jetzt bin ich nicht so sicher. Ich denke, er will so weit wie möglich von sich entfernt sein, und er ist Lady Rose.«

Tom gab ein paar merkwürdige Laute von sich und fiel beinahe vom Bett. Lydia begann wieder zu kichern, und Kit saß wie festgefroren da, die Finger in die Bettdecke gekrallt.

»Gott – gütiger – Kit – du –«

»Es tut mir so leid, Tom. Ich wollte es dir gleich sagen, aber ich dachte, er würde dann direkt zurück nach London gehen – zurück zu Lydia. Ich konnte es nicht. Ich steckte so tief drin, ich wusste nicht, was ich tun sollte. Ich meine«, lachte sie leicht hysterisch, »ein Herzog, Tom, ein wirklicher Herzog.«

»Oh mein Gott, Rose ist ein Herzog. Ich habe Schnappen mit einem Herzog gespielt.« Lydia trat nach ihm. »Als ob ihr beide keine Gräfin in der Familie hättet. Also wirklich. Ihr klingt wie Landeier.«

»Äh …«, sagte Kit. »Wir sind Landeier.«

»Moment«, sagte Tom noch immer fassungslos, und Kit wartete atemlos auf die Anschuldigungen, die zwangsläufig folgen würden. »Die Zeitungen nennen ihn einfach – einen Idioten. Aber das ist Rose nicht …«

Kit und Lydia wechselten einen Blick.

»Oh mein Gott«, sagte Tom erneut, aber dieses Mal kam der Laut kaum aus seiner Kehle, und sein ganzer Körper lief tiefrot an. »Rose ist ein Mann. Und ich war so – so hingerissen.«

»Schon in Ordnung, Tom«, sagte Kit, so sanft sie nur konnte. »Er ist eine unglaublich charismatische Persönlichkeit. In jeder Gestalt.«

Tom lachte kurz und unkontrolliert auf. »Nein, das ist es nicht. Kit, er war die erste Frau, die mich bezaubern konnte. Ich hatte dadurch so viel Hoffnung.« Und dann: »Rose ist ein Mann.« Er schaute sie direkt an, und es war das erste Mal in ihrem Leben, dass er sie so ansah und Kit ihren Vater in ihm entdeckte. Den Erben ihres Vaters. »Und er hat in deinem Bett geschlafen.«

Sie hielt die Hände vor sich. »Er hat mich nie verführt. Er wollte … etwas anderes von mir. Nicht das.«

»Es ist mir egal, was er wollte! Du wusstest, dass ich ihn nicht in dein Bett lassen würde. Du wusstest es, also hast du mir verschwiegen, wer er war.«

Zorn stieg in ihr auf und entfachte ein anderes Gefühl. »Das hast du nicht zu entscheiden!«

Tom warf die Bettdecken zurück und stand auf. Jetzt war an seinem Nachgewand nichts Albernes mehr. Kit und Tom hatten so noch nie miteinander gesprochen. Noch nie. Ihre Haut war rot und heiß vor Schreck.

»Ich will nicht, dass du ihn wiedersiehst. Kannst du das nicht verstehen? Kit, du wirst vollkommen ruiniert. Du kannst ihn nicht mehr sehen, du kannst nicht –«

»Er kann nicht zurück nach London gehen«, sagte sie, dessen war sie sich zumindest sicher.

Tom schaute zur Bekräftigung Lydia an – Lydia. Er rieb eine Hand durch seine Haare, und seine Augen wanderten zurück zu Kit, wild und unsicher und streitlustig. »Dann wirst du ihn nicht ohne Beisein von Mr Scott, Lydia oder mir selbst sehen. Er wird keinen Fuß in dein Zimmer setzen.«

»Tom …«

»Ich bin das Oberhaupt dieser Familie, nicht du! Du vermagst dich vielleicht gegen mich aufzulehnen, aber nicht gegen mich und Lydia zusammen.«

»Tom«, sagte sie mit einem sanften Flehen zu ihrem Bruder um ihn daran zu erinnern, wer sie waren. Sich daran zu erinnern, dass er mit seiner Schwester sprach, nicht mit einer Fremden.

Er schloss die Augen, und sein Gesicht zitterte, dann war es still. »Flehe mich nicht an, Kit. Ich schulde dir so viel. Ich schulde dir den mageren Schutz, den ich dir bieten kann. Ich weiß, dass ich keine Bedrohung bin, aber wenn du ihn ohne Überwachung wiedersiehst, werde ich direkt an Lord BenRuin schreiben.«

»Tom, das kannst du nicht!«

Toms Augen öffneten sich, und Tränen liefen über seine Wangen. »Das werde ich«, sagte er. »Weiß es Mutter?«

Kit schüttelte träge den Kopf und bemerkte, wie Lydia ihre Hand so fest nahm, dass sie das Gefühl hatte, sie würde brechen. Sie spürte es jedoch kaum. »Du wirst es ihr doch nicht sagen, oder?«

»Für nichts auf der Welt. Sie hat sich kaum von dem letzten

Mann erholt, der ihr das Herz gebrochen hatte. Wenn sie entdeckt, dass ihr neuer Liebling wieder ein Mann ist, der sie zum Narren hält … Nein, Kit. Solange sich der Herzog entscheidet, uns über Gebühr zu beanspruchen, lass ihr diesen Traum. Sie wird keinen Grund mehr haben, ihn zu sehen, sobald er wieder fort ist.« Er wischte mit einer rauen Hand über seine Wange. »Und du auch nicht. Himmel, erkennst du das nicht?«

Der Raum war still, voller gebrochener Dinge.

»Ich schätze, Mr Scott weiß, wer er wirklich ist«, sagte Tom.

»Ja«, sagte Lydia.

»Dann muss ich gehen.« Und er ging, ohne die beiden nochmals eines Blickes zu würdigen.

Sie saßen vollkommen still nebeneinander; Kit fiel in die Kissen und zog sich die Decken über den Kopf. »Er wird mir nie vergeben. Und was, wenn ich ihm niemals vergebe?«

Sie hatte ihm bereits vergeben. Ihr Herz schmerzte – Tom versuchte in eine Rolle zu treten, die er noch nie zuvor erfüllen musste. In die Schuhe eines Mannes, der sie alle verletzt hatte.

»Unsinn«, sagte Lydia und zog Kit die Decken vom Gesicht. »Tom fühlt sich nur töricht und geschockt. Er ist wohl kaum der erste Mann, der sich zu ihm hingezogen fühlt. Im Hinblick auf Mutter hat er jedoch recht.« Etwas schien mit ihr zu passieren. »Sollte dieser Bastard auch nur daran denken, Toms zarte Gefühle auszunutzen, werde ich mir aus seiner Haut ein Kleid schneidern und es in der Oper zur Schau tragen.«

»Wir reden hier von Jude. Natürlich wird er sie ausnutzen.«

Lydia schaute sie merkwürdig an. »Du weißt nicht, wovon ich rede, oder, Kit? Was ich mit Ausnutzen meine?«

»Du meinst, er wird willkürlich Toms Zuneigung ausnutzen, um zu bekommen, was er will. Das heißt, wenn er es will, wird er Tom demütigen, denn Schmerz scheint ihn auf irgendeine Weise aufrechtzuerhalten. Er wird ihn nicht verschonen.«

Lydia winkte ab. »Das versteht sich von selbst«, sagte sie.

»Ich meine aber *sexuell* ausnutzen. Du weißt doch, dass Darlington auch mit Männern schläft, hoffe ich?«

Und von den tausend Gedanken, die ihr alle gleichzeitig durch den Kopf schwirrten, war der einzige, der ihre Stimme fand: »Nur mit Männern?«

»Darling, ich weiß, du willst mich nicht beleidigen. Unsere Affäre war vollendet. Viele Male.«

Kit überhörte die affektierte Blasiertheit. »Wenn er mit Tom schläft, werde ich ihn töten«, sagte sie. Ihr war so heiß, dass sie ihre eigene Haut nicht mehr fühlen konnte und diese neue Information zu etwas zu verschmelzen versuchte, das sie greifen konnte. Doch sie scheiterte. Sie hatte natürlich Gerüchte gehört, aber die Leute sagten viel, um Aufmerksamkeit zu bekommen. Sie hatte es nicht wirklich für möglich gehalten. Wenn Männer mit anderen Männern schliefen, dann war die Welt doch anders beschaffen, als sie dachte, und das war –

Sie erinnerte sich an eine Nacht, als sie mit Tom aus dem Inn gegangen war – zu einer Zeit, als Tom noch mit ihr zusammen trinken ging, bevor Vater gestorben war. Sie hatten auf dem Rückweg einen schlimmen Streit gehört, zwei Männer, die sich ächzend gegenseitig gegen eine Wand warfen. Es war dunkel gewesen, undeutlich. Sie hatte sich nicht viel dabei gedacht und erinnerte sich nur daran, weil sich Toms Finger so fest in ihren Arm gegraben hatten, als er sie fortzog, dass sie am nächsten Tag blaue Flecke davon gehabt hatte.

Ungebeten dachte sie an Judes blasse Schönheit. Sie wusste nicht einmal, wie das funktionieren sollte, aber sie hatte ein Bild von seinen Gliedmaßen vor sich, von seinem Brustkorb, der sich flach an die Brust eines anderen Mannes drückte. Sie erinnerte sich an seine Lippen, die denen von Tom an jenem

Morgen vor zwei Wochen so nah waren, und wie er Toms Wange berührt und ihn geküsst hatte.

Und dann dachte sie: *Wenn Tom mit Jude schläft, werde ich ihn töten.*

»Du weißt schon«, sagte Lydia, »dass er, als du dafür gesorgt hast, dass er mich in Ruhe ließ, er mich … tatsächlich in Ruhe gelassen hat.«

»W-was?« Sie versuchte, die heiße Verwirrung wegzuwischen, versuchte, daraus aufzutauchen, sodass sie in dem, was ihre Schwester da sagte, Sinn finden konnte.

»Du hast mir meinen einzig wahren Freund genommen«, erklärte Lydia.

Lydia war Jude so ähnlich – wenn sie etwas in makellosem Englisch sagte, klang es schlimmer, als wenn sie sich Beleidigungen hingab.

»Er … hat mir das erklärt«, sagte Kit und kämpfte gegen das aufkommende Gefühl an. »Und ich musste es dennoch tun.«

»Weshalb?«

Lydias Stimme war verhalten, kontrolliert, aber es war die Frage, die endlos zwischen ihnen hing und die Kit niemals zur Zufriedenheit beider Seiten hätte beantworten können.

»Weil dich dein Ehegatte liebt«, sagte sie und wusste tief im Innern, dass es nicht ihre Aufgabe war, das zu sagen. »Und ich will, dass du glücklich bist.«

Lydia lachte ungläubig, es klang roh. »Du hast mich der Gnade von BenRuin ausgeliefert, damit ich *glücklich* bin? Hast du nur die leiseste Ahnung, wie verrückt das klingt?«

»Ich weiß nicht. Vielleicht. Und –« Sie konnte es ihr nicht sagen. Es war so schrecklich. Sie dachte an Jude, dessen Macht teilweise daher kam, dass es nichts gab, was er nicht sagte. »Deine Ehe war der Preis dafür, dass wir durch die Hölle gegangen sind. Ich konnte dich das nicht wegwerfen lassen.«

Sie drehte sich um – und sah, wie ihre Schwester vor Wut rot anlief. Lydia öffnete den Mund, konnte aber nur einen zischenden Laut durch die Zähne pressen. Kit hatte das Gefühl, jemand hatte irgendwo ein Fenster offen gelassen und etwas Essenzielles sickerte Stück für Stück hindurch.

Lydia drehte sich weg.

Kit dachte, sie könnte ihn fühlen, zwei Stockwerke unter ihr, wach in dem alten Zimmer ihrer Mutter liegend. Wenn sie Lydia jetzt verließ, würde sie sie niemals mehr zurückbekommen.

»Sie wussten es.«

Crispin sah von seinem Buch auf, das er am Kamin in Toms Zimmer las, und löste nicht einmal seine übereinandergeschlagenen Beine. Er hatte seinen Mantel abgelegt, war aber ansonsten angekleidet.

»Sie hätten –«

Crispin wartete mit geduldigem Gesicht, aber Tom konnte keine Worte dafür finden, was Crispin hätte tun sollen, obwohl er das dringende Gefühl hatte, dass dieser Mann ihn hätte einweihen müssen.

»Hätte Ihnen, den ich kaum kenne, *was* erzählen sollen?«, fragte Crispin sanft. »Meine Loyalität gilt nicht Ihnen.«

»Nein, natürlich nicht, sondern einem Irren, der die ganze Zukunft meiner Schwester in seinen Händen hält.« Er versuchte zu lachen. »Meiner beiden Schwestern. Und meine wohl auch.«

Crispin schloss sein Buch und legte es beiseite, ohne Hast, wie Tom das Gefühl hatte. »Es ist ein Risiko, das man bei ihm immer eingeht. Ruin für die Chance, ihm nahe zu sein.«

»Das geschah aber nicht so freiwillig. Er hat sich uns aufgezwungen.«

»Hat er das?«, fragte Crispin milde.

Er musste wieder an Kit denken. Daran, was Kit – nicht der Herzog, sondern seine eigene Schwester – getan hatte.

Crispin stand auf und faltete seine Krawatte ordentlich in die Ankleidekommode. Bis er sich wieder umdrehte und seine Hemdsmanschetten lockerte, hatte Tom wieder etwas Kontrolle über sich erlangt.

»Ich habe nie das erlitten, was meinen Schwestern widerfahren ist.« Er wandte das Gesicht ab und folgte dem Riss in der Wand mit seinem Finger. »Ich wurde weggeschickt, als ich zehn war, um bei Reverend Stevens zu lernen. Die Missachtung meines Vaters lag dreizehn Meilen entfernt, und wenn ich an den Feiertagen nach Hause kam –«

Er blickte auf und war entsetzt, wie ruhig Crispin war, wie all seine warme Konzentration den Raum einzunehmen schien. Dieses Gefühl, sich in der Aufmerksamkeit dieses anderen Mannes geborgen zu fühlen, beruhigte ihn aber nicht, es machte es ihm nur noch schwerer, seine Gefühle zu unterdrücken. Seine Erinnerungen. Das Gewicht einer Schusswaffe in seiner Tasche.

»Mein Vater wurde getäuscht. Er wollte glauben, dass ich ein Stipendium für jede Schule gewinnen könnte – für Oxford, wenn er es wollte. Ich ließ ihn in dem Glauben. Und als ich in dem Jahr nach Hause kam, als ich dreizehn war, und Kit vorfand –«

»Mr Sutherland –«

»– sie sah aus, als ob jemand gestorben wäre. Als ob sie gestorben wäre. Ihre Hände waren derart zerkratzt, dass ich drei Tage brauchte, um überhaupt zu merken, dass sie mit zwei gebrochenen Fingern arbeitete. Sie hatte versucht, ihm Lydia zu entziehen, und er hatte sie geschlagen, bis ihre Knochen brachen, denn sie war so sehr wie er, und er wollte sich wahrscheinlich selbst von dieser Erde tilgen. Er ließ keine Versöhnung zu, und Lydia wagte sich nie mehr in ihre Nähe. Und alles, was sie zu mir sagte, war: *Tom, du musst gehen*.«

Er konnte es nicht sagen.

Crispin wartete still, bis Tom schließlich aufblickte. »Und Sie sind gegangen.«

»Und ich bin gegangen. Ich kam auch nie mehr zu den Feiertagen und Ferien danach zurück, wenn es sich vermeiden ließ.«

»Mr Sutherland. Tom. Wir reifen, die ganze Zeit. Sie sind ein guter Mann. Ich kenne Ihre Schwester nicht, und doch kann sogar ich sehen, dass es unerträglich gewesen wäre, wenn Sie damals versucht hätten, sich über sie hinwegzusetzen. Sie hätten erreicht, was Ihr Vater nie schaffte, und sie gebrochen.«

Tom ging an der Wand entlang und setzte sich auf den Boden.

»Was geschah, als Sie es nicht nach Oxford schafften?«

»Da war Lydia schon seine große Hoffnung. Alles, was er von mir erwartete, war, ihm nicht im Weg zu stehen. Er dachte noch immer, Mutter würde ihm einen weiteren Jungen schenken. Diese schrecklichen Nächte, als wir alle …« Er schaute auf, erbittert und abwesend, weil jetzt alles wieder hochgespült wurde. »Ich entschied mich, ihn zu töten.«

Crispins Augen waren sanft und voller Mitleid. »Alle Jungs denken früher oder später …«

»Ich steckte eine Pistole in meine Tasche. Ich lief den ganzen Weg zu dem Inn und wusste, dass dies das Ende sein würde. Ich würde handeln. Schließlich würde ich handeln.«

Zum ersten Mal war Crispins Gesichtsausdruck beunruhigt. »Meine Güte, haben Sie …«

»Ich stand in der Tür und hatte meine Hand um die Waffe gelegt, als ein anderer Mann aufstand und ihn erschoss. Er hatte beim Kartenspielen betrogen. Er betrog immer beim Kartenspielen. Also schoss ihm ein anderer Mann, der wütend und betrunken war, mitten in die Brust. Ich trug ihn nach Hause. Er verfluchte mich, während er in meinen Armen wie ein Kind blutete, und das Gewicht der Pistole schlug den ganzen Weg gegen meine Hüfte. Es war ein Albtraum. Ich bin seither nie daraus erwacht.«

Crispin kniete vor ihm, seine Knie umschlossen Toms Knie. Er strich Toms Haar aus seinem Gesicht, so sanft und warm. Etwas Gefährliches, Wertvolles, das Tom nie zu träumen gewagt hätte.

»Komm ins Bett«, sagte Crispin. »Komm und schlaf in meinen Armen ein. Und ich werde dich am Morgen wecken.«

»Guten Morgen«, sagte irgendeine Frau und zog die Vorhänge zurück.

Jude legte einen Arm über seine Augen und versuchte zu sagen: »Nicht weiter.« Sein Mund machte eine Reihe von Geräuschen, die nicht als Worte verständlich waren.

Auch gut.

Das Bett sank ein, als die Frau sich setzte. »Ich bin auf Geheiß von Kit gekommen, um dich zu rasieren. Wir haben vereinbart, dass du weiterhin die Frau spielen musst, bis ich einen Weg finden kann, dich zur Abreise zu bewegen. Nicht dass ich unbedingt eine Spezialistin in Sachen Männerrasur wäre, aber deine kleine nette Täuschung macht es für Tom unmöglich, in dein Schlafzimmer zu kommen.«

Lydia lehnte sich näher zu ihm, sodass er ihren Atem an seiner Hand spüren konnte.

»Und so viel einfacher für mich. Wir hätten uns wirklich so etwas ausdenken sollen, während wir noch ein Liebespaar waren.«

Ohne die Augen zu öffnen, zog er ihren warmen Körper näher heran, bis sie an seiner Brust lag, ihr Mieder hart an ihn gepresst. Träge streichelte er die Haut an ihrem Hals – vom Schlüsselbein zum Kiefer – und hob dann den Kopf zu einem Kuss.

Nach einer Sekunde des Zögerns berührten ihre Lippen die seinen. Sie waren warm und reagierten auf das hungrige Bedürfnis, das sie immer verspürte, wenn sie erwachte. Schon wieder. Sie waren auch ein wenig hart, und er erinnerte sich daran: Sie hatte immer etwas in Reserve. Seine Hand streichelte jetzt ihr Genick, und sie öffnete ihre Lippen, brauchte mehr als das – so viel mehr, dass sich Panik einstellte. Nichts würde dieses Bedürfnis jemals befriedigen können.

Er dachte an Kits wilde goldene Augen und die schüchterne Einladung ihres angehobenen Beins.

Jetzt wurde er vollständig wach. *Nicht diese Frau*.

Lydia zog sich zurück, bevor sein raues Bedürfnis, sie wegzuschicken, ihn etwas Gemeines und Dummes tun ließ.

Sie starrte aus dem Fenster. »Ich wollte dich so sehr sehen, Darlington, aber ich muss feststellen, dass nichts so ist, wie ich es mir vorgestellt hatte.«

Sie blickte auf ihn hinab, und er sah das Bedürfnis in ihren Augen, von dem er nichts wissen wollte.

»Warum kann nicht alles sein wie zuvor?«, fragte sie. »Du und ich, wir kamen doch hervorragend miteinander aus, terrorisierten London, setzten die neuesten Trends. Zusammen waren wir unberührbar. Aber du, der das Komitee davon überzeugen sollte, deinen Anspruch anzuerkennen, vergeudest deinen Charme an meine Verwandtschaft, und ich kann nicht mehr zu dem zurückfinden, was wir – was ich …«

Jude konnte die Anstrengung sehen, die es sie kostete, nicht vor ihm zusammenzubrechen. Er setzte sich auf, lehnte sich an das Kopfteil und zog sie auf seinen Schoß. Als er sie fest in die Arme geschlossen hatte, steckte er sein Gesicht in ihr Haar.

»Schh, mein Liebchen. Nichts ist so trostlos, wie es scheint«, murmelte er.

Ihr Körper zitterte, während sie darum kämpfte, ihre Gefühle zurückzuhalten. Seinem Trost zu widerstehen. Schließlich setzte sie sich stocksteif auf und sah ihn an, geringschätzig und kalt. Es erinnerte ihn daran, dass er keine warme Frau in seinem Schoß hielt, sondern eine kleine, abträgliche Version seiner selbst.

»Du weißt, ich kam, um dich zu warnen.«

»Ich weiß.«

»Wenn irgendjemand entdeckt – wenn Lady Marmotte entdeckt –, dass du als Frau verkleidet bist und eine vornehme Familie ausnutzt und dein Geld für unpraktische Schweineställe ausgibst … Du weißt, dass dadurch das Komitee zögern würde, nicht wahr? Sie hat dich genug diskreditiert.«

»Ich habe mich selbst diskreditiert.«

»Aus Gründen, die nur du verstehst, und du hast ihr das Feld überlassen, das fertig zu bauen, was du begonnen hast.«

Er lehnte sich zurück gegen das Kopfende und fragte sich, was Katherine gerade tat. »Es ist irrelevant. Das Komitee würde nie zugunsten des Buchhalters stimmen. Sie könnte mich so verdorben hinstellen wie einen betrunkenen Papst, der Babys abschlachtet, ohne dass sie ihnen einen konkreten Grund nennen kann, gegen mich zu stimmen, werden sie es nicht tun.«

»Ich sehe sie immer mit ihm, musst du wissen. Bist du sicher, dass sie ihn nicht so weit hat, dich herauszufordern? Wenn sie hinter seinem Anspruch steckt, musst du ihn ernst nehmen. Du musst nach London zurückkehren.«

Er dachte an den Brief, den er zwei Tage zuvor verbrannt hatte. *Dachtest du, ich wäre unvorbereitet mit dir ins Bett gestiegen? Ich habe dich nicht für einen dummen Mann gehalten, sondern für einen gefährlichen. Vielleicht lag ich falsch.*

»Deine Bedenken ehren mich«, sagte er.

Sie seufzte; in ihren Gedanken war sie noch anderswo. In London bei dem Riesen, ohne Zweifel.

»Sag mir, was du brauchst«, verlangte er, und sie ließ ihn ein wenig näher kommen. »Du weißt, ich werde alles tun, worum du bittest.«

»Kannst du ihn von dem Wahn befreien, dass er mich liebt? Kannst du die – die Schwere der Lust in ihm ungeschehen machen?«

Jude seufzte dramatisch. »Ich werde mir eine blonde Perücke aufsetzen und mich als dich ausgeben, wenn ich *muss*, meine Liebe, aber wirklich, was du da von mir verlangst. Ein Mann, so groß wie BenRuin, da bin ich einfach nicht sicher, ob sein Penis passen würde.«

Sie lachte trotz ihrer Situation und schlug ihm fest auf die Schulter.

»Aua.«

»Sei nicht so ein Weichling. Wir sollten dich dann wohl endlich rasieren.«

»Ich bin nicht ganz sicher, ob ich dir mit einem Messer an meiner Kehle trauen soll.« Er warf die Decken zurück und stand auf. Er hatte tatsächlich sein Nachtgewand vergessen, bis Lydia an diesem Morgen in endloses Lachen ausbrach.

16

Die nächsten fünf Tage waren alles andere als angenehm.

Tom konnte Jude nicht ansehen, ohne zu erröten und über sich selbst zu stolpern. Er sprach kaum mit Kit, und sie war nicht in der Lage gewesen herauszufinden, ob das aus Wut oder Peinlichkeit so war. Er und Mr Scott schienen ihre gegensätzlichen Loyalitäten überwunden zu haben, und jedes Mal, wenn Kit einen von ihnen sah, war der andere nicht weit.

Kit und Lydia redeten jetzt mehr miteinander als im ganzen letzten Jahrzehnt, aber es verlief immer wieder gleich: ein Schritt vorwärts, ein gigantischer Sprung in ein ungeahntes schwarzes Loch. Und dennoch erwartete sie immer wieder von Lydia, dass sie sie für immer ausschließen würde, aber das geschah nie wirklich. Lydia würde nach einer schlecht endenden Konversation aus dem Raum stürmen, und ein paar Stunden später würde sie Kit finden und kritisieren, was auch immer sie gerade machte, selbst wenn es nur darum ging, dass sie die Seiten eines Buchs zu laut umblätterte.

Aber Kit hatte ihre Mutter noch nie so glücklich gesehen – nicht als sie zwei Wochen nach Brighton gefahren waren, als Kit sieben Jahre alt war, und nicht, nachdem Lydia neun Monate später geboren wurde. Sie hatte eine schwindende Erinnerung daran – so blass, dass sie dachte, sie hätte eine kurzlebige Erscheinung gehabt und den Rest geträumt –, wie eine Tante zu Besuch kam, und an die ekstatische Glückseligkeit ihrer Mutter, die damals noch jung war, während sie ihre Schwester herumführte.

Hier und jetzt war das Glück ihrer Mutter eine solide Sache. Etwas, das seine Hand ausstreckte und Kit berührte, wenn sie ganz vorsichtig war. Wie eine Hand, die jemand zum Gutenachtsagen hinstreckt. Eine Wange, die mit langjähriger Zuneigung gestreichelt wurde. Sogar eines Morgens, als sie alle zu den Ruinen liefen, einen Arm um ihre Taille gelegt.

Sie sah auch, was Tom gefühlt hatte. Er nahm so viele vorsichtige Liebkosungen mit, wie er konnte, wie Kit wissend, dass sie sich vielleicht nie wieder in einer solchen Situation befinden würden. Sogar Lydia kam näher, trotz ihrer selbst. Es war, als hätten sie ihre Mutter ihr ganzes Leben lang beobachtet, und sie wäre hinter Glas ausgestellt. Es war schmerzhaft faszinierend, berührt zu werden.

Und Jude.

Kit war es nicht erlaubt, in seiner Nähe zu sein.

Lydia ging ihn jeden Morgen rasieren, seit diesem ersten Morgen, an dem sie den Rasierer aus Kits Händen genommen hatte. Wann immer Kit in einen Raum trat, in dem er saß, hockte Mr Scott bei ihm. Wenn er kam, um sie in einem der verlassenen Zimmer in der oberen Etage zu suchen, wohin sie sich manchmal zurückzog, um allein zu sein, folgte ihm Lydia so dicht auf den Fersen, dass sie nicht einmal Zeit hatten, ihre Namen auszusprechen. Und Tom stand ebenfalls stur zwischen ihnen.

Kit hatte sich selbst in diese Ecke gedrängt, und dieses Wissen nagte an ihr. Sie hatte ihre Familie hintergangen. Sie hatte Tom Waffen gegen sie in die Hand gedrückt, die er jetzt auf sie richtete, als ob sie alle am Abgrund stünden. Es Ma sagen und ihr perfektes Glück ruinieren. Es BenRuin sagen und riskieren, dass er Jude verletzt.

Also hielt sie sich fern.

Es hatte als ganz kleiner Schmerz begonnen, denn schließlich konnte sie ihn noch immer sehen. Er war noch da. Er war nicht gegangen. Sie konnte noch immer zuhören, wie seine Worte aus seiner brillanten Maschinerie seines Gehirns sprudelten. Sie konnte ihre Augen über seine Selbstherrlichkeit verdrehen und zusehen, wie seine Finger Porkie hinter den Ohren streichelten, genau wissend, wie sich das anfühlte.

Aber an dem Morgen, an dem ihm Crispin Judes Korrespondenz vorlas und Kit sah, wie er zu atmen aufhörte, konnte sie nicht sein Genick streicheln, um ihn zu beruhigen. Oder wenn sie ihn dabei ertappte, wie er Lydia und Crispin zusah, die ein albernes Duett auf dem Klavier spielten, und sie die Niedergeschlagenheit in seinen Augen sehen konnte, die ihn beinahe vollständig verdunkelte, konnte sie ihm nicht auf den Kopf hauen und ihm sagen, er solle aufhören, sich wie ein Idiot zu benehmen. Oder wenn sie ihm beim Frühstück gegenübersaß und er über etwas lachte, das Ma gesagt hatte, während seine Lippen noch immer vom Lachen verzogen waren, er die Marmelade unbewusst von ihnen leckte. Es war so lüstern, dass sie das Gefühl hatte, er hätte gerade an ihrer Wirbelsäule entlanggeleckt – und sie konnte ihn nicht gegen etwas Hartes stoßen.

Als sie am sechsten Morgen ohne ihn erwachte, war es kein kleiner Schmerz mehr. Ihr Körper fühlte sich hohl an und sie erfüllte ein dumpfer Schmerz.

Kit, ihre Mutter, Tom und Crispin saßen beim Frühstück, als die Vorladung des Squire auf einem Tablett gebracht wurde. Am Tag zuvor war ein Tisch von Ludwig dem XIV. auf das Landgut gebracht und in das Zimmer gestellt worden, das Tage zuvor dafür geleert worden war. Kit hatte keine Erinnerung mehr daran, wozu der Raum einst genutzt worden war, aber jetzt war es ihr Frühstückssalon, vollkommen prahlerisch mit dem großen Tisch und den Brokatvorhängen und einem gold gerahmten Turner, der praktisch schon an der Wand hing, noch bevor die Farbe getrocknet war. Es war zu viel. Es passte zu ihm. Sie liebte es, und obwohl sie alles würde verkaufen müssen, um den Squire auszuzahlen, würde sie diesen Raum belassen. So wie er ihn gemacht hatte – für sie.

»Was ist los, Katherine?«, fragte er, als er in diesem Moment vollständig angekleidet im Türrahmen erschien.

Sie blickte von der Vorladung des Squires auf in seine dunkelblauen Augen. Ihr Körper verkrampfte sich, klammerte sich an die Welt.

»Schlechte Neuigkeiten, Kit?«, fragte Tom neben ihr und zog ihr die Zeitung aus der Hand; sie war gezwungen, den Blick von Jude abzuwenden, um sie sich wieder zurückzuholen.

Lydia tauchte hinter Jude auf und schob ihn zum Kabinett. Crispin sprang auf und verwickelte ihn in ein Gespräch über eine Stute, die sie in der folgenden Woche ausreiten wollten.

»Der Squire hat mich zum Tee eingeladen, Tom, das ist alles. Er … deutet an … dass er nicht abgeneigt wäre, wenn Lady Rose mich begleiten würde.«

»Wir dürfen den Squire keinesfalls warten lassen«, sagte Jude, während er seinen Teller mit Toast zum Tisch trug. »Katherine und ich werden uns fügen. Und danach erwarten wir, dass ihr uns alle als Entschädigung ganz mächtig verwöhnt.«

»Ich habe die liebe Violet seit langer Zeit nicht gesehen«, sagte Lydia heiter, als sie sich mit ihrem eigenen vollbeladenen Teller neben Jude setzte. »Ich denke, ich sollte euch begleiten.«

Jude schaute sie an und spießte dann ein Würstchen von ihrem Teller auf seine Gabel. Was erklären würde, weshalb sich Lydia so viel Essen geholt hatte. Kit vergaß immer wieder, wie gut sich die beiden kannten.

»Winston war immer ein so guter Nachbar«, sagte Ma und ließ sich von einem Diener eine frische Tasse Tee einschenken.

»Er und euer Vater waren beinahe wie Brüder. Das bedeutete eurem Vater viel – er konnte nie ganz glauben, dass mir das Fehlen eines Titels nichts ausmachte, müsst ihr wissen. Ich kann mir nur vorstellen, dass Winston von seinem Tod schwer mitgenommen wurde, da wir ihn in den letzten Jahren nur selten zu Gesicht bekommen haben.«

»Ah, aber dann wiederum«, sagte Jude träge, »wird ein Mann wie Sir Winston nicht freundlich sein, wenn er die Wahl hat, sich herabzulassen. Die Versuchung ist zu groß.«

»Ich verstehe nicht ganz, meine Liebe«, sagte Ma und runzelte ein wenig die Stirn.

Kit warf Lydia einen verzweifelten Blick zu, der besagte: *Sorge dafür, dass er den Mund hält!*

Jude wich geschickt Lydias Ellbogen aus und sagte: »Ich hatte nicht die Absicht, mich unklar auszudrücken. Ich rede von der Tatsache, dass der Squire – «

»Ma, ich denke nicht, dass du – «

»Sei still, Katherine. Dass der Squire *was?*«

Kit sah die tiefe Furcht ihrer Mutter. Sie wusste auch, dass dies alles ein Traum war und er irgendwann enden würde.

»Er hält die Hypothek auf das Landgut«, sagte Jude, und etwas in seiner Stimme brachte Kit dazu zu denken, dass er kein Mistkerl war; er hatte einfach nur gedacht, dass es alle *wussten*.

Drei Paar Sutherland-Augen ruhten jetzt auf Kit.

»Kit«, sagte Tom sehr ruhig. »Was hast du getan?«

Sie zwang sich, zu ihm aufzublicken. Es war sein Erbe, nicht ihres. Sie nahm seine Hand unter dem Tisch und drückte sie, so fest sie konnte, als ob sie ihn damit dazu bringen könnte, ihr zu vergeben. Sie dachte einen schrecklichen Moment lang, dass er sie zurückziehen würde, aber er verharrte und drückte sie als Erwiderung.

»O Kit«, sagte ihre Mutter, und Kit sah, wie sie sich veränderte – wie eine gefaltete Papierblume, die in ihren ungeschickten Händen unwiderruflich zerknitterte.

Jude warf seine Gabel auf den Tisch. »Wenn ihr euch nur hören könntet. Wie, denkt ihr, konntet ihr das Landgut halten, nachdem der verstorbene Mr Abraham Sutherland sein Vermögen immer wieder verspielte?«

Ihre Mutter zuckte, wurde noch kleiner.

»Lydias Heiratsarrangement«, murmelte Tom, dessen Hand krampfhaft an Kits festhielt. Sie hielt sie fest in ihrer.

»Wie viel hat dein Vater bekommen, als du BenRuin geheiratet hast?«, fragte Jude.

Etwas Schreckliches und Rebellisches huschte über Lydias Gesicht. Dann sagte sie: »Genug, um sich einen Titel zu kaufen, hätte er es gewollt.«

Tom öffnete den Mund, aber Jude bedeutete ihm innezuhalten, ohne den Blick von Lydia abzuwenden. »Und was kaufte er tatsächlich damit?«

Lydia schaute ihre Mutter an, und Kit hätte dieses Zeichen von Rücksicht nicht erwartet. »Er verlor jeden Penny. Dann spielte er in Erwartung auf mehr immer weiter.«

In Kits wunderschönem Frühstücksraum, an einem leuchtenden Frühlingsmorgen, wurde die Oberfläche ihres Lebens aufgetrennt und die Wahrheit über die frisch geschnittenen Blumen und die warmen Frühstücksbrötchen geschüttet, mitten auf die glänzende Oberfläche des Tischs.

»Ich habe das so satt«, sagte Jude mit barscher Stimme, aber noch immer subtil feminin. »Ich werde es nicht zulassen, dass ein Squire Sie erpresst, Katherine. Ich denke, ich würde mich gern ein für alle Mal um Sir Winston kümmern. Oder vielmehr wird sich mein Cousin, der Duke of Darlington, der Sache annehmen. Mein Cousin würde alles tun, worum ich ihn bitte.«

»Das kannst du nicht«, sagte Crispin. »Das heißt, Mylady, der Herzog ist nicht einmal in England.«

Jude runzelte die Stirn, und es erinnerte Kit daran, dass sie ihm nur deshalb zu widersprechen pflegten, weil er es gestattete. Dann änderte sich seine Stimmung schlagartig.

»Du hast ganz recht, mein Lieber«, sagte er. »Es wäre unter der Würde meines Cousins, sich persönlich um ihn zu kümmern.«

Violet dachte, sie würde tatsächlich sterben, bevor sie es zu ihrem Debüt nach London schaffte. Noch zwei Wochen, und die Zeit verging derart langsam, dass sie manchmal das Gefühl hatte, sie würde sogar rückwärts laufen.

»Noch einmal«, sagte Mrs Parsons, ohne von ihrer Stickerei aufzublicken.

Violet tänzelte durch den Raum auf sie zu und schwang sich in ihren höfischen Knicks. Sie musste ihn nicht erneut üben. Sie wusste, er war perfekt. Ihr Haar hatte eine außergewöhnliche Farbe, ihr Kleid war teuer, wenn nicht gar die neueste Mode. Allerdings sollten höfische Kleider doch ein wenig altmodisch sein, aber das war auch egal. Sie war siebzehn und schön, und weder das eine noch das andere hatte hier auf dem Land wo sie niemand sehen konnte, irgendeine Bedeutung.

»Kommen Sie und setzen Sie sich zu mir«, sagte Mrs Parsons in fehlerfreiem Französisch.

»Ihre Konjugation lässt noch etwas zu wünschen übrig.«

»Ich wäre ja zu Ihrer Gartenparty gekommen«, sagte Violet ohne Rücksicht auf ihren eigenen schrecklichen Akzent, »aber mir ging es nicht gut. Wenn Sie mich in Zukunft wieder bitten wollen –«

»Herzog!«, rief jemand unten.

An diesem ruhigen Morgen klang das so barsch wie ein

schmutziges Wort. Hier passierte sonst *nie* etwas. Ihr Butler erhob sonst *nie* die Stimme.

»Der Duke of Darlington ist im Anmarsch!«, rief er die Treppe hoch, gefolgt von einer Flut Anweisungen, denen Violet so schnell gar nicht folgen konnte.

Sie sprang auf, Mrs Parsons ignorierend, und rannte zum Fenster. Oh, es war zu wundervoll, um wahr zu sein.

Eine recht große Gesellschaft kam zu Fuß auf die Abbey zu. Ihre Augen entdeckten den Herzog sofort. Man konnte ihn nicht übersehen. Sein blauer Mantel war äußerst farbenfroh, echter als jeder andere Teil dieses Morgens. Sein Hut war groß, saß aber leicht schief auf seinem Kopf, und seine Stiefel reflektierten bei jedem Schritt das Sonnenlicht. Sogar sein Gang war das Wundervollste, was Violet je gesehen hatte. Er hob den Kopf zum Fenster, und sie freute sich so, dass er sie anlächelte, dass sie beinahe vornüber fiel.

Sie erinnerte sich wieder daran zu atmen, und das Fenster vernebelte sich. Also rieb sie heftig daran. Sie wollte keine Sekunde verpassen.

Am Arm des Herzogs ging seine schrecklich elegante Cousine. Sie trug heute ein blasses lavendelfarbenes Kleid, und man konnte aus der Ferne kaum unter den Spitzenschirm blicken, aber es sah aus, als hätte sie einen ganzen Vogel in ihrer gelben Perücke sitzen. Violet musste sich wirklich von Miss Faith Reifen besorgen lassen.

Sie ließ die Augen kurz vom Herzog abschweifen und bemerkte Kit – die wie immer ihre katastrophal einfachen Kleider trug – und Tom. Violet errötete ein wenig, als sie seinen zurückhaltenden Schritt erkannte. Sie hatte Tom seit Urzeiten nicht mehr gesehen und sich lange Zeit eingebildet, ihn zu lieben.

Und doch, ein Herzog …

Ihre Augen wurden zurück zu seiner Gnaden gezogen, als er sich seiner Cousine zuwendete und über irgendetwas, das sie sagte, lachte. Oh Gott, Violet würde überhaupt nicht mithalten können. Lady Rose war etwas … einschüchternd. Sie schien alles zu wissen, und nur ein Drittel von dem, was sie sagte, ergab einen Sinn. Violet war verstimmt und wischte schnell das Fenster wieder sauber. Sie würde dem Herzog verdeutlichen müssen, wie charmant ein ruhiges, zauberhaftes Mädchen im Vergleich sein konnte.

Ihre Augen wurden groß, als sie sah, dass Mrs Sutherland ebenfalls dabei war, denn Mrs Sutherland hatte ihr Haus seit dem Tod ihres Ehegatten kaum verlassen – nicht einmal, um zur Kirche zu gehen, was auch so ziemlich das Einzige war, das man hier tun konnte.

Ihre Augen wurden noch größer, als sie erkannte, dass die elegante Person neben Mrs Sutherland Lydia sein musste – die Comtesse of BenRuin. Sie hatte Lydia seit Jahren nicht gesehen, und das plötzliche Straffen ihrer Lippen, das Brennen in ihrem Brustkorb erinnerten sie auf unangenehme Weise daran, wie es war, wenn Lydia in der Nähe war. Das andere Mädchen mit den goldenen Haaren. Sie trug eine äußerst modische Haube, einen blassen Damenmantel und einen goldenen Umhang. Sie schimmerten ein wenig im Sonnenlicht, während sie ging.

Eine Gräfin. Und doch.

Violet schaute zurück zum Herzog. Sie musste glauben, dass es möglich sein konnte. Sie musste einfach. Was wäre sonst der Clou daran, siebzehn und schön zu sein?

»Weg vom Fenster, sofort.«

Mrs Parsons Ermahnungen drangen schließlich zu ihr durch, und sie erkannte, dass sie sich gegen die Scheibe gepresst und die Vorderseite ihres Kleids zerdrückt hatte. »Schnell«, sagte sie. »Ich muss mich umziehen. Schnell, der –« Sie konnte kein

Lavendel tragen – dieselbe Farbe wie Lady Rose. Konnte sie ihr blassgelbes Kleid riskieren und es mit Lydia aufnehmen? Sie verzog das Gesicht. Besser nicht. »Das Weiße«, sagte sie. Ihre beste Chance war ihre unverdorbene Jugend.

Als sie angezogen war, verließ sie ihr Zimmer und schritt die Treppe hinunter, dabei summte sie ein Tanzlied. Sie schlug sich ihrer Meinung nach recht gut in ihrem Akt der Nonchalance, denn keiner der Gruppe blickte auf, als sie die Stufen hinunterkam. Vater begrüßte sie an der Vordertür, und alle Aktivitäten im Erdgeschoss waren den Blicken entzogen – mit Ausnahme dieser rothaarigen Zofe, diejenige, die sie letztes Jahr angestellt hatten und die mit einer großen Vase an der Treppe vorbeihastete.

»Hallo Kit«, sagte sie ruhig und stellte sich neben die Umgänglichste in der Gruppe. Kit zählte nicht, und Violet konnte sich etwas beruhigen – sich in der Nähe zum Duke of Darlington akklimatisieren. Meine Güte, der *Duke of Darlington*.

Kit schaute flüchtig zu ihr. »Guten Morgen, Violet.«

Die Manieren dieser Frau waren abscheulich. Violet war peinlich berührt bis in die Zehenspitzen, wenn sie daran dachte, dass ein Herzog ihnen ausgeliefert war. Kits Haar war straff zurückgebunden, und das einfache Kleid und der Spenzer, den sie trug, verdeckte nichts von ihren harten Umrissen. Violet blickte auf ihre Füße und bemerkte, dass sie nicht einmal ihre matschigen Stiefel mit Rücksicht auf ihre Gäste gewechselt hatte.

»Ah, Violet«, meldete sich eine kühle, glatte Stimme von der anderen Seite, und sie blickte in die blasse Schönheit von Lydias Gesicht. Ihr Atem ging ein wenig schnell, und sie versuchte sich zu beruhigen. Lydia war vergeben – sie war verheiratet. Sie stellte keine Bedrohung dar.

»Du musst mir vergeben, dass ich so schlecht im Briefeschreiben bin«, sagte die Gräfin. »Aber mir gefallen deine kleinen Schreiben. In der Tat war es deine Beschreibung von Lady Rose, die mich dazu brachte, das Land zu besuchen. Sie und ich sind alte Freunde, musst du wissen, und ich vermisste sie.«

»Na-natürlich«, stammelte Violet, denn der Blick des Herzogs ruhte direkt auf ihr.

»Und wer ist diese liebreizende kleine Person?«, fragte er mit einem solch hellen und freundlichen Gesicht, dass Violet einen Moment lang nichts sagen konnte.

»Meine Tochter«, erwiderte ihr Vater und trat zwischen sie, wobei er sich kerzengerade hinstellte, wie er es immer tat, wenn er Eindruck schinden wollte. »Euer Gnaden, darf ich vorstellen, Miss Violet Feldon.«

Er trat wieder zurück und nickte Violet zu. Sie trat dem Herzog entgegen, und ihre ganze Anmut verpuffte in dem Bemühen, vor diesen Leuten nicht über ihre eigenen Füße zu stolpern. Schließlich kam sie nach einer Zeitspanne, die ihr wie eine Ewigkeit erschien, vor ihm an und hob eine Hand.

Seine Handschuhe steckten in seiner Tasche; er würde fühlen, wie feucht ihre Haut war, aber daran konnte man nichts ändern.

Er nahm ihre Hand und führte ihre Knöchel zu seinen Lippen, bis sie beinahe seinen Atem auf der Haut spüren konnte. Sein schwarzes Haar fiel auf schneidigste Art über seine Augenbraue.

Jetzt könnte sie sterben, und es würde ihr nicht im Mindesten etwas ausmachen.

»Sie sind eine Vision«, sagte er. »So blass und süß wie ein – ein Baiser.« Dann grunzte er. Was recht merkwürdig war.

Violet blickte hastig auf und erkannte, dass Lady Rose ihn mit der Spitze ihres zusammengefalteten Schirms in die Rippen gestoßen hatte, was nicht nett war. Besonders, da der Herzog Violet solche hübschen Komplimente gemacht hatte. Lady

Rose traf Violets Blick, und sie hob ihre atemberaubenden schwarzen Brauen.

Violet schaute schnell wieder weg.

Der Herzog sagte in der Zwischenzeit: »Ihre nette Einladung war zwar nur für Miss Sutherland und meine Cousine, aber ich war mir sicher, wir seien alle willkommen. Mir war nach einem Ausflug, und dies schien mir passend zu sein.«

Ihr Vater beeilte sich, Seiner Gnaden beizupflichten, und führte sie alle in den Salon, wo der Herzog ihre Hand auf seinen Ellbogen legte.

Sie saß die ganze Zeit während des Tees neben ihm, und er unterbrach die Konversation bei jedem ihrer leisesten Einfälle und sorgte dafür, dass sie die besten Stücke bekam. Sie fühlte sich von Aufmerksamkeit überrollt und konnte kaum dem Gespräch folgen, außer dass sie verstand, dass der Herzog anbot, sie in die Gesellschaft einzuführen. Tausende Träume tanzten durch ihren Kopf.

Lady Rose bemerkte etwas Schlaues gegenüber ihrem Vater darüber, wie viel das Interesse eines Herzogs an der Einführung und Förderung wert war, und Lydia lachte und sagte, dass es etwas Unbezahlbares war, was jeder bereits wusste.

Kit sprach kaum, aber wenn sie es tat, dann sah sie Lady Rose scharf an. Zweifelsohne wünschte sich Lady Rose, dass Kit überhaupt nicht da wäre, hier bei ihrer reizenden fröhlichen Gesellschaft, wo sie wie eine unfreundliche Kröte wirkte. Anders als Violet, die offensichtlich der Liebling des Tages war – das konnte jeder sehen.

Sie schaute einmal strahlend zu ihrem Vater, um ihren Sieg mit ihm zu teilen. Männer mit Titeln würden in der Reihe stehen, um mit ihr zu tanzen. Sie würde zumindest einen Baron heiraten. Falls der Herzog nicht sogar … Er schien sie doch sehr zu mögen, oder nicht?

Vater lächelte, sah aber nicht erfreut aus. Seine Schultern waren hochgezogen, und er hielt die Tasse auf die schrecklich bäuerliche Weise, die sie ihm schon vor Langem abgewöhnt hatte.

»Ah, jetzt *dieser* Kuchen«, sagte der Herzog neben ihr, und sie wandte sich wieder ihm zu, alle Gedanken an ihren Vater waren vergessen.

Nach dem Tee organisierte sie eine Führung durch die Abbey. Sie war nicht so groß wie einige andere Landhäuser, aber dafür sehr alt, und sie war recht stolz darauf. Sie fühlte sich jetzt etwas zuversichtlicher und schaffte es sogar, es natürlich aussehen zu lassen, als sie vorschlug, sich in kleinere Gruppen aufzuteilen. Ihre Absicht war es, den Herzog für sich zu haben, aber dieser dumme Tom Sutherland verstand das nicht – dabei war sie recht deutlich geworden – und war mit ihnen gekommen.

Der Herzog war zunächst Violet gegenüber wundervoll aufmerksam, aber Tom hatte so viele interessante Dinge über die Abbey zu erzählen – Dinge über die Geschichte, die Violet teilweise gar nicht wusste, oder die Gedanken an vor langer Zeit verstorbene Männer, von denen sie niemals gehört hatte, die ihm aber in den Sinn kamen, wenn er diesen Stein oder dieses Gemälde sah –, sodass er und der Herzog sich in einer Konversation wiederfanden, der sie nicht folgen konnte. Violet hielt noch immer den Arm des Herzogs, aber sie stellte fest, dass sie seltsam verärgert war. Sie wusste, dass man sie ausgeschlossen hatte, auch wenn es weder Toms noch des Herzogs Absicht zu sein schien, nicht direkt jedenfalls. Sie wünschte, der Herzog würde seine Gedanken mit ihr teilen wie seinen Kuchen.

Erst als sie wieder wie geplant nach einiger Zeit in der Galerie zusammentrafen, bemerkten sie, dass seit geraumer Zeit niemand Kit oder Lady Rose gesehen hatte.

Eine Aussparung hoch oben in der Wand des Schranks öffnete sich zu einem beleuchteten Raum. Die stille Unterhaltung von Bediensteten und das gedämpfte Klappern und Klimpern von Geschäftigkeit waren zu hören. Staubkörnchen fingen Feuer im Licht, das durch den Schlitz eindrang und sich auf der Seide niederließ, die seine Schulter umschloss.

Ein Regal drückte sich in Kits Schulterblätter, ihre Lendenwirbel und in ihre Oberschenkel. Er hielt sie hart an sich gepresst.

Sie bewegte sich – weniger als einen Zentimeter, um ihre Muskeln etwas zu entspannen.

»Nicht«, raunte er mit gebrochener Stimme in den abgeschlossenen Raum hinein.

»Noch nicht.«

Ihre Augen schlossen sich, und ihr Körper gab sich ganz seiner Nähe hin. Sie zwang sich, ihre Augen wieder zu öffnen, und die Anstrengung ließ sie zittern. Die einzigen Körperstellen von ihnen, die sich berührten, waren seine Hände, die sich in ihre Arme gruben, und sein Gesicht an ihrem. Ihr Brustkorb brannte vor Hitze, zog sich zusammen, öffnete sich und verlangte nach ihm.

In der Beinahe-Dunkelheit gab sie einen sanften Laut von sich.

Er zog den Kopf plötzlich weg, und sie fühlte sich angesichts dieses Verlusts hungrig wie ein Vögelchen. Eine seiner Hände bedeckte ihr Schlüsselbein, verschlang ihren Hals, bog ihren Kopf zurück. Ein anderes Regal biss sich in ihre Schädelbasis, und sie konzentrierte sich auf das schneidende Gefühl.

Es half nichts; er konnte ihren Atem so laut hören wie sie selbst. Sogar ein Messerschnitt würde sie nicht ablenken können.

Er zog den Kopf ein kleines Stück zurück, um sie anzusehen,

und ein Streifen Licht fiel auf ihre Augen. Sie sah ihn mit vollkommener Klarheit. Diesen Mann, den man niemals kartografieren oder verstehen konnte, der alles von ihr verlangen und es mühelos in sich aufsaugen würde, um dann noch mehr zu fordern.

Dieser Mann.

Sie trat auf ihn zu, fühlte nur eine Sekunde lang die Wirkung seiner Wärme, die auf ihre traf, bevor er sie wieder zurück gegen die Regale warf. Sie würde morgen blaue Flecke haben, aber dieses Mal war er ihr gefolgt, als wollte sich sein Körper durch ihre Haut schieben.

Sein Mund kam auf ihrem zur Ruhe.

»Katherine«, sagte er und küsste sie.

17

Einen Moment lang pressten sie nur die Lippen aufeinander. Dann fühlte Jude, wie sich ihre öffneten, und er wollte es zurücknehmen – die Kommode, die Kleidung, das Rasieren, das Schnüren. Er war irrational und sicher: Wenn sie ihren Mund gänzlich öffnete, würde er es nicht überleben.

Dann berührte das nasse Innere ihrer Lippen das seine, und er hörte auf zu denken. Sein Körper bog sich um seine Zunge, seinen Mund, seinen Zugang zu ihr. So warm und sorglos war ihr Mund.

Er zog sich zurück. Schaute sie an.

»Wähle mich«, sagte er und küsste sie erneut, weil er es musste.

»Wähle mich«, sagte er abermals in ihren Mund hinein.

Er bewegte seinen Körper von ihrem fort – gerade genug, dass er seine Hände zwischen sie nach unten schieben konnte. Er zog an seinen Handschuhen, aber die Seide hing zu fest an jedem Finger und entglitt ihm. Er erinnerte sich an die Reihen von Perlenknöpfen über seinen Ellbogen und verlieh seiner Frustration in ihrem Mund Ausdruck.

»Es macht nichts«, sagte sie, und, oh Gott, so hatte er sie noch nie gehört. Katherine gedankenlos. Sie konnte alles geschehen machen, wenn sie so sprach. »Es macht keinen Unterschied.«

Seine Hände, in Seide gehüllt, packten ihren Hals, und ihre Hände schlossen sich um seine Handgelenke.

Sie standen ineinander verknotet da und küssten sich so eindringlich, dass er in einem kleinen, noch klar denkenden

Teil seiner selbst besorgt war, dass sie nie mehr voneinander loskommen würden.

»Ich weiß, sie ist deine Familie«, sagte er schließlich, und sein Atem brannte zwischen ihnen, »aber wähle mich.«

Er hielt sie fest, während er ihre Wange liebkoste, ihren Augenwinkel küsste, seine Nase an ihr rieb.

»Wähle mich«, sagte er.

Er wusste, dass er sich auflöste, aber alles, woran er denken konnte, war, dass Kit ihm sagte, er solle er selbst sein, gleich wie sehr es ihn ängstigte.

»Jude.« Die Verzweiflung in ihrer Stimme überraschte ihn derart, dass er einen Schritt zurückwich.

Das Licht überflutete den Schrank, und er dachte einen verwirrten Moment lang, dass Engel an dieser kleinen verheerenden Zusammenkunft ihr Interesse zeigten.

»Ich schwöre, ich werde dir deinen Schwanz mit einem Fischmesser abschneiden«, sagte Lydia und zog ihn aus dem Schrank.

Auf dem Weg zur Abbey waren sie an diesem Morgen eine vergnügte Gesellschaft gewesen. Der Weg zurück zum Landgut war dagegen eine gedrückte Angelegenheit. Mrs Sutherland war müde von dem langen Ausflug, obwohl sie glücklich genug schien, an Toms Arm zu ruhen und sich ein wenig hinter alle zurückfallen zu lassen. Crispin wich nicht von Judes Seite und warf besorgte Blicke über die Schulter, bis Jude ihn sich schnappte: »Ein anhängliches Hündchen ist überhaupt nicht mein Stil. Deswegen das Schwein. Husch.«

Der selbstvergessene Junge schenkte ihm ein dankbares Lächeln, als wäre Jude tatsächlich nett gewesen, und ging zurück zu Tom und Mrs Sutherland.

Jude machte sich wirklich manchmal Sorgen um ihn.

Kit lief in ihrem gewöhnlichen Tempo voraus, den Kopf zurückgeworfen, die Arme leicht an den Seiten angehoben. Als würde sie die Welt durch ihre Finger rinnen lassen.

Sein Puls wurde schneller. Er könnte sie mit ein paar Schritten einholen.

»Denk nicht mal daran.« Lydia zog seinen Arm noch fester an sich. Sie wollte, dass er packte, sobald sie zurück auf dem Landgut waren. Crispin hatte unglücklich ausgesehen, als er erfuhr, was geschehen war, sagte aber nichts.

»Weil ich eine unheilbare Optimistin bin«, sagte Lydia, »und denke, dass die Möglichkeit besteht, dass du zuhörst. Du drängst dich meiner Mutter auf. Du hast meine Familie genötigt, Spieler in deiner Scharade zu werden, sodass wir jetzt sogar unsere eigene Mutter hintergehen. Du hast dir nie irgendetwas verkniffen, was du in deinem gottverdammten Leben wolltest, und aus irgendeinem unerklärlichen Grund willst du jetzt meine Schwester.«

Sie zog ihn zu sich heran, und der Rest der Gruppe war entweder zu weit voraus oder zu weit hinterher, um es zu hören. »Du kannst sie nicht haben«, verkündete Lydia sehr deutlich.

»Meine Liebe«, sagte er und nahm ihr Gesicht in seine Hände. »Das ist nicht deine Entscheidung.«

Lydia wich vor seiner Berührung zurück, und er schritt von ihr fort. Er drehte sich auch nicht um, als er wegging. Zum ersten Mal glaubte er zu verstehen, warum der Schmerz in ihrem Gesicht ausreichte, um Katherine dazu zu bringen, sich immer wieder für Lydia zu entscheiden. Und er wusste, dass es keinen Unterschied machte.

Er erreichte Katherine und schob seine Finger zwischen ihre.

Jude hatte nach einem Vermesser aus Denniston geschickt, um die Eingangshalle auf Stabilität prüfen zu lassen. Sie war knapp ein Jahrzehnt lang nicht angemessen genutzt worden, und er wollte nicht riskieren, dass jemand verletzt wurde. Die Seitentüren waren von den alten, verwilderten Gärten komplett zugewuchert und würden erst in einer Woche freigelegt werden.

Als er und Katherine durch die Küchentür traten, blieben sie stehen, ließen einander aber nicht los. Nur Liza und eine andere Magd saßen in der Küche und tranken Tee. Sie standen auf und verzogen sich, als sie sahen, dass ihr Arbeitgeber und ihre Mistress keine Anstalten machten zu gehen.

Jude streckte die andere Hand aus und sagte: »Lösen Sie mir die Knöpfe.«

Ihre Hände – diese fähigen Instrumente – fummelten an den kleinen Knöpfen; jede Perle, die sie befreite, läutete den Countdown bis zu Lydias Ankunft ein. Ihre Mutter und die Jungs würden dicht darauf folgen.

»Beeilen Sie sich, Katherine.«

Er dachte, sie musste sein Gefühl der Dringlichkeit teilen, denn sie zeigte keine Spur von Verärgerung, als er das sagte, sondern murmelte nur: »Halten Sie doch still«, während sie die letzten Knöpfe freilegte. Sie schälte den Handschuh von ihm, als würde sie eine Hautschicht abziehen.

Ganz sanft streichelte er ihr Gesicht. »Liebste Frau«, sagte er, wobei etwas Tiefes und Bittersüßes wie eine Pflaume hinten in seinem Mund steckte. Ihre Haut unter seinen Fingern war leicht wettergegerbt, aber die Knochen ihres Gesichts waren fein – kleiner und verletzlicher, als er es für möglich gehalten hatte.

Er konnte die Art, wie sie ihn ansah, nicht ganz interpretieren.

»Das ist ein sehr sanftes Wort für eine Frau wie mich«, sagte sie schließlich.

»Darling?«

Ihre Haut erwärmte sich unter seiner Hand. »Ja.«

Seine Finger liefen die krumme Nase entlang bis zu ihrer Augenbraue. Er wollte in der Lage sein, ihr Gesicht unter Hunderten in der Dunkelheit ausmachen zu können.

»Sie sind die einzige Person, die ich je traf, die stark genug ist, Zärtlichkeit zu ertragen und sie nicht abzuschwächen«, sagte er.

»Ihr Kompliment für mich schwächt alle anderen.«

»Und so sollte es sein. Sie bedeuten mir mehr als jeder andere.«

»Es ist schwer, Sie zu mögen, Jude.«

Er lächelte und neigte den Kopf ein wenig zu ihr. »Sie mögen mich aber, nicht wahr? Zumindest ein wenig.«

Die Tür ging auf, und Lydia schwebte herein, ohne sie anzusehen. »Wenn ihr damit warten könntet, euch zu begrapschen, bis ich den Raum wieder verlassen habe, wäre ich höchst dankbar.«

Als sie an Kit vorbeiging, schlossen sich ihre Finger zu einer Faust – unbewusst und reaktiv, wie sich Kadaver bewegten, wenn man ihre Nerven manipulierte. Sie öffnete die Tür zum Flur und hielt inne. »Wenn Sie so weitermachen«, sagte sie, ohne sich umzudrehen, »wird Tom an BenRuin schreiben.«

Sie schloss die Tür hinter sich, und Katherine trat aus seiner Reichweite. Sie nahm das Messer vom Tisch, holte eine Kartoffel aus der Schüssel und begann, sie geübt zu schälen. Er fragte sich, ob ihr ihre Bewegungen überhaupt bewusst waren. Sie hörte plötzlich auf, als hätte sie sich selbst überrascht, legte das Messer zurück und lehnte sich gegen den Holztisch, an dem sie seit Tagen nicht mehr gesessen hatten. Eine Magd lugte um die Tür; ein Blick von Jude, und sie verkrümelte sich wieder. Er hatte Katherine geküsst. Er sollte sie wieder küssen.

Ihre Knöchel waren weiß und rot vor dem Tisch. Er konnte sich ihr nicht nähern.

Schließlich schaute sie zu ihm auf, das Nachmittagslicht verteilte sich auf dem einfachen Stoff ihrer Röcke. Er hatte Tadel erwartet oder Verlangen. Was er nicht erwartete hatte, war Traurigkeit – zumindest nicht eine Traurigkeit, die unverblümt zum Ausdruck gebracht wurde.

»Und so erwachen wir«, sagte sie.

Kit versuchte eine Weile im Salon zu lesen, sich auf ihrem wunderschönen neuen Sofa räkelnd. Das Sofa würde sie behalten können, denn der Squire hatte einen Großteil ihrer Schulden erlassen, als Ausgleich für den Gefallen, Violet durch den Duke of Darlington in der Gesellschaft einführen zu lassen. Es hatte ihm nicht gefallen – Kit konnte es an dem verstohlenen Blick, der beinahe während des gesamten Tees auf ihr ruhte, sehen, dass er sich wirklich dazu zwingen musste, dem zuzustimmen. In materieller Hinsicht würde er ein Zehnfaches dadurch verdienen. Violet würde eine ausgezeichnet Partie abgeben – sie war hübsch und süß und würde den Vorteil gut nutzen können. Aber der Squire hatte Kits Wohlbefinden eine lange Zeit unter seiner Kontrolle gehabt. Er war so unwillig, den Griff, in dem er sie hatte, zu lösen oder die Höflichkeit aufzugeben, in die sie durch ihn gezwungen wurde.

Und dennoch hatte er es aufgegeben. Ein Herzog war ein Mann, dem man nur schwer widerstehen konnte – auch wenn er gar kein Herzog war.

Sie setzte sich auf, lehnte den Rücken gegen die Holzkante und schloss die Augen. Sie würde die Möbel behalten können. Zumindest das.

Es würde genug sein.

Es würde genug sein müssen.

Crispin kicherte auf dem Flur, gefolgt von einem leisen Murmeln von Tom und einem Zwist. Sie nahm ihren Milton auf den Schoß und zwang sich, ein Wort zu lesen, dann ein weiteres, und noch eins. Und wenn sie es versäumte, sie in der richtigen Reihenfolge zu lesen, ging sie zurück und las sie erneut, bis sie einen Sinn ergaben.

»Sie sagt, dass dieser Grünton sie reizbar macht«, konnte sie Crispin hören, »und dass ich verrückt sein muss zu denken, sie würde es zum Abendessen tragen.« Die Zuneigung des Jungen war klar und aufrichtig. Ganz gleich, was Jude tat oder wer er war oder wohin er ging, Crispin würde ohne ihn nicht leben können.

»Das Cremefarbene?«, murmelte Tom, worauf sich Lady Roses entsetzte Stimme einmischte: »Wurden Sie ohne Augen geboren, Junge?« Die Stimme kam aus Mas altem Schlafzimmer.

Das war die Lüge, die sie alle zum Wohle ihrer Mutter aufrechterhielten, die nicht wusste, dass ihr eigenes Glück bedroht war. Die nur getäuscht werden musste, bis Jude sich entschied zu gehen und nichts mehr mit ihnen zu tun hatte.

Lydia erschien in der Salontür, und Kit erkannte, dass sie dorthin gestarrt hatte, und senkte den Blick. Lydia durchquerte das Zimmer und setzte sich neben Kit aufs Sofa. Sie atmete tief ein und wieder aus, als würde sie etwas zerbrechen.

»Kit, du weißt, dass du ihn nicht haben kannst, oder?«

Kits Finger schlossen sich so fest wie ein dunkler, versperrter Raum.

Lydia fluchte sanft. »Das habe ich versucht, dir zu sagen«, sagte sie, und es schien ihr nicht zu gefallen, recht zu haben. »Hierbei gibt es kein gutes Ende. Es wird nur gebrochene Herzen geben. Er ist nichts für dich.«

»Stopp«, sagte Kit und stand auf. »Ich verstehe. Du musst nicht weiterreden.«

Lydia stand ebenfalls auf und griff nach Kits Hand. »Du brauchst ihn nicht mehr sehen. Er kann vor dem Abendessen weg sein.«

Weg.

Sie hatte gedacht, sie hätte verstanden, aber … weg.

Sie zog ihre Hand aus Lydias – wobei etwas riss – und kam im Flur an Tom und Crispin vorbei. Sie übersprang jede zweite Stufe der Treppe und warf ihre Schlafzimmertür hinter sich ins Schloss.

Da war zu viel Energie in ihrer Faust, und sie schüttelte ihre Hände, rollte die Schultern, ging gemessenen Schrittes. Als sie schließlich still halten konnte, saß sie auf dem Fenstersitz, wo er so viele Stunden gesessen hatte, als er hier ankam. Sie erinnerte sich ganz deutlich – um sich geschlungene Arme, der Versuch zu atmen. *Als er angekommen war, war er so verschlossen,* dachte sie und runzelte die Stirn.

Sie hatte sich von ihm berühren lassen wollen. Sie hielt sich selbst fest und verstand zum ersten Mal, warum er das tat.

Sie war so verschlossen gewesen, als er hier ankam.

Es kam nach dem Abendessen. Tom bat leise um ein Wort mit Lady Rose, und Kit zog sich mit ihrer Mutter und Schwester in den Salon zurück. Ihre Mutter nahm den gewohnten Platz am Feuer ein und schloss die Augen, summte leise vor sich hin. *Ein altes Tanzlied,* dachte Kit. Sie legte Milton nieder, kuschelte sich in Judes alten Sessel und ignorierte die besorgten Blicke, die Lydia in ihre Richtung schickte.

Lydia saß eine Viertelstunde unruhig auf dem Sofa und unterbrach Kits Leserei alle paar Minuten. Sie stand auf, ging durchs Zimmer und hielt an, um aus dem Fenster zu schauen.

Kit hatte diese Eigenschaft von ihr ganz vergessen. Sie war nicht gut darin, still zu sitzen oder zu lesen oder nachdenkliches Schweigen zu bewahren. In ihrer Schwester steckte ein heftiges Bedürfnis zu handeln, das sie schon als Kind oft in Schwierigkeiten gebracht hatte.

»Weißt du noch, als wir dieses alte Boot fanden?«, sagte Kit plötzlich. »Es war draußen auf dem hinteren Feld – bei den Mansons –, und wir stellten uns vor, dass der ganze Bereich einst von einem Binnensee bedeckt war. Es war die einzige Erklärung, die für uns Sinn ergab.«

Lydia drehte sich um und lehnte sich gegen den Fensterrahmen, ein kaum merkliches Lächeln auf den Lippen. »Aye, das weiß ich noch. Wir haben den ganzen Morgen gebraucht, es runter zum See zu ziehen.«

»Weil du felsenfest davon überzeugt warst, es wäre noch seetüchtig.«

»Und das war es auch.«

»Nachdem wir Tage damit verbracht hatten, es zu reparieren. Ich schwöre, wir haben ein komplett neues Boot um die Illusion des alten herumgebaut.«

»Und doch. Dieser Tag am See.«

Der Morgen war hell und sonnig gewesen, obwohl es bereits Oktober war. Die drei Kinder hatten auf dem See Segel gesetzt, hatten ihrem aufgemöbelten Fahrzeug mit ganzem Herzen vertraut. Sie hatten darin gegessen und stundenlang auf dem Boden des Boots gelegen und in die fluffigen Wolken am Himmel geschaut. Sich gegenseitig Geschichten erzählt. Gegessen. Gesungen. Geträumt.

Am Nachmittag hatte es angefangen zu regnen, und sie hätten in der Hektik beinahe eines der Ruder verloren. Schmutzig und ausgekühlt waren sie zum Landgut zurückgekehrt, aber niemand war da. Kit hatte ihnen ein Feuer in der alten Kinderstube angezündet und zum Abendessen Zucker in heißem Wasser aufgelöst. Sie machte ein Spiel daraus.

»Ich wünschte, wir wären nie erwachsen geworden«, sagte Lydia und kniete sich zu Kits Füßen. Ihre Stimme hatte etwas schrecklich Flehendes. »Wenn wir nur härter gekämpft hätten. Wir hätten mehr Zeit haben können.«

»Vielleicht.«

Lydias kalter, dünner Finger fand Kits Knie. »Vater ist jetzt weg, Kit. Aber ich könnte bleiben, und wir könnten das wieder haben. Darlington wird nach London zurückgehen müssen. Es wären nur du, ich und Tom, wie früher.«

Sie blickte in das Gesicht ihrer Schwester und wusste nicht, was sie gesagt hatte, um das zu provozieren. »Wir können nicht zurück.«

»Doch, das können wir. Wenn du uns nur lässt.«

Das war – Gott, das war Horror. »Lydia, hör mir zu. Ich würde keinem Kind das wünschen, womit wir gelebt haben. Aber du bist noch da. Du hast ihn überlebt. Du hast die Welt dazu gebracht, dir zu Füßen zu liegen – du hast einen Ehegatten, der verzweifelt zur dir gehören möchte.«

Lydia schüttelte den Kopf, ihr ganzer Körper zitterte. »Es ist nicht das, was es sein sollte. Wir waren damals so viel glücklicher.«

»Wir waren glücklich. Und wir waren verzweifelt. Du hast falsche Erinnerungen.«

»Erzähl mir nicht, was ich weiß und was nicht.«

»Es spielt keine Rolle, woran ich mich erinnere. Es spielt keine Rolle, woran du dich erinnerst. Es ist vorbei. Weg.«

»Und wir können es wiederhaben.«

Ihre Schwester war die meiste Zeit ihres Lebens eher kühl und zurückhaltend gewesen als wild. Kit spürte sie wie eine Bösartigkeit; ihre kalten Finger bohrten sich in ihr Fleisch. Sie musste wegsehen. Sie sah ihre Mutter, die auf dem Sofa lag und schlief, ihr Körper angespannt.

»Kit, bitte –«

Sie stand auf. »Ich würde nicht zurückwollen, auch wenn wir könnten.«

Lydia stand auf, um ihr ins Gesicht zu schauen. »Wie kannst du das zu mir sagen? Du hast mich damals geliebt.«

»Und ich musste deinen Körper acht Stunden lang mit kaltem Wasser abwaschen, als du Fieber hattest, weil es niemanden gab, den man nach einem Arzt schicken konnte, und weil wir auch kein Geld hatten, einen zu bezahlen. Wären wir so geblieben, wie wir waren, wären wir zu Wilden geworden. Für uns wäre kein Platz gewesen. Keine Bücher für Tom, kein Esprit für dich. Das würde ich nicht wählen.«

Lydia erstarrte, und Kit musste sich nicht umdrehen, um zu wissen, dass die Männer mit Jude ins Zimmer gekommen waren; starke Hände legten sich auf ihre Schultern, eine solide Wärme an ihrem Rücken.

»Möchten Sie, dass ich Sie wegbringe?«, flüsterte Jude in ihr Ohr.

Sie schüttelte den Kopf und konnte überhaupt nicht ausdrücken, wie viel es ihr bedeutete, dass er es angeboten hatte.

Tom stand neben dem Feuer, Crispin an seiner Seite. Niemand redete.

Es erschreckte sie, diese Ruhe der erwachsenen Männer und Frauen, die sich nichts mehr zu sagen hatten. Es war weit schwieriger, diese Konversation mit Zuhörern fortzuführen. Sie konnte aber an Lydias Gesicht sehen, dass sie es musste.

»Wir hatten eben den Vater, den wir hatten – und waren dennoch großartig. Jeder von uns. Nein, ich würde nicht zurückwollen.«

Kit blickte zu Tom auf, um den Schrecken in seinen Augen

zu besänftigen. Es war ein Schmerz, den sie alle so gut in sich verschlossen – solange sie vorgaben, dass er nicht existierte.

»Ich bin stolz auf euch. Wenn wir es noch einmal durchmachen müssten, würde ich wieder bis zum Umfallen arbeiten. Weil ich für euch etwas *Besseres* wollte.«

»Das reicht«, sagte Lydia und fegte aus dem Zimmer, wobei sie gegen die Tischkante stieß.

Judes Finger gruben sich fest in Kits Schultern – eine Warnung, eine Erinnerung.

Kit entzog sich seinem Griff und folgte Lydia zur Tür hinaus.

»Lydia«, rief sie und die Hoffnung, die ihre Schwester nicht ganz verbergen konnte, stach wie Nadeln. »Du schläfst heute Nacht in Mas altem Zimmer.«

Lydias Hände pressten sich fest gegen ihren Magen. Sie nickte einmal – eine ruckartige, nicht gerade grazile Bewegung. Dann nickte sie erneut, drei weitere Male. Schließlich drehte sie sich brüsk weg, ging in Mas altes Zimmer und schloss die Tür vor Kits Gesicht.

»Was hast du getan?«, fragte Tom hinter ihr. »Mein Gott, Kit, was hast du zu ihr gesagt?«

Tom – ihre andere, bessere Hälfte – streckte ihr eine Hand entgegen, und Kit packte sie. Sie wünschte, es gäbe etwas, das Tom sagen könnte, um dieses Chaos ungeschehen zu machen. Aber das konnte er nicht. Ein Herzog stand jetzt zwischen ihnen und konnte nicht einfach ignoriert werden.

Kit ließ Tom außerhalb des Salons stehen und stieg die Treppe zu ihrem Zimmer hinauf. Sie saß vollkommen angekleidet auf dem Fenstersitz.

Und wartete.

18

Als er kam, verschloss er die Tür hinter sich, und sie sagte: »Ich will nicht reden.«

Er betrachtete sie für einen langen, dunklen Moment und ging dann zur Ankleidekommode. Der ganze Tag war eine Absichtserklärung gewesen – über seinen Wunsch zu küssen, zu berühren und ihre Nähe zu spüren. Aber jetzt saß er an der Kommode, gelassen, beinahe indifferent. Als wäre Lydia niemals gekommen, und diese Nacht wäre wie jede andere, in der Kit ihm die Schnüre gelöst und sich gezwungen hatte, seine perfekte weiße Haut nicht zu streicheln.

Vielleicht machte er es damit leichter für sie beide. Schwer zu sagen bei Jude.

»Ziehen Sie mich aus«, sagte er.

Sie stand hinter ihm und zupfte die Nadeln aus seiner Perücke. Sie zog sie von seinem Kopf und hängte sie sorgfältig an den Spiegelrahmen. Dann schob sie ihre Hand durch sein dichtes schwarzes Haar. Es war eine raue, bedürftige Berührung, und sein Kopf wiegte unter ihr vor und zurück.

Sie streichelte auch seine Wange, seinen Hals und trat näher, sodass sein Rücken eine harte Linie an ihrem Körper bildete. Sie beugte sich über ihn und begann, die Haken an der Vorderseite seines Kleids zu lösen. Er ließ dabei seinen Kopf rückwärts gegen ihre Schulter sinken.

In jedem seiner Atemzüge lag etwas Unkontrolliertes. Der Hauch eines Stöhnens. Etwas, das dafür sorgte, dass sie ihren eigenen Atem hart durch die Zähne zog.

Aber er lag nur ruhig in ihren Armen. Ausgeliefert. Verletzlich.

Sie zog das Kleid über seine Arme und ließ es über den Hocker fallen, die Röcke noch immer unter ihm gefangen. Sie kniete sich hin, die Arme um ihn gelegt, während sie die Bänder seiner Reifen und Petticoats löste, bis sie um seine Hüften fielen, eine Unmenge Stoff, und alles, was übrig blieb, war seine stolze Figur, eingezwängt in ein steifes Korsett.

Sie stand langsam auf, ihre Lippen entlockten seinem Genick einen Schauder.

Sie ließ ihre Knöchel die festen Schnüre des Mieders entlanggleiten, und ihr Körper wurde von einem derart dunklen Gefühl ergriffen, dass sie einen Moment lang innehalten musste.

Sie blickte über seine Schulter in den Spiegel und sah seine weit offenen Augen, von Aufregung und Furcht gezeichnet.

Es war viel zu spät für Zweifel.

Sie war bereits in große Höhe mit ihm gelangt und konnte sich jetzt keinen festen Boden zurückwünschen.

Sie löste die Schleife seiner Schnüre und begann, sie mit geübten Zügen zu lockern. Seine Hände hielten sich am Sitz fest, und sie fragte sich, ob er wie sie fühlte, dass sie in etwas Zartes und Unsichtbares zerfiel.

Sie entfernte das Mieder von seinem Körper und zog das Hemd grob auf seine Hüften.

Dann kniete sie hinter ihm und zog die roten Linien nach, die sich von dem Mieder und dem darunter eingezwängten Stoff in seine Haut gepresst hatten.

Sie öffnete die Hände, sodass die gesamte Oberfläche ihrer Handflächen und Finger das Gefühl seiner Haut einfangen konnten, feiner und wärmer als Seide. Die schlanke Kurve seiner Taille. Seine Rippen. Sie lehnte sich näher heran, hilflos, ihr Mund nur Zentimeter von ihm entfernt und geöffnet. Sie fühlte, wie er unter ihren Händen zitterte, wie sich das Vergnügen zwischen ihnen aufbaute und ihn dazu brachte, den Kopf noch weiter zu senken, bis sein Nacken eine verletzliche Kurve darstellte, die sie mit ihrer Handfläche beschützte.

War es möglich, allein vor Vergnügen zu sterben?

Sein Atem fing sich wie etwas, das an einem Haken hing.

Er stieg aus den Petticoats und stellte sich in seinen weißen Batistunterhosen neben das Bett. Eine Zeit lang stand er da, seine Silhouette eine einzige Rücknahme der Intimität.

Sie kniete auf dem Boden, allein und exponiert in ihrer Frustration. Langsam schob sie sich an der Wand hoch und sah, wie ihn die Anspannung allmählich verließ.

Er drehte sich um.

Er lehnte an einem Bettpfosten und betrachtete sie. Er war genauso, wie sie ihn das erste Mal gesehen hatte – anmutiger als andere Männer. So wunderschön, dass sie kaum atmen konnte. Er beobachtete sie still, wie damals. Aber jetzt kannte sie ihn, zumindest ein wenig. Sie hatte seine schlimmsten und besten Seiten gesehen.

Sie öffnete den Mund.

»Nicht reden«, sagte er. »Sagen Sie kein Wort. Ziehen Sie Ihre Schuhe aus. Nun schauen Sie sich doch an, wie Sie sie vom Fuß kicken, Ihre ungesittete, unverfrorene Kraft. Jetzt knöpfen Sie Ihr Kleid auf.«

Seine Stimme hatte noch nie so dunkel geklungen.

Als alle Knöpfe an der Vorderseite ihres Kleids offen waren, streckte er einen kühlen Finger aus und ließ ihn über ihre Haut gleiten, über den losen Ansatz ihres Unterkleids, eine leichte, nahezu indifferente Berührung.

»Jude«, sagte sie. »Jude.«

»Nicht reden«, sagte er und lehnte sich zurück, bot sich ihr dar. Sie hatte genug vom Schauen – wochenlang hatte sie nichts anderes getan.

Sie holte ihn zu sich und presste ihm mit offenem Mund einen heißen Kuss auf die Brust, vollkommen aufgelöst durch seinen Geschmack, den schnellen, animalischen Schlag seines Herzens. Er schnappte nach Luft, sie fühlte es durch seinen Brustkorb. Sie hatte nicht gedacht, dass Verlangen so klingen würde.

Dann streckte er ihren Arm aus, ihre Knöchel quetschten sich in die Tapete, seine Handfläche flach an ihrer. Seine andere Hand schloss sich um ihre Kehle, sodass sie nicht mehr würde atmen können, wenn sie versuchte, sich von der Wand zu lösen.

Plötzlich erinnerte sie sich lebhaft daran, was passiert war, als sich dieser Mann gehen ließ.

»Ich will dich berühren«, sagte sie, und seine Hand um ihr Genick versuchte, die Worte im Keim zu ersticken.

»Lass mich –«

Seine Hand legte sich über ihren Mund, und er biss ihr in den Hals, bis sie versuchte, durch seine Finger aufzuschreien. Das andauernde Abwechseln von Zähnen und Lippen war beinahe unerträglich. Er drückte noch fester.

»Es ist so qualvoll, dich zu wollen, Katherine, nur dich. Ich möchte es so weit treiben, bis ich dich zerbreche, damit ich herausfinden kann, wie stark du bist. Ich will dich aufbrechen, bis ich alles, was in dir warm und rot und lebendig ist, durch meine Finger gleiten lassen kann. Du machst mich zu einer Gefahr. Du solltest nicht so nah sein.«

Sie wollte ihm sagen, er sollte still sein, aber seine Finger verschlossen ihren Mund. Sie versuchte, ihn abzuschütteln, konnte es aber nicht.

Sie grub ihre freie Hand in sein Haar.

Er war weg von ihr – ganz plötzlich und überraschend.

»Jetzt zieh deine Röcke hoch«, sagte er, »damit ich das weiße Stück Haut sehen kann, an dem ich dich bereits berührt habe. Gott, wenn du nur die leiseste Ahnung hättest, wie du aussiehst, wenn du deine Beine spreizt, weil ich dich darum gebeten habe. Wie dein Hals und der Schwung deiner Wirbelsäule Verlangen ausdrücken. Für mich. Hierfür. Nein, nicht reden.«

Ihr Kleid und Petticoat zitterten dort, wo sie ihre Finger hineingrub. Sie schloss die Augen und presste ihre Zehen in die Dielen.

»Heb deine Röcke höher. Lass mich sehen.«

Sie nahm den Stoff mit den Händen zusammen und war noch immer vollständig angezogen, bis auf diesen fleischigen, exponierten Teil von ihr. Er machte ein Geräusch, das sie erschreckte. Sie öffnete die Augen.

Er blickte sie unter seinen dunklen Wimpern hervor an und berührte sie immer fahriger; schon bald würde er nicht mehr in der Lage sein aufzuhören.

Sie wollte auch nicht, dass er aufhörte.

Sie hätte ihre Hand ausstrecken und ihn berühren können. Das abgetragene Material ihres Kleids füllte ihre Hände.

Seine Finger fanden ihre Lippen, strichen von einer Ecke zur anderen, weich und hypnotisch. Dann veränderte sich etwas in seinen Augen, und ihr stockte der Atem. Er zwang zwei Finger in ihren Mund.

»Nein, nicht bewegen«, sagte er. »Versuch nicht zu reden, während meine Finger deinen Mund ausfüllen. Verdammt, Katherine, wie du dich anfühlst.«

Der Einladung seiner Worte, seiner Stimme, ihn aufzunehmen, konnte sie nicht widerstehen. Ihn zu schmecken, seine Haut an ihrer Zunge, ihre Zähne in seine feinen Finger zu graben und ihn zu zeichnen.

Er nahm seine Finger weg. Ihr Mund blieb vor Verlangen offen, ihre zitternden Beine in der nächtlichen Brise entblößt, offen für seinen Blick. Sein Haar fiel ihm in die Stirn, vor sein linkes Auge. Er betrachtete sie eingehend, als ob er seine Wirkung auf sie sehen wollte, und seine Finger waren nass von ihrem Speichel.

Er steckte sie in den Mund – zwei geschlossene Finger – und leckte sie in voller Länge ab. Es war nicht delikat, und es war auch nicht höflich, und das Innere seines Mundes war ein dunkles, schockierendes Pink.

»Öffne dich«, sagte er und schob seine Finger in sie hinein.

Ihr ganzer Körper ordnete sich neu um diesen fremden Druck, den er so tief in ihr ausübte. Kopflos vor Lust war sein Schlüsselbein hart gegen die Kanten ihrer Hände gedrückt, das Material ihres Kleids umgab seinen Arm wie ein Vorhang, der auf einen staubigen Bühnenboden gefallen war.

Sie fühlte die kalten Kanten seines Signierrings, und seine Knöchel pressten langsam Blutergüsse ins Fleisch zwischen ihren Beinen. Dann bewegten sich seine Finger in ihr, und es war nicht eindeutig, wie es ein Streicheln über ihre Hand gewesen wäre. Es war ein tiefes inneres Gefühl. Sie packte seinen Unterarm, wo seine Muskeln spielten.

Sie war seinen perfekt geschulten Fingern und seinem Mund ausgesetzt. Und ihr Kopf sagte ihr, in Ekstase ertrinkend, dass irgendetwas nicht richtig war.

»Jude.«

Die langsamen Erkundungen seines Munds auf ihrer Haut stoppten. Seine Finger taten etwas in ihr, wodurch sich ihr Mund weit öffnete und Reden unmöglich war. Der heiße Sog ihres Körpers begann.

Seine Finger berührten ihren Kopf nicht wie in dem Musikzimmer letzte Woche. Ihre Haut traf sich nirgendwo, wie sich ihre Handflächen getroffen hatten, als er ihr den Grund für seine Verführung Lady Marmottes erzählt hatte.

Er hält mich, wie er sie gehalten hat, dachte sie in dem Moment, in dem sie anfing zu kommen.

Erschrocken öffnete sie die Augen, fühlte das heftige Pulsieren ihres Körpers um seine Finger, sah, wie er sich gänzlich ausgeklinkt hatte. Einen Moment lang stand sie wieder auf jenem Flur und spähte in Lord Marmottes Musikzimmer.

Sie schrie auf – aber nicht wie eine Geliebte. »Lassen Sie mich los«, sagte sie, und ihre Stimme klang atemlos, sodass er sie zunächst falsch verstand. Sie hielt den Blick auf ihn gerichtet und sah nicht diese Lippen an, die so scharf waren wie eine Klinge.

Sie wusste es in dem Moment, in dem er es verstand, und dann trat er zurück, mit einem kleinen ironischen Lächeln und einer Verbeugung.

»Sie Bastard«, sagte sie und zitterte unkontrolliert. »Sie heilloser Bastard. Wagen Sie es nie« – das Gewicht ihrer Erkenntnis traf sie erneut wie ein Schlag – »nie wieder, mir das anzutun.«

Er war ganz kalter Rückzug, ganz Herzog. Er sah vollkommen ungezwungen aus, beinahe nackt, ein langes Bein über das andere geschlagen, wie er sich auf dem Bett fläzte. Er schaute sie an, wie ein Wissenschaftler zwei besonders flüchtige Chemikalien betrachten mochte, die er gerade miteinander vermischt hatte – oder wie ein Junge eine Fliege, deren Flügel er gerade ausgerissen hatte.

»Nicht die übliche Reaktion auf ein Pläsier«, sagte er und lächelte das Lächeln einer Kurtisane. »Aber schließlich besitzen Sie auch nicht das volle Maß an weiblichen Gefühlen, nicht wahr?«

Diese Ungeheuerlichkeit erweckte einen gefährlichen, bislang gut verborgenen Teil in ihr.

Sie war still, denn dieses eine Mal konnte sie es abwarten. Sie würde sich nicht bewegen oder reden – bis Staub auf ihr lag, wenn es sein musste –, bis er ihr in die Augen sehen würde.

Und dann erwiderte er ihren Blick, und sie sah den Kampf in ihm. Sie sah, wie sie von ihm wich – diese gemeine, unmenschliche Haltung –, und weil sie nicht wegschaute, wusste sie, wie verzweifelt er sich wünschte, er könnte nur diese Schale sein und nichts sonst.

Seine Arme legten sich in einer inzwischen vertrauten Geste um seinen Oberkörper.

»Es tut mir so leid, Katherine. Ich sollte notgeschlachtet werden.«

Und weil er gewählt hatte, ungeschützt zu sein, als sein Instinkt zur Grausamkeit neigte, entschied sie sich, ihre Gewalt in Sanftheit einzuwickeln.

Katherine sagte nichts, sie stand nur überwältigt vor Wut da. Ihr Haar fiel über ihre Schultern, und die Spitzen kringelten sich um ihre dunklen Brustwarzen. Es ergoss sich über ihren Rücken wie ein raues Fell. Sie war lang, schlank, golden. Als sie sich ihr Kleid über ihren Kopf zog, musste er zusehen, wie sich ihre Muskeln bewegten – ihre Oberschenkel, ihr Bauch, ihre Schultern. Dunkles Haar über ihrem Geschlecht, unter ihren Armen, ihre Augen entfacht.

Sie streckte ihm eine Hand hin mit einer Geste, die er nicht verstand. Er hatte dadurch das Gefühl, dass er auf dieser Erde keinen Platz mehr hatte, an den er sich flüchten konnte.

»Ich werde Sie etwas Echtes fühlen lassen«, schwor sie und berührte ihn.

Seine Haut kannte die Berührung ihrer rauen Hände, wurde unter ihnen qualvoll zum Leben erweckt. Diese Mal kam sie so schnell, die Gewissheit, dass er zerfallen würde. Sie brachte ihn dazu, alle seine körperlichen Geheimnisse offenzulegen – ließ ihn nicht einen Moment entkommen. Als er die Augen schloss, sagte sie: »Lassen Sie sie offen. Bleiben Sie hier bei mir. Sie dürfen nicht gehen.«

Wenn sie ihm die untere Wirbelsäule mit rauen, wohligen Strichen rubbelte, machte ihn das so schwach, dass er ungehobelte, bedürftige Geräusche von sich gab und sich an ihr festklammerte. Sie lernte, dass er nie genug Küsse von ihr bekommen konnte – er konnte nicht aufhören zu reden, konnte nicht aufhören, neue Wege zu erfinden, um ihr zu sagen, wie sehr ihn ihr Mund zugrunde richtete, *und bitte, komm jetzt zurück, küss mich noch einmal, Katherine, noch einmal.* Sie lernte, ihn vom Bauch zum Brustkorb zu streicheln, sodass er sich unter ihrer Hand wie eine Katze wand.

Er bekämpfte sie, wenn sie diese harte, feuchte Länge von ihm küsste, und sie sah direkt zu ihm auf, immer noch brennend, und sagte: »Genug.« Sie nahm ihn ganz in ihren Mund. Sie bewegte ihre Zunge an ihm, als würde sie sein Herz lecken. Seine Fingernägel verursachten blutende Wunden.

Sie lernte, in ihn einzudringen, sodass er, als er kam, in ihren Mund aufstieg und seine Brust sich zu einem Bogen wölbte in der Qual, sich hinzugeben.

Sein Schlaf war unruhig und fiebrig. Er war erschöpft, so unendlich erschöpft. Und dann war er wieder wach, weil sein Körper zu ruhelos war, um Schlaf zu finden, und er presste seine Stirn gegen ihre, sah den Schimmer ihrer offenen Augen, sagte aber nichts. Sie sagte auch nichts. Ihre Hände waren um die Arme gewickelt, ihre Beine hatte sie gegen seinen Bauch hochgezogen, schmiegte sich in die Umarmung seiner Beine. Später schob er sie im Halbschlaf weg und suchte verzweifelt nach Raum, damit er atmen konnte. Es begann zu regnen, und er hörte zu. Über dem Landgut tobte ein Sturm. Katherine langte nach seiner Hand. Seine Finger schlossen sich um ihre, und er kuschelte sie tiefer in die Decken, warm und trocken und animalisch.

Kit öffnete die Augen und sah einen silbernen Kerzenhalter, der in fetten Wachstropfen ertrank. Sie schloss die Augen wieder und versuchte, ihren Körper zu strecken, ohne ihn zu wecken. Sie war von ihm weggedreht, und sie berührten sich nicht, aber sie war sich wohl bewusst – selbst im Schlaf hatte sie es nicht vergessen –, dass er hier bei ihr lag.

Ihre Muskeln schmerzten etwas, wie nach einem Tag harter Arbeit. Die kleinen Streckungen, die sie wagte, sorgten nur dafür, dass sich ihr Körper noch verspannter anfühlte. Sie konnte sich die Wonne gut vorstellen, sich vollends strecken zu können – die Trägheit, die sie durchfluten würde. Sie entwirrte ihre Glieder, rollte vorsichtig zur Seite und fing seine Empörung ruhig ab.

Er lag auf dem Bauch, den Kopf von ihr weggedreht, einen Arm unter das Kissen gestreckt und den anderen aus dem Bett hängend. Sie lag sehr still, als ihr die Dinge, die sie letzte Nacht getan hatte, in den Sinn kamen, und sie versuchte sie zu absorbieren, versuchte nicht zu zucken, als sie sich dadurch wund fühlte.

Sie hielt den Atem an und streckte ihre Hand aus.

Er zuckte vor ihrer Hand zurück und machte ein unbewusstes ärgerliches Geräusch. Dann zog er sich angespannt hoch auf seine Seite des Betts und hob die Decken über seine Schultern. Alles, was sie sehen konnte, waren seine Haare – von Fingern zerwühlt.

Sie seufzte und legte sich wieder auf den Rücken, starrte an die Fachwerkdecke. In seinem Schlaf geschah alles instinktiv, sagte sie sich. Sein nicht denkender Körper würde sich nicht daran erinnern, dass er nichts vor ihr zu fürchten hatte.

Er lachte schläfrig und sagte: »Ich wäre beinahe über die Kante gefallen. Und du hättest es zugelassen, du treuloses Weib.«

Sie stützte sich auf einen Ellbogen und blickte auf ihn hinab. »Guten Morgen.«

Er lächelte auf diese Weise, die die Perfektion seines Gesichts ruinierte und ihn unglaublich schön machte. Er streichelte ihren Arm und ihre Schulter. Dann ging er langsam tiefer, fuhr ihr Schlüsselbein nach und legte eine sanfte Handfläche auf ihre Brust. Sie nahm seine Hand und küsste sie, dann legte sie ihre Hände auf die Decke zwischen ihnen und fuhr seine Finger nach. So eine einfache Berührung – und bereits jetzt überkam sie wieder diese Hitze.

»Ich glaube, heute Morgen will ich deine Worte und dein Lächeln und deinen schrecklich finsteren Blick, wenn du feststellst, dass der Kaffee nicht heiß genug ist. Mehr als ich … Es war so …«, stammelte sie und küsste ihn, bevor sie noch das Falsche sagte. Sie zitterte, ihre Extremitäten prickelten. Sie wusste nicht, ob er das erlauben würde.

Sein Mund öffnete hungrig den ihren. Er machte ein Geräusch – ein einladendes, samtiges Geräusch – und zog sie in sich hinein, Haut an Haut, es ging nur noch um warme Zurückhaltung und Geben. Die Lust raubte ihr den Verstand. Sie küsste jeden Teil seiner Haut, den sie finden konnte – sein Handgelenk, seine Finger. Er gab kleine lustvolle Laute von sich.

Doch so, wie er an ihr zitterte, war es keine Lust.

Sie zog sich zurück und biss die Zähne zusammen, um dem in ihr tobenden Verlangen zu widerstehen. Als sie in der Lage dazu war, setzte sie sich an der Kopfstütze auf und sah, wie er sich entspannte, während die Distanz zwischen ihnen größer wurde.

»Bleiben denn deine anderen Geliebten immer starr? Wie können sie das nur ertragen, wenn du so nah bist? *Wollen* sie nicht, bis sie nicht –« Sie zwang sich, die Lippen zu schließen.

»Es ist nie … so gewesen«, sagte er mit einer rauen, neugeborenen Stimme. »Jeder Teil von mir will mit dir in Berührung sein. Und dann bist du so … so nah.«

Sie konnte ihre Enttäuschung nicht verbergen. Er seufzte und nahm vorsichtig ihre Hand.

»Mein Vater – nein, es ist wichtig. Es ist nur fair, dass du es erfährst.«

Die qualvolle Offenheit ihres Körpers verwandelte sich schnell in Unbehagen. Sie betrachtete seinen durchwühlten Haarschopf und wartete darauf, dass er fortfuhr, obwohl sie sich wirklich wünschte, er würde es nicht tun.

»Mein Vater empfand keine Zuneigung für mich«, sagte er schließlich mit einer ironischen Grimasse, die derart gefasst war, so sehr *er*, dass ihr Unbehagen ein wenig abklang. »Ich habe dir von der Dunkelheit erzählt. Er hat mir noch wichtigere Dinge vorenthalten als Licht.«

Sie hatte das Gefühl, ein Déjà-vu zu haben, und sagte deshalb: »Das sagtest du mir bereits.«

Er sah überrascht auf und wandte sich dann wieder ihren Fingern zu. »Er hat mich nie berührt – nicht mal, wenn er wütend war. Und er wies meine Mutter an, mich nicht zu berühren.« Er sog den Atem ein. »Und er wies mein Kindermädchen an, mich nicht zu berühren. Und sämtliche Dienstboten, die Stallburschen und die Gärtner, und den Arzt, die Schneider meiner Mutter und die Frau, die jeden Freitag Äpfel brachte.«

»Deine … Cousins.«

»Ich hatte keine Ahnung, wie man mit der Berührung einer anderen Person umgehen sollte«, sagte er.

»Und ich sehnte mich so verzweifelt danach, dass ich glaube, ich habe sie alle verschreckt. Es ist leicht, Katherine, den mutmaßlichen Erben des einflussreichsten Herzogtums der Welt nie zu berühren.«

Es wäre in der Tat leicht. Nur wenige Leute würden sich anmaßen, es zu tun.

»Und wenn dein Kindermädchen dich anzog?«, flüsterte sie.

Ein jungenhaftes Grinsen legte sich auf sein Gesicht, und das Atmen fiel plötzlich leichter. »Du kennst mich ein wenig«, sagte er. »Du kannst dir sicher vorstellen, welch ein unausstehliches, bedürftiges Kind ich war. Und ich bin sicher, du kannst dir auch vorstellen, was ich alles für eine einfache Berührung angestellt habe.«

Sie zwang sich zurückzulächeln. »Gebrochene Knochen?«

Er lachte und küsste ihre Finger. »Natürlich. Es gab nirgendwo ein so kränkliches Kind wie mich. Und wenn mich mein Kindermädchen anzog, verknotete ich mich selbst in meiner Kleidung, damit sie sie ausstreichen musste … was einem Streicheln recht nahe kam.« Aller Humor wich aus seinem Körper.

»Es ist so einfach und so lebenswichtig. Die Fläche einer Hand. Die Wärme menschlicher Haut.«

Jude brauchte andere Menschen. Er brauchte ihre Bewunderung, ihre Stimmen, und er musste sie erniedrigen und in Verzücken versetzen. Sie betrachtete seine wilde Schönheit, die Verletzlichkeit seines gebeugten Nackens, und sie wollte den früheren Herzog aus seinem Grab holen und seinen Körper an ihrer Festungsmauer aufhängen.

Was immer Jude tat, tat er mit seiner ganzen Leidenschaft. Sie konnte sich ihn als Jungen vorstellen, bevor er lernte, sich selbst unter Kontrolle zu halten. »Was war das Schlimmste, was du jemals getan hast?«

Er zog eine Grimasse, blicke unsicher zu ihr auf. »Ich habe mich beinahe ertränkt«, sagte er und räusperte sich. »Vater nahm mich mit zum Angeln. Ich verstehe es noch immer nicht – warum er an diesem Tag zu mir gekommen ist, um Zeit mit mir zu verbringen, nur wir beide.«

In Judes Stimme konnte Kit die Ehrfurcht eines kleinen Jungen vor seinem Vater erkennen, und es brach ihr das Herz.

»Er sprach kaum mit mir, und ich war wie von Sinnen, halb verrückt. Ich kann mich so gut an das Gefühl erinnern – das war meine letzte Chance. Ich dachte, die Welt würde untergehen, wenn er mich nicht durch seine Berührung anerkannte. Mich beanspruchte, wie es Tiere mit ihren Jungen tun. Also warf ich mich selbst in den See, obwohl ich nicht schwimmen konnte.«

Er hörte auf zu reden, und Kit wusste, dass sie ihn nicht bitten musste fortzufahren. Er zeichnete Formen auf die Rückseite ihrer Hand, seine Fingerspitzen glitten dabei zwischen ihre Finger und drückten sie dort, wo sich ihre Finger trafen, sodass sie sich unerklärlich exponiert fühlte.

»Er sprang mir nicht nach. Der Gärtner brauchte Minuten, bis er ankam, nachdem mein Vater zu schreien begann. In gewisser Weise war dies jedoch einer der besten Momente meiner ganzen Kindheit. Der Gärtner schlug auf meinen Rücken und meine Brust. Ich war noch nie mit solcher Kraft berührt worden. Er versuchte sogar, mir Luft einzuhauchen, als sich meine Lungen weigerten, es selbst zu tun, und es war das erste Mal, dass ich die Lippen einer anderen Person auf meinem Gesicht spürte. Der erste Kuss, den ich je erhielt.«

Sie konnte es sich nicht verkneifen. Sie lehnte sich vor und presste ihre Lippen auf seine, um ihrem Verlangen, ihrer Zuneigung dadurch Nachdruck zu verleihen.

Er schob sie sanft weg.

»Als junger Mann erkannte ich, dass ich beinahe jeden haben konnte, den ich wollte. Ich hatte vor, mich an Berührungen satt zu fressen. Aber irgendetwas daran schien so falsch. Ich war bereits geformt – und das nicht zum Besten.«

»Lächerlicher Kerl«, murrte sie und hielt seine Hand ganz fest.

»Als ich zwölf Jahre alt war, fand ich ein Kätzchen.«

Er war warm und nackt bei ihr, in ihrem gemeinsamen Bett. Er streckte sich aus und zog an ihrer Hand, sodass sie flach auf seiner Brust ruhte. Jude wurde weich, weil er ihr vertraute. Dies war der Teil von ihm, dessen sie sich nicht sicher sein konnte, der sich jeden Moment vor ihr zurückziehen konnte.

»Der Stalljunge hatte das Kätzchen gefüttert, es aber in einer Schachtel gehalten und nichts und niemanden an es rangelassen. Boshafter Bastard. Ich verprügelte ihn, als ich es herausfand, und nahm das Kätzchen in meine blutigen Hände. Damit wir einander geben konnten, wonach wir uns beide so sehr sehnten. Aber das Kätzchen überlebte nicht.«

Angespannt sah er sie an, und sie versuchte krampfhaft zu verstehen.

»Eine Kreatur kann nicht ohne Berührung leben«, sagte er sanft. »Für dieses Kätzchen war es zu spät – gleich, welche Zuwendung ich ihm zukommen ließ, es konnte sich nicht mehr erholen. Vielleicht ist es für mich auch zu spät, Katherine.«

»So viel Schwachsinn habe ich in meinem ganzen Leben noch nicht gehört.« Sie hatte es immer wieder gesehen. Die kleinen Kreaturen, deren Mütter sie gleich aus welchem Grund nicht annahmen. Man konnte sie füttern, aber neun von zehn überlebten ihre Kindheit nicht. Wie all die Schweinchen ihrer Sau, bis auf eins. »Du hast überlebt«, sagte sie. »Du bist so lebendig, dass es mich manchmal verletzt.«

»Eine merkwürdige Art von lebendig. Ich kann mir nicht helfen, aber ich habe das Gefühl, dass ich sterben werde, wenn man mich berührt.«

Sie dachte einen Moment lang nach. »Wie nennen es noch mal die Franzosen? Den kleinen Tod? Vielleicht bringe ich dich zum Sterben, indem ich dich berühre.« Sie näherte sich ihm. »Immer und immer wieder.«

Sie streckte ganz langsam ihre Hand nach ihm aus, sodass er sie aufhalten konnte. Er tat es nicht. Sie zog die Decken weg, damit sie jeden blassen, perfekten Zentimeter von ihm sehen konnte.

Sein Atem ging abgehackt; in ihrem Gesicht war ihr Verlangen deutlich zu lesen.

»Ich wollte dich«, sagte sie und ließ ihre bewundernden Fingerspitzen über seine Brust wandern. »All die Nächte, in denen wir Seite an Seite lagen.«

Sie streichelte seinen Bauch, bis er sich an sie gewöhnt hatte und seine Muskeln nicht mehr unter ihrer Hand zuckten. »So hinreißend«, sagte sie und glühte.

Sie näherte sich, machte es sich vorsichtig über seinen Oberschenkeln bequem und zog ihn in ihre Umarmung. Seine Arme schlossen sich ebenfalls um sie, und er zog sie an sich, den Kopf an ihrem Hals vergraben. Sie waren Haut an Haut, ihr schmalbrüstiger Oberkörper flach an seinen gepresst. Sie hatte nie gedacht, dass es sich so mit einem Mann anfühlen konnte – dieses Aufeinandertreffen von zwei Körpern, die sich gegenseitig hielten. Sie waren von gleicher Größe, gleich stark. Ihre Augen ertranken in dem Anblick ihrer rauen Haut an seiner makellosen weißen.

Sie streichelte seinen Rücken im Rhythmus ihres Atems – lange, ausgedehnte Striche mit ihrer flachen Hand. Die Wärme ihres menschlichen Bluts. So war er ihr fremd – unsichtbar, nur gefühlt, nicht redend. Auch so konnte sie ihm nahekommen.

Plötzlich hob er sie hoch und warf sie auf den Rücken. Sie

bedeckte ihre Brust – nicht aus Sittsamkeit, sondern weil er plötzlich fort war.

»Nicht«, befahl er leise und hielt inne, betrachtete sie, bis sie die Arme an ihre Seiten gelegt hatte und sich ihm vollkommen entblößte.

Sie schob ihre Hände über den Kopf und streckte die langen Glieder aus. Fühlte das Flackern seines Blickes wie eine Berührung. Er kam zu ihr, mit offenen Händen, die sich warm an ihren Oberschenkeln anfühlten, strich über ihren Bauch und hielt schließlich ihren Brustkorb in seinen langen, blassen Fingern. Er presste die Daumen in die weichen Achselhöhlen und küsste sie.

Es war anders als die anderen Male, als sie sich geküsst hatten. Die feuchte, endlose Schönheit seines Munds löste sie von innen her auf.

Er schluchzte, und es klang, als ob er weinte, oder sang, oder beides zugleich.

Das Geräusch schien ihn zu erschrecken. Er entzog sich ruckweise ihrer Berührung, um kurz darauf zurückzukommen, sein Gesicht an ihres haltend, zitternd.

»Ich liebe es, dich zu berühren«, flüsterte sie und küsste seine Schläfe, sein Ohr. »Jude. Ich liebe es, wenn ich dir nahe sein darf.«

»Dies sollte nicht seelenbetäubend sein«, sagte er und stützte sich auf seine Ellbogen, um sie anzusehen. Sie freute sich, sein Gesicht zu sehen – und in die Freiheit einzutauchen, es zu berühren. Diesen liebsten aller Männer.

»Menschen würden dafür töten, dich so zu haben, nicht wahr?«

»Niemand darf das«, sagte er einfach.

Sie zog träge ihre Nägel über seinen Rücken, und seine Augen schlossen sich. Sie ließ sich Zeit. Ließ ihn unter ihrer Berührung entspannen und gab sich selbst hin, als es mehr wurde. Das Ziehen von Händen im Haar. Der Biss von Zähnen in weichem Fleisch. Das Gleiten ihres Körpers an seinem.

Sein Mund öffnete sich heiß und feucht an ihrem Brustbein, und seine Hände zogen sie in eine hungrige Umarmung. Leidenschaftliche, sengende Küsse auf ihrem Bauch; eine Hand um ihr Knie, die ihre Beine weit spreizte.

Dann seine Zunge – dieses Sprachinstrument –, die ihr Geschlecht in voller Länge leckte. Sie hatte sich noch gar nicht von dem Schreck erholt, als er sie erneut leckte, und sie dachte daran, wie er vor etlichen Tagen beim Frühstück Marmelade von seinen Lippen geleckt hatte, und rief: »Hör auf, um Himmels willen, hör auf!«

Sie blickte auf ihn hinab – sah, wie sich Judes Schopf und Gesicht hoben. Seine Hände blieben beharrlich, zogen Kreise um ihre Hüftknochen. Er wandte den Blick nicht ab, während er sich vorbeugte und ihre zarte Haut küsste.

»Das«, sagte sie, »ist zu viel. Tu das nicht.«

»Lust, Katherine«, sagte er, wobei seine Worte etwas undeutlich klangen.

»Das nicht«, wiederholte sie, während die Furcht tief und dunkel in ihr steckte.

Er brachte seinen Körper über ihr in Position. »Wie du wünschst«, flüsterte er. So anders als letzte Nacht. Dies war Jude, der sie hielt, seine Finger tief und freigebig in ihr, seine Haare ihre Wange bedeckend, sein Mund den ihren suchend, blind.

19

Tom war bewusst, dass er eigentlich das Oberhaupt seiner Familie sein sollte. Er sah sich im Salon um, wo sie sich nach dem Abendessen zu einem trägen Haufen zusammengefunden hatten, und ließ zaghaft den Gedanken zu, dass es vielleicht nichts ausmachte, dass er es nicht war.

Mutter hatte ein Buch auf ihren Schoß gelegt – Tom versuchte das Zucken zu unterdrücken, das der arme, gebrochene Rücken in ihm provozierte – und lachte über die improvisierte Wiedergabe von *Was ihr wollt*, die Lady Rose nur mit ihren Fingern als Spieler auflegte. Es war zugegeben eine recht gute Darbietung.

Lady Rose lag mit dem Kopf in Kits Schoß, und Kit lachte auf sie hinab und lieferte Requisiten, wenn sie danach verlangte. Der Herzog war autokratisch und verwöhnt, und Tom wünschte, er würde nicht so gut verstehen, weshalb ihn Kit derart anlächelte, ganz gleich, wer er vorgab zu sein.

Er wünschte, er könnte irgendetwas tun, um ihn zu stoppen.

Lydia lehnte am Fenster und blickte hinaus in den trostlosen Tag. Sie war heute ungewöhnlich still gewesen. Nicht diese vornehme Stille, die sie oft aufzusetzen pflegte – eher nachdenklicher und traurig. Aber sie war da.

Und Crispin saß an Toms Knie gelehnt und warf lachende Kommentare in die Darbietung des Herzogs ein. Sein warmes Gewicht war die Stütze, die diesen Moment zusammenhielt, dachte Tom. Es bedeutete, dass Tom das jetzt sehen konnte, jeder, den er liebte und brauchte, war hier. Und es ging allen gut.

Natürlich war da die Tatsache, dass Kit und der Herzog den Blick nicht voneinander abwenden konnten, so schien es, oder nie aufhörten zu lächeln. Die Art, wie sie sich immer zu berühren schienen, als ob das Berühren notwendig wäre. Das war … nicht so gut.

»Ich bin alle Töchter, die von meines Vaters Haus übrig sind, und alle Brüder dazu«, sagte der Herzog, als Kit seinen Kopf von ihrem Schoß schob und aufstand, um die Glocke zu klingeln. Der Herzog blickte finster zu ihr auf, mit einem dunklen, gefühlvollen Versprechen, das Tom dazu brachte, Crispins Schulter zu fest zu packen.

»Schon in Ordnung«, murmelte Crispin und tätschelte Toms Hand. »Er meint es nicht so.«

Letzte Nacht, als der Herzog trotz aller Drohungen von Tom zu Katherine gegangen war, hatte Crispin ihn gehalten und gesagt: *Wir können nicht riskieren, was er tun könnte, wenn du ihn aufhältst.* Es war so schwer zu denken gewesen, so nah an Crispin gepresst.

Aber so reizend Crispin auch war – und, Jesus, er war reizend –, verstand er nicht das Ausmaß der letzten paar Wochen. Er fühlte nicht wie Tom, wie qualvoll es war, das Landgut wieder zum Leben zu erwecken, wie Blut, das zurück in ein taubes Körperglied strömte. Tom sah, wie lässig Kit klingelte, wie sie ihnen Tee bestellte und – nach heftigem Drängen des Herzogs – Weißbrot, bestreut mit Zucker, ohne darüber nachzudenken. Noch vor ein paar Wochen hätte eine solche Anordnung bedeutet: Brot, das Kit mit ihren eigenen Händen gebacken hatte; Zucker, der so rationiert war, dass man sich die Süße nur vorstellen konnte; Butter nur dann, wenn sie es geschafft hatte, in dieser Woche Milch zu kaufen; Tee, der drei Mal verdünnt wurde; ein weiterer Gang zum Trog, um den Wassereimer nachzufüllen. Er fragte sich, ob sich sogar Kit der

Qual bewusst war, dass ihre Welt wieder zum Leben erweckt wurde. Und jetzt, da sie lebendig war –

»Ich werde das Landgut verkaufen«, sagte Tom sehr ruhig.

Crispin sah ihn an.

»In Ordnung«, sagte er. Als ob es so einfach wäre.

Tom schuldete Kit alles, und dies war ihr Zuhause. Er schuldete ihr die Zeit, die er hatte, und den Freiraum, den er besaß. Er schuldete ihr, dass er nicht zu arm war, um zu schreiben, und dass sie all die harte Dienstbotenarbeit getan hatte, die er hätte tun sollen. Er schuldete ihr alles dafür, dass sie sich geweigert hatte einfach aufzugeben.

Er betrachtete Kits Finger auf dem Genick des Herzogs. Den unbewussten Anspruch in dieser Geste.

Sie hatte entgegen Toms Rat gehandelt und ihre Wahl getroffen.

Jetzt, da das Landgut zum Leben erweckt war, konnte Tom es schließlich erkennen. Er wollte weggehen und niemals zurückkommen. Dieses Haus gehörte dem ruhelosen Geist seines Vaters. Ein riesiger, bedrohlicher Mann, der für Tom eine Art Gott gewesen war. Die Linie zwischen seinen Brauen, wenn er Tom ansah – sein Ausdruck, der sagte: *Ich versuche es, aber ich kann dich nicht verstehen.* Dieser laute, unangenehme Mann, der über Jahrzehnte in ihrem Leben so rücksichtslos gewesen war. Der Gewehrrauch, der die Trinkstube ausgefüllt hatte, bevor der Abzug überhaupt gedrückt war – es ging alles so schnell. Und die Wochen der Qualen, bevor die Kugel ihn tötete.

Tom würde mit Crispin nach London gehen, er würde das Landgut verkaufen und nie mehr zurückkommen müssen.

»Kit«, sagte Lydia vom Fenster her, »hättest du Lust, auf die Klippe zu laufen?« Sie klang jung, aber nicht wie das Mädchen, das sie einst gewesen war, das einfach ihre Hand nehmen und sie hinter sich herzerren würde, bis sie sich fügte.

Kit lehnte an der Rückenlehne des Sofas und steckte Bleistifte, Blumen und einen prekären Teelöffel in die Perücke des Herzogs. Ihre Augen verengten sich, als sie zu Lydia aufblickte.

»Es hat sich erledigt, Lydia«, sagte sie. Und dann: »Und im Übrigen hat es geregnet.«

»Oh, um Himmels willen«, sagte Lydia und klang schon eher wie sie selbst. »Ich habe es aufgegeben, euch beide zu trennen. Rose kann auch kommen, das ist mir egal, ich … Es ist schon Jahre her, dass ich den Ausblick von der Klippe gesehen habe.«

Der Herzog streckte seine Beine in voller Länge auf dem Sofa aus, die Röcke über die Knie gezogen, und durch seine aquamarinfarbenen Strümpfe konnte man deutlich jeden Muskel sehen. Das Korsett schnürte seinen Körper so fest ein, dass sich Tom vorstellen konnte, wie er aussah, wenn er sich einfach so ausstrecken würde, nackt. Sein Gesicht unter der goldenen Perücke drückte lässiges Vergnügen aus.

»Tut mir leid«, murmelte Tom, als Crispin zusammenzuckte. Er hatte ihn schon wieder zu fest gepackt.

Der Herzog wackelte mit seinen aquamarinbestrumpften Zehen und sagte: »Ich werde keinesfalls wie ein Schwein durch den Matsch waten.«

Wie aufs Stichwort brachte einer der Diener Porkie herein, gekleidet in ein weiteres unfassbares Jackett, und setzte ihn mit einer Verbeugung auf den Bauch des Herzogs: »Mylady.«

»Porkie!«, gurrte der Herzog mit sanfter Stimme und liebkoste es. »Wie ich dieses kleine Schwein doch liebe.«

Porkie machte ein paar vorsichtige Schritte auf dem Bauch des Herzogs, schnüffelte lautstark und grunzend an seinem Kinn. Der Herzog grinste zurück, als ob Porkie etwas Magisches getan hätte, und begann, ihn hinter den Ohren zu kraulen.

»Nicht einmal Porkie würde sich durch diesen Matsch kämpfen«, sagte er selbstgefällig.

Lydia wandte sich wieder Kit zu – eine qualvolle Mischung aus Hoffnung und Nonchalance im Gesicht. Kit blickte auf den Herzog und sein Schwein hinab und schien vergessen zu haben, dass außer ihnen noch andere auf dieser Welt existierten.

Lydia warf die Arme in die Luft und drehte sich wieder zum Fenster.

Eine gewisse Stille machte sich breit. Mutter widmete sich wieder ihrem Buch und war sofort darin vertieft. Tom liebte das an ihr – wie sie sich im geschriebenen Wort verlieren konnte. Weniges bereitete ihm mehr Vergnügen, als sie dabei zu beobachten, wie sie einen Roman von Beaumaris verschlang, und dann ihren verärgerten Gesichtsausdruck, wenn jemand von außen einzudringen versuchte.

Ein paar ruinierte Wirbel waren das wohl wert.

Als der Tee kam, hofierte Crispin Kit und bestand darauf, dass sie das Beste von allem erhielt. Von der Minute an, in der Kit an diesem Morgen aufgetaucht war, war es so gewesen – von der höfischen Verbeugung, die ihr Crispin zugestand, über das Aufhalten von Türen bis hin zu den Komplimenten, mit denen er sie überschüttete.

Kit und der Herzog fingen an, eine Runde Schnappen auf dem Sofa zu spielen, die Beine angewinkelt, sodass sie sich gegenübersaßen. Der Herzog schummelte, aber Kit schummelte noch besser, und als sie lachte, fühlte Tom die eifersüchtige Qual, dass er sie noch nie so glücklich gemacht hatte.

Der Herzog war zweifelsohne ein wunderschöner Mann. Sogar in Kleid und Strümpfen, im Schneidersitz mit einem Schweinchen auf seinem Schoß und entsetzlicher Konzentration im Gesicht. Aber Tom verstand nicht, wie der Herzog – diese schreckliche, gefährliche Kombination aus launisch und schneidend – überhaupt jemanden *glücklich* machen konnte.

Ein weiterer Diener brachte die Post, die soeben von einem

der Männer des Herzogs aus London geliefert worden war. Lydia sah zu, wie Tom sie sortierte, und ihr Gesicht verschloss sich, als nichts für sie dabei war. Als Tom sie fragend ansah, gab sie Unbedarftheit vor.

Der größte Packen war für den Herzog; Mutter würde natürlich wollen, dass er aus der Zeitung vorlas.

Tom öffnete den Mund, um etwas zu sagen, überlegte es sich aber anders. Kit gewann eine weitere Runde, und der Herzog knurrte sie an und packte sie im Genick, wodurch er ihre Stirn gegen die seine zog. So verharrten sie, wie ein Stillleben. Er murmelte Kit etwas zu und streichelte mit seinem Daumen über ihre Wange. Sie errötete, nickte, küsste die Innenseite seines Handgelenks und zog sich zurück.

»Die Post ist gekommen«, sagte Tom, jedoch nicht laut genug mit seinem ausgetrockneten Hals.

»Erlauben Sie«, sagte Crispin und zwinkerte.

Crispin stand leichtfüßig auf und schob die Post ungezwungen dem Herzog vor die Nase. »Soll ich Ihnen Ihre Post vorlesen, Rose?«

Der Herzog blickte scharf auf das Paket und sagte: »Nein, nicht heute. Legen Sie sie einfach dort auf den Boden.«

»Oh, die Zeitung ist gekommen?« Mutter liebte die Imitationen des Herzogs noch mehr, als selbst zu lesen. »Sie werden uns doch vorlesen, nicht wahr, Rose?«

Tom fühlte sich heiß und hilflos, als er hörte, mit welcher Zuneigung seine Mutter den Herzog ansprach, und wusste, dass er sie nur noch schlimmer verletzen würde, wenn er ihr die Wahrheit sagte.

»Könnte ich Ihnen etwas abschlagen, Sophie?«, fragte der Herzog, der offensichtlich keine Scham kannte. »Lassen Sie uns heute nicht die Stimmung mit den ernsten Zeitungen verderben. Ich bin viel zu guter Laune.«

Kit verdrehte die Augen und hob die *Times* vom Boden auf, bevor er sie daran hindern konnte. Besorgnis huschte über sein Gesicht, aber Kit, die gerade in ein Stück gezuckertes Brot biss, sah es nicht.

»Ich frage mich, weshalb die Zeitungen nicht öfter über BenRuin schreiben«, sagte Lydia wie aus dem Nichts. »Seine Manieren sind schlecht genug, dass er bei jedem gesellschaftlichen Anlass für Ärger sorgt.«

»Er wird irgendwann schreiben, Hummelchen«, murmelte der Herzog. Und dann: »Oh, hört euch das an!«

Vergnügt erzählte er eine Geschichte aus der Zeitung über irgendeine Dame nach, die sich selbst mit dem besten Jockey ihres Ehegatten in Ungnade gebracht hatte. Er war unwiderstehlich, wenn er so voll Übermut war, und Lydia lehnte sich an die Sofalehne und warf abfällige Bemerkungen ein, die den Herzog zum Kichern brachten. Mutter schalt sie. Kit las für sich selbst mit einem Lächeln um die Mundwinkel.

»Ihre Quelle scheint Miss Trent zu sein«, sagte der Herzog. »Die ältere Schwägerin. Sie gibt selbstverständlich Empörung vor, aber ich wette, sie hatte nicht erwartet, dass ihr so spät in ihrem Leben noch ein solcher Glücksfall widerfahren würde. Ich bin mir sicher, dass sie von allen Seiten Einladungen erhält und die ganze traurige Geschichte mit einem entsetzten Flüstern für ein süßes Teilchen und ein Glas Sherry immer wieder zum Besten geben wird.«

Lydia lachte erneut. »Vielleicht können wir sie für drei Brötchen und eine Flasche hier herauslocken.«

Der Herzog begann, Miss Trent nachzumachen, indem er Porkie fest an sich presste, wie ältere Damen üblicherweise ihren Pompadour an sich drückten, wenn sie sich in Gesellschaft befanden. Es war böse und treffend zugleich, und Tom lachte, obwohl es der Herzog war.

»Jude«, sagte Kit, und etwas in ihrer Stimme brachte den ganzen Tumult im Raum zum Schweigen. »Der Buchhalter aus Leeds hat öffentlich erklärt, dass du keinen Anspruch hast.« Sie blickte auf, als hätte sie den Mond betrachtet und müsste sich jetzt wieder auf den Raum vor sich konzentrieren. Tom und Lydia schauten beide auf ihre Mutter, dann aber schnell wieder weg. Ihr Gesicht zeigte ernste Bedenken, aber nicht das entsetzte Fassungsvermögen, das sie befürchtet hatten.

»Ich meine deinen Cousin«, sagte Kit. »Er hat erklärt, dass dein Cousin keinen legitimen Anspruch hat, Rose. Das Komitee ist stark zugunsten des Buchhalters eingenommen. Es ist diese Frau, nicht wahr? Es ist Lady Marmotte.«

Der Herzog nahm ihr die *Times* weg und hob Porkie abwesend von seinem Schoß. Beim Lesen runzelte er kaum die Stirn.

»Wie kann sie nur so viel Einfluss haben?«, fragte Kit.

Als würde er das Wetter kommentieren, sagte der Herzog: »Du dachtest doch nicht, dass mein Cousin der Einzige war, für den sie sich vorbeugte, oder?«

Das stille Unbehagen im Raum wurde immer kälter. Der Herzog schien es nicht zu bemerken, da er auf die Zeitung starrte. Man konnte so leicht vergessen, wie gefährlich er war, dachte Tom. Wie er Menschen nie wirklich als Menschen sah. Tom wagte einen Blick auf Kit, er musste einfach wissen, wie sie sich angesichts dieser Tatsache benahm. Er wünschte, er könnte ihr etwas Vorsicht einschärfen.

Kit schlug den Herzog hart auf den Kopf. »Idiot«, sagte sie.

Der Herzog blickte zu ihr auf, und das gefährliche Etwas, das sich im Raum verbreitete, flaute ein wenig ab.

»Katherine«, sagte er, »denk nach. Harrington, Haverstock, Roskill. Sie alle sitzen im Komitee.«

»Gott, sie kauft ihre Schulden auf – kauft sich Gefälligkeiten.

Besteht die Chance, dass sie Erfolg damit hat? Sie brauchen nur die fadenscheinigste Entschuldigung, wenn sie bereits ihre Stimmen hat. Aber nicht einmal sie kann etwas beweisen, das nicht wahr ist, so viel steht fest.«

»Natürlich nicht«, sagte der Herzog und faltete die Zeitung, um sie neben sich auf dem Sofa abzulegen. Er nahm Porkie wieder hoch und sagte in die Schweinenase hinein: »Sie will nur meinen Cousin im Skandal ertränken. Und in Papierkram.«

Er war so offensichtlich unbekümmert angesichts der Nachrichten, dass ein Teil der Anspannung aus dem Raum wich und sich Tom in seinem Sessel entspannt zurücklehnte.

»Der Earl of BenRuin«, sagte ein Diener, als er in den Raum glitt. »Der Earl of BenRuin wurde in Millcross gesehen. Er wird innerhalb einer Viertelstunde hier sein.«

Dieser erste Augenblick, in dem Jude sie angesehen hatte. Es war pure Angst – so starr, dass Kit fühlte, sie würde die ganze Welt bekämpfen, wenn das nötig wäre, damit er sich wieder sicher fühlte.

Und dann hatte er weggeschaut, und er hatte den Haushalt ins Chaos gestürzt, und sie war nicht in der Lage gewesen, ihm im Auge des Sturms nahezukommen, wo er stand und Anweisungen erteilte. Er ging an Porkie vorbei, ohne ihn wahrzunehmen – stolperte beinahe über ihn –, und gab keine Anweisung, dass das Schwein ihn begleiten sollte.

Die Angst hatte ihn gepackt.

Zu bald schon standen sie vor dem Landgut, und Crispin saß bereits in der Kutsche, drängte den Herzog zur Eile, und Kit sagte: »Was wird BenRuin mit dir machen?«

Judes Augen waren verzweifelt, unendlich, ganze Welten ruhten in ihm, und sie hatte noch nicht mal die Oberfläche berühren können.

Er küsste sie heftig – ein schmerzendes, schreckliches Etwas. Dann grub er seine Finger in ihre Hände und zwang sie, ihn loszulassen.

Sie stand an diesem düsteren Nachmittag draußen, bis sie hörte, wie BenRuin die Auffahrt hochgeritten kam. Und dann sah sie ihren Schwager, der groß auf seinem wilden Pferd saß, fünf Männer in seiner Begleitung.

Jude war weg, und sie erkannte viel zu spät, dass er ihr nichts versprochen hatte. Er war zurück nach London gegangen, wo er ein Herzog war, und außerhalb ihrer Reichweite.

20

BenRuins Männer hielten vor Kit, schwangen sich von ihren Pferden und verbeugten sich vor ihr. Sie erkannte einen von ihnen – Tobin –, und er grinste sie mit windzerzauster Mähne an.

BenRuin hielt nicht. Sein ganzes massives Erscheinungsbild konzentrierte sich nur auf eins; er galoppierte direkt an Kit vorbei, ohne sie auch nur eines Blickes zu würdigen. Sie wirbelte herum und sah Lydia auf der Treppe des Landguts stehen, mit einem aufsässigen Blick im Gesicht. BenRuin ritt direkt auf sie zu.

Er zog sein Ross im letzten Moment zurück, sodass es vor der Treppe scheute und die Hufe auf dem kaputten Pflaster klapperten. BenRuin sprang mit wehendem Kapuzenmantel ab, war binnen Sekunden die Treppe hochgeeilt und stand vor Lydia. Er schien es nicht abwarten zu können, ihr nahe zu sein, zu beben, und für einen kurzen Moment wankte sie. Atemlos trat er näher, und Kit hatte den Eindruck, der arme Kerl versuchte sich irgendwie kleiner, weniger imposant zu machen. Er streckte eine Hand vor und berührte zitternd Lydias Gesicht.

Lydia stand steif, plötzlich seltsam reizlos da. So schmerzlich verwundbar. BenRuin beugte sich vor, sagte etwas zu ihr, und sie blickte ihn scharf an, schüttelte den Kopf und lächelte. Kit meinte, eine eisige, zurückhaltende Schicht auf Lydias Haut zu erkennen, so wie sich Frost auf ein Fenster legte.

»Miss Sutherland«, sagte Tobin mit seiner reinen schottischen Stimme. »Dürften wir die Pferde unterstellen und um etwas Tee bitten? Wir sind seit dem frühen Morgen unterwegs.«

»Um Gottes willen, natürlich, bitte entschuldigen Sie.«

Sie war froh, dass sie jetzt einen Grund hatte, sich von dieser griechischen Tragödie abzuwenden, die sich auf der Treppe abspielte. Sie hatte mit ihrer eigenen Verzweiflung zu kämpfen.

Sie führte die Männer zur Seite des Hauses. BenRuin gesellte sich zu ihnen, und als Kit sich umdrehte, war Lydia weg.

Während sich BenRuins Männer im Windschatten des alten Stalls um ihre Pferde kümmerten, ging Kit in die Küche, um mit Liza zu reden. Jude hatte nur zwei Diener mitgenommen, und sie musste herausfinden, welche Anordnungen die restlichen Bediensteten erhalten hatten. Würden sie bleiben? Und wer würde sie bezahlen, wenn sie blieben? Und wenn sie gingen, wie würden Kit und Liza allein das ganze Haus instand halten können, jetzt, da es so viel mehr Zimmer gab, die sauber gehalten werden wollten?

Der Gedanke daran, ihre Arbeit wieder aufzunehmen, war erdrückend. Aber das Leben interessierte sich nicht wirklich für die Gefühle von Katherine Sutherland. Da gab es Bedienstete, die man anweisen musste, da war Tee zu organisieren und Bettdecken mussten gefunden werden, falls BenRuin und seine Männer sich über Nacht ausruhen wollten.

Es machte nichts, dass die Laken oben in ihrem Zimmer noch immer ein leidenschaftliches Durcheinander bildeten. Es machte nichts, dass vor weniger als einer Stunde Judes Kopf noch schwer in ihrem Schoß geruht hatte.

Das Erste, was sie sah, als sie in die Küche kam, war ein kleines Schwein in einem Seidenjackett, das am Boden umherwanderte. Eines der Küchenmädchen schob es mit ihrem Stiefel beiseite, und Kit hob es aus dem Weg, damit es nicht noch mehr getreten wurde.

Tom blickte zur Küchentür herein. Er zögerte, dann ging er zu ihr.

»Ich war es nicht, Kit«, sagte er. »Ich schwöre, ich war es nicht. Er muss es irgendwie anders herausgefunden haben.«

»Ist schon gut, Tom.«

»Nein«, sagte er und zog sie mit einer sanften Hand um ihren Nacken an sich, »ist es nicht.«

Lydias Körper hatte den Trick vergessen, wie man ohne nachzudenken aufrecht stand. Sie musste ihre Glieder bewusst an dem Fensterrahmen arrangieren, an dem sie stand. Sie versuchte es mit Unverfrorenheit, schaffte es aber nicht richtig. Ihre Ellbogen hielt sie zu verkrampft, also verschränkte sie die Arme stattdessen, konnte sich aber nicht recht entscheiden, ob sie sie vor ihrer Brust halten sollte, was ihr merkwürdig und zu hoch vorkam, oder vor ihrem Bauch, wodurch sie ihrer Meinung nach schwach aussah.

Es war eigentlich ohnehin egal. Er sah sie überhaupt nicht an.

Hättest du dich nicht einfach von ihm fernhalten können?, hatte ihr Ehegatte zu ihr gesagt.

Sie starrte ihn an – so riesig, so wenig zurückhaltend, saß er in dem alten Sessel, in dem Darlington fast jeden Morgen gesessen hatte, und ließ ihn als winziges schäbiges Etwas erscheinen. Er hatte herausgefunden, wo sie war – hatte herausgefunden, wo Darlington war –, und dachte sofort das Falsche.

Lydia konnte nicht einmal ihre Mutter ansehen, die ruhig und still auf dem Sofa saß und sich geweigert hatte, den Raum zu verlassen.

Stattdessen betrachtete sie die großen und muskulösen Hände ihres Ehemanns, die merkwürdig friedlich in seinem Schoß ruhten. Plötzlich erinnerte sie sich daran, wie er ihre Hand während ihrer gesamten Heiratszeremonie gehalten hatte, auch wenn das vorüber war. In dem Monat, bevor sie heirateten, half er ihr beim Ein- und Aussteigen in Kutschen, sie hatten oft getanzt, und er hatte im Garten ihre Hand gehalten, wenn sie zehn Minuten allein sein durften. Jedes Mal waren sie an strenge Regeln gebunden gewesen – er konnte sie nicht verletzen, weil es wachsame Augen gab, die auf ihnen ruhten. Also hatte Lydia erforscht, wie sich seine Hand auf ihrer anfühlte. Mit einer Art erregtem Schrecken hatte sie sich selbst dem hingegeben, wie seine Wärme sie gänzlich verschlang. Und dann, wenn der Tanz zu Ende war oder ihre zehn Minuten abgelaufen, konnte sie ihre Hand aus seiner ziehen und war wieder sicher.

Aber er hatte sie während ihrer Hochzeit festgehalten, und sie hatte sich gefühlt, als würde sie in seiner Hitze versinken. Ab jetzt konnte BenRuin sie so lange halten, wie er wünschte; sie war in sein Eigentum übergegangen. Sie würde schon bald mit ihm nach Hause gehen, wo es niemand wagen würde, sich einzumischen.

Doch es hatte einen Mann gegeben, so sah es aus, der es gewagt hatte.

Kit und Tom kamen herein, und BenRuin wartete, bis Kit sich gesetzt hatte. Er sah sie an, ernst wie ein Richter. Knapp unter seiner Oberfläche brodelte es.

»Sie haben mich angelogen«, sagte er in seiner wortkargen Art zu Kit. Nichts als die harte Wahrheit, was er als Wahrheit bezeichnete.

Lydia fragte sich, ob sie sich diese ersten herrlichen Wochen ihrer Bekanntschaft nur ausgedacht hatte, als seine Stimme so sanft und sonor gewesen war und er über die kleinsten Kleinigkeiten gelacht hatte. »Ich habe Sie wiederholt gebeten, sich mir anzuvertrauen«, sagte BenRuin. »Sie verstehen nicht, was er ist.«

Als Kit bei ihnen in London lebte, hatte sie BenRuin behandelt wie früher ihren Vater: Sie hielt ihr Gesicht abgewandt und die Stimme sanft, sagte nur wenig und wenn, dann etwas Zustimmendes. Lydia sah sie jetzt an – dunkel, wütend und aufrecht – und spürte ein stechendes Gefühl, das sie nicht richtig deuten konnte. Kit sagte nichts, aber ihr Blick war verächtlich.

»Erzählen Sie mir alles«, sagte BenRuin. »Und lassen Sie nichts aus.«

Lydia sah, wie ihre Familie gegen ihren Ehegatten zusammenrückte. Als ihr BenRuin einen auffordernden Blick zuwarf, wusste sie nicht, was sie tun sollte. Von allen Anwesenden im Raum war BenRuin der Einzige gewesen, der es geschafft hatte, sie aus den Fängen ihres Vaters zu befreien. Aber da waren Toms kalte Füße, die er auf der Suche nach Wärme an ihre Waden gedrückt hatte, und da war die Art, wie Kit an diesem Morgen gelacht hatte, als ob es sie glücklich machte, dass jeder applaudierte, weil Lydia in einem Londoner Klatschblatt erwähnt wurde. Da war der ungeschützte sanfte Blick ihrer Mutter gestern früh, als Lydia aus einem Buch mit Sonetten aufgeblickt hatte, der für sie keinen Sinn ergab.

Lydia sagte nichts.

Irgendetwas geschah mit BenRuins Gesicht, und sie erkannte, dass er trotz alledem gedacht hatte, sie würde an seiner Seite stehen. Sie öffnete den Mund, aber er war schneller.

»Schickt mir das Zimmermädchen«, bellte er den Diener an der Tür an.

Niemand sprach, bis die Frau nervös im Türrahmen erschien und tief vor BenRuin knickste.

»Wann ist der Herzog hier angekommen?«, fragte BenRuin.

Kit stand auf. »Charlotte, antworten Sie nicht –«

»Seien Sie still«, sagte BenRuin. Er stand nicht auf, und seine Stimme war leise. Sie war voll von Gewalt und Blut, und Kit setzte sich und hielt den Mund.

»Beantworten Sie die Frage«, sagte BenRuin zu dem Dienstmädchen – und obwohl er bereits vor Wut vibrierte, sprach er ausgeglichen. Natürlich konnte das Dienstmädchen überhaupt nichts dafür, und ihr Ehegatte war schon nahezu unerträglich gerecht.

BenRuin konzentrierte sich auf die Zofe. Lydia, Kit und Tom sahen ihre Mutter an.

»Er war bereits hier, als man uns bat, aus Redbrook zu kommen. Aber …« Die Zofe schaute mit bleichem Gesicht zwischen Kit und BenRuin hin und her. »Er war als Frau verkleidet, Mylord.«

Das Gesicht ihrer Mutter zeigte nur einen Moment lang den Schreck, der darauf schließen ließ, dass sie verstanden hatte. Die Qual, dass man sie lächerlich gemacht hatte. Dann wurde sie blass und leer, und Lydia hätte wissen müssen, dass sie eher nichts zeigte als alles. Eben auf diese Weise hatte sie es geschafft, ihre Ehe mit Abe Sutherland durchzustehen. Indem sie einfach vorgab, überhaupt nicht anwesend zu sein.

Danach wurde es nur noch schlimmer. Zugeständnisse, wie tief sich der Herzog in die Familie hineingemogelt hatte. Nicht zu reden von einem Schwein in feinen Kleidern und vom Terrorisieren der Bediensteten, wenn der Kaffee nicht heiß genug war. Die Tatsache, dass er mit Kit wochenlang das Bett geteilt hatte.

Die Hände ihrer Mutter zuckten.

»Vielen Dank«, sagte BenRuin mit ruhiger Stimme – und dennoch war es das einzige Geräusch im Raum. »Gehen Sie jetzt. Niemand soll uns stören.«

Das Dienstmädchen knickste kurz und verließ den Raum.

BenRuin fasste erneut Kit ins Auge, und obwohl Kit nach unten blickte, war sie gedrückter als zuvor. Vielleicht war es das erste Mal, dass sie ihre Übertretungen wahrhaft in diesem Licht sah. Lydia hatte versucht, es ihr zu sagen.

»Lassen Sie uns vollkommen offen miteinander reden«, sagte BenRuin zu Kit. »Sie wissen, dass dieser Mann eine sexuelle Begegnung mit Ihrer Schwester hatte.«

Lydia zuckte zusammen und fragte sich, ob er es so sagen musste, damit er es überhaupt über die Lippen brachte.

Schließlich äußerte sich Kit: »Ich sagte Ihnen, dass ich mich darum gekümmert hatte.«

Nur einen Moment lang verlor BenRuin seine eiserne Selbstbeherrschung, und Kit spannte sich an.

Lydia trat vom Fenster weg. »Hör auf, so ein Tyrann zu sein«, sagte sie und versuchte, ihre Stimme so kalt und geringschätzig wie möglich klingen zu lassen, um das Zittern zu übertönen. »Keiner von uns hat deine Größe oder Stärke. Wir sind keine Kriminellen, und du kannst nicht über uns richten.«

Er stand auf und streckte sich langsam. »Da ich offensichtlich der einzige normale Mensch in diesem Raum bin«, sagte er ruhig, »werde ich mich genau so verhalten, wie es mir gefällt. Setz dich.« Dann: »Nein, warte.«

Sie wartete, aber er sagte nichts. Sie waren im Moment alle viel zu angespannt, um wirklich peinlich berührt zu sein, aber zum ersten Mal schien sich ihr Ehegatte mit seiner Größe in diesem kleinen Raum unwohl zu fühlen.

»Sagt sie die Wahrheit?«, fragte er schließlich, ohne Lydia anzusehen. »Ich möchte nicht wieder betteln müssen. Sag es mir einfach. Hast du aufgehört, diesen Bastard –« Seine Stimme erstickte, aber er blieb stehen.

Vor einer Woche hätte sie noch zu ihm gesagt: *Der Mann ist praktisch ein Gott im Bett. Ihn aufgeben, du mein Ehemann? Bist du noch bei Sinnen?* Aber letzte Nacht hatte Kit Darlington gewählt, und Lydia hatte erkannt, dass sie und ihre Geschwister niemals mehr das sein würden, was sie einst waren – es hatte sie getroffen, als hätte jemand eine Tür vor ihr zugeschlagen. Niemals. Und sie hatte sich in der langen Nacht an das erste Mal erinnert, als sie mit BenRuin getanzt, als sie ihn einen Barbaren genannt und er sie auf den verlassenen Flur gebracht hatte und sagte *Mach das nicht wieder*, als sie ihn zufällig angelächelt hatte, unbedacht.

»Es ist wahr«, sagte sie. »Ich bin fertig mit Darlington. Und das schon seit Wochen.«

Es war das erste Mal, dass sie ihrem Mann direkt ins Gesicht sagte, dass sie ihm untreu gewesen war – dass sie es zugelassen hatte, dass ein anderer Mann sie berührte, während sie *ihn* nicht mal in ihre Nähe ließ. Er hatte gewusst, dass es wahr war, daran hatte er keine Zweifel gehabt, dennoch sah sie, dass in diesem Moment etwas in ihm zerstört wurde.

»James«, sagte sie, und er reagierte, als hätte sie ihn geschlagen.

Zum ersten Mal erkannte sie, dass sie niemals in der Lage sein würde, mitzuhalten, und dachte *Nein, warte,* mit einer Art gedankenloser Angst.

Er fasste sich und sah weg.

»Sie wissen«, sagte er zu Kit, »dass er aus London geflüchtet war, als der Marmotte-Skandal aufdämmerte.«

Kit nickte.

»Sie wissen, dass er Ihre Familie zum Narren hielt – ihren Ruf in Gefahr brachte –, und Sie haben ihm dabei geholfen.«

Lydia dachte für einen langen Moment, dass sich Kit weigern würde, den Kopf zu beugen. Als sie schließlich nickte, sah sie besiegt aus. Lydia hatte sie des Gleichen beschuldigt, aber jetzt wünschte sie … Sie wusste nicht genau, was. Vielleicht dass es nicht wahr sein musste.

»Sie wissen, dass er Ihnen das Gefühl gab, einer von Ihnen zu sein, aber dass seine Welt zehn Mal – hundert Mal größer ist als Ihre, und dass er sie mit der Schnelligkeit eines Herzschlags«, seine breite Hand machte eine gnadenlose Geste, »vernichten kann?«

Kit sah aus, als hätte BenRuin direkt in ihren Brustkorb gegriffen und ihr Herz herausgerissen.

»Kit«, sagte BenRuin, »Sie wissen, dass Sie eine Abwechslung für einen gelangweilten Aristokraten waren, der lieber davongelaufen ist, als mir gegenüberzutreten?«

Kit schwieg.

»Besteht die Gefahr, dass Sie schwanger sein könnten?«

Ihre Schwester war starr vor Schock. »Ich … nein. Ich habe nicht –«

»Ist er in Sie eingedrungen?«, fragte BenRuin ohne den Anflug eines Gefühls. »Hat er sich in Sie ergossen?«

Kit lief dunkelrot an, aber da war noch etwas anderes, das über ihr Gesicht huschte. *Das geht dich nichts an*, sagte ihr Gesichtsausdruck.

»Katherine«, sagte BenRuin und klang vollkommen erschöpft. »Ich kann Sie nicht beschützen, wenn ich es nicht weiß.«

»Er tat es nicht«, presste Kit durch die Zähne und sah BenRuin wie eine Gefangene an, die blutige Rache schwor, sobald sie sich befreien konnte. »Das ist nicht möglich. Wir haben nie –« Sie schnitt sich das Wort ab und schaute hinab auf ihre Hände.

Lydia hatte sich nicht so sehr verändert. Ein Teil von ihr konnte sich noch immer wundern, etwas entsetzt, wie Kit Darlington derart aufblühen ließ, wenn er doch nie in sie eingedrungen war. Sie hatte es nie geschafft, ihn so aussehen zu lassen.

»Ist das alles, mein Lieber?«, fragte ihre Mutter milde, und alle starrten sie an.

»Ich …«, stammelte BenRuin. »Nur eine letzte Frage. Wohin ging er? Und lügen Sie mich nicht wieder an.«

»Zurück nach London«, sagte Lydia. Sie musste ihm irgendetwas bieten.

»Crispin – Mr Scott erzählte es mir. Sie werden morgen früh zurück in Grosvenor Square sein.«

Überrascht runzelte BenRuin die Stirn, und Lydia wusste nicht, ob es passierte, weil sie kein Blatt vor den Mund genommen hatte oder weil Darlington in die Stadt zurückgekehrt war, die ein solch unbehaglicher Ort für ihn sein würde.

»Ihre Männer sind im Frühstückssalon«, sagte ihre Mutter. »Ein hübsches Zimmer, wir ließen es gerade erst renovieren. Ich werde ihnen in einer Minute Tee bringen, wenn Sie ihnen Gesellschaft leisten wollen.«

Der galante Rauswurf erinnerte Lydia daran, dass ihre Mutter die Tochter eines Grafen war. In Lydias Beisein hatte sie nie auf diese Weise mit Abe gesprochen, so durchtrieben und passiv.

BenRuin packte die Stuhllehne, verbeugte sich aber und ging hinaus. Er warf einen sehnsüchtigen Blick zurück auf Lydia, und sie kämpfte gegen das vertraute, erstickende Gewicht, das dadurch auf ihr lastete. Sie griff nach dem winzigen neuen Ding, das in ihrer Panik wie ein Goldstreifen in einem Sandsturm aussah. Dass sie es vielleicht überleben konnte, ihren Ehegatten zu wählen, wenn Kit es überleben konnte, sich für Darlington zu entscheiden.

»Mutter –« Es war Lydia, die den ersten Schritt machte.

Ihre Mutter blinzelte und richtete ihre Röcke. »Wolltest du etwas, meine Liebe? Ich sagte doch, ich würde Lord BenRuin und seinen Männern Tee bringen.«

Durchtrieben und passiv. Rätselhaft.

»Mutter, wir wollten dich nicht belügen. Wir konnten den Gedanken daran, dass du verletzt wirst, nicht ertragen.«

»Wir dachten …« Kits Stimme war rau. »Ich dachte, es wäre

nur für eine Woche. Ich hätte mir nie vorstellen können, dass es –«

Ihre Mutter machte eine abwesende Geste, als ob sie aus einem Schlaf erwachen würde. »Denkst du, ich hätte etwas gegen einen Herzog im Bett meiner Tochter?«, fragte sie. »Ich wünschte, er hätte sie geschwängert, Gott hilf mir, aber das tue ich!« Sie ging aus dem Zimmer.

Kit stand auf und begann, mit den Überwurfdecken und Kissen zu hantieren. Ihre Bewegungen hatten etwas Mechanisches. »Liza hat mir erzählt, dass die Gehälter der Bediensteten bis zum Ende des Jahres bezahlt wurden«, sagte sie. »Ich kann Mutter nicht glauben – wir können recht komfortabel leben. Es wird nur so wie zuvor.« Während sie das sagte, blickte sie zu Lydia auf.

Einen Moment lang hing es förmlich vor ihr, sie hätte die Hand ausstrecken und es nehmen können. Nicht ihre Kindheit, aber etwas anderes. Alle wieder zusammen, ohne Abe Sutherland, der die Luft, die sie zum Atmen brauchten, vollkommen aufsaugte. Lange Tage auf dem Land und niemand, der ihnen sagte, was sie tun konnten und was nicht.

Dann sagte Tom: »Ich verkaufe das Landgut. Ich werde nach London gehen.«

BenRuins Männer standen auf, als er den Raum betrat, so glatt und koordiniert wie fünf Muskeln in einem leblosen Körper. Sie hatten ihn öfter verwundet gesehen, als sie zählen konnten. Das war …

Sie zögerten kurz, unsicher.

Er sank auf einen Stuhl und schloss die Augen. »Ich werde sie nach Schottland schicken müssen. Ich glaube, sonst werde ich krepieren.« Er hörte, wie sie sich wieder setzten, und ihr Schweigen leistete ihm Gesellschaft, wie damals, als sie in

Nächten, in denen es kalt genug war, dass die Pisse gefror, noch bevor sie den Körper verlassen hatte, auf dem schlammigen Gras gelegen hatten und nicht schlafen konnten, weil vielleicht keiner mehr von ihnen wieder erwachte. Es war die Art von Schweigen, dem man sein Leben anvertrauen konnte. Es war ein Schweigen, das einen Mann bei Verstand hielt.

Es war nicht das, worauf er sein Leben aufbauen wollte.

Nachdem er mit all dem Blut fertig war, hatte er etwas Erhellendes gebraucht. Er hatte gefürchtet, ihm würde nie mehr warm werden. Und da war sie gewesen, ihr Gesicht leidenschaftlich und erfreut, als sie sagte: »Mylord, *nichts*, was mit Geld zu tun hat, kann meine Empfindsamkeit verletzen.« Als er auf einem verlassenen Flur um ihre Hand feilschte.

Er hatte sich in sie verliebt, als er erkannte, dass sie nie zu reden aufhörte.

Die Tür öffnete sich, und er zwang sich, wie ein zivilisierter Mensch zu sitzen, als seine Schwiegermutter mit einem Tablett Tee hereintrat. Zwei Diener folgten ihr mit Sandwiches und Konfekt. Ihre prunkvolle Tracht gab ihm das Gefühl, unsaubere Finger würden über seine Haut streichen. Dieser Mann hatte es gewagt, hierherzukommen – und seine Zeichen ganz deutlich für ihn zu hinterlassen. *Du kannst deine Familie nicht vor mir schützen.* Und noch heimtückischer war die Schuld, dass Darlington für sie gesorgt hatte, wo er versagte. Lydia hatte es ihm verboten, nachdem Abe ihren Ehevertrag verspielt hatte. Er hatte ihren Schmerz verstanden. Sie hatte die Ehe erzielt, die ihr Vater für sie vorgesehen hatte, und ihr Vater hatte die Verbindung in nur wenigen Tagen abgebrochen. Aber dennoch hätte er nicht zulassen sollen, dass sie ihn aufhielt.

Er hatte noch immer versucht, ihr zu gefallen, dachte er mit einem grimmigen Lächeln.

»Esst, liebe Männer«, sagte Mrs Sutherland. »Esst. Ihr seht aus wie ein Haufen ausgehungerter Hunde.«

Tobin – immer der Umgänglichste der Truppe – grinste sie an und griff sich ein Sandwich vom Teller. »Es ist schon lange her, dass eine Frau mir Tee eingeschenkt hat«, sagte er, was eine infame Lüge war.

Mrs Sutherland sah aber zufrieden aus und blieb, um allen Tee einzugießen. Als sie James eine Tasse brachte, lächelte sie wehmütig und sagte: »Sie erinnern mich an meinen Mann.«

James wurde kalt, einen Moment lang konnte er seine Finger nicht bewegen, um ihr die Untertasse abzunehmen.

»Er war auch ein großer Mann«, fuhr sie fort, ohne seinen Aufruhr überhaupt zu bemerken. »Er erkannte nicht immer, wie viel stärker er war als andere Menschen. Er meinte es nicht so. Das tat er nie.« Sie runzelte die Stirn und sagte beinahe abwesend: »Lydia hatte es, denke ich, am schwersten, nachdem Mr Sutherland sie die ganze Zeit überwachen wollte. Auf Wunsch meines Gatten ging ich nach oben, um mit Kit das Zimmer zu teilen, und Lydia schlief auf dem Feldbett in seinem Zimmer. Sie war ein williges Mädchen. Wusste nie, wann sie schweigen sollte.«

»Entschuldigen Sie mich«, sagte James und hörte aus der Ferne das Klirren, als seine Teetasse am Boden aufschlug.

Tom redete gerade über Crispin und London und Dichtersalons, und Kit konnte durch das Summen in ihrem Kopf überhaupt nicht richtig folgen.

»Kit?«, fragte er, und sie blickte auf und bemerkte, dass Lydia gegangen war – nur sie und Tom saßen noch da.

Sie schaute in seine Augen, die ihren glichen, und keiner von ihnen sprach. Es hatte etwas so Vertrautes, mit Tom in diesem Zimmer zu sitzen. Es war ungewohnt, dass es jetzt Dinge gab, die sie nicht mehr voneinander wussten – und dass sie sich einiges davon erzählen würden, einiges aber auch nicht. Ihr wäre niemals auch nur im Entferntesten in den Sinn gekommen, dass Tom das Landgut verkaufen würde. Söhne verkauften nichts, was ihnen ihre Väter vererbt hatten, wenn sie es nur irgendwie vermeiden konnten. Sie hatte gedacht, es hätte zu Tom gepasst, dort oben in seinem Zimmer zu hocken.

»Komm und lebe mit mir in London«, sagte er, rutschte auf seinem Sitz vor und nahm ihre Hand. »Wo auch immer ich leben werde, wird es wohl beengter sein als hier, aber das passt zu dir und zu mir. Mutter kann bei Lydia leben – ich würde sagen, sie ist an der Reihe, oder?« Tom fühlte sich ein wenig schuldig bei seinen Worten, konnte aber nicht anders, als zu lächeln.

»Ich würde sagen, es ist Zeit, dass Ma wieder am gesellschaftlichen Leben teilnimmt«, sagte Kit, als sie ihre Stimme wiedergefunden hatte. Es klang merkwürdig. »Lydia kann sie viel besser abblitzen lassen als wir.«

Die letzten Vorbehalte von Tom schienen zu verschwinden, und er lächelte sie an, wobei ihn eine Art nervöser Energie durchströmte.

»Es wird wundervoll sein, Kit. Crispin sagte, er wolle mich Sir Walter Scott vorstellen, und du wirst Babbage referieren hören können, anstatt nur darüber in einem von Rushworths albernen Berichten zu lesen – du machst ja immer so viele Korrekturen, dass man den Bericht hinterher praktisch gar nicht mehr lesen kann. Wir werden Mutter besuchen, wenn sie nicht gerade zu beschäftigt damit ist, unter die Leute zu kommen, um sie daran zu erinnern, dass sie Kinder hat. Wir werden sogar ein paar Bedienstete haben – wir werden Liza mitnehmen, wenn du willst –, sodass du nicht mehr so viel arbeiten musst. Kit, wir können ausgehen und dort Kaffee trinken, wo Byron noch vor zwei Monaten gesessen hat. Crispin sagt, die Bilder könnten nicht annähernd ausdrücken, wie umwerfend er in Wirklichkeit ist. Äh, das war das Wort, das Crispin wählte. Umwerfend.«

Tom kam zum Stillstand, und das Schreckgespenst des Herzogs stand zwischen ihnen, denn wenn Byron umwerfend war, war Jude vernichtend.

»Es wird ein gutes Leben sein, Kit. Ich weiß, dies ist dein Zuhause, und ich weiß, ich hätte dich fragen sollen. Du verdienst das, aber ich konnte nicht, ich musste …«

Tom hatte recht. Es würde ein gutes Leben sein. In London könnte sie so viel unabhängiger sein. Tom würde sie weniger brauchen, und ein kleineres Haus würde sie weniger brauchen. Sie würde so nahe an interessanten Leuten sein, die die Dinge lasen, die sie las. Und vielleicht würde sie Jude gelegentlich auf einer Party sehen, oder ihm auf der Straße begegnen, und vielleicht würde sogar das schmerzlos sein.

Es würde ein gutes Leben sein.

Aber Kit wollte ein Spektakel.

Sie stand auf und fühlte, wie es aus ihr herausquoll. Tom stand ebenfalls auf und lächelte sie etwas unsicher an. »Dann wirst du also kommen?«, fragte Tom. »Es macht dir nichts aus?

»Ach, sei still, Tom«, sagte sie. »Ich werde nicht kommen, um bei dir zu leben. Siehst du denn nicht, wo das hinführt?«

Sein Ausdruck verriet, dass er es nicht tat.

»Keiner von euch braucht mich mehr. Dieses Haus braucht mich nicht mehr.«

»Aber Kit, was wirst du … ich verstehe nicht.«

Kits Körper war sorglos, und sie lachte. »Ich komme mit nach London, Bruder. Nur dass ich dieses Mal keine blasse Seide tragen werde, die mich krank aussehen lässt, und ich werde auch keine Umgangsformen vorgeben, die ich nicht besitze und immer knapp verfehle. Ich gehe zu meinen eigenen Bedingungen nach London.« Sie sah Tom an und fühlte sich rigoros. »Darlington gehört mir«, sagte sie. »Er ist ein Idiot, wenn er anders denkt.«

Tom taumelte rückwärts und setzte sich. »Meine Güte, Kit, der Mann ist ein Herzog. Ich denke nicht, dass du verstehst – «

»Das tue ich.«

»Wenn du ein Spektakel daraus machst – wenn du ihm ein Schauspiel bietest und verlierst –, Jesus, das wird dich ruinieren. Da gibt es kein Zurück.«

»Unser Vater setzte alles auf eine Karte«, sagte sie, »und er verlor.« Sie blickte auf ihren Bruder hinab, der ihr so lieb war und sie nicht mehr länger brauchte. Sie würde keinen von ihnen verletzen. Sie war frei, sich zu entfalten.

»Ich werde nicht verlieren«, sagte sie.

BenRuin fand seine Frau am Klavier sitzend, wo sie unzusammenhängende Noten klimperte. Sein erster Instinkt war, zu ihr zu eilen und sie sicher und fest in die Arme zu schließen und niemals wieder loszulassen.

Aber er verdrängte seine Instinkte rigoros.

»Lydia«, sagte er sanft und blieb ein paar Schritte nach der Tür stehen.

Sie drehte sich um, erschrak und sagte: »Ich habe nie gelernt, richtig Klavier zu spielen.«

»Du … könntest es lernen«, sagte er. »Wenn du es nur wolltest.«

Sie wandte sich wieder dem Instrument zu und schlug immer wieder die gleiche Note an. »Ich schätze, dazu fehlt mir die notwendige Geduld«, sagte sie. »Geduld gehört nicht gerade zu meinen Tugenden.«

»Du hast auch Reiten gelernt, als wärest du im Sattel geboren.«

»Ja, aber das ist etwas anderes«, sagte sie, und die gerade Linie ihrer Schultern sank ein wenig ab. »Dabei geht es darum, etwas zu *tun*. Nicht um … ich weiß nicht, etwas zu denken, zu lernen.«

»Es wäre auch eine Schande«, sagte er vorsichtig, »wenn du den Mann mit dem besten Stall in Großbritannien geheiratet hättest und nur Interesse am Dasitzen und Lesen hättest.«

Diese klimpernde Note begann ihm auf die Nerven zu gehen, aber er wagte es nicht, sich zu bewegen oder zu sprechen.

»Warum hast du mich nie mit nach Schottland genommen?«, fragte sie aus dem Nichts, und er fragte sich schuldbewusst, ob sie vorhin gehört hatte, was er sagte.

Aber er erwiderte nur: »Nachdem du um ein Kleid ganz aus Juwelen gebeten hattest, erzähltest du mir, dass es deine Absicht sei, der größte Snob zu werden, der je auf Erden gelebt hatte, und dass du erst dann einen Fuß in die Wildnis Schottlands setzen würdest, wenn die Hölle gefriert.«

Das Klimpern endete, und sie wirbelte herum. Lachte, obwohl sie es gar nicht wollte. Schamesröte breitete sich fleckig auf ihrem Brustkorb aus, ihre Wangen färbten sich. »Ich … kann mich nicht daran erinnern, das gesagt zu haben.

»Aber ich, an jedes Wort.« Er lächelte sie zögernd an, und als sie nicht mehr nur ausdruckslos dreinschaute, fing sein klopfendes Herz an zu tanzen, stolperte kurz, um dann nur noch lauter und heftiger zu pochen.

»Möchtest du–« Seine Stimme war so rau und unsicher, dass er kurz innehalten, sich räuspern und neu ansetzen musste. »Möchtest du mit mir kommen, wenn ich nächsten Monat fahre?«

Da machte sie ein ratloses Gesicht, und er verfluchte sich selbst. Er hatte nie daran gedacht – nicht eine Sekunde lang –, dass er sie an ihren Bastard von Vater erinnern könnte.

Sie stand auf und brachte so viel Distanz wie möglich zwischen sich und ihn. Er trat von der Tür weg, damit sie nicht das Gefühl bekam, sie sei hier mit ihm gefangen.

»Es tut mir leid«, sagte er. »Du wirst in London bleiben wollen. Natürlich kannst du das«, würgte er hervor. »Du kannst in London bleiben.«

Bleiben, um dich von irgendeinem anderen Bastard verführen zu lassen, dachte er und schlug beinahe mit der Faust durch die Wand. Vielleicht lag ja die Antwort nicht darin, sie nach Schottland zu schicken, sondern darin, selbst dort zu bleiben und niemals mehr in dieses gottverfluchte Land zurückzukehren. Aber er musste sich im Parlament sehen lassen – für seine Leute, nicht für sich selbst. Und er konnte Tobin nicht nach Schottland zurückbeordern, jetzt, da Mrs Church drauf und dran war, ihn anzunehmen.

Sie beobachtete ihn so distanziert und leblos wie eine Statue. Und dann war sie … anders. »Ich, äh«, sagte sie und schaute ihn an. »Ich will mit nach Schottland kommen.«

Er konnte nicht sprechen.

»Und ich will mir mein Haar abschneiden«, fuhr sie fort und streckte das Kinn in die Höhe, damit er gar nicht erst auf die Idee kam, etwas zu sagen.

Er dachte an den langen, goldenen Wasserfall aus Haaren. Er dachte an die ersten Monate, in denen er noch gedacht hatte, er könnte sich daran gewöhnen, wenn er es in seiner ganzen, hinreißenden Länge durch seine Finger gleiten ließ und sein riesiger Körper vor Verlangen bebte, und sie sich nur in sich selbst zurückzog und schnell und angsterfüllt atmete.

»In Ordnung«, sagte er.

»Mein Haar hat Naturlocken«, sagte sie. »Bauschig wäre wohl der passendere Begriff. Kit sagt, ich muss aus einem Löwenzahnsamen geboren worden sein, was eine rechte Unverschämtheit ist, wenn man es bedenkt, aber sie liegt ja ehrlicherweise auch nicht gänzlich falsch.«

James rutschte beinahe die Wand hinunter, so schwach wurde er vor Erleichterung. Sie … plauderte. Mit ihm. Er nickte mit etwas Mühe, murmelte etwas Ermutigendes und versuchte nachdrücklich, nichts Dummes zu tun.

»Ich brauche jeden Tag Stunden, um es so hinzubekommen«, sagte sie. »Hast du schon einmal etwas derart Albernes gehört? Ich habe Besseres zu tun. Im Übrigen wirst du mit mir in Schottland ausreiten, und ich werde auf jeden Fall mit dir Schritt halten, ganz gleich, wie schnell du reitest, und das kann ich schwerlich tun, wenn mich meterlanges Haar beschwert.«

Er verstand nicht, wieso sie so klang, als würde sie ihn auffordern, ihr zu widersprechen – als ob sie versuchte, Druck auf ihn auszuüben, damit er ihre Gesellschaft suchte. Dabei hatte er nie etwas anderes gewollt. Er dachte, er hätte das ohne Einschränkung klargemacht. Und jedes Mal wurde sie so kalt.

»Ich muss dich etwas fragen.« Diese Unterhaltung war so süß, so wertvoll. Aber er wollte nicht nur eine Unterhaltung mit ihr, erinnerte er sich. Er wollte sein Leben mit ihr verbringen. »Ich weiß, dass dein Vater dich auf einem Feldbett in seinem Zimmer schlafen ließ. Hat er –« Gott, es war unmöglich, so etwas zu fragen. Alles Blut war aus ihrem Gesicht gewichen, und James dachte an Blut, das in heißem Strahl über seine Klinge und seine Hände rann, und er zwang sich, weiterzumachen. »Hat er dich angefasst? Ist es das, was … war es deswegen so, als ich dich zu mir ins Bett holte?«

Sie zitterte. Sie sah so unerträglich jung aus. Er fühlte sich elend und musste seine Hand gegen die Wand stützen. Die ganze Zeit hatte er es immer wieder versucht, und sie … Und er … Oh Gott, nein.

Sie schüttelte den Kopf, und es fiel ihr plötzlich schwer, wieder damit aufzuhören. »Nein«, sagte sie; ihre Zähne klapperten. »Das tat er nicht. Nie. Manchmal hörte ich ihn nachts, sein Bett stand so nah neben dem meinen, und ich wusste, er beobachtete mich. Aber … nein. Er hat mich nie angerührt.«

James drückte den Rücken gegen die Wand, schloss die Augen, verschloss seinen Mund gegen das animalische Heulen, das versuchte, aus seiner Brust zu dringen. Sie hatte ihm genug vertraut, um es ihm zu erzählen. Er musste jetzt ein Gentleman sein. Es war schwer, über den brennenden Wunsch hinauszudenken, seine Finger in dem Körper ihres Vaters, dieses Bastards, zu vergraben, hinauszudenken – tief unter seine Haut, in sein Fleisch hinein –, um dort seine Venen und Nerven aufzuspüren und sie zu zerreißen, sodass er den Riss und die Höllenqualen aus Abe Sutherlands Hals hörte. Das wollte er für immer verinnerlichen.

Er atmete tief ein.

Sie hatte ihm vertraut. Er war keine Bestie.

Er öffnete die Augen erneut und versuchte zu lächeln, schaffte es aber nicht ganz. Sie war noch immer blass, zitterte. Misstrauisch sah sie ihn an.

»Und deine Familie«, sagte er, »keiner hat etwas dagegen getan.«

»Nein.« Sie streckte ihre Hand vor, als wollte sie mit Gewalt all seine Fantasien im Keim ersticken. »Kit versuchte es. Sie versuchte es, und er schlug sie, bis sie nicht mehr stehen konnte, und ich habe sie es niemals mehr versuchen lassen. Niemand versuchte es jemals mehr.«

»Nachdem wir geheiratet haben«, sagte er langsam. »Du dachtest – o Gott, du dachtest, du wärst hier mit mir gefangen, wie du mit ihm gefangen warst.«

Sie zuckte ein wenig unbeholfen mit den Schultern.

Er beruhigte sich, so gut er konnte, bevor er sagte: »Ich werde dich nie berühren, wenn du nicht berührt werden willst. Ich werde dich nie verletzen. Ich werde dich gegen deinen Willen nie irgendwo festhalten. Lydia, ich bin nicht –« Dass sie das überhaupt denken konnte. »Ich bin nicht dein Vater.«

Sie schluckte. »Ich weiß«, sagte sie, und ihre Stimme war ein Kratzen, ein Flüstern. Sie klang noch nicht gänzlich überzeugt.

Aber warum durfte dich dann Darlington berühren, wollte er aufheulen, tat es aber nicht. Sie war eine erwachsene Frau, und er würde sie eines Tages fragen müssen, aber nicht jetzt, da sie derart ungeschützt war, vernichtet und blutleer.

»Ich liebe dich«, sagte er, und sie zuckte zurück. James schluckte ein frustriertes Brummen hinunter und zwang sich, sich zivilisiert vor ihr zu verbeugen. »Ich werde zu dir kommen, bevor wir abreisen«, sagte er und ging.

Sie würde mit ihm nach Schottland kommen. An diesen einen Gedanken klammerte er sich und würde ihn durch nichts anderes trüben lassen.

21

»Letzte Nacht hat er wieder nach dir gefragt«, sagte Lydia, als sie in den Frühstücksraum trat. Sie sah müde aus. Sie war einwandfrei gekleidet und barfuß. Verlegen tätschelte sie ihr Haar, und Kit bemerkte, dass sie wieder gestarrt hatte.

Kit zuckte mit den Achseln und wandte sich wieder ihrem Toast und der Zeitung zu. »Gut.«

»Ich denke, du verstehst da etwas falsch«, sagte Lydia und häufte sich Essen auf ihren Teller. »James war die ganze Nacht bei mir, und *dennoch* kam Darlington vorbei, um nach dir zu fragen.«

James. Lydia hatte ihren Ehegatten bei seinem Vornamen genannt, seit sie das Landgut vor zwei Wochen verlassen hatten. Sie schaffte es nicht so recht, ihn auszusprechen, ohne ihr eigenes Bewusstsein dahingehend zu belügen, dass sie es tat. Aber sie hielt durch.

Beharrliche Lydia.

Kit lächelte und nahm einen Schluck Tee.

Soames kam mit einer frischen Kanne herein und versuchte, mit der Tapete auf der anderen Seite des Zimmers zu verschmelzen.

»Machen Sie sich keine Sorgen, Soames«, sagte Kit, ohne aufzublicken. »Sie sind heute vor mir sicher. Ich habe zu tun.«

»Wie sind deine Pläne?«, fragte Lydia, die ihr an der Tischecke gegenübersaß und ihre nackten Füße ungezwungen auf Kits Schoß legte.

Kit stibitzte ein Würstchen von Lydias Teller und sagte: »Ich werde mir mit Tom ein paar Häuser ansehen, dann gehen wir zu einem Vortrag bei der Society. Du kannst gern mitkommen.«

»Äh, danke, aber nein.«

Kit lächelte wieder, denn dass Lydia versuchte, höflich zu ihr zu sein, statt etwas zu sagen wie: Ich wäre ja geneigter, ja zu sagen, hättest du mich eingeladen, hier zu sitzen und Anekdoten über das Schneiden unserer Fußnägel auszutauschen –, war herrlich. Lydia dachte offensichtlich, dass sie nett war. Kit schätzte, dass es weitere ein bis zwei Wochen dauern würde, bis Lydia wieder gänzlich grob sein würde, und sie konnte es nicht abwarten. So war es ihr am liebsten.

Lydia räusperte sich und blickte dann gleichgültig auf ihr Frühstück. Ihr Haar war nicht mehr ganz so wild, wie es in ihren Kindertagen gewesen war. Es sah aus wie eine bewegte See, die ihr hübsches Gesicht umspülte. Es stand ihr.

»Ich werde wahrscheinlich später mit James ausreiten«, sagte sie. »Er hat mich mindestens drei Mal gebeten. Noch einmal, und er wird erbärmlich aussehen, und ich werde es einfach nicht tolerieren, mit einem erbärmlichen Mann verheiratet zu sein.« Sie grinste Kit schelmisch an. »Nicht so wie du. Du wirst es noch für den Rest deines Lebens bereuen. Ich hörte Darlington einmal weinen – er weinte in der Tat –, als man ihm sagte, dass es keinen Kaffee gab. Ha!« Tom hatte Lydia Kits ganzen verrückten Plan offengelegt, bevor sie das Landgut verlassen hatten, in der verzweifelten Hoffnung, dass Lydia es schaffen würde, es ihr auszureden. Lydia hatte sie aber beide verblüfft, indem sie mit den Schultern zuckte und sagte: »Natürlich muss sie das.« Es war, als ob sie aus einem Kindheitstraum erwachte und Kit zum ersten Mal ganz klar sehen konnte. Und ihr gefiel, was sie sah.

»Ich denke noch immer, du solltest mir die Einzelheiten deines Plans anvertrauen«, sagte Lydia und schmollte leicht. »Ich möchte dir nicht zu nahe treten, Katherine, aber sich von ihm fernzuhalten, scheint nicht der intelligenteste Weg zu sein.«

»Er trotzte deinem Ehegatten, um nach mir zu fragen, nicht wahr?«

Lydia ärgerte sich und wollte gerade antworten – und Kit war sich sicher, dass es dieses Mal keine Höflichkeit sein würde –, als ihre Mutter eintrat.

»Ah, meine Mädchen«, sagte sie. »Ich habe letzte Nacht furchtbar geschlafen. Wir waren frühestens um vier zu Hause – es war doch vier, oder, Lydia?«

»Ich glaube, es war viertel nach«, sagte Lydia süß, verdrehte aber Kit gegenüber die Augen, als sich ihre Mutter auf einen Stuhl am Tisch gleiten ließ und eine Tasse entgegennahm, die ihr Soames anbot.

Es war etwas, das sie sich gönnte, seit sie ihr neues Quartier im Hause BenRuin gesehen hatte, dekoriert in zarter blauer Seide. Sie konnte jetzt den Luxus genießen, ihren gegenstandslosen Impulsen einfach nachzugeben. Kit erinnerte sich immer wieder daran, dass dies Mas Art war, ihrer goldenen Glückseligkeit Ausdruck zu verleihen.

»Und solch köstliches Essen, obwohl ich das Prudence nicht einmal im Traum sagen würde. Ich erzählte euch Mädchen doch, dass sie und ich Freundinnen waren, bevor ich heiratete, nicht wahr?«

»Das hast du, Ma«, sagte Kit. *Goldene Glückseligkeit.*

Und Lydia sagte: »Wobei du eigentlich eher große Rivalen meinst, oder?« Sie und Ma grinsten, und Ma neigte ihren Kopf grazil über ihre Tasse.

Meine Güte, da hatten sich zwei gefunden.

»Lady Marmotte griff ihn erneut an«, sagte Lydia wie aus dem Nichts, und Kit umfasste die Tischkante.

»Was hat dieses Miststück nun wieder getan?«

»Katherine!«, rief ihre Mutter, die plötzlich vollkommen aufrecht und entrüstete dasaß.

»Sie ist hinter Jude her«, sagte Kit uneinsichtig. »Also sage ich, was immer mir zum Teufel gefällt.«

Ma verengte die Augen, als sie Kit ansah. Dann zuckte sie mit den Achseln, lehnte sich auf ihrem Stuhl zurück und begann, über Kopfschmerzen zu lamentieren.

Lydia schaufelte weiter Eier in ihren Mund und schluckte.

»Er sprach mit Liverpool und Lady Louisa und Kit, meine Güte, du hast ja keine Ahnung, wie qualvoll es ist, ihn dabei zu beobachten, wie er versucht, höflich zu sein.«

Kit fühlte sich zu elend, um zu reden.

»Als ob er in einer Fremdsprache redete und niemand wüsste, was man von ihm halten sollte. Er hat sich mit dieser Marmotte-Sache wirklich keinen Gefallen getan, und als er danach verschwand, überließ er Lady Marmotte das Feld, sodass sie die öffentliche Meinung gegen ihn aufbringen konnte. Hätte Liverpool nicht seine Gunst so offen gezeigt, wette ich, dass kein respektabler Aristokrat mit ihm den ganzen Abend auch nur ein Wort gewechselt hätte. Und die Tatsache, dass er die Dandys nicht aufzugeben gedenkt, ist auch nicht gerade hilfreich. Obwohl ich ihn natürlich umbringen müsste, wenn er das wagen würde. Also ist das ganz in Ordnung.«

»Lydia«, sagte Kit und klang wie eine scharfe Schere, die Stoff durchschnitt.

»Was … hat … sie … getan?«

»Ah ja. Tut mir leid. Nun, er kam ganz gut mit Lady Louisa zurecht. Du weißt schon, wenn er sich ein wenig entspannt, ist er weit und breit der charmanteste Mann auf diesem Planeten. Dann trat diese Frau mit dem Buchhalter an ihrer Seite zu ihm, ganz in Schwarz gekleidet, als sei ihre Ehe etwas gewesen, das es zu betrauern galt. Sie wird noch zu den besten Partys eingeladen, weil sie es schaffte, die Schuld für ihre Scheidung allein Darlington zuzuschreiben, und ich denke, ihr gehört etwa ein Fünftel der Schulden dieses Landes, also vergessen die Leute schnell, welche Rolle sie tatsächlich spielte. Und da steht ja auch noch ihre Kartenparty im Juli an. Das Glück mächtiger Menschen hängt von einer Einladung dazu ab.«

Wenn Jude bedroht wurde, so dachte Kit, war es möglich, dass sie und ihre Schwester Lady Marmotte anspornten, sich nicht von diesen Männern, mit denen sie ins Bett gestiegen war, aus der Gesellschaft werfen zu lassen.

Aber Jude wurde bedroht.

»Und natürlich hatten all die Gastgeberinnen auf die Art Szene gehofft, die Lady Marmotte letzte Nacht so perfekt gespielt hatte. Ihr Kleid hatte eine kilometerlange Schleppe, sodass alle beiseitetreten mussten und die ganze Aufmerksamkeit auf ihr lag. Sie sagte ihm ins Gesicht, er sei der Teufel in Menschengestalt – dass er der Grund dafür sei, dass dieses Land zugrunde ginge, das Abbild des teilnahmslosen Hedonismus. Und die ganze Zeit stand dieser würdelose Buchhalter neben ihr und sagte überhaupt nichts, stand nur da und sah wie ein elender Narr aus. Meine Güte, Kit, und der Ausdruck auf Darlingtons Gesicht. Ich schwöre, ich hätte ihm beinahe vor Ort den Rücken getätschelt, hätte das nicht eine Katastrophe gegeben. Es hätte ihn sonst nie zuvor gekümmert – er hätte wie ein charmanter Idiot gelächelt und gesagt, dass man ihm einst gesagt hatte, er könnte selbst dem Teufel noch beibringen, wie man eine perfekte Krawatte bindet. Dann hätte er sich Zeit gelassen, und wenn es ihm gepasst hätte, hätte er sie, ohne jemals einen Finger auf sie zu legen oder überhaupt wieder mit ihr zu reden, vernichtend geschlagen. Aber er versucht so sehr, *gut* zu sein und Dinge so zu tun, wie es andere machen. Er löste seinen Ruf im Austausch gegen Lord Marmottes Stimme ein, und jetzt hat er keinen Zentimeter Luft übrig, um zu manövrieren. Wenn er auf sie einschlagen würde, würde er damit all die schlimmen Dinge zugeben, die sie über ihn sagt. Aber jede Sekunde, die er sie gewähren lässt, gewinnt sie mehr Boden unter den Füßen.«

Kits Finger klammerten sich nutzlos am Tisch fest. Und er hatte nach ihr gefragt.

Lydia machte es noch viel schlimmer, indem sie sagte: »Ich schätze, er versucht krampfhaft, dich zu verdienen, Kit. Dich und diesen verfluchten Titel.«

Es klopfte sanft an die Tür, und alle blickten auf den lächelnden Tom, der in der Tür stand.

»Thomas!«, rief Lydia, warf sich ihm an den Hals und küsste ihn schwungvoll auf beide Wangen. Seit Tom ihr erlaubt hatte, ihm eine komplett neue Garderobe zu kaufen, hatte Lydia ihn wie ein großes Schoßhündchen behandelt.

»Komm und iss ein paar Würstchen.«

»Nein danke, Schwesterlein. Kit und ich müssen los. Fertig?«, fragte Tom und sah sie an.

Es war … frappierend, wie sich Tom in den zwei Wochen verändert hatte. Sein Mantel war in einem Gelb, das zum Heulen war, seine Weste eng anliegend und purpurfarben. Seine Hosen waren weit und in Falten gelegt, seine Krawatte getüpfelt. An den Anblick musste man sich erst gewöhnen. Tom hatte auf eine Weise zu lächeln begonnen, die ebenso schockierend und grell war wie sein Mantel. Daran musste man sich ebenfalls erst gewöhnen.

Crispin tauchte hinter ihm auf und lächelte Kit entschuldigend an. »Ich versuchte, ihm den Mantel auszureden«, sagte er und schaute Tom an, als würde ihm der Mantel überhaupt nichts ausmachen.

Es war nicht leicht für sie gewesen zu verstehen, dass ihre

Freundschaft nicht nur eine Freundschaft war. Sich selbst dazu zu bringen, darüber nachzudenken und nicht davor zurückzuschrecken, bis der Gedanke daran sie beinahe langweilte. In der Öffentlichkeit zeigten sie sich niemals offen, aber in Crispins Räumen waren ihre Sachen unvermeidlich miteinander verflochten – Toms Bücher waren in den Regalen unter seinen gestapelt, und Crispins Schälmesser lag neben Toms Bleistiften auf dem Schreibtisch. Und wenn die beiden sich ansahen und miteinander redeten, erkannte man eine solche ruhige Erleuchtung, dass Kit zweifelsohne behaupten konnte, dass sie da Liebe sah. Nicht Liebe als abstrakten Begriff, sondern Liebe, wie sie zwei Menschen tatsächlich füreinander empfanden.

Die beiden neigten dazu, einander zum Kichern zu bringen, waren aber vollkommen ernst, sobald sie in die Kutsche stiegen.

»Mein Bruder Percy schickte mir heute Morgen dies«, sagte Crispin und zog ein Pamphlet aus der Tasche.

Es war einfach und auf den Punkt gebracht. »Oh Gott«, sagte sie und schaute zu ihrem Bruder hoch. Oh Gott. Wie konnten sie es nur *wagen*? Wie konnte jemand es wagen, ihren Tom so zu sehen und *das* zu denken?

»Aber Ihr Vater«, sagte sie zu Crispin. »Er verlieh seiner Missbilligung öffentlich Ausdruck, als das letzte Mal ein Mann wegen Sodomie gehängt wurde. Wie konnte jemand … wie konnte jemand auf etwas spekulieren, das privat war, und eine derart geschmacklose, schändliche –«

»Still, Kit«, sagte Tom. »Wir dachten nur, du solltest es wissen, denn der Pamphletverfasser greift nicht direkt uns an – er ist eigentlich hinter Darlington her. Wir denken nicht, dass das irgendwelche Auswirkungen haben wird.«

»Lady Marmotte.«

Crispin schüttelte den Kopf. »Sie wird wahrscheinlich demjenigen, wer auch immer das geschrieben hat, ein paar Fasane schicken, aber selbst sie würde es nicht wagen, das Missfallen meines Vaters in diesem Ausmaß herauszufordern. Sie braucht ihn noch, damit er zugunsten des Buchhalters abstimmt.«

»Was hat –« Kit schluckte. »Was hat Jude gemacht, als er das sah?«

»Was auch immer Sie sich vorstellen können«, sagte Crispin, und sein Lächeln tat ihr ein klein wenig gut.« Es kam noch schlimmer. Einer der Dandys brach in Tränen aus. Ich musste ihm erklären, dass der Junge dachte, wir hätten ihn nicht zufriedengestellt, damit er aufhörte. Alberner Kerl.«

Kit hatte in ihrer Tasche die Wegbeschreibung eines Maklers, der glaubte, er hätte eines von Mutters verpfändeten Juwelenstücken zu einem Geschäft in einer Seitenstraße der Bond Street zurückverfolgt. Sie umfasste es und zwang sich, sich auf das Rascheln des billigen Papiers zu konzentrieren.

Sie konnte nicht direkt zu Jude gehen. Sie musste dem Seitenweg folgen, der sie in Geschäfte brachte, wo sie skeptisch die Männer und Frauen betrachtete, die versuchten, ihr ein Vermögen für Stücke abzuringen, die sie nicht erkannte. Ihr lief die Zeit davon.

Sie stieg aus der Kutsche, als sie in einer schmalen Straße hielt, und verglich die Adresse mit dem Geschäft. Es hatte eine schmale Fassade mit einer verstaubten Fensterauslage und einer dunklen Holztür. Als sie eintraten, erklang keine Glocke – man hörte nur das fiese Kratzen der Tür auf den Bodendielen. In die Dielen hatte sich bereits eine blasse Mondsichel eingegraben, als ob die Tür jedes Mal, wenn sie geöffnet wurde, eine feine Schicht abhobelte. Möbel waren bis zu der düsteren Decke aufgestapelt – Lüster hingen von Stuhlbeinen, ihr Kristallglas von Staub und Spinnweben überzogen. Kit ging ein paar Schritte weiter in den Laden, und eine grauenvolle indische Statue ragte zwischen einem hochkant gestellten Sofa und einem Schreibtisch hervor.

»Ah, guten Morgen«, sagte ein Mann und fand seinen Weg durch die Stapel ebenso einfach wie ein Schlafwandler durch sein Zimmer. Er war recht dünn, ziemlich jung und wirkte adrett und heiter.

»Ich bin Miss Sutherland«, sagte sie und streckte ihre Hand aus.

Er nahm sie, ohne zu zögern. »Natürlich. Mr Travis kündigte mir Ihr Kommen bereits an. Ich hoffe sehr, dass diese Brosche das Stück ist, nach dem Sie suchen. Aber jetzt aufgepasst; wenn Sie im Gänsemarsch folgen, möchte ich behaupten, dass wir alle heil wieder herauskommen.«

Sie folgten ihm in ein kleines Büro im hinteren Bereich des Ladens. Es war weniger vollgeräumt, aber Kit dachte insgeheim, dass der Geschäftsinhaber einen verlorenen Krieg gegen die Flut von Möbeln kämpfte, die er auch hier bereits in den Ecken aufzustapeln begann. Den Großteil des Raums nahm eine Glasvitrine ein. Der Mann öffnete sie und zog sorgfältig etwas heraus.

»Da wären wir«, sagte er und legte es auf ein Stück Samt oben auf das Glas.

Kit und Tom streckten gleichzeitig die Hände aus. Es war eine kleine ovale Kamee, eingefasst von einem verschnörkelten Gitter aus geschliffenem Zitrin in einem Goldnetz. Ihre Mutter hatte sie jeden Tag an ihrer Brust getragen, bis zu dem Tag, an dem Abe sie verkauft hatte. Sie war hübsch, hatte aber außerhalb ihrer Familie keinen besonderen Wert; es war ein Geschenk von ihrer Großmutter gewesen, weitergegeben an die Barton-Frauen. Ma hatte Kit gesagt, dass sie eines Tages ihr gehören würde.

»Das ist sie.«

Der Geschäftsinhaber wollte zehn Mal mehr haben, als sie wert war. Und Kit bezahlte. Sie kaufte sich ihre eigene Geschichte zurück und konnte nicht einmal annähernd einen Preis dafür festlegen.

Sie hatte wirklich aufgepasst, um Jude seit ihrer Ankunft in London nicht über den Weg zu laufen. Es war die Hölle gewesen, sich von ihm fernzuhalten, wo dieser schmerzliche Kuss und dieses Gefühl für ihn noch immer in ihr rumorten und sie zerrissen. Sie hatte es in Erwägung gezogen – und das öfter, als vernünftig war –, einfach vor seiner Tür aufzutauchen und nach ihm zu fragen. Aber seit sie in der Stadt war, waren ihr gewisse Dinge klar geworden, und sich ihm jetzt aufzuzwingen, hätte seine Situation nur verschlimmert.

Wider alle Vernunft erhielt Albert Shroves Anspruch auf den Darlington-Titel Unterstützung. Weder er noch sein Anwalt – der auch der Anwalt von Lady Marmotte war – wollten sagen, welch zwingenden Beweis sie hatten. Kit war Lady Marmotte eines Nachmittags im Museum begegnet, und jeder Zentimeter ihres Körpers hatte blasiertes Selbstvertrauen ausgestrahlt. Sie musste sich umdrehen und gehen, oder eine öffentliche Gewalttätigkeit riskieren.

Jude hatte ein paar informelle Reden vor dem Parlament gehalten, was entweder erstaunlich mutig von ihm war oder von seinem Irrsinn zeugte. Er argumentierte für eine Veränderung, obwohl die weder erwünscht noch bequem war. Es war unmöglich, Jude zu ignorieren, wenn man ihn reden hörte, und er sorgte dafür, dass sich die mächtigsten Männer der Welt *schlecht fühlten*.

Und obendrein versuchte die Gesellschaft noch krampfhaft, sich einzureden, dass der Duke of Darlington, was immer er sonst sein mochte, kein Einfaltspinsel war. Lydia und Tom berichteten über Verurteilungen von denjenigen, die schließlich von seiner Intelligenz überzeugt waren, und über beleidigenden Klatsch von denen, die der Ansicht waren, er würde letztendlich den Verstand verlieren.

Das Stück *Misadventures and Misplaced Grace of a Simple Man* wurde auf dem Spielplan des Theaters verlängert.

Also erdolchte Kit unbarmherzig das Bedürfnis, jetzt sofort bei ihm sein zu müssen, und widmete sich stattdessen dem Denken. Sie schrieb Briefe, bis ihr die Hand schmerzte, und fürchtete, sie würde eine Brille brauchen. Sie schrieb anonyme Briefe an die Klatschblätter und Zeitungen. Sie schrieb an die entferntesten Bekanntschaften und jede Verbindung Toms, die sie ihm entlocken konnte.

Sie schrieb an ihren Onkel und war dabei eindeutig. Sie erzählte ausreichend detailliert von ihrem Leben in London, damit er sicher sein konnte, dass sie kein Geld von ihm brauchte. Sie erzählte von ihrer Mutter – erwähnte die kleinen alltäglichen Details, von denen sie hoffte, dass sie in Lord Barton die Erinnerung weckten, dass er seine Schwester einst geliebt hatte. Sie hätte ihre Mutter gebeten, ihm selbst zu schreiben, wollte sie aber nicht einer eventuellen Zurückweisung aussetzen. Dem Brief legte sie die Kamee-Brosche bei.

Und dann bat sie Soames, für sie die Adresse der Näherin des Duke of Darlington in Erfahrung zu bringen.

»Meine Güte, das ist brillant, Kit!«, rief Lydia und umklammerte Kits Arm, während sie die Bond Street entlangliefen. »Ich werde genauso eine Montur anfertigen lassen. Und sie war so entzückend französisch und hochnäsig. Es macht dir doch nichts aus, wenn ich deine Montur kopiere, oder? Es ist einfach das Schockierendste, was ich je gesehen habe, und wir sind Schwestern, also werden die Leute vielleicht noch beeindruckter sein, wenn wir zu zweit auftauchen. Meinst du nicht?«

Kit zog sie näher zu sich, als es auf der Straße besonders voll wurde, und sagte: »Wie ein passendes Paar Pferde. Natürlich darfst du auch eine Ausstaffierung wie meine haben.«

»Und wie sie über Darlington redete – Gott, ich dachte, ich würde gleich in Lachen ausbrechen.«

Kit lächelte und fühlte ein süßes Stechen in der Brust. Mme Soulier war das auffallende Interesse der Sutherland-Schwestern am Duke of Darlington nicht entgangen. Kit war sich beinahe sicher, dass dies der Grund war, weshalb sie einverstanden war, Kits Garderobe anzufertigen, obwohl sie bereits in Ruhestand war. Das und die Art, wie sie ihr schamlos Komplimente gemacht hatten – schließlich hatten sie gesehen, welch grandiose Dinge sie aus Seide zaubern konnte.

Mme Soulier hatte ihnen davon erzählt, wie sie Jude das erste Mal getroffen hatte. Er war gerade einmal drei gewesen, und sie hatte ihn ironischerweise tatsächlich für ein Mädchen gehalten. Er war von Kopf bis Fuß in weiße Spitze und Brokat gewickelt gewesen und trug weiße Strümpfe und zarte Schläppchen. Sein Haar war lang und schwarz über seine Schultern gefallen. »Ein verwöhnter kleiner Junge«, hatte sie halb liebevoll gesagt. »Er sah mich immer mit seinen großen blauen Augen an, als ob er am Verhungern wäre und gleichzeitig den Reichtum seiner Familie nicht sehen könnte. Dann befahl er mir, ihn hochzuheben – gebieterisch wie ein kleiner Sultan –, und Ihre Gnaden schickte ihn peinlich berührt aus dem Zimmer.«

Kit hatte das schmerzhafte Bedürfnis, die Arme um ihn zu schlingen. Sie hatte so elendig wenig Zeit mit ihm verbracht; es war nicht einmal annähernd genug gewesen, um ein Leben der Zurückweisung wiedergutzumachen. *Schon bald*, versprach sie sich. Schon bald würde sie ihn wieder halten können. Stundenlang am Morgen mit ihm kuscheln, den Kontakt nicht eine Sekunde unterbrechend.

»Ich kann gar nicht glauben, dass er sie gebeten hat, ihm einen ägyptischen Kopfschmuck anzufertigen«, sagte Lydia und betrachtete eine besonders extravagante Reitausstattung im Schaufenster.

»Aber ich kann es glauben. Auf dieser Welt gibt es wirklich keinen, der so ist wie er, nicht wahr?«

»Nein«, sagte Kit. »Er ist in höchstem Maße einzigartig.« Einen Moment lang erschreckte es sie, auf solch unverblümte Weise zu denken. Ihn gab es nur ein Mal. Niemand sonst wäre jemals ausreichend. Wenn ihm etwas passierte, würde es nichts geben, um die Lücke zu schließen.

Lydia ging weiter die Straße entlang und zog Kit hinter sich her. »Schnell«, sagte sie. »James wartet an der Ecke auf uns. Ich kann es kaum abwarten, Mutter alles über deine neue Garderobe zu erzählen.«

Und Kit sagte nicht: *Ich werde dir all das Geld zurückzahlen, das du mir gegeben hast.* Sie beide wussten, dass sie es entweder würde zurückzahlen können oder nicht.

Kit stupste ihre Schulter gegen Lydias: »Oh, in jedem Fall. Wenn du unsere Ohren für alle Ewigkeit ruinieren willst, dann geh ruhig und erzähl es ihr.«

Lydia wurde plötzlich zur glatten schnöden Gräfin. Kit öffnete den Mund, um sie zur Verteidigung zu necken, aber dann folgte sie Lydias hoheitsvollem Nicken und sah eine Gruppe Frauen auf der anderen Straßenseite.

»Guten Tag«, sagte Lydia affektiert, machte aber keine Anstalten, eine Unterhaltung aufzunehmen.

Die Frauen erwiderten ihren Gruß und schauten dann mit extremer Missbilligung zu Kit. Kit hatte Wort gehalten: Sie würde sich nicht in eines dieser Kleider zwängen, die Lydia so gut standen und ihr so schlecht. Sie trug eines ihrer alten Landkleider mit ihrer abgetragenen Samtjacke.

Lydia zog sie an sich – ganz auffällig – und starrte die Frauen auf der anderen Straßenseite hochmütig an, bis sie sich ein Lächeln auf ihre Lippen zwangen und weitergingen.

Es war eigentlich recht süß.

»Ah, da ist ja James«, sagte Lydia und beschleunigte ihren Schritt. Groß und standhaft ragte er aus der einkaufenden Menge heraus.

Sie eilten den Hügel hinauf auf ihn zu und hielten einander ganz fest, während sie sich ihren Weg durch Männer mit großen Hüten und Damen bahnten, die, in Gespräche vertieft, mit ihren Handschuhen winkten. Die Fahrer auf der Straße hatten begonnen, jemanden weiter vorn niederzuschreien, der unachtsam gefahren war und jetzt den ganzen Weg blockierte. Als sie beinahe so nah waren, BenRuin zu begrüßen, fuhr die Kutsche neben ihnen schließlich weiter.

Der Duke of Darlington stand auf dem Bürgersteig auf der anderen Straßenseite.

Einen kurzen Moment, bevor er sie gesehen hatte, konnte sie ihn beobachten, umringt von seinen Jungs.

Da war er. Das einzige Exemplar auf der Welt. Ihr Herz drohte ihren Brustkorb zu sprengen.

Dann sah sie, wie er aufblickte, gelangweilt, und wie er sie dann zum ersten Mal nach Wochen anschaute und sich vollständig veränderte. Etwas fiel von ihm ab, und einen verwirrten Moment lang dachte sie: *Das sollte er in der Öffentlichkeit nicht tun.* Jeder konnte sehen, wie er sich für sie öffnete und wie unfreiwillig es geschah.

Erst als ein Fahrer sie anbrüllte, merkte sie, dass sie einfach auf die Straße getreten war. Ihre sorgfältigen Pläne waren wichtig, aber die Distanz zwischen sich und Jude zu überwinden war lebenswichtig. Sie musste ihn einfach halten, ihren Körper zwischen ihn und die Blicke bringen, die stets auf ihm ruhten, bis er sich selbst wieder in der Gewalt hatte.

Eine Hand schloss sich um ihren Arm und zog sie zurück.

Sie drehte sich um und fand sich auf Augenhöhe mit BenRuins Brustkorb.

»Lass sie nicht gehen«, sagte BenRuin zu Lydia und schob Kit in ihre Richtung. Er sprach leise und kontrolliert, und Kit dachte, dass, wenn er geschrien hätte, sie tapfer genug gewesen wäre, sich ihm zu widersetzen.

Lydia packte Kit und sagte: »Es tut mir leid. Es tut mir leid. Bitte, tu einfach –«

BenRuin trat vor sie auf die Straße und stand einfach nur da. Er war ganz massive, vibrierende, kontrollierte Gewalt.

Jude hatte sich noch nicht gänzlich wieder verschlossen, aber er war wachsam geworden. Er schien sich nur zögerlich von Kit lösen zu können, ganz gleich, wie groß der Mann war, der zwischen ihnen stand. Als er schließlich BenRuin ansah, war sein Gesicht gezeichnet und unglücklich. Seine Lippen verzogen sich zu einem Beinahelächeln, er tippte an seinen Hut und ging weiter die Straße entlang, ohne sich noch einmal umzudrehen.

Tom fing Kits Blick auf, als er und Crispin Judes Truppe folgte. Sie schüttelte den Kopf, und er blieb stehen; wäre zurück und zu ihr gekommen, dachte Kit. Aber Crispin legte seine Hand auf Toms Schulter und redete eindringlich auf ihn ein. Sie verbeugten sich vor ihr und folgten Jude die Straße hinab.

BenRuin hielt die Kutschentür auf. »Steigen Sie ein, bitte«, sagte er.

Kit sprach auf der Rückfahrt zum Hause BenRuin kein einziges Wort. Der große schottische Tyrann hatte kein Recht. Er sprach nicht für sie. Aber sie lebte noch unter seinem Dach.

Sie dachte daran, dass Jude schon sehr bald bei ihr sein und dann niemand auf der Welt in der Lage sein würde, sich wieder zwischen sie zu stellen.

Es war schwerer, ihm bei Lady Bentleys Abendessen gegenüberzusitzen. Sie wäre gar nicht erst gegangen, hätte sie gewusst, dass er auch dort sein würde.

So hatte sie ihn noch nie gesehen – in seinem natürlichen Element. Wunderschön, charmant. Ein Mann. Ein Herzog.

Er kam, wie es neuerdings Mode war, spät an und wurde etwas entfernt von ihr auf der anderen Seite des Tisches platziert, zu weit entfernt, als dass sie sich hätten unterhalten können.

Sie kannte ihn einerseits und dann wieder überhaupt nicht. Es war peinlich und armselig. Er schien sich zuweilen mit sich selbst als Herzog weniger vertraut zu fühlen – sie beobachtete ihn, wie er in die Rolle des charmanten Lebemanns verfiel, mit dem Mann zu seiner Rechten plauderte und das Essen mit reichlich Lobhuldigungen bedachte. Dann wiederum war er wie immer, was sie irgendwie noch mehr überraschte. Vielleicht war er sich nicht bewusst, wie viel von seinem inneren Selbst – dem Teil, vor dem er sich so fürchtete – für jedermann klar zu erkennen war. Die Menschen hörten zu, wenn dieser Teil von ihm sprach; sie konnten gar nicht anders. Und wenn er ein wenig hölzern das Gesicht über etwas verzog, das er gesagt hatte – vielleicht hatte er es nicht so gemeint –, geschah dies ohne Berechnung. Und wenn er sich vornahm, die Gesellschaft zu unterhalten, lehnten sich alle ein Stückchen näher und badeten ihre Gesichter in seinem Glanz.

Auch wenn Kit schon immer gewusst hatte, wer er war, hatte es ihr sein Mummenschanz leicht gemacht, dieses Wissen ad acta zu legen. Jetzt blickte sie ihn an und sah, was er war. Ein Herzog. Aufgezogen an den Röcken einer großen Dame in Gebäuden, die so alt waren, dass die Geister kaum Raum hatten, sich zu bewegen. Als Kind hatte man ihn zu fürstlichen Feiern mitgenommen – sie stellte sich seinen kleinen, dunklen Kopf vor, die schmalen Schultern in Zobel gehüllt – und darin unterrichtet, wie man mit Prinzen und Königen sprach. Gebunden an die Zukunft seines Landes durch Tausende unsichtbarer Fäden, jeder mit einem wichtigeren Anliegen als dem ihren. Ein Herzog. Aber nicht für sie.

Er schaute auf und fing ihren Blick über den Tisch hinweg ein.

Er war auch im Dunkeln eingesperrt worden.

Er trank zu viel Kaffee und war wachsam still. Eines Nachts war er eingeschlafen, während er noch immer redete, auf dem Bauch liegend, das Gesicht in ihr Kissen gedrückt. Sie wusste, dass er schlecht einschlief, aber wenn er dann doch über ihn kam, gab sich sein ganzer Körper dem Schlaf hin.

Sie kannte das Gleiten seiner Zunge, seiner Finger. Den Ausdruck in seinem Gesicht, wenn er verletzlich war, und die nicht dazu passende Schüchternheit. Sie kannte sein Lachen, wenn es unfreiwillig geschah, und seine Stimme, wenn ihn die Furcht überkam.

Sie gab Kopfschmerzen vor und ging, bevor die Männer nach dem Abendessen zu ihnen stießen.

Fünf Tage später erhielt sie Nachricht von Mme Soulier, dass die Montur rechtzeitig für Liverpools Ball nächste Woche fertig sein würde. Mit einem Lächeln auf den Lippen machte sie sich auf zum Frühstück. Lydia schnappte sich die Gesellschaftsseiten von ihrem Ehegatten und begann halbherzig zu lesen. Ein paar Minuten später allerdings spuckte sie einen Schluck Tee aus. »Wie können die … Kit, sie schreiben über dich. Und sie sagen, du bist –«

Ihr fehlten offensichtlich die Worte.

»Was schreiben sie denn?«, griff Ma den Faden auf, wobei sie etwas beunruhigt klang. Sie konnte noch immer nicht auf das gute Glück vertrauen.

Sie wurden immer besser darin, eine Familie zu sein. An manchen Tagen fühlte es sich sogar an, als würde keiner von ihnen etwas vortäuschen. Tom wohnte zwar bei Crispin, besuchte sie aber jeden Tag. Er und Kit hatten zwar kein tiefes Vertrauen zueinander, aber sie debattierten heftiger als jemals zuvor, wenn sie öffentliche Vorträge oder private Salons besucht hatten. Es bestand eine merkwürdige Freiheit, sorglos miteinander umzugehen. Lydia war plötzlich netter und scharfzüngiger, und BenRuin ertrug sie alle und konnte seine Augen nicht von seiner Gattin abwenden. Aber jeder von ihnen war noch misstrauisch, und jeder zeigte es anders.

Lydia breitete die Zeitung flach auf dem Tisch aus und kniete sich auf ihren Sitz, um besser zu sehen, was sie da las. »Hier steht eine ganze Menge über Großvater, seine großartige Loyalität gegenüber der Krone, ein hingebungsvolles Leben – et cetera, et cetera.«

»Vater?«, fragte ihre Mutter in einem Ton, als ob sie es für eine Täuschung hielt und jemand sie jeden Moment verletzen könnte.

»Oh ja, dein Vater«, begann Lydia etwas vorsichtiger. »Sie sind sehr nett zu ihm, Mama. Und dann drücken sie schon beinahe eine heftige Neugier in Bezug auf seine älteste Enkelin aus, die in die Stadt kam, aber noch nicht gesichtet wurde. Aber Kit, du hattest doch schon dein Debut. Du wurdest bereits von der Gesellschaft entlassen, äh, ich meine, nun, du weißt, du warst nicht wirklich …«

Kit fegte ihre versuchte Höflichkeit mit einer Handbewegung beiseite.

»Was um Himmels willen brachte sie dazu, dich mit Großvater in Verbindung zu bringen? Du weißt, dass sich Barton weigerte, zu meiner Hochzeit zu kommen. Sie erkannten uns nicht einmal an, als wir geboren wurden.«

»Idiot«, murmelte BenRuin und strich für Lydia Butter auf ein Stück Toast.

Kit schaute kurz zu ihrer Mutter, und obwohl sie ein wenig unbehaglich aussah, wurde sie nicht von dieser Anspielung auf den Keil übermannt, den Abe zwischen sie und ihre Familie getrieben hatte.

Also erlaubte sie sich selbst ein kleines schelmisches Lächeln und sagte: »Wir haben für Samstag eine Einladung des Earl of Barton zum Essen.«

»J… Jeremy?« Ihre Mutter brauchte zwei Anläufe, um den Namen ihres Bruders über die Lippen zu bekommen. »Jeremy wird mich in seinem Haus empfangen? Er hat mich eingeladen?«

»Das hat er, Ma«, sagte Kit und griff kurz über den Tisch nach ihrer Hand.

Ihre Mutter schüttelte sie ab und begann sofort, in aufgeregte Geschäftigkeit zu verfallen. Sie würde ein neues Kleid brauchen. Und die Mädchen müssten einfach wunderbar aussehen. Tom würde natürlich auch mitkommen, und gab es vielleicht auch irgendeine Möglichkeit, dass der Herzog käme? Nein, natürlich nicht. Darüber sollten sie nicht reden.

Kit versteckte ihre Hände unter dem Tisch und hob das Gesicht, damit sie freier atmen konnte. Ihr Kartenspiel war im Gange, Zug um Zug.

Es war beinahe Zeit.

»Meine Seele«, flüsterte sie und lächelte.

22

Kit saß auf der einen Seite ihrer Mutter in der Kutsche und Lydia auf der anderen. Sie hielten jede eine ihrer Hände in den ihren. BenRuin und Tom hatten es sich auf dem Sitz gegenüber bequem gemacht, und schließlich sagte Kit: »Tom, mein Lieber, es war mir gar nicht bewusst, dass man eine solche Farbe überhaupt herstellen kann.«

Er ließ seine Hände über sein Abendjackett gleiten und lächelte sie an. Schüchtern, geschmeichelt. Wäre Crispin hier gewesen, hätte Tom wohl einen hübschen Schmollmund aufgesetzt und etwas Empörendes von sich gegeben, aber allein im Kreis seiner Familie fühlte er sich weniger sicher. Als würde sich die Form dessen, was er einmal gewesen war, eng um ihn schließen – manchmal zu fest, um sie aufzuzwingen.

Kit dachte, sie könnte es verstehen. In den merkwürdigsten Momenten – wenn sie applaudierte und vom Applaus der Gesellschaft umgeben war oder ein neues Buch in der Stille von BenRuins Bibliothek aufschlug – konnte sie einen tiefen Anflug von Furcht vor dem spüren, was sie da in Bewegung gesetzt hatte. Sie blinzelte, schaute sich um und sah mit vollkommener Klarheit, dass sie ein schmutziges Mädchen vom Land war, das versuchte, sich an den Sternen zu vergreifen.

Dann erinnerte sie sich an Ikarus, der sich selbst aus Federn und Wachs Flügel baute, und an Jude, der gesagt hatte, dass er mit ebensolchem wahnsinnigen Ruhm ins Grab gehen wollte, und Kit dachte: *Ich auch*.

Als die Kutsche hielt, stieg BenRuin zuerst aus und half den

Damen aus dem Wagen. Das Haus von Barton war kleiner, als Kit es erwartet hatte, und sah sehr neu aus. Sie wurden förmlich vom Butler an der Tür begrüßt, und eine kleine Armee Diener trat auf sie zu, um ihnen ihre Mäntel abzunehmen.

Lydia gab ihnen ihren und murmelte dann: »Hier, Mama, lass mich.«

Ihre Mutter stand wie paralysiert da und war so blass, dass Kit einen Moment lang fürchtete, sie würde in Ohnmacht fallen. Aber Lydia kümmerte sich um sie und öffnete ihren Mantel, strich dann leicht mit der Hand über ihre Coiffure und sagte: »Du siehst hinreißend aus.«

Kit trug eines der Kleider, die sie am Morgen bei Mme Soulier abgeholt hatte. Es war ein sattes, tiefes Burgunder mit reichlich Röcken und gänzlich ohne Tand. Es passte perfekt zu ihr und ließ ihre Figur für jedermann sichtbar erscheinen. Sie sah darin stark aus. Es war das einfachste Kleidungsstück meilenweit – und doch wusste sie, dass etwas daran ein klein wenig schockierend war.

Sie wurden in ein formelles Empfangszimmer geführt, wo ihr Onkel und seine Familie saßen. Drei Männer standen auf, als sie eintraten.

»Seine Lordschaft, der Earl of BenRuin«, stimmte der Butler an. »Ihre Ladyschaft, die Comtesse of BenRuin. Lady Sophie Sutherland, Mr Thomas Sutherland, Miss Sutherland.«

Der größte der Männer, der höchstens vierzig war, trat vor und verbeugte sich. Sein Haar war ein ausgedünntes Blond, sein Gesicht etwas lang. Seine Augen waren ein vertrautes Zinn.

»Sophie«, sagte er. Er hielt sich sehr aufrecht, wischte sich aber die Hände an seinen Hosen ab, bevor er sie ihr hinstreckte, und als Ma ihre Hand in seine legte, packte er sie unfreiwillig.

»Mylord«, sagte sie. Ihre Stimme war anfangs ein Flüstern und zitterte etwas in der Mitte.

Kit wünschte ihr Stärke. So viel hing hiervon ab.

»Bitte nenne mich doch Jeremy, Schwester«, sagte Barton, und in seinem Lächeln lag etwas, das sehr an Ma erinnerte, wenn sie nervös war, und das Kit entnervte. Diese Menschen waren nicht nur wichtig für ihre Pläne – sie waren ihre Familie, gleichermaßen unvertraut und ihr doch ähnlicher als alle sonst auf dieser Erde.

»Also, Jeremy«, sagte ihre Mutter und lächelte ihn versuchsweise an.

»Ah«, sagte Barton. »Und wenn du das jetzt noch in einem scheltenden Ton sagst, fühle ich mich wieder wie als Achtjähriger, als ich mir Wege ausdachte, wie ich dir Süßigkeiten abschwatzen konnte. Du warst immer viel zu gutmütig.«

Ihre Mutter errötete und sah einen Moment lang ganz verloren aus. Barton bedeutete ihr, sich neben seine Gattin zu setzen, und obwohl alles noch immer ziemlich förmlich war, sprach Lady Barton zumindest auf zivile Weise mit ihr. Barton stellte seine Tochter vor, eine errötende Dreizehnjährige namens Elizabeth. Mas Kameebrosche war an ihre Brust geheftet.

»Vielen Dank für das Geschenk, Cousine«, flüsterte sie. Sie knickste wackelig und schaute sofort zu ihrer Mutter.

Lady Barton sah sie lachend an, und Elizabeth setzte sich wieder.

»Die gehörte Großmutter«, erzählte ihr Kit. »Mutter und ich dachten, sie würde dir gut stehen, und das tut sie auch. Ich glaube, unserer Großmutter würde der Gedanke gefallen, dass es dir gehört.«

Ich werde dir so viel geben, wie ich von dir nehme, sagte die Brosche. Elizabeth errötete und sprach den ganzen Abend über kein einziges Wort mehr. Bartons Sohn Horace war schon von solch fortgeschrittenem Alter, dass er sich als Mann Ben-Ruin und Tom beweisen wollte. Er und sein Schulfreund stachelten sich gegenseitig an. Bartons Ermahnungen waren zwar häufig, aber liebevoll.

Beide Jungs hatten eine Vorliebe für eine stürmische Frisur und hohe, kantige Kragen. Kit lächelte sie gewinnend an und ließ den Namen des Herzogs bei jeder Gelegenheit fallen, die sich ihr bot.

Am Abend von Liverpools Ball stand Kit vor dem großen Spiegel in ihrem Ankleideraum, und ihr ganzer Körper zitterte. Sie konnte nichts dagegen tun. Sie stand in Flammen. Sie war vor Furcht halb von Sinnen und wusste nicht, was zum Teufel sie sich dabei gedacht hatte.

»Kit!«, rief Lydia, die bereits plapperte, während sie hereinplatzte. »Barton ist vor zehn Minuten angekommen, und wir sind alle bereit zum Abendessen. Hast du den ganzen Tumult nicht gehört? Sein Sohn hat unerhört mit mir geflirtet, nur um zu sehen, was James – oh. *Oh.*«

Kit hatte ihr das Gesicht zugewandt, und Lydias Unterkiefer klappte vor Schreck auf. Einen Moment später lachte sie – etwas Wildes fuhr in den Himmel auf –, und ihr Grinsen war reine, ruchlose Schadenfreude.

»Katherine«, sagte sie. »Bei deinem Anblick wird ihm das Herz stehen bleiben.«

Es war kurz nach zehn, als Jude bei Liverpool ankam, und er stand kurz davor, Sir Winston of Millcross umzubringen. Er hatte Wort halten wollen, Violet in die Gesellschaft einzuführen, also lud er Vater und Tochter ein, mit ihm zu speisen und mit ihm zu Liverpool zu fahren. Seiner Meinung nach ein einfacher Vorschlag.

Sie waren jedoch derart bestürzt gewesen, dass ihnen jetzt ein ganz anderer Mann gegenüberstand als der Herzog, den sie bereits kennengelernt hatten. Er und Crispin mochten in einem vollen Ballsaal als derselbe Mann durchgehen, aber sicher nicht über Stunden in privater Gesellschaft. Er konnte sie nicht dazu bringen, mit ihm darüber zu lachen, gleich wie charmant und selbstabwertend er war. Der Squire – dieser Idiot – schien es als einen persönlichen Affront zu sehen, und Violet wechselte den ganzen Abend zwischen Erröten und Stottern.

Und Jude hatte das Gefühl, sich kontinuierlich selbst daran erinnern zu müssen, sich nicht auf die schlechtesten Seiten seiner Gäste zu stürzen, die sie ihm praktisch auf einem Silbertablett servierten. Stattdessen versuchte er umgänglich zu sein, sah über ihre reizlose Konversation hinweg und redete über das Wetter, wenn es den Anschein hatte, dass etwas Anstrengenderes dem Squire einen Hirnschlag verpasst hätte.

Aber zum Glück gab es ja noch seine Dandys.

Er hatte versucht, sie bei seiner Rückkehr nach London zu entlassen. Sie mussten nicht in das hineingezogen werden, was auch immer sich Lady Marmotte Teuflisches für ihn ausgedacht hatte. Aber sie waren so begriffsstutzig und sagten nur Dinge wie »Er hat mal wieder einen seiner Anfälle« oder »Hier, trink das. In einer Minute wird es vorbei sein, dann geht es dir besser.« Crispin hatte es sogar gewagt, ihn zu *tätscheln* und zu sagen: »Schon gut, mein Lieber«. Einmal war er wirklich aufgebracht gewesen, und sie gingen, bevor er noch eine weitere Vase werfen konnte. Aber am nächsten Tag waren sie wieder da, plauderten leeres Zeug über Rennen, und keiner von ihnen erwähnte jemals wieder *diesen Zwischenfall mit der wertvollen Vase*.

Sein Zorn, dachte er, hatte viel mit Tom Sutherland zu tun, der sich ohne Verlaub den Dandys angeschlossen hatte.

Er erinnerte ihn täglich und schmerzlich an sie. Als ob Jude es auch noch brauchte, dass man jede verflixte Minute mit einem Stab in diese Wunde stach. Er konnte es nicht ertragen, ihren Bruder in seiner Nähe zu haben, und sie nicht. Er hatte sie auf der Straße gesehen – ein Traum, der dort stand, wo sie eigentlich gar nicht stehen sollte. Er hatte ihr an Lady Bentleys Tisch gegenübergesessen, unfähig, sich auf etwas anderes zu konzentrieren als auf den Moment nach dem Abendessen, wenn er endlich zu ihr in den Gesellschaftsraum gehen und ihr die Hand küssen konnte.

Er hatte vollkommen umsonst die leidigen Männergespräche und die Zigarrenrunde über sich ergehen lassen. Katherines Abwesenheit war so grausam gewesen, dass er sich wie aufgeschlitzt fühlte.

Und BenRuin sorgte dafür, dass Jude nicht in ihre Nähe kam. Er hatte es einmal versucht. Er konnte sie und Lydia oben hören – Katherine äußerte eine Reihe scharfzüngiger, pointierter Worte, und die beiden lachten. Der Klang ließ dieses Zimmer in der oberen Etage zum Paradies werden. Er hatte sich ausgeschlossen gefühlt, am Verhungern, während er dort wartete, wo der Butler es ihm angewiesen hatte.

BenRuin war hereingekommen. Jude wollte nicht mehr, dass BenRuin ihm Gewalt antat; seine Enttäuschung war allerdings bitter, als er den Mann sah. BenRuin, so erkannte Jude eine Minute darauf, hatte sich selbst tags zuvor auf der Bond Street stark unter Kontrolle gehabt. In seinem eigenen Haus jedoch war er nicht so vorsichtig und hinterließ bei Jude keine Zweifel daran, was mit ihm passieren würde, wenn er noch einmal versuchen würde, Katherine zu sehen.

Aber warum hielt sie sich so fern? Er erinnerte sich an ihre Stimme in seinem Ohr, die darauf bestand, dass er ihr jedes seiner Geheimnisse preisgab, ihre Zunge, die über seine Handfläche strich, ihre Finger tief in ihm. BenRuin konnte ihr nicht im Weg stehen, wenn sie ihn dort nicht haben wollte.

Liverpool und Louisa begrüßten Jude und seine Begleiter an der Tür zu ihrem oberen Ballsaal. Liverpool schlug mit einer Hand auf seine Schulter, was Jude als die männliche Variante einer sympathischen Zuneigung zu deuten beliebte. Louisa, Gott segne sie, war sehr nett zu Violet, sogar als es das Mädchen kaum fertig brachte, einen vollständigen Satz fehlerfrei zu formulieren.

Ihr Knicks war jedoch sehr gut.

Der Raum war noch nicht mal zu einem Drittel gefüllt. Jude war es nicht gewohnt, so früh zu kommen, aber es hieß, entweder das oder den Squire bei sich zu Hause umzubringen. Liverpool steckte noch etwa eine weitere Stunde an der Tür fest, wodurch Judes Verbündete dünn gesät waren. Die Dandys verteilten sich um ihn in einem offensichtlich sorglosen Muster, was bedeutete, dass jeder von ihnen ein Auge auf ihn haben würde und sie jeden abfangen konnten, den sie für nicht gerade zivil hielten.

Es machte ihn mürrisch, und sein Hals war auf absurde Weise angespannt.

»Ich muss das einzige Schaf in der Weltgeschichte sein, das Hunden gegenüber fünf zu eins unterlegen ist«, brummte er Crispin zu, der an seiner Seite blieb und Violet Gesellschaft leistete.

Violet hatte Crispin offensichtlich seine Rolle in der Charade vergeben, weil niemand Crispin länger als eine Minute lang böse sein konnte. Gleich, wie sehr Jude versuchte, Crispins lockere Art in Gesellschaft nachzuahmen – die großen, freundlichen Augen, das Schlurfen mit den Zehen, das lustige kleine Achselzucken –, irgendetwas war an Jude, wodurch sich Violet kontinuierlich beunruhigt fühlte.

Er war daran *gewöhnt*. Er hatte schließlich sein ganzes Leben damit verbracht, Menschen aus dem Gleichgewicht zu bringen. Aber dann war da Katherine gewesen, die sich nicht von ihm einschüchtern ließ, gleich, was er auch versuchte.

Warum zum Teufel hielt sie sich derart von ihm fern?

»Eine Schande, dass der junge Sutherland nicht kommen konnte«, murmelte Jude zu Crispin. »Ich weiß, dass du hofftest, deinen Namen auf seine Tanzkarte schreiben zu können.«

Crispin verdrehte die Augen, sodass Jude seufzte und sagte: »Ich werden den Walzer mit dir tanzen, *wenn ich muss*, obwohl ich natürlich nur ein magerer Ersatz sein werde.«

Crispin stieß ihm den Ellbogen in die Rippen.

»Schon gut, du hast ja recht, es stimmt, dass ich ihn auf beinahe jede erdenkliche Weise in den Schatten stelle. Bis auf die Schultern. Er hat wahrhaft spektakuläre Schultern.«

»Wag es nicht«, sagte Crispin mit einem Lächeln, aber er klang dennoch ein wenig unsicher und … stählern.

»Nicht in meinen Träumen. Wo ist er überhaupt?«

»Äh«, schaute Crispin ausweichend in die Runde. »Irgendeine Familiensache.«

Familie, dachte Jude und fühlte sich erschöpft. Alle zusammen, ohne ihn.

Der Ballsaal füllte sich allmählich, und Jude versuchte Violet, so gut er konnte, anzupreisen, aber er sah, wie es dem Squire langsam dämmerte, dass es vielleicht etwas voreilig gewesen war, Katherines Schulden *hierfür* einzutauschen.

Jude war ein Herzog, bis das Komitee anders entschied, und nur sehr wenige Menschen hatten den Mumm von Lady Marmotte, ihn öffentlich zu schneiden. Aber weil er noch immer nicht ganz ein Herzog war, war er unberechenbarer als andere in Ungnade gefallene Kreaturen, gefährlicher. Sein bevorstehender Fall war kein Geheimnis und würde spektakulär sein. Also wurde er auf solch plumpe Art angesprochen und erhielt zweifelhafte Komplimente, sodass er sich bändigen musste, um nicht zu verkünden, persönlich jeden unterrichten zu wollen, der wünschte, diese Kunst angemessen zu lernen.

Er beobachtete, wie sie nach Worten suchten, und konnte nichts tun. Er war nicht in der luxuriösen Position, auf ihre Höflichkeiten einzusteigen und dann etwas Hinterhältiges und Furchtbares in Bewegung zu setzen. Es war … kaum auszuhalten, wenn er zu sagen versuchte, was er meinte. Zu versuchen, höflich zu sein, weil diese Menschen nicht sein Vater waren, und auch nicht Lady Marmotte, und sie deswegen seine Boshaftigkeit nicht verdienten.

Er war unbeholfen, und das machte ihn rasend.

Violet machte sich jedoch ganz gut, trotzdem. Ohne seine Gesellschaft war sie viel gelöster, und ihr Lächeln hatte in der Tat etwas sehr Süßes und Frisches. Überhaupt nicht Judes Geschmack, der Frauen bevorzugte, die Füchse in Menschenhaut waren, aber Roger Montaigne schien sich den Kopf verdrehen zu lassen. Das alberne Mädchen war so euphorisch über ihren eigenen Erfolg, dass sie nicht zu verstehen schien, welche Ehre Montaignes Aufmerksamkeit war. So hatte sie ihn zu dem Tisch mit den Erfrischungen abkommandiert, um Getränke zu holen, während sie sich an Lord Harrington versuchte, der ihr nie ein Angebot machen würde.

Bis elf drohte die Menge in einem Massenandrang zu enden, und Judes Herz schlug viel zu schnell, sein Blut war ein widerlicher, ohnmächtiger Strom. Er schloss die Augen und wünschte sich Katherine herbei – sehnte sich nach der Ruhe, der Dunkelheit, nach ihren Fingern, die rau und fest auf seinem Nacken lagen.

Stattdessen bekam er Lady Marmotte, die oben auf der Treppe in einem weiteren lasterhaften schwarzen Kleid stand. Der Junge aus Leeds folgte ihr auf dem Fuß.

Judes Fingernägel gruben sich in seine Handflächen; sein

Mund öffnete sich. Er war nicht bei Katherine in der Stille, in der Dunkelheit, und doch musste er irgendwie heil bleiben. Als BenRuin zu dem Landgut gekommen war, hatte Jude all die schlimmen Dinge gefühlt, die Katherine von ihm halten musste: Feigling, selbstsüchtig, schwach. Aber er hatte auch gewusst, dass er sich nicht hinter ihr verstecken konnte. Er musste zurück nach London gehen und wusste, dass er konfrontieren konnte, was er konfrontieren musste, und dass er aufrecht wie ein Mann stehen konnte, und dabei vor allem immer noch atmen.

Also stand er da und beobachtete Lady Marmotte, wie sie sich ihren Weg zu ihm bahnte. Dabei fühlte er einen gewissen Triumph, weil seine Lungen noch nicht aufgegeben hatten.

Der Steward kündigte den Earl of Barton an, was Jude daran erinnerte, dass er mit dem Mann später reden musste, um zu sehen, ob er ihn dazu bringen könnte, die Reformen zu unterstützen. Er drehte sich zur Tür, um einen Blick auf ihn zu erhaschen.

Und dann sah er sie. Heiliger Jesus. Oh verflixt.

Sie stand an einer ruhigeren Stelle oben auf der Treppe, erhobenen Hauptes und mit kühlen Augen.

Sie trug einen mitternachtsblauen Mantel, der noch ein paar Stickereien vertragen konnte. Die Schultern waren mit Juwelen übersät, die das Kerzenlicht von den Kronleuchtern reflektierten. Sie sah dadurch noch stärker aus. Größer. Stark und unvergleichlich.

Sie trug Hosen, die so eng anlagen wie eine zweite Haut, ihre langen, muskulösen Beine für jedermann sichtbar, die Füße in glänzende schwarze Stiefel gesteckt.

Ihr Haar wurde in einem hohen Knoten auf ihrem Knopf zusammengehalten. Ihr Gesicht mit der krummen Nase und den strengen Brauen war schlicht und ungeschützt und ihr Kragen kurz, sodass die Fläche ihres braunen Halses zu sehen war.

Sie hielt eine goldene Leine in der Hand, an deren Ende ein kleines, vertrautes Schweinchen in einem passenden Jackett wartete.

Sie war wie etwas Neues und schwer Verständliches, das alles verändern würde. Wie Elektrizität.

Ihre Augen fanden ihn durch die Menschenmenge, die verstummt war. In ihrem Blick lagen weder Sentimentalität noch Weichheit. Er sah nur die gleiche Geste, die sie schon einmal gemacht hatte, und die bis in seinen Brustkorb reichte und ihn beanspruchte.

Dann schaute sie weg und fand ein anderes Ziel. Er hatte schon vorher erleben dürfen, wie sich ihre Augen in geschmolzene Lava verwandelten, aber noch nie auf diese Art. Er folgte ihrem Blick und stieß auf Lady Marmotte, die sich nicht mehr ihren Weg zu Jude bahnte. Die geradezu ein wenig unsicher aussah.

Katherine reichte Lydia die Leine, und erst in dem Moment erkannte Jude, dass sie von ihrer Familie und den Bartons begleitet wurde. Die Stärke von BenRuin in ihrem Rücken, die kühle Verachtung Lydias, Toms Ruhe.

Sie ging auf Lady Marmotte zu, und Jude konnte den Blick nicht von ihren unglaublichen Beinen in der Hose abwenden. Er war angespannt, weil er wusste, was sich darunter verbarg. Sie blieb vor der anderen Frau stehen, deren schwarzes Kleid plötzlich unscheinbar wirkte. Sie schaute Lady Marmotte einfach nur an, jede unverschämte Linie ihres Körpers für jeden zu sehen. Einen Finger nach dem anderen zog sie ihren weißen Ziegenlederhandschuh von der linken Hand.

Dann hob sie ihren rechten Arm, mit dem sie vor Judes Augen bereits Holz gespalten hatte, und schlug Lady Marmotte mit ihrem Handschuh übers Gesicht. Niemand sagte etwas, und Jude wurde sich bewusst, dass die Musik noch immer diese schreckliche Stille untermalte, wie eine einzelne Kerze, die den Boden eines Brunnens erleuchten sollte. Katherines Augen verengten sich, und sie neigte den Kopf wie ein Raubvogel.

»Es ist üblich, Ihre Bedingungen zu nennen«, erklärte Lady Marmotte schließlich mit einer bewundernswerten Kühle, die im Gegensatz zu ihrer roten Wange stand. »Und sich selbst vorzustellen, wenn Ihre Kontrahentin nicht die leiseste Ahnung hat, wer Sie überhaupt sind.«

Katherines Lippen kräuselten sich zu einem fiesen Lächeln. »Ich bin Katherine Sutherland. Enkelin des Earl of Barton und die zukünftige Duchesse of Darlington.«

Jude lachte schockiert auf. Er fühlte sich, als hätte Gott in seinem Brustkorb einmal schreckhaft in die Hände geklatscht.

Lady Marmottes Blick aus weit aufgerissenen Augen flog zu ihm hinüber.

»Ich glaube Ihnen nicht«, sagte sie, aber sie hatte bereits etwas in seinem Gesicht gesehen, das sie erschrecken ließ.

»Mir gefällt es nicht, wie Sie hinter Darlington her sind«, sagte Katherine. »Und ich will, dass Sie damit aufhören.«

Aber Lady Marmotte war die Frau, die die Gesellschaft dazu gebracht hatte, sie zu akzeptieren, trotz ihrer Promiskuität und der äußerst öffentlichen Scheidung. Sie baute sich auf und ließ sich von der Stille nicht zum Reden verführen, bevor sie so weit war.

»Also Pistolen in der Dämmerung?«, fragte sie leicht ironisch – kultiviert neben Katherines einfacher Ansprache.

Katherine zuckte mit den Schultern und wich keinen Zentimeter. »Wenn es nötig ist.«

Liverpool, der mit Louisa an seiner Seite sein Bestes versuchte, die Szene zu ignorieren und seine Gäste in höfliche Gespräche zu verwickeln, trat in diesem Moment vor. »Aber meine Damen«, sagte er mit sanfter Stimme, »mit illegalen Aktivitäten innerhalb der Hörweite Ihres Premierministers zu drohen geht dann doch einen Schritt zu weit.«

Katherine konnte ihr Vergnügen kaum verbergen – als wäre sie darauf aus zu entdecken, wie viele illegale Dinge sie von sich geben konnte, bis Liverpool sie hinauswerfen ließ. Lady Marmotte achtete gar nicht auf Liverpool; ihre Augen ruhten spekulierend auf Jude, und er dachte: *Oh, verdammt.*

»Ich werde Ihnen nur auf einem Schlachtfeld gegenübertreten«, sagte Lady Marmotte zu Katherine in äußerst hochnäsigem Ton. »Kommen Sie doch nächste Woche zu meiner Pikett-Party. Wir beide werden dann um die … mädchenhafte Ehre Ihres zukünftigen Ehegatten spielen, oder worum auch immer es hier gehen mag.«

Katherine errötete ein wenig, und einen angsterfüllten Moment lang dachte Jude, sie würde sich geschlagen geben. Sie hatte schon einmal zuvor alles wegen eines Kartenspiels verloren.

Dann richtete sie sich auf, stärker als je zuvor, und das Erröten gab ihr etwas so Menschliches. »Wenn ich gewinne«, sagte sie, »werden Sie sich aus Darlingtons Schicksal künftig heraushalten.«

Lady Marmottes gelangweiltes Seufzen konnte ihren Triumph vor Jude nicht verbergen. Nicht eine Sekunde lang. »Und wenn ich gewinne, ist mein einziger Preis, Darlingtons Braut als Almosenempfängerin und gedemütigt zu ihm zu schicken? Das ist in Ordnung, schätze ich.«

Jude war nicht sicher, wie gut Katherine den politischen Kontext ihrer Handlungen erfasste, aber sie hätte keinen besseren Ort für diese kleine Szene wählen können.

»Um des lieben Friedens willens«, sagte Liverpool noch immer mit seiner sanften Stimme, »werde ich Ihre Party aufsuchen,

Lady Marmotte, und mich persönlich davon überzeugen, dass die Wettbedingungen eingehalten werden. Und jetzt, denke ich, würden meine Frau und ich lieber einen Walzer tanzen.«

Lady Marmotte fügte sich der Einmischung Liverpools; sie verstand den Zusammenhang vollkommen. »Nur noch eine Sache«, sagte sie, und Judes Atem rumorte heftig in seiner Brust. »Jeder Spieler eröffnet mit einem Einsatz von zwanzigtausend Pfund – Goldstandard. Mit weniger als zweihunderttausend in Ihrer Tasche brauchen Sie gar nicht erst aufzutauchen.«

Katherine hob ihr Kinn an und … War das einer von Judes eigenen stolzen Ausdrücken auf ihrem Gesicht? »Eine solche Summe habe ich nicht«, sagte sie.

»Dann ist dies reine Zeitverschwendung. Kommen Sie mit dem Geld, oder Ihre Wette ist verwirkt.«

Verärgert öffnete Katherine den Mund, und Lady Marmotte sagte: »Machen Sie sich keine Sorgen, Chérie. Ich bin sicher, irgendetwas wird Ihnen in den Schoß fallen.« Dann senkte sie die Stimme und flüsterte ihr giftig zu: »Und denken Sie nicht eine Sekunde, ich würde es Ihnen ein zweites Mal gewähren, mich auf diese Weise anzusprechen.« Lady Marmotte fegte davon zu den Frauen, die vorgaben, ihre Freundinnen zu sein, was für eine Frau wie sie wahrscheinlich ebenso gut war wie echte Freundschaft. Katherine stand allein da, und ihre Schultern waren leicht abgesunken.

Jude trat hinter sie und hatte das schmerzhafte Verlangen, sie an sich zu ziehen. »Der Walzer hat schon angefangen«, sagte er.

Sie drehte sich um und lachte kurz auf, und ihr Ausdruck war für eine Frau, die der Welt gerade erklärt hatte, dass sie ihn heiraten würde, törichterweise misstrauisch. »Ich kann doch nicht tanzen, schon vergessen?«

»Oh nein, geliebtes Füchslein, damit bist du mir schon einmal entwischt. Ich werde dich dieses Mal festhalten und dich führen, und wir werden tanzen.«

Ihre Hände hatten bereits die seinen genommen, also konnte sie nicht Nein sagen. »Ich habe keine zweihundert –«, sagte sie und trat vor.

»Wenn ich sie hätte«, sagte er, »würden sie dir gehören. Ohne zu überlegen. Du weißt das. Wenn mein Titel schon anerkannt wäre, könnte ich noch heute Nacht sicher einen Kredit dafür bekommen, aber sie misstrauen mir, Katherine.«

»Oh«, sagte sie äußerst kleinlaut.

»Ich habe Liegenschaften«, hörte er sich selbst sagen. »Und ich habe … nun. Du bekommst von mir so viel wie nur möglich.«

»Es ist nicht das Erste, worum ich dich gebeten hätte, nachdem –« Sie verlor die Nerven und schaute einen Moment lang weg.

»Nachdem du dich selbst mit mir verlobt hast?«, flüsterte er mit einem Lächeln auf den Lippen in ihr Ohr.

Sie legte ihre flache Hand an sein Schlüsselbein und schob ihn weg, dabei blitzte sie ihn an. »Ja.« Und, Gott, sie hätte wissen müssen, dass er sie nie bitten würde, das zurückzunehmen. Um nichts auf der Welt.

»Ich weiß«, sagte er leichthin und führte sie unter die anderen Paare.

Er hielt sie ganz korrekt und in schmerzhafter Distanz und versuchte, der Versuchung zu widerstehen, sie an sich zu ziehen. Seine Hüften an ihren, sodass jede Bewegung ein heißes Gleiten von Muskel an Muskel wäre.

Sie konnte ihm nicht gut folgen.

»Du kannst ja wirklich nicht tanzen«, sagte er und lächelte sie strahlend an. Ihre Hand lag auf seiner Schulter, eingewickelt in sein Haar, und sie hielt ihn fast schmerzhaft fest, wobei ihre Handschuhe sanft auf seiner Haut lagen. Er drehte sein Gesicht in dem Versuch, ein Stück Haut an der Innenseite ihres Handgelenks zu finden.

Er hatte gedacht … Aber da war sie. Sie hatte dieses Zusammensein unwiderruflich gemacht.

BenRuin beobachtete sie voll inniger Wut. Aber Katherine hatte sich öffentlich erklärt und damit dafür gesorgt, dass das Schlimmste, was Jude tun konnte, war, sie allein zu lassen. Wenn er wegtrat – wie es BenRuin stillschweigend verlangte –, würde er sie ruinieren.

Er zog sie näher an sich und strich mit einer behandschuhten Hand über ihr Gesicht. Ihre Augen schlossen sich, wie bei einer Katze, die sich ganz den Streicheleinheiten hingab. Als sie sich wieder öffneten, waren sie heiß und golden.

Sollten sie es doch alle sehen: Der Duke of Darlington war begeistert.

Er stach während der nächsten beiden Tänze mit Katherine eng und warm an seiner Seite heraus. Es war eine Erklärung – er billigte Katherine Sutherlands Anspruch auf ihn vollkommen. Und mehr als das – genauso musste es sein. Solange sie hier war, würde er neben ihr sein.

Lydia brachte Porkie, als Katherine ihren Blick auffing. Katherine reichte Jude die Leine und sagte: »Hier ist ein kleines Schwein, das dich schrecklich vermisst hat. Lass es niemals wieder zurück.«

Er hatte kaum eine Chance zu antworten, denn dieselben Leute, die bislang einen großen Bogen um ihn gemacht hatten, waren plötzlich unerträglich neugierig. Männer, die er beinahe sein ganzes Leben lang kannte, mächtige Männer, die zu kämpfen hatten, die Stücke ihres eigenen Lebens auseinanderzuhalten – Immobilien, Einkommen, Gattin, Mätresse, Albträume,

Triumphe, verflixte Verzweiflung –, versuchten und scheiterten dabei, sich auf Katherine einen Reim zu machen. Sie konnten nur begreifen, dass Darlington etwas Außergewöhnliches zu sich gerufen hatte – und dass sie es ihm nicht gleichtun konnten. Sie sorgte bei ihnen für Unbehagen, wie es Jude schon immer getan hatte, und sie stand an seiner Seite.

Sie schien die Arroganz wie eine Rüstung um sich gezogen zu haben. Sie kümmerte sich so wenig um die Meinungen dieser Menschen, dass sie ihr geradezu verzweifelt gefallen wollten. Sie blickte über ihre Nase auf Castlereagh herab und sprach mit Clarence auf diese klare, schneidende Art, die Jude so gut kannte.

Clarence sah beeindruckt aus, wie Jude, als sie das erste Mal mit ihm gesprochen hatte.

Er zog sie noch ein wenig näher heran. Sie gehörte ihm – sie hatte es selbst öffentlich erklärt und konnte es nicht mehr zurücknehmen.

Barton kam und sprach mit Jude, und er warf einen spekulierenden Blick auf Katherine und nannte sie »Nichte«. Er hörte Jude bereitwilliger zu, als er es andernfalls getan hätte, und sie vereinbarten, sich am nächsten Tag im Club mit einigen von Bartons Kumpanen zu treffen. Barton hatte zwar nicht übermäßig viel Macht im Parlament, aber es war ein Anfang. Es war ein Fortschritt, der dadurch erzielt wurde, dass man direkt mit Menschen sprach, statt sie nur zu manipulieren.

Er schaute seitlich zu Katherine und konnte sich ein teuflisches Grinsen nicht verkneifen. Offenbar hatte er jetzt sie, um Menschen für ihn zu manipulieren.

»Katherine«, sagte er leise und hingezogen und warm. Er sah, wie ein Zittern über ihre Haut ging. »Hast du deine Herkunft nur für mich zurückgekauft?«

»Natürlich habe ich das«, sagte sie, ohne ihn anzusehen.

»Idiot. Du hättest wohl schwerlich einen Niemand vom Land heiraten können.«

»Eine Schande, dass du nicht auch noch aus dem Nichts ein Vermögen auftreiben konntest.«

»Noch nicht«, sagte sie.

BenRuin kam zu ihr und sah Jude nicht an.

»Wir gehen jetzt nach Hause, Kit«, sagte er. »Komm.«

Jude würde ihn ausweiden. Er öffnete den Mund, um BenRuin zurechtzuweisen, weil er mit Katherine – seiner Katherine – wie mit einem Hund sprach, den man zur Ordnung rief. Aber Katherines warme, Finger schlossen sich um sein Handgelenk und bedeuteten ihm, ruhig zu bleiben. Sie zog sanft an ihm, und er drehte sich zu ihr.

»Gute Nacht, mein Liebster«, sagte sie und lächelte nur für ihn.

Er hätte etwas entgegnet – sie jetzt gehen zu lassen, fühlte sich wie eine Auseinandersetzung an, die er spektakulär verlor –, aber sie sah müde aus. Sie war nicht so erzogen worden, dass sie dachte, sie würde über allen anderen Lebewesen auf dieser Erde stehen.

Auf dem Weg zum Landgut war Jude nicht sicher gewesen, ob er Katherines Stärke für sich selbst nutzen konnte. Jetzt wusste er es.

»Gute Nacht«, sagte er und sah, wie sie BenRuins Arm ablehnte und selbst mit großen Schritten zur Tür hinausging.

23

Kit durchwanderte ihr Schlafzimmer, und ihr Körper schauderte und zitterte. Sie war erschöpft. Sie verströmte Energie in die ruhige Nacht.

Immer wieder sah sie sein Gesicht vor sich und erinnerte sich an die ungeheure Qual, von ihm gehalten und doch nicht gehalten zu werden. Seine Lippen, die ihre nackten Handgelenke streichelten. Seine Augen, die vor Verlangen brannten.

So nah.

Sie musste einfach gegen Lady Marmotte gewinnen.

Wenn sie verlor, würde er sie wahrscheinlich dennoch heiraten. Ihrer Meinung nach konnte keiner wirklich ohne den anderen leben. Aber sie wäre eine Peinlichkeit, eine Belastung. Und diese verfluchte Marmotte hätte nur noch mehr Munition, die sie gegen ihn auffahren konnte.

Er könnte alles verlieren, und sie war nicht wirklich dumm genug zu glauben, dass sie einen solchen Verlust aufwiegen konnte.

Ihr Fenster wurde aufgeschoben. »Scheißding«, sagte Jude und fiel über das Sims zu Boden.

BenRuin hatte Lydia den ganzen Abend beobachtet – die ganze Zeit, seit Katherine …

Er schüttelte den Kopf und sah zu, wie sich seine Frau ein großes Glas Brandy einschenkte und verlegen durch ihr Haar strich.

Sie *schien* nicht bestürzt zu sein.

Seit sie ihr Haar abgeschnitten hatte, kam sie ihm ein bisschen fremd vor. Es war beunruhigend und brachte ihn dazu, sie auf Zehenspitzen zu umkreisen, denn er wollte ihr immer wieder verzweifelt gefallen. Sie war anders als die eisige, perfekt frisierte Frau, mit der er mehr als ein Jahr zusammengelebt hatte. Sie war empfindlich und zugänglich, und sie errötete, wenn er sich näherte. Er wusste nicht immer, was er sagen sollte, und ihre Augen blickten die meiste Zeit noch skeptisch, aber sie beide *wollten* es, und er dachte nicht, dass das irgendwann zuvor schon einmal so gewesen war.

Sie wollten diese unbehagliche, heikle, warme Verbindung.

»Möchtest du einen Drink, mein *Gatte*?«, fragte sie und hielt die Karaffe in die Höhe. Früher hatte sie dieses Wort mit einem ironischen Unterton benutzt. Es war zwar noch immer ironisch, aber jetzt hatte es etwas Trotziges. *Du bist mein Ehegatte,* schien sie zu sagen. *Hast du ein Problem damit?*

Das hinreißende, streitlustige Ding.

»Gern«, sagte er und lehnte sich an die Wand ihr gegenüber. Als sie ihm sein Glas reichte, schloss er seine Finger um ihre und wartete, bis sie wieder zu ihm aufblickte. Und so sehr sie es auch in letzter Zeit versuchte, konnte er doch in ihren Augen sehen, wie ein Teil von ihr sich danach sehnte, seinem warmen Handgriff zu entkommen.

»Bist du verärgert?«, fragte er so sanft er nur konnte.

»Wovon redest du, James? Sollte ich – ? Hast du etwas getan, das – du hast doch nicht Tobin diese schreckliche, billig aussehende Brosche für Mrs Church kaufen lassen, oder? Hört mir denn nie jemand zu? Eine Meerjungfrau, die Muscheln trägt, ist ein schreckliches Geschenk, auch wenn die Muscheln aus Diamanten sind.« Sie sagte Letzteres laut und so, als hätte sie es schon hundert Mal gesagt und er hätte ständig widersprochen.

Eine verblüffte Sekunde lang hatte er keine Ahnung, wovon

sie sprach. »Katherine und Darlington«, sagte er also, töricht und weit weniger taktvoll, als er es beabsichtigte. »Es war so öffentlich, und er scheint es zu honorieren. Nun. Und du. Und er.« Er stemmte seine freie Hand gegen die Wand und passte auf, nicht gewalttätig zu wirken. »Wenn er dir das Herz gebrochen hat«, zischte er durch die Zähne, »werde ich ihm sein Gesicht zerschmettern.«

»Oh, James«, sagte sie.

Sein Kopf schnellte zu ihr herum, als hätte sie ihm eine Ohrfeige verpasst. Sie sah aus wie immer, und er fragte sich, ob er diese gelöste Sanftheit erwartet hatte.

Sie zog ihre Hand aus seinem Griff, und einen Moment lang dachte er, sie würde gehen – immer hinter ihm, gerade außer Reichweite. Aber dann begann sie zu reden, und er erkannte, dass sie ihre Hände nur brauchte, um zu gestikulieren, denn Lydia liebte es zu reden, und sie tat es mit vollem Körpereinsatz, wenn sie konnte.

»Darlington ist kein Mann, in den man sich verliebt – es sei denn, man heißt Kit, schätze ich, aber sie hat in fast allen Dingen einen schrecklichen Geschmack, also sollte uns das auch nicht wirklich überraschen. Eigentlich«, kam sie zurück zum Thema, »ist Darlington in etwa so schäbig wie diese Meerjungfrauenbrosche. Man hat ihn in der ganzen Stadt getragen, und er ist ein schrecklicher Flirt, und natürlich auch schrecklich unsicher. Was hältst du von mir, *Gatte*? Du solltest inzwischen wissen, dass ich einen unfehlbaren Geschmack habe.«

Sie war vorsichtig, und ihre Hände waren jetzt in ihre Röcke gedrückt, aber er wusste nicht, ob er auch vorsichtig sein musste. Es ergab sogar noch weniger Sinn als vorher.

»Also dann warum –« Er verkniff sich die Worte. Biss sich auf die Zunge und schmeckte Blut. Rein, einfach. Von Blut verstand er etwas.

»Ich habe ihn nicht geliebt«, sagte sie. »Also hat es keine Rolle gespielt.«

Er atmete schwer und ließ die Bedeutung in sich aufgehen. Als er sie schließlich ansah, war sie näher, als er erwartet hatte.

»Du hast immer zu viel *bedeutet*, James«, sagte sie mit leicht verunsicherter Stimme.

Er schloss die Augen und zwang sich, ruhig zu bleiben. »Tu es nie wieder«, sagte er mit rauer Stimme. »Bitte, tu es nie wieder.«

Es folgte eine tiefe Stille, dann sagte er: »Nun gut.« Rein, einfach.

Sie berührte seinen Arm, und seine Augen flogen auf. Sie sah weiß und entschlossen aus – mit nichts außer der aufflammenden Hingabe im Blick, die er sich ausmalte, wenn er an sie dachte.

Er stand sehr still und ließ zu, dass sie ihre Hand über seinen Arm wandern ließ und ihre Finger sich um seine Schultern legten. Gott, diese ausdrucksstarken Hände, die ihn kaum umfassen konnten.

Als er sich nicht bewegte und kaum zu atmen wagte, kam sie näher und legte ihre andere Hand an seine Brust. Es war eine so unbewusste, vertrauliche Geste. Es wurde leichter für ihn, sie nicht sofort fest an sich zu ziehen.

Er würde ganz sanft sein, solange es sein musste. Er würde ihr zeigen, dass sie ihm vertrauen konnte. Sex war nicht das Dringlichste und auch nicht das Zweitdringlichste, was er von ihr wollte.

Ihre Lippen berührten seine – trocken, beinahe keusch. Jesus, dachte er, er wollte sie.

Er hob die Hände, und als sie nicht zurückschreckte, berührte er mit der Rückseite seiner Finger ihren Hals und streichelte sie. Er beugte sich vor und presste seine Lippen erneut auf ihre; dieses Mal fühlte es sich schon mehr wie ein Kuss an.

Dann ließ er sie los.

Es lag etwas wie Enttäuschung in ihren Augen, und sein Gesicht verzog sich zu einem Grinsen. Er konnte nicht anders.

»Ich schätze, du kannst kommen und mir ein wenig vorlesen«, sagte sie. »Ich habe nicht die Geduld dafür, aber Toms neues Buch soll außergewöhnlich gut sein. Ich werde es dir sagen, wenn ich müde bin und dich nicht mehr brauche. Und dann darfst du mir einen Gutenachtkuss geben, wenn du wünschst.«

Gott, er hatte noch nie eine solch dreiste Frau getroffen, abgesehen von ihrer Schwester. Vielleicht hatten das die Sutherlands so an sich.

Sie schwebte aus dem Zimmer und erwartete, dass er ihr wie ein gehorsames Hündchen folgte, und er hatte auch jede Absicht, das zu tun, als Tobin vor der Tür seinen Arm packte.

»James«, sagte er leise, als er sicher sein konnte, dass Lydia nichts hörte.

»Ich kann jetzt nicht«, sagte James, »es sei denn, halb Schottland stünde in Flammen.«

»Ich denke, es könnte schlimmer sein als das. Darlingtons Kutsche steht draußen in den Stallungen.«

»Ich bin gekommen, weil …«, begann Jude, doch Kit drückte ihn an die Wand und öffnete seinen Mund mit einem Kuss.

Sie konnte die verzweifelten Geräusche hören, die sie machte, und zog sich beinahe zurück, aber dann stöhnte er tief und hilflos in ihren Mund hinein, und sie schob sich noch dichter an ihn und versuchte, jeden Ton von seinen Lippen und seiner Zunge zu saugen.

Sie hatten das nicht in dem Ballsaal machen können, als sie

sich das erste Mal seit Wochen berührt hatten. Er lehnte sich an die Wand und schloss sie fest in seine Arme.

Seine Schultern, sein Brustkorb, seine Arme, seine Hände – alles war mit ihr verbunden, stark und bestimmend, sie immer und immer näher ziehend. Ein fester, besitzergreifender Griff um ihren Nacken, der sich in sanfte Fingerspitzen auflöste, die ihr Kinn streichelten. Er zog sie in die heiße, nasse Höhle seines Mundes.

Ihre Hände klammerten sich an seinen Kragen, zerdrückten ihn zwischen ihren Fingern. Sie erkannte erst, dass er ihr langes Haar fest um seinen Arm gewickelt hatte, als sie versuchte, den Kopf von seinem zurückzuziehen. Ohne seine Erlaubnis konnte sie sich keinen Zentimeter bewegen.

»Diese Hosen«, sagte er, und seine andere Hand strich über ihre Hüfte, über die Wölbung ihres Hinterteils. Er schob eines seiner Beine zwischen ihre und zog sie noch näher an sich heran. Dabei hörte er nicht auf, sie zu streicheln – Oberschenkel, Hüfte, Hinterteil –, und das Gefühl von Haut auf Beinahehaut verursachte auch in ihr ein Verlangen, ein Bedürfnis, sich zurückzulegen, den Kopf fallen zu lassen, die Augen zu schließen.

Aber sein Griff in ihrem Haar war unerbittlich.

Er streichelte sie, seine Hand lag flach und warm an ihrem Rücken. Als er wieder nach unten strich, zog er sie noch näher heran und begann, sich an ihr zu reiben. »Sie sind so verflucht unanständig«, sagte er. »Ich konnte den ganzen Abend an nichts anderes mehr denken.«

Ihre Lippen öffneten sich mit verzweifeltem Verlangen, und sie riss hart an seinem Kragen.

Wieder zog er an ihrem Haar, bis zur Schmerzgrenze, um ihr Gesicht ganz dicht an seines zu bringen, als wären sie in einem Wettbewerb gefangen. Sein ganzer Körper war eine warme, sanfte Umklammerung von Muskeln. Sie konnte den Blick nicht von dem Ausdruck in seinem Gesicht abwenden.

Seine freie Hand schloss sich um ihre Kehle. Selbst angesichts der Dinge, die er mit ihr anstellte, war etwas unerträglich Intimes an der intensiven Art, wie er sie betrachtete – wie seine Handfläche jedes Mal den Mechanismus ihres Körpers spürte, wenn sie schluckte. Sein Daumen streichelte über ihre Unterlippe, ein langsames, sinnliches Gleiten über Haut.

»Du gehörst mir«, sagte er und betonte jedes Wort.

Sie blickte ihn an, kämpfte gegen seinen Griff. Er zog noch härter, bis ihre ganze Kopfhaut stach. Sie war allein mit ihm, und er war nicht behutsam. Er war nicht nett. Er war nicht einfach.

Sie liebte ihn so verzweifelt, dass es sich wie eine Krankheit anfühlte.

»Küss mich, du Bastard«, sagte sie.

Sie konnte sich plötzlich frei bewegen und schlug ihre Hände gegen seine Brust, schob ihn gegen die Wand. Und er schob zurück.

Sie küssten sich, und sie verlor sich in ihm, und Küssen war nicht genug.

Sie fühlte seinen Arm, der sich zwischen sie schob und die Leiste ihrer Hosen mit geübter Leichtigkeit aufknöpfte. Seine Finger fanden den Schlitz in ihrer Unterwäsche. Sie wurde ganz still an ihm, ihr Gesicht an seinem Hals, und das Einzige, was in diesem Augenblick existierte, war das geschickte Gleiten seiner Fingerspitzen.

Er zog sie leicht heran, hielt sie fest und gab nicht nach.

Es verwirrte sie noch immer, wie anders er so nah war. Der Mann, der auf der anderen Seite des Zimmers saß und die Zeitung in sorglosem, aristokratischem Ton vorlas, war nicht der gleiche, dessen Atem laut an ihr Ohr drang, dessen Haut sich feucht an ihre Lippen drückte, dessen Brust sich schwer an ihrer bewegte.

Er begann, ihren Namen zu murmeln. Er packte sie fester, und seine Stimme war sorglos, und sie wusste nicht, wie es möglich war, dass ein Mann so schmerzlich süß war, während seine Finger so gnadenlos handelten.

Aber schließlich handelte es sich bei diesem Mann um Jude.

Ihr Körper regte sich wieder, und sie versuchte, ihr Verlangen auszudrücken. Sie führte ihre Finger an seine Lippen und fühlte das Gleiten ihrer Zunge, wenn sie ihn küsste.

Er langte hinab, um seine Hosen aufzuknöpfen; sie erkannte zum ersten Mal, dass sie beide noch vollständig angezogen waren – Stiefel, Westen, Mäntel um ihre Schultern, Frackschöße, die sich in ihre Bewegung fügten. Seine Krawatte und sein Kragen zerknittert, seine Lippen wurden rötlich wund. Sein Arm geschickt und sicher zwischen ihnen.

Er entschuldigte sich nicht und versuchte auch nicht, all das bequemer zu gestalten. Sein Blick war tief und offen.

Sie konnte sich kaum bewegen, seine Arme hatten sie fest umschlossen, ihre Hosen um ihre Oberschenkel. Nichts, um sie aus dieser Verwicklung mit Jude zu lösen, während er den Kopf an ihrem Hals vergrub, sich in sie schob und ein Geräusch machte, das sie niemals vergessen würde.

Judes Unterarme ruhten auf dem Laken und nahmen etwas von seinem Gewicht von Katherine. Mit beiden Händen schob er ihr das Haar aus dem Gesicht und küsste ihre Schläfe, ihre Wange, ihren Mundwinkel, ihren Hals.

Sogar der warme, wohlige Druck seines Mundes auf ihr, sogar die Art, wie sein Körper den ihren bedeckte, reichten nicht aus, um das auszudrücken.

Er lehnte sich zur Bettseite und zog etwas aus der Brusttasche seines Mantels. Er befestigte das Band um ihren Hals und ließ den schweren Eisenschlüssel flach zwischen ihre Brüste fallen. Sie zuckte, als er ihre Haut berührte.

»Ein Schlüssel zum Grosvenor Square Haus?«, fragte sie mit verdorben kratziger Stimme, die seinen ganzen Körper sich vor Verzückung anspannen ließ. Diese Geräusche, die sie gemacht hatte. Die vollkommene Hemmungslosigkeit, die bedeutet hatte, dass er nicht allein war, auch wenn er gänzlich und lasterhaft er selbst war.

»Deswegen bin ich eigentlich hergekommen, um dir das zu geben«, sagte er und küsste sie erneut. Er zischte, als das kalte Eisen zwischen ihre Brüste gedrückt wurde, und sie lachte in seinen Mund und schob ihn weg. Er lag bäuchlings neben ihr.

»Was ist es also?«, fragte sie und wendete es zwischen ihren Fingern. Die matte graue Oberfläche reflektierte kaum das Licht.

»Das ist es, was Lady Marmotte will«, sagte er. »Du könntest mit fünfhunderttausend bei dem Spiel auftauchen, und es wäre ihr immer noch nicht genug.«

Kit setzte sich ruckartig auf. »Wozu ist es der Schlüssel?«

Er sagte: »Natürlich zu dem Beweis, dass mein Vater nie mein Vater sein konnte.«

Sie wurde sehr ruhig, sagte aber nichts. Sie gab nicht vor, nichts gehört zu haben, und ließ ihn auch nicht wiederholen, was er zu sagen geübt hatte, damit er es so sagen konnte, als würde es nichts ausmachen.

»Die Schachtel wird von meinen Anwälten verwahrt. Niemand, der lebt, weiß, was darin ist, außer dir und mir. Lady Marmotte hat einen Verdacht – Gott, schon mein ganzes Leben lang gab es Gerüchte –, aber sie hat keinen soliden Beweis.«

»Jude«, sagte sie. »Du musst es zerstören. Was ist darin, Dokumente?«

»Die Dokumente des Verwalters von Holbrook Park. Vollkommen harmlos, wenn man nicht weiß, wonach man suchen muss. Die Unterschrift des Herzogs auf unzähligen Papieren; Anträge, Streitigkeiten, Rechnungen. Ein über sechs Monate dauernder Zeitraum, währenddessen er keinen Zugriff auf meine Mutter haben konnte, wenn er in Holbrook Park war.«

»Warum hast du sie nicht zerstört?«

Er fühlte, wie sich seine Lippen zu der vertrauten Form des Selbsthasses verzogen. »Ich wusste es nicht einmal – zumindest nicht sicher –, bis mein Vater starb und ich seine persönlichen Papiere erbte. Ich bin alles durchgegangen, suchte nach kleinsten Hinweisen für seine Zuneigung. Ich hatte die Vorstellung, dass er mir vielleicht heimlich geschrieben hatte. Irgendetwas, um zu beweisen, dass er einfach nur ein stoischer Bastard war, aber eben, unter all dem …« Er ließ seine Hand sagen, was er meinte. »Stattdessen fand ich unwiderlegbare Beweise dafür, dass er mich hasste. Ich bringe es noch nicht fertig, sie zu zerstören.«

»Wie lautete der vollständige Name deines Vaters?«

Überrascht schaute er zu ihr hoch. »Hallam St. John Augustus Durham.«

»Ich verfluche diesen Namen. Ich verfluche das Blut, das bereits in seinem wurmzerfressenen Körper getrocknet ist.«

»Bleibeschichteter Sarg, fürchte ich. Bist du immer so blutrünstig?«

»Wenn jemand versucht, dich zu verletzen«, sagte sie, als ob er begriffsstutzig wäre und es schon längst hätte verstehen sollen, »bringe ich ihn um.«

Und vielleicht sollte er das nicht, aber er fühlte sich ohnmächtig, als sie mit Mord drohte, statt ihn mitleidig zu beweinen.

»Also«, sagte sie und atmete tief aus. »Also muss ich dieses Spiel wirklich gewinnen.«

Er zuckte mit den Achseln. Gerade jetzt war es die einzig wichtige Sache, dass sie einer gefährlichen, gehässigen Frau den Krieg erklärt hatte und Jude ihr die Verhandlungsbasis geben würde, mit der sie vielleicht eine Chance hatte.

Sie runzelte die Stirn angesichts des Schlüssels, drehte und wendete ihn noch immer. »Weißt du denn, wer dein leiblicher Vater ist?«

»War«, entgegnete er. »Ich bin mir ziemlich sicher, dass es John Hardwicke war.«

Sie starrte ihn an. »Der Poet? Der, der in einer Kathedrale abgeschlachtet wurde? *Der* John Hardwicke?«

»Eben der.«

Sie starrte ihn schockiert noch einen weiteren Moment an, dann warf sie ihren Kopf in den Nacken und lachte. Ihre hinreißenden kleinen Brüste hoben sich, ihre Rippen drückten sich durch ihre Haut. Ihre Muskeln spielten auf diese unverfrorene Art, die ihn wohl immer schockieren würde. Ihr Hals war eine lange braune Linie.

Sie sank wieder auf die Matratze und strich mit einer Hand liebevoll über seine Wange. »Das passt perfekt«, sagte sie. »Das passt so gut zu dir, einen solchen Mann zum Vater zu haben.«

»Ja, gut. Er hätte mir einen Gefallen tun können und nicht sterben sollen, als ich noch ein Junge war.«

»Väter sind keine übermäßig zuvorkommenden Geschöpfe«, sagte sie. Dann seufzte sie. »Obwohl ich zugeben muss, dass es Leute wie meinen Onkel, Lord Barton, gibt. Und den Squire, trotz seiner sonstigen Unzulänglichkeiten.«

»Lass uns nie mehr den Squire erwähnen, während wir nackt im Bett liegen. Niemals wieder.«

Sie klopfte ihm auf die Schulter – und es tat weh. Es fühlte sich beinahe so an wie an jenem Tag am See, als er noch ein Junge gewesen war. Die Fäuste des Gärtners hatten sein Herz wieder zum Schlagen gezwungen, hatten sein Blut in Wallung versetzt, damit er weiterlebte.

»Und ich –« Er seufzte. *Es ist nicht schwer*, sagte er sich. *Sei nicht so albern*. Er knurrte frustriert und vergrub das Gesicht in den Kissen. »Ich liebe dich«, stieß er hervor und fühlte, wie ihm das heiße Blut im Genick aufstieg.

Für einen langen, schrecklichen Moment herrschte nichts als Stille. Und dann waren da ihre Finger, die sein Haar durchkämmten. Und ihre Stimme war so umsichtig. So leicht.

»Ja, ja«, sagte sie. »Ich dich auch.«

Jetzt konnte er seine Schultern entspannen, zumindest ein wenig.

Es fühlte sich ganz falsch an, dieses warme Bett zu verlassen und sich wieder anzukleiden. Auch wenn Katherine ihm bei seinen Verschlüssen half und er ihr Küsse entlockte, wann immer er konnte, und auch wenn sie ihn nochmals festhielt, kurz bevor er wieder aus dem Fenster schlüpfte und er dachte, sie würde ihn vielleicht nicht loslassen.

Er begann über die Beschaffung einer besonderen Heiratslizenz nachzudenken, während er die Straße zu seiner wartenden Kutsche entlangging. Er konnte einfach keine drei Wochen mehr warten. Und es hatte nichts Dramatisches, dass er so dachte, es war schlichtweg die Wahrheit.

Ein Diener öffnete ihm die Tür, und er sprang grazil ins Innere. Er war erschöpft, wie er bemerkte. Ausgelaugt und bereit, in einem anonymen Hotel in Rom herumzulungern und dabei die Wirkung der Mittelmeersonne auf Katherines Haus zu beobachten. Sie würde Spaß am Reisen haben. Sie würde alle möglichen trockenen, akademischen Orte aufsuchen wollen, und er würde ihr gefällig sein und sie dann mit Käse und Wein und Oliven füttern, bis sie fett und glücklich war.

Die Fahrt nach Hause schien endlos. Als er schließlich ankam, sprang er mit einem leisen Fluch auf seinen Fahrer aus dem Wagen – und einen Sekundenbruchteil später befahl ihm sein Urinstinkt zu rennen.

Jetzt.

Er fiel zu Boden, während er lief, und der Rest seines Gehirns konnte schließlich auch folgen. Das hier war nicht seine Straße. Es war nicht einmal entfernt der Stadtteil, in dem er wohnte.

Die Angst begann ihm die Kehle zuzuschnüren, als sein Fuß auf etwas Weichem ausrutschte, was ihn mit dem Gesicht voraus auf das Kopfsteinpflaster und weiß Gott worauf noch beförderte. Dann bog er an einer Ecke ab, und es war dermaßen stockfinster, dass er nicht mal die Hand vor Augen sehen konnte.

Er spürte Finger an seinem Ellbogen und schlug wild um sich, öffnete und schloss die Augen in Panik, weil er den Unterschied nicht mehr ausmachen konnte. Die Dunkelheit war zermarternd und erstickend. Sein Atem stockte. Finger packten sein Haar, und das einzige Geräusch war sein Schluchzen, als er sie abschüttelte. Er wirbelte herum und war sich plötzlich unsicher, in welcher Richtung die Kutsche stand, als eine Laterne sein Gesicht erhellte.

Er schützte seine Augen gegen das Licht und konnte nach und nach den Mann erkennen, der sie trug. Er hatte ausreichend Zeit.

»Lord BenRuin«, sagte er mit dünner Stimme. »Wir müssen aufhören, uns auf diese Weise zu treffen.« Seine Hände fuchtelten wie Motten um das Laternenlicht herum.

»Man kommt privat nur schwer an Sie heran.«

»Eine Schande, dass ich Ihnen keinen Brandy anbieten kann«, sagte Jude und kämpfte um Beherrschung.

»Nicht einmal einen Platz zum Sitzen.«

»Sie und ich hatten eine Diskussion darüber, was passieren würde, wenn Sie Miss Sutherland ausnutzen. Sie erinnern sich?«

»Lebhaft.«

»Dann verstehen Sie, was ich Ihnen antun werde.«

»Mylord«, sagte Jude mit der Stimme, die schon Männer in die Knie gezwungen hatte, die mächtiger waren als BenRuin, »wenn Sie so sehr das Verlangen verspürten, mich zu berühren, hätten Sie es nur sagen müssen.«

»Es gibt einen Grund, weshalb ich Sie nicht auf der Stelle ausweiden werde. Sie machen es mir beinahe unmöglich, Ihnen zu sagen, was ich Ihnen sagen muss. Also halten Sie den Mund und lassen Sie mich reden.«

Jude bedeutete ihm fortzufahren, und seine Hand zitterte kaum.

»Sie … Ich habe nicht … Ich verstehe jetzt, wieso Lydia Sie … brauchte. Den einzigen Bastard, der unmoralisch genug ist, überall dort die Grenzen zu überschreiten, wo andere Hemmungen haben.« BenRuin spie die Worte aus wie blutige Nägel.

Jude, der in den Seelen von Männern lesen konnte, hatte alles andere erwartet, nur nicht das.

»Ich werde Ihnen gewiss niemals dafür danken, dass Sie sie verführt haben. Aber dadurch kenne ich sie jetzt besser als zuvor.«

»Sieh einer an«, sagte Jude wie ein Juwelier, der gerade ein ihm überreichtes Stück inspizierte.

»Deshalb werde ich Sie nicht ausweiden.« BenRuin trat vor, sodass sein Lächeln ganz deutlich zu sehen war. »Aber ich wies Sie an, Kit fernzubleiben, und doch Sie schlichen sich in mein Haus, um sich das zu holen, was Sie wollten. Sie wissen, dass dies das Letzte ist, was Sie verdienen.«

Unsichtbare Hände hielten Jude von hinten fest. In der Sekunde, bevor ihn BenRuins Faust im Gesicht traf, dachte er: *Einst wollte ich das.*

Die Unterkunft befand sich in einem hübschen Blaustein-Gebäude. Eine achtbare Frau, die die lila Seide langer Trauer trug, schob Kit in ein Wohnzimmer und trug ihre Karte nach oben.

Mr Albert Shrove schien es offensichtlich sehr gut zu gehen.

Die Tür war offen geblieben, sodass sie die gedämpfte Diskussion oben an der Treppe hören konnte. Als Mr Shrove in der Tür erschien, faltete er Kits Karte zwischen seinen Fingern. Er trug keine Handschuhe. Irgendwie kam ihr der Gedanke, dass diese langen, flinken Finger einem Mann zuträglich wären, der beruflich Zahlenkolonnen addierte.

»Ich war nicht sicher, ob Sie mich empfangen würden«, sagte sie im Stehen.

Er verbeugte sich und sagte mit tadellosen Manieren und einem breiten, nördlichen Akzent: »Es ist mir eine Freude, Sie zu sehen, Miss Sutherland. Seit dem Ball des Premierministers schreibt mir Meg über nichts anderes mehr. Und offensichtlich gilt das auch für die Zeitungen. Sie haben die Aufmerksamkeit der Nation geweckt.«

»Wenn ein Mädchen vom Land in die Stadt kommen und einen Herzog für sich beanspruchen kann, dann darf das wohl auch jeder – schließlich verkaufen sie solche Geschichten, nicht wahr?« Sie lächelte ihn an und setzte sich. »Bitte schließen Sie die Tür, Mr Shrove. Ihre Vermieterin sagte, wir hätten hier unten etwas Privatsphäre.«

Sie wusste nicht, ob es ihre Worte waren oder ihr ungeschliffener Akzent, der ihn etwas beruhigte, aber er presste ihre Karte jetzt flach auf den Tisch neben der Tür und setzte sich.

»Nun«, sagte sie. »Dies ist mehr als merkwürdig – Sie sind

nicht ganz der Duke of Darlington, ich nicht ganz die Herzogin des gleichen Titels. Unsere Anliegen stehen sich gänzlich entgegen.«

Er machte eine hilflose Geste mit seinen langen Fingern und schüttelte sich die Haare aus den Augen.

»Ich weiß nicht, was Lady Marmotte Ihnen versprochen hat, aber Sie werden den Titel nicht gewinnen. Sie sind kein Herzog, Mr Shrove. Ich denke, das wissen Sie.«

Er stand auf – seine langen Schenkel entknoteten sich dabei mit erstaunlicher Geschwindigkeit – und ließ sich auf dem Kaminsims nieder. Eine dieser großen Hände schlug dagegen, und das laute Geräusch in dem stillen Raum schien ihn zu überraschen.

»Ich sah ihn letzte Woche zum ersten Mal«, sagte er, ohne sich umzudrehen. »Er war so … Ich konnte nicht einmal –«

»Es gibt einen Grund dafür, dass es an die eigenen Kinder weitergegeben wird«, sagte sie nicht ohne Mitleid. »Sein ganzes Leben lang hatte man ihm Macht übertragen. Es ist eine Qualität, die wir nicht haben, Mr Shrove. Es ist etwas anderes als Geld und Privilegien, wenn es auch diese Dinge sind, aus denen sie geboren wird. Lady Marmotte hat das Komitee in ihrer Tasche – sie zwingt die Mitglieder, Sie ihm vorzuziehen. Aber können Sie sich wirklich vorstellen, dass Sie im Parlament Gehör finden werden, wenn Sie ihnen erzählen – wie nannte er es doch gleich? –, dass sie genauso gut Salz auf ihren Feldern aussäen und das Blut ihrer erstgeborenen Söhne auf der ausgedörrten Erde verteilen könnten, wenn sie sich weigerten, die Gründe zu verstehen, weshalb im ganzen Land Aufstände ausgebrochen sind?«

»Ich bin vernünftiger als er«, sagte Mr Shrove. Er ging zum Fenster, halb ihr zugewandt, und glättete die samtigen Vorhänge.

»Ich würde bessere Entscheidungen treffen.«

»Großbritannien braucht nicht noch einen vernünftigen Mann, Mr Shrove. Es braucht einen brillanten Mann. Lady Marmotte denkt nur an ihren Stolz, nicht an ihr Land.«

»Mein Anspruch ist … Ich habe das Recht … Oh Gott, Miss Sutherland, es ist alles so verzwickt, ich kann gar nicht mehr geradeaus denken. Ich will eigentlich nur – mit Meg an einem Tisch sitzen und eine Tasse Tee trinken. Sie sah so unglücklich aus, als sie mir sagte, ich solle nach London gehen, und ich dachte, es sei richtig.« Er sank in seinen Sessel, den Kopf in die Hände gestützt, die Schultern durch sein Jackett hindurchragend.

»Ich schätze, Meg ist ein Mädchen, das Sie gern heiraten würden.«

»Ich habe so viel mehr mit den Dienern bei diesen Partys gemeinsam. Ich muss mich immer bremsen, damit ich sie nicht bitte, mich mit nach unten kommen zu lassen, um bei ihnen zu sitzen und in meiner Sprache zu reden, mich nicht verstellen zu müssen. Ich bin kein rüder Mann, Miss Sutherland.«

Sie verstand ihn gut. Hatte sie sich nicht aus dem gleichen Grund Soames aufgedrängt? Shroves Liebste, so vermutete sie, arbeitete als Dienstmädchen.

Ihr Liebster tat das nicht.

»Ich träumte von Reichtum, wie jeder Mann. Ich dachte, ich wollte es. Es macht mich … Es ist so … Geld und Zahlen sind nicht das Gleiche, und ich schäme mich, dass es so lange dauerte, bis ich das erkannte. Jetzt, da das alles von mir abgefallen ist, kann ich den guten und soliden Wert erkennen, dass ich zwar für einen kleinen Betrag arbeite, aber ganz für mich. Ich denke an Lord Edgecombes Geduld mit mir – sein unwirsches Lob –, und ich wünschte, ich wäre nur etwas geduldiger mit mir selbst gewesen.«

Sie verkniff es sich, ihn als Idioten zu bezeichnen. »Und warum sind Sie dann immer noch hier? Lady Marmotte kann Sie doch nicht gegen Ihren Willen hier festhalten. Das wissen Sie doch, so hoffe ich.«

Er rieb sich über das Gesicht und lachte hohl auf. »Ich sagte ihr schon vor Wochen, dass ich meine Meinung geändert habe. Ich dachte, das Londoner Leben sei fantastisch – genau das Richtige für einen Mann, der in der Welt nach oben kommen will. Doch das war vor der ersten Party, zu der sie mich mitnahm, bei der ich erkannte, dass das London, das ich so eingehend genoss, auch das London war, das ich mir selbst in fünf oder zehn Jahren hätte leisten können. Die Gesellschaft war – nun … Ich sagte ihr, ich wolle überhaupt kein Herzog sein. Sie war zunächst wirklich nett, aber dann präsentierte sie mir eine Rechnung für meine Unterkunft und Verpflegung in diesen letzten Wochen.«

»Mehr als Sie bezahlen können, schätze ich.«

»Im Vergleich zu dem Vermögen, über das ich verfügen könnte, würde ich meinen Anspruch durchsetzen können, wäre es sicher nur eine kleine Summe, aber ich kann sie nicht bezahlen. Meine einzige Wahl ist, diesen Weg weiterzuverfolgen.«

»Oder Sie hätten zu Darlington gehen und ihn um die Summe bitten können. Er würde sie Ihnen doch, ohne zu zögern, geben, Sie dummer Junge.« Ganz ehrlich, wie viel Idiotie konnte man ertragen und dabei still bleiben?

Er zog an seiner hübschen Krawatte und lehnte den Kopf schwer gegen die Lehne, sodass sein Adamsapfel deutlich wie ein Speer unter seiner Haut hervorstach. »Es war schon dreist genug, den Titel zu beanspruchen, Miss Sutherland, aber ich bringe es einfach nicht fertig, diesem Mann gegenüberzutreten. Ich versuchte es ein- oder zweimal, war aber bewegungsunfähig.«

Also doch nicht so dumm.

»Nun, das müssen Sie auch nicht. Schließlich gibt es ja noch mich, oder?«

Sein Kopf senkte sich, und zum ersten Mal wurde sein Ausdruck etwas weicher – beinahe wohlwollend voller Hoffnung.

»Wie hoch ist die Summe?«, fragte sie.

Er holte ein gefaltetes Papier aus seiner Tasche, vollgeschrieben mit ordentlichen Spalten, und es brachte sie zum Lächeln. Sie schaute auf die Summe. Es war weniger, als sie dem Squire geschuldet hatte – und es schien ein kleiner Betrag zu sein, den sie diesem Mann für das zahlte, was sie von ihm wollte.

»Ich werde es innerhalb dieser Woche begleichen lassen«, sagte sie und steckte den Zettel in ihre Tasche.

»Das ist … alles? Sie bezahlen das Geld, ich verzichte auf meinen Anspruch und gehe zurück nach Leeds?«

»Es ist so einfach, nicht wahr, Mr Shrove?«

»Ich habe … viel aufzugeben.«

In seinem Gesicht zeigte sich deutlich der Kampf, den er ausfocht. Er war nicht in der Verfassung, für ein Herzogtum zu kämpfen oder es zu verwalten, aber er war Mensch genug, die Zukunft zu bedauern, die er nicht haben würde.

»Sie sind immer noch sein Erbe. Gehen Sie zurück nach Leeds, gewöhnen Sie sich langsam an die Vorstellung, großen Reichtum zu besitzen, und vielleicht, wenn Sie Glück haben, wird er in fünf Jahren oder so ohne einen leiblichen Erben sterben.«

Mr Shrove würde so viel Glück natürlich nicht haben. Und wenn Kit dafür gegen die Götter in den Kampf treten musste.

24

Um elf Uhr des Morgens von Lady Marmottes Kartenparty begann sich die *beau monde* in ihrem Haus in Knightsbridge einzufinden. Ihre legendäre jährliche Party war normalerweise klein und privat, und hinter verschlossenen Türen wurden Vermögen verspielt und gemacht. Ihr Salon fasste zehn Tische mit je zwei Stühlen für die zwanzig Spieler, die sie jedes Jahr zu sich lud. Nicht mehr und nicht weniger.

Heute aber stand nur ein einziger Tisch in der Mitte des Raums.

Heute würden nur zwei Menschen spielen, und Lady Marmotte hatte die gesamte Welt zum Zuschauen eingeladen.

Sir Winston Feldon stand unsicher neben der Tür. Er wäre beinahe nicht gekommen. Heute Morgen hatte er sich in seinem Zimmer irgendwie … alt gefühlt. So vielen leuchtenden Sternchen dieses Alters nah zu sein, brachte ihn aus der Fassung, diese Mengen von jungen Leuten, die lachten und durch den Raum wandelten und einander grüßten. Ihre Augen blickten durch ihn hindurch, als würde er gar nicht existieren.

»Wenn sie heute gewinnt, wird sie eine Herzogin sein.«

»Ich hörte, dass ihr Großvater sie zur Ausbildung nach Frankreich schickte, aber der französische Hof sandte sie wieder zurück.«

»Ich hörte, sie wurde von Schweinen großgezogen.«

»Das ist mir alles gleich. *Aber wer ist ihre Schneiderin?«*

Sir Winstons Augen blieben an Kit Sutherland hängen, sein größter Fehler.

Sie sprach schnell und ernst mit Lord und Lady BenRuin. Sie trug einen Mantel, der an die Husaren erinnerte, goldenes Flechtwerk kreuzte ihren Brustkorb und fiel von ihren Schultern. Ihr Haar war auf ihrem Kopf zu einem einfachen Knoten gezogen. Der Mantel wurde an ihrer Taille weiter, und jedes Mal, wenn sie sich bewegte, konnte man diese verflixten Hosen sehen, die ihn so wild und hilflos machten. Sie sollte sie nicht tragen. Aber sie hatte sich auch öffentlich selbst mit dem Herzog verlobt und damit außerhalb von Sir Winstons Reichweite gestellt.

Als hätte ihn die Welt ausgespuckt und sich an ihm vorbeigedreht. Lady Marmotte in prächtigem Schwarz, stellte sich neben den einzelnen Tisch im Raum und hieß ihre Gäste willkommen. Sie bat den Premierminister, das Kartenspiel bereitzulegen, und lud Kit dann ein, sich ihr gegenüberzusetzen und das Spiel zu beginnen.

Der Ausdruck in ihren Augen ließ Sir Winston einen kalten Schauer über den Rücken laufen. Sie wusste es. Sie wusste, was er wusste. Dass Kit ihr unterlegen war, sie ihr gänzlich nicht gewachsen war. Und dennoch hatten diese Leute gesehen, dass sie Lady Marmotte herausforderte – sie hatten gesehen, wie sie die Zukunft des Herzogs in ihre schmutzigen Arbeiterhände genommen hatte.

Lady Marmotte wollte auch, dass sie Kits Demütigung beiwohnten. Kit widmete Lady Marmotte eine tiefe, sarkastische Verbeugung und setzte sich ihr gegenüber an den Tisch. Kit gewann die Vorhand; Lady Marmotte gab die Karten, und vierzigtausend Pfund wurden auf den Tisch gelegt.

Fast fünf Jahre lang hatte Kit bei Sir Winston Schulden gehabt. Diese geliehene Summe war die einzig erfolgreiche Methode gewesen, die er gefunden hatte, um Kontrolle über sie zu haben. Dieser Betrag, der in ihrem Leben das wichtigste Detail gewesen war, wie Sir Winston sehr wohl wusste, war weniger als siebentausend Pfund gewesen.

»Miss Sutherland!«, rief einer der Freunde der Barton-Jungs aus.

»Würden Sie sagen, ein Schwein ist ein gutes Geschenk für ein Mädchen?«

Kit hob eine Augenbraue. »Mein lieber Junge, wenn Sie ihr ebenfalls Ihre Gesellschaft aufdrängen wollen, dann lautet meine Antwort entschieden Nein.«

Sir Winston öffnete den Mund, um sie zu maßregeln, weil er es so gewöhnt war. Lord Bartons Sohn und sein Freund brachen in entzücktes Lachen aus. Ihr Bonmot wurde im ganzen Raum wiederholt, und es ertönte erneut Gelächter. Er schloss den Mund wieder.

Sie gewann das erste Spiel: einhundertundeins gegenüber Lady Marmottes sechsundneunzig.

Das zweite Spiel eröffnete sie stärker. Sie lag am Ende des ersten Satzes bereits drei Punkte zurück und gewann die Vorhand beim zweiten. Entgegen aller Erwartungen hielt sie sich gut – bis der Duke of Darlington ankam. Er schlich sich ruhig herein; Sir Winston bemerkte ihn gar nicht, bis Kit sich umdrehte und ihr Blick ohne Verfehlung auf ihm ruhte.

Sie keuchte auf, ihre ganze übernatürliche Haltung wie fortgewischt. Es war ein schmutziges leises Geräusch, dieses Keuchen, und Sir Winston wünschte sich erneut, es wäre nicht ertönt. Er war sich nicht sicher, ob er ihre Demütigung bis zum Schluss ertragen konnte.

Sie ging zu dem Herzog, ihr Mantel umflatterte sie dabei. Die Zuschauermenge folgte ihren Bewegungen, und alle sahen, was sie gesehen hatte: den Herzog mit einem riesigen Bluterguss auf seiner Wange.

Kits Stimme war ein entsetztes Flüstern, aber in dem stillen

Raum konnte man es dennoch hören. *Nein*, sagte sie weiter, als sie den Herzog in der Öffentlichkeit berührte. *Nein, nein, nein.* »Wer hat dir das angetan?«

Der Herzog schüttelte den Kopf und streckte seine Hände nach ihr aus. »Nein, meine Liebe«, murmelte er; im Raum war es noch immer mucksmäuschenstill. Er ließ einen Finger über ihre Nase gleiten und sagte: »Es ist nicht das Gleiche.«

Abe hatte das dumme Mädchen züchtigen müssen. Sir Winston erinnerte sich an die Frustration seines Freundes, seine Qual. Erinnerte sich, wie er sagte: »Sie ist wie ein Bauernmädchen – meine eigene Tochter! Mein eigen Fleisch und Blut. In ihr ist kein Funken Verstand, aber sie ist starrsinnig. Es ist beinahe beängstigend. Sie hat etwas Unmenschliches an sich und will, dass ihre Schwester es ihr gleichtut. Sie hört einfach nicht auf!«

Sie war Abes Fleisch und Blut. Es war seine Zuständigkeit – sein Recht – sie aufzuhalten.

Aber zu sehen, wie der Finger eines Herzogs die gebrochene Linie ihrer Nase nachzeichnete, bereitete Sir Winston Unbehagen. Er dachte nicht schlimm von Abe. Konnte es nicht. Aber er wusste, dass es nichts auf dieser Welt gab, das ihn dazu bringen würde, die Faust gegen Violet zu erheben.

»Wir sind beide erwachsene Männer«, sagte der Herzog. »Er sagte mir genau, mit welchen Konsequenzen ich zu rechnen hätte. Ich habe sie ignoriert.«

»Darlington«, sagte Lord Liverpool. »Sie sind wie immer eine reizende Ablenkung, aber dürfen wir Ihnen, bitte, Ihre zukünftige Braut wieder entführen, um die Partie fortzuführen? Von dem Ergebnis hängt doch sehr viel ab, wie Sie sicher nicht vergessen haben werden.«

»Selbstverständlich«, sagte der Herzog höflich, und Kit küsste ihn auf die Wange.

Es geschah schnell – vorsichtig –, aber Sir Winston drehte sich dennoch weg. Es war etwas qualvoll Intimes in der Art, wie sich das Gesicht des Herzogs veränderte. Als ob man einen Mann in vollem Ornat erwartete und ihm dann in einem abgetragenen Gartenmantel beim Pflanzen von Dahlien gegenüberstand.

Kit wanderte zurück zum Tisch, und der Herzog postierte sich hinter ihrem Stuhl; Tom und Crispin Scott stellten sich an seine Seite.

Kit nahm ihre Karten wieder auf und mischte sie, dann mischte sie sie erneut. Immer wieder blickte sie unbehaglich zum Herzog, als ob sie sich seiner sicher sein wollte. Nachdem sie zum zweiten Mal die falsche Spielfarbe spielte, drückte der Herzog ihre Schulter und ließ seine Hand dort ruhen, aber sie konnte anscheinend die arrogante Ruhe einfach nicht zurückgewinnen, die sie umgeben hatte.

Verflucht, der Herzog hätte nicht kommen sollen! Erkannte er nicht, was es bedeutete, wenn sie verlor?

Und sie begann zu verlieren. Spektakulär.

Es wurde klar, dass Lady Marmotte einen Satz von vier Assen hatte, und Kit schien das Spiel nicht einmal gut genug zu kennen, um ihre Punkte korrekt zu zeigen. Sie verlor sechzigtausend, weil sie eine Quatorze ausgerufen hatte, als sie keine hatte, was aber eine ganze Weile lang nicht bemerkt wurde. Lady Marmotte gab ihre Quatorze an, eine Quint und sechs Punkte.

Der Herzog lehnte sich hinunter und sprach ruhig mit Kit.

»Nein, es ist … », begann sie. »Ich weiß. Ich weiß.«

Sie hatte früher Karten gespielt, als sie ein Kind gewesen war, erinnerte sich Sir Winston. Es hatte Abes Hoffnung am Leben gehalten, lange nachdem er sie schon aufgegeben hatte, denn sie schien den Kopf dafür zu haben. Aber ein Kind ist etwas anderes als eine erwachsene Frau, und Sir Winston konnte sich nicht erinnern, sie im letzten Jahrzehnt überhaupt jemals spielen gesehen zu haben.

Verstand sie überhaupt alle Spielregeln?

Lord Liverpool stoppte sie einmal, als Kit neun Karten auf den Stapel legte. Lord Liverpool und der Herzog sprachen beide mit ihr; sie rieb sich mit dem Handrücken zwanghaft über die Stirn und sagte ihnen, sie hätte verstanden.

Sir Winston beobachtete, wie ihre unbeholfene Fassade einstürzte, sodass das grobschlächtige Mädchen vom Land ohne förmliche Erziehung immer mehr und für jedermann offensichtlich wurde. Er hatte gewusst, dass es passieren würde – von allen hier hatte er es gewusst. Er wünschte sich, sie hätte ihre Täuschung ein wenig länger aufrechterhalten können.

Sie verlor das nächste Blatt, und ihm wurde schlagartig bewusst, was er fühlte. Er hatte es gefühlt, als er an Abes Seite saß und ihm so eingehend beim Spielen zusah, dass es nicht mehr real erschienen war.

Als Sir Winston zum zweiten Mal hinausging, um die Toilette aufzusuchen, verweilte er in dem Zimmer, wo die Diener Tee servierten. Er könnte einfach nach Hause gehen. Er vermutete, niemand würde seine Abwesenheit bemerken. Aber dann fühlte er – fühlte er diese alte Loyalität gegenüber dem Mann, der seine Freundschaft akzeptiert hatte und sie erwiderte. Die einzige Person in Sir Winstons Leben, die ihn gewählt hatte.

Als Kit zu ihm gekommen war, um ihm die Hypothek auf das Landgut gegen ein Darlehen anzubieten, hatte sich Sir Winston geschämt, mit ihr hinter Abes Rücken zu verhandeln. Er hatte also nicht allzu genau die Gründe analysiert, weshalb er ihr Angebot angenommen hatte und sie in ihres Vaters Namen unterzeichnen ließ. Er vermutete, er hatte verstanden, dass Abe die gesamte Summe verloren hätte und er seine Tochter brauchte, um ein paar Mittel zurückzuhalten, auf die er keinen Zugriff hatte. Sir Winston hatte ihr getraut, weil Kit nicht spielte.

Er blieb für die Länge einer Tasse Tee, aber dann kam eine lärmende Gruppe herein und fing an, sich über die Schweineherzogin lustig zu machen, und Sir Winston zog es dann doch vor, Kit beim Verlieren zuzusehen, als zuzuhören, wie über sie gelacht wurde.

Er war entsetzt, den Raum so voll zu sehen, dass er ihn kaum betreten konnte. Er musste sich an einer lärmenden Gruppe junger Männer vorbeidrücken, die Wetten platzierten bei – es sah wie Tom und Crispin Scott aus, die Buch führten über all die absurden … Er musste einen braunhaarigen Jungen zwei Mal fragen, bevor er erfuhr, dass Kit ein Spiel gewonnen hatte, seit er nach draußen gegangen war.

Er konnte nicht auf die Seite des Zimmers gelangen, auf der Lord und Lady BenRuin standen, ohne sich an dem Tisch vorbeizuschieben und auf sich aufmerksam zu machen, also stand er in einer schmachvollen Ecke, wo er jedes Mal, wenn er sich bewegte, beinahe über einen Mann stolperte, der dort mit einem Zeichenbrett kniete. Der Mann hielt die Szenerie mit schnellen, einfachen Linien fest und blätterte alle paar Minuten eine Seite um, um erneut zu beginnen. Er verzeichnete jedes Spiel in der Ecke der Seite.

Als der Nachmittag voranschritt, beriet sich der Anwalt des Herzogs mit dem Anwalt Lady Marmottes in Bezug auf den Wert von Redbrook, dann der Jagdhütte in Surrey und Caergard, dem walisischen Anwesen, das sich seit neun Generationen im Besitz der Familie des Herzogs befand. Kit verlor die urkundlichen Ansprüche an jedem, und als sie weg waren, verlor sie eine Baumwollmühle, zwei Fabriken – alle Güter und Gelder daraus inklusive – und eine Reihe von Häusern, die in Cheapside neu gebaut worden waren.

Bis sechs Uhr hatte Kit dreihundertundvierzigtausend Pfund verloren.

Jude fuhr mit seinen Daumen durch Katherines Haar, sanft und konstant. Sie war so erschöpft, er konnte ihr Zittern spüren. Sie spielte jetzt seit nahezu sieben Stunden. Aber sie würde nicht in Stücke fallen, nicht Katherine.

»Die Zuschauer haben gewechselt«, sagte Crispin und stellte sich dicht neben ihn. »Jeder Spieler in Ihrem Spiel ist hier oder vertreten.«

Jude sah überrascht auf. Crispin hatte recht. Es waren nicht nur die Herrschaften der Lebewelt angekommen, als es Abend wurde: beinahe die gesamte Fraktion des Oberhauses war vertreten und die des Unterhauses ebenso. Er nickte Castlereagh am anderen Ende des Raums zu und erhielt ein sparsames, vorsichtiges Nicken zurück.

Crispin hielt ihm ein in blaues Leder gebundenes Buch hin. »Tom hat zwei weitere bereits voll. Niemand wettet mehr auf das Spiel. Es gibt ein paar der üblichen Wetten – ob Miss Sutherland erhöht, solche Sachen. Aber meist geht es um den Darlington-Titel und die Korngesetze.«

Jude ließ seine Hand weiterhin leicht auf Katherines Nacken ruhen, auch wenn er über ihre Schulter blickte und sah, welche Karten sie in der Hand hielt – es bestand nicht die geringste Chance, dass sie diese Hand gewann.

Er sah hinüber zum Buchhalter aus Leeds und bemerkte, wer um die Aufmerksam des Jungen buhlte. Groß und sommersprossig sah der Buchhalter aus, als wäre ein Geschoss direkt vor ihm explodiert – schockiert, schummrig, blass. Jude fragt sich, wie oft er sich schon in seinen Nachttopf übergeben hatte, während er über den Reichtum nachdachte, der ihm bald gehören würde, und die Konsequenzen, die damit verbunden waren.

»Armer Junge«, sagte er und lachte mit echter Sympathie. »Katherine und ich haben alles aus dem Eigentum verspielt, was nicht niet- und nagelfest war. Er wird Herzog und Almosenempfänger zugleich werden.«

Er ignorierte die Sorge auf Crispins Gesicht. »Wie ich es verstehe, hat sich also mehr als ein Mann mit seinen Wetten heute Abend erklärt?«

Crispin nickte und hielt das Buch hoch. »Die Loyalität von beinahe jedem Mann in diesem Raum ist hier in Tinte festgehalten.«

»Guter Junge«, sagte Jude mit Zuneigung. »Verwahre sie bitte sicher.«

Crispin lächelte und ging, um Tom kurz etwas ins Ohr zu flüstern. Jude verbannte ihn aus seinen Gedanken – verbannte alles außer Katherine und die hoffnungslose Aufgabe, die sie ihr auferlegt hatten.

Die letzte Hand des Spiels wurde ausgespielt, und sie verlor Judes Kohleminen, seinen Rennstall und alle seine Kutschen.

Lady Marmotte sammelte die Karten ein und türmte sie zu einem hübschen Stapel. Sie betrachtete Katherine über den Tisch hinweg. »Würden mir Ihre Interessen am Herzen liegen, Miss Sutherland, würde ich Ihnen raten auszusteigen. Sie spielen wie ein Kind, das gerade die Regeln lernt – und obwohl ich zugestehen muss, dass Sie während des Tages ein paar Taktiken aufgeschnappt haben, wird das nicht ausreichen. Nicht annähernd. Sie haben Darlington so gnadenlos arm gemacht, dass ich ihm jetzt den Rücken zukehren könnte, und meine besten Wünsche für ihn würden noch immer wahr werden. Niemand würde ihn nach dieser Zurschaustellung noch für tauglich halten. Sie haben ihn ruiniert.«

»Nicht, wenn ich gewinne.«

»Sie haben nichts mehr, was Sie einsetzen könnten. Sie haben keine Fertigkeiten. Ihre Freunde sollten Ihnen raten, einfach wegzugehen.«

Lady Marmotte blickte zu Jude auf, und er sah zum ersten Mal echte Anzeichen von Erschöpfung um ihre Augen und in ihren lustlosen Fingern, die noch immer die Karten auf den Tisch klopften.

»Es hätte keinen Sinn, wenn ich jetzt wegginge«, sagte Katherine. »Ich habe bereits alles verloren. Alles außer dem hier.« Sie zog das Band von ihrem Hals, und der Schlüssel machte ein dumpfes Geräusch, als er auf den Tisch fiel.

Lady Marmotte konnte nicht sicher wissen, wozu dies der Schlüssel war. Aber ihr Gesicht sprach Bände – kein echter Triumph war darin zu lesen; eher die Möglichkeit eines Triumphs. Als ob sie den ganzen Tag nur auf diesen Moment gewartet hätte.

Sie blickte zu ihm auf, und er erinnerte sich an die widerliche Leere, als sie lustvolle Geräusche in sein Ohr gehaucht hatte.

Er konnte ihrem Blick nicht standhalten.

»Ich akzeptiere«, sagte sie. Sie mischte die Karten und bot sie Katherine an, die sie teilte und ausgab.

Castlereagh sprach ruhig in Liverpools Ohr. Bevor die Spielerinnen ihre Karten aufnehmen konnten, sagte Liverpool: »Meine Damen, bitte entschuldigen Sie mich, aber mein Rat wird dringend in einer diplomatischen Angelegenheit benötigt. Wir werden für eine Tasse Tee unterbrechen und das Spiel in vierzig Minuten wieder aufnehmen.«

Lady Marmottes Fingerspitzen waren besitzergreifend und ärgerlich wie eine Spinne über die Rückseite ihrer Karten gespreizt, als ob sie vorausahnen könnte, was sie für sie bereithielten. Sie sah, wie Liverpool und Castlereagh aus dem Raum gingen, die Köpfe heftig diskutierend zusammengesteckt. Dann blickte sie zu Jude.

»Hinauszögern wird nichts an der Sache ändern«, sagte sie. »Eure Herzogin kann nicht spielen.«

Lady Marmotte verließ ihren Platz und ging von einer Gruppe von Gästen zur nächsten – die vollendete Gastgeberin. Katherines Hände zitterten, als sie sie von ihren Karten nahm. Jude wollte sie verzweifelt halten und ihre geschlossenen Augen küssen, ihre Wangen, ihre Lippen. Er konnte aber nicht mehr tun, als seine Hand auf ihrer Schulter ruhen zu lassen, wo sie schon den ganzen Tag lag.

»Sie braucht etwas zu essen und Tee«, sagte Lydia und bahnte sich ihren Weg an seine Seite. »Sie sind inkompetent und sollten niemandes Ehemann werden.«

Jude ließ sie Katherine aus seinem Griff entreißen, weil sie recht hatte. Er beobachtete, wie sie von ihm weggingen, Lydias Ellbogen und Blicke entsprechend scharf, wenn jemand es wagte, auf sie zuzugehen.

»Dieser Schlüssel«, sagte BenRuin, der neben ihm stand und zusah. »Ich schätze, er besitzt die Macht, Sie vollständig zu ruinieren.«

Jude sah, wie der letzte Zipfel von Katherines Haar verschwand. Sie entschwand seinem Blick, und er fiel auf ihren Stuhl, als hätte man einen Strang durchgeschnitten. Mit Verdruss bemerkte er, dass er seine Beine nicht mehr dazu bringen konnte, ihn aufzurichten.

»– Brandy und Sandwiches«, sagte BenRuin über ihm.

»Sie müssen etwas essen, Sie hirnloser Trottel.«

Jude fragte sich vage, wen der riesige Schotte dieses Mal belästigte, und brachte seine letzte Energie auf, um sich so weit wie möglich aus seiner Reichweite zu bringen.

Dann lehnte BenRuin über ihm und schlug ihm ins Gesicht. Er wich zurück, bevor er bemerkte, dass es kein schmerzhafter Schlag war. Nur eine stechende Erinnerung, wach zu bleiben.

»Essen Sie«, sagte BenRuin und schob ihm einen Teller hin.

Crispin reichte ihm ein Glas mit etwas Dunklem und Alkoholischem, das er in einem Zug hinunterkippte.

»Essen Sie«, insistierte BenRuin, und Jude machte Anstalten, den Teller aus seiner Hand zu nehmen.

»Das Letzte, was sie brauchen kann, ist, dass Sie in Ohnmacht fallen«, erklärte BenRuin und ließ sich ihm gegenüber nieder.

Jude begann zu essen, aus Angst, BenRuin würde sich verpflichtet fühlen, ihm die Mahlzeit gewaltsam in den Hals zu stopfen.

»Himmel«, sagte BenRuin und lehnte sich auf dem Stuhl zurück. »Sie haben die Konstitution einer Frau.«

»Sie meinen wie die Frau, die während der vergangenen acht Stunden gegen die Beste der Gesellschaft Karten spielte? Oder die Frau, die dort drüben dem Lordkanzler den Ellbogen in die Rippen stößt?«

BenRuin warf einen trägen Blick hinüber zu seiner Gattin, die sich eine Schneise in ihre Richtung durch den Raum bahnte, und er musste lachen. Dann sagte er: »Es ist nicht zu spät aufzuhören. Sie haben noch immer den Titel. Mr Shroves Anspruch wird kaum Erfolg haben – aber ich schätze, Sie können das nicht mehr behaupten, wenn diese verfluchte Marmotte Schlüssel in ihren Besitz bekommt.«

»Und wieso sollte Sie das interessieren?«, fragte Jude. Es war wieder ausreichend Leben in ihn zurückgekehrt, um den Earl neugierig anzuschauen. Es war, als stünde er an der äußersten Kante einer Klippe und blickte hinab. Merkwürdig angespannt. Und auch ein wenig angsterfüllt und schwindelig.

»Kit hat das gleiche Schicksal wie Sie gewählt. Und den anderen Grund werde ich nicht wiederholen.«

Jude war zwar entschlossen, sich zu bessern, aber das, ah, das hier war mehr Versuchung, als irgendein Mann widerstehen konnte.

»Aber Sie sahen das letzte Mal so hübsch aus«, sagte er und äugte unter seinen Wimpern hervor.

BenRuin zog sich heftig zurück und begann zu erröten, ein tiefes Rot von seinen Ohrenspitzen bis über das ganze Gesicht.

Lydia schlug Jude auf den Hinterkopf und sagte: »Hände weg.«

Katherine schüttelte den Kopf und lächelte ihn zärtlich an.

Er ließ seine Hand in Katherines gleiten und zog sie zu sich, und nichts sonst existierte mehr. »Geht es dir gut, meine Liebe?«, murmelte er. Sie erinnerte ihn an eine alte Puppe, der jemand die ganze Füllung herausgerissen hatte.

Sie küsste ihn mit diesem leidenschaftlichen Druck ihrer Lippen, der ihm immer vertrauter wurde. Hier ging es nicht um Verlangen. Und mit jedem Mal entwirrte es die Verwirrung in ihm ein wenig mehr.

Zwei Minuten bis zur Wiederaufnahme des Spiels wurden angekündigt. Er gab den Stuhl frei und nahm seinen Platz hinter ihr ein. Ihr Liebhaber, ihr Streiter, ihr Diener.

Er sah das Zögern in ihren schwieligen Fingern, als sie den Schlüssel in die Mitte des Tischs schob und ihn losließ, und er liebte sie dafür. Nur wenige Menschen auf diesem Planeten hätten die Kraft, sich derart um ihn zu sorgen, wie sie es tat. Und noch weniger hätten die Kraft, sich um ihn zu sorgen und diesen Schlüssel dennoch diesem Risiko auszusetzen.

Der Raum war so voll, dass sich selbst eine Maus ihren Weg hätte bahnen müssen – aber niemand sprach. Niemand wusste, was dieser Schlüssel preisgab, und jeder Anwesende konnte sich frei ausmalen, welches Geheimnis derart riesig, derart vernichtend sein konnte. Vielleicht war Bastardschaft nichts im Vergleich zu dem, was sie sich vorstellten.

»Warum machen wir das hier nicht noch etwas interessanter?«, fragte Katherine und nahm ihre Karten hoch. »Lassen Sie uns auf jede Hand wetten.«

Lady Marmotte zuckte unberührt. »Sie haben einen bemerkenswerten Instinkt für Selbstzerstörung«, sagte sie. »Zehntausend Pfund sollten mehr als ausreichend für Ihren Schlüssel sein.«

»Nicht einmal annähernd«, sagte Katherine.

Lady Marmottes Anwalt sprach hastig etwas in ihr Ohr, aber sie zögerte nur einen kleinen Moment, bevor sie eine Banknote über fünfhunderttausend Pfund auf den Tisch legte. Ihr Lächeln nahm die ruhige Menge für sich ein und ließ Katherine lächerlich erscheinen. »Ich werde dann wohl den teuersten Schlüssel in der Geschichte besitzen«, sagte sie. »Ich werde eine Vitrine anfertigen lassen, um ihn in diesem Raum auszustellen.«

Die beklemmende Stille im Zimmer – dies würde das letzte Spiel sein, dies musste das letzte Spiel sein – brach ein wenig ein, als die Zuschauer durch Lachen etwas Spannung abließen. Katherine schwieg.

Lady Marmottes Augen waren gierig auf den Schlüssel geheftet, als das Spiel begann. Jude konnte fühlen, wie sehr sie ihn wollte, konnte das unlogische, verzweifelte Verlangen fühlen, ihn unter ihrem Schuh zu zermalmen. Und das Einzige, was sie dazu brauchte, *lag direkt vor ihr*. Ein winziges Stück Metall.

Sie gewann den ersten Stich und schüttelte ihre Hand nachsichtig, als Katherine einen Pik König auf ihre Kreuz Zehn ausspielte.

»Darlington«, sagte Crispin, der durch das Gedränge in seine Seite gedrückt wurde.

»Nicht jetzt.«

»Es ist wichtig«, sagte Tom und bohrte ihm tatsächlich einen Finger durch den Mantel.

Jude wirbelte zu ihnen herum. Wie konnten sie es wagen, seine Aufmerksamkeit abzulenken? Crispin schob ihm das Wettbuch vors Gesicht.

»Der Buchhalter platzierte eben eine Wette«, sagte er mit leiser Stimme und dennoch triumphierend. »Es setzte dreißig Pfund darauf, dass Kit gewinnt. Er denkt, dass Kit gewinnen wird.«

Jude starrte auf den stolzen Knoten in ihrem Haar – die Finger fest um ihre Karten geschlossen.

Es war offensichtlich.

Dieser dumme Junge aus dem Norden hatte gesehen, was Jude nicht zu sehen gewagt hatte. Katherine hatte den ganzen Tag lang verloren, weil sie nicht damit zufrieden war, nur einen kleinen Geldbetrag zurückzugewinnen. Sie wollte ein Vermögen haben.

Ich bewundere dich, würde er ihr sagen, wenn er sie für sich hatte.

Ich bete dich an. Wie bist du nur so Angst einflößend und gleichzeitig so wundervoll geworden?

»Erinnern Sie sich noch an Randall Thompson?«, fragte sie Lady Marmotte, aber ihre Frage war gleichzeitig an alle Anwesenden gerichtet.

»Er schuldet mir noch immer zehn Guineen«, rief ein Mann lachend aus.

»Der Mann aus Hackney, der im Lauf von drei Jahren nie ein Spiel gewonnen hat?«

»Aye, ich erinnere mich an den Reim. Der Name des alten

Saukerls reimte sich auf – « Katherine unterbrach sie sanft. »Als ich ein Mädchen war, wurde in jeder Zeitung über ihn berichtet. Vater brachte mir sogar einst einen Groschenroman aus London über ihn mit. Er hatte sich ein Vermögen aufgebaut, bis er starb. Hatte er nicht verdorbenes Fleisch gegessen? Sein Ende wurde durch irgend so etwas Verschwenderisches und Dämliches besiegelt.«

»Ich vermute, Sie kommen noch zum Punkt?«, fragte Lady Marmotte, und sie wirkte gänzlich gesammelt, außer dass ihre Augen einmal flackerten, als sie den Schlüssel ansah.

»Haben Sie schon einmal von Abe Sutherland gehört?«, fragte Katherine.

»Ein Verwandter von Ihnen, schätze ich. Könnte ich Sie dazu bringen, das Spiel fortzusetzen, Miss Sutherland?«

Katherine nickte und lächelte. »Mein Vater«, sagte sie. »Es überrascht mich nicht, dass sie nicht von ihm gehört haben. Er war nicht so gut beim Kartenspielen wie Randall Thompson. In der Tat war er um einiges schlechter, aber das hielt ihn nie davon ab. Er war derjenige, der mir das Spielen beibrachte.«

»Dann konnte er überhaupt nicht spielen.«

»Nein, das konnte er nicht, abgesehen von einem gelegentlichen brillanten Anfall. Er konnte nie seine Gefühle unter Kontrolle halten. Er gab sich gänzlich hin.«

In keinem Theater war es jemals so still gewesen wie in diesem Raum.

»Er hatte jedoch diesen Wahn, er könnte Randall Thompson schlagen. Also lud er ihn auf unseren Landsitz ein.«

Gott, sie war einfach unglaublich – selbst jetzt vermittelte sie den Eindruck, sie sei wohlhabend und privilegiert aufgewachsen, selbst jetzt, da diese gefährliche Haltung sie das letzte bisschen Energie kostete, das sie noch hatte.

»Natürlich konnte Vater nicht gewinnen. Er verlor immer

wieder. Es war drei Jahre her, seit Thompson ein Spiel verloren hatte, und mein Vater war nicht der Mann, der seine Glückssträhne unterbrechen konnte. An seinem letzten Morgen bei uns fand er mich im Salon beim Solitärspielen vor und schlug mir ein Freundschaftsspiel Pikett vor.«

Kit legte die Pik Königin ab.

»Ich habe ihn geschlagen«, sagte sie. »Vier Mal.«

Die ruhige Stille brach irgendwo um Tom und Crispin ein, als die Bücher wieder geöffnet wurden.

Man musste Lady Marmotte zugutehalten, dass sich ihr Ausdruck kaum veränderte. »Anfängerglück, Miss Sutherland. Ich kann sehen, dass Sie ebenfalls die Unfähigkeit Ihres Vaters geerbt haben zu wissen, wann er sich geschlagen geben musste.«

Aber Katherine gewann weiter. Diese Hand und die nächste.

Lady Marmotte setzte ihre Zunge ein. Sie forderte die Menge auf, sich mit ihr an Katherines unglückliches Debut Anfang der Saison zu erinnern. Sie trampelte wieder auf den alten Kamellen über Darlingtons Blamage herum.

Aber das Blatt wendete sich. Nur ein Idiot hätte es nicht gespürt – hätte die feine Veränderung in Katherine nicht bemerkt, die kühl und undurchschaubar wurde.

Und die Menge, die gekommen war, um Katherine schmoren und brennen zu sehen, wünschte sie jetzt höher, wünschte sie ans Firmament.

Sie gewann die dritte Hand.

Lady Marmotte schaffte es, gepflegt zu lächeln; aber sie konnte es anscheinend nicht vermeiden, dass ihre Zähne knirschten. Bald würde sie Kopfschmerzen bekommen. Sie hatte Katherine noch immer nicht richtig gepackt, und sie konnte keinen Weg finden, unter ihre Haut zu gelangen. All die verräterischen Anzeichen, die sie den ganzen Tag über gelernt hatte, waren falsch.

Katherine gewann das Hotel, die Druckpresse, die Fabriken und Minen.

Lady Marmottes Hände öffneten und schlossen sich. Ihr Haar war derangiert.

Schweiß lief ihr an der Schläfe hinab, und als sie ihr Taschentuch hervorholte, sah es aus wie ein zusammengeknüllter, unfertiger Brief. Ihre Augen lagen hungrig auf dem Schlüssel – er schien ein Loch in sie zu brennen.

Sie lagen in Punkten nicht so weit auseinander – fünfundsechzig zu achtundfünfzig zugunsten von Katherine, und die fünfte Hand war gerade gegeben. Lady Marmotte war nicht so dumm zu glauben, sie könnte alles zurückgewinnen.

Sie legte Anteile an zwölf unterschiedlichen Unternehmen und Konzernen auf den Tisch. Lord Marmotte kam rechtzeitig ins Zimmer, um zu sehen, wie sie ihre Flotte von drei Schiffen auf den Tisch legte. Liverpool rief Marmotte und Harrington herbei, um sich mit ihm zu beraten, und schüttelte den Kopf über Lady Marmotte. Sie erfüllte noch immer nicht Katherines neue Eröffnungswette.

Dann blickte sie zu Jude auf, die Augen erfüllt von reinem Hass. Es war ein Gefühl, das ihr Körper nur schwer verbergen konnte – es flackerte ruckartig in ihr auf. In ihr war eine Art Verzweiflung tief vergraben.

»Dieses Haus«, sagte Lady Marmotte, »sollte für die Differenz ausreichen.« Er öffnete beinahe den Mund, um sie zu stoppen. Es war zu viel.

Aber ihr fehlte die nötige Weichheit. Wenn er nur einen Moment lang weich wurde, würde sie ihn zerstören.

Katherine hielt ihre Karten so, dass er sie ganz einfach sehen konnte, und zum ersten Mal fühlte er sich von etwas Kaltem, Schrecklichem gepackt. Als würde er erwachen und sich daran erinnern, dass er seinen Vater an diesem Morgen treffen sollte, und er ihm noch nicht gesagt hatte, dass man ihn aus Oxford weggeschickt hatte. Ein Schock, der in seinen Händen und Füßen schmerzte.

Sie hatte keine Bildkarte. Sie würde verlieren.

Alles.

Er fühlte, wie sie zurückzuckte, und erkannte, wie fest seine Finger sie gepackt hatten. Er konnte nicht aufhören. Die Welt wurde seltsam distanziert; der fest verankerte Norden war verschwunden, und er hatte nur noch Katherine, an der er sich festhalten konnte.

Er konzentrierte sich darauf, sie zu fühlen, wie er sie all die Nächte auf dem Landgut gefühlt hatte. Die Welt kam stückweise zurück, und er erinnerte sich, wie Whisky, der warm durch seine Brust lief, dass es nichts ausmachte. Sie würde ihn nicht verlassen, wenn er zum Bastard erklärt wurde.

Sie liebte ihn nicht, weil er ein Herzog war. Es spielte keine Rolle.

»Jude«, murmelte sie, wobei sein Name eine Liebkosung war, denn sie war die einzige Person auf der Welt, die ihn so nannte. »Lady Marmotte ist begierig darauf, in deinem Gesicht zu lesen. Zeit für dich, beiseitezutreten.«

Sie hatte natürlich recht. Lady Marmotte beobachtete nicht Katherine, sondern ihn. Ihre Karten lagen eingebettet in ihrer Handfläche; sie wusste, sie würde gewinnen. Sobald sie den Schlüssel in ihrem Besitz hatte, würde sie nichts dazu bringen, ihn erneut auf den Tisch zu legen. Die letzte Hand würde einen Punkt ausmachen.

Jude zwang sich dazu, Katherine loszulassen, einen Finger nach dem anderen, und stellte sich neben Liverpool. Katherine hatte vermutet, sie könnte darauf vertrauen, dass er sein Gesicht ebenso teilnahmslos halten konnte wie sie. Und das hatte er. Außer in dem einen alles entscheidenden Moment, als er erkannte, dass die Welt zweifelsohne erfahren würde, dass er nicht der Sohn seines Vaters war.

Von hier aus sah sie bemerkenswert ruhig aus.

Dann sagte Lady Marmotte: »Ich kann verstehen, weshalb Sie ihn für sich selbst einfangen wollen, Miss Sutherland. Ich hatte nie einen Liebhaber wie ihn. Ich kann es sogar jetzt fühlen – seine Zunge auf meiner Brust, seine Finger zwischen meinen Schenkeln.«

Der ganze Raum holte Luft, als wäre die Menge eine einzige Lunge. Die Gesichter waren entsetzt, hungrig.

Alles Blut wich aus Katherines Gesicht.

»Er hat clevere Finger, nicht wahr?«, fragte Lady Marmotte. »Sie haben mich überall berührt. Sie entdeckten Stellen an mir, von denen ich keine Ahnung hatte und die ein anständiger Mann nie berühren würde. Er sagte mir, mein Fleisch sei hinreißend und weiß wie ein übersinnliches Soufflé. Ich erinnere mich, dass mich das zum Lachen brachte, und dann arbeitete er daran, mich erneut zum Lachen zu bringen, weil ihm das so gefiel.«

Er konnte sich nicht daran erinnern, das gesagt zu haben, aber es klang nach ihm. Er sah, wie Katherine noch blasser wurde.

»Jede Frau sollte ihn einmal gehabt haben. Aber Sie sind eine verdammte Närrin, wenn Sie glauben, seine Zuneigung länger als einen Monat halten zu können. Können Sie sich auch nur vorstellen, welche Herkulesaufgabe das wäre? Zwei Jahre? Dreißig?«

»Genug geredet«, sagte Katherine, und es war Seide, die sich rot aus einer kräftigen Schale ergoss. »Carte blanche.« Sie legte ihre Karten schnell auf den Tisch und nahm sie wieder hoch. Aber lange genug, damit er einen Überfluss an Rot sehen konnte und keine Bildkarte.

Lady Marmotte grinste und legte ebenfalls ab. Ihr Blatt musste gut sein – obwohl es eigentlich nur passabel sein musste. Wahrscheinlich hatte sie die roten Spielkarten abgelegt. Das hätte Jude an ihrer Stelle auch gemacht.

Katherine saß vollkommen still da, als wäre sie in irgendeinem internen Streit festgefroren. Alles hing in der Schwebe, und Können konnte dieses Blatt nicht entscheiden. Nach allem – nach einem ganzen Tag, der nach ihrem Willen verlaufen war – war sie gezwungen, sich auf das Glück zu verlassen.

Sie legte drei ab, was entgegen den Erwartungen gut war. Und das war es dann.

Er sollte wirklich nicht überrascht sein. Das Gewicht eines Herzogtums hatte sein ganzes Leben lang auf ihm gelastet. Es von den Schultern zu nehmen, würde ihn so leichtfüßig machen wie Wachs und Federn.

Er blickte zu BenRuin und Tom und sah Entsetzen. Lydias Augen waren trotzig auf ihre Schwester gerichtet, erhobenen Hauptes. Katherine saß ganz still da, in diesem schweren Mantel, das Haar streng aus dem weißen Gesicht gestrichen.

»Hätten Sie nicht Jude ins Spiel gebracht«, sagte Katherine, »hätte es mir vielleicht leidgetan.«

Sie spielte den Karo König und rief sechsundsiebzig Punkte aus. Lady Marmotte, die ihre roten Spielkarten abgelegt hatte, konnte nicht kontern. Katherine spielte die Farben gegen sie aus und erzwang jede Karte von ihr, Stich um Stich. Als es um den letzten Stich ging, spielte Katherine die Karo Sechs und rief siebenundachtzig Punkte aus. Wenn sie auch diesen Stich gewann, war er vierzig Punkte wert. Sie hätte das Spiel gewonnen.

Lady Marmotte sah Katherine nicht an, bevor sie ihre letzte Karte ablegte. Sie sah direkt zu Jude.

Es war ein Pik Ass und vollkommen nutzlos.

In die in ihm aufkeimende Emotion mischte sich Entrüstung, weil Katherine ihn tatsächlich *benutzt* hatte, um Lady Marmotte auf die falsche Fährte zu locken. Sie hatte ihn glauben lassen, dass sie nicht gewinnen konnte.

Und dann kam es ihm: Katherine hatte Lady Marmottes gesamtes Vermögen gewonnen.

Der Raum explodierte.

Katherine stand auf, ihr Stuhl fiel hinter ihr um. Jude schloss sie in seine Arme, und sie pressten ihre Gesichter aneinander, und sie zitterte und zitterte in seinen Armen.

»Oh, danke Gott«, sagte er schwach. »Ich habe mich nicht wirklich darauf gefreut, arm zu sein.«

Kit hatte keine Ahnung, wie lange sie geschlafen hatte, sie wusste nur, dass ihr Körper aus etwas Festerem zu bestehen schien als Fleisch oder Knochen. Mit geschlossenen Augen lag sie da, fühlte, wie ihr Atem tief und beinahe schmerzhaft ihre Lungen ausfüllte, und wunderte sich müßig über die Matratze unter sich, dass sie sich so weich anfühlen konnte und dennoch ihrem Gewicht so kurz nach dem Schlaf Auftrieb verlieh.

Als sie etwas später die Augen öffnete, dachte sie eine verwirrte Sekunde lang: *Ich bin ziemlich sicher, dass ich nicht gestorben bin.* Das Himmelreich erstreckte sich über ihr – Götter, Menschen, Engel glitten in Gold und Weiß dahin, der Himmel in einem durchflutenden Purpur dahinter.

Sie blinzelte, und es war eine bemalte Decke.

Ihr Herz öffnete sich vor Freude, als sie sich daran erinnerte, wo sie war. Sie drehte sich um, und da war er, seine Augen geschwollen und schläfrig.

Sie schob sich näher an seinen warmen Körper. BenRuin hatte gewollt, dass sie in sein Haus zurückkehrte, wie sie sich erinnerte.

Aber nichts auf Erden hätte sie noch länger von Jude fernhalten können.

Sie schmiegte ihr Gesicht an seins und drückte ihre Beine an seinen Bauch. Sein Körper schloss sich im Schlaf fest um sie.

Sie küsste seine Lider, seine Wange, seine Lippen. Ihre Hand fuhr in sein Haar und zog sanft daran. Sie beobachtete das Wunder, als Jude erwachte. Seine Augen waren klar und einen Moment lang vollkommen frei, als er sie öffnete. Und dann sammelten sich die Gedanken wie Sterne am unendlichen Himmel, und er war ganz bei ihr; der gefährliche, auserlesene Geist, das Lächeln, das sein Gesicht ruinierte.

»Katherine«, war das Erste, was er sagte, und er sprach ihren Namen genüsslich in ihr Genick, den Körper entspannt an sie gekuschelt. Sanftes Licht spielte auf den Flächen seines Gesichts, seiner Schultern und Arme.

»Ich habe dich so vermisst«, sagte er und zog sie noch näher an sich heran. Er küsste sie; sie schloss die Augen, um ihn ganz in sich aufzunehmen. Eine Weile durchbrachen nur die kleinen Geräusche, die sie machten, während sie sich näherten, die Stille.

Er streichelte über ihr Haar, ihr Gesicht, ihren Hals. Zwischen den Küssen sagte er, wie hinreißend sie war, wie sehr er sie brauchte. Er sagte ihr, wie er es liebte, sie zu küssen, wie sich ihr Mund für ihn öffnete und wie er es liebte, so offen zu sein, wenn sie das von ihm forderte.

Er sprach seine Worte leidenschaftlich auf ihren Brustkorb, und es gab keinen anderen Ort, an dem sie sein sollte.

Er kam schließlich an ihrer Seite zur Ruhe, kuschelte ihren Körper ganz fest ein, bis er vor tiefer Zufriedenheit brummte. Sein Penis fühlte sich warm und schlaff an ihrem Bein an.

Die Zeit verging, und Kit beobachtete den Himmel über ihr, weigerte sich nachdrücklich, sich zu bewegen oder die Position zu ändern. Schwere Vorhänge hingen vor den Fenstern, sodass es unmöglich war zu sagen, wie spät es war oder wie lange sie an diesem Tisch gesessen hatte, um alles, was sie hatte, alles, was sie wollte, zu riskieren.

Etwas in ihr hinderte sie daran, zu genau darüber nachzudenken. Es war wie ein Albtraum, ein kalter Schock, der sie selbst zurück zu diesen straffen, klaren Vorgängen in ihrem Gehirn in jenem Raum zurückkatapultierte, wo sie Lady Marmottes Gesicht studierte.

Stattdessen saugte sie Judes Schlafzimmer in sich auf.

»Jude«, sagte sie schwach. »Dies hier wird mein Zuhause, oder? Es ist so absurd, opulent, hohl – « Als sie seinen Gesichtsausdruck bemerkte, hielt sie inne.

»Wir müssen hier nicht leben«, sagte er. »Wir leben, wo immer du es wünschst. Es spielte keine Rolle.«

»Es ist nur, ich weiß, ich habe mir den *Anschein* gegeben, dass ich hier hineingeboren wurde, aber unter allen Menschen weißt du am besten, wie sehr das nicht der Fall ist. Ich werde mich nie daran gewöhnen.«

Er schaute sie kurz an, und was auch immer er sah, brachte ihn zum Lachen. »Katherine. Du hast schon begriffen, dass du jetzt reicher bist als ich, oder?«

Das war natürlich der Kern. Einer der Gründe, weshalb sie den Schlüssel riskierte. Ihre Verbindung zu Barton war nicht genug gewesen – nicht angesichts dessen, was Jude erreichen wollte. Nicht, wenn sie vermeiden wollte, dass die Gesellschaft auf sie herabsah. Sie musste sich eine Mitgift gewinnen. Aber sie hatte nicht direkt an solche Summen gedacht.

Reicher als der Duke of Darlington. Sie. Katherine Sutherland.

»Atmen«, murmelte er und kitzelte sie mit seinen Fingern am Bauch.

»Ich erzählte Ma einst, ich könnte zweihundert aus dir herausholen.«

»Ist das so?« Er klang überrascht, beeindruckt.

»Nicht zweihunderttausend«, sagte sie und erkannte plötzlich, dass Jude in ganz anderen Größenverhältnissen dachte als sie. Und dass sie ab diesem Tag in den gleichen agieren würde. »Nur zweihundert. Diese Summe erschien mir damals weit hergeholt.«

Ihr wurde schwindelig, wenn sie sich selbst noch vor Kurzem und heute betrachtete. Sie schloss die Augen und versuchte, ruhig zu atmen.

»Wir geben alles weg«, sagte er plötzlich ungestüm, während seine Hände ihre wieder warm rieben.

»Sei nicht albern. Du wirst für eine Reform kämpfen, damit die Menschen, die es betrifft, sehen können, wie du kämpfst. Das werden wir nicht wegwerfen.« Er gab einen zufriedenen Laut von sich und küsste zustimmend ihre Schulter.

»Und im Übrigen«, sagte sie und öffnete die Augen, »wenn ich eine Kraft in der Industrie dieses Landes werden soll, kann ich schwerlich meine Arbeiter hungern lassen, weil sie sich kein Korn leisten können.«

Seine Augen flogen zu ihr, und er lächelte an ihrer Schulter.

»Mein Gott«, sagte er. »Ich kann es nicht erwarten, dich in Aktion zu sehen.«

Epilog

Katherine, Duchesse of Darlington, saß in ihrem Frühstückssalon, auf ihrem Teller lag kalt gewordener Toast. Sie war in die *Times* vertieft, und ihr Personal wuselte ruhig und geübt um sie herum. Man füllte ihre Tasse auf, sodass ihr Tee, wenn sie denn daran dachte, davon zu trinken, immer warm war. Das Gleiche geschah mit ihrem Toast.

Der Herzog zog sie einmal pro Monat zur Rechenschaft, wenn sie nicht dafür sorgten, dass sie ordentlich frühstückte, und sie hörten ihm in demütiger Stille zu, um ihn anschließend wieder ungeniert zu ignorieren.

Niemand hatte vergessen, wie es war, als Bessie es wagte, ihre Gnaden zu unterbrechen, während sie die Zeitung las.

»Seton verkauft seine Anteile an der Hurst Brothers Trading Company«, sagte Kit, ohne aufzublicken.

Ihr Sekretär Isaac Cambridge saß ihr gegenüber, und dem Jungen entging so gut wie nichts. Noch vor dem Mittagessen würde er Aufzeichnungen für sie in dreifacher Ausführung vorlegen.

»Er ist in Panik. Wenn wir die *Troubadour* an das Unternehmen zu siebentausend pro Quartal vermieten, werden seine Anteile gut vierzig Prozent mehr für uns wert sein, als er erwartet, und meine Einbindung wird das allgemeine Vertrauen stärken. Aber vergessen Sie das wieder. Wir werden sie für sechseinhalb im Austausch für den Transport unserer Baumwolle nach Boston vermieten. Das bedeutet zwar weniger sofortigen Gewinn, aber wir werden Haggart sagen können, dass er sich seine herablassende Haltung sonst wohin stecken kann. Und ich werde ihm wohl auch genau sagen, wohin.«

Sie überflog die Seite mit geübtem Blick und blätterte um, wenn sie sonst nichts Interessantes entdecken konnte.

»Da ist ja die blutrünstige Frau, die ich kenne und liebe«, sagte Jude, als er den Raum betrat.

Er hatte sofort ihre Aufmerksamkeit. »Bereiten Sie ein Schreiben an Mr Travis vor«, sagte sie abwesend, während ihr Herz tobte.

»Die Mobilien von Easterbrook Park werden abverkauft, und ich will die wissenschaftlichen Manuskripte des verstorbenen Viscounts.«

Er lehnte im Türrahmen und betrachtete sie. Sie waren jetzt seit mehr als einem Jahr verheiratet, und sie konnte noch immer nicht erraten, was hinter diesen mitternachtsblauen Augen vor sich ging.

Es schmerzte sie, wie immer, wenn sie erkannte, wie getrennt sie doch voneinander waren. Es beschleunigte ihren Herzschlag, denn sie würde ihn wohl nie vollständig kennen; sie würde nie genug von ihm bekommen.

Er strich mit dem Daumen müßig über seine Lippen.

»Husch«, sagte sie. »Ich bin beschäftigt.«

»Du hast es wieder vergessen, oder?«, fragte er und stellte sich neben sie.

»Was denn?« Sie vergaß niemals etwas Wichtiges. Deswegen konnte sie Lady Marmottes Vermögen an sich reißen und es innerhalb eines Jahres beinahe verdoppeln.

Die Hand ihres Ehegatten legte sich leicht auf ihren Nacken, und er lehnte sich über ihre Schulter, um die *Times* flüchtig zu überfliegen. »Deine Familie«, sagte er.

»Sie werden mit uns in einer halben Stunde auf dem Rasen Tee trinken.« Sie hatte es tatsächlich vergessen.

»Isaac, Sie werden meinen Termin mit Grover auf heute Nachmittag verschieben müssen.«

Jude hüstelte, während er die Seite umblätterte, und sie konnte nur sehen, wie sein Haar fiel, die hinreißende Kurve seiner Lippen, weil er sich über sie amüsierte – zum Henker mit diesem Mann. »Auf heute Abend.«

»Und was ist mit den Minenverträgen mit Aloysius?«, fragte Isaac.

»Sie werden selbst gehen müssen. Sorgen Sie dafür, dass er die verflixten Dinger unterzeichnet, und wenn Sie ihn dazu an einen Stuhl binden müssen. Und bitte flirten Sie nicht mit Rosamon. Das irritiert ihn.«

»Natürlich, Ihre Gnaden.«

»Und lügen Sie mir nicht ins Gesicht. Sie wissen, dass ich das nicht mag.«

Ihr Sekretär lächelte sie an, stapelte ordentlich seine Papiere und ging mit einer kurzen Verbeugung.

»Ich habe einen Brief von Albert bekommen«, sagte Jude und blätterte untätig eine weitere Seite um.

»Er hat eine Miniatur des *Little Heir* beigelegt. Sieht wie ein rundliches, haarloses Ding aus, aber Albert ist begeistert.«

Sie öffnete den Mund, um zu antworten, und Jude riss die Zeitung in zwei Teile bei seinem Versuch, sie vom Tisch zu ziehen.

»Scheiße! Wie konnte dieses pavianarschige Stück Scheiße davon Wind bekommen? Das war eine private Unterhaltung. Ist denn nichts mehr heilig?«

Kit, die noch nicht zu den politischen Seiten vorgedrungen war, konnte sich denken, worum es ging. »Wäre das eine private Unterhaltung zwischen dir und einem anderen Gentleman gewesen, der den demokratischen Prozess geschickt umging?«

Ohne Zeitung vor sich konnte sie sich frei umsehen und bemerkte etwas überrascht das Stück Toast, das sie vor ein oder zwei Stunden mit Himbeerkonfitüre bestrichen hatte. Sie zuckte die Achseln und biss ab. Köstlich.

»Wir haben über private Dinge gesprochen«, sagte Jude, seine Stimme ganz der eisige Herzog. »Dieser alte Narr von Caignton ist derjenige, der in den demokratischen Prozess eingreift. Er denkt, wir führen noch immer den Siebenjährigen Krieg – was im Übrigen nichts Gutes über seine mathematischen Fähigkeiten vermuten lässt. Ich habe einfach nur meine Gedanken mit gleichgesinnten Personen dahingehend geteilt, wie wir es schaffen könnten, ein paar Entscheidungen zu bewirken. Ich habe nur meine Arbeit gemacht.«

»Und dein Lieblingsreporter seine.«

Schmollend fiel Jude auf den Stuhl neben ihr. Sie zog ihm die Hälfte der Zeitung weg, die sie noch nicht zu Ende gelesen hatte, und überließ ihm die andere.

Dann fing sie den Blick ihres Butlers Gervaise auf und bedeutete ihm lautlos: *Kaffee. Um Himmels willen, bringen Sie ihm Kaffee.*

Sie und Gervaise waren inzwischen recht gut darin, ganze Unterhaltungen zu führen, ohne ein Wort laut auszusprechen.

»Ihr beide hattet doch keine neue Auseinandersetzung, oder?«, fragte Lydia, die hereinwirbelte und ihr einen Kuss auf die Wange hauchte. »Er schmollt.«

»Nicht so schlimm. Er ist noch immer ein wenig bestürzt wegen des ehrlichen Lebensstils, das ist alles.«

Sie standen Seite an Seite und sahen zu, wie Tom und Crispin die Decken zu Judes Zufriedenheit zurechtlegten. Er hatte schon vor Langem die Bediensteten vergrault. Crispin führte ihre Mutter zu ihrem Sitz im Schatten, und Jude kuschelte sich an ihre Seite, seine Hand auf ihrem Knie. Er sah einsam aus, und sie alle wussten, dass sie nicht widerstehen konnte, ihn mit Komplimenten zu überschütten.

»Himmel«, sagte BenRuin. »Ich werde euch zwei nie vergeben, dass ihr mich zum Schwager dieses Mannes gemacht habt.«

Er schritt den Hügel hinab und sah entschlossen aus, die ganze gute Arbeit von Ma zunichtezumachen, indem er Jude bis zu einem Wutanfall reizte. Sie waren wie zwei Schuljungen, die sich manchmal im Dreck prügelten. Es hatte Kit zunächst beunruhigt, bis zu dem Tag, an dem sie erkannte, dass sie beide ohne die Gesellschaft von Geschwistern aufgewachsen waren. Danach überließ sie es ihnen, sich zu verbünden oder was immer sie auch taten.

»Erscheinen dir unsere Streitigkeiten so schlimm?«, fragte sie und schirmte ihre Augen gegen die Sonne ab.

»Darling, es wäre unmöglich, mit ihm verheiratet zu sein, ohne zu streiten. Er wird niemals aufhören zu versuchen, die Oberhand zu bekommen, und du wirst es niemals zulassen. Einen friedlichen Weg gibt es da nicht. Und überhaupt, ist Frieden wirklich das, was du willst?«

Sie dachte an seine blasse, nackte Gestalt, die einen anklagenden Arm vorstreckte, und wie aufgewühlt er war, wenn sie sich weigerte, seinen arroganten Forderungen Folge zu leisten.

»Nein«, sagte sie mit einem kleinen heimlichen Lächeln. »Ich schätze nicht.«

»Frau«, rief Jude klagend den Hügel hoch. »Ich brauche dich. Der schottische Trottel beschuldigt mich allerlei schrecklicher Dinge.«

»Besser dich als mich«, murmelte Lydia.

Als Kit neben ihm saß, ließ Jude seine Hand in ihre gleiten, und obwohl so viel von ihm nur Show war, entspannte er sich bei der Berührung. Sie fühlte sich dadurch wie sein einzig wahrer Verbündeter, sogar unter diesen Menschen, die sie beide liebten.

Die Diener drückten sich auf der anderen Seite des Rasens herum, und Kit bedeutete ihnen herüberzukommen, um Tee einzugießen. Jude lächelte sie alle wohlwollend an, als ob die ganze Welt eine besonders reizvolle Gaumenfreude wäre, die man einzig für ihn angerichtet hatte. Kit sah, wie ihre Diener unter dieser Aufmerksamkeit dahinschmolzen und schüttelte vor Verzweiflung den Kopf.

»Du schreibst schreckliche Briefe, Lydia«, sagte Tom und lehnte sich gegen Crispins Brust. »Ich hoffte auf Beschreibungen der dramatischen schottischen Landschaft, stattdessen bekomme ich einen Brief voller Statistiken und Immobilienangelegenheiten. Und es sah aus, als hättest du eine Dreijährige dazu gedrängt, ihn für dich zu schreiben.«

Lydia antwortete mit zwei Fingern, und Ma tat so, als hätte sie es nicht gesehen. Sie sah viel zu behaglich aus, als dass sie ihre missratenen Kinder hätte zurechtweisen wollen.

»Du könntest uns Weihnachten begleiten«, bot BenRuin an.

»Du würdest die Dramaturgie eines Hügels wahrscheinlich viel eher erkennen als Lydia oder ich.« Er räusperte sich. »Crispin wäre natürlich auch willkommen.«

Die einzig wahrhaftig gefährliche Auseinandersetzung, die Jude und BenRuin seit Kits Hochzeit hatten, war wegen Tom und Crispin gewesen. BenRuin war nicht ein Mann, der so einfach verstand, was sich zwischen den beiden abspielte, und Jude war unerbittlich gewesen. Kit erinnerte sich, wie sie in das Zimmer getreten war und ihn gesehen hatte, wie sie bemerkte, dass er außer Kontrolle geraten war.

Aber BenRuin bemühte sich, und Crispin nahm seine Einladung ohne Befangenheit an.

Ein lautes Quietschen unterbrach den relativ friedlichen

Morgen, und Porkie kam den Hügel hinab auf sie zugelaufen. Er war riesig und fett in seinem juwelenbesetzten Kragen und Seidenmantel, wie ein alter Wüstling, der sich weigerte, sein Puder und Parfüm abzulegen. Er kam am Rand der Decke zum Stehen, beschnüffelte die Kuchen und begann, am nächstgelegenen Baum zu buckeln.

»Dieses Schwein wird mit jedem meiner Besuche unanständiger«, sagte Lydia, während sie ihn mit erschütterter Faszination beobachtete. Es war ein vertrauter Ausdruck, wenn es um Porkie ging.

»Jude weigert sich, ihn kastrieren zu lassen. Ich sage ihm immer wieder, dass dies ein Bauernhoftier ist und dass er so viel versteht wie der Mond.«

»Ich verstehe alles. Ich bin perfekt. In der Tat habe ich ihm ein paar weibliche Schweine bestellt, damit er sich nach Herzenslust seiner Brunft hingeben kann.

Lydia und Crispin kicherten, und Kit zählte langsam bis sechzig. Porkie ließ sich im Gras nieder und wurde im Sonnenschein katatonisch. Die Ruhe eines Sommermorgens kehrte wieder ein.

»Ich kann es kaum abwarten, das neue Buch zu lesen«, sagte Jude. »Könnte ich nicht schon einmal schauen? Ich verspreche auch, brav zu sein. Kein einziges Wort davon wird über meine Lippen kommen. Aber ich muss einfach wissen, was aus Ferdinand wurde. Ich sterbe, Thomas.«

Tom lachte, und Crispin schaute mit diesem besonderen Blick auf ihn hinab und küsste Tom auf den Kopf.

»Du würdest einem Mann Wasser in der Wüste verwehren. Undankbarer Schuft.«

Tom verdrehte die Augen. »Du bist nur vier Jahre älter als ich, Darlington.«

»Ja, aber ich bin ein Herzog und du nur ein Mister.«

»Oh, Kit«, sagte Lydia und stemmte sich mit leuchtenden Augen auf ihre Knie. »Ich vergaß, dir zu erzählen, dass ich Lady Marmotte neulich bei Sinistras Mittagessen gesehen habe. Sie ist wie eine Kakerlake. Nicht unterzukriegen, auch wie sehr man sie zerquetscht hat.«

Kit lächelte. »Wir sehen uns so oft bei Auktionen und Zusammenkünften, dass ich manchmal denke, es ist schon eine gewisse Art von Freundschaft entstanden. Liverpool war clever, sie derart aus der Schusslinie zu nehmen. Das Land wäre ohne sie bei Weitem schlimmer verschuldet.«

»Papperlapapp. Du hast dieses Jahr mehr Steuern bezahlt, als sie Geld hat.«

»Aber nächstes Jahr wird sie mehr machen. Sie hat mir Gentleman Jackson's unter der Nase weggekauft. Keine Frage, sie ist clever.«

»Das ist es, worauf unser Land reduziert wurde, meine Herren«, sagte Jude.

»Ausschuss, um den sich zwei Frauen streiten.«

»Still«, sagte Kit. »Und ich bin reicher als du, also musst du machen, was ich sage.«

Er streckte sich und legte den Kopf in ihren Schoß. »Kaufst du mir ein Geschenk? Da gibt es so ein Pferd, mit dem ich liebäugele. 1,70 m hoch, ein Rotschimmel mit einem weißen Fuß an ihrem rechten Vorderbein. Eine Tochter von D'Artagnon, läuft wie ein Traum.«

»Aber das ist mein Pferd«, sagte BenRuin, und der arme Mann klang tatsächlich schockiert.

Kit strich Judes verwüstetes schwarzes Haar aus seiner Stirn. Er lächelte zu ihr hoch, und es war ein Lächeln, das Licht an dunkle Orte brachte.

Danksagung

Der erste Dank geht und wird immer an meinen Ehemann Ken gehen. Er gab mir drei Jahre Zeit zu schreiben, einfach nur, weil er dachte, ich sollte die Chance auf ein Leben haben, das ich liebe. Er trat mir auch jedes Mal in den Hintern, wenn ich mein Ziel aus den Augen verlor. Danke, dass du an mich geglaubt hast, auch wenn du sehr skeptisch in Bezug auf die Zahl der heißen Herzöge bist, die im England des 19. Jahrhunderts ihr Unwesen trieben, und auch wenn es in der Geschichte keine Laserpistolen gibt.

S. U. Pacat las dieses Buch in seiner allerersten Fassung, als ALLE NOCH IN GROSSBUCHSTABEN REDETEN – und lachte mich nicht aus. Sie las jede Inkarnation seines verrückten Lebens und sagte mir immer wieder, wie sehr sie es liebte und wie großartig es ihrer Meinung nach werden würde. Danke, dass du so unglaublich großzügig mit deiner Zeit und deinen Ideen warst, und dafür, dass du mir ein paar deiner Struktur-Superkräfte zur Verfügung gestellt hast. Und auch dafür, mir ein Vorbild in Sachen Motivation und Fokus zu sein, wenn mir beides davonlief.

Danke an meine Lektorinnen Sarah und Carol. Dies ist in vielerlei Hinsicht ein riskantes Buch, und ich hätte nie gedacht, dass ich in dem Verlag zwei Menschen finden würde, die es so sehr lieben! Danke, dass ihr es liebt und euch dafür einsetzt. Besonderer Dank geht an Sarah, die mich durch mein allererstes Lektorat begleitet hat und die das Buch so viel besser gemacht hat.

Danke an meine Agentin Kim Lionetti, dass sie etwas in mir gesehen und mir eine Chance gegeben hat. Auch für deine Ninja-Fertigkeiten in der Vertragsverhandlung.

Danke an Valerie Parv, dass du ein ganzes Jahr lang meine Mentorin warst. Du hast mich ermutigt, eine furchterregende neue Richtung mit dem Buch einzuschlagen, und gabst mir das Vertrauen, es in etwas zu verwandeln, das weit mehr war als das, was ich mir hatte vorstellen können. Danke an meine Schwester Rose, dass du versucht hast, mich in einen organisierten Menschen zu verwandeln.

Danke an all meine Twitter-Freunde für die Gesellschaft, die Ermutigungen, die virtuellen Schokoladen-Brownies und die Hilfe bei der historischen Recherche. Besonderer Dank an Ruthie Knox, die so ziemlich die großzügigste Person auf diesem Planeten ist. Danke für die Beantwortung meiner endlosen Fragen und für den Rat, die ersten Kapitel meines Buches wegzuwerfen, sobald ich dachte, ich sei fertig. (Ha.)

Danke an dich, Catherine McLean, dass du meine erste unvoreingenommene Beta-Leserin warst und mit meinen hysterischen Anfällen zurechtgekommen bist, die ich hatte, als ich das Buch zum ersten Mal in die Hände eines Lesers legte. Danke an alle meine Freunde. Vielen Dank an Toni Jordan, der mich nach unserer ersten gemeinsamen Stunde zur Seite genommen hatte und sagte: »Du weißt, dass es gut ist, oder?« Du kamst vorbei, als ich das Vertrauen verloren hatte, und deine Ermutigung hat so viel in mir bewirkt.

Schließlich ein Danke an meine fabelhafte Schreibgruppe, auch wenn wir öfter Wein trinken als arbeiten. Ich teile diese Reise so gern mit euch, Leute. Und danke an die Melbourne Romance Writers Guild, die mich ermutigte, mich für den Valerie Parv Award zu bewerben, und alle meine Errungenschaften mit Schokolade belohnte.

Leseprobe

SUZANNE ENOCH
Der Teufel trägt Kilt

»Mach dir darüber keine Sorgen; Jane ist jede Ausrede recht, um einkaufen gehen zu können.« Mit einem Schmunzeln drückte Lady Charlotte Hanover ihrer Schwester einen Kuss auf die Nase, ehe sie sich erhob.

»Ich möchte eure Pläne aber auf keinen Fall über den Haufen werfen«, erwiderte Lady Rowena MacLawry mit ihrem weichen, melodischen Akzent. »Schlimm genug, dass ich hier einfach so ohne Ankündigung bei euch auftauche.«

»Ach Unsinn.« Lady Jane Hanover ergriff die Hand ihrer Freundin. »Ich habe dich jetzt schon seit, ich glaube, Jahren auf einen Besuch eingeladen. Deine und meine Mutter waren praktisch Schwestern. Das wart ihr doch, nicht wahr, Mama?«

»Ja, das waren wir«, bestätigte Elizabeth Hanover, die Countess von Hest, mit einem Nicken. »Und ich freue mich wirklich sehr, dass du und Jane euch so rege schreibt. Du siehst Eleanor ja so ähnlich.« Sie seufzte und schenkte ihr ein gütiges Lächeln. »Du bist herzlich willkommen und kannst hierbleiben, solange du magst. Und natürlich nehme ich dich für deine Saison unter meine Fittiche. Es ist doch schön, dass du und Jane bei eurem Debüt nicht allein seid.«

Jane klatschte begeistert in die Hände. »Siehst du? Du hättest schon vor Jahren nach London kommen sollen, Winnie.«

»Ach, glaub mir, das wollte ich auch. Wenn Ran sich nur nicht so stur gestellt hätte. In seinen Augen ist jeder Engländer ein …« Sie verstummte und räusperte sich. »Nun, in Bezug auf London denkt er ziemlich engstirnig.«

Mit einem Lachen und einer verharmlosenden Geste überspielte Lady Rowena ihre Nervosität, die Charlotte trotzdem nicht verborgen blieb. Natürlich wäre sie nicht minder angespannt, hätte sie gerade eine Reise durch halb Schottland und beinahe ganz England hinter sich und das ganz ohne Begleitung, von ihrer Zofe einmal abgesehen. Es war mehr als deutlich zu erkennen, wie sehr Winnie ihre Londoner Saison gewollt hatte.

Für einen Bruder, der allem Anschein nach so überfürsorglich war, hatte dieser Ranulf MacLawry jedoch auf nahezu spektakuläre Weise versagt. Eine junge Dame, die noch nie über die Grenzen ihrer Provinz hinausgekommen war, hatte nicht allein durch England zu reisen. Schon gar nicht in einer Postkutsche. Charlotte verspürte große Lust, Lord Glengask zu schreiben und ihm genau das mitzuteilen. Wer war denn so dumm, es nicht für nötig zu halten, seine Schwester wenigstens per Brief anzukündigen und sich zu vergewissern, ob überhaupt jemand da wäre, um sie zu begrüßen und für die Saison aufzunehmen? Es war … es war geradezu unverschämt, selbst für einen Menschen, der nicht mit den englischen Gebräuchen vertraut war. Immerhin konnte er doch sicherlich die Zeitung lesen. Und ein Mindestmaß an gesundem Menschenverstand besaß er vermutlich auch.

Sie tauschte einen Blick mit ihrem Vater aus, der kurz eine Augenbraue hochzog, ehe er sich wieder dem Gespräch widmete. Jonathan Hanover, der Earl of Hest, war nicht gerade ein Freund chaotischer Zustände oder Veränderungen jeglicher Art, aber er liebte seine Töchter über alles. Selbstverständlich wäre Lady Rowena in seinem Heim willkommen, und sie würde nie auch nur den Anflug eines Hinweises bei ihm oder einem anderen Mitglied seines Haushalts finden, dass er während der Saison lieber keine Dauergäste beherbergte.

Longfellow, der Butler, und zwei Lakaien kamen und brachten belegte Brote und Tee; das Abendessen lag längst hinter ihnen, und Mrs Broomly war offenbar bereits gegangen, um die Nacht bei ihrer hochschwangeren Tochter in der Nähe von Tottenham Court zu verbringen. Als die Diener das Geschirr auflegten, ertönte der Klopfer an der Eingangstür.

»Ich kümmere mich darum, Longfellow«, sagte Charlotte, da sie ohnehin schon stand und der Tür zur Halle am nächsten war.

»Vielen Dank, Mylady.«

Bis sie den kurzen Weg vom Wohnzimmer und durch die Eingangshalle zurückgelegt hatte, war aus dem gesitteten Klopfen ein lautes Hämmern geworden. »Du meine Güte«, murrte sie, als sie die Tür öffnete. »Was ist denn nur so dring-«, fragte Charlotte, ehe sie fast ihre Zunge verschluckte.

Ein Schrank von einem Mann stand vor der Tür. Na schön, vielleicht war er nicht ganz so breit wie ein Kleiderschrank, obwohl er mit Fug und Recht als breitschultrig zu bezeichnen war. Auf jeden Fall aber überragte er sie um gut einen Kopf, wobei man sagen musste, dass die meisten Freunde sie als groß erachteten. Obwohl ihr all diese Gedanken wahllos durch den Kopf schossen, waren das, was ihr am meisten auffiel, seine strahlend blauen Augen, die sie just in diesem Moment mit Eiseskälte über seine gerade und auch ansonsten perfekte Nase anfunkelten.

»Ich will zu Rowena MacLawry«, sagte er ohne Umschweife, den starken Akzent der Bewohner des schottischen Hochlands in der Stimme.

Charlotte blinzelte verwirrt. Winnie, so wie Rowena gern von ihnen genannt werden wollte, war vor nicht einmal einer Stunde angekommen; mit einer Mietkutsche der Poststation. Soweit ihr bekannt war, wusste niemand sonst von der Anwesenheit ihrer weit gereisten Gäste in London. Niemand außer Rowenas Familie natürlich, die allerdings – soweit sie auch dies wusste – in Schottland geblieben war.

»Ich habe nicht den weiten Weg gemacht, um mich am Ende anglotzen zu lassen«, erklärte der Hüne in ihr Schweigen hinein. »Rowena MacLawry. Jetzt.«

»Ich habe Sie nicht angeglotzt, Sir«, entgegnete Charlotte, obwohl ihr durchaus bewusst war, dass es ihr anscheinend nicht gelang, den Blick von diesem grimmigen und atemberaubenden Gesicht abzuwenden. Es war, als wäre ein schwarzhaariger Kriegsgott vom Himmel gefallen und … stünde jetzt vor ihrer Tür. »Die meisten Besucher reichen eine Visitenkarte, wenn sie anklopfen, oder stellen sich wenigstens mit ein oder zwei freundlichen Worten der Begrüßung vor, ehe sie erwarten, über die Eingangshalle hinaus ins Haus gebeten zu werden.«

Seine Miene wurde bedrohlicher. Charlotte stellte fest, dass es kein Eis war, das sie in diesen tiefblauen Augen sah, sondern vielmehr eine Mischung aus Aufgeregtheit und Wut. »Ich bin aber kein Besucher«, korrigierte er mit einem stählernen Unterton, der sich in den melodischen Klang seiner Worte mischte. »Und wenn die Engländer glauben, dass mich ein kleines Mädchen im Türrahmen davon abhalten kann zu holen, was mir gehört, sind sie dümmer, als ich sie in Erinnerung habe.«

Was ihm gehört? Das hier wurde immer seltsamer. Außerdem gab es verflixt noch mal keinen Grund, ausfallend zu werden. »Ich bin kein kleines Mä-«

Er trat vor, legte seine Riesenhände um ihre Taille, hob sie hoch und setzte sie hinter ihm im Portikus ab – und das alles, ehe sie mit etwas anderem als einem überraschten Keuchen reagieren konnte. Bis dahin stand er auch schon mitten im Haus der Hanovers.

»Rowena!«, brüllte er sogleich, während er die Halle mit großen Schritten durchquerte.

Charlotte richtete ihre Röcke und eilte ihm nach. »Hören Sie sofort auf, so zu schreien!«, verlangte sie.

Bei der Aufmerksamkeit, die er ihr schenkte, als sie ihm folgte, hätte sie allerdings genauso gut ein unbedeutendes, kleines Insekt sein können. »Rowena! Trab auf der Stelle an oder ich verwandle dieses Haus in einen Trümmerhaufen!«

Longfellow und drei Lakaien stürzten aus dem Wohnzimmer. Der schottische Hüne stieß sie jedoch wie Kegelfiguren beiseite. Charlotte gleich hinterdrein, stapfte er in den Raum, aus dem sie gekommen waren. Angesichts der körperlichen Präsenz, die er ausstrahlte, hatte sie erwartet, Lady Rowena hinter einem Sessel kauernd zu sehen. Stattdessen aber stand die zierliche junge Dame mit hochrotem Kopf mitten im Zimmer und hatte die Hände in die Hüften gestemmt.

»Was zum Teufel machst du hier, Ranulf?«, verlangte sie zu wissen.

»Die Kutsche wartet draußen. Du hast eine Minute, um deinen Hintern hineinzubewegen.«

»Ran, du –«

»Fünfundfünfzig Sekunden.«

Rowena sackte zusammen wie ein Ballon, dem die Luft ausging. Als sie den Kopf senkte, lief ihr eine Träne übers Gesicht. »Und meine Sachen?«, fragte sie mit bebender Stimme.

»Was … Was hat das alles zu bedeuten, und wer zum Teufel sind Sie, Sir?«, meldete Lord Hest sich nun zu Wort.

Der dunkelhaarige Kopf schnellte herum und fixierte den

Earl mit einem unheilvollen Blitzen in den Augen. Teufel, wie passend. »Glengask.« Er richtete seine Aufmerksamkeit wieder auf Rowena. »Hol Mitchell und deine Sachen. Wenn du dabei noch mal auszureißen versuchst, machen wir auf dem Heimweg in St. Mary's Halt, und da lasse ich dich dann. Ein paar Jahre Klosteraufenthalt dürften dir die Flausen schon austreiben.«

Eine weitere Träne schloss sich der ersten an. »Du bist so ein Scheusal, Ranulf MacLawry«, hauchte Winnie und floh an ihm und Charlotte vorbei aus dem Raum.

»Glengask. Lady Rowenas Bruder?«, fragte ihre Schwester Jane mit zaghafter Stimme. »Der Marquis?«

»Aye«, erwiderte er, noch immer wütend und kurz angebunden.

»Nach unserem Verständnis haben Sie Lady Rowena für ihre Saison zu uns geschickt«, erklärte Charlottes Vater. Seiner angespannten Miene nach war er ebenfalls ziemlich wütend, was sie keineswegs überraschte. Niemand – schon gar kein laut brüllender, blauäugiger Teufelsschotte – platzte ohne Ankündigung in einen vornehmen Haushalt. Zu keiner Zeit.

»Weil es für Sie sicher völlig normal ist, ein junges Mädchen unangekündigt in ein fremdes Land zu schicken, was? Oder dachten Sie etwa, nur ein Schotte könnte so was Verrücktes tun?«

»Sie hat uns erzählt, sie sei von Ihnen hergeschickt worden«, warf Charlotte ein.

Der Marquis of Glengask drehte sich zu ihr um. »Sie hat Ihnen eine faustdicke Lüge aufgetischt, und Sie haben's geschluckt. Und jetzt machen Sie mir Platz, Mädchen, dann sind wir auch schon so gut wie weg von diesem verfluchten Ort.«

Rowena hatte ihren Bruder ein Scheusal genannt, und Charlotte fand nichts, was diese Einschätzung nicht rechtfertigte. Außerdem hatte sie nichts für Männer übrig, die mit den Fäusten und ihren starken Muskeln dachten. Und sie konnte es nicht leiden, wenn man sie *Mädchen* nannte und einfach ignorierte – und das jetzt schon zum zweiten Mal. Sie straffte die Schultern. »Ich bin Lady Charlotte Hanover, und Sie werden mich gefälligst korrekt anreden, Sir. Darüber hinaus wird Ihre Schwester, bis wir sicher sind, dass ihr in Ihrer Gesellschaft keine Gefahr droht, nirgendwohin gehen.«

»Charlotte!«, mahnte ihre Mutter.

Ja, ihre Familie wäre sicher einfach nur froh, wenn diese Störung vorbei war und wieder Ruhe im Haus herrschte. Doch dies war nicht die Art und Weise, in der auch nur halbwegs zivilisierte Menschen ihre Angelegenheiten regelten. Sie weigerte sich, seinem Blick auszuweichen, obwohl er dies offensichtlich von ihr erwartete.

»Hören Sie, Lady Charlotte«, sagte er lakonisch, wobei er das *R* in ihrem Namen übertrieben rollte. »Ich glaube nicht, dass die Angelegenheiten der Familie MacLawry Sie etwas angehen. Ich habe meiner Schwester befohlen, zu Hause zu bleiben, woran sie sich nicht gehalten hat. Daher bin ich hier, um sie dorthin zurückzubringen, wo sie hingehört. Und da ich Sie offensichtlich beleidigt habe, warte ich lieber draußen. Sehr gern sogar.«

Er ging einen Schritt auf sie zu, wobei er eine seiner kunstvoll geschwungenen Augenbrauen hob. So wie es aussah, ließ er ihr die Wahl, entweder freiwillig Platz zu machen oder noch einmal wie ein störender Gegenstand hochgehoben und aus dem Weg geräumt zu werden. Sie hob das Kinn und blickte ihm unerschrocken in die Augen. »Dann hat ihre Schwester also eine weite Reise auf sich genommen und ist gegen Ihren Willen und ganz allein hierhergefahren, Lord Glengask. Demnach muss es ihr größter Wunsch sein, entweder unbedingt einmal London zu sehen oder von Ihnen wegzukommen. Wie ich Sie einschätze, kommt Ihnen niemand so leicht in die Quere.«

Die erste Augenbraue tauchte mit ihrem Zwilling zu einem bösen Funkeln ab. »Ich glaube, auch das geht Sie nichts an.« Er sandte ihrem Vater, der noch immer vor seinem Sessel stand und ein Gesicht machte, als wäre er jetzt lieber im Oberhaus, um über die Steuern zu streiten, einen verächtlichen Blick. »Lassen Sie Ihre Frauen etwa immer für sich sprechen?«

Lord Hest räusperte sich. »Meine Töchter haben vollkommen recht, Glengask. Sie sind – offensichtlich sehr aufgebracht – in einen anständigen Haushalt gestürmt und hören nicht auf, sich wie ein Wahnsinniger aufzuführen. Es wäre unverantwortlich von mir, Lady Rowena in Ihre Obhut zu übergeben, ohne zu wissen, wie sie dazu steht, und ohne mir irgendwie sicher sein zu können, dass ihr nichts geschieht.«

»Geschieht?«, wiederholte Glengask finster. »Wie würden Sie wohl reagieren, würde Lady Charlotte hier sich ohne ein Wort aus dem Haus stehlen und sich der fremde Ausländer, bei dem Sie sie aufspüren, dann weigern, sie herauszurücken?«

»Erstens hoffe ich, meiner Tochter – meinen Töchtern – niemals Grund gegeben zu haben, aus ihrem Zuhause zu fliehen. Und zweitens lässt sich England wohl kaum als Ausland bezeichnen. Und fremd sind wir uns genau genommen auch nicht, da Ihre Mutter und meine Gattin enge Freundinnen waren.«

»Irgendwoher haben Sie ja schließlich auch gewusst, wo Winnie zu finden ist«, fügte Charlotte hinzu, ehe der Marquis ein Wortgefecht über den Grad ihrer Bekanntschaft eröffnen konnte. Der Mann schien nämlich auf alles und jedes Widerworte zu haben. »Wir sind für Sie also keine Unbekannten. Genauso wenig wie Sie für uns.«

»Du wirst mich bis an mein Lebensende einsperren müssen«, erklang Rowenas unsichere Stimme direkt hinter Charlotte, ehe sich kurz darauf zittrige Finger um ihre schlossen. »Ich möchte doch nur ein einziges Mal London sehen.«

»Das hast du ja jetzt.« Glengasks Blick glitt von seiner Schwester zu Charlotte und auf ihre Hand, an der Rowena klammerte. »Lassen Sie meine Schwester los«, sagte er nach einem Moment.

Charlottes Griff wurde fester. »Nein. Nun, da Sie ohnehin schon in London sind, was könnte wohl Schlimmes passieren, würden Sie ihr erlauben, für eine Weile hierzubleiben?«

»›Was könnte wohl …‹« Er verstummte kurz. »Ich hab nicht vor, mich mit einer Frau darüber zu streiten, was das Beste für meine Familie ist«, knurrte er schließlich.

Sie weigerte sich, bei seinen barschen Worten zusammenzuzucken wie seine Schwester an ihrer Seite. »Da ich meinerseits nicht vorhabe nachzugeben, möchten Sie Winnie vermutlich hierlassen«, entgegnete sie. Wann das Anliegen der jungen Dame zu ihrem eigenen geworden war, konnte sie gar nicht sagen. Doch dieser Hüne irrte, wenn er meinte, sie einfach ein kleines Mädchen nennen und auch noch als solches behandeln zu können. Auch wenn er sie hochgehoben hatte, als wäre sie leicht wie eine Feder, und auch wenn er noch so sehr aussah, als bestünde er von oben bis unten aus stahlharten Muskeln.

Er öffnete den Mund, klappte ihn aber gleich wieder zu. Charlotte gönnte sich einen Moment heimlicher Genugtuung. Hatte das englische Kätzchen dem großen schottischen Bären, der jetzt nicht wusste, wie er darauf reagieren sollte, also ordentlich die Krallen gezeigt. Gut. Gut auch für sie.

»Und das ist das, was du willst, *piuthar*?«, fragte er in der nächsten Sekunde seine Schwester, wobei er den Blick jedoch unangenehm bohrend auf Charlotte gerichtet hielt. »Dich mit diesen Sassenachs umgeben, die dich von deiner eigenen Familie fernhalten? Dich hinter großschnäuzigen Mädchen verstecken, die deine Schlacht an sich reißen und für dich kämpfen?«

»Sie sind hier derjenige, der das Ganze in eine Schlacht verwandelt, Lord Glengask«, erwiderte Charlotte, wobei sie die Schultern straffte. »Und ›großschnäuzig‹, wie Sie es nennen, bin ich nur dann, wenn ich es mit einem Tyrannen, wie er im Buche steht, zu tun habe.«

»Auwei«, hauchte Winnie nahezu unhörbar, während ihr Griff noch fester wurde.

Ein Muskel an seinem markanten, strengen Kinn zuckte. »Sie halten mich für einen Tyrannen?«

»Genau diesen Eindruck vermitteln Sie uns gerade. Ihre eigene Schwester sucht lieber den Schutz einer … Fremden, als Ihnen zu nahezukommen.«

Der tiefblaue Blick sprang sofort zu seiner Schwester. »Rowena, du weißt, dass ich …« Er stockte und zischte dann ein einzelnes Wort auf Gälisch, das alles andere als freundlich klang und dafür sorgte, dass seine Schwester scharf die Luft durch die Nase einzog. »Ich bin kein Tyrann«, sagte er schließlich. »Zwei Wochen, Rowena. Du willst London sehen, dann sieh's dir an. Ich miete mir hier ein Haus, und du sollst dein verfluchtes Debut bekommen.« Er reichte ihr die Hand. »Und jetzt lass uns von hier verschwinden.«

»Ich glaube dir nicht, Ranulf.«

»Ich geb dir mein Wort. Zwei Wochen.«

Charlotte biss sich auf die Wange. Er hatte mehr nachgegeben als erwartet, wobei sie ihn wahrscheinlich viel weiter getrieben hatte, als sie gesollt hätte. Außerdem würden ihre Eltern sicher nicht zu schätzen wissen, was sie als Nächstes sagen würde … aber Rowena vermutlich. Und das hier tat sie schließlich für ihre neue Freundin und nicht für sich selbst. »Wenn Sie wirklich damit einverstanden sind, dass Ihre Schwester eine ordentliche Saison erhält – oder zumindest eine in Form von zwei Wochen –, sollte sie bei uns bleiben. Bei Ihnen wäre Lady Rowena in einem Junggesellenhaushalt, wo niemand sie unter ihre Fittiche nehmen oder sie in die Gesellschaft einführen könnte. Es sei denn, Sie haben eine weibliche Verwandte in London, die der höheren Gesellschaft angehört.«

»Ich habe keine weiblichen Verwandten«, erklärte Winnie, wobei ihre Finger sich abermals fester um Charlottes schlossen. »Und du, Ran, würdest mir nur zeigen, wie furchtbar schlecht hier alles ist. Ich möchte mir lieber mein eigenes Bild machen. Bitte.«

Er ließ den Atem geräuschvoll ausströmen. »Eigentlich sollte ich dich übers Knie legen und mit dir in der nächsten Stunde auf dem Weg zurück nach Norden sein.«

»Wirst du aber nicht.«

»Werde ich aber nicht«, wiederholte er nach einem Moment, in dem sein Blick wieder den von Charlotte fand. »Dann bleib von mir aus hier. Aber du sagst mir immer vorher Bescheid, wohin du willst, und wenn ich nichts dagegen habe, begleite ich dich dann dorthin.«

Mit einem kleinen Freudenschrei ließ Rowena Charlottes Hand los und warf sich ihrem Bruder um den Hals, der sie in seine starken Arme schloss. »In Ordnung, Ran«, sagte sie ernst. »Danke. Vielen Dank.«

Er schloss für ein paar Sekunden die Augen, während etwas, das sehr an Erleichterung – oder Traurigkeit – erinnerte, über sein Gesicht huschte. »Ich komme morgen wieder. Um elf.« Dann ließ er sie los und beugte sich zu ihr, um ihr einen Kuss zu geben. »Hast mir einen ganz schönen Schrecken eingejagt, *piuthar*«, gestand er ihr leise, ehe er sich wieder aufrichtete.

»Sieht die Etikette irgendeine alberne Verhaltensregel für Verabschiedungen vor, oder kann ich jetzt einfach gehen?«, fragte er, wobei er Charlotte wieder fixierte.

Sie machte ihm Platz. »Guten Abend, Lord Glengask.«

»Lady Charlotte.«

Erst als Longfellow recht energisch die Eingangstür hinter ihm geschlossen hatte, ließ Charlotte den unbewusst angehaltenen Atem ausströmen. Der Reaktion ihrer gleich zu ihr stürzenden Familie und dem heftigen Pochen ihres Herzens nach, hätte man meinen können, dass sie soeben dem leibhaftigen Teufel die Stirn geboten hatte. Aber so war es vermutlich auch.

Und morgen würde er wiederkommen.

Sabrina Jeffries

Des Herzogs größter Begehr

Roman

Eine Reise mit Nebenwirkungen

Als Maximilian Cale, der Herzog von Lyons, in der Ermittlungsagentur Manton aufkreuzt, sieht Lisette Bonnaud ihre Chance gekommen, endlich echte Detektivarbeit statt nur Sekretärinnendienste zu leisten. Max behauptet, er habe von ihrem Bruder Tristan Nachricht erhalten, dass sein totgeglaubter Bruder Peter noch lebt. Lisette, die seit Monaten nichts von Tristan gehört hat, besteht darauf, mit ihm nach Paris zu reisen, um Peter und Tristan zu suchen. Dabei ahnt sie nicht, dass Max bald mehr in ihr sieht als nur eine hübsche Reisebegleitung ...

»Eine fesselnde Liebesgeschichte voller spannender Abenteuer!« *Romantic Times*

Band 1 der Serie
416 Seiten, kartoniert
€ 9,99 [D]
ISBN 978-3-8025-9770-1

www.egmont-lyx.de

LYX
EGMONT